GÖREMEDİĞİM SEN

D1641430

PAROLA YAYINLARI

PAROLA YAYINLARI : 297
Roman: **44**

Eser: Göremediğim Sen
Yazar: Yasemin Yaman

Yayın Koordinatörü: Ahmet Üzümcüoğlu
Genel Yayın Yönetmeni: Celal Coşkun
Editör: Gonca Erkmen Gidenoğlu
Kapak Tasarım: Merve Kayalı Kürşat
İç Tasarım: Tunahan Coşkun

Baskı-Cilt: Çalış Ofset Matbaacılık Turizm San. ve Tic. Ltd. Sti.
         Davutpaşa Cad. Yılanlı Ayazma Sok. No: 8
         Davutpaşa Topkapı/İstanbulTel: 0212 482 83 96

T.C. Kültür ve Turizm Bakanlığı Sertifika No: 17265
ISBN: 978-605-9121-40-8

1. Basım: Ekim 2015

Parola Yayınları
Mareşal Çakmak Mah. Soğanlı Cad. Can Sok.
No: 5-A Güngören / İstanbul
Tel: 0212 483 47 96 Faks: 0212 483 47 97
web: www.parolayayinlari.com
e-posta: parolayayin@gmail.com

GÖREMEDİĞİM SEN

Yasemin Yaman

parola
yayınları

Yasemin Yaman; 1987 Trabzon doğumlu olan yazar, İlk ve Orta Öğrenimini Trabzon'da tamamlamış olup ardından Süleyman Demirel Üniversitesi Mobilya ve Dekorasyon ön lisans bölümünü 2009'da bitirmiştir.

Küçük yaşlarda hikâyeler yazan ve bu hikâyeleri arkadaşlarına anlatarak paylaşan yazar, dört yıldır değişik sanal platformlarda yazdıklarını okuyucularla buluşturmaktadır.

"Benim Küçük Gelinim" yazarın basılan ilk kitabı olup yayıma hazırlanan üç romanı daha bulunmaktadır

Yazar, halen Karadeniz Teknik Üniversitesi Orman Endüstri Mühendisliği son sınıf ögrencisi olarak eğitimine devam etmektedir.

"BENİM KÜÇÜK GELİNİM" Kitabından sonra ikinci kitabım olan *"GÖREMEDİĞİM SEN"* ile yeniden sizlerle buluşmama vesile olan Yayın Evim'e, her kahrımı çeken Merve arkadaşıma, editörüm Gonca Hanım'a, bana eleştirileriyle yardımcı olan arkadaşlarıma, aileme, şuanda ismini sayamadığım ama her biri ayrı değerli olan samimi okuyucularıma çok teşekkür ederim.

Bu kitabı kan bağı olmasa da kardeşim dediğim, hiç sıkılmadan hikayelerimi okuyup eleştirisini benden esirgemeyerek daha iyi yazmamda bana yardımcı olmaya çalışan Havva Nur arkadaşıma yaş günü hediyesi olarak ithaf ediyorum.

GİRİŞ

*B*aharın ılık esintisi yüzünü yalarken gözlerini kapatarak huzurlu sessizliği dinlemeye başlamıştı. Artık kırlaşmaya başlayan saçları rüzgarla sallanırken elini sıkışan kalbinin üzerine koyarak derin bir iç çekti. Kalbi eskisi kadar sağlam değildi ve her an kendisini yarı yolda bırakabileceğini bilmek içini yakıyordu. Ölmekten korkmuyordu, tek korkusu geride bırakacağı savunmasız çocuklarıydı. Kızı ve oğlu henüz dışarıda ki kötülüklerle baş edecek kadar hayatla yoğrulmamıştı. Özellikle kızını koruması gerektiğini bu sabah kahvehanede ki konuşmalardan yeniden anlamıştı. Kendisine bir şey olduğu takdirde kızının başı dertten kurtulmazdı. Kızının çekmesine dayanamayacak olan adam sürekli kızının geleceğini garantiye almak için düşünüyor, bir çıkar yol bulmaya çalışıyordu. Aklına gelen tek çözüm ise kızını güvenebileceği bir adamla evlendirmek. Derin bir iç çekerek gözünün alabildiği uçsuz bucaksız topraklarda söz sahibi olmak hem bulunmaz bir nimetti hem de sıkıntı dolu bir hayattı. Hayatı bu toprakları idare etmek, toprağı üzerinde yaşayan insanlara liderlik edebilmek için çalışmakla geçmişti. Şimdi ise kendi topraklarında yaşayan insanlarının çocuklarına zarar verebileceği düşüncesiyle gözüne uyku girmez olmuştu.

Bu yaşına kadar ne yaptıysa çocukları ve köylüleri için

onların saygı duyabileceği bir bey olabilmek için yapmıştı. Yılların verdiği güven ve çalışkanlık ile bir yere gelmek başka, doğuştan bu toprakların üzerinde söz hakkı olmak başkaydı. Babadan oğula geçen bu topraklarla doğuştan bu hakka sahipti. Tarla başında bulunan tek tük ağaçlardan birine bağladığı atının yanına vararak ipini çözmüş ve aklına gelen ilk kişiye doğru yola koyulmuştu. Kırk yıllık arkadaşı olan karşı köyün beyi ile buluşmak için iki köyün sınırı olan yere... Yaklaşık yarım saat sonra kendisini her zamanki yerinde kendisini bekleyen kendi yaşlarında ki adamı görünce atının üzerinde daha bir dikleşen Asım Bey arkadaşı ile yapacağı konuşmayı aklında tartma başlamıştı. Kızı için en iyi olanını seçerken kendisi kadar güvendiği tek arkadaşından başka birini düşünemezdi zaten. Cemal Bey arkadaşını görünce iki köy sınırına yerleştirdikleri oturaktan kalkarak ayakta onu karşılamıştı. Yüzünde ki sıkıntıyı fark etse de ilk olarak konuyu onun açmasını bekleyecekti. Arkadaşının yanına vardığında atından inen Asım Bey sıkıntı ile selam vermiş ve her zaman yaptıkları gibi kendi topraklarında sınırı geçmeden karşılıklı oturarak sohbet etmeye başladılar.

İki büyük köy ve bu iki köyü idare eden büyük köy beyleri, Cemal ve Asım Bey.

Pınarbaşı köyünün sevilen, sözü dinlenen ve gerektiğinde korkulan beyi, Asım Bey! Bütün köy halkı onu sevdiği kadar ondan çekinirdi de. Cömertliği ile halkı tarafından ne kadar sevilse de otoriter oluşundan da o kadar korkulurdu. Yirmi iki yaşında bir kızı ve on beş yaşında bir oğlu olan Asım Bey yaşadığı rahatsızlık sonucu hayattaki tek varlıkları, çocuklarını nasıl koruyacağına dair bir karar vermek zorunda kalır. Kararını vermeye kendisini zorlarken başını kaldırıp oturduğu yerden sahip olduğu her şeye göz gezdiriyordu. Karşısında oturan arkadaşı da onu izliyordu. Bu dünyada kendisine ait olanlar, öldükten sonra çocuklarına kalacaktı.

Köyün en yüksek yerinde tüm topraklarını elinin altına alan araziye konuşlandırılmış konağını düşündü biran. Taş ve toprağın birleşimi ile inşa edilen büyük konağa insanlar gıpta ile bakarken, ömrünün elli küsur yılını geçirdiği konakta yaşadıkları mutlu anılarına dalmıştı. Şimdi ise arkadaşı ile o konağın mutluluğunun bozulmaması için hummalı bir konuşmaya girecekti. Yaklaşık üç saat süren konuşmanın sonucunda iki bey anlaşarak kendi konaklarına dönerken verilen tek karar iki genç insanın hayatını hiç olmayacak bir şekilde değiştirecekti. Asım Beyin kızı Cemal Beyin oğlu ile kaderini birleştirecek, iki bey bu birleşme ile aile olacaktı.

Asım bey atıyla konağın büyük bahçesinden içeriye girdiğinde akşam olmak üzereydi. Her zaman ki gibi adamı kızı ve çocuklarının dadısı karşılamıştı. Kendisine doğru koşarak gelen kızına hüzünlü bir şekilde bakmıştı. Genç kız babasının ifadesinden yolunda gitmeyen bir şeylerin olduğunu anlasa da bir şey söylememişti. Nereden bilecekti ki babası kendi kaderinin yolunu çoktan çizip geleceğine karar vermişti. Asım bey atını kâhyaya teslim ederek yorgun olduğunu söylemiş ve dinlenmek için odasına çekilmek için konağa yönelmişti. Çift taraflı merdivenlerin bir tarafından kendisi diğer tarafından kızı çıkarken gençliğin verdiği çeviklikle babasını geçen genç kız merdivenleri babasından önce çıkıp üst kata ulaşmıştı. Asım Bey konağın üst katına çıktığında çift taraflı merdivenlerin karşı başında duran kızını görünce, hüzünlenerek onun küçüklüğü hatırlamıştı. Tıpkı şimdi ki gibi kendisini geçip merdiven başında kendisini bekleyen kızının şakıyarak 'Baba bak seni geçtim,' diyen sesini yeniden duyar gibi olmuştu. Kızının endişeli bakışlarından gözlerini kaçırarak başını çevirip konağın geniş bahçesine bakmaya zorladı kendisini. Nasılda koşardı şu taş bahçede. Kahkahaları hala kulaklarında çınlıyor o anları yeniden yaşıyordu. Kızı artık kocaman olmuştu ama Asım Bey için hala o koşuşturan küçük kız çocuğu olmaktan kurtulamamıştı.

Kısa bir an düşüncelere dalıp gözlerini açıp kapadığında kızının az önceki yerinden ayrılmış olduğunu görmüştü. Derin bir iç çekerken odasına doğru uzanan dar uzun koridora girdiğinde görüş açısına yeniden kızı girmişti. Elinde yine bir şeylerle uğraştığını belli eden bir sele vardı. Evinde birçok çalışan olmasına rağmen kızı asla kendi işini başkasına yaptırmaz, ev işlerine yardım eder, hatta bazen işçilerle tarlada çalışırdı. Ne kadar bundan vazgeçmesi söylense de kimseyi dinlemeyen, babası gibi inatçı ve saygı duyulan bir kızdı. Köylünün dilinden düşmeyen güzelliği, genç kızın en büyük düşmanıydı. Aynaya bakmayı sevmiyor, güzelliğinden bahsedildiğinde oradan uzaklaşıyordu. O köyün topraklarında bey kızının güzelliği ile yarışabilecek bir başka kız yoktu.

İşçilere göre kalbinin güzelliği bir ayna gibi genç kızın yüzüne yansımıştı. Asım Bey'in tek zayıf noktası çocuklarıydı. Kızının evlenme yaşı gelmişti ve bir baba olarak ona kimseyi uygun görmüyordu. Bu güne kadar!

Köyde ve konakta gelişen bazı olaylardan sonra…

Karısı, hayat arkadaşı on beş yıl önce oğlunu dünyaya getirirken ölmüş ve Asım bey bir daha eşinin üzerine evlenmemişti. Cüneyt Asım Beyin tek erkek çocuğuydu ve oğlunun kızına olan düşkünlüğü herkesçe bilinen bir gerçekti. Ablasının evleneceğini duyunca vereceği tepki Asım beyin endişe etmesine neden olsa da elinden bir şey gelmezdi artık. Kızının, karısına ölmeden önce kardeşine bakacağına dair verdiği söz nedeniyle Cüneyt'e elinden geldiğince çocuk hâliyle iyi bakmaya, öksüzlüğünü ona hissettirmemeye çalışmıştı. Genç kız, kardeşine çok düşkündü. Çocukluğunda kardeşi ile sürekli ilgilenirdi, yaşı küçük olmasına rağmen kardeşinin bakımını kimseye bırakmazdı. Bu durum Asım beyi ne kadar üzse de elinden bir şey gelmemişti. Yaren dik başlı bir şekilde ona yardım etmesi için konağa getirdiği yardımcıları geri çevirmiş 'Kardeşime ben bakacağım' diyerek yardımları reddetmişti.

Oğlu da ablasına oldukça düşkündü. Ondan bir an olsun ayrılmaz, türlü şebeklikler yaparak ablasını eğlendirmeye çalışırdı. Kızı evden sadece tarlaya işçilerin yanına gitmek için ayrılıyordu, çünkü ey kızının köy meydanında gezmesine izin vermiyordu. Bu yüzden, evde çalışan kızlar hariç hiç arkadaşı olmayan Yaren her zaman bunun nedenini merak etse de babasına neden köy meydanına inmesine neden izin vermediğini soramadı. Asım Bey için kız-erkek ayrımı asla söz konusu olamazdı. Oğlu ve kızı aynı değerdeydi ve ikisi de yüreğinin tamamını oluşturuyordu. Kızına düşkün olduğu kadar oğluna da düşkün olan Bey, asla kızının yerine bir erkek evladı olsun istemezdi. Onun için kızı Yaren ayrı değerliydi ve değerlisini hiç istemediği halde artık yuvadan uçuracaktı.

Üç erkek çocuğu olan Sulaklı köyünün beyi Cemal Bey için, bir kızı olmasına rağmen asla erkek evlatlarının yerini kimse alamazdı. Köylüler onu sevdiği kadar korkar, yetiştirdiği oğullarının bir gün başa geçmesinden çekinirlerdi. Cemal Bey ne kadar otoriter olsa da asla köylüsünü mağdur etmez, makul olduğu sürece onların arkalarında dururdu. Bu cömertliği köylüsü tarafından her zaman minnetle karşılanmıştı ama ondan sonra başa geçecek olan çocukları için aynı şey düşünülmüyordu. Büyük oğlu evliydi ve iki karısı vardı. Çok eşlilik köy halkı için normaldi. Köylüye göre ilk karısından oğlu olmayınca ikinci karısını almıştı. En azından köylünün bildiği buydu ve kısır olmayıp ona bir kız evlat vermiş olmasına rağmen o melek gibi karısının üzerine kuma getirmesine bir anlam verilememişti. Erkek evladı olan ikinci karısına resmi nikâh kıyılırken kız evladı olan ilk karısı sadece dini nikâhla yetinmek zorunda kalmıştı. Büyük oğlu babası gibi otoriter ve biraz da acımasızdı.

İkinci oğlu ise fazla göz önünde durmayan sadece işine bakan, genelde köylülerle tarlada çalışan bir delikanlıydı. Son zamanlarda etrafta ruh gibi gezinmesi tüm çalışanların dikkatini çekse de onun bu hâline anlam vermeye çalışan sadece birkaç kişi vardı. Evli değildi ve ağabeyiyle tamamen zıt karakterde olduğu için işçiler onunla daha rahat konuşuyordu. Fazla konuşkan olmadığı için onun kişiliği hakkında fikir yürütülemiyor sadece iyi kalpli olduğunu söylüyorlardı.

Üçüncü oğul Yağız'ı neredeyse köylülerin yarısı tanımıyordu. Çocukluğundan inatçı olduğu bilinen küçük

11

oğlanın bu huyu, onun sürekli köy dışında okumasına neden olmuştu. Köy yaşamından uzakta, hayatı yatılı okullarda geçmiş bir delikanlı olan Yağız'ın yakında doktor olarak köye geri dönmesi bekleniyordu. Özellikle köyün kızları onu merak ediyordu. Köyde üniversite okuyan tek erkekti. Kızların okutulmadığı, erkeklerin okutulmak istenmesine rağmen kendilerinin okumak istemediği bir köydü Sulaklı köyü. Cemal Bey'in köyünde erkek çocuklar okumak istememişti ama Asım Bey zorla da olsa köy çocuklarını, özellikle erkek çocuklarının okumasını şart koşmuş ve okutmuştu. Kız çocuklarının okumasına karışmıyordu. Çünkü çok çocuk sahibi olan köy kadınlarının yardıma ihtiyacı oluyordu. İsteyen kızını okutabilirdi, buna asla karışmazdı ama buna rağmen okuyan kız sayısı oldukça azdı.

Cemal Bey ve Asım Bey kırk yıllık dostluklarını daha ileriye taşımak ve dünür olmak için adım atmıştı. Çocuklarının haberi olmadan... Genelde komşu köylerin beylerinin sınır bölgeler yüzünden rakip olarak sürekli bir kavga hâlinde olması beklenirken onlar çocukluklarından beri gizlice görüşüp konuşan, arada birbirleri ile köy halkının iyiliği için fikir alışverişi yapan farklı karakterlerde adamlardı. Cemal Bey ikinci oğlunu da evlendirme zamanı geldiğini, dostu ile konuşunca anlamıştı. Özellikle son haftalarda konakta ruh gibi dolaşan Suat'ı izlerken bundan daha da emin olmuştu. Suat'ın evlenme zamanı gelmişti ve şimdi onu bu evliliğe ikna etme çalışmalarına başlayacaktı. Bunun için büyük oğlu Sedat ile oturup konuşmak ve bir karara varmak için konuşmaya karar verdi. Belki de Cemal Bey'in bu düşüncesi oğlunun hayatını tamamen düzene sokabilirdi.

Suat, az ancak yerinde konuşmasına rağmen yengesi Asude'ye karşı oldukça geveze oluyor ve yengesi tarafından diğer kardeşleri gibi her zaman el üstünde tutuluyordu. Evde ve tarladaki işçiler tarafından oldukça sevilen genç adam babasının düşüncelerinden habersizdi. Aile içinde de Suat'ın olgun davranışları, iyi kalbi ve düşünceli hareketleri nedeniyle her zaman hayranlıkla bahsediliyordu ancak ailesi onun tek kötü tarafının işçilerle arasına fazla mesafe koymayarak onlarla tarlada çalışması olduğunu düşünüyordu. Onlara göre bey oğlunun tarlada işi olamazdı. Ama Suat'ın alçak gönüllülüğü tüm köy halkının hoşuna gidiyor, ileride babasının yerine onun geçmesi isteniyordu. Köylü onun hakkında sürekli konuşuyor, genç adamın iyi niyetinden yararlanmak için elinden geleni yapıyordu. Cemal Bey ve Sedat bunu bildikleri için köylü ile iç içe olmasını istemiyordu.

Tarlada bir işçiden farksız olan Suat, evde babasının yanında gerekmedikçe asla konuşmaz bu da Cemal Bey'in hoşuna giderdi. İlk oğlu oldukça konuşkan biriydi ve her akşam işler hakkında babasına demeç vermekten geri kalmıyordu. Köy beyi olmasının yanı sıra büyük oğlu tarafından büyütülen ve oldukça iyi durumda olan bir şirketin de sahibi olan Cemal Bey, yaşlandığını düşünerek artık tüm işlerini büyük oğluna devretmişti. O ne kadar istese de Suat asla şirkette çalışmak istememişti. Üçüncü oğlunun ise kendi işleri ile alakası yoktu. Eğitim hayatının son yılındaydı ve yakında yüksek lisansını tamamlayarak doktor olacaktı. Babasının hesabına yatırdığı paralar ile çalışmasına bile gerek yoktu ama o doktor olmayı kafasına koymuştu. Yağız'ın geri dönmesini bekleyen Cemal Bey'in bilmediği bir şey vardı, o da oğlunun köy hayatını istemiyor oluşuydu.

Asım Bey o gece düşünmüştü. Elli küsur yaşında bir adam olarak fazla sağlıklı sayılmadığından ne yapacağına karar vermesi gerekiyordu. Dünya güzeli kızının geleceğini garantiye almak için sürekli düşünüyor ve elinde sadece bir çözüm kalıyordu.

Kızını evlendirmek!

Kendisine bir şey olması durumunda kızı yalnız kalacaktı. Cüneyt daha küçüktü ve son günlerde köy kahvelerinde dolaşan dedikodu Asım Bey'in hiç hoşuna gitmiyordu. Kendinden sonra kızına bakacak biri ve oğluna arka çıkacak bir destek gerekiyordu. En azından Asım Bey böyle düşünüyordu. Oğlu küçüktü ve ablasına destek olamayacağı için kızı olası tehlikelere karşı tek kalacaktı. Kimseye güvenemezdi. Derin derin nefes alırken düşüncelere dalmıştı. Yıllar sonra ilk kez o gece uyuyamamıştı.

Babasına ve kardeşine aşırı düşkün olan genç kız belki de babasını dize getirebilecek bu dünyadaki tek kişiydi. Karakteri oldukça güçlü olmasına rağmen sadece kardeşine karşı kendinden ödün veriyordu. Yaşına göre oldukça olgun, ne istediğini bilen ve istediğini ne olursa olsun alan bir kızdı. Etrafında olan bitenden haberi yoktu, tüm dünyası kardeşi Cüneyt ve babası idi. Kardeşini asla gözünün önünden ayırmazdı. Bakıldıkça insanın içine işleyen bir güzelliğe sahip genç kız güzelliğinin farkında olmayanlardandı. Birkaç kez çıktığı köy meydanının fazla kalabalık olmasından dolayı babasının kendisini köy meydanına neden göndermediğini anlayarak nefret ettiği bu yere gitmemeye özen göstermesine rağmen, her fırsatta tarlada çalışmak için işçiler ile iç içe olmaktan da mutlu olurdu.

Cüneyt yanına gelerek ablasının gülen yüzüne bakmış "Ablacığım!" diye seslenmişti. Bir erkek çocuğundan beklenmeyen etkili ve hoş bir ses tonuna sahipti. Bu özelliğini annesinden almıştı. Konuşması ile karşısındakini etkileyebilecek bir çocuk olan Cüneyt sadece ablasında bu etkiyi oluşturamıyordu. Yaren gülümseyerek kendisine doğru gelen kardeşine bakmıştı.

"Cüneyt." dedi onun kendisine seslenmesi ile. "Bir sorun mu var?" diye de eklemişti.

"Babam seninle acil konuşmak istiyormuş, seni çağırmamı istedi."

"Öyle mi? Babam benimle ne konuşacakmış ki?" diye sorarken babasının kendisini en son bu şekilde yanına çağırmasından ne kadar uzun zaman geçtiğini hatırlamıştı. Kesin kötü bir şey oldu, diye düşünürken nereden bilebilirdi ki hayatının tam olarak değişeceğini…

1. BÖLÜM

*B*abasının sözlerinden sonra genç kız dün geceden beri ağlıyordu. O kadar çok ağlamıştı ki dadısı kalbinin patlayacağından korkmaya başlamıştı. Bunu daha önceden de duymuştu. Aşırı üzüntüye kalbi dayanamayan genç kızlar... Ama babası Asım Bey kızının düşüncelerine önem vermiyordu. En azından bu defa. İç çekerek odadan çıkan orta yaşlı kadın karşısında küçük Cüneyt'i görünce duraksamıştı.

"Dadı, ablam hâlâ ağlıyor mu?" diye soran delikanlı, kadının üzgün yüzüne bakınca gerçeği anlamıştı.

"Babanızı anlamıyorum Küçük bey, ablanızı bu kadar zorlamasını da!" dedi. Ablasına düşkün olan delikanlı başını sallayarak ona hak vermişti. Yüzü asılmıştı, biricik ablası babası yüzünden ağlıyordu. Annesi doğumda öldükten sonra küçük yaşına rağmen ablası onunla ilgilenmişti. Dadılarına kardeşini bırakmamış, gecelerce onun başında beklemişti. Çalışanlar ve dadısı ablasının küçükken yaptıklarını anlatmaktan, Cüneyt de dinlemekten asla bıkmazdı. Sonra birden evin içinde gürleyen Asım Bey'in sesi ile irkilmişlerdi.

"Neden etrafta kimse yok? Herkes nerede?" diye bağıran ellilerindeki adamın sesi yaşına göre oldukça gür çıkıyordu. Makbule Hanım telaşla yanına giderek "Bir şey mi istediniz Beyim?" diye sormuştu.

"Yaren nerede, neden beni karşılamak için dışarıya çıkmadı?" diye soran adam ilk kez kızının kendisini karşılamadığını fark etmişti. Bu durum canını sıksa da verdiği sözden dönmek istemiyordu. Dahası dönmemesi gerektiğini de biliyordu. Yaren gibi bir kızı olmasından gurur duymasına rağmen, güzelliği ile dikkat çeken bir kızı olmamasını da dilediği anlar olmuştu. Genç kız güzelliği ile âdeta çevrede bir çekim alanı oluşturuyordu. Köyün yaşını almış tüm delikanlılarının dilinde kızının güzelliği vardı ve bu Asım Bey'in canını sıkmaya yetiyordu.

Asım Bey sesini o kadar yükseltmişti ki Yaren kendi odasından bile rahatlıkla duyabiliyordu. Genç kız babasının sesi ile biraz kendine gelirken ağlamanın bir faydası olmadığını anlamıştı. Asım Bey'in emrine kimse karşı gelemezdi. Bu topraklar üzerinde tek söz hakkına sahip olan adama kim karşı gelebilirdi ki? Yirmi iki yaşında bir genç kıza göre oldukça olgun olan Yaren yatağından usulca sıyrılarak odasının özel banyosuna girmişti. Aynanın karşısında gördüğü yüze şaşkınlıkla bakmıştı.

"Bu ben değilim!"

Üzüntüyle yansımasına bakarken duraksamıştı. Bir süre kendisini inceledikten sonra elini yüzünü yıkamaya başlayan Yaren, yüzüne çarptığı soğuk su ile düşüncelerini toparlıyordu. Başka çaresi olmadığını, bu günün geleceğini biliyordu. Acaba karşı tarafta benim gibi mi hissediyor, diye düşünmeden edemedi. Odasının kapısının dibinden gelen seslere kulak kesmişti.

Asım Bey büyük salona geçmiş, yer sedirinin üzerine bağdaş kurmuş bir şekilde kahvesini yudumlarken Makbule Hanım ona acı dolu bir ifade ile bakmıştı. "Bir şey mi diyeceksin Makbule?" diye soran kalın ses, kadının tüylerini ürpertmişti. "Yok Beyim ne söyleyebilirim ki?" diye çekinikçe soran kadın adamın delici bakışlarını üzerinde hissetmişti. Adam homurdanarak kadına "Sen ne düşünüyorsun bu konuda? Çocukların üzerinde büyük emeğe sahipsin." Adamın sözleri ile kadın duraksamıştı. Sözünün değeri olmadığını iyi biliyordu. Bu topraklarda kadının sözü değerli değildi. Tekrar bir şey söylemeden kadın oradan ayrılmak isteyince adam homurdanarak "Artık sana sorulan sorulara cevap vermiyor musun dadı?" diye sordu.

"Benim sözümün bir ehemmiyeti var mıdır Beyim?" Makbule Hanım lafını bitirip bakışlarını kaçırmış ve hızla büyük salondan ayrılmıştı. Yaren odasının kapısını açınca karşısında kardeşi Cüneyt'i görünce gülümsemeden edememişti. Onun karşısında her zaman gülümsemek istiyordu.

"Abla sen iyi misin?" diye soran on beş yaşındaki delikanlı, ablasının yüzündeki ifadeden sorusunun saçmalığını anlayacak kadar da zekiydi. Genç kız gülümsemesini silmeden kardeşine sarılmıştı.

"İyiyim ablacığım, sadece biraz başım ağrıyordu o kadar." diye onu rahatlatmaya çalışmıştı. Genç çocuk geri çekilerek "Sen bu evden gidecek misin? Ama ben seni çok özleyeceğim." diye yakınan Cüneyt oldukça duygusal bir çocuktu. Ağlamamak için kendisini zor tutan delikanlı, ablasının kendisine daha sıkı sarılması ile biraz rahatlamıştı.

"Gitsem bile seni bırakmayacağım canım. Merak etme, ablan ne zaman istersen senin yanında olacak, buna kimse engel olamaz." Genç kız bunu tüm içtenliğiyle söylemişti.

"Peki sen… Sen babama söyleyecek misin? Yani gitmeye karar verdin mi?" derken genç çocuk yutkunmadan edememişti. Yaren ise sabaha kadar ağlamamış gibi rahat davranıyordu. Aklından türlü düşünceler geçirirken babasının sesiyle kardeşine bakmıştı.

"Bu en iyisi olacak gibi Cüneyt. Zaten bir gün bu evden ayrılacaktım değil mi?" Yaren'in yüzü gülse de gözlerindeki acı belli oluyordu.

"Ama bu şekilde değil abla. Bu şekilde gitmeyecektin. Ağlayarak değil, mutlu bir şekilde olmalıydı." Cüneyt, babasının üçüncü seslenişine kayıtsız kalamamıştı.

"Bunu sonra konuşalım, şimdi babamı daha fazla bağırt-madan yanına gitsek iyi olacak." diyerek uyarıda bulunmuştu. İki kardeş ağır adımlarla salona geçerken genç kız başını dik tutmaya özen gösteriyordu. Hiçbir zaman babasının yanında başı önde durmamıştı. Her şeye rağmen gözlerini gözlerine dikerek konuşuyordu. Bu davranışının babasının hoşuna gittiğini bilse bu huyundan asla vazgeçmezdi. Asım Bey kızının bu gururlu, kendinden emin tavırlarından çok hoşlanıyordu. Ona bu şekilde baskı yapmak istemiyordu ama yaşının ilerlediğini düşünerek ilk göz ağrısı kızını korumalıydı. Asla boyun eğmek istemeyen bir kısrak gibi davranan kızına her zaman sevgi ve gururla bakmıştı.

"Bize mi seslendiniz babacığım?" diyen genç kız her zamanki gibi babasının gözlerinin içine bakıyordu. Adam o gözlerdeki hayal kırıklığını görse de bir şey söylememişti.

"Geçin karşıma oturun, ikinizle de konuşacaklarım var!" derken genç kız babasının ne söyleyeceğini anlamış ve ilk kez bakışlarını kaçırarak tam karşısına oturmuştu.

"Sizi dinliyoruz babacığım." Bu söz genç kızın ağzından bir fısıltı gibi çıkmıştı. Asım Bey kızının kederli yüzüne bakarken içi acımıştı ama başka şansı da yoktu. Bu toprakların üzerinde söz sahibi olabilirdi ama şu karşısındaki genç kıza bir türlü gücünü yettiremiyordu. Zorlukla yutkunarak ve ilk kez onun bu acı dolu bakışlarını görmezden gelerek "Akşama herkes hazır olsun, karşı köyün beyi hayırlı bir iş için ziyarette bulunacak." derken genç kız kanının çekildiğini hissetmişti. Bunu yapmak istemiyordu ama babasına da karşı çıkamayacağını biliyordu. Çaresiz bir şekilde boyun eğen genç kız sessiz kalarak hayatının en berbat zamanlarına adım atmıştı. Büyük salondan ayrılan Yaren ne söyleyebilirdi ki? Böyle olmasını istemiyordu. O her zaman sevdiği adam ile evlenmeyi hayal ediyordu. Biliyordu ki annesiyle babası birbirini severek evlenmişti. Şimdi ise babasının kendisine bu şekilde baskı yapmasına anlam veremiyordu.

Ahırlara doğru ilerleyen Yaren, babasının on yedi yaşına girdiğinde kendisine hediye ettiği kahverengi kısrağının başını kolları arasına alarak yavaşça okşamaya başlamıştı. Hazırlığını yapmış, sırtına aldığı tüfeği ile kısrağına atlayarak dörtnala sürmeye başlamıştı. Atı, sahibinin sıkıntısını anlamış gibi ona ayak uyduruyordu. Yaren ne yapacağını, nereye gideceğini bilmiyordu. Alıştığı bu topraklarda özgür bir kuşken, kafese girmek istemiyordu. Ama biliyordu ki babası asla kendisi için kötü bir şey istemezdi. Belki de birkaç gün sonra hiç tanımadığı bir adamın karısı olacaktı. Tek dileği ikinci eş olmamak. Babasının buna izin vereceğini düşünmüyordu. Tarlalar arasından geçerken işçiler tarafından büyük bir sevgi ile karşılanan genç kız, ancak onların yanında sıkıntısını giderdiğini hissediyordu.

Atından inip tarlada çalışanların yanına giden Yaren, zoraki bir gülümsemeyle "Kolay gelsin. Bana göre bir işiniz var mı?" diye sormuştu. Kadınlardan biri hemen öne çıkarak "Aman Hanımım o ne demek, size iş yaptıramayız." dese de Yaren gülümseyerek "Önemli değil, ben çalışmak ve size yardım etmek istiyorum. Hem böylelikle öğle yemeğine size katılabilirim." dedi. Kadınlar, kızın parlak gülümsemesi karşısında mutlu olmuşlardı. Aralarından biri ayağa kalkarak "Gel kızım, senin yapabileceğin bir şey var mı bakalım." derken Yaren gülümseyerek "Teşekkür ederim." demişti. Onun bu basit cümlesi bile işçilere mutluluk kaynağı oluyordu.

Evde hazırlıklar büyük bir titizlikle sürerken dadı, Yaren'in etrafta olmadığını fark ederek diğer çalışanlara onu sormuştu. Kadınlardan biri "Küçük hanım tarlaya doğru gitti." diyerek kısaca geçiştirmişti dadının sorusunu. Evdeki hiç kimse Yaren'in gitmesini istemiyordu. Asım Bey eve geri döndüğünde dadıyı yanına çağırmıştı. "Akşama her şey hazır mı dadı?" diye sorarken gözü de etrafı inceliyordu. Kadın üzgün bir ses ile "Evet Beyim." demişti. "Bakma öyle dadı, biliyorsun bu Yaren için en iyisi." derken kadının gözünden bir damla yaş akmıştı. "Kusura bakmayın Beyim, elimde büyüdü, mazur görün." Kadın gözyaşını tutamıyordu.

Haklıydı. İki çocuk da elinde büyümüştü ama Yaren çok farklıydı onun için. Adam ona hak vererek "Yaren nerede?" diye sormuştu. Dadı sıkıntı ile "Tarlaya kadar gitti." dediğinde adamın öfkeleneceğini düşünmüştü ama gayet sakin bir ses tonu ile "Haber gönder saat altıda evde olsun. Akşam yedide misafirler gelecek." dedi. Dadı, adamın sözlerine dayanamayarak "Affınıza sığınarak misafirler kim Beyim?" diye sormuş ve hemen akabinde çekinerek gözlerini kaçırmıştı.

"Karşı köyün beyi, Cemal Bey gelecek." Duyduklarıyla kadının gözleri büyümüştü. Kekeleyerek konuşmaya çalışmıştı. "O adam... Ama o adam çok zalim bilinir." derken Asım Bey kendisini zor zapt ederek "Kızımı kötü bir yere vereceğimi mi düşünüyorsun dadı?" diye sordu. Sesi oldukça sert çıkmıştı. Dişlerini sıkan adam kadının tedirgin bir şekilde bakışlarını kaçırmasıyla suçluluk duygusuna kapılmıştı. "Hayır Beyim ama... Siz de biliyorsunuz, Cemal Bey epey zor adamdır." dedi. Asım Bey gülümseyerek ona karşılık vermişti. "Merak etme, Yaren onu yumuşatacaktır." Orta yaşlı kadın duyduklarından hoşlanmamıştı. Cemal Bey'in sert, astığım astık tavırlarından bahsedilirken içi nasıl rahat etsindi ki? Nereden bilebilirdi Asım Bey'in yıllardır arkadaşı olduğunu ve huyunu çok iyi bildiğini. Gönül rahatlığıyla kızını Cemal Bey'e emanet edebileceğini biliyordu. Aksi durumda öfkesini üzerine çekeceğini de iyi biliyordu. İki bey birbirinin gayet iyi tanıyordu.

Yaren tarlada çalışmaya kendisini vermişken dinlenmiş görünüyordu. Düşüncelerinden sıyrılan genç kız ferahlamıştı. Akşamı düşünmek istemiyordu. Kimin geleceği hakkında en ufak bir fikri yoktu. İleride uzanan küçük çocuğu görünce gülümsemişti. Tarlanın ortasında yatıyordu. Yaren gülümseyerek önceden tanıştığı sevimli çocuğa seslenmişti. "Ahmet!" dedi neşeyle. Onunla biraz olsun vakit geçirmeyi düşünüyordu. Elindeki çapayı kenara koyan Yaren, çocuğun gözlerinin kapalı olduğunu fark etmiş ve gülümsemişti. Güneş altında mayışmış olduğunu düşünüyordu. Sonrasında yanına biraz daha yaklaşarak tekrar seslenmişti. Daha önce de onunla bu şekilde oyun oynamıştı. Birkaç adım daha attığında gördükleriyle şoke olmuştu. Sesini yükselterek tarlada çalışan erkeklerin dikkatini çekmişti. "Ahmet?" diye bağıran genç kız korkuyla titrerken çocuğun moraran bacağını fark etmişti. Hızla yanına yaklaşırken ayağındaki ısırık iziyle donup kalmıştı. Çocuğun ayağını yakalayan genç kız, etrafında kesici bir şeyler arıyordu. İze bakılırsa akrep sokmasıydı. Bu toprakların zehirli akrepleri epey korkutucuydu. "Biri yardım etsin! Ahmet... Gözlerini aç!" dedi ama nafileydi. Küçük çocuk gözlerini açmamıştı. Yaren hızla birkaç adım ilerideki ot kesme aletiyle çocuğun ayağına küçük kesikler açarak kanı çıkarmaya çalışmıştı. Tam da bu sırada küçük çocuğun annesi ve babası koşarak oraya gelmişti. Yaren'in ne yapmaya çalıştığını anlayan kadınlardan biri "Yapma!" dedi. Yaren duraksamadan ağzını tam ayağına yaklaştırıyordu ki kadın Yaren'i geri çekerek "Yapma kızım, eğer zehirden yutarsan sen de ölebilirsin!" dediğinde Yaren dehşete düşmüştü. Küçük çocuğun moraran ayağına ve ağırlaşan nefes alışına dikkat kesmişti. "Hâlâ nefes alıyor!" dedi heyecanla. Sonra kadının sözlerine aldırış etmeyerek hızla çocuğun ayağından çıkarabildiği kadar zehri dudakları ile emmeye başladı. Zifiri kara kanı yere tükürürken işçilerin ona korkuyla baktığının farkındaydı. Dahası çocuğun anne ve babası da korku içindeydi. Bey kızının böyle bir şey yapması beklenmedik olmasının yanı sıra, cesareti de korkusunu körüklüyordu. Daha fazla kan çıkaramayan Yaren boynundaki tülbendini çözerek çocuğun ayağını sıkmıştı. Etrafına bakınırken koşmaya başlayan kız herkesi şaşırtmıştı. Birkaç metre ilerideki atının yanına koşan Yaren aceleyle ipi çözmüş ve üzerine binerek çocuğun yanına dönmüştü.

"Hadi bakmayın da bana çocuğu uzatın!"

Yaren'in çıkışıyla, babası oğlunu hemen genç kıza uzatmıştı. Çocuğu sıkıca kavrayan genç kız atını sürebildiği kadar hızlı sürerken ne olacağını düşünmüyordu. Tek derdi onu sağlık ocağına yetiştirebilmekti.

Köy meydanından dörtnala geçen kız herkesin dikkatini

çekmişti. Atı deli gibi sürenin beyin kızı olduğunu anlamaları o kadar da uzun sürmemişti. Siyah uzun dalgalı saçları atın hızıyla dalgalanırken köy delikanlılarının dikkatinden nasıl kaçabilirdi ki? Yaren hızla sağlık ocağının sokağına girerken vakit epey geç olmuştu. Kız attan inerken kendisine yardım etmek isteyenin yüzüne bile bakmamıştı. Çocuğu hızla genç adama uzatırken kendisi de hızla attan aşağıya atlayarak ayaklarını yere basmıştı. Çocuğu verdiği kişiye bakmadan, onun kendisini hayranlıkla izlediğinin bile farkına varmadan aceleyle çocuğu geri almış ve koşarak sağlık ocağına girmişti. Korkudan titriyordu. "Yardım edin! Doktor..." diye bağırırken çığlıkları boş koridorlarda yankılanmıştı.

Yardım çığlıklarını duyan doktor, genç kızı daha önce görmesine rağmen gözlerine inanamayarak duraksamıştı. Yutkunarak genç kızın kucağındaki çocuğu alıp acil müdahale için bir odaya sokmuştu. Doktor çocuğu içeri aldığında genç kız endişeli bir şekilde dışarıda bekliyordu. Kısa bir süre sonra çocuğun ailesi de koşarak sağlık ocağına gelmişti. Kız korku dolu bakışlarla kendisine yaklaşan doktora "Sorun nedir?" diye sordu. Genç kız nefesini tutmuştu. Doktorun sözleri genç kızın kanının çekilmesine neden olmuştu. Doktor telaşlıydı. Köy yerine doktor olduğundan beri başına gelmedik kalmamıştı. Oldukça belalı olan bu yerden tayininin çıkmasını sabırsızlıkla bekliyordu. Bu çocuğun kurtarılması için elinden geleni yapacaktı. Doktor "Kan lazım!" dediğinde diğer taraftan gelen ses ile herkes susmuştu. Yaren ise içinden, acaba kesikleri derin mi açtım, diye geçiriyordu.

"Ben verebilirim!"

Köylülerin daha önce görmediği yabancı adam dikkatleri üzerine çekmişti. Sonrasında ise doktor yabancıya minnetle bakıp "Evet ama kan grubunuz uymalı." diyerek çocuğun ailesine dönmüştü. Birkaç dakika sonra aileden ve oradaki herkesten kan örneği alınırken genç kızın da vermek istemesi tepki çekmişti. "Siz yeterince yardım ettiniz, lütfen Hanımım." Aldığı tepkiler karşısında öfkelenen genç kız sesini yükselterek konuşmuştu. "Ne demek bu, göz göre göre onu ölüme mi bırakayım!" Sözlerini bitirdikten sonra sinirli bir şekilde odalardan birine geçerek kanına baktırmış ve herkesin üzgün bakışları arasında kan vermişti. Çocuğun şansı mı yoksa kızın şansı mı bilinmez ama genç kızın kanı çocukla tutmuştu. Ailenin aklında Hanımlarının iyiliğini nasıl ödeyebilecekleri varken genç kızın aklında da eve yetişebilme düşüncesi vardı.

Çocuğun mahcup olan ailesinin, ömür boyu bu cömert ve iyi kalpli kıza minnet duyacağı kesindi. Doktorun kızın kanıyla birlikte yabancı adamın kanının da uyduğunu açıklaması ile derin nefes alan genç kız ilk olarak kan vermek istemişti. Hızla odaya giren hemşire ile kız, kan alma işlemine başlamıştı. Duvardaki saate gözü takılan genç kız dehşete düşmüştü. Saat yediye beş vardı. Babam kesin çıldırmıştır, diye düşünen kız saate bakmayı kesmişti. Sanki bu şekilde zamanı geri alacaktı. Hemen ayağa kalkmak isteyince başı dönen Yaren, hemşirenin ısrarıyla tekrar yatmıştı.

Onun aklında sadece babası vardı şu anda. Eğer konağa yetişemezse ilk kez babasını utandırmış olacaktı. Nefes alması hızlanırken yan tarafta yatan diğer gönüllüyle göz göze gelince hemen bakışlarını kaçırmış ve ağır bir şekilde ayağa kalkarak kapıya yönelmişti. Hemşirenin yatması yönündeki uyarılarına aldırış etmeyerek odadan çıkmak üzere adımını attığında aklına gelen şeyle duraksamıştı. Kapıdan çıkmadan önce genç kız kadife gibi çıkan sesiyle yabancı adama "Kan verdiğiniz için teşekkür ederim." diyerek hızla odadan çıkmıştı. Ensesine düşen tülbendini sıkıca saçına dolayan Yaren atına binerek hızla oradan uzaklaştı. Geç kalmıştı. Babası kızmış olmalıydı. Hasta babasını hayal kırıklığına uğratıp üzdüğü için suçluluk duyuyordu.

Asım Bey sinir küpü hâlinde evde bağırıp çağırırken dadı ne yapacağını bilemiyordu. İkisinin de korkusu kızın başına kötü bir şey gelmesiydi. Asım Bey kızı hakkında köy meydanında çıkan sözler yüzünden tedirgindi. Onun güzelliği başa bela olacak cinstendi ve Yaren'in hiçbirinden haberi yoktu.

Genç kız etrafıyla ilgilenmediğinden nereden bilecekti ki köyün erkeklerinin rüyalarını süslediğini!

Kapı tokmağının sert bir şekilde çalması ile Asım Bey başını çevirmişti. Hızla açılan kapıda beliren Cemal Bey gülümsemek bir yana somurtmakla meşguldü. Çekinen Asım Bey "Bir sorun mu var Cemal?" dedi. Cemal Bey derin bir nefes alarak içeriye girdiğinde onun sadece büyük oğlu ile karşılaşmıştı. Bu durum Asım Bey'i de öfkelendirmişti. "Bu da ne demek oluyor Cemal, kızımı kuma olarak almaya gelmedin inşallah?" Cemal Bey büyük salona geçerek "Yolda araba bozuldu, bu tip işlerle her zaman Suat ilgilenir." diye cevap vererek durumu kurtarmaya çalışmıştı. Asım Bey'in içi biraz olsun rahatlasa da kızının ortalıkta olmaması içini ürpertiyordu. Ya bir şey olduysa güzel kızına? Bakışları salonda babasıyla oturan Sedat'a kaymıştı. Oldukça etkileyici gözüken genç adamın babasının işlerini başarılı bir şekilde büyüttüğünü duymuştu. Gözlerindeki ifadeden onun ne kadar zeki olduğu belli oluyordu. Ama onun farklı davranışlarını da duymuştu. İş yerinde oldukça katı tutumları vardı ve kızını ortanca oğluna vereceği için düşüncelerinde rahat olmak istiyordu. Biliyordu ki Cemal'in büyük oğlunun iki karısı vardı ve asla kızını kuma olarak vermeyi düşünmüyordu. Eğer onun üzerine kuma gelecekse de kızını geri almayı göze alabilecek kadar cesur bir babaydı. Hatta ameliyattan sağ çıkarsa ve kızının başına böyle bir şey gelirse kızını geri alacaktı. Kim olduğu önemli değildi. Cemal Bey'in ilk gelininin başına gelen talihsizliğin kendi kızının başına gelmesine müsaade etmeyecekti.

Cemal Bey iyice köşesine yerleşirken bir taraftan da kız istemeye geldiği evi ilk kez ayrıntılı bir şekilde incelemeye başlamıştı. Oturma salonu oldukça genişti ve kendi konağı gibi ahşaptan yapılmış duvarlarda gösterişli ama sade duvar halıları asılıydı. Halılardan birini çok iyi hatırlamıştı. Arkadaşıyla birlikte almıştı o halıyı ve diğer eşi de kendi odasında asılıydı. Kısa bir süre daha evi inceleyerek bakışlarını

Asım Bey'e çevirmişti. Yanında getirdiği büyük oğlunu Asım Bey'e tanıştırırken oldukça gururlu bir duruşu vardı. Asım Bey onunla yıllardır arkadaş olmasına rağmen çocuklarından sadece uzaktan gördüğü Sedat'ı tanıyordu. Onun işlerin başında olduğunu ve başarılı bir şekilde işlerini büyüttüğünü biliyordu. Onlara kızının evde olmadığını söylemek için acele etmek istemedi. Bir süre daha Yaren'in gelmesini bekleyecekti. Ne de olsa damat adayı da ortalıklarda yoktu.

Yaren atının daha hızlı koşması için onu coştururken Asım Bey de çaktırmadan saatine bakıyordu. O sırada içeriye giren oğlu Cüneyt çekinerek babasının yanına gitmişti. Asım Bey'in, oğlunu görünce her zamanki gibi gözleri parlamıştı. Ayakta dikilen genç çocuğun yanına giderek arkasına geçmiş ve iki elini omzuna yerleştirerek "Cemal, size oğlum Cüneyt'i tanıştırayım." dedi. Ama onun tanıştırma şekli daha bir sade olmuştu. Adam gülümseyerek genç çocuğa bakarken "Sana çok benziyor Asım!" dedi. Asım Bey gülümseyerek "Evet öyle galiba." dedikten sonra oğlunu bir adım öne götürerek uyarıda bulunmuştu."Öp oğlum Cemal Bey'in elini!"

Cemal Bey elini havaya kaldırırken Cüneyt istemeden de olsa elini öpmek zorunda kalmıştı. Onlardan şimdiden hoşlanmamıştı. Ablasını elinden alacaklarının farkında olacak kadar büyüktü. Babasının yanında yerini alarak sessizce otururken babasının gergin olduğunu anladı. Endişeli bir şekilde bakarken merak ettiği kişiyi başkası sormuştu. "Eee, Yaren kızımız yok mu?" Cemal Bey'in sorusu ile Asım Bey'in yüzünün değişmesi bir olmuştu. Onun yüzündeki ifadeden Cemal Bey bir şeyler olduğunu anlamış ve devam etmişti.

"Bir sorun mu var? Yoksa kızımız isyan edecek kadar senden yüz mü alıyor?" Asım Bey dişlerini sıkmıştı ama tarladan gelen Cüneyt hemen söze atlamış, ablasını savunmak istemişti. "Ablam tarlada akrep sokan bir çocuğu sağlık ocağına kadar götürmüştü." Oğlunun sözleriyle Asım Bey'in yüzü bembeyaz olmuştu. Onun korkusu kızının da başına kötü bir şey gelmiş olmasındandı.

Hemen atılan Asım Bey "Ablan nasıl, ona bir şey olmadı değil mi?" diye sorarken Cemal Bey homurdanarak "Bu gece bizim geleceğimizi bilmesine rağmen tarlaya gidecek kadar kaygısız bir kız evlat mı yetiştirdin Asım?"

Tam da bu sırada kapının çalınması ile herkes irkilmişti. Dadı hızla kapıya doğru ilerlerken Asım Bey de kapıya doğru koşmaya başlamıştı. Dadıyla kapı ağzında karşılaşan Asım Bey heyecanla "Kimmiş?" dedi. Dadı başını sallayarak "Daha kapıyı açmadım ki Beyim!" dediğinde adam telaşla ona "Açsana hadi!" diye çıkışmıştı.

Dadı kapıyı açtığında saçı başı dağılmış Yaren ile karşılaşınca Asım Bey derin bir nefes almıştı. Ona doğru sinirle yürürken kız tam ağzını açacaktı ki babasının hareketi ile susmak zorunda kalmıştı. Adam kızını sağ salim gördüğü için rahatlamış ve farkında olmadan kızına sarılmıştı. Bu toprakların akreplerinin ne kadar zehirli olduğunu herkes bilirdi. Kızının kolları arasında ve nefes aldığını hissetmek için başını göğsüne daha fazla bastırmıştı.

"Baba ben çok özür dilerim!" diyen kızın sesinden gerçekten üzgün olduğu anlaşılıyordu. Derin nefes alan adam kızını daha da sıkı sararak "Sen iyisin ya gerisi önemli değil." dedi. Yaren duyduklarından sonra aşağıda olan kollarını babasına dolamıştı. En son karısı öldüğünde bu şekilde kızına sarılan adam, sanki vedalaşmaya şimdiden başlamış gibi kızının kokusunu içine çekmişti.

Cemal Bey onları izlerken bir şeylerin kendinde eksik olduğunu anlamıştı. O asla kızına bu denli yakınlık göstermemişti. Adam öksürerek orada olduğunu onlara hatırlatmak istedi. Asım Bey kızından istemeyerek de olsa ayrılmak zorunda kalmıştı. Babasının kollarından ayrılan kız yan tarafa geçip parlak gözleriyle Cemal Bey'e bakınca adam bir anda nefesini tutmuştu. Belki de hayatında gördüğü en güzel kız karşısında duruyordu. Yutkunmadan edemeyen Cemal Bey konuşmak istemiş ama sesinin çıkmayacağını düşünmüştü. Yaren başını eğerek "Affedersiniz, size büyük kabalık oldu. Lütfen hazırlanmama izin verin." derken kızın kibarlığı karşısında dili gerçekten tutulmuştu. Genç bir delikanlı gibi kızaran Cemal Bey ne söyleyeceğini bilememişti. Kızın bir köylü kızına nazaran adabımuaşeretten haberdar olması ve bunu yansıtabilecek kadar saygılı olması ise büyüleyici bir etki yaratmıştı adamda. Sedat babasının şaşkınlığı karşısında dudak altından gülümsemeden edememişti. Kendisi Yaren'e çok dikkatli bakmamıştı. Sonuçta kendisi için önemli olan tek kadın şu anda konakta kızıyla birlikteydi. Babasının genç kıza olan bakışlarındaki hayranlığı görebiliyordu. Cemal Bey ilk kez söyleyecek bir şey bulamamıştı.

Başı ile onaylayan adam tekrar salona döndüğünde gelin olarak alacağı kızı nasıl koruyacağını düşünmeye şimdiden başlamıştı. Bu kız diğer gelinlerinden çok farklı bir yapıya sahipti. Cemal Bey, Asım Bey'den daha çok insanın içini okuyacak kadar tecrübeli bir adamdı ve Yaren onlara, özellikle oğluna oldukça ağır bir yük olacaktı. Şimdi anlıyordu neden bu kızın köylünün dilinde olduğunu. Derin bir iç çekerek az önce kalktığı yere tekrar otururken Asım Bey de mahcup bir şekilde onun karşısına oturmuştu.

Güzel ve zeki olan bu kız, oğlu ile nasıl anlaşacaktı ki? Ama en önemlisi Asım Bey'in kızına neden bu kadar düşkün olduğu ve onu neden korumak istediğini anlamasıydı. Karşısında oturan arkadaşının tedirginliğini anlayabiliyordu. "Kızının maşallahı var Asım ama başına buyruk bir kız anlaşılan." Cüneyt, ablasına hakaret edilmiş gibi hissederek babasına cevap hakkı tanımadan söze atlamıştı. "Ablam evlenmek istemiyor." Oğlunun sözleri karşısında Asım Bey, Cüneyt'e ters bir şekilde bakarak "Büyüklerinin yanında konuşmamanı kaç kez söyleyeceğim sana?" dedi. Cüneyt babasının sözleriyle utanarak "Affedersin baba!" deyip hızla salondan çıkmıştı.

Yaren odasında hazırlanırken fazla vakit geçmemişti ki Cemal Bey'in ortanca oğlu da gelmişti. Herkes tamam olduğuna göre Yaren âdet yerini bulsun diye istemeyerek de olsa kahveleri yapmış ve elinde kahve ile büyük salona gelmişti.

İşte o an göz göze geldiği kişi ile şaşkına döndü.

Genç kız şaşkınlıktan neredeyse elindeki tepsiyi düşürecekti. Bakışlarını kaçıran Yaren acele bir şekilde kahveleri dağıtarak salondan çıkmak için kapıya yönelmişti. Tüm bedeni titriyordu.

Suat da genç kız kadar şaşkındı. Şaşkın ve bir o kadar büyülenmiş olan genç adam sağlık ocağında karşılaştığı kızı burada görmeyi aklının ucundan bile geçiremezdi. O anda ona karşı duyduğu şefkat daha da derinleşmişti. Kendisine layık görülen bu kız karşısında gururlansa da onun için üzülmeden edemedi. Suat kalbinin sahibinin ölmesi ile kimseyi onun kadar sevemeyeceğinin farkında bir adamdı. Derince soluyarak şaşkınlığından kurtulmak istemişti. Kurbanlık koyun gibi söz hakkı dahi tanınmadan, tanımadığı bir adama gelin olacak bu kız hiç beklediği gibi biri çıkmamıştı.

Yaren salondan çıkar çıkmaz hızlı adımlarla mutfağa gitmiş elini kalbinin üzerine bastırarak kesilen soluklarını düzenlemeye çalışıyordu. Bir an yanlış gördüğünü bile düşündü genç kız. Ama o gerçekti. Tam karşısında kendi gözlerine bakıyordu. Ne düşüneceğini, nasıl davranacağını bilmiyordu. Bugün sağlık ocağında gördüğü o yabancının kendisine görücü geleceğini nereden bilebilirdi? Kaldı ki kendi köyünün erkeklerinden bihaber olan bu genç kız, o yabancının karşı köyden geleceğini asla bilemezdi. Düşündükçe işin içinden çıkamıyordu. Onun da diğerleri gibi işçilerle ilgilenmesine karşı çıkmamasını ve kendisini yadırgamamasını diliyordu. Bugün ona karşı soğuk davrandığını düşününce içi ürpermeye başlamıştı. Evleneceği adamın köyünün erkekleri gibi katı olmaması için dua etmeye başladı. Bir de ona soğuk bir teşekkür etmişti. Sinirle tülbendinin altından uzanan uzun siyah dalgalı saçlarını çekerek kendisini cezalandıran genç kız dadısının dikkatini çekmişti.

"Sen ne yapıyorsun kızım? Söyle bakalım yine ne yaptın da kendine işkence ediyorsun?" Genç kız dadısına sarılarak biraz olsun sakinleşmeye çalışmıştı. "Ben o adamla bugün karşılaştım ve ona galiba kaba davrandım." derken dadısı gülümsemişti. Biliyordu ki Yaren asla kaba davranabilecek bir kız değildi. Kaldı ki Suat bugün Yaren'in kendisine teşekkür etmesine gerçekten şaşırmıştı. Çocuğun ailesi bile kendisine teşekkür etmezken bu yabancı kızın kendisine teşekkür etmesi onu hem şaşırtmış hem de mutlu etmişti. Bir köy kızının teşekkür etmesinde elbette gariplik yoktu ama bunu düşünebilecek kadar nezaket bilmesi onu gerçekten şaşırtmıştı. Özellikle bulundukları bu topraklarda erkeklerin karşısında konuşmaya korkan kız çocuklarının yabancı biriyle konuşması ilginçti.

Yaren mutfakta kendisi ile cebelleşirken Asım Bey de Suat'ı inceliyordu. Suat tedirgin olmuştu. Doğal olarak kız babasının kendisini süzmesini anlayabiliyordu. Asım Bey karşısındaki genç adamdan hoşlanmıştı. Davranışlarından anlaşıldığı kadarıyla saygılı ve düşünceli bir gençti. Sedat'ın kibirli olduğunu düşünüyordu. Aslında onun Suat'tan daha düşünceli bir adam olduğunu asla bilemezdi. Göstererek değil, daha çok saklı işler yapmayı seviyordu. Asım Bey damadı olacak bu adamın huyunu sevmişti. Sonra Cemal Bey'in şaşkın bakışları arasında "Ne işle uğraşıyorsun evladım?" diye sorması Suat'ı gülümsetmişti. Genç adam farkında olmadan aylar sonra ilk kez samimi bir şekilde gülümsemişti. Bu durum ne babasının ne de ağabeyinin gözünden kaçmıştı. Suat ne kadar rahatsa Cemal Bey sanki oğlunun ne iş yaptığını bilmiyormuş gibi kırk yıllık dostunun böyle garip bir soru sormasıyla huzursuz olmuştu. Arkadaşının ne yapmaya çalıştığını anlamaya uğraşıyordu ama arkadaşı kendisine bakmak yerine oğluna gözlerini dikmişti. Suat gayet sakin ve kendisinden emin bir şekilde "Genelde tarlalarda çalışıyorum efendim." dediğinde babası homurdanarak "Bu huyundan hiç vazgeçmiyor nedense..." dedi. Asım Bey kahkaha attı. Onun bu tavrı herkesi şaşırtmıştı. Sedat yanlış anlayarak Asım Bey'in kardeşiyle dalga geçtiğini düşünse de Asım Bey'in sözlerini duyunca şaşırmıştı.

"Öyle mi, ne tesadüf benim kız da pek sever tarlada ça-

Yasemin Yaman

lışmayı!" Suat gözleri parlayarak hafif gülümsemişti. İçinden, zaten bugün anlamıştım, diye düşünürken onun hakkında duyduklarının da yalan olmadığını fark etmişti. Köydeki herkes onun hakkında, kalbinin güzelliği yüzüne yansımış ama bu güzellik bahtına yansıyamayacak, diye düşünürken içinde bir sıkıntı oluşmuştu. Evet, içi acımaya başlamıştı. Bu dünyalar tatlısı ve iyi kalpli kız kendisine göre değildi. Bir şekilde babasını ikna etmeliydi. Öyle ki birkaç hafta içinde evleneceğinden habersizdi.

Babası bunu anlamış gibi hemen söze girerek "Biliyorsun Asım, yıllardır arkadaşız." Babalarının bu sözüyle iki genç adam ona bakmıştı. Şaşkın bir şekilde büyük oğlu Cemal Bey'e "Siz daha önceden tanışıyor muydunuz?" diye sorarken Asım Bey gülümseyerek "Evet, ben ve baban çocukluğumuzdan beri arkadaşız." diye karşılık vermişti. Cemal Bey gülerek onu onaylamıştı. "Evet, Asım ile iyi arkadaşızdır." dedi.

Cemal Bey bu kadar açıklama yeterli diye düşünmüş olacak ki hemen söze devam etti. "Kızın Yaren ile oğlum Suat'ın evlenmesi için iznini almaya geldik. Kızının ne kadar güzel olduğunu ben de görüyorum ama anladığım kadarıyla sadece güzel değil ayrıca oldukça iyi kalpli bir kız, eminim oğlumla mutlu olacaktır." Babasının bu sözleri karşısında Suat'ın kalbi acımıştı. "Bu yüzden izin verirsen düğünümüzü yapalım." dedi.

Asım Bey hüzünlenmişti. İlk göz ağrısından bu şekilde vazgeçmek canını acıtıyordu. Sonrasındaysa onun için en iyisi diye düşünerek evliliği onaylamıştı. Ama Suat beklenmedik bir şekilde çıkış yapmıştı. "Neden bunu kızınıza da sormuyorsunuz?" Bu soruyla irkilen Asım ve Cemal Bey şaşırmıştı. Dahası oğlunun bu saçma sorusuna kızarak "Nerede görülmüş bir kızın babasının sözüne karşı geldiği, babası olur dediyse tamamdır." demişti. Asım Bey'in de yüzü asılmıştı. Gönül isterdi ki kızı, istediği bir adamla evlensin ama bu mümkün görünmüyordu. Kızının dışarıdaki erkeklerden biriyle ilgilendiğini bir an bile hissetmemişti. O sadece kitapları

32

ve kardeşiyle mutluydu. Sesini yükselten Asım Bey, Yaren'in gelmesini istemişti. Yaren çekinerek büyük salona geldiğinde karşısındaki üç erkeğin de dikkatini üzerine çekmişti. Suat ve ağabeyi nefesini onun güzelliği karşısında tutarken Cemal Bey kızdaki zarafeti gururla seyretmişti. Kalbinden hissediyordu ki Yaren evine bereket ve huzur getirecekti. Babasının yanına gelen Yaren bakışlarını Suat'tan kaçırıyordu. İlk kez utanıyordu ve bu hiç hoşuna gitmemişti. Asım Bey kızına bakarak "Öp kayınbabanın elini!" derken genç kız dehşete düşmüştü. İçinde babasının son anda vazgeçeceğine dair bir umut vardı ve bu son sözle o umut yerle bir olmuştu.

Dehşete düşmüş yüz ifadesini tek fark eden Suat olmuştu. O an içi yoğun bir şefkatle dolarken kızın titrediğini bile fark eden olmaması canını sıkmıştı. Elinden bir şey gelmiyordu. Babasına ve Asım Bey'e karşı gelecek gücü kendisinde bulamıyordu. Tek dileği onun hayatını fazla acıyla doldurmamaktı. Kız zorlukla hayal kırıklığını üzerinden atarken Cemal Bey'in uzattığı eli öpmek zorunda kalmıştı. İlk kez bu kadar zayıf ve güçsüz hissediyordu. Dahası kalbinden gelen itiraz cümleleri dilinin ucuna ilerleyemiyordu. Suat biliyordu ki bundan sonraki hayatında bu kızın gözlerinde az önce gördüğü o karanlık gölgeyi hep görecekti. Kesinlikle bu kız ona göre değildi. Kendisinin yakışıklı olması ya da iyi kalpli olması o an önemli değildi. Ona göre hiçbir erkek karşısındaki bu olağanüstü kızı hak etmiyordu. Bu düşünce canını sıkıyordu.

O gecenin sonu gelmek bilmezken zoraki olarak Suat ve Yaren sözlenmişti. Cemal Bey yangından mal kaçırır gibi düğünün bir an önce yapılmasını isteyince ikili bir anda irkilmişti. Suat gözlerini sıkıntıyla büyütürken kızın kendisine bakmayan solgun yüzü de bu sıkıntıya tuz biber oluyordu. Cüneyt, ablasının yanına giderek ona sarılınca Asım Bey kızmıştı. Şu anda hiç kimsenin Yaren'in ruh hâlini anlayabileceğini düşünemiyordu. Kızının boyun eğdiğini ilk kez görüyordu ve bunun da kendisi için olduğunu biliyordu. Sırf babasının saygınlığı için buna razı gelmişti. İşte bu Asım Bey'i daha da üzüyordu. Belki de küçük bir itiraz etse babasının hemen vazgeçeceğini bildiği için susuyordu. Odadan çıkarken zor tuttuğu gözyaşlarından biri yanağından akarken yine bunu tek fark eden Suat'tan başkası değildi. Sıkıntıyla dişlerini sıkarken o anda büyük kararlar almak üzereydi.

Sıkıntı... İçini büyük bir sıkıntı kaplamıştı. Gecenin zifiri karanlığı sanki gelmiş göğsünün üzerine oturmuştu. O andan sonra konuşulan hiçbir şeyi duymamış, konuşulan hiçbir şeyle ilgilenmemişti. Şu anda tek düşündüğü az önce sessizce gözyaşı dökerek kapıdan çıkıp giden genç kızdı. İçinden, bu olmamalı, diye düşünürken bir yandan da evlenmenin iyi olabileceğini seziyordu. Düşünceleri çelişirken ne yapacağını, nasıl davranacağını bir türlü kestiremiyordu. Derin bir iç çekerken dikkatleri de üzerine çekmişti. Yaren'i üzen tek şey sadece tanımadığı bir adamla evlenmek değildi. Elbette biriyle evlenecekti ama onu asıl üzen duyduklarıydı. Cemal' Bey'in köyünde erkek evlat olana kadar nikâh kıyılmazdı ve bu Yaren için büyük bir yüktü. Her zaman kocasının resmi nikâhında olmayı hayal eden genç kız sadece imam nikâhıyla bir eşe sahip olmak istemiyordu.

Hızla odasına çıkan Yaren kendisini yatağının üzerine atarak ağlamaya başlamıştı. Gözyaşlarına bir türlü engel olamıyordu. Kalbi parçalanırcasına ağlamasına devam ederken Asım Bey de misafirlerini yolcu etmek üzere kapıya yönelmişti. Suat'ın yüzü asıktı. Hiç de evlenecek bir gencin sevincini göstermiyordu. Onlar gittikten sonra Asım Bey saate bakarak geç olduğunu görmüş ve odasına çekilme kararı almıştı. Kızının odasının kapısından geçerken içeriden gelen ağlama sesleri kalbinin parçalanmasına neden oluyordu. Bir süre odanın kapısında duraksayan Asım Bey, oğlunun kendisini izlediğinden habersiz öylece kapalı kapı ardından gelen ağlama sesini dinledi.

Her zaman güler yüzlü olan melek kızı şimdi gözyaşı döküyor ve bunun sebebinin kendisi olması yüreğini parçalıyordu. Cüneyt, babasının yanına gidip gitmemekte kararsız kalırken, son anda kendi odasına yönelmişti. Biliyordu ki babasının ablasına değişik bir sevgisi vardı. İnanamıyordu ablasının kötülüğünü düşündüğüne. O asla ablasını incitmezdi, onu bu kadar acele evlendirmek istemesinin bir sebebi olmalıydı. Yaşına rağmen oldukça düşünceli bir çocuk olan Cüneyt, bu gece ablasının yalnız kalmak isteyeceğini iyi biliyordu.

Dadısı Yaren'in yanına giderek onu sakinleştirmeye çalışıyordu. "Ağlama benim güzel kızım, baban senin iyiliğini düşünüyor. Eminim senin için en iyi olanı seçecektir. Ağlama artık." derken dadı, genç kız ona sarılarak daha da yüksek sesle ağlamaya başlamıştı. Yutkunan genç kız "Söyler misin dadı, ben babama ne yaptım? Neden beni, tek kızını sürgüne gönderir gibi başka bir köye gönderiyor? Benim köyüme değil de başka bir köye… Ben orada ne yapacağım? Siz ve… Ve Cüneyt… Onu görmeden yaşayamam." derken dadısı kızın saçlarını okşamaya başlamıştı. "Böyle söyleme… Eminim onu sık sık göreceksin… Babana kızma kızım." Yaren burnunu çekerek ağlamasına devam ediyordu. "Benden nefret ediyor olmalı yoksa kendisinden bu kadar uzağa göndermezdi."

Asım Bey odada konuşulanları duyuyor, duydukları kalbini parçalıyordu. Gözünden akan yaşla kapı ardında elini kapıya hafifçe sürterek "Seni seviyorum benim güzel kızım." diye fısıldamıştı. Elini sıkışan kalbinin üzerine bastırırken zorlukla nefes alıyordu. Gizlice kullandığı ilacını sağ cebinden alabilmek için oldukça güç harcıyordu. İlacını ağzına atarken parçalanan kalbiyle odasına ilerlemeye başlamıştı. Kapıdan içeri girer girmez sessizce ağlamaya başlayan adam, ilk göz ağrısının acısını içinde hissediyordu. Onun üzülmesine bir türlü dayanamıyordu. Ama dayanmak zorundaydı.

Cemal Bey yolda giderken oğlu Suat'a dönerek "Eee, ne düşünüyorsun, kız çok güzel değil mi?" diye sorunca onun yerine ağabeyi konuşmuştu. "Bilseydim böyle güzel bir kızın bu köyde yaşadığını, asla evlenmezdim." Sedat ortamı yumuşatmaya çalışarak konuşurken Cemal Bey gülmüş ama Suat sinirlenmişti.

"Ne demek bu? Kızın yüzünü görmediniz mi, bu evliliği istemediği belli." dediğinde ağabeyi dalga geçerek "Onun istemesiyle olmuyor işte, babası sana kızını verdi, dua etmelisin. Bu şekilde ancak senin gibi entel takımı düşünür." deyince öfkelenen Suat dişlerini sıkmaya başlamıştı. "Sizin bu şekilde düşünmeniz midemi bulandırıyor. Bilseydim asla bu evlilik için bu köye kadar gelmezdim." dedi. Sonra kısık sesle devam etti. "O kız bana fazla." Fısıltıyla söylediği bu sözleri hiçbiri duyamamıştı. Cemal Bey ağırlığını koyarak "Seni bu şekilde o uçuk kardeşin zehirliyor değil mi? Köyde bile durmuyor ama nedense seni o çarpık düşünceleriyle zehirlemeyi başarıyor." dedi.

"Onun hakkında bu şekilde düşünme baba. Yağız oldukça akıllı davrandı ve bu köyden ayrıldı, onunla gurur duyuyorum. Eminim çok iyi bir doktor olacak."

Babası gülümseyerek "En azından işe yarayacak bir adam olacak." diye iğnelercesine konuşmuştu. Abisi ona bakarak "Hâlâ o kitapları okuyor musun?" diye sorunca ters bir bakış attı. Onu susturmanın yolunu da öğrenmişti Suat. Basık kişiliği olabilirdi ama yalnızken ağabeyini iğneleme zevkinden de geri kalmıyordu. "Düşünüyorum da düğünden sonra ben de mi şirkette çalışsam acaba, ağabeyimin üzerinde çok yük var anladığım kadarıyla..." dediğinde ağabeyinin yüzü değişmişti. Hemen atılarak konuşmuştu.

"Bu da nereden çıktı şimdi? Sen şirketle ilgilenmezdin."

"Evet ama eğer evlenirsem ve karıma herhangi bir saygı-
sızlık yapılırsa emin ol şirketle yakından ilgilenirim."

Babası, Suat'ın ağabeyiyle bu şekilde konuşmasını ilk
kez görüyordu. İlk kez onunla gurur duyduğunu hissetmiş-
ti. Büyük oğlunun kendi ölümünden sonra kardeşlerine bir
şey vermeyeceğini düşünüyor ancak büyük bir yanılgıya
düşüyordu. Sedat için maddi olan hiçbir şeyin değeri yoktu.
Deli gibi çalışmasının tek nedeni evde bir türlü barınamıyor
olmasıydı. Karısı ile arasının bozuk olması genç adamı işko-
lik yapmıştı. Babası, büyük oğlunun kardeşlerinin hakkını da
almasından korktuğu için sağlığında iki küçük oğluna da şir-
ketten hisse vermişti. Ama şimdi görüyordu ki sakin görünen
atın çiftesi sert olacaktı. Bunu Suat bu gece babasının şaşkın
bakışları arasında kanıtlamıştı. Suat babasına bakarak "Benim
hisselerim hâlâ duruyor değil mi baba?" diye sorunca Cemal
Bey gözündeki parıltıyla böbürlenmiş gibi yaparak "Elbette,
senin ve Yağız'ın hisseleri duruyor. Ayrıca benim de şirkette
hâlâ yüzde yirmi beş hissem var." dediğinde büyük oğlu ba-
basına dönmüştü.

"Bunu neden şimdi açıklıyorsun baba?" derken Cemal
Bey gayet sakin bir şekilde cevap vermişti. "Konu açılmışken
hatırlatayım dedim." dedi. Suat babasına aldırış etmeyerek
"Senin hissen beni ilgilendirmiyor, bana kalırsa o hisseyi kız
kardeşime vermelisin..." Suat'ın sözleriyle Cemal Bey'in göz-
leri büyümüştü. Ama asıl tepki ağabeyinden gelmişti. "İyice
saçmaladın Suat, Songül'e hisse vermekten nasıl bahseder-
sin?" Suat sinirli ses tonuyla ağabeyine çıkıştı. "O da Cemal
Ağa'nın çocuğu, kız olması bir şeyi değiştirmez." derken
Cemal Bey bugün Asım Bey'in kızına nasıl sarıldığını hatır-
layınca dalgın bir şekilde oğluna "Haklısın, o benim kızım!"
diyerek ortalığı yatıştırmıştı. Sedat öfkeliydi ama öfkesini
bastırmayı öğrenmiş biri olarak başını iki yana sallamıştı. O
da Songül'ü düşünüyordu. Hatta kimsenin haberi olmayan
bir hesap bile açtırmıştı kardeşi için. Zor zamanlarında ya da
ihtiyaç duyduğunda kardeşinin harcayabileceği ve şu ana ka-

dar oldukça yüklü bir miktar biriken bir hesabı vardı. O parayla babasının hisselerinin yarısını bile satın alabilirdi. Onun tek derdi Songül evlendiğinde onun hisseleri ile damat olacak adamın şirkette at koşturabilecek olmasıydı. Suat, babasının dalgın bir şekilde bunu onaylamasına gülümserken ağabeyi sinirlenerek düşüncelerinin aksine kendisinden bekledikleri o çıkışı yapmıştı. "Ne yani sen hisselerini Songül'e mi vereceksin?" Derin bir soluk alan genç adam konuşmasına devam etmişti. "Buna asla izin veremem, o şirkette yıllarca didinip durdum. Gece gündüz hiç durmadan. Şimdi gelip yabancı birinin şirketimde at koşturmasına izin vermem."

"Hisselerimi kime vereceğime ben karar veririm bu seni ilgilendirmez. Ayrıca ne zamandan beri benim sözlerim sorgulanır oldu? Size şirketin yönetimini vermiş olabilirim ama o yer hâlâ benim ve tek sözümle kapısından bile giremezsiniz."

Suat, babasının sert çıkışıyla rahatlasa da ağabeyinin sinirle dişlerini sıktığına da tanıklık etmişti. Ortamın gerginliğini fırsat bilerek "Eğer bu düğün olursa ki olacak gibi... Kesinlikle karımı kimse üzmeyecek. İstediğini yapmakta özgür olacak..." dedi. Cemal Bey, oğlunun genç kızdan etkilendiğini düşünmüştü. Suat ise içinden, en azından özgür olmasını sağlamalıyım, diye düşünürken ertesi sabah ne olacağından habersiz bir hayatı yaşamanın zorluğunu düşünüyordu.

Cemal Bey son sözünü söyledikten sonra arabanın camından karanlık yolları seyreden oğlu Suat'a baktı. İçinden, bu kız bizim oğlana iyi gelecek, diye düşünse de emin olamıyordu. Ama ilk kez ortanca oğlunu bu kadar kararlı görmüştü. Büyük oğlunun rahat duramayacağına emindi. Yine de içinden bir ses Suat'ın da artık eskisi kadar sakin kalmayacağıydı. Büyük konağın kapısından girerken saat gecenin biri olmuştu. İlk olarak arabadan sinirli bir şekilde inen Suat, yengelerinin meraklı bakışlarına aldırmayarak hızla odasına çıkmıştı. Abisi de sinirliydi. İlk kez kardeşi bu şekilde ona karşılık veriyordu ve bundan hiç hoşlanmamıştı. Abisinin iki karısı da kocası eve gelmeden yatmıyordu. İlk karısı ne kadar mahcup görünüyorsa ikinci karısı da o kadar kendine güveniyordu. Asude, kocası kendisine bile bakmadan kumasının eline verdiği pahalı ceketini odaya çıkarmasını söyleyince hüzünlü bakışlarını kaçırmak zorunda kalmıştı. Sessizce alt kattaki küçük odasına girmiş ve dünyalar tatlısı kızına sarılmıştı. Yıllardır evli olduğu adamın yüzünü beş yıldır doğru düzgün görmemişti. Kocası sabah erkenden çıkıyor, gece geç geliyordu. Kendisini karşılamasını isterken yüzüne bakmıyordu. Gözünden akan yaşı silerek kızının saçlarına öpücük konduran kadın daha otuzuna yeni girmişti. Evlendiğinde on beşini yeni bitirmiş küçük bir kızken birden kendini evli bir kadın olarak bulmuştu. O gece de ağlayarak uyuyan kadınla birlikte bir başka evde yine aynı sebepten ağlayan başka bir kız vardı.

Yaren gece boyunca ağlamaktan yorgun düşmüştü. Babası ise odasında uyumaya çabalamış, düşünmekten gözlerine uyku girmemişti. Asım Bey'in evinde büyük bir hüzün yaşanıyordu. O gece sözden nasibini alan herkes üzgündü. Yaren kendi evinde Suat da kendi evinde bu işin içinden nasıl çıkacağını düşünüyordu. İlk uykusuz geceleri değildi elbette ama bu düşünceler çok önemli olacaktı.

2. BÖLÜM

Sabaha karşı gözleri şiş bir şekilde uyanan genç kız odasındaki lavaboya gidince aynadaki yansımasına inanamamıştı. Kendi görüntüsüne bakarak "Bu ben değilim." demişti. Sinirle elini yüzünü yıkarken aklına babası geldi. Biliyordu ki sevgili babası ona kıyamazdı. Gece odasına çıkarken babasının son yüz ifadesini hatırlayınca içi acımıştı. Kendisini toparlayan genç kız sabahın altısında içindeki huzursuzlukla odasından çıkmış ağır adımlarla babasının odasının kapısına gelmişti. Elleri titreyerek kapıyı çalma cesareti ararken bir yandan da babasının bu saatte namaz kılmak için kalkmış olması gerektiğini düşünüyordu. İçine yerleşen korkuyla odanın kapısını açarken babasının yatağında hareketsiz yattığını görmüştü. Hızla yanına gelerek babasını uyandırmak için uğraşmış ama başarılı olamayınca da korkuyla seslenmeye başlamıştı. "Baba uyan, baba lütfen aç gözlerini!" diye bağırırken kalbi korkudan bir kuş gibi çırpınıyordu. Gece uyuyamayan Asım Bey doktorun rahat uyuması için verdiği ilaçlardan iki tane alınca derin bir uykuya dalmıştı. Bunu bilmeyen genç kız korkuyu tüm benliğinde hissederek titremeyle karışık ağlamaya başlarken bir yandan da bağırıyordu. "Dadı doktor çağır, baba lütfen bize bunu yapma." diye hıçkıran genç kız, eli ayağına dolanmış bir şekilde ne yapacağına karar vermeye çalışıyordu. Sonrasında babasının nabzını kontrol etmişti. Babasının atan nabzını hisseden genç kız bu kez mutluluktan ağlamaya başlamıştı onun yanağına öpücük kondururken çekmecesini açarak içine baktı. Birçok ilaç kutusunu ilk kez görüyordu ve bu hiç hoşuna gitmemişti. Hâlâ uyanmayan babasına bakarak üzgün bir şekilde elini sıkıca tutmuştu.

"Baba uyan, lütfen bana bak. Söz veriyorum istediğini yapacağım. Tamam, evlenmemi istiyorsan kabul ama bana bak lütfen. Aç şu güzel gözlerini, eskisi gibi adımı söyle." diye yalvaran genç kızın yanağından süzülen yaşlara acı dolu gözlerle bakan dadısı da ağlamaya başlamıştı. Tam da bu sırada konağın kâhyası, doktorla odaya girince Yaren yalvaran ses tonuyla konuşmaya başlamıştı. "Lütfen doktor, onu uyandırın, gözlerini açmıyor!"

Yaren doktora yalvarmaya başladığı sırada odaya giren Cüneyt uykulu gözlerini ovalayarak ablasının neden ağladığını anlamaya çalışıyordu. Sonunda babasının bunca sesten uyanmayışını garip bulan çocuğun hızla babasının yanına giderek "Ne oldu babama? Uyan baba!" diye ağlamaya başlaması Yaren'i daha da ağlatmaya başlatmıştı. "Dün akşam üzgün bir şekilde senin odanın kapısındaydı, bilseydim yanına giderdim." dediğinde Yaren donup kalmıştı. Dün akşam söylediklerini duymamış olmasını diledi. O sırada da muayeneye devam eden doktor ağır adımlarla genç kıza yaklaşmıştı.

"Sizinle konuşmalıyız Yaren Hanım." Doktorun endişeli çıkan sesi genç kızın duraksamasına neden olmuştu. Doktorla odadan çıkan genç kız kapı ağzında konuşmaya başlamıştı. "Bakın babanıza önceden de söyledim, ameliyat olması şart. Lütfen onu ikna edin ve şehre giderek ameliyat olsun." Doktorun sözleriyle genç kız neredeyse bayılacak gibi olmuştu. "Ne ameliyatı?" diye güçlükle konuşan genç kız zıngır zıngır titriyordu. Doktor bir hata ettiğini anlamıştı. Belli ki Asım Bey bunu kızdan saklıyordu. Ama bunun saklanacak bir yanı kalmamıştı. Asım Bey'in hemen ameliyat olması gerekiyordu. "Bakın Yaren Hanım, babanızın kalp damarları iyice tıkanmış. Biraz daha gecikirse onun için geç olacak." dediğinde genç kızın ağzından acı bir haykırış kopmuştu. "Babam ölecek mi?"

Duymaya hazır olmadığı bir cevap almaktan ölesiye korkuyordu. Doktor ne cevap vereceğini bilemiyordu. İnanılmaz güzellikteki genç kızı üzmek en son isteyeceği şey olsa da bunu söylemek zorundaydı. "Eğer ameliyatı kabul etmezse bu kaçınılmaz." diye yanıtlayan doktorun son sözleri beyninde yankılanıyordu.

Sabahın ilk ışıkları konağı aydınlatırken Suat gece hiç uyuyamamıştı. Büyük yengesi Asude onu bahçeye çıkarken görünce gülümseyerek yanına gitmişti. "Ne oldu Suat, yoksa kızı beğenmedin mi?" diye soran yengesine acı bir şekilde bakarak içinden, eminim ikiniz çok iyi anlaşacaksınız, diye geçirirken hiçbir art niyet göremediği yengesinin sözlerine "Aksine o kız bana fazla gelir, inan hayatımda onun kadar güzel bir kız görmedim." diye karşılık vermişti. Genç kadın kaynına bakarken zoraki bir gülümsemeyle "Senin adına çok sevindim." derken içinden o kıza acıyordu. Bu ev tam bir tımarhane gibi geliyordu genç kadına. Yengesinin peşinden mutfak bölümüne giren Suat bu evliliğin çok yakında olacağından habersizdi.

Yaren, doktorla konuştuktan sonra bir süre babasının odasının kapısında öylece düşünmeye başlamıştı. Doktor odaya gireli beş dakika olmuştu. Genç kız ondan sonra tekrar babasının odasına girdiği sırada duyduklarıyla kapıda kalakalmıştı. Adam doktorun tüm ısrarlarını reddediyordu. "Kızım evlenmeden o ameliyatı olmayacağım. O masadan kalkamayabilirim. Kızım evlendikten sonra düşüneceğim." dediğinde genç kız hıçkırarak ağlamaya başlamıştı. Elini ağzına kapatarak kendisini tekrar odadan dışarıya güçlükle atmıştı. Babasının tek istediği kızını emin ellere bırakmaktı. Biliyordu ki ona bir şey olursa kızının peşine birçok serseri takılacaktı. Güzel kızını korumalıydı. Bu sırada yeni öğrendiklerini hazmetmeye çalışan genç kız ne yapacağını düşünüyordu. Babasının neden evlenmesine bu kadar ısrar ettiğini az çok anlayabiliyordu. Büyük toprak sahibi olan Asım Bey kızını korumaya çalışıyordu. Açgözlü köylüden! Bu şekilde kızını, yine kendi gibi bey oğluna vererek koruma altına almaya çalışıyordu. Genç kız hıçkırarak fısıldayıp duruyordu. "Canım babacığım..." diye tekrarlarken güçlü olmaya çalışıyordu. İşte o an kararını vermişti. Büyük banyoya giden genç kız aynadan kendi yansımasına bakarak başını sallamıştı. Elini yüzünü yıkayarak ağır adımlarla babasının odasının kapısına geldiğinde bir süre duraksamıştı. Ne yapacağını, ne söyleyeceğini bilmiyordu. Derin bir nefes alarak odanın kapısını tıklatmadan odaya girdiğinde, babasının yeniden uyuduğunu ve başında dadısının olduğunu görmüştü. Yaren'i gören dadı ayağa kalkarak ona üzgünce bakmıştı.

"O nasıl?" diye sorarken babasının sesiyle hemen onun yanına gitmiş ve elini tutmuştu. Adam uykusunda sayıklıyordu. "Yaren, kızım! Ben... Ben çok üzgünüm güzel kızım." derken Yaren'in içi acımıştı. Evet, kendisi üzülüyordu ama babasının da üzgün olduğu belli oluyordu. "Buradayım babacığım." derken gözünden bir damla yaş kadife gibi yanaklarından aşağıya kayıvermişti. "Buradayım, yanında…" dedi. Asım Bey gözlerini açmaya çalışıyordu. Uyku ilaçları oldukça ağır bir etki yapmıştı ve göz kapaklarını açmasını zorluyordu. Derin bir nefes alan genç kız, üzgün bakışlarını dadısına çevirmişti. Adam zorlukla açtığı parlak gözleriyle kızına bakarken genç kız mutluluktan ağlamaya başlamış ve babasının elini dudaklarına götürerek öpmüştü. "Buradayım babacığım." diye tekrarlamıştı.

"Beni affet kızım ama evlenmek zorundasın." dediğinde genç kız sadece başını sallamakla yetinmişti. "Evleneceğim ama sen de hemen ameliyat olacaksın. Sana bir şey olmasına dayanamam." Kızının sözleriyle adam da ağlamaya başlamıştı. Elini ağır bir şekilde kaldırarak kızının yanağından süzülen yaşları elinin tersiyle silmeye çalışmış ama başarılı olamayınca genç kız homurdanarak babasına bakmıştı. Gülümsemeye çalışan kızı "Sence nasıl biri?" diye sorarken, babası soruyu anlamamıştı.

"Kim?"

"Evleneceğim adam. O nasıl biri?" diye sorunca adam üzgün bir şekilde ona bakmıştı. Kızını sevdiği adam ile evlendirmeyi planlamasına rağmen tüm planları alt üst olarak onu hiç tanımadığı bir adama veriyordu. Onun hakkında soru sorması ise Asım Bey'i şaşırtmıştı.

"Çok parlak bir genç, iyi kalpli ve bakışlarından zeki ve çalışkan olduğu belli oluyor." dediğinde genç kız zoraki bir şekilde gülümsemişti. "Tamam, senin istediğin gibi onunla evleneceğim ama bir şart koşmanı istiyorum baba. Biliyorum, bir kız olarak bunu istemeye hakkım yok ama lütfen…" dedi. Derin bir nefes alan genç kız gözünden akan bir yaşla babasının şaşkın yüzüne bakıyordu. "Onlardan Cüneyt'i istediğim zaman görebilmem için izin vereceklerine karşı garanti istiyorum. Ben kardeşimi görmeden dayanamam baba!" dediğinde Asım Bey şaşırmıştı.

Kızının daha farklı bir şey isteyeceğini düşünüyordu ama bu kadar basit bir şey için izin istemesi içini parçalamıştı. Yutkunan adam tam konuşacaktı ki Yaren devam etti. "Lütfen baba, Cemal Bey'in evinde yaşayan kadınları dışarıya çıkarmadığını duymuştum. Geçenlerde onun köyünde çalışan işçilerden biri söylemişti. Gelinleri aileleriyle fazla görüşmüyormuş. Hatta büyük gelinini babasının cenazesine bile göndermemişler. Ben... Ben buna dayanamam baba. Ölürüm. Seni ve Cüneyt'i görmeden yaşayamam. Eğer bana izin vermezlerse ölürüm baba!"

Kızının sözleriyle Asım Bey şoke olmuştu. Cemal'in anlatıldığı gibi biri olmadığını biliyordu. Dedikodu yapanların yalan söylediğine emindi ama bu duyduklarından hiç hoşlanmamıştı. Kızını bir esir kampına kapatamazdı. En kısa sürede Cemal Ağa ile konuşmalıydı. Başını olumlu anlamda sallarken genç kız derin bir nefes almıştı. Biliyordu ki babası bu konuda ısrar edecekti ve asla geri adım atmayacaktı. Ve babası kendisine verilen sözün tutulmamasına oldukça sinirlenen bir adamdı.

Erkenden kalkan Asude tüm hazırlıkları tamamlamış ve ev halkının kahvaltı için büyük salona gelmesini beklemişti. Bu sırada koşarak annesine doğru giden kız çocuğu merdivenlerden inen babasının ikinci karısıyla çarpışınca kadın sinirli bir şekilde elini kaldırmış ve tam kıza vuracakken eli havada kalmıştı. Asude hızlı davranarak kızına kalkan eli havada yakalayıp "Sakın kızıma dokunma!" derken dişlerini sinirle sıkmıştı. Bu kadın her fırsatta kızına vurmaya çalışıyordu. Kocası ise bu duruma hiç sesini çıkarmıyordu. Bu genç annenin canını yaksa da asla kendi gözleri önünde kızına dayak atmasına izin veremezdi. Asude'nin parmaklarının arasından elini sertçe çeken kuması diş bileyerek "Seni bu evden göndereceğim Asude Hanım!" derken kahkaha atmamak için kendisini zor tutuyordu. Ama istediği tepkiyi alamayan kadın, Asude'nin gülen yüzüne bakarak "Sen neye gülüyorsun?" diye sormuştu.

"Hiç, sadece bana böyle bir iyilik yapar mısın onu düşünüyordum." diye cevap verirken merdivenlerden inen kocasıyla bir an göz göze gelmişti. Beş yıldır ilk kez kocasının gözlerinden gözlerini ayırmamış, gururlu ve bir o kadar küçümseyen gözlerle kocasına bakmıştı. Adam bir an Asude'nin bakışlarıyla yutkunma gereği hissederken sesinin sert çıkmasına özen göstererek "Ne oluyor burada?" diye sordu. Asude sessiz kalırken kuması atılarak "Senin bu karın beni hep aşağılıyor." dediğinde adam bakışlarını sert bir şekilde Asude'ye çevirmişti. Öfke tüm benliğini sarıyordu. İkinci karısının sözlerinin yalan olduğunu elbette ki biliyordu ama bir türlü Asude'yi onun gazabından koruyamıyordu. Bunun nedenini de Asude olarak görüyordu. İlk göz ağrısı, Seher eve geldiğinden beri kendisine bir yabancı gibi davranırken Sedat buna dayanamıyor her fırsatta ona kötü davranmaya özen gösteriyordu. Biliyordu ki bu şekilde az da olsa Asude, Seher'in kötülüklerinden korunuyordu.

"Bu doğru mu?" diye soran adam, Asude'den cevap alamayınca sinirlenerek iki merdiven aşağıya inip kalbi acıyarak tam elini kaldırmış Asude'ye vuracağını göstereceği sırada Suat gelerek ağabeyine engel olmuştu. Kardeşinin kendisini engellemesiyle daha da sinirlenen adam Suat'a bakarak "Sen buna nasıl cüret edersin?" diye sorarken Suat pis bir sırıtışla "Eğer bir daha yengeme el kaldırırsan eskisi gibi sakin kalmayabilirim." dedi ve ikinci karısına bakarak "Ve sen… Bir daha bu kadını aşağıladığını görürsem sen de bundan yakanı kurtaramazsın." dedi. Asude kocasına yaşlı gözlerle bakıyordu. O bakışların her geçen gün kocasını daha çok öldürdüğünden habersiz bir şekilde kaynının yanından uzaklaşırken Sedat ardından sadece, senin için, seni korumak için, affet beni kehribar gözlüm, diye geçiriyordu.

Suat oldukça sinirlenmişti. Artık bazı şeylere sessiz kalamıyordu. Yıllardır yengesinin çektiği eziyete sessiz kalmak artık daha da zor olmaya başlamıştı. Annesinin arkasına saklanan küçük kız, korkarak annesinin bacağına yapışmıştı. Onu gören Suat kıza hafif eğilerek "Korktun mu Meleğim?" demişti. Küçük kız adı gibi melekti. Annesi, kızının saçını okşarken imalı bir bakışla yuttuğu onca hakarete inat birkaç metre ileride durarak arkasını dönmüş ve kocasıyla kumasına bakarak konuşmuştu. "Kısır olmadığımı kızıma bakarak anlayabilecek kadar zeki olduğunu düşünüyorum. Sana ve kocama mutluluklar dilediğimi bilmende fayda var. Bilmelisin ki ben ondan vazgeçeli yıllar oldu. Senin olabilir. Senden tek isteğim kızıma dokunma. Yoksa..." dedi ve sustu. Fazla ileri gittiğini düşünmüştü. En son isteyeceği şey kocasının kızından kendisini ayırmasıydı.

Suat gülümserken küçük kız, amcasının her zaman olduğu gibi kendisine sıcak davranması üzerine ona gülümsemiş ve boynuna sarılmıştı. Sedat kendi çocuğunun kardeşini daha çok sevmesine sinirlense de bir şey söylemeyerek hızla yanlarından ayrılmıştı. Asude'nin sözleri kulaklarında yankılanıyordu: *Bilmelisin ki ben ondan vazgeçeli yıllar oldu... Senin olabilir. Senden tek isteğim kızıma dokunma...*

O gittikten sonra Seher de sinirlenerek oradan uzaklaşmıştı. Odasına gittiğinde tek gurur kaynağı olan oğluna bakmıştı. Bu çocuk olduğu sürece ayağının sağlam tahtada olduğuna emindi. Ama Suat'ın sürekli Asude'yi koruması da sinirini bozuyordu. Cemal Bey çoktan masaya oturmuş ve diğerlerinin gelmesini beklemeye başlamıştı. Geç kalan ev ahalisini azarlamaktan da geri kalmamıştı. Amcasının kucağında gülümseyen kız torununa bakınca aklına Asım Bey'in kızını nasıl kucakladığı gelmişti. Öyle ki şu karşısındaki küçük kıza bile öyle sarılmamıştı.

Suat omzundaki yeğenini indirerek masada yerini almıştı. Asude ise çekingen gözlerle kayınbabasına bakarak konuştu. "Geç kaldık Beyim, beklettiğimiz için affedin." Cemal Bey, on beş senedir bir kez bile bu genç kadının yakındığını görmemişti. Ona karışmıyordu ama oğlunun yaptıklarına da bir şey söylemiyordu. O sırada Seher masaya gelerek hiçbir şey söylemeden oturunca ayakta duran Asude ve Cemal Bey bakışlarını ona çevirmişti. Cemal Bey iki gelinin ne kadar farklı karakterlere sahip olduklarını görebiliyordu. Daha kimse yemeğe başlamamıştı ki Seher'in kucağında tuttuğu erkek torununa, ona karşı gereksiz, aşırı ilgisine bakmış ve onu yedirmeye çalışırken oğlanın şımarıklığına kıkırdayan kadına "Kalk masadan!" diyerek sert bir tepki göstermişti. Herkes şaşırmıştı. Seher ise başta anlamamıştı ama masada sadece Suat ve kendisinin kucağındaki oğlu oturduğuna göre hemen bakışlarını kayınbabasına çevirmişti.

Cemal Bey âdeta bakışlarından ateş saçıyordu. "Kalk masadan dedim sana, bu ne terbiyesizlik?" derken kadın şoke olmuştu. Tam o anda gelen kişiyle oradaki herkes şaşırmıştı.

Cemal Bey karşısında Asım Bey'in özel yardımcısını görünce gerçekten şaşırmıştı. Suat adamın kim olduğunu hemen anlamıştı. Cemal Bey toparlanarak "Bir sorun mu var, neden buradasın?" diye sorduğunda az önceki olaya şahit olan adam sıkılarak "Beyim... Asım Bey sizinle konuşmak istiyor." dedi. Cemal Bey önce sinirlenmiş sonrasında sakin kalarak adama "Görmek isteyen buraya gelir, beni ayağına mı çağırıyor?" diye sert çıkışınca iki gelini de ürkmüştü.

Suat ise sakin bir şekilde "Asım Bey'i fazla tanımasam da onun bu kadar düşüncesiz olacağını sanmıyorum." dedi. Sonra da "Bir sorun mu var?" diye devam etti. Adam Suat'ın bu kadar düşünceli olmasına şaşırmış ve mutlu olmuştu. Onu onaylayarak "Evet, Asım Bey biraz rahatsız ve yataktan çıkması şimdilik imkânsız Beyim. Sizinle önemli bir şey konuşmak..."

"Hemen gidelim..." diyen Cemal Bey endişeli bir şekilde masadan kalkmış ve adamın sözlerini yarıda kesmişti. Babasının ani değişimine şaşıran Suat ve iki gelin onun aceleyle uzaklaşmasını izlemişlerdi. Suat atılarak "Ben de geliyorum." dedi. Cemal Bey sadece başını sallayarak onayladı. Yol boyunca arkadaşını düşünmüştü. Arkadaşının hastalığını ve kızını kendi oğluyla evlendirme sebebini elbette ki biliyordu. Yol boyunca sessiz olan adam oğlu Suat'ın dikkatini çekmişti.

Arabanın duraksaması ile düşüncelerden sıyrılan Cemal Bey çoktan geldiklerini gördüğünde iki adam arabadan inerek evin kapısına doğru ilerlemişti. O sırada Yaren hazırlanmış ve tarlaya gitmek için seyisten atını istemişti. Büyük konağın kapısının açılmasıyla karşısında Cemal Bey ve oğlunu görmeyi planlamayan Yaren şaşırmıştı. Üzerinde işçi kıyafeti ve elinde silah olan genç kız karşısında kendisine merakla bakan iki çift gözle karşılaşmıştı. Suat kıza hayranlıkla Cemal Bey onaylamayan gözlerle bakmıştı. Yaren üzerindekiler yüzünden değil ama bu şekilde Cemal Bey'e yakalanmayı beklemediği için biraz utanmıştı. Arkasında seyisle birlikte bakışlarını Cemal Bey'in gözlerinden çekmeden "Hoş geldiniz. Sizin geleceğinizi bilmiyorduk, bilseydik hazırlık yapardık." dedi. Sonrasında Suat'a bakmış ama ondan bakışlarını hemen çekmişti. Cemal Bey'in gözlerine bakmaktan ne kadar çekinmiyorsa Suat'a bakmaktan o kadar çekiniyordu.

Cemal Bey kızın cesur bir şekilde gözlerine bakışlarını dikmesinden gerçekten hoşlanmıştı. Bu kız ailesine gireceği için nedense mutlu oluyordu. Yaren arkasındaki seyise dönerek "Atımın eyerini çöz ve bunu da yerine bırak, misafirimiz var. Ben sonra geleceğim." diyerek adamın eline omzundaki av tüfeğini vererek onu göndermişti. Cemal Bey imalı bir şekilde "İşçiler fazla çalışmıyor galiba, sen de çalıştığına göre…" dediğinde Yaren yüzüne imalı bir gülümseme takınarak "Biz de birer işçi sayılmıyor muyuz? Onlar çalışıyor ve biz de onların ihtiyacı için onlara çalışıyoruz!" İşte bu düşünceyle Suat şaşkın bir şekilde kıza bakarken babasının asılan suratına içten içe gülüyordu. Cemal Bey aldığı cevapla susarken Yaren kibar bir şekilde onlara "Buyurun eve geçelim."

dedi. İki adam önden giderken Yaren arkadan onlara bakmış ve dadısının onaylamaz bakışlarıyla karşılaşmıştı.

Büyük salona aldığı iki adamın karşısına geçen genç kız, Cemal Bey'in kendisini süzdüğünü fark etmişti. Üzerinde basma kumaştan yapılan ve sadece işçilerin giydiği bir elbise vardı. Yaren bunu fark etmesiyle "Kıyafetimden rahatsız olduysanız değiştirebilirim." dedi. Suat babasının dürüst cevap vererek kızı kırmasına izin vermeden "Bizim için sorun değil." demiş ve babasının konuşmasını engellemişti. Yaren, Suat'ın bu çabasını takdir etmişti. Gülümseyerek adama bakınca Cemal Bey âdeta büyülenmişti. Suat ise bu güzel kızla evlenmek zorunda olmasına üzülüyordu. Cemal Bey aceleci davranarak "Baban nerede? Onunla konuşmam gerek." dediğinde Yaren duraksamıştı. "Babamla ne konuşacaksınız?" diye soran genç kız merakına yenik düşmüştü. "Babam biraz rahatsız o yüzden fazla yorulmaması gerek." diye sözlerine devam ederken Cemal Bey ayağa kalkarak "Babanın odası nerede?" diye genç kızın devam etmesini engellemişti. Yaren de onun gibi ayağa kalkmış ve Suat'a bakmayarak adama yol göstermişti.

"Sizi götüreyim."

Cemal Bey kızı takip ederken evin inşasına hayran kalmıştı. Her zaman zevkli olan arkadaşı, zevkini evinde de konuşturmuştu. Odanın kapısına geldiğinde Yaren izin isteyerek babasının kapısını tıklatmış ve "Gir." sesini duymadan kapıyı açmamıştı. İçeriden gelen zayıf sesle Yaren kapıyı açarak "Babacığım! Cemal Bey seni ziyarete gelmiş." dediğinde Cemal şaşkın bir şekilde Yaren'e bakmıştı. Babası ile bu kadar sıcak konuşan genç kıza dikkatle bakarken ilk kez arkadaşının yerinde olmak istemişti. Kızının gülen yüzüyle acıyan kalbini aynı anda görebilen adam kıza "Gelsin, ben de onu bekliyordum." dediğinde Yaren babasının ne konuşacağını anlamış bir şekilde yüzünü değiştirerek adamı hemen içeriye almıştı.

Cemal Bey yatakta bitkin bir şekilde yatan arkadaşına bakarak üzülmüş ve yanına yaklaşmıştı. Yaren ve Suat ikisini odada yalnız bırakarak odadan çıkmıştı. Suat yalnız kaldığı genç kızı baştan aşağı süzerken Yaren çekinerek bakışlarını kaçırmıştı. Henüz adından başka hakkında hiçbir şey bilmediği adamla ne konuşacağını bilemiyordu. "Bir şey içer misiniz?" diye sormadan edememişti. Ona dikkatle bakan genç adam gülümseyerek "Demli bir çay içebilirim, gerçi kahvaltı yapmamıştım ama..." dediğinde yüzünde bir gülümseme yer etmişti. Yaren ona bakarak "O zaman öncelikle sizi doyurmalıyız galiba." dedi. Birlikte alt kata inerken koridorda dadısıyla karşılaşmıştı. "Dadıcığım bize katılır mısın?" diye sorunca kadın gülümseyerek konuşmuştu. "Nereye gidiyorsunuz?" Kadın genç kızın arkasındaki Suat'a bakmış ve gülümsemesi daha belirgin hâle gelmişti. "Hoş geldin evladım." diyerek genç adama ısındığını belli eden kadın, genç kızın endişesini hissedebiliyordu. Yaren bir cevap beklediğini dadısına belirterek boğazını temizlemiş ve "Gelecek misin yoksa gelmeyecek misin?" diye sesini hafif boğuk bir hâlde çıkartmıştı. Dadı elinde büyüyen bu kızın konuşmasından ne istediğini anlayabiliyordu. Bu ses tonunun altında, *gelmezsen elimden kurtulamazsın* uyarısı yatıyordu. Ama genç kızın tehdidini bu kez umursamayan kadın başını iki yana sallayarak neşeli bir şekilde cevap vermişti. "Yok evladım, sizi rahatsız etmeyeyim." diyerek gülümsemiş ve Yaren'in şaşkın bakışları arasında hızla oradan uzaklaşmıştı. Suat gülümseyerek Yaren'e bakarken şimdiden eğleneceğini hissediyordu.

Arkasındaki genç adamı hatırlayan Yaren utanarak "Siz kusura bakmayın. Eminim işi vardı ve bu şekilde bizden kurtulmak istedi." diye açıklama gereği duymuştu. Suat, kızı takip ederek mutfağa girmişti. Oldukça modern olan mutfak şaşırtıcı derecede düzenli görünüyordu. Yaren etrafta kimseyi göremeyince seslenmiş ama cevap alamamıştı. Sıkıntıyla iç çekip "İş başa düştü anlaşılan." dediğinde Suat onun ne demek istediğini anlamamıştı. Yaren'in ellerini yıkayarak masa hazırlamaya başlamasını beklemediği için şaşırmıştı. Oldukça pratik hareket eden genç kız bu gibi işlerde iyi olduğunu belli ediyordu. Bir evin tek kızı olduğunu bilmese, onun bu evde çalışan işçilerden biri olduğunu düşünebilirdi. Yaren kendini izleyen Suat'ı unutarak işine odaklanmıştı. En son yumurtalı ekmekleri masaya koyarken Suat'ın dikkatle kendine baktığını fark etmişti. Tam bir şey söyleyecekti ki kardeşinin koşarak ablasına sarılması Suat'ı gülümsetmişti. Genç çocuk Suat'ı fark etmemişti bile. Ablasını onun itirazlarına rağmen sulu sulu öpmeye devam eden Cüneyt "Yumurtalı ekmek. Özlemiştim." diyerek ablasının boynuna sarılmıştı. Yaren de dayanamayarak kardeşini öpmek istemişti. Tam Cüneyt'i öperken kardeşinin arkasındaki Suat'ı fark etmiş ve utanarak kızarmıştı. Suat ise hayranlıkla iki kardeşe bakıyordu. Öksüren genç kız kardeşine "Misafirimiz var canım." dediğinde çocuk da Suat'ı görmüştü. Şaşırarak ablasına bakarken ilk kez yaşına göre davranmamıştı. "Abla seni almak için mi geldi?" diye soran çocuğun yüzü asılmıştı.

Onlar mutfakta kahvaltı yaparken Cemal Bey de Asım Bey'in isteklerini dinliyordu. Adam kızının isteklerini kendi isteği gibi anlatmış ve ondan söz almak istemişti. Ama Cemal Bey'in sözleriyle de şaşırmıştı. Cemal Bey kendinden emin bir ses ile "Buna ben karışamam. Bu zamana kadar asla gelinlerime karışmadım. Bir kocanın hakkına müdahale edemem. Bu istediğini benden değil oğlum Suat'tan istemelisin. Bundan sonra kızından o sorumlu olacak. O isterse buraya gelir isterse gelemez. Bu tamamen ona bağlı." dediğinde Asım Bey şoke olmuştu. O kadar dedikodudan sonra Cemal Bey'in oğullarının evliliğine karışmadığını öğrenen adam gerçekten şaşkındı. Yutkunan Asım Bey "Oğlun nerede?" diye sordu. Cemal Bey gülümseyerek "O da geldi, eminim bir yerde açlıktan kıvranıyordur." dediğinde babasının düşüncesinin tam tersine Suat midesini güzel bir kahvaltıyla doldurmakla meşguldü. Herkesin bir zaafı vardır ya, Suat'ın da tek zaafı yemekti. Asla yemeden duramazdı. Buna rağmen vücudu yediklerini hemen eritmek gibi bir özelliğe sahipti. Asla şişman olmamıştı. Dahası kıskanılacak derecede iyi bir vücuda sahipti. Uzun boylu ve yapılı bir adamdı ve kuzguni siyah saçları genç adama farklı bir hava katıyordu.

Onun iştahla yemesini şaşkınlıkla izleyen Yaren ne söyleyeceğini bilememişti. Cüneyt ise şimdiden Suat ile yumurtalı ekmek üzerine kavga etmeye başlamıştı. Son kalan ekmeği Suat alınca Cüneyt atılarak "Abla ya şuna bir şey söyle. Biraz da bana bıraksın." dediğinde Yaren şaşkınlık ve biraz da ayıplayan gözlerle kardeşine bakmıştı. "Cüneyt! Çok ayıp..." derken Suat'a bakarak "Siz onun kusuruna bakmayın. Yumurtalı ekmek için beni bile gözden çıkarır." dediğinde Cüneyt gülümseyerek ablasına "O kadar da değil." demiş ama Yaren anında cevabı yapıştırmıştı. "Küçükken babama yumurtalı ekmek karşılığında saklandığım yeri gösterdiğini hâlâ unutmadım." dediğinde Suat daha fazla dayanamayarak iki kardeşin çocuk gibi atışmasına gülmeye başlamıştı. Yaren o an yine unuttuğu Suat'ı fark ederek utanmıştı. Cüneyt ise ona aldırmayarak "Ama saklambaçtan nefret ettiğimi biliyordunuz yine de beni oyuna alıyordunuz." dedi. Yaren kardeşine sevgi dolu gözlerle bakarken kapıda beliren gölgeyle herkes susmuştu. Cemal Bey aşağıdan gelen sesleri takip ederek mutfağı bulmuş ve oğluyla Yaren'in kısmen de olsa konuşmalarını duymuştu. Cemal Bey'in oğluna "Asım Bey seninle konuşacak." demesine kadar ortam gayet sıcaktı. Yaren şaşkınlıkla Suat'a bakarken Suat sanki konuşulacak konuyu anlamış gibi elini midesine götürerek gülümsemişti. "Teşekkürler... Gerçekten harika bir kahvaltıydı." dediğinde Cemal Bey genç kıza bakmıştı. Gözlerinden kızın kalbi görülüyordu sanki. Daha ilk günden Suat'ın yemek yeme sevdasını keşfetmiş olamazdı ama içgüdüleri onun doğru yolda olduğunu söylüyordu.

Suat merdivenlere yönelirken Asım Bey'in karşısına çıkacağı için gerçekten heyecanlıydı. Odanın kapısına gelince duraksayan genç adam kapıyı tıklatmış ve içeriden gelen zayıf sesle odaya girmişti. Onu gören Asım Bey gülümseyerek "Gel içeri oğlum." dedi. Suat biraz cesaret alarak odanın kapısını kapatıp yataktaki adama yaklaştı. Bir süre Suat'ı inceleyen adam aniden ona "Sana hayatımın en değerli varlığını emanet edeceğimi biliyorsun değil mi?" diye sormuştu. Onun bu sözleriyle şaşıran genç adam, bir adamın kızına bu kadar düşkün olabileceğine inanamıyordu. Özellikle hiçbir söz hakkı olmayan ve ellerinden gelse evden hiç çıkarmayacakları, sadece işlerini gördürmek için onların varlığını kabul eden bu topraklarda yaşayan bir adamın...

"Sizin için zor olmalı efendim." dedi. Adam yanağından süzülen yaşa engel olamayınca Suat şoke olmuştu. "Evet, tahmin edemezsin. Yaren benim ilk göz ağrım ve kalbimin yarısıdır. Diğer yarısı da oğlumdur. Anneleri öldüğünde kalbim ikiye bölündü. İki evladım için." Suat adamın sözlerinden utanmıştı. Bir adamın karşısında bu şekilde konuşmasına alışık değildi. Kendi babası asla onlarla bu şekilde konuşmazdı.

"Babandan bir şey rica ettim ama bana bunu senden rica etmemi istedi." dediğinde genç adam şaşırmıştı. Yutkunarak "Sizi dinliyorum efendim." dedi. Hasta adam karşısındaki delikanlıya dikkatle bakarak konuşmasına başlamıştı.

"Henüz fark etmemiş olabilirsiniz ama biz birbirine bağlı olan ailelerdeniz. Kızımla evlendiğinde onu arada da olsa bu evi ziyaret etmesi için getirmeni istiyorum. Bunu senden rica ediyorum. Kızım, kardeşine ve bana çok düşkündür. Bizi görmeden yaşayamaz. Onun iyi olması için ara sıra da olsa buraya getirmeni, özellikle kardeşiyle görüşmesini sağlamanı istiyorum. Bu senin için çok zor olabilir ama lütfen... Kızım bu küçük şeyle bile mutlu olacaktır." Suat şaşkındı. Sadece "Bunu neden bu kadar vurguladığınızı anlayamadım. Siz onun ailesisiniz, elbette gelecektir." dediğinde adam derin bir iç çekti. "Duyduğuma göre yengeniz uzun yıllardır ailesiyle görüşmüyor. Ailesi ile görüşmesi yasaklanmış." dediğinde Suat belli etmeden ağabeyine küfretmişti.

"Bu kesinlikle olmayacak efendim. Ben... Ben eğer kızınızla evlenirsem onu istediğiniz zaman görebilirsiniz. Sadece o değil. Siz de bize gelebilir ve kızınızı istediğiniz her zaman görebilirsiniz. Ola ki ben gelemesem de kızınızı her zaman size gönderebilirim." dediğinde hasta adamın gözleri parlamıştı. "Bunun için bana yemin edebilir misin peki?" diye soruvermişti. Suat adamın bakışlarındaki rahatlamayı görünce gülümseyerek adamın elini sıkmıştı. "Elbette. Bunun için size yemin bile edebilirim. Doğru, ağabeyim eşlerini ihmal ediyor olabilir ama ben kızınıza bir yasaklama getirmeyi düşünmüyorum. Onunla evleneceğimi bilseydim buraya gelmezdim." dediğinde, Asım Bey şaşırmıştı. Acaba kızında bir kusur mu bulmuştu da bu oğlan kızı ile evlenmek istemiyordu. Dişlerini sıkıp ses tonuna hâkim olamayarak konuşmuştu. "Ne demek şimdi bu?" Kesinlikle kızı hakkında kimsenin kötü düşünmesini istemezdi. Buna asla izin veremezdi. Kaldı ki evlendireceği kişinin onun hakkında en küçük bir olumsuz düşüncesi karşısında bu evlilikten hemen cayabilirdi. "Yani kızınız... O çok... Bana göre değil." dedi aniden. Adamın kaşları havaya kalkmıştı. Dişlerini sıkarak "Ne demek bana göre değil? Sen kızım hakkında..." dedi ve sustu. Suat yanlış anlaşıldığını anlayarak sıkıntıyla iç çekmiş ve Asım Bey'e "Ben gerçekten kızınıza göre değilim. O, o kadar güzel ve nazik ki benden daha iyilerini hak ettiğine inanıyorum." dediğinde Asım Bey şoke olmuştu. İlk kez biri, karşısında kızından böyle hayranlıkla bahsediyordu dahası kızıyla ilgilenen diğer adamların aksine kendisini kızına yakıştıramayacak kadar alçak gönüllüydü.

Gülümseyen Asım Bey gerçekten rahatlamıştı. Suat'ın elini sıktı. "Eminim senden daha iyisini bulamayacaktı. Onunla ilgileneceğini bilmek beni rahatlatıyor. O çok narindir. İnatçı ve farklı düşüncelere sahiptir. Onu okula göndermedim ama inan yıllarca okuyandan daha bilgilidir. Kendisini geliştirmekte oldukça yetenekliydi. Bu yüzden her istediğini yapmaya özen gösterdim." Suat karşısındaki adamı dikkatle dinlerken kendisine layık görülen kızı daha yakından tanımak için heyecanlandığına inanamamıştı. Sanki onun neşesi kendisine de bulaşmıştı.

Cemal Bey aşağıda Yaren'i incelemeye devam ederken genç kız dayanamayarak "Benden pek hoşlanmamış gibisiniz." dedi. Cemal Bey kaşlarını kaldırarak çekinmeden gözlerinin içine bakan yosun yeşili gözlerdeki cesarete şaşırmıştı.

"Seni ben değil oğlum beğenmeli. O beğendiyse benim için sorun değil. Söylenenin aksine oğullarımın eşlerine kısıtlama getirmem. Eşlerin arasına girecek kadar düşüncesiz değilim."

Yaren yutkunup bakışlarını kısarak adamın sözlerindeki doğruluk payını tartmaya çalışıyordu. Ama adamın sözlerinde hiçbir samimiyetsizlik hissetmemişti. Bu da demek oluyordu ki söylenenlerin hepsi yalandı. Peki ya gelinleri? Onlar bu adama nasıl davranıyordu? İstemeden de olsa bunu düşünmüş ve düşüncelerine karşın kendisine şaşırmıştı. Demek ki kaderine karar verecek kişi yukarıda babasıyla konuşuyordu. İçinden dua etmeye başlamıştı. Kabul etmesi ve ailesini görebilmesi için izin vermesi için dua etmeye başlamıştı. Abisinin bakışlarından hoşlanmamıştı ama Suat'ın hastanede sergilediği davranışları göz önüne alarak iyi kalpli olduğunu düşünmeye başlamıştı. Onun bu iyi kalpliliğine az da olsa güvenmek istiyordu. Bu şekilde umut edebilirdi. Tek yapabileceğinin umut etmek olduğunu biliyordu. Ondan asla resmi nikâh isteyemezdi. Belki birkaç yıl içinde onu ikna edebilirdi ama bu birkaç yılı düşündükçe de nefesi kesilmişti. Başını iki yana sallayan Yaren tekrar Cemal Bey ile göz göze gelince yutkunarak "Oğlunuz bu evliliği istemezse ne olacak?" diye sordu aniden.

Onun bu sorusu Suat'ın sözlerini hatırlamasına neden olmuştu. Dişlerini sıkan Cemal Bey "Onun bu konuda söz hakkı yok, gelinim olacak kızları ben seçerim ve alırım da. Evlendikten sonra karısının tüm sorumluluğu ondadır. Onlara karışmamayı uygun görürüm. Bu yüzden umut etmesen iyi olur. Suat ile evleneceksin. Tabii baban izin verdiği sürece." dediğinde sesindeki soğukluk Yaren'in tüylerini diken diken etmişti.

Yaklaşık bir saat sonra merdivenlerde duyulan tıkırtı, oturduğu yerde yorgunluktan gözleri kapanan Cemal Bey'in yerinden sıçramasına neden olmuştu. Onun bu hâlini gören Yaren kıkırdamadan edememişti. Bu adam hakkında söylenenleri yeniden düşünmeliydi. Söyledikleri o korkunç adamın bu adam olmasına imkân yoktu. Suat merdivenlerden iner inmez ilk olarak Yaren'e bakmıştı. Babasının anlattıkları karşısında üzerinde hâlâ işçi kıyafetleri olan genç kızla kendini yakıştırmaya çalışıyor ama başaramıyordu.

Cemal Bey "Ne oldu? Söylediklerini kabul ettin mi?" dedi. Yaren onun sorusuyla yutkunarak cevabı beklemişti. Suat ise onun meraklı bakışlarıyla eğlenmek istemiş ve Yaren'in hayal kırıklığıyla donup kalmasına neden olan o sözleri söylemişti. "Bu konuda düşüneceğimi söyledim. İstediği çok zor bir şey."

Cemal Bey, oğlundaki eğlenir havayı görüp gülümseyerek "İyi yapmışsın." deyince Yaren kalbinin parçalara bölündüğünü hissetmişti. Yüz ifadesi bir anda değişmişti. Sanki aydınlık yüzüne bir perde inmişti. Suat o an üzülse de babasının yanında sözlerinden geri dönemezdi. Onları yolcu ederken Yaren'e dikkatle bakan Suat, kızın geldikleri zamanki gibi gülümsemediğini fark etmişti. İşte o an Suat, Asım Bey'in sözlerinin bir kısmına hak vermişti. Bu kız kesinlikle ailesini görmeden yaşayamazdı. Onları görememe düşüncesi bile onu bu kadar etkilerken görememek onu öldürebilirdi. Suat içinden kendisine söylenirken kızın gününü zehir ettiğini düşünmeye başlamıştı. Ama babası ona anlatır diye düşünerek biraz olsun kendisini rahatlatmaya çalışsa da başarılı olamıyordu.

Onlar gittikten sonra Yaren hızla babasının odasına giderek kapıyı çalma gereği bile duymadan odaya girmiş ve "Ben evlenmek istemiyorum." demişti. Şaşıran Asım Bey kızının yüz ifadesinden bir şey anlamamıştı. "Neden?" diye sorarken de oldukça sakindi...

"Ben... Ben evlenemem..." dediğinde babasının sözleriyle şaşırmıştı. "Neden ama? Tüm isteğimizi kabul etti. Bizi istediğin gibi görmene hatta bizim de seni görmemiz için sık sık konağa gelmemize izin verdi." derken Yaren'in kalbi neredeyse patlayacak gibi hızlı atmaya başlamıştı. Kekeleyen genç kız "Ne... Kabul mü etti?" diye şaşkınlıkla sorarken Suat'ın az önceki davranışına anlam verememişti. Bir an kabul etmediğini düşünen genç kız derin nefes alarak içinden söylediğini sandığı "Ben sana evlendiğimizde gösteririm!" sözleri ile babasını şaşırtmıştı. Adam anlamayan bir ifadeyle kızına bakarken "Evlendiğinde ne göstereceksin ona?" diye sorarken Yaren yaptığı hatayı anlayarak utancından kızarmıştı.

"Şe-şey... Ben... Az önce babasına sizin isteklerinizi düşüneceğini ve çok zor şeyler istediğinizi söyledi de." dedi kekeleyerek. Asım Bey zoraki bir kahkaha atarken damadını şimdiden sevmeye başlamıştı. "Öyle mi dedi? Belki de beni kandırmıştır ne dersin?" Yaren gözlerini büyülterek babasına bakmıştı. "O zaman iptal et bu evliliği. Cemal Bey sen vazgeçersen bu evlilik olmaz dedi baba..." Kızının isteki bakışlarından gözlerini kaçıran hasta adam "Olmaz. Evleneceksin. Ölmeden evlendiğini görmem lazım." dedi. Babasının son sözleriyle Yaren'in kalbi sıkışmıştı. Bir an nefes almakta zorlanan genç kız babasının elini avucunun içine alarak sıkmış ve öperek yanağına koymuştu. "Bu şekilde konuşma baba. Sen iyileşeceksin." Adam zoraki bir gülümsemeyle kızına bakmıştı. "Umarım kızım. Seni ve kardeşini bu aç kurtlara bırakmak istemiyorum. Amcanı çağırttım. Size yardım edecek." dediğinde Yaren'in şaşkınlıktan gözleri büyümüştü. "Amcam mı? Ama sen... Sen onunla konuşmuyordun ki?" Asım Bey gülümseyerek "Evet ama sizin için her şeyi yaparım. O kadınla evlenmemesini istemiştim ama bana karşı gelerek evlendi. Bu yüzden bu şekilde yaşıyor. Ama sizi de çok sevdiğini biliyorsun. Özellikle seni çok sever." Yaren içtenlikle gülümsemişti. "Evet ben de onu seviyorum. Kabul etti mi gelmeyi peki?" diye soran genç kız heyecanlanmıştı. Yıllardır amcasını görmemişti. Amcası paraya değer vermeyen sadece sevgi için yaşayan bir adamdı. Zaten bu yüzden sevdiği kadınla evlenmek için her şeyden vazgeçmişti. Zaten tek kardeşi olan Asım Bey'in çocuklarını bırakabileceği ve başka güvenebileceği bir aile üyesi yoktu. Yaren mutlulukla babasına bakarken Asım Bey hüzünlenmişti. Çocukları ile yıllarca görüşmesine engel olduğu kardeşinin değişmemiş olmasını umuyordu.

Cemal Bey ve Suat konağın bahçesine girince Asude hızlı adımlarla arabanın yanına giderek kayınpederinin elindeki kabanı almıştı. Seher uzaktan bakarken Asude'yi nasıl saf dışı bırakacağının planlarını yapmaya başladı. Asude ise Cemal Bey'in sözleri ile şaşırmıştı. Genç kadının gözleri duyduklarıyla ıslanmıştı bile. Kehribar gözleri ıslanınca daha da belirgin olmuştu. Onlara uzaktan bakan Seher ise söylenenleri duyamasa da Asude'nin gözünden akan yaşlarla keyiflenmişti. Sabahki azarlanmayı unutamayan Seher, Asude'nin de böyle bir tepki aldığına emindi. Suat ise şaşkınlıkla babasına bakmıştı.

Adam kendisini karşılayan Asude'ye bakarak hafif bir ciddiyet ile "Sen ne zaman aileni gördün en son?" diye sormuştu. Kızın bakışlarındaki mahmurluğu görünce de içi acımıştı. Sonra devam ederek "Hazırlan seni annene göndereceğim. Kardeşlerini özlemiş olmalısın." deyince genç kadın gözünden aşağıya akan yaşa engel olamamıştı.

Titreyen sesi ile "Gerçekten mi?" diye sormuştu. Adam o an nasıl sevindiğini anlamıştı. Kendine kızan Cemal Bey bunu belli etmeden sesini ciddileştirerek "Git hazırlan seni ben götüreceğim." dediğinde ise Suat ikinci şokunu yaşamıştı. Asude yaşadığı mutlulukla Cemal Bey'in eline sarılırken ilk kez ağzından "Allah sizden razı olsun babacığım!" sözü çıkmıştı. Cemal Bey, Asude'nin sıcak bir ses tonuyla kendisine *babacığım* demesiyle kasılmıştı. Sanki tüm kanı çekilmişti. Kendi öz kızı bile bu şekilde ona seslenmemişti. Bu kadar katı bir adam olduğu için iç dünyasında savaş ediyordu. Kızın yanağından oluk gibi akan yaşı silmemek için hemen yanından ayrılmak istemişti.

Kendi kendine homurdanan adam "Yaşlanıyorum galiba, duygusallaşmaya başladım!" dedi kimsenin duymayacağını düşünerek. Ama Suat onun bu sözlerini duymuş ve gülümsemişti. Olduğu yerde kalan yengesine gülümseyerek kendisinden sadece iki yaş büyük olan genç kadının omzuna dokunmuş ve "Fikrini değiştirmeden gidip hazırlansan iyi edersin Asude." demişti. Duraksayan Asude korkuyla Suat'a bakmıştı. "Ya ağabeyin? Ona ne söyleyeceğim ben?" dediğinde Suat onun korkusunu anlayabiliyordu. Sesindeki ciddiyeti vurgulayarak "Seni babam götürüyor, dolayısıyla ona söz düşmez bu durumda." dedi. Asude mutlulukla gülümserken küçük kızına seslendi.

Aceleyle odasına giden Asude hazırlığını tamamlayınca küçük bir valizle bahçeye çıkmış, heyecanla Cemal Bey'i beklemeye başlamıştı. Onun ağladığını gören Seher ne olduğunu düşünürken elinde valiziyle onu bahçede görünce tiz bir kahkaha atmıştı. "Demek sonunda seni göndermeye karar verdiler ha?" diye sorarken Asude'nin tamamen gittiğini düşünüyordu. Arkadan gelen "Hazır mısın Asude?" sesiyle Seher bir an duraksamıştı. Cemal Bey ağır adımlarla merdivenlerden bahçeye inerken Asude gülümseyerek adama bakmıştı. "Hazırım efendim!" dediğinde Cemal Bey ilk kez hayal kırıklığı yaşamıştı. Onun yeniden kendine *babacığım* demesini arzuladığına inanamıyordu.

Asude arabaya binerken Cemal Bey ona dikkatle bakıyordu. Kadının saygıda kusur etmemeye çalışmasını hayranlıkla izlerken, Melek'in de annesi gibi kendisine yaşından beklenmedik bir şekilde saygı göstermeye çalışmasından mutlu oluyordu. Buna daha önce hiç dikkat etmediğini fark eden adam içten içe kendisine kızmaya başlamıştı. Bugün ne çok kendisine kızmıştı öyle? Yol boyu konuşmayan Asude'nin heyecanı gözlerinden okunuyordu. Yaklaşık beş yıl sonra ailesini görecek olması onu heyecanlandırmıştı. Onları görmediği gibi haberlerini de alamamıştı. Babası öldüğünde cenazesine bile gidemeyen genç kız için bu çok acı bir hatıraydı.

Yaklaşık bir saat sonra köy girişine giren arabayla heyecanı yeniden artan genç kadın, kızının "Anne, biz şimdi senin anneni mi göreceğiz?" sorusuna "Evet hayatım. Annemi yani senin anneanneni göreceğiz." demişti. Cemal Bey'e dönen genç kadın bakışlarını yere çevirerek "Allah sizden razı olsun Beyim." dediğinde Cemal Bey öksürerek "Bana baba de, *Beyim* de ne demek oluyor?" diye sormuştu. Asude şaşkınlıkla bakışlarını adama çevirirken adamın ne kadar ciddi görünse de gözlerinin içinin parladığını fark etmesi zor olmamıştı.

Arabanın durmasıyla iki katlı beton eve yaklaşan genç kadın, dışarıda odun kesen küçük kardeşini görünce dayanamayarak ağlamaya başlamıştı. "Ne kadar da büyümüş!" diye söylenirken kızı ondan önce davranarak "Anne, burası senin eski evin mi?" diye sormuştu. Sonrasındaysa odun kesen Hüseyin ablasını fark ederek yüksek sesle "Anne, ablam geldi!" diye haber vermişti.

Genç kadın ağlayarak kendisine koşan on beş yaşındaki kardeşine hasretle sarılmıştı. Cemal Bey yine kendisine kızmıştı bu kadının bu kadar acı çekmesine izin verdiği için. İçinden arkadaşına imrenmeye başlamıştı. İki çocuğu vardı ama ikisi de gözünün içine bakarak sevgiyle konuşuyordu. Birden evden fırlayan orta yaşlı kadının, gelinine ağlayarak sarıldığını gören Cemal Bey donup kalmıştı. Annesi Asude'nin yüzünde neredeyse öpülmedik bir yer bırakmamıştı. Bu sırada küçük kız annesinin eteklerinden tutuyordu. Annesi kızına "Sen... Sen nasıl oldu da izin alabildin?" diye sorarken ağlamasına engel olamıyordu. Asude annesinin yanağından akan yaşları silmeye çalışırken arkasında duran Cemal Bey'e ıslak gözleriyle bakmıştı. Tam gözünün içine bakarak "Babam getirdi." dedi. Cemal Bey ikinci kez kasıldığını hissederken köyün beyi olarak kız çocuklarını koruyamadığını fark etmişti.

Bu topraklarda kızlar çok eziliyordu. Kızları korumak için hiçbir şey yapmadığını düşünmemeye çalışan Cemal Bey, bir süre onları izledi. Asude'nin annesi neredeyse ayaklarına kadar kapanarak "Allah sizden razı olsun Beyim." diye tekrarlayıp duruyordu. Adam yere kadar eğilen kadın karşısında utanmıştı. Kadın yerden kalkarken küçük kız annesine "Anne neden anneannem dedemin ayaklarına kapanıyor?" diye safça sorunca Cemal Bey şaşkınlıkla torununa bakmıştı.

Bunca yıldır ilk kez kendisine *dede* diyen küçük kız korkuyla ağzını kapatmış ve ağlamaya başlamıştı.

Cemal Bey ve oradakiler kızın neden ağladığını anlamamıştı. Asude kızına sarılırken "Neden ağlıyorsun Meleğim?" diye içtenlikle sorunca çocuk hıçkırarak "Ağam beni karanlık odaya kapatacak." dedi. Cemal Bey de en az Asude kadar şaşırmıştı.

"O da ne demek kızım, deden seni niye karanlık odaya kapatsın ki?" Ağlayan çocuk dedesine bakamıyordu bile. Cemal Bey kızmaya başlamıştı ama çocuğu daha fazla korkutmak istememişti. Bir adım öne çıkınca çocuk annesinin beline doladığı kollarını daha çok sıktı. "Söyle Meleğim. Ağlama artık bak anneyi çok üzüyorsun." diye yakınan kadın çocuğun sözleriyle dişlerini sıkmıştı.

"Seher annem dedi ki, ona *dede* dersem beni karanlık odaya kapatırmış. Ben o yerden korkuyorum anne. Beni oraya kapatmayın." Ağlayan çocuğu durdurmak mümkün görünmüyordu. Cemal Bey duyduklarıyla sinirlenmişti. İkinci gelininin küçük bir çocukla bile uğraşması onu kızdırmıştı. Fark etmeden küçük kıza yaklaşan adam Asude ve diğerlerinin şaşkın bakışları arasında küçük kıza sarılmıştı. "Korkma, seni karanlık odaya koymayacağım. Ağlama hadi. Bak çirkin oluyorsun ağlayınca." derken küçük kızın saçlarını okşuyordu. Çocuk sevinip adama masum gözlerle bakarken "Sana *dede* dememe kızmadın mı Ağam?" diye sormuştu. Adam yüzünde acı bir gülümsemeyle çocuğa bakarak "Ben senin dedenim, bana dede demende bir kötülük yok ki. Asıl demezsen seni o karanlık odaya kapatırım." deyince Asude mutluluktan ağladı. Küçük kızın dedesine sarılması içinde bir rahatlama oluşturmuştu. Artık ölse de gam yemezdi.

Adam ayağa kalkarak küçük kızın elini tutmuştu. "Ben artık gideyim. Sen de kızım istediğin kadar kal ailenle. Uzun zaman olmuştu. Hasret giderin." Asude soran gözlerle adama bakarken adam onun neden çekindiğini anlamıştı. "Oğlumla ben ilgilenirim. Seni ben almaya geleceğim. Kocan ola-

63

cak adam gelirse sakın dönme!" dediğinde Asude şaşırmıştı. "Ama?" diye itiraz edecek olmuştu ki "Ne zamandır bana karşı geliyorsun?" diye sormuştu. Asude onaylayarak başını sallarken Cemal Bey ilk kez torununu öperek arabasına binmişti.

Araba biraz uzaklaştıktan sonra oğlunu yola getirmeyi planlamaya başlamıştı. Asude'nin bu genç yaşında kocası varken dul gibi yaşamasına seyirci kalmayacaktı. En azından çirkef Seher'den onu korumayı bir süre de olsa başaracaktı. İlk kez oğlunun evliliğine karışıyordu. Normalde rahatsız olması gerekirken Cemal Bey rahatlamış gibi hissediyordu. Yol boyunca düşünen Cemal Bey eve gitmeden yeni dünürünün evine, kırk yıllık dostunun yanına gitmeye karar vermişti. Nedense o evdeki sevgi ortamını hissedebiliyordu. O yosun yeşili gözleri düşündükçe gülümsüyordu. İlk günden kendi kalbini kazanan ve vahşi bir kısrağı andıran kızı görmek istemişti. İçinden, onu Suat ile değil de Yağız ile evlendirmek lazım, o serserinin hakkından ancak bu kız gelir, diye düşünürken Asım Bey'in konağında kendisini bekleyen kötü sürprizden habersizdi.

3. BÖLÜM

*A*raba diğer köyün sınırlarından girdiğinde koşan köylüleri görmüştü. Bu hayra alamet değil diye düşünürken Asım Bey'in konağına yaklaştığında bir grup erkeğin kapıda dizildiğini ve yüksek sesle bağırdığını duymuştu. Hava birden ortama uygun olarak kararmaya ve gökyüzünde yağmur yüklü kara bulutlar dolanmaya başlamıştı. Konağın çevresinde yükselen seslere kulan kesilen Cemal Bey şaşkın bir şekilde arabadan indiğinde adımlarını atmakta zorlanıyordu.

Yaren sinirden dişlerini sıkarken babasının neden acele bir şekilde kendisini evlendirmeye çalıştığını artık anlayabiliyordu. Elinde tüfeğiyle kapıya yönelmiş olan Yaren'i gören Cemal Bey asıl şaşkınlığı o zaman yaşamıştı. Bu kıza yaptığı her hareket neden bu kadar yakışıyordu. Gözlerindeki ifade Cemal Bey'i gafil avlamıştı. Gözü kara olan kız hiçbir şeyden çekinmediğini havaya iki el ateş açarak göstermişti. "Hepiniz konağımın önünü terk edin." diye bağıran genç kızın sesindeki tehdit belli oluyordu. "Hiç kimsenin canının yanmasını istemiyorum." diye tekrar uyaran genç kız Cemal Bey'i görünce korkmuştu. Onun zarar görmesini istemezdi.

"Hoş geldiniz derdim ama pek hoş bir zamanda gelmediniz efendim." diyen genç kız yanında bulunan evin kâhyasına "Cemal Bey'i babamın odasına götürün." diye emretmişti.

Adam Cemal Bey'i Asım Bey'in odasına götürdüğünde, Asım Bey yatağından çıkmış üzerini giyiniyordu. Onu gören kâhya hemen yanına gelerek "Aman Beyim, ne yapıyorsunuz?" diye sorunca Asım Bey öyle bir bakmıştı ki o an kâhyanın korkmamasına olanak yoktu. "Bana ne yapacağımı söyleme sakın." diye sert tonda konuşan Asım Bey, Cemal Bey'i fark etmemişti bile.

Gözü dönmüş bir şekilde aşağıya inen Asım Bey köylünün karşısında dimdik ayakta duruyordu. Elindeki çifteli tüfeğiyle havaya açtığı ateş, tüm toprağı sallamıştı. Konağın kolonları köylünün bedeni gibi titremişti. Köylü, Asım Bey'in elindeki tüfeği ve yüzündeki ifadeyi görünce bir adım geri çekilmişti. "Siz kim oluyorsunuz da benim evimi basmaya kalkışıyorsunuz? Unutuyorsunuz galiba bu toprakların sahibi benim. İstediğim an köyü boşaltabilirim. Sizi toprağımda barındırmasını biliyorsam bu topraklardan sürdürmesini de bilirim." diye çıkışan adamın sesi sanki hoparlörden yankılanır gibi ortamda yankılanmıştı.

Onun sözleriyle şaşkına dönen köyün delikanlıları hiçbir şey söyleyememişti. Yaren korku dolu gözlerle babasına bakarken korkusu kalbi zayıf olan babasına bir şey olmasından başka bir şey değildi. Tüm köylü dahi gelse onlara diklenebilecek kadar cesaretli bir kızdı ama söz konusu ailesi olunca eli kolu bağlanıyordu. Birkaç adımda babasının yanına giderek "Babacığım kalkmasaydınız keşke." dediğinde kızına döndürdüğü bakışları yumuşama belirtisi göstermişti. "Şimdi söyleyin bakalım, bu densizliğinizin nedeni nedir? Nasıl olur da benim konağıma bu şekilde baskın yapmaya kalkışırsınız?" Adamın sesi hâlâ sertti. Herkes susmuştu. Ama aralarında cesaret gösteren bir delikanlı usturuplu bir şekilde "Beyim... Bizim derdimizi sorarsınız ama bizim derdimizin çaresi de sizdedir." Onun sözlerinden cesaret alan başka bir delikanlı atılarak "Duyduk ki kızınızı başka bir köy beyinin oğluyla evlendirmek istermişsiniz. Bunu nasıl düşünürsünüz?" Asım Bey o an kızına bakmıştı. Yaren şaşkınlıkla tam ağzını açacaktı ki Asım Bey araya girmişti.

"Evet evlendireceğim. Kızımı kiminle evlendireceğimi de size mi soracağım?" diye soran adam öfkeliydi. "Ama Beyim... Sizden sonra köyümüzü, hiç tanımadığımız, bu toprakları, köylüyü tanımayan birine nasıl emanet etmeye kalkışırsınız? Köyünüzde bu kadar genç delikanlı varken nasıl olur da başka bir köyden birine kızınızı vermeyi düşünürsünüz?" diye sorunca Asım Bey öfkeyle bağırmıştı. "Bunun için size mi sormam gerekiyordu? Bu köyde kendisini kızıma layık gören bir delikanlı varsa çıksın ortaya. Eğer ben bu kıza layığım diyebilecek bir delikanlı varsa çıksın benim karşıma..." dediğinde sesindeki ton herkesi korkutmuştu. Yutkunan kalabalık hiçbir tepki verememişti. Yaren ise korkudan titremeye başlamıştı. Biliyordu ki biri öne çıksa babası onu gözünü dahi kırpmadan vurabilirdi.

Cemal Bey şahit olduğu manzara karşısında şoke olmuştu. Bir kızı isteyen bu kadar erkeğin olması oldukça şaşırtmıştı onu. Yaren'e çevirdiği bakışları oldukça anlamlıydı. O an genç kızın sadece babası için endişelendiğini anlayabiliyordu. "Demek ki kimse yok, şimdi konağımın önünü boşaltın. Yoksa bu kadar sakin kalmayabilirim. Biliyorsunuz ki bu topraklar üzerinde herhangi bir yerde size ateş edebilirim. Özel mülktesiniz!"

Kalabalık homurdanarak dağılmaya başlamıştı. Yaren korku dolu gözlerle babasına bakarken onun güçlü bir şekilde kalabalığın dağılmasını izlediğini görmek genç kızın hayranlığını arttırmıştı.

Cemal Bey hızla arkadaşının yanına gitti. Asım Bey'in "Haftaya düğünü yapalım." demesiyle Yaren donup kalmıştı. Öyle ki Cemal Bey de donup kalmıştı. Sesinin zor çıktığına bile inanamamıştı. "Haftaya mı? Ama daha hiçbir hazırlık yapılmadı." Cemal Bey, Asım Bey'in "Sen nasıl beysin? Bir düğünü bile organize edemiyor musun? Çalışanların, işçilerin ne işe yarıyor senin? İstersen ben hazırlayayım kızımın düğününü." dediğinde Yaren babasının ciddi olduğunu anlamıştı.

"Ama babacığım ben..." derken Asım Bey ilk kez kızına

sert bir bakış atmıştı. "Haftaya evleniyorsun, hazırlığını ister yap ister yapma sen bilirsin ama evleniyorsun. Bu şerefsizlerin ne yapacağı belli olmaz. Aç köpek gibi kapıda bekliyorlar. Yalnız hiçbir yere çıkmayacaksın. Ayrıca bu hafta boyunca…" dedi ve duraksadı. Onun duraksamasıyla Yaren gerçekten korkmuştu. "Evet, hafta boyunca?" dedi. Yutkunarak babasına bakmıştı. Asım Bey Cemal Bey'e dönerek "Çağır Suat'ı gelsin. Bu gece imam nikâhı kıyılacak!" dediğinde Yaren neredeyse düşüp bayılacaktı. "Bu acele de niye?" diye soran Cemal Bey ise Asım Bey ile göz göze gelmişti. "Yaren akşama hazırlık yap, nikâhınız olacak ama düğüne kadar bu evde benim gölgemde yaşayacaksın. Ayrıca düğün için Suat'la alışverişe gidin." Gözlerinden öfke saçan adamın fikrini değiştirmeyeceği belli olmuştu. Yaren ilk kez ona itiraz edememişti. Aslında etmek de istemiyordu. Sadece kaderini kabullenmek istemişti. Suat'ın kötü biri olmadığını hissedebiliyordu. Ondan başka kiminle bu kadar kısa sürede evlenebilirdi ki?

Evlilik denince aklına ilk olarak Suat gelmeye başlamıştı. Şu ana kadar hiçbir erkek dikkatini çekmezken Suat bunu başarmıştı. Kendi mantığını dinleyen genç kız, babasının isteğine uyarak başını eğmiş ve "Siz bilirsiniz babacığım." diye karşılık vermişti. Fark ettirmemek istediği acısını, babasının fark ettiğinin bile bilincinde değildi. Asım Bey kızının boyun eğen ifadesine üzgün bir şekilde bakıyordu. Cemal Bey arkadaşının ne yapmak istediğini anlamıştı. En azından bu şekilde kızını korumaya çalışıyordu.

Onlar büyük salona çıkarken Cemal Bey şoförünü oğluna haber vermesi için göndermişti. Şoför, büyük konaktan girerken Cemal Bey'in büyük oğlu sinirle merdivenlerden iniyordu. "Babam nerede?" diye soran adam şoförü korkutmuştu. "Asım Bey'in yanında." dediğinde genç adam öfkelenmişti. "Peki, Asude de onunla mı?" Adam olumsuz anlamda başını sallarken genç adam "Allah kahretsin!" diye söylenerek hızla büyük bahçeden çıkmıştı. O sırada Suat şoföre yaklaşarak "Bir sorun mu var?" dedi. Adam gülümseyerek "Babanız sizi

Asım Bey'in konağında bekliyor efendim." dedi. Adamın yüz ifadesi Suat'ı şaşırtmıştı. "Babam da o konağı çok sevdi, kızı alırken babamı oraya mı versek?" diye şaka yaparken şoförün "O zaman bu akşam babanızı orada bırakabilirsiniz." demişti. Suat adamın sözlerine gözlerini büyüterek bakmıştı. "Ne demek bu?" diye soran Suat, şoförün her şeyi anlatması karşısında sinirlenerek sesinin tonunu ayarlayamamış ve öfkeyle söylenmeye başlamıştı. "Ne demek köyün erkekleri konağı bastı?" Şoför, uysal beyi ilk kez bu kadar öfkeli görmüştü.

4. BÖLÜM

Arabanın direksiyonuna geçen Suat, yol boyunca öfkesinden bir şey kaybetmemişti. Köylünün nasıl bu kadar dikkatsiz davranabildiğini anlamıyordu. Özellikle Asım Bey gibi bir adama bunu nasıl yapabildiklerini düşünmeden edemiyordu. O adamın iyiliğini düşündükçe sinirleri tavan yapıyordu. Yanındaki şoför, Suat'ın yüz ifadesinden korkmuştu. İşte o zaman Suat'ın sinirlenince Cemal Bey'e ne kadar benzediğini fark etmişti. O yumuşak bakışlarının altında yeri geldiğinde sert, öfkeli bir adamın olduğunu fark etmemek imkânsızdı.

Asım Bey'in konağına giren Suat hazırlık yapmak için oradan oraya koşturan çalışanları fark etmişti. Onu gören çalışanlar gülümseyerek ona selam vermişti. "Hoş geldin Beyim." diyen kadınlar epey heyecanlıydı. Suat bir an duraksayarak düşünmüştü. Evet, o artık bu evin kısmen de olsa beyi sayılıyordu. Bu durum onu rahatsız etse de daha önemli şeyler vardı.

Hızla üst kata babasının yanına çıkarken odanın kapısında duraksadı. Bir süre öfkesini yatıştırmak için bekleyen genç adam başının ağrıdığını hissederek elleriyle alnını ovalamaya başladı. İçeriden ses gelmiyordu. Elini kapı koluna götürerek tereddütle beklemişti. Odanın kapısı açıldığında içeriye geçerek, Asım Bey ve babasının karşısında durmuş sesinin tonunu yumuşatmaya çalışarak konuşmuştu. "Duyduklarım doğru mu baba?" Cemal Bey oğlunun sinirli yüzüne bakarak "Hangisi?" diye karşılık verince genç adam derin bir nefes vermişti. Öfkesini saklamaya çalışarak babasına cevap verdi. "Köylünün yaptığı ve bu akşam nikâhın kıyılacağı doğru mu?" Cevabı Asım Bey verdi. "Evet doğru, bu akşam nikâhınız kıyılıyor ve haftaya da düğününüz yapılacak." Suat şaşkın bir şekilde Asım Bey'e bakmıştı. "Peki buna Yaren ne diyor?" Asım Bey şaşırmıştı. O anda ilk kez küçük kızının gerçekten evlenmek üzere olduğunu anlamıştı. Gözünün önüne Yaren'in boyun eğerek kabullenmiş hâli gelince kalbi parçalanmıştı. Asi kızı hiç itiraz etmeden isteğini kabul etmişti. Yosun yeşili gözlerine inen hüznü aklından çıkaramıyordu. Başıyla onaylayarak "O da kabul etti." diyen adamın sesindeki acı elle tutulur cinstendi.

Cemal Bey artık olanlara karışmıyordu. Aklına kendi kızı gelmişti. Acaba onu evlendirirken nasıl hissedecekti? Şu anda halasında kalan kızını ilk kez görmek için can atıyordu. Cemal Bey bir kez daha yaşlandığını düşünmeye başlamıştı.

Suat, Asım Bey'in sözleriyle kaskatı kesilirken içinden, eminim ona başka şans tanımadınız, diye geçirmiş ve ona karşı büyük bir şefkat hissetmeye başlamıştı. Oturduğu yere daha da yerleşen Asım Bey dikkatle Suat'ı süzerken, Suat herhangi bir yere oturmak yerine odanın camına yanaşmış dışarıdaki telaşlı hazırlığı seyretmeye başlamıştı.

Bu sırada Yaren odasında kaderini kabullenmiş bir dalgınlıkla dururken, tek tesellisi Suat'ın babasına verdiği sözdü. En azından ailesini görebilecekti. Onlar olmadan yaşayamayacağını biliyordu. Genç kız sessizce yatağında otururken, dadısı hemen yanı başında onu teselli etmek istiyor ama aklına hiçbir söz gelmiyordu. Tam ağzını açacağı sırada genç kız ona "Biraz yalnız kalmak istiyorum dadı." dedi. Dadısı, kızın saçlarını şefkatle okşarken onu yalnız bırakmanın iyi olacağını düşünmüştü. Odasının kapısına yaklaşan dadısı onun sözleriyle duraksamıştı. "Uyumak istiyorum, eğer uyursam ayıp olur mu dadı? Gerçekten yorgun hissediyorum." Dadısı, kızın gözlerindeki acıyla hüzünlenmişti. Onun bu kadar çaresiz görünmesi kalbini parçalıyordu. "Uyu güzel kızım. Akşama çok var." dedikten sonra hızla odadan çıkmıştı. Biraz daha orada kalırsa genç kızın yanında ağlamaya başlayabilirdi. Elinde büyüyen Yaren'i bu şekilde evlendirmek ona da ağır geliyordu. Onlar Hanımının emanetiydi.

Yaren yatağına gömülerek sessizce ağlamaya başlamıştı. Gözünden akan yaş kalbinin en acı bölgesinden gelirken, nefes almanın zorluğunu anlamaya başlamıştı. Ağlıyordu ama bu ağlamasının nedeni evlenmesinden çok köylünün babası gibi bir adama bu şekilde karşı gelmesiydi. Tek korkusu kalbi zayıf olan babasının kendisi yüzünden acı çekmesiydi. Biliyordu ki evlense dahi köylü rahat durmayacaktı. Gözlerinden sicim gibi akan yaşları silme gereği bile duymadan, ağlamaktan yorgun düşen bedeni uykuya dalmıştı.

Cemal Bey'in evinde sesler yükseliyordu. Sedat, konağın kapısından arabasıyla giriş yaptığında, Seher yüzündeki gülümsemeyle kocasını karşılamıştı. Genç adam elindeki çantayı Seher'e uzatmıştı. Fark etmeden etrafına bakınan adam dişlerini sıkarak "Asude!" diye yüksek sesle bağırmıştı. Seher bir an tereddütle kocasına bakarken içeriden koşarak biri yanına gelmişti. "Buyurun Beyim, bir şey mi istediniz?" diye soran kadına sesini yükselterek "Sen Asude misin? Hanımın nerede?" diye sertçe çıkışmıştı. Kadın korkuyla geri adım attı. "Hanımım henüz gelmedi Beyim!" Kadının sözleri adamı neredeyse çıldırtacaktı. "Ne demek gelmedi?" diye soran adamın yüzü değişmişti. Öfkeyle parlayan siyah gözleri sanki daha da kararmıştı. "Bırak ne yapacaksın o dölsüz kadını?" diye soran Seher'e öyle bir bakmıştı ki genç kadın yutkunmadan edememişti. Dişlerini sıkan Sedat "Bana büyük odayı hazırlayın. Bu gece orada yatacağım!" diye emir verirken, Seher onun sözlerine itiraz etmeyi göze alamamıştı. Genç adam öfkeli bir şekilde eski odasının yolunu tutarken, Seher arkasından sinir krizi geçirmeye başlamıştı. Asude'ye içten içe söylenen Seher, kadınsı bir hisle kocasının belli etmese de ona hâlâ değer verdiğini hissedebiliyordu. Asude gitmişti ama gölgesi kocasıyla arasında duruyordu. Aklından kötü kötü şeyler geçirmeye başlamıştı. Asude olduğu sürece Seher'e rahat yüzü yoktu.

Asude ise yıllar sonra rahat bir uyku çekmişti. Annesi gece uyurken kızına sarılarak uyuyan Asude'yi izlerken tekrar tekrar Cemal Bey'e dua ediyordu. Biliyordu ki kızını kocası göndermiyordu. Nedenini bilmese de bu böyleydi. On dört yıldır evli olan kızına bakan ellili yaşlardaki kadın hayranlıkla kızının gün geçtikçe güzelleşen yüzüne bakıyordu. Uzun yıllar hamile kalamadığı için birçok ağır söze göğüs germiş ve bir kez olsun şikâyet etmemişti. İnsancıl yanıyla her zaman karşısındakilere sevgi göstermiş ve bir kez olsun kocasından şikâyet etmemişti. Oysaki biliyordu, kızının daha on beş yaşında olmasına rağmen ruhu erken yaşlanmıştı. Sedat'ın başlarda bu kadar kötü davranmadığını biliyordu. Hemen kızının yanında uyuyan torununa bakarken içi acımıştı. O da annesi gibi baba sevgisi olmadan büyüyordu ve bu çok acı bir hayatın onu beklediğine işaretti. Kız çocuğu bey oğlu için o kadar da önemli değildi. Bu durumun değişmesi için yıllardır dua eden kadın, kızının saçlarını okşayarak yanağından süzülen yaşla hızla odadan çıkmıştı.

İmamın gelmesiyle Asım Bey, Makbule Hanım'dan Yaren'i çağırmasını istemişti. Dadısı onu almak için odasına gittiğinde odanın kapısında Suat ile karşılaşınca "Bir şey mi istedin Beyim?" diye sormuştu. Suat üzgün yüzünü saklamak için çok uğraşsa da başarılı olamıyordu.

"Aslında Yaren ile konuşmak istiyordum."

Dadı ona bakarak ne kadar sıkıntılı olduğunu anlamış ve güçlükle konuşmuştu. Boğazına takılan yumru onun konuşmasını güçleştiriyordu. "Şey... Aslında küçük hanım dinleniyordu biraz..." dediğinde Suat öne çıkarak "Önemli değil, onu ben de uyandırabilirim!" dedi. Suat'ın sözleriyle dadı şaşkın bir şekilde oracıkta kalakalmıştı. Hızla odaya giren Suat, karanlık odanın kapısını kapatıp arkasını döndüğündeyse şaşkınlık ile duraksamıştı. Karanlık odanın ışığı açık olmadığı için gördüğü manzarayı algılamakta zorlanan Suat hırsla öne atılmıştı. Tüm siniri tepesine çıkmış bir şekilde etrafına bakınan genç adam, ışığın düğmesini arıyordu. Nefesi düzensizleşmeye başlamıştı. Sanki o an tüm bedeni gerilmişti. Yanlış gördüğünü düşünmeyi, hatta bunun bir rüya olmasını diliyordu. Bu olamazdı. O odada ışığı yakmak için düğme arayadursun, dadı birkaç dakika sonra odaya girmek için harekete geçmişti. O anki şaşkınlığını atlatan kadın, öfkelenerek henüz karısı olmayan genç bir kızın odasına bu şekilde izinsiz giren bu genç adama dersini vermek için hızla odaya dalmıştı. Suat'ın duvarın üzerinde elini dolaştırdığını gören kadın onun ne aradığını anlayarak odanın ortasına gelip tavandan sarkan ipe asılınca bir anda karanlık odanın aydınlanmasıyla ikisinin de gözleri kamaşmıştı. Suat gözlerini kapatıp açtığında dadı gibi şaşkınlıkla yatağa bakıyordu. Karanlıkta Yaren ile yatakta başka birinin olduğunu gören Suat sinirlenmişti. Bir an kızın bir sevdiği olduğunu düşünen Suat ne yapacağını bilemiyordu. Zifiri karanlıkta yüzleri seçilmeyen yataktaki kişileri görebilmek için ışığı yakmaya uğraşan genç adam, aniden odanın aydınlanmasıyla Yaren'e sıkıca sarılmış bir şekilde uyuyan Cüneyt'i görünce şoke olmuştu. Genç çocuk ablasının evleneceğini duyunca o uyurken yanına gitmiş ve son kez ablasına sarılarak uyumak istemişti. Yaren de yılların alışkanlığıyla dönerek kardeşini kolları arasına sarmıştı. Derin bir iç geçiren Cüneyt, erkek adam ağlamaz kuralını o an bozmuş ve sessizce ağlayarak ablasının kolları arasında küçük bir çocuk gibi uykuya dalmıştı.

Dadısı, Yaren ve Cüneyt'e bakarak "Yine mi?" diye sormuştu. Işığın yanmasıyla ikili gözlerini aralayarak kendilerine bakan iki çift göze bakmıştı. Yaren karşısında Suat'ı görünce telaşla doğrulurken kardeşinin yanında uyuduğunu fark etmeden onun da canını yakmıştı. Can acısıyla çığlık atan Cüneyt'i fark eden Yaren ona bakmış, sonra da aynı yatakta yattıklarını görünce Suat'ı unutarak kardeşini azarlamaya başlamıştı.

"Sana kaç kez söyleyeceğim, artık koca adam oldun. Benim yanımda yatmak için çok büyüdün!" Cüneyt mahcup bir şekilde ablasını dinlerken Suat gülümseyerek ikisine bakıyordu. Asım Bey'in sesiyle yataktan çiçekli pijama takımıyla fırlayan genç kız dağınık saçlarıyla bile oldukça güzel görünüyordu. O an Suat içinden, bu kız için köylünün erkeklerinin ayaklanması normal, diye geçirirken Yaren utanarak tekrar yatağına girmiş ve üzerini hemen kapatmıştı.

Dadısı genç kıza bakarak "Hazırlanmalısın kızım, imam geldi. Herkes seni bekliyor." dediğinde Yaren büyümüş gözlerle ona bakıyordu. "Ne? O kadar geç mi oldu? Neden beni uyandırmadın?" diye sorarken Suat onun telaşıyla gülümsemesine devam ediyordu. Şu bir gerçekti ki Yaren ile çok eğlenecekti. Hâlâ yatağında yatan kardeşine bakan Yaren "Sen neden hâlâ buradasın? Hadi... Hemen dışarı!" dediğinde gözlerini Suat'a çevirerek devam etti. "Sen de dışarı!" Yaren'in kendisini hedef alan kıvılcımlı gözleriyle Suat'ın yüzündeki gülümsemesinin yerini şaşkınlık almıştı. "Ben özür dilerim." diyen genç adam hızla odadan çıkmıştı.

Erkekleri odadan kovan Yaren aceleyle hazırlanmaya başladı. Dadısı ise ona yardım ediyordu. Gülümsemesi bile hüzün dolu olan genç kız, kendisi için hazırlanan kıyafetleri hemen giymiş ve düzgün bir şekilde örtüsünü başına takarak kısa sürede hazır hâle gelmişti. Herhangi bir şey sürmesine gerek yoktu. En iyi kuaförün elinden çıkan gelinlerden daha güzeldi. Doğal güzelliği kıskanılacak derecede belirgin olan genç kız hazır olduğunda aynanın karşısına bile geçme gereği duymadan dadısına "Çıkalım mı dadı?" diye sormuştu. Dadısı ona hayranlıkla bakarken yüzünün örtüsünü kendi eliyle kapatmıştı. Ağlayan kadın sevgiyle Yaren'e sarılırken Yaren de ağlamaya başlamış ve onu susturmak istemişti. Genç kız teselli olunması gereken kişiyken dadısını teselli ediyordu. Acı bir gülümsemeyle dadısına "Üzülme dadı, Suat'ın iyi biri olduğuna inanıyorum. Eminim sizi görmem için beni buraya yeniden getirecektir. Hem getirmezse kaçar gelirim." dediğinde kadın istemeden de olsa kızın şakacı sözlerine gülümsemişti.

"Gelirsin değil mi?" diye soran kadın Yaren'in sözleri ile gözündeki yaşı silmişti. "Dadı... Babam ve Cüneyt sana emanet, onlara iyi bak." Kadın gülümseyerek genç kıza bakmış ve "Hadi gidelim artık yoksa baban kızacak." demişti.

Bu sırada kapıda bekleyen Suat ise onun kısa sürede dışarıya çıkmasını beklemiyordu. Kapının açılmasıyla bedenine tam oturmuş sade beyaz kıyafet ve başındaki örtüsüyle bir meleğin karşısında titrediğini hissetmişti. Bu kız gerçekten inanılmayacak derecede güzeldi. Yutkunmasına engel olamayan Suat, yüzünde hiçbir boya olmayan Yaren'in doğal güzelliğine kapılmayacak bir erkeğin olmadığını düşünmeye başlamıştı.

Yaren karşısında Suat'ı görünce birden tedirgin olmuştu. Sadece birkaç saat sonra hiç tanımadığı bu erkeğin Allah katında karısı, helali olacaktı. Bu, onda farklı duygular oluştururken içinden sürekli dua ediyordu. Hayatının fazla zor olmamması için dua ediyordu. "Sen neden burada bekliyorsun?" diye soran genç kız onun sözleriyle gülümsemeden edememişti. "Gelinimi ilk ben görmek istedim."

Yaren duydukları karşısında utansa da dadısı ikisinin ne kadar da uyumlu olduğunu düşünmeye başlamıştı. Makbule Hanım, Yaren'e en çok yakışacak adamı Asım Bey'in bulduğunu düşünüyordu. Hazırlanan odaya giren ikili babalarının elini öperek hocanın karşısında oturmuştu. Yaren yaprak gibi titrerken Suat da doğru mu yapıyorum, diye kendi kendine sorular soruyordu. Duaya başlayan hoca hazırlanan birkaç şahit karşısında Yaren'i Suat'a verirken herkes nefesini tutmuştu. Konaktaki herkes bu nikâhın sonucunun ne olacağını merak ederken, Yaren'in konaktan ayrılacağına üzülüyorlardı. Konakta kızı sevmeyen tek bir çalışan yoktu. Onun neşesi herkesin içini ısıtmaya yetse de o gün olanlarla bu evliliğin gerçekleşmesinin herkes için daha iyi olacağını düşünmeye başlamışlardı. Hanımları iyi olsun da varsın başka konakta olsun. Çalışanlar ertesi gün köy meydanında yemek dağıtmak için hummalı bir çalışmaya girdiğinde Cemal ve Asım Bey de evlenen çocuklarına bakıyordu. Artık dünür olmuşlardı ve Asım Bey dostundan, kızına iyi bakması için sözler alıyordu.

Onlar heyecanlı bir gece geçirirken Sedat girdiği büyük odada şoka uğramıştı. İki yıl sonra bu odaya ilk kez giriyordu. Bu oda Asude ile evlendirildiği zaman onlara hazırlanmıştı. Zaten sinirli olan genç adam öfkeyle bağırmıştı. Çalışanlardan biri hızla ve korku dolu bir heyecanla büyük odaya gitmişti. Sedat'ın öfkesi karşısında kadın titremeye başlamıştı. Sedat'ın ne kadar katı olduğunu bilen genç kadın çekinik hâlde "Beyim beni mi çağırdınız?" diye sormuştu. Sedat eliyle odayı göstererek "Bu odanın hâli ne böyle?" diye sert çıkışmıştı. Oda âdeta küf kokuyordu. Onun sesi tüm konakta yankılanırken sinir krizi geçiren Seher de odasından fırlayarak büyük odaya gitmiş ve etrafı dağıtan kocasını görmüştü.

Genç adam odanın perişan hâliyle âdeta yıkılmış gibiydi. Eşyaların üzerleri örtülmüş, terk etilmiş bir virane gibi her yeri toz kaplamıştı. Pencerelerin uzun zamandır açılmadığı içerideki küf kokusundan belli oluyordu. Örümcek ağları bir zamanlar karınsın önünde oturup saçlarını taradığı aynanın etrafını sarmıştı. Yüreği sıkışan genç adam cevap bekliyordu. Çalışan kadın titreyerek "Bu odayı kullanan yok Beyim, o yüzden temizlik yapılmamış." dediğinde Sedat sinirle dişlerini sıkmaya başlamıştı. "Ne demek odayı kullanan yok? Asude nerede yatıyor peki?" Genç adamın içini anlayamadığı bir öfke kaplamıştı. En çok da kendisineydi bu öfkesi. Nasıl olur da bu kadar uzak kalabilirdi sevdiceğinden? Ona zaman tanıyordu ama bu zaman aralarındaki mesafeyi açmıştı.

Seher kocasının öfkesinden korktuğu için sesini çıkarmamaya çalışsa da Sedat ona dönerek sordu. "Size bir soru sordum, bu oda neden bu hâlde?" Seher dudağının içini ısırarak "Asude kızıyla alt kattaki odasında kalıyor." dediğinde Suat gözlerini büyüterek "Ne yani o küçük odaya mı taşındı?" diye sormuştu. Onun bu sorusuyla hem Seher hem de çalışan kadın şaşırmıştı. Şaşıran Seher, kocasının bu sözüyle bir yandan da mutlu olmuştu. Demek ki kocası yıllardır Asude'ye dokunmamıştı. Bu düşünceyle sevinirken Sedat onun bakışlarındaki ifadeyi fark etmişti. Sinirlenerek odadan çıkan genç adam bağırarak "O oda sabaha kadar eski hâline dönecek!" dedi. Seher onun sesiyle ürperirken kendi odasına gittiğini sandığı kocasının aşağı kata indiğini görünce hem hayal kırıklığı yaşamış hem de sinirlenmişti. Sedat, kızıyla karısının kaldığı odaya girer girmez yıllardır duymadığı koku bir anda burnuna gelmişti. Duraksayan adam şirketin başına geçtiğinden beri eve her gece geç geliyor ve kendisini karşılayan iki karısını da kapıda buluyordu. İlk kez bu akşam birinin eksik olduğunu görünce öfkesine hâkim olamamıştı. "Baba sen ne yapmaya çalışıyorsun?" diye soran genç adam, üzerini çıkararak yatağa uzanmıştı. Başını yastığa koyar koymaz burnuna gelen karışık iki koku uykusunu açmıştı. Odada tek kişilik sadece bir yatak vardı. Zaten oda küçük olduğu için başka bir yatağın da bu odaya sığmasının imkânı yoktu. Bu gece uyuyabileceğini hiç sanmıyordu. Bir süre loş ışıkta odanın tavanını süzen genç adam, ne düşündüğünün farkında bile değildi. Elini yumruk yapan Sedat, duvara sert bir şekilde vurarak "Allah kahretsin!" diye bağırmıştı.

Onun bu sert sesini duymuş gibi uykusunda sıçramıştı Asude. Yatağından doğrulan genç kadın başucundaki bardağa uzanmış ve suyu içerek "Hayırdır inşallah!" demişti.

Birileri elindekinin kıymetini henüz kavramaya başlayacakken birileri de eline geçen kıymetli varlığın değerini bilememekten korkuyordu. Ve ona açıklaması gereken sırları vardı. Kıyılan dini nikâhtan sonra Suat ve babası konaktan ayrılırken Asım Bey kızının hüzünlü bakışlarıyla karşılaşmıştı. Ona bir şeyler söylemek istiyor ama ağzından tek teselli sözü çıkmıyordu. Genç kız bunu fark etmişti ve babasına gülümsemeye çalışarak "Ben iyiyim baba, bir gün nasılsa evlenecektim. Senin onayladığın biri olması benim için yeterli." dediğinde Asım Bey uzun zamandır tutmaya çalıştığı gözyaşlarını serbest bırakmıştı.

Yol boyu konuşmayan Cemal Bey ve Suat da oldukça düşünceliydi. Suat hayatının en büyük adımını atarken, aklındaki düşünceleri ve Yaren ile konuşması gereken önemli konuları nasıl bir yol bulup da hiçbir acı vermeden ona anlatabileceğini düşünüyordu. Aklında binbir düşünce varken Cemal Bey'in sözleriyle tüm düşüncelerinden sıyrılmıştı. "Artık geri dönüşün yok, bunu biliyor musun?" dediğinde

Suat ona bakarak "Farkındayım. Ama Yaren için üzülüyorum sadece." dedi. Cemal Bey gülümseyerek oğluna bakmıştı. "O kız seni de etkiledi değil mi?" Babasının sorusuyla hafif gülümseyen Suat "Onun etkileyemeyeceği biri olduğunu düşünemiyorum." diyerek karşılık vermişti. "Haklısın. Beni bile etkilediğini düşünürsek..."

Cemal Bey'in sesi kısık çıkmıştı. Sonrasında söylediği sözleri Suat'ı şaşırtmıştı. "Sence kardeşine çok mu katı davranıyorum?" Suat şaşkınca babasına bakarken devam eden adam "Yengeni annesine bıraktım bugün. Eminim ağabeyin evde çıldırmış durumdadır." dedi. Suat keyiflenerek babasına bakmıştı. "Onun çıldırmış ifadesini görmek için sabırsızlanıyorum."

Araba ağır bir şekilde zifiri karanlık köy yollarında ilerlerken Asım Bey de kızına sarılmış bir şekilde onu teselli etmeye çalışıyordu. Yaren'in tek düşündüğüyse babasının rahatsızlığıydı.

"Ameliyat olmanı istiyorum."

Babası "Bunu benden isteme." derken Yaren bakışlarını ona dikerek "Ne yani ben yokken Cüneyt'i köylülerin insafına mı bırakacaksın?" diye acı ve bir o kadar sinirli ses tonuyla sormuştu. Asım Bey kızının kızgın bakışlarından gözlerini çekerek konuşmuştu. "Kardeşini şehirde yatılı bir okula vermeyi düşünüyorum." Yaren dehşete düşmüş bir şekilde gözlerini babasına dikerek "Olmaz!" dedi. "Kardeşimi o kadar uzağa gönderemezsin. Ben... Ben onu görmeden duramam." Kızının tüm itirazlarına rağmen adam kendinden emin ses tonuyla "Kardeşin şehirde okuyacak ve bu topraklara faydalı biri olacak. Ayrıca bu şekilde ben de istediğin ameliyatı olacağım!" dediğinde Yaren'in bakışları yumuşamıştı. Önemli olan şu anda babasının ameliyat olmasıydı. Mahzun bakışlarını babasına çevirerek "O zaman düğünden hemen sonra hastaneye yatacaksın!" dedi.

Geç saatlere kadar Yaren ve babası gelecek için konuşurken, babası kızına direktifler veriyordu. Annesiz bir kız evladı büyütmek ne kadar zor gelmiş olsa da onun kadar erdemli bir evladı dahi hayal edemediği de bir gerçekti.

Cemal Bey'in arabası konağın büyük bahçesinden içeriye girerken etrafta kimsenin olmaması onları şaşırtmıştı. Seher dâhil ortalarda hiçbir çalışan yoktu. Konaktan içeriye girdiği andan beri evde ölü sessizliği dikkat çekerken ikinci kata çıkan Suat ve Cemal Bey Asude'nin eski odasından gelen seslerle o yöne dönmüştü. İçeride birkaç çalışan etrafı toplarken ses çıkarmamaya çalışıyordu. Cemal Bey öksürerek "Siz bu saatte ne yapıyorsunuz bu odada?" diye sorarken ürken çalışanlar Cemal Bey ve Suat'ı görünce hemen toparlanarak "Hoş geldiniz Beyim. Geldiğinizi duymadık." diyerek özür dilemeye çalışmışlardı. Ama Cemal Bey merakla cevap bekliyordu. Suat etrafına bakınırken bu odanın eskiden ne kadar da bakımlı olduğunu düşünmeden edememişti. Yengesi oldukça titiz bir kadındı. Asude bu eve geldiğinde Suat onlu yaşlardaydı. Asude henüz kendisi çocuk yaştayken ona bir anne gibi yaklaşmıştı. O da çocukken annesini Yaren gibi kaybetmişti. Zaten bu yüzden evin çekip çevrilmesi için ağabeyi evlendirilmişti.

"Bu odayı sabaha kadar temizlememiz emredildi."

Konuşan kadınlardan biri korkmuş görünüyordu. "Bunu sizden kim istedi?" diye soran ses bu kez Suat'a aitti. Kadınlardan diğeriyse "Abiniz odanın bu hâlini görünce çok sinirlendi efendim. O... O bu gece bu odada yatmak istemişti. Ama..." dedi ve sustu. "Ama?" diye tekrar eden Suat aslında alacağı cevabı tahmin edebiliyordu. Babasının dudağının hafif kıvrıldığını fark eden Suat sormaktan vazgeçmişti.

"Siz devam edin."

Cemal Bey odadan çıkarak Suat ile tekrar yürümeye devam etti. Cemal Bey farkında olmadan düşüncelerini dışa vurmuştu. "Aklı başına çabuk gelecek galiba." Suat babasının ne demek istediğini anlamasa da, elbette bildiği bir şey vardır, diyerek sormaktan vazgeçmişti.

Geç saatte herkes odasına çekilirken Asude korkuyla uyandığı için tekrar uyuyamamıştı. Yanında yatan kızına bakarken içi hiç rahat değildi. Cemal Bey'e güvenmeye başlamıştı. Adamın bu kadar değişmesine neyin sebep olduğunu bilmiyordu ama bu umurunda dahi değildi. Kendisine pek karışmadığını biliyordu. Bu şekilde bir çıkış yaparak oğlunun otoritesini çiğnemesini de beklemiyordu. Kocası asla babasına karşı gelemezdi. O evdeki hatta o köydeki kimse Cemal Bey'e kafa tutamazdı. Bunu bildiği için içi biraz olsun rahatlamıştı. Kendisi uyuyamazken, kocasının Seher'in yatağında rahat uyuduğunu düşünüyordu.

Nereden bilecekti ki Sedat'ın da kendi odasında bir türlü uyuyamadığını. Yatakta dönüp duran Sedat aklından geçen düşünceleri bastırmaya çalışıyordu. Hepsi de Asude'nin izinsiz gitmesine vereceği cezalarla ilgiliydi.

Evli olduğuna hâlâ inanamayan Yaren ise gece boyu uyuyamamıştı. Ama işin acı yanı, biraz düşünmeye başlayınca kalbini parçalayan gerçekle yüz yüze gelmişti. Suat iyi kalpliydi ama ona bir türlü eş gözüyle bakmıyordu. Bunu yapmak istese de olmuyordu işte.

Suat da düşüncelere kapılmıştı. O da farksız sayılmazdı. Yaren'e büyük sempati ve şefkat beslerken bu kadar kısa sürede onu kendisine eş olarak düşünmüyordu. Derin iç çeken Suat buna bir çözüm bulmak istiyordu. İki farklı konakta uykuya nasıl daldığını anlamayan yeni evli bir çift ve bir türlü uyuyamayan ayrı bir çift vardı.

Cemal Bey sabah erkenden kalkmıştı, bahçenin arkasında yeni diktiği çiçekleri suluyordu. Son yıllarda en çok sevdiği şeydi çiçeklerle uğraşmak. Onu gören çalışanlardan biri hemen yanına gelerek "Masa birazdan hazır olur Beyim." diye ona bilgi vermişti. Adam hafif bir merakla "Sedat kalktı mı?"

diye sormuştu. İrkilen kadının ifadesinin değişmesiyle hâlâ akşamın korkusunu unutmadığını anlamıştı. "Henüz kalkmadı Beyim." Konuşmasını bitiren kadın çekinerek adama bakmıştı. Cemal Bey hafif gülümseyerek "Nerede yatıyor?" diye sormuştu. Kadın onun gülümsemesiyle biraz cesaretlenerek "Gece, Hanımımın odasını o şekilde görünce çok kızdı. Ayrıca alt katta kaldığını da bilmiyordu." deyince Cemal Bey gerilmişti. Alt kat, çalışanlar ve bazı çocuklar için birkaç oda olacak şekilde yapılmıştı. Odalar oldukça küçüktü. Bu kez Cemal Bey sinirlenmişti. Asude'nin bir süre sonra odasına çıkmasını beklemiş ama bu olmamıştı. Küçük kız alt odalardan birinde kalabilirdi sonuçta merdivenler onun için tehlikeli olabilirdi. Hele evde Seher gibi bir düşman varken!

"Hanımım alt katta kızıyla kalıyor hâlâ Beyim. Küçük kız gece çok korktuğundan Hanımım da o korktuğu için sürekli onun yanında kalıyordu." dediğinde küçük kızın nasıl ağladığını hatırlamıştı.

"Peki ne zamandır bu böyle? Yani Melek ne zamandır bu kadar korkar oldu?" Cemal Bey kadının cevabını merakla bekliyordu. "Neredeyse iki yıl olacak beyim. Biz sizin bilmediğinizi bilmiyorduk. Bilseydik size söylerdik."

Sedat, Asude'nin üzerindeki tüm haklarını bu şekilde kaybetmişti. Aklına gelen fikirle Sedat'ı daha da çıldırtacaktı.

5. BÖLÜM

Cemal Bey sinsi bir şekilde gülümserken Suat yeni kalkmış ve salonda gördüğü kadınlardan birine "Bu sabah kahvaltıda olamayacağım, babama söylersin." demişti. Kadın onaylarken Cemal Bey de arka bahçeden eve geliyordu. Tam çıkmak üzere olan Suat'ı görünce "Nereye gidiyorsun?" diye sordu. "Yaren ile alışveriş yapacağız. Madem bir hafta içinde evleniyoruz alınması gerekenler olabilir. Biliyorsun olanlardan sonra onu yalnız bırakamam." dediğinde Cemal Bey gülümseyerek oğluna "Ne gerekiyorsa al, o kız her şeyi hak ediyor." dedi. Suat gülümseyerek babasına bakarken az önce bir hafta içinde düğünün olacağını öğrenen çalışan kadın şoke olmuştu.

Suat giderken Cemal Bey arkasından seslendi. "Yağız'a haber ver gelsin!" Suat duraksayarak tekrar babasına bakmıştı. "Tamam ama geleceğinden şüpheliyim." Cemal Bey bu sözlerle yüzünü asmıştı. Tam da bu sırada Sedat alt katta bulunan odalardan birinden çıkıyordu. Cemal Bey ona bakarak biraz da alayla "Sen alt katta yatar mıydın?" diye sormuştu. Sedat babasına sinirli bakarak "Asude'yi bana söylemeden annesine götürmüşsün." deyince Cemal Bey başını sallayarak "Evet, götürdüm, kadın annesini beş yıldır görmüyordu. Çok mutlu oldular. Arada sen götürseydin ben de o kadar yolu gitmek zorunda kalmazdım." dedi. Sedat dişlerini sıkarak

"Onun o eve gitmesini istemiyorum. Neden benim işime karışıyorsun? Bugün o kadın bu eve gelecek." derken Cemal Bey tehditkâr bakışlarını oğluna çevirmişti. "O kadın ne zaman isterse o zaman dönecek. Onu almaya bizzat ben gideceğim. Asude'ye tembih ettim, sadece benimle dönecek." dediğinde Sedat sinirlenerek "Bu da ne demek? Ne yani sen onu aylarca orada mı bırakacaksın?" diye sormuştu. Bu fikir Sedat'ın hiç hoşuna gitmemişti. "Aslında kalsa iyi olurdu ama bugün onu almaya gitmem gerek." Sedat babasını anlamamıştı. Ama Cemal Bey, Asude'yi annesine bırakırken bu düğün meselesi yoktu. Konakta düğünü ayarlayacak birine ihtiyacı vardı. Bu işi Seher'e bırakamazdı. O kadınla da ayrıca konuşacaktı.

"Ne demek bu?" Sedat babasına dikkatle bakıyor, hiçbir ifadesini kaçırmıyordu. "Suat bir hafta içinde evleniyor. Dün gece onu nikâhladık." Babasının sözleri Sedat'ı şoka uğratmıştı. "Ne?" diye soran genç adam babasına inanmaz bir şekilde bakıyordu. "Bu acele de niye?" Cemal Bey kısa bir açıklama yapmış ama sözlerinin sonuna da "Asude'yi düğünden sonra yine annesine götüreceğim." demişti. Sözlerini tamamlayan Cemal Bey oğluna aldırış etmeyerek yoluna devam etti. Sedat babasına karşı gelemeyeceğini biliyordu. Dahası Asude bugün geleceği için de rahatlamıştı. Asude, Sedat'a iyi hissettiriyordu. O olmadan bu konak cehennemden farksızdı. Belki ona yaklaşamıyordu ama onun konakta olduğunu bilmek genç adamın nefes almasına yetiyordu. Bir süre oğluna bakan Cemal Bey bir şey demeden konağa girmişti. Bu sırada da elinde beş yaşındaki oğluyla merdivenlerden Seher iniyordu. Etrafta Asude olmadığı için mutlu olduğu bakışlarından belliydi. Sedat ona bakmadan kahvaltı masasına doğru gitmişti. Yerini alan herkes kahvaltısını yaparken Sedat ilk lokmada duraksamıştı. Yüzü değişen adam sinirli bir şekilde kadınlardan birini çağırmıştı. "Bu yumurta da ne böyle, benim tuzlu sevmediğimi bilmiyor musunuz?" Kadın korkuyla Sedat'a bakarken zorlukla konuştu. "Efendim bilmiyorduk… Affedersiniz!"

Seher araya girerek "Sen tuzlu yemiyor muydun?" diye safça sormuştu. Sedat ona ters bir bakış atarak "Seninle beş yıldır evliyiz daha nasıl yemek yediğimi bilmiyor musun?" diye sormuştu. Kadın titreyerek "Efendim... Biz... Biz gerçekten bilmiyorduk." dedi. Kadın evden atılma korkusu yaşıyordu. Sedat ise daha da sinirlenerek "Her gün hazırladığınız kahvaltının nasıl olduğunu bilmediğinizi mi söylüyorsunuz?" derken kadının sözleri ile duraksamıştı. "Efendim... Kahvaltıyı her sabah Asude Hanım hazırlardı... Biz gerçekten bilmiyorduk..." Sedat'ın yüzü değişmişti. Ne söyleyeceğini bilemezken Cemal Bey oğlunun şaşırmış yüzüyle eğleniyordu. Bazı sabahlar erkenden çıkardı. Saat beşte çıktığını biliyordu. Bu evden kahvaltı yapmadan çıktığı tek bir gün bile hatırlamıyordu. Asude erkenden kahvaltısını hazırlayarak odasına çekildiği için görünmez bir rol oynuyordu. Evlendiklerinden beri Sedat'ın kahvaltısını Asude kendi elleriyle hazırlamıştı. Sedat o gün ilk kez kahvaltı etmeden evden ayrılmıştı. Arabasına binerken bildiği tüm küfürleri saydırıyordu. Asude'ye tabii... Hayatının büyük bir bölümünü kapladığını yeni fark etmeye başlayan Sedat bu durumdan hiç memnun değildi.

Suat, Asım Bey'in konağına gelmiş ve herkes tarafından büyük bir sevgiylen karşılanmıştı. Gece boyu düşündüğü şeyi Yaren'e bu gün söylemeliydi. Yaren de ona tabii. Evden çıkarken Yağız'ı arayan Suat oldukça mutlu görünüyordu. Ama bu mutluluğu uzun zamandır konuşmadığı kardeşinin sesini duyması sayesindeydi. Yaren ise onu dinlemek istemese de sözlerini duymadan edememişti.

"Oğlum ne demek gelemem? Sana evleniyorum diyorum! Abinin düğününe gelmeyecek misin?" Yaren genç adamın kardeşine sitemini dinlerken telefonun karşısındaki sesin yankılanmasını da duyabiliyordu. Yağız "Bak bu son sınavlar çok önemli, beni anla gelmeyi çok isterim. En sevdiğim ağabeyimin düğününe gelmeyi elbette isterim. Yenge Hanım nasıl, güzel mi?" diye sorarken Yağız'ın şakacı çıkan sesi yankılanmış Yaren'e kadar ulaşmıştı. Yaren merakla Suat'a bakarken Suat da bakışlarını genç kıza çevirmişti. Yaren utanarak yüzünü çevirince Suat onun kızarmasına gülümseyerek "Seni duydu ve sayende de utandı!" dediğinde Yaren hemen bakışlarını çevirmişti. "Utandığımı kim söyledi?" Yaren'in sesinin düzgünlüğü Yağız'ı şaşırtmıştı. Sırf ağabeyini kızdırmak istediğinden sesine daha alaycı bir ton vererek konuşmuştu. "Bir köylü kızına göre oldukça düzgün konuşuyor, söylesene sesinin güzelliği yüzüne de yansımış mı?" dediğinde güzelliğinden dem vuran kaynına sinirlenen Yaren onun sözleri bitince Suat'ın şaşkın bakışları arasında telefonu genç adamın elinden alarak sinirle konuşmuştu. "Evet, bir köylü kızına göre düzgün konuşuyorum ama sen bir köy delikanlısına göre edepsizsin!" Yaren telefonu genç adamın eline tutuştururken, Suat'ın gözleri şaşkınlıkla büyümüştü. Dahası Yağız hiçbir şey söyleyemeden kalakalmıştı. Suat elindeki telefona bakarken yanından sinirli bir şekilde ayrılan Yaren'i izliyordu. Suat olduğu yerde donup kalmıştı. Kardeşiyle bu şekilde konuşabilen bir kız daha görmemişti. Üstelik Yaren, Yağız'ı hiç tanımamasına rağmen onu en can alıcı yerinden vurmuştu. Yağız asla kendisine köylü denmesinden hoşlanmazdı. Utandığı için değil. Sadece bu yakıştırmayı sevmediği için. Asla topraklarından utanmıyordu. Aksine düzenin değişmesini istiyordu. Ona göre kadın tek olmalıydı. Bir adam sürekli evlenerek diğer kadını rencide etmemeliydi. Suat mırıldanarak "Onu kızdırdın Yağız. Sen uzaktasın. Acı bana..." dediğinde Yağız dişlerini sıkarak "Ondan şimdiden hoşlanmadım." dedi. Suat ise gülümseyerek cevap verdi. "Onu görsen eminim dilin tutulur." Yağız umursamayarak "Güzel olmalı... Senin böyle konuştuğunu görmemiştim." deyince Suat itiraf etti. "O hepimizi değiştirdi. Babam kızını sormaya başladı. Ve evet... Köyün hepsinin bu kıza âşık olduğunu düşünürsek başım gerçekten belada!" Yağız tiz bir kahkaha atarak ağabeyinin sözleriyle alay etmişti. "Abartma istersen... O kadar değildir." Suat ise hızla uzaklaşan kıza bakarken donakaldı. O koşmaya başlarken Yaren hiç kıpırdamıyordu. Genç bir adam Yaren'e dikkatle bakarak yaklaşıyordu. Yaren de hiç kıpırdamayarak ona bakıyordu. Suat korkuyla kızın yanına koşarken telefonu kardeşinin suratına kapatmıştı. Tam adam ona yaklaşmıştı iki Suat bir anda ikisinin arasına girerek bir set oluşturmuştu. Adam şaşkın bir şekilde Suat'a bakarken Yaren ağlamaya başlamıştı. Onun ağlamaya başlaması genç adamı gafil avlamıştı. Neden ağlıyordu şimdi bu kız? Genç kıza dönmek istediğinde Yaren hızla Suat'ın önünü kestiği adama sarılmıştı. "Amcacığım!" dediğinde Suat şoke olmuş bir şekilde onları izledi. Adam Yaren'in gözyaşlarını silerken "Hiç değişmemiş benim güzel meleğim, tıpkı yengeme benziyorsun. Onun kadar güzel bir kadın olacaksın." Yaren konuşamıyordu. Suat ise yaşını hiç göstermeyen adama bakarken nasıl özür dileyeceğini düşünmeye başlamıştı. Adam gülümseyerek "Sen Suat olmalısın." dedi. Suat utanarak "Evet... Üzgünüm efendim ben..." Konuşması adamın "Biliyorum, her şeyden haberim var..." diye araya girmesiyle kesilmişti. Yaren ona bakarken adam "Unutuyorsun! Burada her şey çabuk yayılır... Ağabeyim nasıl?"

Yaren tekrar adama sarılarak hasret giderirken Suat da onlara gülümseyerek bakıyordu. Gün boyu birlikte alışveriş yapan Yaren ve Suat, amcasının dikkatli bakışları arasında fazla konuşamamıştı. Suat oldukça huzursuzdu. O bugün Yaren ile konuşmalıydı. Adam bir süre sonra onlardan ayrılarak yorgun olduğunu ve eve gideceğini söylemişti. Bu Suat için bulunmaz bir fırsattı. Artık karısı olan bu genç kızla derin bir konuşma yapmasının vakti gelmişti. Yoğun geçen bir günün ardından çift evine dönmüştü. İkisi de düşüncelerini net bir şekilde açıklarken Yaren öğrendikleriyle şoke olmuş ama Suat'a kızamamıştı.

Cemal Bey ise sıkıntılı bir şekilde Asude'nin annesinin evine gitmişti. Asude onu görünce gülümseyerek "Hoş geldin babacığım." dedi. Cemal Bey gelininin gülen yüzüne bakarak "Kusura bakma kızım ama eve dönmek zorundayız!" dediğinde Asude adamın yüzüne bakmış ve oldukça sıkıntılı olduğunu görmüştü. "Beyim çok kızdı değil mi?" diye söylenirken Cemal Bey onun düşüncelerini dağıtarak "Sedat ile alakası yok, Suat bu hafta içinde evleniyor. Düğün hazırlığı için sana ihtiyacımız var. Düğünden sonra söz seni tekrar annene getireceğim." dedi. Genç kadın duyduklarıyla mutluluktan adama sarılmıştı. "Ah babacığım çok sevindim. Suat mutlu olmayı gerçekten hak ediyor." derken ne yaptığını fark ederek hemen geri çekilmişti. Onun içten sevinci Cemal Bey'i mutlu etmişti. Ailesiyle geçirmiş olduğu bir gün bile genç kadına yaramıştı.

Asude hiç itiraz etmeden hazırlanarak kızını da hazırlamış ve bahçede bekleyen Cemal Bey'in yanına gitmişti. Adam onun bu kadar çabuk hazırlanmasını beklemiyordu. Zeynep Sema Hanım kızını yolcu ederken Cemal Bey'e minnet dolu gözlerle bakıyordu. "Ölsem de gözüm arkada kalmayacak kızım." dediğini duyar gibi olan Cemal Bey biraz huzursuz olmuştu. Kadının sağlık sorunları olduğu solgun yüzünden belli oluyordu. Arabayla evden uzaklaşırken Cemal Bey homurdanarak "Annen hasta mı?" diye sormuştu. Asude şaşkın bir şekilde Cemal Bey'e bakarken onun bu kadar dikkatli olabileceğini düşünmemişti. "Evet, biraz rahatsız..." Cemal Bey bir şey söylememişti. Aklından geçenleri zaten hiç söylemezdi. Yol boyunca arabada kimse konuşmamıştı. Bir süre sonra araba büyük konağın bahçesine girdiğinde Suat dalgın bir şekilde etrafa bakınıyordu. Küçük kız amcasını görünce koşarak ona sarılmıştı.

Onun şen sesi konağı doldururken eve erken gelen Sedat -ki niye erken geldiğini kendisi bile bilmiyordu- karşısında karısını görünce duraksamıştı. İçinde garip bir his olsa da onu umursamadığını göstererek üst kata yönelmişti. Asude ona aldırış etmiyordu artık. Alışmıştı, yıllarca kocasının kendi yüzüne baktığı tek bir anı bile hatırlayamıyordu. Sedat üst kata çıkarken yüzünde hafif bir sırıtma vardı. Birden uyku bastırmıştı genç adama. Dün gece gözünü bile kırpmamıştı. Esneyerek odasına çıkarken Suat ve Cemal Bey ona şaşkın bir şekilde bakıyordu. Suat ağabeyinin bu hâline gerçekten şaşırmıştı. Onun rahatladığına yemin edebilirdi. O da gülümsemişti. Asude ise elindeki valizle alt kattaki odasına doğru ilerlerken kadınlardan biri onun önüne geçerek "Hanımım... Odanız hazır!" dediğinde şaşırmıştı. Onun ne demek istediğini anlayamamıştı. "Teşekkür ederim ama zaten oda düzenliydi..." Asude tekrar alt kattaki odasına doğru hamle yaptığında kadın önüne geçmişti. Asude ne olduğunu anlamaya çalışıyordu ama nafile. Kadın ifadesini değiştirerek "Sedat Bey alt katta kaldığınızı öğrenince çok kızdı. Bu yüzden eski odanız yeniden hazırlandı." dediğinde Asude az önce kocasının çıktığı boş merdivenlere şaşkın bir şekilde bakıyordu. "Teşekkür ederim ama ben odamda rahatım." Genç kadın Cemal Bey'e bakarak onun da onayını aldıktan sonra alt katta kızıyla kaldığı odasına yönelmişti. Seher ise duyduklarından hoşlanmamıştı. Kocasının elinden kaydığını hissediyordu. Sedat, Seher'in aşırı sırnaşık hareketlerinden sıkılmıştı. Onun bu davranışlarına sessiz kaldığı için Seher daha da yüz buluyordu. Asude odasına geçince düşünmeye başlamıştı.

O gün her şey oldukça sakindi. Asude günlük işlerini yapıp akşam yemeği için hazırlıkları tamamlamış ve sonra da sessizce yenen akşam yemeğinden sonra herkes odalarına çekilmişti.

Sedat rahat bir uyku çektikten sonra sabah erkenden kalkmış ve hazırlanan kahvaltıya dikkat kesmişti. Asude'nin sessiz bir şekilde masayı hazırladığını gören Sedat ilk kez buna dikkat ediyordu. Karısı oldukça düzenli ve titiz davranıyordu. Kolundaki eski saatine bakan genç kadın yanındaki kadına bir şey söyleyerek kendi odasına dönmüş ve hâlâ uyuyan kızının alnına bir öpücük kondurarak yanına kıvrılmıştı. Onun büyük odasında kalmadığını anlayan Sedat kızmıştı. Şimdilik buna ses çıkarmayacaktı çünkü babasının tepkisini çekmek istemiyordu. Aşağıya inip kahvaltısını yaptıktan sonra hemen evden ayrılmıştı.

Suat ise bir türlü uyuyamamıştı. Dün Yaren'e anlattıkları

oldukça önemli şeylerdi. Anlattıklarından sonra kızın tepkisine de şaşırmıştı. Yattığı yerden doğrularak bir hafta sonra olacak düğünü için hazırlıklara başlamak üzere düzenlemelere başlamıştı.

Karanlık... İçini saran karanlığa bir anlam veremiyordu. Zaman ne kadar çabuk geçmişti böyle? Her şey hızlı gelişmiş ve düğün zamanı gelip çatmıştı. Yoğun geçen bir hafta sonunda her şey hazırlanmıştı. Her şeyle Asude bizzat ilgilenmişti. Zaten Seher'in eve yeni bir gelin geleceği için pek de sevindiği söylenemezdi. Fazla bir şeye karışmıyordu. Genç yaşına rağmen Asude oldukça başarılı bir düğün tertip etmişti. Hâlâ göremediği gelini de merak ediyordu. Suat'ın anlattığına göre çok güzel ve iyi kalpli olduğunu biliyordu sadece. Suat, Asude'ye minnettardı. Asude aynı zamanda günlük işlerle de ilgileniyordu.

Sedat'ın yine eve erken geldiği bir akşamda Seher rahat bir şekilde otururken Asude koşuşturup duruyordu. Dahası kızı da ateşlenmişti. Kızıyla ilgilenen Asude eskisi kadar Sedat ile yan yana gelmeye çalışmıyordu. Hatta kocasından elinden geldiği kadar uzak durmaya gayret ediyordu. Bu durum Sedat'ın gözünden kaçmamıştı. Kapıdan giren Sedat sadece Seher'i görünce yine sinirlenmiş ve "Asude!" diye bağırmıştı. Asude kızıyla ilgilenirken yıllardır kocasının ağzından kendi adını bu şekilde duymadığı için şaşırmıştı. Kızının ateşini düşürmeye çalışırken Asude kocasının seslenmesini dikkate almamıştı. Daha önemli işleri vardı. Kızına korkuyla sarılan genç kadın ne yapacağını bilememişti. Sedat ise Seher'e dönerek "Asude nerede?" diye sormuştu. Seher ise hafif alaycı bir gülümsemeyle "Odasındaydı!" diye cevap verince Sedat sinirle odaya gitmişti. Seher onun sinirlenmesiyle keyiflenirken takip bile etmemişti kocasını. Sadece uzaktan sesleri dinlemek istiyordu. Sedat sinirli bir şekilde odaya girdiğinde Asude elleri titreyerek kızını soymaya çalışıyordu. Tam bağırmak üzere olan genç adam Asude'nin endişeli ve neredeyse ıslanmış gözlerle kendisine bakması sonucu donup kalmıştı.

Genç adam yutkunarak "Ne oldu sana?" diye sorarken son anda kızının yarı baygın hâlini fark edince o da endişelenerek hızla kızının yanına yaklaşmıştı. Asude endişeli bir şekilde "Düşmüyor... Ateşi düşmüyor... Kızıma bir şey olacak..." derken Sedat onun konuşmasını bölmüştü. "Saçmalama kadın... Kızıma bir şey olmayacak." Kocasının sözleriyle Asude ağlamaya başlamıştı. Korkudan tüm bedeni titriyordu. Sedat ise öfkelenerek bir küfür sallamış ve hızla kızını kucağına alarak ki bunu uzun zaman sonra ilk kez yapıyordu, odadan seri hâlde çıkmıştı. Asude ise gözü yaşlı bir şekilde kocasının kucağındaki küçük kıza bakıyordu. Eli cansız bir şekilde aşağıya kayınca Asude'nin çığlığı tüm konağı inletmişti. Bu öyle bir sesti ki konaktaki herkesin tüyleri diken diken olmuştu. Asude'nin çığlığıyla Sedat donup kalmıştı. Karısının perişan hâli içinde ağır tahribatlara neden oluyordu. "Kızım!" diye ağlayan kadının hâli içler acısıydı.

Sedat kendisini toplarken sinirle bağırmıştı. "Ağlama be kadın... Yaşıyor!" Onun sesiyle Asude sakinleşmişti. Kocasının arkasından hızla arabaya binerken Sedat şaşkın bakışlar arasında arabanın direksiyonuna geçmişti. Asude kızının başını kucağına almış elleri titreyerek yanaklarını okşuyordu. Sedat ise iyice sinirlenerek sordu. "Bu çocuk bu hâle gelene kadar sen neredeydin?" Asude hiçbir şey söyleyememişti. Düğün telaşıyla kızını biraz boşlamıştı. Az da olsa kocasına hak veriyordu. Kızını ilk kez bu kadar ilgisiz bırakan genç kadın onun hastalanmasına engel olamamıştı.

Hızlı giden araba, sağlık ocağının önünde sert bir şekilde durdu. Sedat hızla kızını kucağına alarak içeriye götürmüştü. Doktor kıza bakarken ateşinin gerçekten çok yükseldiğini söyleyerek gece orada müşahede altında kalması gerektiği vurgulayınca genç kadın endişeli bir şekilde "Ciddi mi?" diye sormuştu. Onun endişeli bakışları Sedat'ı rahatsız etmişti. Bu kadar çok üzülmesi onu sinirlendirmişti. Karısının kızı ölmüş gibi ağlaması ise tüm ruhunu sıkmıştı. Doktor ona bakarak "Bu gece burada kalacak, önlem olarak." diye açıklama yapmıştı. Asude derin bir nefes alarak "Ben yanında kalırım." dedi. Sedat'ı hiç katmamıştı bu kalma işine. "Birlikte kalırız demek istedin galiba?" diye düzeltti karısını dişlerini sıkarak. Asude ona bakarak "Ağam sen eve gidebilirsin." dediğinde Sedat daha da sinirlenmiş ama ona bu sinirini belli etmeyerek "Ben de kalacağım!" diye son noktayı koymuştu. "Yarın düğün var ve senin orada olman gerek." Sedat dişlerini öyle bir sıkmıştı ki tüm çenesi ağrımıştı. "Evet ama senin de orada olman gerek. Evin büyük gelininin o düğünde olması lazım." dediğinde Asude lafı yapıştırmıştı. "Benim ve kızımın o kadar önemi yok. Nasılsa ailenin varisinin annesi orada. Sen karının yanına git. Onu yalnız bırakma. Ben ve kızım bu şekilde iyiyiz. Başımızın çaresine bakarız." Sedat sesini yükseltmek için tam ağzını açmıştı ki kendisine engel olarak "Bu gece burada kalacağım." dedi. Asude onun ne kadar inatçı olduğunu bildiği için bir şey söylemeden yine kızına odaklanmıştı. O yokmuş gibi davranıyordu.

Seher ise evde sinirden odasında dört dönüyordu. Suat yeğenini merak ederek ağabeyini aramış ve iyi olduklarını öğrenince derin bir nefes almıştı. Cemal Bey de bu haberle rahatlamıştı.

Sabah erken saatlerde gelin alayı hazırlanmış ve yola koyulmuştu. Yaren hazırlanmış ve Suat ile onu almaya gelecek olan kişileri bekliyordu. Asım Bey hüzünlüydü. Kızını gelinlikle görüne iyice duygusallaşmıştı. Kardeşiyle ilk karşılaşmaları beklediği gibi sert geçmemişti. Tüm olanlara rağmen kardeşi ona oldukça yakın davranmıştı. Yaren'in odasına yaklaşan adam, duraksamıştı. Odanın kapısı çaldığında Yaren hemen dikelmiş ve odaya giren babasına bakmıştı. Asım Bey sıkılarak genç kızın odasına girmişti. Babasının mahcubiyetini gören genç kız gülümseyerek ona baktı. "Babacığım!" Daha fazla dayanamayan Asım Bey kızına sarılarak konuştu. "Çok güzel oldun meleğim!" Geri çekildiğinde genç kız hâlâ babasına gülümseyerek bakıyordu. Ağlamak istemiyordu. Amcası da yanlarına gelince Asım Bey ona bakarak "Eğer bana bir şey olursa kızım ve oğlum sana emanet." dedi. Sonra kızına dönerek "Bu evin kapıları sana her daim açıktır. Mutsuz olursan geri gelebilirsin. Seni her şekilde bağrıma basacağımı biliyorsun. Sen benim yarım hayatımsın." dediğinde genç kız dayanamayarak babasına sarılmıştı.

"Babacığım! Seni seviyorum. Bu söylediğini hiçbir zaman unutmayacağım. Teşekkür ederim. Seni çok seviyorum, beni düşünmeni istemiyorum." dediğinde amcası kollarını iki yana açarak "Ya beni?" diye sormuştu. Cüneyt de onlara katılarak "En çok beni seviyor."dedi. Yaren hayatının en önemli üç erkeğine bakıyordu. Tam da bu sırada dışarıdan gelen silah sesleriyle irkilen Yaren ve diğerleri ayrılık vaktinin yaklaştığını anlamıştı. Hüzünlü gözlerle babasına bakarken adam kızının yanağını okşamıştı. "Mutlu ol canım kızım."

Bu sırada Cemal Bey ve Suat, kızı almak için odasına çıktığında Yaren'in beyazlar içinde nefes kesen güzelliği karşısında donup kalmıştı. Yaren yüzü örtülü bir şekilde damada verilmeden önce âdetin gerektirdiği her şey damat ve kayınbabası tarafından gerçekleştirilmişti. Suat, güzelliğinden bakışlarını çekememişti. Vedalar edilmiş ve artık ayrılık zamanı gelmişti. Yaren gelin arabasına bindirildiği sırada yükselen silah sesleri ve onu yolcu etmeye gelen köylülerin naralarıyla geride kalan babasına hüzünle el sallamış ve dudaklarını oynatarak "Beni merak etme." demişti. Kardeşi ve amcası ise arkadaki arabada onları takip ediyordu. Köy çıkışına kadar Yaren'e eşlik eden köylüler oradan geriye üzgün bir şekilde dönmüş ve sınırdan sonrasında diğer köylülerin eşliğinde büyük konağa varmışlardı. Arabadan inen gelinin güzelliği yeni köyünün halkını mest etmişti. Duvağının altından bile bir mücevher gibi parlayan genç kızın şimdiden köyde çok konuşulacağı belli oluyordu. Suat bir an olsun onun elini bırakmamıştı. Ona destek oluyor, yeni geldiği bu konağa yabancılık çekmemesi ve kolay alışması için ona yol gösteriyordu. Asude ve Sedat da büyük konaktan içeriye yeni girmişti. Seher en güzel elbisesini giymiş ve büyük masada yerini almıştı. Evde yankılanan davul zurna sesleriyle Asude gülümsemişti. Arabadan inerek kızını kucağına alan genç kadın alt kattaki odaya yönelirken Sedat ona "Üst kattaki odaya çıkın." dedi. Asude ona itiraz ederek bu güzel günü mahvetmek istemiyordu. Hiçbir şey söylemeden üst kata çıkan genç kadın kızını yatağına yatırarak alnına öpücük kondurmuştu. "Meleğim benim." dediğinde Sedat ona bakarak "Hemen hazırlan, ona bakması için birini göndereceğim." dedi. Tam itiraz edecekti ki Sedat sert bir şekilde konuşmasını engellemişti. "Sen bu evin büyük gelinisin. Bu düğünde senin olman gerekiyor." Asude kabul ederek başını sallayınca Sedat arakasını dönmüş ve gülümseyerek odadan çıkmıştı. Bu sırada da odaya hızla giren çalışanlardan biri elinde bir çantayı Asude'ye uzatmıştı. "Bu nedir?" diye soran genç kadın çalışanın "Cemal Bey size almış Hanımım, bu akşam bunu giymenizi istedi." dediğinde Asude şaşırmıştı. Daha önce Cemal Bey ona bir şey almamıştı.

Mutlu olan genç kadın üzerini hemen değiştirerek aşağıya inmişti. Yaren sessizdi. Seher'in itici bakışlarını üzerinde hissediyordu. Seher, Yaren'in güzelliği karşısında sinirlenmişti.

Sedat çoktan yerini almıştı ve tek eksik olan Asude de onlara katılınca aile tamamlanmıştı. "Asude!" dedi Cemal Bey. Onun sesindeki tını Sedat'ın dikkatini çekmişti. Sedat arkasını dönünce karşısındaki karısını tanımakta güçlük çekmişti. O kadar güzel olmuştu ki Sedat nefesini tutmuştu. Suat hemen ayağa kalkarak onun yanına gitmişti. "Yengeciğim!" Asude gülümseyerek ona doğru yaklaşan kaynına göz kırparken Yaren de bu genç kadının sıcak gülümsemesiyle mest olmuştu. Hemen çaprazındaki Seher'in bakışlarına karşın onun bakışları sevgi doluydu. "Yaren sana benim tatlı yengemi tanıştırayım. Yenge bu da Yaren! Nasıl... Dediğim kadar güzel değil mi?" diye sorunca Yaren ayağa kalkarak âdet gereği Asude'nin elini öpmek istemiş ama Asude onu durdurarak yanaklarını uzatmış ve onu yanağından öpmüştü. "Sen... Sen gerçekten çok güzelsin." diyen genç kadının sesi şefkat doluydu.

"Asıl güzel olan sizsiniz..." Yaren o kadar samimiydi ki genç kadın karşısında utanarak kızarmıştı. Cemal Bey bakışlarını Sedat'a çevirmişti. Genç adam donmuş hâlde Asude'ye bakıyordu. Bu kadın gün geçtikçe güzelleşen kadınlardandı. Bu hiç hoşuna gitmemişti. Ona hayranlıkla bakanların yanı sıra öldürecek gibi nefretle bakanlar da vardı. Asude "Özür dilerim, seni almak için gelecektim ama kızım hastalanınca..." dedi ve sustu. Yaren gülümseyerek "Senin kızın mı var? Ben kız çocuklarını çok severim..." dediğinde genç kız heyecanlanmıştı. Kıkırdayarak "Eminim kızım da seni sevecektir." dedi.

Asude'nin gözleri, bakışlarını kendisine diken kocasına kaymıştı. Tedirgin olan Asude hemen gözlerini kaçırmıştı. Tabii bu bakışları tek gören Asude değildi. Seher şimdiden hain planlar yapmaya başlamıştı bile.

6. BÖLÜM

Düğün güzel geçiyordu. Davullar çalıyor zurna sesleri ona eşlik ediyordu. Oynanan halk oyunları ve geleneksel oyunlar ilgiyle izlenmiş ama nedense gözler Yaren ve Suat'ın üzerinden kalkmamıştı. Köy beyinin ikinci oğlunun evlendiği kız oldukça dikkat çekmişti. Suat bu bakışlardan hoşlanmasa da bu Yaren'in umurunda değildi. Çünkü bu bakışları görecek durumda değildi. Onun derdi düğün sonrasıydı. Ne olacağına, Suat'a nasıl davranması gerektiğine bir türlü karar verememişti ki az ileride bir kadının dikkatle Suat'a baktığını görmüştü. Suat, Yaren'in baktığı tarafa bakınca bir an duraksamıştı. Kucağında kundakta bir bebek olan kadın hüzünlü gözlerle Suat'a bakıyordu. Yaren'in içi acımıştı. Suat'ın da kadına hüzünle baktığını görmüştü. Tam da bu sırada yanlarına gelen Cemal Bey, yeni gelini ve oğluna geleneksel oyunu oynamaları için ortaya geçmelerini söylemişti. Yaren istemeyerek de olsa itaat etmek zorunda kaldı. Suat ise neşesi kaçmış bir şekilde ona bakmış ama istek üzerine bir şey söyleyemeyerek ona eşlik etmişti. Alana çıkan yeni evli çift herkesin bakışlarını üzerine çekmeyi başarırken, Suat huzursuzluğunu belli etmemek için büyük bir çaba gösteriyordu. Yaren onun bu çabasını fark ediyor ama elinden bir şey gelmiyordu.

İlerleyen saatlerde Asude gülümseyerek yeni gelinin

yanına gelmiş ve onu kaldırarak yeni odasına götürmüştü. Yaren odanın içinde deli gibi dolanırken aklında hâlâ Suat'ın kucağında çocuk olan kadına bakışları vardı. Bu durum hiç hoşuna gitmemişti. Bunu fark eden bir başkasının olmasından korkuyordu. Silah sesleri gelmeye başlayınca Yaren irkilmişti. Asude ise onu odasına bırakır bırakmaz birkaç oda ilerideki kızının yanına gitmiş ve onun için düğün faslı bu saatten sonra bitmişti. Onun da aklında gece boyunca Sedat'ın bir an olsun üzerinden çekmediği bakışları vardı. Genç kadın bu bakışlardan huzursuz olmuştu. Sedat ise gece boyunca bir türlü bakışlarını morlar içinde olan Asude'den alamamıştı. Kadının düzgün fiziği ve gün geçtikçe güzelleşen yüzü sanki kalbinin aynası gibi bir bütün oluşturmaya başlamıştı. Onun değişmeyen huyları ve kapana kısıldığını hissettiğinde ortaya çıkardığı dişlerini çok iyi biliyordu. Derin bir iç çeken Sedat odasına çıkarken iki oda arasında ilk kez sıkışıp kalmıştı.

Asude mi Seher mi?

İşte bu soru onun beynini yiyip bitiriyordu. Bu duruma bir çözüm bulmalıydı. Yutkunarak ayaklarının onu götürdüğü odanın kapısına gelmiş ve çalma gereği bile duymadan kapıyı açarak içeriye girmişti.

Suat ise birçok kişinin dayağıyla odasına yollanmıştı. Kapının açılmasıyla boş bulunan Yaren bir anda yerinden sıçramıştı. Suat genç kızın bu hâline gülümsemeden edememişti.

Sabah olduğunda ev sessizdi. Sanki her şey susmuş ve tek nefes alan canlı yokmuş gibiydi. Gece çıkan rüzgâr tozu dumana katmıştı. Asude uykulu bir şekilde odasından çıkarken elini esneyen ağzını kapamak için kaldırmış ve tam da bu sırada karşı odadan çıkan kocasını görerek hemen toparlanmıştı. "Hayırlı sabahlar." diyerek onun cevabını beklemeden hızla merdivenlerden inmişti. Etrafın dağınıklığını gören Asude hayal kırıklığına uğramıştı. Bir hafta boyunca o kadar yorulmuştu ki gece deliksiz uyumuştu. Üstelik bir önceki gece de hastanede hiç uyumamıştı. O bahçeye bakınırken arka bahçeden gelen gülme sesleri karşısında meraklanarak o tarafa yönelmişti. Yaren erkenden kalkmış ve Cemal Bey'in çiçekleri ile dalga geçer gibi onunla konuşuyor ve Cemal Bey'in bu konudaki beceriksizliğiyle onu kendisine şikâyet ediyordu.

Asude şaşkın bir şekilde onlara bakarken kayınbabasının bu kadar güldüğünü daha önce görmediğini düşünüyordu. Yaren yüzü gibi iyi kalpli olduğunu da belli etmişti. Asude çekimser bir şekilde "Hayırlı sabahlar." dedi. Cemal Bey onu görünce gülümseyerek "Gel kızım, biz de yeni gelinle konuşuyorduk." Asude şaşkın bir şekilde Cemal Bey'e bakarken yavaş adımlarla onlara doğru ilerlemişti. Yaren de gülümseyerek ona bakmıştı. "Hayırlı sabahlar abla!" dediğinde Asude gülümseyerek onun tatlı telaffuzuna karşın "Bu kelimeyi duymayalı yıllar olmuştu." dedi. Asude içlenirken Yaren kaşlarını kaldırarak "Sana nasıl hitap etmeliyim bilemedim. O kadar yaşlı değilsin." Yaren'in sözlerine Cemal Bey kıkırdarken Asude şaşkın bir şekilde konuşmuştu. "Yaşlı mı? Yaşlı olduğumu da nereden çıkardın?" diye sorarken Yaren de kahkahayla "Sadece şaka yapmak istemiştim. Senin için bir sakıncası yoksa sana abla demek beni mutlu eder. Yoksa yenge mi demeliyim ya da elticiğim mi?" dediğinde bu kez Asude de gülmüştü. Bu kız evlerine mutluluk getirecek gibiydi. "Ufak kız nasıl?" diye soran Yaren, Cemal Bey'in de merak ettiği şeyi sormuştu. "Evet, Melek nasıl oldu? Gece yanına gelecektim ama odaya Sedat'ın girdiğini görünce rahatsız emek istemedim!"

Cemal Bey'in sözleri Asude'yi şaşırtmıştı. Ona hiçbir şey söyleyememişti. Sedat'ın gece onun odasına girdiğinden dahi haberi yoktu.

Sedat gece odaya girdiğinde Asude kıyafetini bile çıkarmadan kızının bedenine kolunu sararak yatağın üzerinde uyuyakalmıştı. Onun uyuduğunu gören Sedat yorgun olduğunu bildiği için hiçbir şey söylemeden yarım saat boyunca karısını ve kızını izlemiş, sonra sıkıntılı bir şekilde odadan çıkarak hiç istemediği hâlde Seher ile paylaştığı odaya gidip uyumuştu. Seher gece boyu kocasının Asude'ye olan kaça-

101

mak bakışlarını fark etmişti. Bu durum hoşuna gitmiyordu. Sedat onunla olursa erkek çocuğu olacağından korkuyordu. Bu durumda kendisinde olan nikâh, büyük gelin olduğu için Asude'ye verilebilirdi.

"Benim kahvaltıyı hazırlamam gerek." diye izin isteyen Asude, Yaren'in sözleriyle duraksamıştı. "Sana yardım edeyim." Asude bu öneriye gülümseyerek "Sen daha misafirsin." dedi. Yaren ise onun sözlerine aynı şekilde karşılık vererek gülümsemişti. "Alışmalıyım değil mi?" diyerek ona göz kırpmıştı. "Ayrıca anladığım kadarıyla benim kocam çok obur!" dediğinde Cemal Bey şen bir kahkaha atarak onu onaylamıştı. "Evet, bunu fark etmen çok şaşırtıcı doğrusu..." Yaren, Cemal Bey'i unutmuştu. Utanarak hemen "Özür dilerim babacığım, biraz ayıp oldu galiba?" dediğinde Cemal Bey'in tek dikkat ettiği şey Yaren'in kendisine samimi bir şekilde *babacığım* demesi olmuştu. Bu durum Asude'nin de dikkatinden kaçmamıştı. Yıllardır bu adamın geliniydi ve bu kadar sık güldüğünü daha önce hiç görmemişti. Bu durum içinde derin bir rahatlamaya sebep olmuştu. Kayınvalidesini hiç tanımıyordu. Cemal Bey karısının ölümünden sonra kabuğuna çekilmişti. Onu gelin olarak aldıklarında ise hiçbir şey bilmediği gibi öğretecek kimsesi dahi yoktu. Orta yaşlı kâhya kadın hariç. O da öldükten sonra Asude evi tek başına idare etmeye başlamış ve ne kadar zorlansa da kimseden yardım almamıştı. Çocuğu olmadığı için kısır damgası yemesi de cabasıydı. Yaren ve Asude konuşarak ve arada kahkaha atarak kahvaltı masasını hazırlarken Cemal Bey içeriden gelen şen seslerin uzun zamandır bu evde olmadığını düşünüyordu. Songül, ağabeyinin düğünü için halasından dönmüştü. O da içeriden gelen gülme seslerine şaşırmıştı. Çekinerek babasının yanına giden genç kız "Hayırlı sabahlar efendim." dediğinde Cemal Bey ona bakmış ve yüzündeki çekinik ifadeyi görünce de kendisine kızmıştı. "Hayırlı sabahlar kızım." diyen adamın sesi oldukça şefkat doluydu. Genç kız onun bu şekilde seslenmesiyle şaşırmıştı. Babası ilk kez ona *kızım* diyordu.

Bu sırada Cemal Bey onun şaşırdığını fark ederek elini ona uzatmış ve "Gel buraya..." diyerek kızına elini öptürmüştü. Genç kız hiçbir şey anlamıyordu. Babasının kendisine sarılmasınıysa hayal olarak nitelendiriyordu. Tam da bu sırada merdivenlerden inen Sedat ile Suat şaşkındı. Suat babasına gülerek "Kızını özledin galiba?" diye sorunca Songül hemen geri çekilerek bakışlarını yere çevirmişti. Ağabeylerinden oldukça çekinen genç kız Suat ile yakın olmasına rağmen onun yüzüne de bakmaya çekinmişti. "Olamaz mı? Benim tek kızım vardı, şimdi iki kızım daha oldu..." dediğinde mutfaktan ellerinde kahvaltılıklarla Asude ve Yaren çıkıyordu. Seher ise merdivenin başında konuşulanları dinliyordu. Suat şaşkın bir şekilde "İki kızın mı?" derken herkes yutkunmuştu. Cemal Bey gayet samimi bir gülümsemeyle "Evet iki kızım daha var ve ben şirkette olan bütün hisselerimi ölünce bu iki kızıma bırakacağım." dediğinde Sedat'ın yüzü değişmişti. Ne kadar babasının hisseleriyle ilgileniyor gibi gözükse de aslında bu umurunda bile değildi. O şirketi istediği an bırakabilirdi ve bunu yapmak için nedene ihtiyacı yoktu.

Zor iş şartlarında korkulan biri olan Sedat asla başkasından emir almaz ve işlerinde kimseye hesap vermezdi. Yutkunan genç adam babasına "Songül'e mi vereceksin hisseleri?" diye sormuştu. Cemal Bey gülümseyerek "Evet, Songül ve Asude'ye!" dediğinde Asude dâhil oradaki herkes şoke olmuştu. Yaren ise gülümsemekten başka bir şey yapmamıştı. Elindekileri masaya koyduktan sonra Asude'nin elinde tuttuğu tabakları da alarak masaya bırakmıştı. Asude o kadar şaşırmıştı ki elindeki tabakların alındığının farkında bile değildi. Eli havada kalıvermişti. Duyduklarıyla Seher merdivenin başında öfkeyle kalakalmıştı. Sedat ise büyümüş gözleriyle babasına bakıyordu. Yutkunarak "Songül'ü anlıyorum ama Asude'nin pay almasını anlayamadım?" diyerek bakışlarını karısına çevirmişti. Onun bakışlarındaki soğuklukla Asude âdeta dehşete düşmüştü. Titremeye başlayan genç kadın, Cemal Bey'in sözleriyle donup kalmıştı. Gözleri yaşla dolan kadın korkudan titriyordu. Dahası Cemal Bey'in son sözleri oradaki herkesi şaşırtırken Sedat çılgına dönmüştü.

"Bunda şaşıracak ne var oğlum? Babası öldüğünden beri o bana emanet. Ne de olsa artık evli değil!"

Suat, babasının son sözleriyle şaşırırken Asude âdeta kanının çekildiğini hissederek nefes alamamış, bakışlarını kocasına çevirmişti. İçinden acaba beni boşadı mı, diye geçiren Asude, bunun ne kadar kolay olduğunu o anda fark edince tüm bedeni korkuyla sarsılmıştı. Yaren onun elini tutarken genç kadın bakışlarını ona çevirmiş ve gözlerinin derinliğinde olan ve akmamak için direnen yaşlarını sadece genç kıza göstermişti. Asude hâlâ babasının sözlerine anlam veremiyordu. Kocası isterse onu hemen boşayabilirdi. Sonuçta üç kez *boş ol* demesi yeterliydi. Aralarında dini nikâhtan başka bir şey yoktu. Genç kızın elini sıkarken Sedat'ın öfkeyle yükselen sesi tüm avluya yayılmıştı. "Sen ne saçmalıyorsun baba? O benim karım, ne demek artık evli değil?" diye sorarken Asude'nin içi rahatlamıştı. Seher ise konuşmanın ilginçliğiyle merdivenlerden aşağıya inmiş ve olanları daha yakından izlemeye başlamıştı.

"Karın mı? Söylesene en son bu kadının yanına ne zaman gittin?"

Cemal Bey'in sesi de öfkeli çıkmıştı. Onun bu sorusuyla Asude utançtan kıpkırmızı olurken Sedat yutkunmandan edememişti. Bu özel bir konuydu ve herkesin ortasında, hele ki babasının karşısında bu konuyu konuşacak kadar mezhebi geniş değildi. "Bu da ne demek şimdi?" diye kekeledi Suat. Babası oğluna dönerek onun sorusuna hiç beklenmedik bir şekilde cevap vermişti. "Senin daha iyi bilmen gerekmiyor mu? Daha yeni evlendin!" dedi. Suat dehşetle ağabeyine bakmıştı. Bir hafta önce kıyılan imam nikâhında hocanın sözlerini hatırlıyordu: *Kocalık görevini uzun süre yapmayan bir adamın karısı iftida isterse kocasının nikâhından dinen düşebilir.*

Sedat onun bakışlarından etkinleşmişti. "Burada ne oluyor

böyle? Beni deli etmeye mi çalışıyorsunuz?" Bakışlarını Asu-
de'ye çevirince kadının beyaza kesmiş yüzüyle karşılaşmıştı.
Gözlerindeki dehşet verici ifade onun da bu sözlere olan tep-
kisinin büyüklüğünü belli ediyordu. O sırada koşarak gelen
küçük kızına sarılan kadın artık daha fazla dayanamayarak
ağlamaya başlamıştı. Başına gelenlere inanamıyordu.

Babası kısaca ona "Asude artık senin nikâhında değil, ka-
rınla birlikte iftida da bulunacağız. Kocalık haklarını yapma-
yarak nikâhından düşmesine neden oldun. Bu yüzden o artık
senin karın değil. Sadece kızının annesi ve bundan sonra be-
nim himayemde olan manevi kızım." dedi. Asude bakışlarını
adama çevirirken ne diyeceğini bilememişti.

"O zaman tekrar nikâh kıyılır!" Sedat'ın sözlerine gülen
Cemal Bey "Buna artık izin veremem, hem bakalım Asude
seninle evlenmek isteyecek mi? Seninle yeniden evleneceğini
sanmıyorum. O artık istediği herhangi bir adamla evlenebilir.
Tabii o istediği sürece ben de arkasında olacağım. Ona iste-
mediği şeyler yaptırmana bundan sonra izin veremem." dedi.

Sedat birden dehşete kapılmıştı. Nefesi kesilmiş bir şekil-
de hırıltılı soluk alıyordu. Dişlerini öyle bir sıkıyordu ki tüm
çenesi ağrımaya başlamıştı. Karısına bakarken onun yanakla-
rından süzülen yaşlar, kalbinin tam ortasında büyük tahriba-
ta neden oluyordu. "Bu dediğin asla olmayacak, başka biriyle
evlenmesine izin vereceğimi de nereden çıkardın? Bu evden
çıkmasına asla izin vermeyeceğim…"

Asude daha fazla dayanamayarak koşar adım odasına
gitmişti. Kocasının yüzüne bakmak istemiyordu. Onu suçla-
maktan yorulmuştu. Ona karşı nefretle dolmak istemiyordu.
Ne de olsa çocuğunun babası ve eli eline değen tek erkekti.
Yüreğinin sahibiydi.

Yaren şoke olmuş bir şekilde Cemal Bey'in sözlerini din-
liyordu. Farkında olmadan Suat'a yaklaşan genç kadın ondan
destek almaya çalışmıştı. Az önce olanlar dehşet vericiydi.
Bu durumdan tek memnun olan Seher'di. Seher ağlayarak

odasına giden Asude'nin arkasından gülerken, Sedat öfkesini bastırmaya çalışıyordu. Bunu başaramayınca da arabasına atladığı gibi, gazı köklemiş, evden olabildiğince uzaklaşmaya çalışmıştı.

Cemal Bey az önce Asude'nin ağlayarak odasına girdiğini görünce peşinden ağır adımlarla giderek, kapalı kapı ardında ağlayan kadının kapısını tıklatmıştı.

Yaren ise Suat'a bakarak "Burada ne oluyor böyle?" diye sormuştu. Suat üzgün bir şekilde "Sana sonra anlatırım." dedi. Evden ayrılacağı sırada Yaren ona seslenerek "Nereye gidiyorsun?" diye sormuştu. Genç adam kendisine seslenen karısına bakınca eve yeni gelen bu kızın korktuğunu hissetmişti. "Sen de gelmek ister misin?" diye sordu. Yaren gülümseyerek ona bakmış ve hemen peşine takılarak onu takip etmeye başlamıştı. Suat onun hevesli oluşuna gülümsemeden edememişti. Bir süre sonra ikisi de işçilerin arasına karışmıştı. Yaren'i hemen seven çalışanlar ona hayranlıkla bakıyordu. Konağa yeni gelen gelin hanımın oldukça sevecen ve çalışkan olması onları mutlu etmişti. Akşama kadar onlarla işçi gibi yorulmadan çalışan genç kız, öğle yemeğini de işçilerle birlikte yemişti. Eve dönme saati geldiğinde ise Suat yorgun bir şekilde ona yaslanmıştı. Yaren gülmeden edememişti. "Çok dayanıksızsın!" Suat gülümseyerek ona karşılık vermişti. "Sen de zayıflığına göre fazla dayanıklısın!" Birbirine şaka yaparak eve dönen ikili evdeki havanın değiştiğini fark edince şaşırmıştı. Asude üzgün görünmüyor, hatta Cemal Bey ile güzel bir şekilde sohbet ediyordu. Bu sırada eve gelen Sedat onların normal bir şekilde konuştuklarını görünce iyice öfkelenmiş ve doğruca odasına çıkmıştı. Onun öfkesi kendisineydi. Babasını tanıyorsa kolay ikna olmayacaktı. Odanın kapısını serçe çarpan Sedat, aşağıdakileri korkutmuştu. Asude ise hemen başını yukarıya kaldırarak kocasının gittiği yöne bakmış ama Cemal Bey elini tutarak başıyla onun içini okuyabildiğini belli etmişti.

Yedi Ay Sonra

Yaren her sabah olduğu gibi bu sabah da Asude ile eğlenerek kahvaltıyı hazırlıyordu. Sedat kalkar kalkmaz son yedi aydır olduğu gibi kahvaltısını yapmadan evden ayrılmıştı. Asude onun kahvaltısını yapmadan gidişine yine üzülmüştü. Elinde onun için özel olarak hazırladığı kahvaltıyla kalakalmıştı. Yaren onun elini tutarak başıyla üzülmemesi için işaret etmişti. Asude sesini duyduğu arabanın ardından kaçamak bir bakış atmıştı. Ne kadar olsa da Sedat da bu durumdan hoşnut değildi. Eskisinden daha geç eve geliyor ve sabah kimseye görünmeden evden ayrılıyordu.

Suat ve Yaren ise her zaman işçilerle birlikte zaman geçirerek gününü akşam ediyordu. Son seferinde eve geri dönen ikili yoldayken Suat "Benim yapmam gereken küçük bir iş daha var. İşçilere bakmam gerek." dedi. Yaren gülümseyerek ona bakmış ve eve tek başına dönmek zorunda kalmıştı. Eve dönerken kulak misafiri olduğu sözler karşısında donup kalmıştı. Köyde Yaren'in yedi ay boyunca hamile kalamaması, onun kısır olduğu dedikoduları daha şimdiden ortalarda dolaşmaya başlamış ve Suat bu durumu fark etmese de Yaren duyduklarıyla kanının çekildiğini hissetmişti. Üstelik dedikoduyu yayan Seher'den başkası değildi. "Gelin hanımın çocuğu olmayacağı artık belli oldu. Tek varis benim oğlum olacak!" dediğinde kadınlardan biri onu zoraki de olsa kınayarak "Daha yeni evlendiler, ne çocuğu?" dese de Seher onun kısır olduğu konusunda diretiyordu. Yutkunan Yaren bu söylentilerin birkaç aydır dolaştığını duyunca iyice kötü olmuştu. Kendisini odasına kapatan genç kız, birkaç saat sonra Asude'nin kapısını çalmasıyla ayaklanmıştı. Asude olanları öğrenince kendi kaderini Yaren'in de yaşamasına üzülmüş ama bir şey söyleyememişti. Tek söylediği "Suat'a söylemelisin." olmuştu. Ama az sonra konaktan yükselen çığlıklar Yaren'i nefessiz bırakmaya yetmişti.

"Hanımım... Cemal Beyim..." diye çığlık atan kâhyanın sesi kan donduran cinstendi. Cemal Bey telaşla avluya çıkarken Yaren ve Asude merdivenlerin başında kötü haberi almıştı.

"Kaza... Suat Bey..."

Ve Yaren sonunu duyamadan oracıkta bayılıvermişti. Cemal Bey ise o anda kalbini tutuyordu. Acı bir şekilde "Oğlum!" diyebilmişti sadece. Hemen ardından büyük konağın kapısında beliren arabanın içinden çıkarılan kanlar içindeki Suat'ın soğuk bedeni, tüm konakta yankılanan bir çığlık hâline dönüşmüştü. Asude hıçkırıkları arasında kollarında baygın yatan Yaren'i tutarken, Seher de donmuş bir şekilde avludaki sedirin üzerine bırakılan Suat'ın kapalı örtüler altındaki soğuk bedenine bakıyordu. Belki de ilk kez gerçekten üzgün ve şoke olmuş bir durumdaydı. Daha sabah kendisi ile zıtlaşmıştı. Asude'nin Suat'ın bilmesi gerekiyor dediği şeyi, yani Yaren hakkında yapılan dedikoduları Seher'in yaydığını öğrenmiş ve onu uyarmıştı. Seher, Asude'nin kolları arasında baygın kalan genç kadına bakarken içi ilk kez acımıştı. Bu şekilde dul kalması onun içini sıkmıştı. Ve bir tarafı korkuyla sarsılmıştı.

Haberi alan Sedat ise buz gibi bir yüzle büyük konaktan acele bir şekilde içeri girerken, kardeşinin örtüler altında olan bedenini görene kadar Suat'ın öldüğüne inanamamıştı. Hırsla kardeşinin üzerindeki örtüyü çeken Sedat, onu sert bir şekilde sallamaya başlamıştı. "Uyan... Şaka de... Ölmüş olamazsın... Sana uyan dedim lanet olası uyan ve yine kafa tut bana!" diye bağıran adam, inatla gözündeki yaşı akıtmıyordu. Buz gibi olan bakışları en sıcak ateşi bile donduracak katılıkta ve soğukluktaydı. Seher bir adım atmış ama ona yaklaşmaya cesaret edememişti. Bu sırada Songül, ağabeyinin yüzüne dokunarak ağlamaya başlamış ve o da Sedat gibi onu uyandırmaya çalışmıştı. Sedat katı bir sesle "Bu nasıl oldu? Kardeşim bu hâle nasıl geldi?" diye bağırırken, onun sesindeki öfke herkesin kanının çekilmesine neden olmuştu.

"Beyim... Biz tomrukları istif ediyorduk... Suat Bey de... O tomrukların yanında işçilere yardım ediyordu. Sonra ne olduğunu anlamadık ve bir arkadaşımıza doğru koştuğunu ve sonra da Suat Bey'in tomruklar altında kaldığını gördük. Kanlar içindeydi. Hemen çıkarmaya çalıştık ama elimizden bir şey gelmedi... Ölmüştü..." diyen adamın yanağından sicim gibi akan yaşlar bir türlü durmak bilmiyordu. Şok yaşadığı belli olan adamın konuşmasını Sedat şiddetle kesmişti. "Söyleme... O kelimeyi söyleme. Kardeşim ölmedi!" diye bağıran adam artık gözyaşlarını tutamıyordu. Kardeşinin zaman geçtikçe daha da soluklaşan bedenine şefkatle sarılan genç adam onun bu kadar düşüncesiz davranabileceğine inanamıyordu. O her zaman başkası için çalışmaktan mutlu olurdu. Bu yaptığı, onun deyimiyle aptallık olan davranış sonrasında hayatını kaybetse de buna inanmak istemiyordu. Cemal Bey konuşamıyordu bile. O da oğlunun cansız bedenine yaklaşarak ağlamaya başlamıştı. Elleri titriyordu. Oğluna bakmak istese de buna cesaret edemiyordu. İçi yanıyordu. Yutkunmak Cemal Bey için zor olmaya başlamıştı. Her yer kararmıştı ama o inatla ayakta duruyordu.

Suat'ın başında iki kardeşi ve babası vardı. Asude kocasının perişan hâline, onun öfkeli sesine acı dolu gözlerle bakıyordu. O an yanında olmak istese de bunu yapamamıştı. Kollarındaki genç kız ayılmaya başlamıştı. Yüzüne düşen gözyaşlarıyla uyanan Yaren "Kötü bir rüya gördüm abla. Suat... O öldü dediler..." dediğinde Asude ağlamasını daha da arttırarak ona bakmıştı. Genç kız o zamana gerçeği anlamış ve ağlama sesleri gelen tarafa bakınca Suat'a sarılmış olan Sedat'ı ve Cemal Bey'i görmüştü. Yaren o an nefes alamamıştı, sanki tüm sözcükleri unutmuştu. Hıçkırarak ağlamak istiyor ama bunu başaramıyordu. Şu anda hiçbir şey hissetmiyordu. Sadece öylece donmuş bir şekilde kocasının cansız bedenine bakıyordu. Ağlamıyor, hıçkırıklar atmıyordu. Sadece boş gözlerle etrafına bakınıyordu. Herkes dizlerini dövüyor bir şeyler söylüyor ama Yaren hiçbirini duymuyordu. Dünya dönmeye başlamıştı. Kimsesi, tutunacak bir dalı dahi kalmamıştı.

Asude genç kıza yaklaşarak onu tutmak istemiş ama Yaren birden elini kaldırarak ona engel olmuştu. Seher ise bir adım öne atılarak onu tutmak istemişti. Onun bu davranışı kendisini bile şaşırtsa da Yaren ona öfkeyle bakarak "Sevinebilirsin artık. Tek varis senin oğlun olacak!" dedi. Seher o an buz gibi olmuştu. Ağzından çıkan bu sözcükle herkes şaşırmıştı. Suat'a yaklaşan genç kız, onun soğuk ama gülen yüzüne bakınca gülümsemeden edememişti. Herkes onun çıldırdığını düşünürken, genç kız daha bir hafta önce kendisine söylediği sözleri hatırlamıştı.

"İçimde garip bir his var Yaren, sanki ölüm beni çağırıyor. Sürekli rüyamda onu görüyorum. Beni çağırıyor…" demişti. Yaren bu sözleri hatırlayınca istemeden de olsa Suat'ın önsezilerine gülümsemişti. Sonrasında gelen sözlerse canını yakmaya yetiyordu. "Tek korkum var o da bana bir şey olursa sana ve ona bir şey olması. Bunun için bugün benimle gelmeni istiyorum…" demişti.

Cemal Bey onun yüzüne bakarken o da benzer bir şeyler düşünüyordu. Bu korkusundan babasına da bahseden genç adam, Cemal Bey'in öfkelenmesine neden olmuştu.

Genç kız Suat'ın yanına iyice yaklaşarak başını ağabeyinin kucağından kendi kucağına almış ve kulağına eğilerek fısıldamıştı. "İstediğin olacak, beni bu kadar erken bıraktığın için seni affetmeyeceğim." Sedat, Yaren'in yanağından süzülen tek bir damla yaşla donup kalmıştı. O ana kadar kardeşinin öldüğüne inanmayan adam öfkeyle yerinden kalkmıştı. İlk kez böyle bir acı yaşıyordu ve Yaren'in tek damla yaşı ona bu acıyı daha da hissettirtmişti.

Ağlayanlara baktı ve kimsenin gözyaşı dökmesi onu etkilemezken sadece küçük bir damla ona gerçeği tokat gibi sert bir şekilde açıklamıştı. Kardeşi artık yoktu. Yürekten gelen tek bir damla bunu ona ispatlamıştı. Titreyen bedeniyle geri geri kardeşinin soğuk bedeninden uzaklaşırken birden omzuna dokunan elle duraksamış ve arkasını dönmeden bu elin sahibinin kim olduğunu anlayarak hızla ona sarılmıştı. Asude gözyaşına boğulurken Sedat sanki onun kemiklerini kırmak istermiş gibi bedenini sıkıyordu. Seher ise az önce korkarak yaklaşmadığı Sedat'ın Asude'ye sarılmasını içten içe kıskansa da bunu belli etmenin zamanı değildi.

"Sakin ol... Senin ayakta kalman gerek. Babana bir şey olacak diye korkuyorum. Lütfen Sedat..." Genç adam onun sakinleştirici sözleriyle kollarını gevşetirken, kardeşinin bedenine bakamayacağını hissetmeye başlamıştı. Asude onu sarmalayarak oradan uzaklaştırırken Melek, anne ve babasının beraber ağlayarak avludan çıkmasını şaşkınlıkla izlemişti. Daha ne olduğunu anlayacak yaşta değildi. Yaren, Cemal Bey ile göz göze gelirken dili tutulmuştu. Hiçbir şey söyleyememişti. Cemal Bey ise onun yaşlı gözlerine bakarak sert bir şekilde onu kendine çekmiş ve arada Suat'ın cansız bedenine bakmadan sıkıca sarmıştı. İşte o an Yaren daha fazla kendisini tutamayıp hıçkırarak ağlamaya başlamıştı. Cemal Bey "Korkma kızım. Sen bana emanetsin!" dedi.

Ne kadar da kolaydı bir ölünün ardından hayatı toparlamak. Konak sanki Suat'ın ölümünün üzerinden yıllar geçmiş gibi sakindi. Yaren cenaze töreninde oldukça sakin görünse de asıl zor günleri şimdi başlıyordu. Suat'ın zamansız ölümü, Asım Bey'in evine bomba gibi düşmüştü. Asım Bey kızını geri almak istese de Cemal Bey bu konuyu ona bıraktığını, isterse gidebileceğini, kalırsa da başının tacı olduğunu söylemişti. Yaren babasına "Benim evim artık burası, geri dönemem baba. Cemal Bey benim için ne uygun görürse o olacak." demişti. Aslında bunu söylemesindeki tek amaç Suat'a verdiği sözdü. Suat ona babası ne söylerse sorgusuz kabul etmesi için hem söz verdirmiş hem de yemin ettirmişti. Kocasına yedi ayda koşulsuz güvenmeyi öğrenen Yaren, bu yedi ayın ne kadar da çabuk geçtiğini düşünüyordu. Her günü eğlenceliydi. Akşamları Suat ona odada masal kitapları okumaya başlamıştı. Yaren küçük bir kız çocuğu gibi ona şakalar yaparken Suat bunlara hiç kızmadan karşılık veriyordu. Bazen de Yaren ona kitap okuyor o uyuyana kadar da başında bekliyordu.

Arada Suat ile birlikte sadece ikisinin sırrı olan yere gidip zaman geçiriyorlardı. Yaren aklına gelenle koşarak evden çıkmıştı. Onun neden bu kadar telaşlı olduğunu anlamayan ev ahalisi endişelenmişti. Sadece birkaç saat sonra eve dönen Yaren, ona şaşkınlıkla bakanlara her şeyi anlatacaktı.

7. BÖLÜM

Gölgeler insanların ardından vuran ışıkla belli oluyordu. Niyetlerse insanların davranışları ve düşüncelerini dışa vurmayı bekleyen o olmadık anlarda belli oluyordu. Gözlerindeki tedirginliği belli etmemeye çalışsa da Yaren büyük avludan girdiğinde tüm gözler ona çevrilmişti. Onun saatlerdir ortadan kaybolması ve birdenbire bu şekilde eve gelmesi herkesi şaşırtmıştı. Üstelik yalnız değildi. Endişelenen Cemal Bey de ona diğerleri gibi şaşkınlıkla bakıyordu. Asude öne atılarak "Sen iyi misin canım?" diye sormuştu. Sedat ve diğerleri ondan bakışlarını ayırmıyordu. Yanında bulunan orta boy el çantasından çıkardığı küçük erkek çocuğunu kucağına alan genç kız şaşkın bakışlara karşı kendisini oldukça güçlü hissediyordu. Cemal Bey ile gözleri birbirine takılan genç kız, başı dik bir şekilde tuhaf bakan gözlere âdeta meydan okuyordu. Çekindiği tek kişi Cemal Bey'di ve onun da bakışlarında öfkeden çok şaşkınlık vardı. Gözlerini genç kızdan ayıran adam bakışlarını Yaren'in kucağındaki küçük çocuğa çevirmişti. Görüntüsüne bakılacak olursa yaklaşık bir buçuk yaşlarında olmalıydı.

Sonunda beklenen soru Sedat'tan gelmişti. "Bu da ne demek? Bu çocuk da nereden çıktı?" diye sorarken sesindeki merak ve öfke belli oluyordu. Yaren başını biraz daha dikleştirerek kucağındaki çocuğu iyice sarmıştı. Daha kocası öleli bir hafta olmuştu ki Yaren böyle bir haberi onlara vermek zorundaydı. Bakışlarını Cemal Bey'e çevirince yutkunmadan edememişti. Sonrasında ise "Bu çocuk Suat ve benim çocuğum." dedi. Onun sözleri deyim yerindeyse konağın avlusuna bomba gibi düşmüş ve etrafı darmadağın etmişti. Tekrarlayan Yaren "Bu çocuk bizim. Babası Suat ve annesi olarak da nüfusta ben görünüyorum. İstediğiniz her türlü araştırma ya da testi yapmakta özgürsünüz." Yaren bakışlarını tek umursadığı adama çevirmiş Cemal Bey'in bakışlarına dikkat etmişti. Adamın bir an irkildiği vücudunun hareket etmesiyle belli olsa da ne düşüneceğine karar verememişti. Ama bakışları hâlâ Yaren'in kucağında bulunan küçük çocuktaydı. Gözünü bile kıpmadan onu inceliyordu. Tek bir kelime dahi etmemişti. Birkaç adım ona doğru yaklaşan adam Yaren'in ürkerek bir adım geri atmasına neden olmuştu. Yaşlı adam, yanağından süzülen bir damla yaşla konuşmuştu. "Torunumu benden kaçıracak mısın kızım?" Onun bu sorusu ile Yaren rahat bir nefes almıştı. Genç kız yanağından süzülen bir damla yaşa aldırmayarak hafif gülümsemiş ve kucağındaki bebeği Cemal Bey'e uzatmıştı.

Seher bu durum karşısında sinirlenerek sesini yükselterek konuşmaya başladı. "Buna inanmıyorsunuz değil mi? Bu yalan..." Seher, elini kolunu sallayarak Yaren'i suçlamaya çalışıyordu. Yaren ona cevap vereceği sırada "Yalan değil!" diye arkadan gelen yabancı bir ses tüm bağrışları bir anda susturmuştu. Yaren, öfkeli çıkan sesin sahibine bakınca, tanıdık ve bir o kadar yabancı bir çift gözle karşılaşmıştı. Konuşan kişinin sesindeki öfke elle tutulacak nitelikteydi. Yağız sınavları bittikten sonra arkadaşlarıyla kafa dinlemek için kimseye nereye gideceğini söylemeden dağ başında bir kulübeye gitmişti. Telefonunu kapattığı için ağabeyinin öldüğünü çok sonradan öğrenmiş ve âdeta çıldırmış bir şekilde evine dönmek zorunda kalmıştı. Cenazeye yetişememişti elbette ama böyle bir durumda evden uzakta kalmasının imkânı yoktu. En sevdiği ağabeyi ölmüştü ve Yağız şu anda patlamaya hazır bir bomba gibiydi. Üstelik evin kapısından girer girmez karşılaştığı tek şey, başı dik bir şekilde tüm suçlamalara göğüs geren genç kadının geri adım atmayacağıydı. Üstelik bu kadın daha önce gördüğü bir kadın değildi. Böyle bir manzara karşısında daha da sinirlenen Yağız, köyde hiçbir şeyin değişmemesine sinirleniyordu. Asude onu görür görmez yanına giderek ona sarılmış ve ağlamaya başlamıştı. Yağız, yengesini çok sevdiği için bir şey söyleyememişti. Ama bakışlarını da Yaren'in gözlerinden çekemiyordu.

Yaren şok geçirmişti. O bakışların aynısını Suat'ta da görmüştü. Üstelik bu kadar benzemeleri de akıl alacak gibi değildi. Tek fark saç renkleri ve vücut hatlarıydı. Yağız ağabeyinden daha uzun ve daha yapılıydı. Yağız'ın saçları kestane rengiydi ve yeşil gözlerinin rengi sürekli değişiyor gibi görünüyordu. Yaren'in göz renginin aksine daha parlak ve daha açık bir renkti ve o gözler genç kıza bakarken iyice donuklaşmıştı. O yeşil gözler şu anda kararmaya başlamıştı. Onun bakışları karşısında Yaren yutkunmadan edememişti. Seher ise inat ederek tekrar itiraz edeceği sırada Sedat bunu anlayarak sert bir şekilde çıkışmıştı. "Sen kes sesini, bu çocuk eğer Suat'ın ise başımızın tacıdır. Eğer ona karşı herhangi bir hata yapan olursa karşısında beni bulur. Ona yapılan küçük bir hatayı öncelikle babama sonra da bana yapmış sayarım!" dediğinde Yaren minnet dolu bakışlarını Sedat'a çevirmişti. Bu sırada onun sözlerini Yağız düzelterek "Ve bana yapılmış sayılacaktır! Ve sakın bu çocuğu dedikodu malzemesi olarak kullanmaya kalkmayın!" Yaren bu kez tekrar Yağız'a bakmıştı.

Cemal Bey ise kucağındaki çocuktan başka hiçbir şeyle ilgilenmiyordu. Çocukta oğlundan bir şeyler arayan adam sanki hiçbir şey olmamış gibi onunla oynuyordu. Sonrasında ağlamaya başlayan çocuğa yaklaşan Yaren "Babacığım alayım." dedi. Adam ona bakarak "Adı ne?" diye sormadan edememişti. "Can!" Yaren gülümseyerek "Adını Suat koydu." Yaren içinden kocasının ona neden bu adı koyduğunu geçirmişti. Ona uzun bir hayat vermesi için adını kendi *'can'*ı ile karşıladı. Sevdiği kadın oğlunu dünyaya getirirken kendi canından olmuş ve bunun üzerine Suat oğluna bu adı vermişti. *Sen benim Can'ımsın. Annen canını senin için feda etti. Çok yaşa oğlum.*

Genç kız Cemal Bey'in kucağındaki çocuğa uzanarak, "Acıkmış olmalı." dedi ve çocuğu alarak odasına yöneleceği sırada Yağız ile göz göze gelmişti. Sırtında çantası olan genç adama duraksayarak bakmış ve kucağındaki çocuğu hafif zıplatarak daha rahat tutmuştu.

Güçlükle konuşarak "Hoş geldin, ben Yaren. Yardımın için teşekkür ederim." dedi. Yağız bir süre hiçbir şey söylemeden ona bakmış ve sonrasında sanki onu duymamış gibi yanından geçerek babasının yanına geçmişti. Yaşlı adam oğluna bakarken sanki Suat'ın ona yaklaştığını hissediyordu. Yağız babasının elini alarak öpmüş ve sonrasında babasının baktığı yöne bakışlarını çevirmişti. Yaren onun bu davranışıyla şaşırsa da bunu belli etmeyerek odasına yönelmişti.

Odasına çıkarken yanına yaklaşan genç çalışan kadınlardan birine bebek için süt hazırlamasını istemişti. Yaren'e Suat'ın anlattığı Yağız ile bu adamın alakası yok gibi gelmişti. Merdivenleri çıkarken oğluyla birlikte genç kadının arkasında bakan Cemal Bey'in aklına Suat ile bir hafta önce yaptığı tartışma gelmişti.

Kendisinden zorla aldığı sözü tutacak ve toprak altında yatan oğlunun ruhunu huzura erdirecekti. Buna kimse engel olamayacaktı. Asude, Yağız'ı odasına götürürken yıllardır olan değişiklikleri ona anlatmıştı. Aslında tek değişiklik Yaren'in eve gelmesiyle olmuştu. Yedi aydır ev oldukça eğlenceli bir yer olmuştu. Yağız odasına girerek eşyalarını yerleştirmiş ve yol yorgunluğunu atmak için banyoyu hazırlatmıştı.

Yaren ise yatağın üzerine yatırdığı bebeğin yanına uzanarak, onun ne kadar talihsiz olduğunu düşünüyordu. Hem annesini hem de babasını kaybeden bebeğin görünüşte kendisinden başka kimsesi kalmamıştı. Cemal Bey'in ona sahip çıkmak istemesi de onu biraz olsun umutlandırmıştı. Kimse onu elinden alamazdı. Bu bebek Suat'ın emanetiydi ve kocasına verdiği sözü kesinlikle tutacaktı.

Yağız düşünceli bir şekilde ne yapacağına karar vermeye çalışıyordu. Düşünceleri genç adamla oyun oynuyor gibiydi. Aklında dağ evine gitmeden önce ağabeyiyle yaptığı son konuşma vardı. Babasının onun karısına olan bakışları da dikkatinden kaçmamıştı. Demek ki ağabeyi karısını babasına emanet etmişti. Asıl derdiyse içine garip bir sıkıntının yerleşmiş olmasıydı. Genç kadının bakışlarını gördüğünden beri bir tedirginlik sarmıştı tüm bedenini. Bu evden hemen gitmesi gerektiğini hisseden genç adam, gözlerini kapatır kapatmaz gözünün önünde beliren Yaren'in bakışlarını bir türlü düşüncelerinden kovamıyordu. Onun kendisine olan bakışlarını bir türlü gözünün önünden yok edemiyordu.

Banyosunu yaptıktan sonra odasına giden Yağız, saçını kurularken kulağına gelen bebek ağlamasıyla bir odanın kapısının önünde duraksamıştı. Bebeğin sesi oldukça yüksek çıksa da Yaren'in sanki yıllardır birçok çocuğa annelik yapan kadın gibi tecrübeli bir şekilde onu susturmaya çalışması, dahası bunu sadece kulağına gelen melodi gibi sesiyle "Neden ağlıyorsun bebeğim? Hadi yakışıklım ağlama artık. Sen adam olacaksın hayatım." dediğinde bebek anlamış gibi sesini kesince Yağız genç kızın büyü kullanmaya başladığını bile düşünmeye başlamıştı. Bebeğin o kadar şiddetli ağlarken bir anda sesini kesmesi ona garip gelmişti. Yaren ise gülümseyerek bebeği sevmeye başlamıştı. "Aferin bebeğim. Baban ağlamanı istemezdi değil mi?" dediğinde ise sanki büyü bozulmuştu. İçi daralan Yağız hemen odasına gitmişti.

Yaren, bebeği uyutarak aşağıya inmiş ve Asude'ye masayı hazırlamak için yardım etmişti. Seher içindeki kıskançlıkla Yaren'e aldırmadan "Başkasından yaptığın piçi bize mi yutturacaksın? Kim inanır onun Suat'ın oğlu olduğuna? Bizi kandırmaya çalışıyorsun!" dediğinde Asude dayanamayarak araya girmiş ve "Öyle ise evdeki bütün çocukların babalarını sorgulayalım, ne dersin Seher?" diye sorunca Seher'in rengi atmıştı. Yaren ise Asude'nin sözleriyle şoke olmuştu. Sinirle mutfaktan çıkan Seher odasına kaçmıştı. Bu sırada ise içeriden yükselen Cemal Bey'in sesi herkesi masa başına toplamıştı. Cemal Bey etrafına aldığı iki oğluyla masaya oturmuştu. Yaren'in sofraya Suat'ı düşünerek fazladan koyduğu bir servise kimse şaşırmamıştı. Çünkü evde yeni biri daha vardı. Yağız! Herkes bu servisi Yağız için düşünse de aslında Yaren o servisi alışkanlıkla Suat için açmıştı. Sessizce yenen yemekten bebeğin ağlamasıyla Yaren izin istemiş ve odasına çıkarak bebekle ilgilenmeye başlamıştı.

Cemal Bey dalgındı. Oğlunun kendisine söylediği sözler sürekli beyninde dolaşıyordu. Ne yapacağını biliyordu ama bunun nasıl karşılanacağını da biliyordu. Bu kez Cemal Bey asla geri adım atmayacak, gerekirse eski otoriter Cemal Ağa olacaktı. Çalışanlardan birine "Yaren nerede?" diye sormuştu. Kadınlardan biri atıldı. "Hanımım bebekle ilgileniyor Beyim!" Cemal Bey dişlerini sıkarak kızgınlığını belli etmişti. "Siz ne güne duruyorsunuz? Onu çağırın bebekle siz ilgilenin. Diyeceklerim var."

Bir süre sonra kucağında bebekle aşağıya inen genç kız yine bebeği bırakmamıştı. Cemal Bey ona "Bebeği kıza ver ve gel otur, seninle konuşmamız lazım." dedi ve sonrasında tüm ev halkını topladı. Söze nasıl gireceğini bilemiyordu ama bir şekilde konuşması gerektiğini de biliyordu. "Yaren kızım, sen bana oğlumun emanetisin. Ona seni koruyacağıma söz verdim ve bunu yapacağım da. Maalesef oğlum, yani kocan erken öldü ve sen çok gençsin. Bu yüzden bir karar verdim." Cemal Bey'in ciddi bir şekilde konuşması karşısında Yaren nefesini tutmuştu. Bu sözlerden hoşlanmamıştı. Üstelik Cemal Bey oldukça kararlı konuşuyordu. "Ne gibi bir karar baba?" diye soran Sedat'ın cevabını bildiği soruyu fark edince gözleri dehşetle büyümüştü. Bu ifadeyi en son babasının Asude ile evlenmesi için kendisini zorladığı gün görmüştü.

Cemal Bey oğluna bakarak onun düşüncelerini okumuştu. "Korkmana gerek yok. Bu konunun dışındasın!" dediğinde Yağız bu kez ona bakmış ve ne olduğunu kavrayarak hızla ayağa kalkmıştı. "Bu eğer düşündüğüm şey ise kesinlikle olmaz baba. Bunu asla kabul edemem." dedi. Yaren hiçbir şey anlamıyordu. Sanki onun hayatı hakkında konuşmuyorlarmış gibi hisseden genç kız ayağa kalkarak "Bu konu benimle alakalı değil sanırım, benim bebeğe bakmam gerek!" dediğinde Yağız şaşkın bir şekilde içinde hiçbir art niyet olmadığı belli olan kızın saflığına bakıyordu. Cemal Bey ise oğlunun bakışını fark etmişti. Yaren arkasını dönüp giderken Cemal Bey'in son sözüyle donup kalmıştı. Dahası nefes bile alamıyordu…

8. BÖLÜM

Gökyüzü sanki birden kararmış, bulutlar duygularına göz kırpıyordu. Sahi akşam mı olmuştu? Peki, neden öğle vaktine yakın olmasına rağmen hava gece gibi kararmıştı ya da Yaren'in gözleri mi bu karanlığa neden oluyordu? Yağız buz kesmiş kızın yüzüne bakarken içi acımıştı. Abisinin hayranlıkla anlattığı karısının kaderine inanamıyordu.

"Yağız ile evlenmeni istiyorum Yaren!"

Cemal Bey'in sözleri kulaklarında tekrar tekrar yankılanıyordu. Bu nasıl bir cümleydi! İçinde kahkaha atma isteği belirse de yapamamıştı. Yaren yanlış duyduğunu bile düşünmüştü. Adamın "Yarın nikâhınız kıyılacak!" diye devam etmesi üzere Yaren ayağının altındaki zeminin boşaldığını hissederek kendisini soğuk avlunun taşlarında yatarken bulmuştu. Asude koşarak onu tutmaya çalışsa da genç kız çoktan yerde bulmuştu kendisini. Bu sırada Sedat, Asude'nin zor yakaladığı genç kızı hemen kucağına alarak odasına çıkarmıştı. Genç kızın ağabeyinin kucağında sarkan cansız kolunu fark eden Yağız'ın içi bir tuhaf olmuştu.

Babasına dönen genç adam öfkeyle bağırmaya başlamıştı. "Bu asla olmayacak... Hemen yarın buradan ayrılıyorum... Örf ve törelerin beni ilgilendirmez." Cemal Bey ise gayet sakin bir şekilde ona cevap veriyordu. "Eğer dediğimi yap-
120

mazsan bir daha bu eve giremeyeceğin gibi okuduğun okuldan atılman ve iş bulamaman için tüm gücümü kullanırım." dediğinde Yağız acı bir ses tonuyla "Bunu niye yapıyorsun baba? O benim ağabeyimin karısı, kızın ne düşüneceğini hiç mi umursamıyorsun? Daha kocası öleli bir hafta bile olmadı. Abimin kemikleri sızlayacak." Oğlunun sözlerine daha fazla dayanamayan Cemal Bey sesini yükselterek konuşmuştu. "Bu ağabeyinin isteğiydi!" Duydukları karşısında Yağız nefes alamadığını hissetmişti. Yok, yanlış duymuş olmalıydı... Yutkunan genç adam "Bu yalan. Abim kendi karısını neden kardeşiyle evlendirmek istesin? Bunu nasıl söylersin baba?" diye sesi gittikçe yükselen genç adam, hızla oradan ayrılmış ve ahırlara doğru ilerleyerek atlardan birini alıp evden olabildiğince uzaklaşmaya çalışmıştı.

Cemal Bey zor saatler geçirse de kararı asla değişmeyecekti. Yağız başına gelenlere inanamıyordu. Bunu kabul etmesinin imkânı yoktu. Bunu yapamazdı...

Atını boş tarlalara doğru süren genç adam, gözlem yeri dedikleri büyükçe bir çardağa oturan birkaç kişiyi görünce o tarafa yönelmişti. Kendilerine yaklaşan Yağız'ı gören birkaç köylü hemen toparlanarak atının ipini tutmuş ve genç adamın attan inmesini beklemişti. Yağız attan inerek kendisine şaşkın bakan köylülere, "Ne var, neden bana öyle bakıyorsunuz?" diye sorarken yanlarında onu iyi tanıyan eski seyislerden biri olan Mustafa amcası da vardı. Onu gören Yağız inanmaz bir şekilde gülümseyerek adama sarılmıştı. "Mustafa amca!" dedi mutlulukla. Bu şartlarda ne kadar mutlu olunabilirse tabii...

"Yağız, oğlum..." dedi ve sustu. Adamın gözünden akan yaş genç adamı şaşırtmıştı. "Ne olmuş bana amca?" diye soran genç adam onun sözleriyle şaşırmıştı. "Sen... Abine ne kadar da benziyorsun... Bilmesem gelen kişinin Suat olduğunu düşünecektim." Adamın sözlerinden Yağız birden ürkmüştü. Yutkunarak gözleri dolan adama bakan Yağız üzüntülü sesiyle "Gerçekten benziyor muyuz? Onu neredeyse bir yıldır gör-

121

medim." dediğinde oradakiler şaşkınlıkla ona bakmıştı. Yağız gerçekten de son yıllarda köye çok sık gelmiyordu. Köyde olan biteni, Suat ona telefonda anlatıyordu. Adam gözünden akan yaşları silerek ona bakmış ve başını sallamıştı. Yağız bir süre onların yanında kalmış ve sohbet etmişti. Köylüler sürekli ağabeyi ve onun inanılmaz güzellikteki karısı Yaren'den bahsediyordu. Genç kızın köylünün kalbini kazandığı belli oluyordu. Abisinin anlattığı aynı şeyleri köylüden duymak onu farklı hissettirmişti. Ve son olanlar... Hayır, hayır... Başını sağa sola sallayan genç adam bunu kabul edemezdi. Sonra birden ağabeyinin *"Sizin karakteriniz ne kadar da benziyor bir bilsen. Onu tanısan eminim sen de ona hayran kalırsın... Gözünü ondan alamazsın."* sözleri aklına gelmişti.

Babasının sözleri kulaklarında yankılanıyor ve ağabeyiyle son konuşmasında onun sözleri de buna destek çıkıyordu. "Eğer bir şeyler olursa karıma iyi bak Yağız. Onu ezmelerine izin verme! Yaren çok narin biri ve üzülmesini istemiyorum." Şimdi ağabeyinin sözleri canını yakıyordu. Genç adam onun içine doğan bu kötü talihinin gerçekleşeceğini anlaması ve sevdiği kişiyi koruma altına almak istemesini anlayabiliyordu ama bu şekilde değil... Bu şekilde karısını korumak istemiyordu. Dahası Yaren'in ona bakışının nedenini de anlamıştı. Gözlerini üzerinden çekememesinin nedeni kocasına aşırı benzerliğiydi. Bu düşünce canını sıkmaya yetiyordu. Başkasına benzetilmek hoşuna gitmemişti. Başka zaman olsa ağabeyine benzetilmekten gurur duyabileceği bir gerçekken, ölmüş birini sürekli hatırlatıyor olmak canını feci şekilde sıkmaya yetiyordu.

Yaren hâlâ baygındı. Baygın olmasına rağmen gözünden akan yaşa engel olamıyordu. Canının yandığı o kadar belli oluyordu ki, Sedat tekrar odaya geldiğinde Asude'nin baş ucunda beklediği genç kadına içi acıyarak bakmıştı. Asude zorlukla "Baban ciddi değildi değil mi?" diye sormuştu. Sedat onun acı dolu gözlerine bakarak ciddi bir şekilde konuşmuştu. "Babamı hiç bu kadar ciddi görmedim." Sedat içinden, bir de bizim evlenmemiz için bu kadar ciddi davranmıştı, diye geçirdi. O zamanlar babasına sesini dahi çıkaramayan genç adam, şimdi tüm şefkatini bu baygın kıza aktarmaya çalışan kadına bakınca içi değişik bir duygu ile doluyordu. Ona bakarken bile mutlu olabiliyordu. Ama bunu itiraf edecek kadar cesur değildi. Dahası Seher gibi bir bela vardı başlarında ve bunu Asude'ye yapamazdı. O lanet olası gecede yaptığı bir hata yüzünden Seher'i eve getirmek zorunda kalmıştı. "Lütfen babanla konuş. Bu kız... Yani onunla evlenirse Yaren'e ne olacak? Allah aşkına Sedat, kocası daha yeni öldü! Lütfen bunu ona yapmalarına izin verme." Sedat onun kendisinden ilk kez bir şey istediğine şahit oluyordu. Yedi aydır doğru düzgün konuşmadığı Asude'nin kendisinden bir şey istediğini daha önce hiç duymamıştı. Her zaman verilenle idare eden bu kadın şimdi bir başkası için neredeyse ona yalvaracaktı.

"Elimden bir şey gelmez, babam karar verdiyse kimse onu engelleyemez."

Kocasının sözlerine Asude dişlerini sıkarak cevap vermişti. "O zaman Asım Bey'e haber ver, kızının evlenmesini engelleyebilir." dediğinde Sedat şaşkın bir şekilde ona bakmıştı. "Asım Bey'in de bir şey yapabileceğini sanmıyorum. Yaren evine dönmeyeceğini söyleyerek babamın emri altına girmeyi kabul etmiş durumda. Ayrıca adam yeni ameliyat oldu ve ona bu haberi vererek sebebi olmak istemem." Sedat'ın sözlerinden sonra Asude'nin yüzü iyice asılmıştı. Sedat odadan çıkarken Yaren yeni yeni kendisine gelmeye başlamıştı. Tüm dünyası kararmış gibiydi. "Asude... Az önce ben yanlış duydum değil mi?" derken Asude üzgün bir şekilde başını sallamıştı. "Üzgünüm hayatım ama doğru duydun. Babam oldukça kararlı konuştu." Asude'nin sözleriyle şoke olan genç kız beklenenin aksine ağlamak yerine sinirli bir şekilde odasından çıkmış ve Cemal Bey'in odasının kapısını dahi çalmadan birden odaya dalmıştı. Cemal Bey karşısında dik bir şekilde duran Yaren'i görünce şaşırmıştı. "Bu da ne demek?" diye soran adam Yaren'in "Asıl bunu ben sormalıyım. Kocam

123

öleli daha bir hafta bile olmadı ve siz benim için hemen bir koca adayı buldunuz bile. Bu ne saygısızlık!" diye sesini yükseltince salondan geçen Yağız donup kalmıştı. Daha önce babasına bu şekilde kafa tutan birini görmemişti. Hele ki bir kadın babasıyla bu şekilde konuşamamıştı. Cemal Bey gururlu bir şekilde genç kıza bakarken Yaren onun bakışlarını göremeyecek kadar sinirliydi. "Bakın Cemal Bey... Ben asla sizin o şımarık oğlunuzla evlenmeyeceğim. Ömrümün sonuna kadar yalnız kalacağımı dahi bilsem kocamın kardeşiyle evlenemem. Bunu aklınızdan çıkarsanız iyi edersiniz. Ayrıca yarın babamın evine dönüyorum." dediğinde Cemal Bey'in son sözleriyle olduğu yerde çivi gibi çakılı kalmıştı.

Genç kızın bu ani çıkışını beklemiyordu. Onun sessizce kabul etmesini de beklemiyordu ama bu kadar öfkeli çıkış yapacağını tahmin edememişti. Ama Cemal Bey genç kızın son sözlerine dayanamayarak "Benim soyadımı taşıdığın sürece bu evden tek bir adım bile atamazsın!" dedi. Genç kız yutkunarak adama dönmüştü. "Siz... Siz..." dedi ve sustu. Cemal Bey oturduğu sallanan sandalyeden kalkarak genç kızın yanına yaklaşmıştı. Yaren titreyerek "Siz biliyor musunuz?" diye sormuştu. Gözünden akan yaşa engel olamamıştı. "Elbette biliyorum. Suat ile resmi nikâh kıydığınızı öğrenmeyeceğimi mi sandın?" diye sormuştu. Yaren bakışlarını adamdan çekmişti. Utanıyordu, neden utandığını bile bilmezken adamın yüzüne bakacak cesaretini kaybetmişti.

İki Hafta Önce

Suat uykusunda acı bir şekilde sayıklarken Yaren onu uyandırmaya çalışıyordu. Son birkaç gündür içinde garip bir his vardı. Gördüğü rüyalar genç adamın canını yakıyordu. Gözlerini açtığında karşısında endişeli bir şekilde Yaren'i gören Suat ona sıkıca sarılmıştı. "Şişştt sadece bir rüya. Sakin ol!" Suat ona daha sıkı sarılarak "Ben... Onu gördüm Yaren! O kadar gerçekti ki, beni çağırıyordu. Bu üçüncü oluyor. Sürekli bana gülümsüyor ve elini uzatarak ona gitmemi istiyor. O kadar gerçekçi ki ona doğru çekiliyorum Yaren. Bugün bir yere gitmeliyiz." Yaren ona şaşkınlıkla bakmıştı. "Nereye?" diye soran genç kız onun sözleri ile donup kalmıştı. "Bugün resmi bir şekilde karım olacaksın!" Yaren yutkunarak başını iki yana sallamıştı. "Bunu yapamayız... Yani bu olmaz..." dediğinde Suat onun sözünü keserek "Neden olmazmış. Sen benim karımsın Yaren. Ve bana bir şey olursa her şeyim sana ve Can'a kalacak. Bu şekilde ikinizi de koruyabilirim." dedi. Yaren onun sözlerini elini dudaklarına koyarak kesmişti. "Böyle konuşma lütfen. Sanki öleceğini ima ediyorsun, bu hiç hoşuma gitmiyor."

Suat ona üzgün bir ifadeyle bakarak "Ölürsem sakın üzülme tamam mı? Hatta senin hep gülmeni istiyorum. Şimdi bana bir söz vermeni istiyorum. Bana bir şey olursa Can... Ona iyi bakacaksın!" dedi. Genç kız tüm bedeninin ürperdiğini hissetmişti.

O gün erkenden kalkıp kahvaltı bile yapmadan merkeze inmişlerdi. Cemal Bey de bu durumu garip bularak onları takip etmesi için kâhyasını göndermişti. Kâhya onları devlet dairesine girerken gördükten sonra eve dönmüş ve Cemal Bey'e her şeyi anlatmıştı. Cemal Bey onların ne için gittiğini anlamış ve bundan gerçekten mutlu olmuştu. Aslında bu durum onu rahatsız ediyordu. Genç kızın yedi aydır evde oluşturduğu havayı daha önce hiç solumamıştı. Üstelik arkadaşının emaneti olan Yaren'in nikâhsız, yani sadece imam nikâhlı olarak oğlunun yanında kalması onun da canını sıkıyordu. Bu durum içini rahatlatmıştı. Yaren ise tedirgindi. O hâlâ Cemal Bey'in bu durum karşısında ne söyleyeceğini düşünüyordu. Ama Suat bunu düşünmüyordu bile. Sanki yangından mal kaçırır gibi Yaren ile resmi nikâhlarını kıydırmış ve sonrasında nüfus dairesine giderek oğlu Can'ın nüfus cüzdanını çıkardıklarında Yaren anne kısmına bakınca şaşırmıştı. "Ama bu yanlış... Suat bu doğru değil." dediğinde Suat ona bakarak "Neden doğru olmasın? Annesi yok ve Can'ı sen büyüteceksin. Bunda bir yanlışlık yok." Genç kız şaşkınlıkla ona bakıyordu. Doğurmadan anne olmuştu ki bu içinde farklı duygular oluşmasına neden olmuştu. "Ama..." dedi yeniden. Suat ise onun itiraz etmesine izin vermeyerek onu susturmuş ve "Onun annesi sensin. Eminim Neisha da bunu isterdi. Onun iyi bakılmasını istiyordu ve o bunun için kendi canını bile ortaya koydu." Suat'ın sözleriyle Yaren'in gözleri dolmuştu. Genç adam onun koluna girerek "Hadi bebeğimize bakalım." demişti.

Suat doğru söylüyordu. Neisha onların tarlasına çalışmak için gelen yabancı işçilerden biriydi. Suat ile işçiler arasında tanışmış ve deyim yerindeyse birbirlerini ilk görüşte sevmişlerdi. Suat onunla köyü bırakmaya bile hazırdı ama ne yazık ki kızın kötü talihi onun peşini bırakmamıştı. Hamile kaldığında Suat onu asla babasına gösteremeyeceğini, dahası gelini olarak kabul ettiremeyeceğini biliyordu. Neisha da bunun farkındaydı. O bahçede kendisi gibi yabancı kadınlara iyi gözle bakmazlardı. Bebeğin doğumunu beklemek isteyen ikili, zor geçen hamilelik dönemi yüzünden köyden ayrılamamıştı. Suat onu çok güvendiği yaşlı bir kadına emanet ederek eve geliyor, günün büyük bir bölümünde de yanında kalıyordu. Neisha onun bu kadar yıpranmasından hoşlanmıyordu. Sadece bebeği için gün saymak bile onu heyecanlandırsa da genç kadın oldukça zor saatler geçiriyordu. Yüksek tansiyon hastası oluşu ve doğum sırasında çıkan aksilikler nedeniyle üst üste bilincini kaybetmesi, tüm müdahalelere rağmen hayata gözlerini yummasına neden olmuştu. Neisha bunun farkında idi. Bu bebek onu öldürebilirdi ama o çocuğunu dünyaya getirmek istemişti. Suat için... Genç adam bunu elbette ki bilmiyordu. Bilse kesinlikle bebeğin doğmasına izin vermeyecekti. Neisha'nın ölümü Suat'ı allak bullak etmişti. Aradan geçen aylar boyu ölü gibi etrafta dolaşmış, büyük kaybın acısı onu yıpratsa da babasının zoruyla Yaren'i istemeye gittiklerinde artık nefes alamadığını hissetmişti. Köye girdiklerinde nefes almak için arabadan inmiş ve oradan uzaklaşmak isterken üzüntüyle hastaneye kadar gitmişti.

Orada gördüğü Yaren'in temiz yüzü içini ısıtsa da onu Neisha'nın yerine asla koyamazdı. Küçük çocuğu kucağına iliştirdiğinde genç kızın bakışlarındaki korkuyu unutamamıştı. Sonrasında ise babasının gazabından korktuğu için, Asım Bey'in evini sora sora bulmuştu. Orada tekrar Yaren'i görmesini, kaderin bir cilvesi olarak nitelendirse de genç kızın kendisinden daha iyi birini hak ettiğini düşünüyordu. Nitekim evlilikten kaçamayacağını da o kötü olayda – Asım Bey'in evinin basılması- anlamıştı. Düşünmekten başına ağrılar giren genç adam evlenmeden Yaren ile konuşmak istemiş ve alışverişe çıktıkları gün Yaren'e Neisha'dan ve küçük oğlundan bahsetmişti. "Ben çok üzgünüm Yaren. Sana söylemem gereken önemli bir şey var..." dediğinde genç kız merakla onun sözlerini dinliyordu. Nereden bilebilirdi ki onun da aynı tarz bir konuşma yapmak isteyeceğini.

"Bak, bu çok zor... Anlatması da, senin bunu kabullenmen de. Eğer kabullenmezsen anlayabilirim..." dediğinde gerçekten genç kız bu cümlenin sonunu merak etmeye başlamıştı. "Ben seni bir eş olarak göremem, en azından şimdilik... Sana alışmama izin vermelisin. Ben... Daha yeni birini kaybettim. Üstelik bir de..." dedi ve Yaren'in şaşkın bakışlarına odaklandı. Genç kızın derin nefes aldığını görünce o da şaşırdı. "Bu harika!" diyen genç kız arkasına rahat bir şekilde yaslanmıştı. "Bu gerçekten rahatlatıcı oldu. Ben de aynı şeyi söyleyecektim. Üzgünüm Suat ama sana karılık yapabilecek cesaretim yok. En azından senin de dediğin gibi sana alışana kadar. Ben her zaman sevdiğim adamla evlenmeyi hayal etmiştim. Ama olayları sen de biliyorsun ve bu babamı mutlu edecekse seni sevmek için çabalamak istiyorum." Suat şaşkınlıkla ona bakıyordu. "Peki, çocuğu olan bir adamı sevebileceğine emin misin?" Yaren son sözlerle olduğu yerde çakılı kalmıştı. Farkında olmadan "Çocuk mu?" diye fısıldadı. Suat üzgün bir şekilde ona bakmıştı. Onun için üzülen Yaren ne diyeceğini bilemiyordu. Yine farkında olmadan "Neden onun annesi ile evlenmiyorsun?" diye sormuştu. Suat yutkunarak bakışlarını onun yosun yeşillerinden ayırmıştı. "Bunu yapamam. İstesem de bunun için çok geç. O çocuğumu dünyaya getirirken öldü!" dediğinde genç kız nefes alamadığını hissetmişti.

İşte yine olmuştu. Kendi annesi de kardeşinin doğumu esnasında ölmüştü. Genç kız daha küçük bir çocuktu ve küçük anne olmuştu. O acı yine içinde kıpırdamıştı. Bakışlarını kaçırarak Suat'ın içindeki yaşları görmesini engelleyen genç kızın "Kız mı, erkek mi?" diye sorması Suat'ı gerçekten şaşırtmıştı. "Erkek!" Yaren bakışlarındaki hüznü ondan saklamayarak "Bana birkaç gün ver lütfen!" dedi ve Suat'a konuşma hakkı tanımadan hızla oradan uzaklaştı. Genç adam arkasından bakarken onun ne kadar hayal kırıklığına uğradığını anlayabiliyordu. Ama elinden bir şey de gelmiyordu. Oğlunu korumak zorundaydı ve bu kızı da korumak istiyordu. İstediğinin ne kadar zor olduğunu biliyordu. Tek isteği Yaren'i bir gün sevebilmekti. Ama bu imkânsız gibi görünüyordu.

Cemal Bey sert bakışlarını Yaren'e çevirmişti. Sesi o kadar kendisinden emin çıkıyordu ki Yaren ürpermişti. "Benim adımı taşıyorsun. Sen benim gelinim ve oğlumun karısısın ve oğlum olmadığına göre senin geleceğinden ben sorumluyum. Bu evlilik bu akşam olacak!" dediğinde Yağız babasının sözleriyle olduğu yerde çakılı kalmıştı. Ama daha sonra duydukları onu daha da şaşırtmıştı. "Yani şımarık oğlunuzla evlenmemi istiyorsunuz? Sizce bu benim geleceğim mi? İki kardeşin eşi olmak benim geleceğim öyle mi? Peki Yağız efendi bu duruma ne diyor? Eminim yengesiyle evlenmekten hoşlanmayacaktır. Kaldı ki onunla evlensem bile ona karılık yapmayacağımdan emin olabilirsiniz. Oğlunuzun dölsüz kalmasından hoşlanacak mısınız?" dedi.

Yağız son duyduklarıyla öfkelenmişti. Ama odaya girerse işlerin daha da kötü olacağından emindi. Babasının sinirini iyi bilirdi. Hızla oradan ayrılırken Cemal Bey'in son sözlerini duyamamıştı. O sözler Yaren'in içini delip geçerken bir yandan da ayakta durabilmek için tutunacak yer arıyordu. "Siz..." dedi. Ama ona bir şey söyleyemedi. Cemal Bey ise ona sevgi dolu bir sesle yaklaşarak "Yaren, kızım, güzel gelinim. Sen bu evin neşesisin. Senin burada kalman demek, yine etrafında dolanan gözlerin olacağı anlamına geliyor. Dul kalman bir şeyi değiştirmez. Sen öyle büyülüsün ki, dul kaldığını öğrenince senin için yeniden gelecek kişiler olacaktır."

Cemal Bey genç kızın şaşkın yüzüne bakıyordu. O an için yüzünü parçalamak istemişti. Bu güzelliği yüzünden bir türlü rahat edemiyordu. Ne babası ne de... Ne de Suat... Kız fısıltıyla "Bunu size kim söyledi? Bunu nereden biliyorsunuz?" diye sormuştu. Cemal Bey onun yanağından akan yaşı silerek genç kızın yüzünü iki eli arasına almıştı. Onun ağlamasına dayanamıyordu. Sonra çekmecesini açarak içinden bir zarf çıkarmış ve genç kızın eline tutuşturmuştu. Yaren şaşkın bir şekilde zarfa bakarken içinden o zarfı açmaması gerektiğini biliyordu. "Bu nedir?" Cemal Bey genç kızın sorusuyla üzülmüş ve zor çıkarabildiği sesiyle "Oğlumun bana bıraktığı son emanet. Onu oku ve kararını ver!" dedi. Yaren titreyen ellerindeki zarfa bakmıştı. Gözleri yaşaran genç kız hızla odadan çıkarak kendi odasına geçmiş, hüngür hüngür ağlamaya başlamıştı.

En son Suat ile evlenmesi istenildiğinde böyle ağlamıştı. Tarih tekrar ediyordu. Yine ağlıyordu ve yine evlenmek istemediği için ağlıyordu. Yanında uyuyan bebeği uyandırmamak için elini ağzına bastıran genç kız Suat'a "Bunu bana neden yapıyorsun? Sana söylemiştim... Sana olmayacağını söylemiştim... Bu yüzden mi benden o yemini aldın?" diye kendi kendine sorarken yanındaki bebeğin ağlamasıyla o da ağlamasını şiddetlendirmişti. Yağız bu sırada odasından çıkmış düşünceli bir şekilde aşağıya inecekken Yaren'in odasından gelen ağlama sesi ile dişlerini sıkmıştı.

Hızla babasının odasına giren genç adam, Cemal Bey'in tepkisini çekmişti. "O kapıyı boş yere taktırmadık oraya, kapıyı tıklatmayı öğrenmeni kaç kere söyleyeceğim?" Yağız babasının sözlerini duymuyordu bile. "Bu evlilik meselesinden vazgeç baba. Allah aşkına, hangi zamanda yaşıyoruz biz? Böyle âdetler mi kaldı?" diye sorarken Cemal Bey, oğluyla Yaren'in ne kadar da ortak noktalarının olduğunu düşünmeye başlamıştı. "Bu iş olacak. Neden bu kadar zora sokuyorsun? Arasan onun gibi eş bulamazsın Yağız." dediğinde genç adam öfkeden âdeta deliye dönmüştü. "O Suat'ın karısı. Neden bunu bize yapıyorsun? O kız odasında ağlıyor şimdi. İkimize de bunu yapamazsın!" diyerek odadan geldiği hızla çıkmıştı. Sonra Yaren'in odasına aynı sinirle girerek yatağa uzanmış, gözleri yaşlı Yaren'in korkuyla yataktan sıçramasına neden olmuştu. "Sen ne yaptığını sanıyorsun? Bu odaya bu şekilde giremezsin!" diye sinirlendi Yaren. Yağız ise onu kolundan tutmuş ve "Gidiyoruz!" diyerek çekiştirmeye başlamıştı. Yaren ne olduğunu anlayamıyordu, dahası evdeki herkes Yağız'ın bu tepkisine anlam verememişti. Yaren kolunu kurtarmaya çalışsa da Yağız'ın onu bırakmak gibi bir niyeti yoktu.

Sedat kardeşinin davranışına şaşırsa da bir şey söylememişti. Asude bir adım öne atılınca Sedat onun kolunu yakalayarak "Bırak konuşsunlar!" demiş ve onu durdurmuştu. Genç kadın üzgün bir şekilde Yaren'in arkasından bakarken, hâlâ kolunu tutan kocasından kolunu kurtarmış ve yukarıdan gelen bebek sesiyle odaya çıkmıştı. Sedat babasının merdivenlerin üzerinden olanları seyretmesine ve hiçbir şey söylememesine şaşırsa da bir şey diyemedi. Cemal Bey hiçbir şey olmamış gibi odasına çekilirken Yağız, Yaren'i arabaya bindirmiş ve nereye gideceğini dahi bilmediği bir yola sokmuştu. Yaren susmuştu, biliyordu ki ne söylese dinlemeyecekti. Sadece kaderine razı gelerek onun arabayı nereye götürdüğüne bakıyordu. Kasabanın yol ayrımına geldiğinde ise arabayı kenara çekerek genç kıza dönmüştü. Yaren ona bakmıyordu bile. Yağız dişlerini sıkarak "Hangi tarafa?" diye sorunca Yaren şaşkınlıkla ona bakmıştı. "Anlamadım?" diye soran genç kız, bakışlarını ona dikmişti. Karanlık arabanın içinde bile parlayan yosun rengi gözleri, şimdi öfkeliydi. Yağız onun bu öfkesi karşısında duraksamıştı. Sonra cesaretini toplayarak "Babanın evi ne tarafta?" diye sorunca Yaren şaşkınlıkla ona bakmıştı.

Yağız ise onun şaşırdığını fark etmiş olsa da devam etmişti. "Seni babana geri götürüyorum. Duyduğum kadarıyla oldukça güçlü biri ve seni babamdan koruyabilir!" Genç kız şaşkınlığın verdiği sinirle gülmeye başlayınca Yağız şaşırmıştı. Yaren artık laçkalaşmış sinirleri yüzünden kendisine engel olamıyordu. Kahkahayla gülmeye devam ederken Yağız onun kesinlikle delirdiğini düşünmeye başlamıştı. Tam bir şeyler söyleyeceği sırada genç kızın bir anda gülmeyi keserek yüzüne yerleştirdiği öfke dolu bir ifadeyle konuştu.

"Senin çözümün bu mu? Yani beni babama geri vereceksin ve evlenmekten kurtulacaksın. Beynin bu kadar az mı çalışıyor senin? Ne yani babam benden bıktığı için mi Suat ile evlenmemi istedi? Bu mu yani tek çaren? Suat öldü ve artık özgürsün... Ben babamın evine dönmek isteseydim senin beni kaçırır gibi getirmene gerek kalmazdı. Suat gerçekten akıllı olduğunu söylüyordu ama görüyorum ki yanılmış. Sende zerre kadar akıl yok!"

Genç adam onun bu ağır sözlerine sinirlenmiş ve kolunu sertçe yakalayarak "Ne yani, sen evlenmeyi kabul mü edeceksin? Kocanın kardeşiyle evlenmekten rahatsız olmayacak mısın? Yoksa beni bu köyden kaçış yolu olarak mı görmeye başladın?" dediğinde Yaren öfkeyle ona sert bir tokat savurmuştu. Ani gelen tokadı engelleyemeyen Yağız öfkelense de kendisini tutmayı başarmış ve kadınlara vurulmaz kuralını çiğnememişti.

Yaren kanının hızlı akışı ve yakıcı öfkesiyle arabadan inerken, geldikleri yöne doğru geri yürümeye başlamıştı. Yağız dişlerini sıkarak bu kadının ne yapmaya çalıştığını anlamaya uğraşıyor ama davranışlarına bir anlam veremiyordu. Bu durum genç adamın daha da öfkelenmesine neden oluyordu. Buna izin veremezdi. Arabayı sert bir şekilde ters yöne çeviren Yağız, onun önünde ani fren yaparak durmuş ve tıpkı onun gibi arabadan öfkeli bir şekilde inmişti. "Bundan başka bir çıkış yolun var mı güzelim yoksa sen de diğer köylü kızları gibi boş kalmaktansa kocamın kardeşini alırım diyenlerden misin?"

Yaren yutkunmadan edememişti. Bu adamın dilinin ayarı yoktu. Bakışlarını ona diken genç kız hiçbir şey söylemeden ilerlemeye devam ediyordu. Yağız'ın bir bakıma bu konuda haklı olduğunu biliyordu. Kendisi de bu gibi olayların olduğunu, hatta bazı kadınların baba evine dönmektense kaynıyla evlendiğini duymuştu. Ama asla kendisinin başına bu gibi bir olayın geleceğini düşünemezdi. Yağız saçlarını çekiştirerek onun arkasından bakarken karanlık yolda ilerleyen Yaren titremeye başlamıştı. Korkuyordu. Bu yollar hiç tekin değildi. Yağız ise bir süre duraksadıktan sonra onun gözden kaybolduğunu fark etmiş ve endişeli bir şekilde arkasından gitmişti. Arabanın farlarının aydınlatabildiği her yere bakan genç adam onu görememişti. Etrafında daha dikkatli bakan Yağız arabadan inerek deli gibi onu arıyordu. "Yaren!" diye bağıran genç adam, bu karanlıkta onun başına bir şey gelmesinden ve buna sebep olmaktan korkuyordu. Genç kadına seslenen Yağız cevap alamayınca dehşete düşmüştü. Karanlıkta göz gözü görmezken o endişeli bir şekilde tarlaya uzanan tek patikaya girmişti. Tek umudu onun da bu yoldan gitmiş olmasıydı. Cırcır böceklerinin uyuz eden sesinden başka bir ses duymayan genç adam, onu bulamayınca bir küfür savurarak arabaya dönmüştü. Dişlerini öyle bir sıkıyordu ki tüm çenesi ağrımaya başlamıştı.

Eve dönmeden önce onu aramaya devam eden genç adam, onu bulamayacağını anlayınca korku dolu bir yüz ifadesiyle büyük konağa kadar gelmişti. Babası onun tek geldiğini görünce sinirlenerek "Yaren nerede?" diye sormuştu. Yağız ne söyleyeceğini bilemiyordu. "Onu kaybettim!" dediğinde herkes korku dolu gözlerle ona bakmıştı. Ama beklenen çıkış Sedat'tan gelince herkes şoke olmuştu.

Yağız'ın sözüne sinirlenen Sedat sinirle kardeşinin yüzüne okkalı bir yumruk atmış ve "Bıktım senin bu sorumsuzluğundan. Onu nasıl tek başına bırakırsın? Bu kadar düşüncesiz olmak için mi o kadar sene okudun? Başına bir şey gelirse inan senin de canın yanacak!"

Abisinin çıkışına şaşıran genç adam, yumruk yiyen yanağını tutarak konuştu. "Ona bu kadar değer verdiğini bilmiyordum. Belki de onunla sen evlenmelisin!" Asude şoke olmuş bir şekilde Yağız'a bakarken Sedat daha da öfkelenerek bir adım öne çıkmıştı ki, fark ettiği şeyle olduğu yerde duraksamıştı. Asude onun sözlerine sinirlenerek kocasından önce davranmış ve Yağız'a tokadı yapıştırmıştı. Yağız bu kez gerçekten şaşırmıştı. Yengesi, onu gözünden sakınan yengesi ilk kez birinin canını yakmaya kalkışıyordu. Yağız içinden, bu evdekilerin nesi var böyle, neden birden şamar oğlanına döndüm, diye söylense de Asude gözünden akan yaşa dikkat

133

etmişti. "O bize Suat'ın emaneti. Onu yalnız gören köylüler ne yapacak haberin var mı? Sen... Sen ne yaptığının farkında değilsin!" diyen kadın endişeli bir şekilde kocasına dönmüştü.

"Bul onu... Allah aşkına, başına bir şey gelmeden bul onu!" dedi. İkinci kez Asude ondan bir şey istiyordu ve yine Yaren içindi. Sinirle kapıya yönelirken Yaren'i gören genç adam duraksamış ve derin bir nefes alarak öfkesi ve endişesini yansıttığı sesiyle "Sen nereye kayboldun? Bunu nasıl yaparsın?" diye sorunca gözler kapıya yönelmişti. Yaren hiçbir şey söylemeden Cemal Bey'in yanına giderek elini öpmüş ve gözüne dolan yaşları geri iteleyerek dik bir şekilde "Tamam, kabul ediyorum. Ama size söylediklerim geçerli! Siz istediğiniz için değil, Suat'a yemin ettiğim için sizin şımarık oğlunuzla evleneceğim ama benden daha fazlasını istemeyin. Ne benden ona kadın, ne de ondan bana koca olacak. Zamanı gelince görevimi yaparak onu evlendireceğim ve sonrasında babamın evine döneceğim. Sizden tek istediğim bu zaman boyunca Can benimle kalsın. O bana Suat'ın emaneti." dediğinde Yağız donup kalmıştı. Genç kız Cemal Bey'in kendisine sarılmasına fırsat dahi vermeden, çalışanlardan birinin kucağında olan Can'ı alarak odasına çıkmıştı. Yağız donup kalmıştı. Bunu nasıl kabul ederdi? Bu asla olamaz... O kabul etti ise babasının kararına asla karşı çıkamayacağının farkındaydı.

"Ben kabul etmiyorum. Buna göz yumamam!" diye söylendiğinde Sedat sinirli bir şekilde cevap verdi. "Sana cevap hakkı tanıyan olmadı. Şimdi odana çık ve o kızı hak etmek için nasıl bir iyilik yaptığını düşün."

Abisinin sesi oldukça katı çıkmıştı. Bu şekilde konuştuğunda tıpkı babasına benziyordu. "Hak etmek mi? Benim hak ettiğim ağabeyimin karısı mı yani?" Sesi o kadar öfkeliydi ki ne diyeceğini, bu işin içinden nasıl çıkacağını bilmiyordu. Asude endişeli bir şekilde Yaren'in odasının kapısını çalarken Yaren "Kimseyi görmek istemiyorum." diye kapıya seslenmişti. Asude'nin odaya girmesine fırsat vermeyen Yağız sert bir şekilde kapıyı açmış ve içeri girerek sertçe kapıyı Asu-

de'nin varlığını dahi fark etmeden kapatmıştı. "Sen ne yaptı-
ğını sanıyorsun? Evlenmek istemek de ne oluyor?" dedi sert-
çe. Yaren yatağın üzerinden ağır bir hareketle kalkarak ona
yaklaşmıştı. "Ne o, korkuyor musun? Yoksa ağabeyinin karı-
sıyla evlenmek hoşuna gitmeyecek mi? Belki de hep böyle bir
arzun vardır. Tıpkı benim kocamın kardeşiyle evlenmek iste-
diğim gibi bir arzu!" dediğinde Yağız donup kalmıştı. Kendi
silahıyla vurulmak bu olsa gerekti. Kendi sözleri dönüp dola-
şıp yine kendisini bulmuştu. Dişlerini sıkan genç adam öfkeli
bir şekilde "Bu nikâh olmayacak. Seninle evlenmeyeceğim.
Asla karım olmayacaksın!" dedi. Yaren ona sırıtarak "Bak bu
doğru, seninle sadece imam nikâhımız olabilir. Seninle resmi
bir şekilde evlenmek aklımın ucundan bile geçmiyor. Dahası
sana karılık yapmak gibi bir niyetim de yok. Sadece kendim
ve şu küçük bebek için bu iğrenç öneriyi kabul ediyorum…"

Yağız onun sözleriyle irkilmişti. Şimdiye kadar elde ede-
meyeceği bir kadın olmamıştı. Dahası ona yaklaşan hep kız-
lar olmuştu. Ama bu kadın tek bir beğeni göstermek bir yana
dursun ondan iğreniyordu. Kaderine razı olan yabani bir kıs-
rak gibi ona bakışlarını dikmişti. Onun ehlileştirilmesine ola-
nak yoktu.

"Peki o zaman, bunu sen istedin. Madem evlilik, o zaman
evlenelim. Bu şekilde bana bulaştığına pişman olacaksın."
Kapıya sinirli bir şekilde giderken duraksayarak "Tabii ikinci
kadın olarak bir evde yaşamaya razı gelebilirsen bu senin bi-
lebileceğin bir iş. Şu anda kız arkadaşımla yaşadığımı bilmen-
de fayda var!" Genç kadın onun sözlerinden etkilenmiş gibi
durmuyordu. Dahası o tam kapıdan çıkacağı sırada "Güzel o
zaman. Desene sana kız istemeye giderken fazla yorulmaya-
cağım. En azından elimin altında bir tane damızlık olacak."
dediğinde genç adam donup kalmıştı. Kanı beynine sıçrayan
Yağız ona sert bir şekilde dönerken sesindeki öfke elle tutulur
cinstendi. "Bu da ne demek? Sen neden bahsediyorsun?" diye
sorarken genç kız ona alayla bakmıştı. "Bu kadar saf olamaz-
sın değil mi? Abinden de mi örnek alamayacak kadar körsün.

Benden çocuğun olamayacağına göre, yeni bir kadın almak senin hakkın. Hatta bu kadını seçmek de benim görevim. İnan bana bunu büyük bir zevkle yapacağım. Sonra da..." dedi ve sustu. Sözlerini tamamlamak nedense içinden gelmemişti.

"Evet, sonra da?" diye ona soran genç adam bakışlarını ona dikmiş cevap bekliyordu. Yaren ise ona aldırış etmeyerek yatağa yürümüş ve "Çıkarken kapıyı ve ışığı kapat..." demişti. Yağız onun bu umursamaz tavrına delirmiş bir şekilde odadan çıkarken kapıyı sertçe kapatmıştı. Yaren onun çıkmasıyla gözünde sakladığı yaşı serbest bırakarak sessizce, doyasıya ağlamaya başlamıştı.

Yağız başına gelene inanamıyordu. "Buraya hiç dönmemeliydim." Sürekli bunu tekrarlarken aklına Suat gelmişti. Ağabeyi... O bunu nasıl yapardı? Bunu bir türlü aklı almıyordu. Yatağında dönüp duran Yağız, oradan kaçıp gitmeyi ve bir daha bu aileye dönmemeyi bile düşünmüştü. Bu sırada çalan telefonunu açan Yağız, gece geç saatte arayan sevgilisinin "Beni neden aramadın Yağız?" sorusuyla yatakta doğrulmuştu. Evet, arayacaktı ama o kadar çok şey olmuştu ki Özlem'i aramayı unutmuştu. Yağız derin bir nefes alarak "Özür dilerim, seni aramak tamamen aklımdan çıkmış!" dediğinde genç kız sinirle ona bağırmıştı. "Ne demek aklımdan çıktı? Ne yani oraya gidince beni hemen unuttun mu? Yoksa ailene benden bahsetmedin mi?" Yağız düşünmeye başlamıştı. Ondan bahsetmek mi? Buna hiç fırsatı yoktu ki! Dahası Özlem ile evlenebileceğini düşünürken ölen ağabeyinin eşiyle, yengesiyle evlenecekti. Bu nasıl bir çelişkiydi. Evlilik kararını babasına söyleyecekken babası ona eş olarak dünya güzeli... Hayır hayır... Bu şekilde düşünmemeliydi. O kızın güzelliği su götürmez bir gerçek olsa da kendisini ilgilendirmiyordu. Kesinlikle Yaren'i kabul edemezdi. Başını iki yana sallarken kulakları neredeyse sağır olacak kadar çınlamıştı. Özlem onun dalgınlaşmasıyla birkaç kez seslenmiş ama cevap alamayınca deyim yerindeyse Yağız'ın adını çığlık atarak bağırmıştı. Yağız kulağını ovalarken "Özür dilerim, dalmışım." deyince

Özlem bir şeyler döndüğünün farkına vardı. "Yağız bir sorun mu var? Neden benimle bu kadar mesafeli konuşuyorsun?" diye sordu. Genç adam derin bir nefes alarak ona cevap vermişti. "Gerçekten çok yorgunum ve burada işler çok karıştı. Ağabeyimin eşiyle ilgili sorunlar var ve sanırım onu da yanımda götürmek zorunda kalacağım!" dediğinde Özlem'in kahkaha atarak ona tepki vermesine donup kalmıştı. Yağız bu tepki karşısında şaşırsa da duyduğu sözlerle duraksamıştı. "Ne yani bizim evimizde yengenle mi kalacaksın?" Genç kadının sesinden kızgınlığının ne kadar büyük olduğu anlaşılabiliyordu. Yağız ise dalgın bir şekilde "Bir de yeğenimle…" Özlem bu kez gerçekten sinirlenmişti. "Eğer onları buraya getirirsen inan bana sana bunu ödetirim. Bu evde ikimizden başka kimse olmayacak. Beni anlıyor musun Yağız?" Özlem sesinin sert çıkmasını önemsemediği belli olan bir tonla telefonu genç adamın yüzüne kapatmıştı.

Yağız sinirlenerek yatağının kenarına oturup hayatının ne yöne doğru kaydığını anlamaya çalışıyordu. Özlem bunu kesinlikle kabul etmeyecekti. Böyle giderse onu kaybedeceğini elbette ki biliyordu. Onunla birlikteliği üç yıl olmak üzereydi ve bu zaman zarfında çok şey paylaşmışlardı. Babasına da karşı gelemeyeceğinin farkında olan Yağız şu anda okulunu düşünmek istiyor ancak düşünceleri birkaç kapı ötede uyuyan genç kıza takılıyordu. Ellerini saçlarına götürerek çekiştiren genç adam bağırmamak için kendisini zor tutuyordu. Kazasız bir şekilde atlatması gereken tezinin teslim tarihi ve sonrasında birkaç sınavın başarılı olması için elinden geleni yapacaktı. Evet, bunu yapmalı ve artık Cemal Ağa'ya bağımlı kalmamalıydı. Ne kadar kendisine engel olacağını söylese de onun da engel olamayacağı yerler vardı. Üstelik okulunda da oldukça başarılı bir öğrenci ve doçent asistanıydı. Şimdi bile okulda kalabilecek kadar bilgiye sahipti. Hocaları ondan övgüyle bahsederken, onun başarısından kimsenin haberi yoktu. Sadece ailesi için bu işe evet diyebilirdi ama birden aklına Yaren'i ilk gördüğü an gelmişti. Bakışlarını nedense onun gözlerinden alamamıştı. Genç kadın âdeta denizde ayağına dolanan yosun misali gözleriyle onu hapsetmiş ve kıpırdamasını engellemişti.

Saat gece ikiyi gösteriyordu. Odasından çıkarak avluya inmek isteyen genç adam temiz hava almak için derin derin solumaya başlamıştı. Merdivenleri indiği sırada mutfaktan duyduğu sesle irkilince sessizce mutfağa yönelmişti. Mutfakta bir elinde bebek olan Yaren'i görünce kısık gözlerle onu izlemeye başlamıştı. Yaktığı mumdan gelen hafif ışıkla ısıtmaya çalıştığı sütü tezgâhın üzerine koymaya çalışıyordu. Bunları yaparken de kucağındaki küçük çocuk ağlamasın diye ona melodi gibi sesiyle sessizce güzel sözler fısıldıyordu. Yağız'ın onu izlediğinin farkında bile değildi. Işığı yakmadığına göre kimseyi rahatsız etmek istemiyor olmalıydı. Bu ona göre çok erdemli bir davranış olsa da hafif ışıkta yanlış bir şey yapabilirdi. Sonrasında elini ışığı açma düğmesine götürerek ışığı yakmıştı. Yaren bir an boş bulunarak korksa da Yağız oralı olmayarak, hatta onu fark etmemiş gibi uykulu davranarak dolaba doğru ilerlemişti. Tam dolabı açacağı sırada Yaren'in sinirli bakışlarıyla karşılaşan genç adam neyi yanlış yaptığını anlayamamıştı. Tek istediği ona aydınlık bir ortam oluşturmaktı. Genç adam kaşını kaldırarak söz söylemeden sadece "Ne oldu?" anlamında ifadesini değiştirmişti. Genç kız öfkesini gizlemeyerek "Eğer ışığı açmıyorsak bir bildiğimiz var değil mi?" diye söylenmişti. "Işığı açtığımda senin burada olduğunu bilmiyordum yengeciğim!" Yaren imalı ve bir o kadar alaycı bir ifadeyle "Sence oradan bakınca o kadar aptal mı görünüyorum? Yaklaşık on dakikadır kapıda duruyordun. Ne o yoksa içerideki kişinin kim olduğunu anlaman için sana on dakika mı gerekiyor? Bu kadar zayıf hafızan olduğunu bilmiyordum…" dediğinde genç adam yutkunmadan edememişti. Bu kadının başının arkasında gözü mü var, diye düşünmeden edemeyen genç adam ona cevap vermemişti. Sonrasında yine diline hâkim olamayarak "Sana da iyilik yaramıyor, ne hâlin varsa gör!" diyerek hızla mutfaktan çıkmak istediği sırada Yaren de ona laf sokar gibi "Senin iyiliğin buysa bir daha yapma çok rica ederim. Uykulu çocuğun gözlerini açtığın ve bu gece beni uykusuz bıraktığın için de ayrıca çok teşekkür ederim..." diyerek arkasından söylenmişti. O kadar sinirliydi ki sesinin yüksekliğini ayarlayamamıştı.

Gece namazına kalkan Cemal Bey odasından çıkmış ve Yağız'ı sinirli bir şekilde odasına çıkarken görmüştü. Birkaç dakika sonra da kucağında bebekle Yaren'i görünce derin bir iç çekmişti. "Bu ikisini ne yapacağım ben? Başıma ne işler açtın oğlum?" diye söylenmişti. Bu sırada da Yaren onu fark etmiş ve gözlerini kaçırarak odasına doğru ilerlemeye başlamıştı.

Yaren'in bu şekilde davranmasına hak verse de bu canını sıkıyordu. Genç kız odasından içeriye girdikten beş dakika sonra kapısı hafif bir şekilde tıklatılmıştı. Yağız'ın gelmiş olabileceğinden çekinerek kapıya ağır adımlarla yaklaşsa da ondan korkmadığını kendisine telkin ediyordu. "Evet?" diye seslenen genç kız Yağız'ın sesiyle irkilmişti. Derin bir nefes alan Yaren bu adamın cüretine inanamıyordu. Genç adama kapıyı açmadan önce "Ne istiyorsun gecenin bu saatinde?" diye sormuştu. "Kapıyı açar mısın? Sana yardımcı olmak istiyorum." Genç kız bir an yanlış duyduğunu düşünerek kapıyı açmıştı. Alaycı bakışları genç adamın üzerinde gezinirken hafif bir gülümsemeyle "Bana nasıl yardım etmeyi düşünüyorsun, gerçekten çok merak ettim?" dediğinde Yağız izin alma gereği bile duymadan odaya girmiş ve gözleri cam gibi parlayan bebeğin yanına giderek onu kucağına almıştı.

Yaren onun ne yapmaya çalıştığını anlayamıyordu, genç adamsa bebeği alarak kapıya yönelmiş ve tam Yaren'in önünde durarak "Benim uykum yok ona bir süre bakabilirim. Bu sırada sen de biraz dinlen. Gözlerinin altı çöktü. Çok çirkin duruyorsun." dediğinde Yaren donup kalmıştı. Fark etmeden eli yüzüne giderken Yağız onun yüz ifadesine gülmemek için hızla odadan çıkmış ve koridordan giderken "Yeğenimle biraz vakit geçirmek benim de hakkım." diye söylenmişti. Yaren onun arkasından bakarken aklı son sözlerinde kalmıştı. İlk kez biri ona çirkin olduğunu söylemişti ve bu genç kızı inanılmaz mutlu etmişti. Elini yüzünde gezdirirken gülmemek için kendisini zor tutuyordu. Çirkin, dedi kendi kendine. Uykusu bir anda açılmıştı. Sözde onun dinlenmesi için bebeği almıştı ama genç kız uyuyabileceğini sanmıyordu.

Sabah olunca evin bahçesinde bir gürültü duyulmuştu. Genç kız kucağında bebekle aşağıya indiğindeyse karşısında babası ve amcasını görmeyi beklemiyordu. Asım Bey olanları duymuş ve öfkelenerek Cemal Bey'e hesap sormaya gelmişti. Yaren'i gören Asım Bey "Hazırlan kızım eve gidiyoruz!" dediğinde Yaren gözyaşlarını tutamamıştı. Kucağındaki bebeği yanındaki çalışan kıza vererek hızla babasına sarılmıştı. Biliyordu ki babası onu asla bırakmayacaktı. Asım Bey kızının düğününden bir hafta sonra ciddi bir ameliyat geçirmişti. Son zamanlarda iyi olmasına rağmen hâlâ dikkat etmesi gereken şeyler vardı. Yaren babasının boynuna doladığı kollarını daha da çok sıkarken amcası da onun sırtını sıvazlıyordu. "Hadi güzelim, hazırlan da evimize gidelim!" dedi. Genç kız bu kez amcasına sarılmıştı. Ama hiç beklenmedik bir şekilde geri çekilen Yaren babasına ve amcasına ıslak gözleriyle bakıyordu. "Bunu yapamam baba, amca!" dediğinde Asım Bey'in yüzü kireç gibi olmuştu. Sonrasında sinirli sesi tüm evi inletmişti. "Ne demek yapamam? Ne yani, kocanın kardeşiyle evlenecek misin?" Asım Bey'in sinirlenmesi üzerine genç kız tekrar babasına sarılmıştı. "Sinirlenme baba, lütfen sana bir şey olmasına dayanamam…" Asım Bey kızının acısını içinde hissederek sesini yumuşatmıştı. "Ben sana gözüm gibi baktım. Seni bu şekilde görmeye dayanamam. Hazırlan da gidelim kızım." dedi.

"Buna izin veremem. Yaren hiçbir yere gitmiyor. Ayrıca seninle konuşacaklarımız var Asım!" diye arkadan duyulan Cemal Bey'in sesi ortalığı daha da kızıştıracak gibi görünüyordu. Yaren araya girerek "Önce babamla benim konuşmam gerek." Cemal Bey'e yalvaran bir ifadeyle bakan gözleri onun içini deliyordu. Cemal Bey bir şey söylemeden sadece başıyla onay vermişti. Asım Bey hiç de yatışacak gibi durmuyordu. Yaren babasının koluna girerek onu küçük salona kadar götürmüş ve odanın kapısını kapatmıştı. Herkes o odada konuşulacakları merak etse de, konuşmayı tek tahmin edebilecek kişi Cemal Bey'den başkası değildi.

Yaren babasının karşısına oturmuş ve derin bir nefes alarak konuşmaya başlamıştı. "Lütfen izin ver de kararı ben vereyim baba. Lütfen. Sadece birkaç ay, bilemedin yıl... Ama inan bana eve döneceğim!" dediğinde Asım Bey şaşkın bir şekilde kızına bakmıştı. "Ne yani evlenecek misin? Kocandan sonra onun kardeşiyle olmaya nasıl razı olursun? Bu benim kızım olamaz..." dediğinde Yaren'in acı içinde söylediği son sözler Asım Bey'i şoke etmişti.

9. BÖLÜM

$\mathcal{A}$sım Bey duyduklarını sindirmeye çalışırken Yaren devam ediyordu. "Ben resmi olarak Suat ile evlendim. Lütfen baba, bu yükü üzerimden atmam için kardeşinin hayatını bir düzene sokarak ondan ayrılacağım. Bana zaman ver ve onun da bir yuva kurmasını sağlayıp geri döndüğümde bana yeniden kucağını aç..." dediğinde güzel kızının kaderine inanamayan Asım Bey gözünden akan yaşa engel olamamıştı. Gözünden bile sakındığı kızı nasıl olur da böyle bir talihsizlik yaşayabilirdi! Buna inanmak gerçekten canını yakıyordu. Gözyaşı akarken kızına sarılınca genç kız da ağlamaya başlamıştı. Sadece aklında genç kızın sözleri vardı. Dahası Suat'ın bir oğlu olduğunu da yeni öğrenmiş ve öfkeden deliye dönmüşü. Sadece kızının dudağından çıkan iki kelimeyi düşünüyordu. Tek tesellisi o iki kelime olmuştu.

İçeriye girmelerinin üzerinden bir saat geçmişti. Yağız odanın etrafında dönüp duruyordu. Tek dileği babasının Yaren'i alıp götürmesi ve bu evliliğe mani olmasıydı. Ama aradan bir saat kadar vakit geçince ister istemez o da endişelenmişti. Asım Bey'i tanımadığı için onun kızına eziyet edeceğini düşünmeye başlamıştı. Şu anda gergin olan bedeni yerinde durmak bir yana kendisine yönetilen bakışların da farkında değildi.

Sedat kardeşini ilk kez bu kadar gergin görmüştü. Ama gerginliğinin nedenini tam olarak anlayamıyordu. Sonrasında ise Sedat onun kendisine yaklaşarak "İçeri gireli çok oldu, babası kıza bir şey yapmaz değil mi?" diye sorduğunda Sedat neredeyse kahkaha atacaktı. Asım Bey onun gördüğü en ilgili babaydı ve kızı onun en değerli varlığıydı. Değil onun canını yakmak, onun için canını gözünü kırpmadan feda edebilirdi ama kardeşine inat olsun diye "Belli olmaz. Belki de kıza işkence yapıyordur." dedi. Yağız, ağabeyinin son sözleriyle gerilirken Sedat'ın sesindeki alaycı tonu fark edemeyecek kadar sinirlenmişti. Sinirli bir şekilde merdivenleri çıkarken Sedat şaşkınlıkla arkasından bağırmıştı. "Nereye?" Yağız ona cevap vermek bir yana onu duymamıştı bile. Küçük salonun kapısına geldiğindeyse hiç beklemeden kapıyı sert bir şekilde açmıştı. Asım Bey kapının açılmasıyla irkilirken, Yaren sedirde babasının kucağına başını koymuş ağlamaktan ve gecenin yorgunluğundan uyuyakalmıştı. Yağız karşısında gördüğü manzarayla şaşırmıştı. Genç kızın saçında babasının eli öylece uyuyordu. Oldukça da huzurlu görünüyordu.

Mahcup olan genç adam içinden ağabeyine saydırırken Asım Bey'in kendisine yönelttiği dik bakışlarıyla yutkunmadan edemedi. Asım Bey genç adama sert bir şekilde "Sana adap öğretmediler mi?" diye azarlayınca genç adam Yaren'in karakterini kimden aldığını anlamıştı. Yine de bakışlarını Asım Bey'den kaçırmayarak "Özür dilerim ama içeriden uzun zaman çıkmayınca bir şey oldu sandım." dediğinde Asım Bey'in bakışları hemen yumuşamıştı. Ama bu yumuşama Yağız'ın sözlerinden çok dizlerinde yatan kızının yüzüne çevirdiği bakışları neden olmuştu. Kızına sevgiyle bakan Asım Bey, Yağız'a bakmadan "Evlenmeyi kabul ettiği delikanlı sen misin?" dedi. Yağız ani gelen soruyla gafil avlanmıştı. O da bakışlarını masum bir çocuk gibi babasının kucağında uyuyan genç kıza çevirmişti. Farkında bile olmadan "Evet!" diye yanıt veren genç adam Asım Bey'in sözleriyle şaşırmıştı.

"Umarım ağabeyin gibi yapmazsın! Onun değerini bilemeyeceksen zamanı geldiğinde onu bana gönder. Kızım benim her şeyimdir ve ona küçük bir zarar verdiğini ve onu üzdüğünü duyarsam inan bana babanın en yakın arkadaşım olmasını umursamadan ben de senin canını yakarım." Yağız ne cevap vereceğini bilememişti. Bu kız yüzünden herkesten azar işitiyordu. Babasından, ağabeyinden ve çok sevdiği ve hayatta kimseye zarar veremeyeceğini düşündüğü Asude yengesinden... Genç adam ne cevap vereceğini bilmiyordu. Sadece dürüst olmak istiyordu. "Bakın Asım Bey, benim kızınızla evlenmek gibi bir niyetim yok. Biliyorsunuz ki o rahmetli ağabeyimin karısı ve neden bu saçma öneriyi kabul ettiğini dahi bilmiyorum."

Asım Bey karşısındaki genç adamı baştan aşağıya süzmüştü. Ama daha önce dikkat etmediği bir şeyle gerçekten irkilmişti. Yutkunarak "Sen Suat'a çok benziyorsun!" dediğinde Yağız gerilmişti. Genç adam içinden, acaba benimle ağabeyime benzediğim için mi evlenmek istiyor, diye geçirmeden edememişti. Bu düşünce tüm bedenini öfkeyle sarsmıştı. Evet, sırf ona benzediği için istenmek ona ağır geliyordu. Bu kadarı da fazlaydı. Sonra düşüncelerinin ne yöne kaydığını fark edince yüzü beyazlamıştı. Asım Bey onun değişen ifadelerini dikkatle izliyordu. Onun bakışlarından nasıl biri olduğunu az çok anlayabiliyordu. Tek dileği kızının yeniden bir hayal kırıklığı yaşamamasıydı.

Yağız, Asım Bey'in sözleriyle deyim yerinde ise beyninden vurulmuşa dönmüştü. "Senin çocuğun yok değil mi? Sonradan kızımın başına bir bebek daha kalmasını istemiyorum." dediğinde Yağız yutkunarak ve kendisinin bile beklemediği bir hızla "Hayır." diye ona cevap vermişti. "Bunu da nereden çıkardınız?" diye soran genç adam Asım Bey'in alaycı bir ifadeyle "Eee ne de olsa şehirde yaşıyorsun ve ağabeyin gibi biri köy yerinde çocuk yapmayı başardıysa senin yapmana şaşırmam..." deyince beklenmedik bir ses ikisinin germeye çalıştığı ortamı yumuşatmıştı. "Babacığım lütfen!"

Yaren gözlerini hafif araladığında başı hâlâ babasının

kucağında ve gözleri de tam karşıda duran Yağız'ın gözlerindeydi. Yağız onun bakışlarındaki ifade yoğunluğunda boğulacak gibi hissetmişti. Sonra genç kızın ağır bir hareketle babasının kucağından kalktığını izlemişti.

"Lütfen baba. Bu konuyu fazla karmaşık hâle getirme. Şu anda tek önemli olan benim buradan bir süre uzaklaşmam. Ayrıca Can'ı ben evlenmeden önce de biliyordum. Yani Suat benimle evlenmeden önce bir oğlu olduğunu bana söylemişti." dediğinde Asım Bey ve Yağız şoke olmuştu. "Buna rağmen onunla evlenmeyi kabul ettin öyle mi?" diye sorulan soru Yağız'ın da merak ettiği bir soruydu. Kimin sorduğuna bakınca sesin kendisine ait olduğunu anlaması ile gerilmişti. İçinden düşündüğünü dışa vurmuştu. Yaren ise ona bakarak "Evet." diye yanıt vermişti. Yağız onun bu kadar kolay cevap vermesi karşısında onun ağabeyine deli gibi âşık olduğunu düşünmüştü. Bu can sıkıcı durum ne zaman bitecekti?

Yaren ağır hareketlerle ayağa kalkarak babasının elini öpmüştü. "Beni anlayacağını biliyordum. Teşekkür ederim babacığım..." Yağız genç kızın babasıyla olan samimi ilişkisine şaşırmıştı. Sonra farkında olmadan "Seni anlamak mı? Bu da ne demek oluyor? Sen... Sen babanla dönmüyor musun?" diye sormuştu. Yaren başını hafif bir şekilde Yağız'a çevirerek "Benim ağzımdan söz bir kere çıkar, evleneceğimizi söylediysem evleneceğiz. En azından ortalık durulana kadar."

"Ya sonra? Ya sonra ne olacak? Ya ortalık hiç durulmazsa?" diye sert bir şekilde genç kıza soran Yağız ondan aldığı cevapla şaşırmıştı. "Merak etme, kimse kısır bir kadınla evlenmek istemez..." Yağız sürekli beyninde "Kısır!" sözünü tekrarlıyordu. Bu da ne demekti?

Yaren dün gece karanlıkta bir süre yürüdükten sonra karşısına çıkan birkaç yaşlı kadının uyarısıyla bu evlilik kararını almıştı. Bu köyden ayrılmalıydı ya da şu iğrenç yüzünü kezzap döküp yakmalıydı. Bunu yapmıyorsa tek nedeni babası ve kardeşiydi. Onların da acı çekeceğini bildiği için ikinci seçenek ona daha mantıklı gelmişti: bu şımarık adamla evlenmek...

Asım Bey kızını ilk kez bu kadar ciddi görüyordu ve nedense ona istediğini yapması için izin verecekti. Ama geri döndüğünde onu yeniden kabul edeceğini de kızına hissettirmeliydi.

Yağız başına gelenlere inanamıyordu. Ağabeyinin anlattığı karısı ile karşısındaki kadın aynı kişi olamazdı. Oldukça dik başlı olan genç kız söz dinleyecek gibi durmuyordu.

Genç kadın babasının koluna girerek devam etti. "Hadi aşağıya inelim, amcam merak etmiş olmalı. Ona da düşüncelerimi anlatırsan sevinirim babacığım." Yağız şaşkınlıkla onları izliyordu. Asım Bey'in bakışlarındaki sevgi elle tutulacak kadar görülebiliyordu. Tekrar Yağız'a dönen Asım Bey kızına bakmadan "Emin misin kızım onunla evlenmek istediğine?" diye sorduğunda Yağız babasının kolunda gülümsemeye çalışan ama acı çektiği belli olan genç kıza bakıyordu. "Merak etme babacığım, sana söylediğim gibi olacak ve zamanı geldiğinde evime geri döneceğim..." dediğinde Yağız'ın içi öfkeyle dolmuştu. Bu kız onu ne sanıyordu böyle? İstediğinde gelip, sıkıldığında çekip gideceği bir liman mı? Buna izin veremezdi. Demek evlenmek istiyordu. Onun isteğini kabul edecekti ve günü geldiğinde ona bu sözlerini yutturacaktı.

Bu sırada kapının çalınmasıyla içeriye çekinikçe giren Songül, ağabeyine bakmadan Yaren'e bakmış ve "Yenge imam efendi geldi, babam sizi çağırıyor..." dediğinde Yaren ne diyeceğini bilememiş, Yağız da şoke olmuştu. "Bu kadar çabuk mu?" diye sorarken Cemal Bey'in sesi konakta yükselmişti. Gelini ve oğlunu çağırıyordu. Ama aşağıya indiklerinde onları bir sürpriz beklediğinden habersizlerdi. Yaren çekinik bir şekilde babasına bakarken adam ona yapmaması için başını sallamıştı. Genç kız yanağından süzülen yaşın iki adamın da içini parçaladığını bilemezdi. Belki babasının acısını tahmin edebilirdi ama Yağız ilk kez bir kadının gözünden dökülen samimi yaşlar karşısında çaresiz kalmıştı. İçinden dua ediyordu. Bu evlilik olmasın diye ama aşağıdan evde yankılanan Cemal Bey'in sesi hafife alınacak gibi değildi.

Yaren aşağıya indiğinde Cemal Bey'in yüzü asılmıştı. Bunun nedenini bilmeyen Yaren hemen öne çıkarak "Bizi çağırtmışsınız babacığım?" diye sorduğunda Cemal Bey onun içten sözüne hemen yumuşamıştı. Bu kızın ağzından *baba* kelimesini duymak hoşuna gidiyordu. Ve Yağız... O da babasıyla bu kadar samimi konuşan birini daha görmemişti. Kendi kardeşi bile babasına bu kadar samimi konuşamıyordu. "Geç kızım. Size bir haberim var ve bu benim hiç hoşuma gitmedi." dediğinde Yaren merakla ona bakıyordu. "Sizi dinliyoruz efendim?" diyen genç kız Yağız'a söz hakkı tanıyacak gibi değildi. Cemal Bey ise sıkıntılı olarak iki gence bakmıştı. "Öncelikle bu hiç hoşuma gitmese de evlenmeniz için bir süre beklemek zorundayız." Babasının sözleriyle Yağız derin bir rahatlama yaşamıştı. Onun rahatlamasını gören Yaren ise tam bir kaosa sürüklenmiş gibiydi. Bu köyden uzaklaşmak istiyordu. "Neden babacığım?" diye soran genç kız, kendisine yönelen bakışların farkındaydı. Şu anda evlenme meraklısı gibi göründüğünü biliyordu ama bunu umursamayarak sorusunu sormuştu.

"Kızım şu anda senin nikâhın kıyılamaz, yeniden evlenmen için birkaç ay beklemek zorundasın..." dediğinde genç kız yine herkesi şaşırtan bir soruyla Yağız'ın tepkisini çekmişti. "Ne kadar süre beklememiz gerekiyor peki?" Yağız onun sorusu ile genç kıza ters bir bakış atarken "Seni duyan da bir an önce evlenmek istediğini düşünecek..." diye ona imalı birkaç cümle söylemişti. Yaren hiç oralı olmayarak ona dönmüş ve gözlerinin içine bakarak, "Bu köyden çıkmak için senin gibi aptal biriyle evlenmeye bile razı olmuş birine bu kadar kaba davranmak zorunda değilsin. Dul kalmış olabilirim ama ben senin hâlâ yengenim ve bana saygılı davranmak zorundasın!" dediğinde oradaki herkes şoke olmuştu.

Sedat kendisini tutamayarak başını kimsenin görmeyeceği bir tarafa çevirerek gülümsemesini saklamaya çalışmıştı. Ama yanılmıştı. O an yine Asude ile göz göze gelince içinden bir şeylerin koptuğunu hissetmişti. Asude kocasının eskisinden daha sık gülümsediğini görünce içi biraz acımıştı. Yıllarca etrafında genç adamın asık suratla dolaşmasının nedenini hep merak etmişti. Belki de kendisiyle evlendirildiği içindi bu mutsuzluğu. Üstelik ona bir erkek evlat dahi verememişti. Bu düşüncelerle başını çevirince Seher ile göz göze gelmişti. Asude onun varlığını kabul etmek istemese de bunu yıllarca kızı için yapmıştı. Asla ikinci kadın olabilecek bir kadın değildi ve asi tarafını hep bastırmak zorunda kalmıştı. Seher'in eve getirildiği o günü hatırladı bir anda. Yüzü beyaza kesmişti. O an ölmek istiyordu ama kimseye tek bir söz bile söyleyememişti. Kızı henüz küçüktü ve onu elinden almalarından korkuyordu. Oysa kızı olduğunda ne kadar da sevinmişti. Hatta Sedat'ın da ilk doğumda sevindiğine inanıyordu ama Seher'in eve getirilmesiyle bu inancını yitirmişti. Öyle ki ikinci eşinin alınması ile kocasının yüzünü dahi zor görmeye başlamıştı. Akşam geç geliyor ve sabah da erken çıkıyordu. Kocasının arkasındaki gizli destek olmuştu. Yüzü asılan genç kadın oradan ayrılırken kendisine yönetilen bakışlardan habersizdi. Cemal Bey, Yaren ile Yağız'ın tartışmalarını dinlerken sıkılmış ve başını çevirmişti. Asude onun ilk gelini ve bu evin annesiydi. Cemal Bey onu aldığı güne her zaman şükrediyordu. Seher'in eve gelmesiyle bu genç kadının hayatının altüst olduğunun farkındaydı.

Genç kadın merdivenin dibinde şaşkınlıkla etrafı izleyen kızının elini tutarak odasına doğru ilerlerken Cemal Bey'in "Asude!" diye seslenmesiyle duraksamıştı. Genç kadın gözüne gelen yaşları akıtmamayı başararak sahte bir gülümsemeyle "Efendim Beyim!" dediğinde Cemal Bey hayal kırıklığı yaşamıştı. Onun son birkaç aydır kendisine *baba* dediğini hatırlayınca genç kadının yine bir şeye kırıldığını anlayarak "Hazırlan kızım, yarın annene gideceksin!" dedi. Cemal Bey'in sözleriyle genç kızın gözleri bir anda parlamıştı. Son birkaç aydır onları görmüyordu. Bakışlarını Sedat'a çevirmişti. Sedat sinirliydi. Çünkü babası kendi düşünemediğini düşünerek değer verdiği tek kadını mutlu edebiliyordu. Bakışlarını genç kadından kaçıran Sedat hiçbir şey söylemeden odasına çıkmıştı. Artık onun da yalnız kaldığı bir odası vardı. Sedat odasına girer girmez kapıyı sertçe kapatınca herkes bir anda irkilmişti. Ama Seher buna seviniyordu. Çünkü bu davranışların Asude'nin bu evden ayrılacağına işaret ettiğini düşünüyordu.

Sedat odasının içinde sinirle dönerken kendisine saydırıyordu. Bu kadarı ona ağır gelmeye başlamıştı. Hayatında en değer verdiklerini kaybetmeye başladığını biliyordu. İçinden bir ses bu gidişin bir dönüşü olmayacak diye çığlık atarken "Lanet olsun!" diye odasını dağıtmaya başlamıştı. Bu oda bomboş bir odaydı. Yalnız kaldığı sürece bu oda sadece duvarlarla kaplı soğuk bir odaydı.

Yaren kendisine öfkeyle bakan Yağız'a dikti gözlerini. İkilinin tartışması çok uzamıştı ve Yaren ne kadar sakin ise Yağız da o kadar öfkeliydi. Bir süre herkes susmuştu. Ama bu sessizliği Cemal Bey bozarak konuşmaya başlamıştı. Asım Bey de kızının bu kadar asi olduğuna ilk kez şahitlik ediyordu. Onunla yeniden gurur duymuştu. Evet, kızı kendisini bu yakışıklı gence ezdirmeyecekti. Herkes gibi Asım Bey de kırk yıllık dostunu dikkatle dinliyordu. Derin bir nefes alan Cemal Bey "Şu anda evlenmeniz mümkün görünmüyor. Ne dinen ne de resmi olarak evlenemezsiniz. Ama bu evlenmeyeceğiniz anlamına gelmiyor." dediğinde Yağız hiçbir şey anlayamamıştı.

"Dinen evlenemeyeceğimizi anladım ama neden resmi olarak nikâh kıyılamıyor onu anlayamadım?" diye soran genç adam aslında herkesin merak ettiği bir soruyu sormuştu. Ama soruya Cemal Bey değil de onun dikkatle baktığı Yaren cevap vermişti. "Çünkü Suat ölmeden önce biz resmi nikâh kıymıştık. Yani ben de artık bir Aksoy'um." dediğinde herkes şoke olmuştu. Asım Bey bile bunu bilmiyordu. Babasına bunu söylemeyen Yaren bakışlarını ona çevirince, kızının neden eve dönemediğini anlamıştı. Bu duruma sevinmesi gerekirken kızı için içi acıyordu. İyi ki Cüneyt burada değildi. Bu altı ay içinde oldukça büyümüş ve fikirleri değişmişti. Ablasına olan düşkünlüğü ise gün geçtikçe artmıştı. Evli olması genç

149

adamı durduramıyordu. Her fırsatta ablasının yanına gelen genç adam, babasının onu şehirde bir yatılı okula vermesiyle onu uzaklaştırması Yaren'in de canını sıkmıştı. Yağız duyduklarıyla şok geçirirken Sedat da odasından sinirini çıkarmış merdivenlerden aşağıya iniyordu. Son duyduklarıyla o da şoke olmuştu. "Suat evlendi mi?" diye sorarken herkes Sedat'ın sesine dönmüş ve onun tepkisini merak etmeye başlamıştı. Bunun ne demek olduğunu herkes biliyordu. Oradaki herkes Suat'a ait olan her şeyin Yaren'e kaldığının farkındaydı ve şirket yöneticisi olarak Sedat'ın tutumu çok önemliydi. Sedat ise Yaren'in yanına ağır adımlar ile yürüyerek ilerlerken Yağız herkesin şaşkın bakışları arasında ve kendisinin bile farkında olmadığı bir şekilde Yaren'in önüne geçmişti. Bu gerçekten çok şaşırtıcıydı. Sedat'ın ona zarar vereceğini düşünmesi ise Sedat'ı şaşırtmıştı. Gözleri kısık bir şekilde kardeşinin karşısında duran Sedat, arkadan şaşkın bir şekilde Yağız'ın sırtına bakan Yaren'in bakışlarını görebiliyordu.

Asım Bey bile onun bu davranışına şaşırmıştı. Yağız, ağabeyinin gözlerine odaklanarak "Aklından ne geçiyor bilmiyorum ama sakın ona dokunma!" dediğinde herkes nefesini tutmuştu. Sonra ne yaptığını fark eden genç adam geri adım atmak için geç olduğunu düşünerek derin bir nefes almış ve aynı derinlikte vermişti. Sedat beklenmedik bu çıkış karşısında alaycı bir şekilde kaşlarını kaldırarak "Ona dokunursam ne yapmayı planlıyorsun? Unutuyorsun galiba ben senin ağabeyinim." dediğinde sesi biraz sert çıkmıştı. "Olabilir… Ağabeyim olman ona dokunmana izin vereceğim anlamına gelmez. Özellikle bana emanet ise…" dediğinde herkes ikinci şokunu yaşamıştı. Bunu nasıl ağzından kaçırdığını düşünen Yağız geri dönüşü olmayan bir konuşmanın içine çekildiğini hissediyordu.

Yaren ise son duyduklarıyla âdeta yeninde donup kalmıştı. İçinden, bu da ne demek, diye sorular sorarken Sedat'ın yeni bir soru sormasını engelleyip Yağız'ın kolundan sert bir şekilde tutarak akşamın çökmek üzere olduğu bu vakitte onu büyük avludan dışarıya sürüklemeye başlamıştı. Yağız hiçbir şey söylemeden onunla giderken asıl amacı ağabeyinin sorularından kaçmaktı. Kimse onları takip etmemişti. Cemal Bey ise oradaki herkes gibi şaşkındı. İçinden, acaba Suat ona da kendisine itiraf ettiklerini söylemiş olabilir mi, diye geçirirken birden içini farklı bir telaş sarmıştı. Bunu şu anda kimse öğrenmemeliydi.

Sinirlenen Yaren konaktan biraz uzaklaştıktan sonra sert bir şekilde Yağız'ın kolunu bırakarak "Bu da ne demek?" diye sormuştu. Sesindeki öfke hissedilecek şekildeydi. Yağız ise ona bakarak kaşlarını havaya kaldırmış ve "Anlayamadım?" diye karşılık vermişti. Yaren onun alaycı ifadesine karşın iyice ona yaklaşarak karanlıkta öfkeli yosun rengi gözlerindeki tehdidi görmesini sağlayıp "Bana aptal muamelesi yapma. Köyde yaşamış olabilirim ama sandığından daha zeki olduğumu bilmeni isterim. Az önce söylediğin saçmalıktan bahsediyorum." dediğinde "Hangisi?" diye genç adam yine soruya soruyla karşılık vermişti.

Yaren daha da sinirlenerek parmağını sertçe onun alnına vurdu. "Eğer bana hemen cevap vermezsen sana yapacağım eziyetlere katlanmak zorunda kalırsın!" Yağız kendisini tehdit eden Yaren'in kendine olan özgüveni karşısında şaşırmıştı. Bu kız asla geri adım atmayacağı gibi aklına koyduğunu da yapmaya alışmış gibi görünüyordu. Ama Yağız da ondan aşağı kalır değildi. "Demek beni tehdit ediyorsun? Pardon ama neyine güvenerek benimle bu şekilde konuşuyorsun?" diye sorduğunda Yaren ona cevap bile vermeden arkasını dönerek "Sen bilirsin!" demiş ve hızlı adımlarla oradan uzaklaşmaya başlamıştı. Yağız içinden saydırırken bu kızın bu şekilde gitmesinin yeni bir dert anlamına geldiğini hissederek sesini yükseltip ona cevap vermişti. "Son telefon konuşmasında bana karısına sahip çıkmamı söylemişti." Yağız bunları neden söylediğini bilmiyordu ama Yaren onun sözleriyle olduğu yerde kalakalmıştı. Bu kadarı da fazlaydı.

Suat neden böyle bir şey yapmıştı ki? Sonra odada kendisine kitap okurken yaptığı yorumlar karşısında kocasının sözlerini hatırlamıştı: *"Eminim Yağız ile çok iyi anlaşırdın! Bazen onunla konuşuyormuş gibi hissederken bazen de onun muhalefeti gibi davrandığını hissediyorum."*

Genç kız ürpererek içindeki kuşkuları yok etmeye çalışmıştı. Sonra ona arkasını dönmeden genç adama "Onun sözlerine aldırış etme, ben kendime sahip olabilirim. Ama korkarım seninle şehre gelmek zorundayım. En azından birkaç ay ya da ayrı da kalabilirim. Sadece bu köyden gitmeliyim..." dediğinde Yağız onun bu isteğine anlam veremiyordu.

Sözlerini bitiren genç kız arkasına bile bakmadan hızla konağa doğru yürümüştü. Konağa geldiğinde babası ve amcası hâlâ oradaydı. Cemal Bey onun bahçe kapısından içeri girmesi ile derin bir nefes almıştı. Onlara doğru ilerledikçe Sedat da bakışlarını onun üzerinde yoğunlaştırmıştı. Ama ona sadece Sedat değil ayrıca Seher de duyduklarının şokunu yaşayarak kıskançlıkla bakıyordu. İçini bir korku kaplarken Yaren'in evdekiler tarafından ne kadar sevildiğini görebiliyordu. Üstelik şimdi de resmi olarak aile üyesiydi. Asude kızını uyuttuktan sonra yeniden avluya çıktığında Sedat bakışlarını karısına çevirmişti. Gergin bir hava vardı ve Asude bunu hemen hissetmişti. Yaren çalışan kızlardan birinin kucağında uyuyan küçük Can'ı alarak yanağına hafif bir öpücük kondurmuştu. Sonra da babasına "Ben onu yatırıp geliyorum..." derken bahçe kapısından içeriye giren Yağız ile göz göze gelmişti. Yaren'in aksine onun yüzü oldukça düşünceliydi.

Yağız genç kızın neden bu köyden kaçar gibi gitmek istediğine anlam veremiyordu. Ama Cemal Bey ve diğerleri bunu anlayabilecek kadar onu iyi tanımaya başlamıştı. Merdivenlere doğru yönelen genç kız Sedat'ın sesiyle duraksamıştı. "Yaren!" dedi sertçe. Ama o seste hiç kızgınlık yoktu. Aksine bir iş adamının soğuk sakinliği vardı. Sanki ciddi bir iş konuşacağı birine seslenmişti. Yaren ise diğerlerinin aksine Sedat'tan korkmuyordu. Aksine ona karşı bir sempatisi bile vardı. Onu gözlemleyecek çok zamanı olmuştu. Az da olsa onun hareketlerinden ne yapmak istediğini anlayabiliyordu. Bazen de onun acemi bir adam gibi davranışlarına gülmekten kendisini alamıyordu. Üstelik bu davranışlar sadece Asude'nin yanında gerçekleşirken Asude'nin bunu fark etmemesi onu daha da eğlendiriyordu.

Sedat'a bakan genç kız gözlerini ondan kaçırmayarak "Efendim ağabey?" dediğinde Sedat ilk kez onun kendisine ağabey dediğini fark etmişti. Genelde adıyla hitap ederdi. Bazen onu uyardığı zamanlar olurdu. Kendisine kardeşi gibi *ağabey* ya da *beyim* demesini istemiş ama Yaren inatla ona Sedat demeye devam etmişti. *Bu unvanlar hak edenlere söylenir,* diye onunla zıtlaşırdı.

"Can'ı yatırdıktan sonra seninle konuşmak istiyorum." dediğinde Yaren hafif gülümseyerek ona bakmıştı. Başını sallayarak odasına doğru ilerlerken yüzünde buruk bir gülümseme vardı. Yağız bu kızın cesaretine inanamıyordu. O da Sedat'ın neden Yaren ile konuşmak istediğinin farkındaydı. Suat bunu önceden düşünmüştü ve Yağız ile paylaşmıştı. Ama ikisi de ağabeylerini tam olarak iyi tanıyamamıştı. Onlar sürekli Sedat'ın sert yüzüyle karşılaşmıştı. Kim derdi ki Sedat gibi bir adam kardeşinin cansız bedenine sıkıca sarılıp ağlayacak, ölü olduğunu bilmesine rağmen gözünü açması için ona yalvaracak diye...

Onun yumuşak kalbini sadece Asude biliyordu. Gerçi ona da pek yumuşak davranmamış olsa da kocasını iyi tanırdı. Belki de pişmanlığını bildiği için onu bırakıp gidemiyordu. Ama az önce Asude de Yaren ile Suat'ın evlilik haberini öğrenmesi ile hem sevinmiş hem de hemen kocasına bakmıştı. O da korkmaya başlamıştı. Söz konusu şirket olunca kocasının gözü hiçbir şey görmüyordu. Aslında kocasına hak veremeden de edemiyordu. Evliliğinden beri sabah erken çıkıp gece eve hep geç gelerek şirketi küçük bir ofisten oldukça büyük bir hâle getirmişti. Yine de babasının kurmuş olduğu bu şirket üzerinde kardeşlerinin de hakkı vardı ve bunu asla inkâr etmemişti.

Yaren, küçük Can'ı odaya bırakıp geldiğinde Sedat ona bakarak "Beni takip et." demişti. Kimse onlara karışmıyordu. Cemal Bey bile bir şey söyleyememişti. Tek bildiği Yaren'in akıllı bir kız olduğu ve Sedat'ın onu kandıramayacağıydı. Yeniden üst kata çıkan ikili endişeli bakışlardan habersizdi. Ama Sedat bu bakışların farkındaydı. En çok da kehribar renge dönmüş olan Asude'nin bakışlarındaki endişe onun içini acıtıyordu.

Üst katta boş olan bir odaya giren ikili kapının kapanmasıyla sesli ortamdan iyice ayrılmıştı. Sedat ne kadar rahatsa Yaren de o kadar rahattı. Belki de o evdeki en rahat kişi Yaren'di. O da endişeli bakışların farkındaydı. Yine de Sedat'a güvenmeyi tercih ediyordu.

"Seni dinliyorum ağabey." dediğinde Sedat bakışlarındaki hafif yumuşamayla ona döndü. "Bu unvanı hak etmediğimi söylemiştin." dediğinde Yaren de onun alaycı sözlerine alaycı bir karşılık vermişti. "O senin de ağlayabildiğini görmeden önceydi." Sedat onun zekice cevabı karşısında gülümsemiş ve kendiyle alay eder gibi "Ağladım değil mi?" diye söylenmişti. Yaren onun bu hâline gülümseyerek "Hem de hüngür hüngür." dedi.

Sedat bu konuşmayı devam ettirmek için odada bulunan ahşap işlemeli masaya dayanmış ve kollarını göğsüne bağlayarak "Eee... Ne yapmayı düşünüyorsun?" diye sormuştu. Yaren onun neyi sorduğunun farkındaydı. Ama yine de "Ne hakkında?" diye sormuştu. "Senin aptal olmadığını biliyorum Yaren. Bu yüzden konuya açık bir şekilde gireceğim." dediğinde Yaren kaşlarını kaldırarak onu dinlediğini göstermişti. "Suat ile evlendiğine göre bütün hisseler sana ve oğluna kalıyor. Bu biraz erken olabilir ama bu konu hakkında konuşmalıyız." Yaren sadece başını sallayarak ona onay vermişti. Sedat ise devam etmişti. "Şirkette çalışmayı düşünüyor musun?" Ani gelen bu soru karşısında afallayan genç kız yutkunmadan edememişti. Ondan böyle bir soru beklemiyordu. Aksine hisseleri isteyebilir diye düşünüyordu. "Be... Ben

mi?" dediğinde genç adam onun bu tutuk hâline gülümseme-
den edememişti. "Neden şaşırdın? Yoksa sen de diğerleri gibi
hakkında gözüm olduğunu mu düşündün?" diye sorunca
Yaren utanmıştı. "Aslında bu şekilde değil. Ben... Ben sade-
ce bir bayan olarak şirkette çalışmamın uygun olmayacağını
söylemeni bekliyordum." Sedat ona inanmaz gözlerle bak-
mıştı. Ama bu kez Yaren onu şaşırtarak "Aslında ben seninle
anlaşmayı düşünüyordum." demişti. Sedat kaşlarını kaldıra-
rak ona bakıyordu.

"Anlaşmak mı? Ne konuda?"

"Ben... Yani bu işlerden anlamam. Ama makul bir para
koşuluyla hisseleri sana devredebilirim..." dediğinde genç
kız aslında içindeki son şüphe tohumlarını yok etmeye çalı-
şıyordu. Hisseleri elden çıkarması söz konusu bile olamazdı.
Ama ne var ki Sedat kendisinin bile anlayamadığı bir sertlikle
"Bu söz konusu bile olamaz. O hisseler kardeşimindi ve şim-
di de sana ve oğluna kaldı. Ama onları yönetebilirim ve her
ay size açılacak olan hesaba kazancınızı yatırabilirim. Onları
bana satman söz konusu bile olamaz." dediğinde Yaren ona
minnetle bakmıştı.

Sedat farkında olmadan sınavı başarılı bir şekilde geçer-
ken, Yaren içindeki mutlulukla ağlamaya başlamıştı. Tam
da bu sırada endişelenen Asude odaya izinsiz girerek Ya-
ren'in ağladığını görünce dayanamayarak sinirli bir şekilde
kocasının karşısına dikilmişti. Sedat ve Yaren onun bu tav-
rına şaşırırken, Asude'nin sözleri Sedat'ın kalbini bıçak gibi
kesip parçalara ayırmıştı. "Bunu neden yapıyorsun? O kadar
önemli mi şirket senin için? Neden bu kadar aç gözlüsün? En
azından Suat'ın ölüsüne saygı duysaydın! Bu kadar alçalabi-
leceğini ve üç kuruşluk bir hisse için bu kadar..." Asude o
kadar öfkeliydi ki karşısında onun sözleriyle acı çeken adamı
fark edememişti. İlk kez ona karşı geliyordu. İlk kez kocası-
na bu kadar sert konuşuyordu ve yine kahretsin ki başkası
içindi. Sedat o an düşündüğü tek şeyi söyleyivermişti. "Senin
on beş yıllık kocanım. Demek ki beni hiç tanımaya bile ge-

rek görmemişsin!" dediğinde Asude donup kalmıştı. Dahası Sedat'ın sözleri ikisinin de canını müthiş yakmıştı. "Ben..." diyen genç kadın onun sessiz bir şekilde odadan çıkışını izlemekten başka bir şey yapamamıştı. Yaren de onun bu tavrıyla şaşırmıştı. İkinci kez Sedat'ın gözlerinde nemi görmüştü. O gözler ağlamamıştı ama canının yandığı o kadar belliydi ki onun yerine kendisinin ağladığının farkında bile değildi. Onun odadan çıkışıyla Asude elini yüzüne kapatarak yere çökmüş ve ağlamaya başlamıştı. Yaren onun yanına giderek ona sarılınca Asude neden bu odaya geldiğini hatırlamış ve bir anda toparlanmaya çalışarak Yaren'in yüzüne ellerini koyarak "Sakın korkma. Sana dokunmasına izin vermeyeceğim. Gerekirse onunla ben uğraşırım ama güven bana Sedat sana dokunamayacak!" dediğinde genç kız bu kadar sevildiğinin farkına varınca gözünden bir damla daha yaş akıtmıştı.

"O benden bir şey istemedi. Aksine ben ona vermeye kalkınca kızdı. Abla keşke dinleseydin önce!" dediğinde Asude yüzünü asarak acı içinde gülümsemişti. "Bunu biliyordum. Yapamayacağını biliyordum ama yine de ona güvenemedim!" diye fısıldamıştı.

Sedat ise içinde yanan kor ateşle odanın kapısını sertçe kapatırken kapının menteşeleriyle kopmaması büyük bir şanstı. İrkilen Asude hıçkırarak ağlamaya başlamıştı. "Bu kez kesinlikle kaybettim!" diye hıçkırarak ağlamıştı.

10. BÖLÜM

*F*ırtınalı geçen bir gecenin sabahında her yer dalga geçer gibi sakin ve göz alıcı şekilde parlak görünüyordu. Derin bir sessizlik çökmüştü koca konağın üzerine. Kimisi kaybedişin kimisi zafer kazanmışlığın sarhoşluğuyla yeni güne gözlerini aralarken günün ne getireceğinden habersizdi.

Yaren sabah erkenden kalkmış Can'ın mamasını hazırlamak için mutfağa inmişti. Mutfağa gitmesi için büyük avlunun ortasından karşıya geçmesi gerekiyordu. Büyük konakta mutfak bölümü ayrı olarak düşünülmüştü. Merdivenlerden indikten sonra üzüntüyle derin bir iç çekmişti. Güneş ışınlarının sıcaklığı donmuş ruhuna işlesin diye başını hafif kaldırdığındaysa bahçe kapısına dalgın bir şekilde bakan Sedat'ı görmüştü. Onun neden dikkatli bir şekilde kapıya baktığını anlayamasa da yüzü oldukça solgun gelmişti genç kıza. Can'ın sesini duyunca ona bakmayı bırakan Yaren hızla odasına gitmişti. Odaya girdiğinde gördükleri karşısında şaşırmıştı doğrusu. Sadece on dakika çocuğun yanından ayrılmıştı ama bu on dakika içinde nasıl olduysa Yağız onun odasında bitmişti. Küçük bebeği kucağına almış onu susturmaya çalışıyordu.

Yaren onun bu aldırmaz tavrına sinirlenerek odanın kapısını sert bir şekilde kapatmıştı. Kapının çarpmasıyla arkasını

157

dönen genç adam karşısında Yaren'in kızgınlıktan koyu ye-
şile dönen gözleriyle karşılaşmıştı. Yutkunmadan edemeyen
genç adam sakinliğini korumaya çalışarak "Ne oldu?" diye
safça sorduğunda genç kız onun bu sorusuyla neredeyse kah-
kaha atacaktı. Bunun yerine dişlerini sıkarak "Ne mi oldu?
Sen benimle dalga mı geçiyorsun? Acaba yanlış odaya gelmiş
olabilir misin?" diye sorarken Yağız etrafına bakarak "Hayır."
diye yanıt vermişti. Yaren ona daha da yaklaşarak konuşma-
sını sürdürdü. "Senin bu odada ne işin var?" Yaren'in aksine
Yağız gayet sakin bir şekilde "Aşağıya iniyordum, onun sesi-
ni duyunca dayanamayıp girdim." dedi. Yaren hayret veren
ifadesiyle ona bakmıştı. "Demek odaya girdin? Bari kapıyı
çalsaydın?" diye onunla dalga geçerken Yağız onun yeniden
kavga edeceğini anlayarak bebeği onun kucağına vermiş ve
sakince odanın kapısına doğru ilerlemeye başlamıştı. Onun
bu davranışına Yaren daha da sinirlenmişti. Neye sinirlendi-
ğinin farkında bile değildi. Ama odanın kapısından çıkmadan
önce "Ne zaman buradan gidiyoruz?" diye sormuştu. Durak-
sayan Yağız öfkeyle arkasına dönmüş ve bir adım geri gele-
rek "Anlayamadım?" diye bağırmıştı. Yaren onun tepkisiyle
ürkse de bunu belli etmeyerek geri adım atmayacağını ona
göstermek için kararlı bir ses tonuyla sorusunu tekrarlamıştı.
"Sana ne zaman buradan gideceğimizi soruyorum? Ne kadar
çabuk olursa benim için o kadar iyi…" dediğinde Yağız dişle-
rinin arasından "Seninle evlenmeyeceğimi söylemiştim. Ayrı-
ca babamı duydun, bu nikâh olmayacak!"

Yağız ona daha da yaklaşarak gözlerindeki öfkeyi gör-
mesini sağlamak istemişti. "Neden buradan gitmeyi bu kaçar
çok istiyorsun?" Yaren ona aldırış etmeyerek arkasını dön-
müş ve birkaç adım ilerleyerek kucağındaki bebeği yatağın
üzerine bırakmıştı. "Çünkü burası beni boğuyor. Burada Su-
at'ın anılarıyla yaşayamam." Genç adam aldığı cevapla geri
adım atarken Yaren ona yalan söylemek zorunda olduğu için
kendisini rahatsız hissetmişti. Yağız ona bakarak "Yine de
seni götüremem." diyerek kapıya yönelmişti. Onun kapıdan

çıkmasına birkaç adım kala Yaren konuşmayı başarabilmişti. "Eğer seninle gelmeme izin vermezsen tek gelmek zorunda kalırım." Genç kızın sesindeki tını dikkat edilmeyecek kadar hafif bir yoğunlukta olsa da Yağız bir şeylerin döndüğünü anlayabiliyordu.

Genç adam öfkeli bir şekilde ona bakarak "Bunu neden yapıyorsun? Benim hayatımı nasıl etkileyeceğini göremiyor musun? Ağabeyim senin düşünceli bir kadın olduğunu söylemişti ama yanılmış anlaşılan. Bak ben yalnız yaşamıyorum. Düzenli bir hayatım ve iyi giden bir ilişkim var!" dediğinde Yaren atılarak "O zaman ayrı yaşarız. Seninle kalmam şart değil. Sadece bu köyden birlikte çıkalım bu bana yeter. İnan bana büyük bir iyilik yapmış olacaksın…" Yaren'in bu ani çıkışı genç adamı şaşkına uğratmıştı. "Ayrı mı? Buna izin verirler mi sanıyorsun? Orası küçük bir köy değil, iki günde kaybolursun. Sonra ne olacak peki, senin hayatın ne olacak? Alt üst olacaksın, bir daha yeni bir hayat kurma şansın olmayacak." Yaren onun sözlerini sert bir şekilde kesmişti "Bu benim sorunum. Aksine mutlu olacağım. İnan bana bunu hissediyorum. Buradan ayrıldığımızda yeni bir hayata başlayıp mutlu olacağım. Söz veriyorum. Seni ve kız arkadaşını rahatsız etmeyeceğim."

Yaren küçük çocuğu kucağına alarak gülümserken ne kadar güzel göründüğünü bilseydi bunu yapmazdı. Yağız o an ayaklarının altından yerin kaydığını hissetmişti. Bir yerlere tutunma ihtiyacı hissediyordu. Yaren ise ona bakmadan "Bebeğim sen de söz veriyor musun amcayı rahatsız etmeyeceğine?" diyerek konuşurken karşısındaki sarsılmış adamın farkında bile değildi. Küçük çocuk onu anlamış gibi gülücük saçarken Yağız oradan hemen ayrılması ve bu kızdan uzak kalması gerektiğini hissetmişti. Yaren küçük çocukla şakalaşırken Yağız sessizce odadan çıkmıştı.

Güneş ilk ışıklarını gösterirken dalgın bir şekilde odasına giriyordu. Aklı çok karışıktı. Belki de onu gerçekten götürmeliydi. Ama Özlem'e bunu açıklayamazdı. Onun kim olduğunu söyleyebilirdi ama bu evlilik meselesini kesinlikle anlamazdı.

Derin bir iç çekerek yatağına uzanırken Asude de odasından çıkmak üzereydi. Sedat hâlâ pencerenin kenarında oturuyordu. Asude, mutfağa inerek her zamanki alışkanlıkla kahvaltı hazırlamaya başlamıştı. Bunu son kez yapıyor gibi hissediyordu. Mutfaktan gelen seslerle Seher de kalkmıştı. Kapıda Asude'yi izlerken aklından birçok şey geçiriyordu. Onu fark eden genç kadın ona dönerek "Bir şey mi istiyorsun?" diye sormuştu. Seher pis bir sırıtmayla ona bakarak "Senin yerinde olmak istemezdim." demişti. Asude onun ne demek istediğine anlam vermezken Seher devam etmişti. "Senin yerinde olsam bir daha dönmezdim. Çünkü bundan sonra hayatın daha karmaşık olacak!" diye onu uyarmıştı. Asude ise gülümseyerek ona bakıyordu. "Bunu neden söylüyorsun? Neredeyse altı yıldır bu evdesin ve sana karşı hiçbir kinim yok." dediğinde Seher imalı bir gülümsemeyle konuşmuştu. "Bana kin besleyebilirsin artık!" Asude başını iki yana sallayarak genç kadına bakmıştı. "Bunu neden yapayım?" Asude onun vereceği cevabı beklerken bir yandan da masayı hazırlamaya devam ediyordu. Birçok şey hazırdı, son tabakları masaya koyarken Seher'in sözleriyle donup kalmıştı. Gözlerinin karardığını hissediyordu. Elindeki tabakları düşürmemek için büyük bir çaba harcıyordu. Ama kendisinin bile anlayamadığı bir güçle ona dönerek gülümsemişti. Seher bu tepkiyi beklememişti. En azından onun kendisine saldırmasını ve sinir krizi geçirmesini beklemişti. Ama Asude o kadar sakindi ki "Sen az önce ne söyledin?" diye sorduğunda Seher dalgın bir şekilde "Hamileyim!" demişti.

Asude onun sözleriyle kısa bir duraksama yaşamış sonra hafif gülümseyerek gözlerine bakmıştı. "Tebrik ederim. Umarım sağlıklı doğar." diyerek ona sarılmıştı. Bir süre ona sarılı duran genç kadın aslında gözünden akan yaşı Seher'in görmemesi için bunu yapmıştı.

Seher şaşkındı. Bunu beklemiyordu. Asude ise ondan

ayrılmış ama ona yüzünü göstermeyecek bir manevrayla hemen arkasını dönmüştü. Sesinin tonunu ayarlamaya çalışarak "Ben kızımı uyandırayım, malum birazdan gideriz!" diyerek hızla mutfaktan çıkmıştı. Artık gözyaşlarına engel olamıyordu. Aşağıdaki hareketliliği gören Sedat yerinden kalkmıştı. Koşarak giden karısını görünce kalbi acımıştı.

Asude odasına girdiğinde kızı gözlerini yeni açmıştı. Annesinin ağladığını gören küçük kız ona sarılarak "Babamı sevmiyorum..." dediğinde genç kadın şaşırmıştı. "Öyle söyleme Meleğim, o senin baban." Küçük kız omuzlarını silkerek "Bana ne, ben yine de sevmiyorum. O seni hep ağlatıyor." Asude kızına sarılıp yutkunarak onu yatıştırmaya çalışıyordu. "Artık ağlamayacağım Meleğim. Bugün anneannene gidiyoruz. Orada mutlu olacağız..." dedi. Küçük kızını iyice saran genç kadın sonrasında valizini hazırlayarak gerekli olabilecek her şeyi koymuştu. Artık gitmek için hazırdı. Herkes uyanmış ve masada toplanmıştı. Sedat karısına hiç bakmazken Seher, Asude'ye dediklerinden dolayı rahatsızdı. Asude'nin bunu herkese açıklayıp açıklamayacağını merak ediyordu.

Yağız ise sabaha karşı Yaren ile yaptığı konuşma yüzünden rahatsızdı. Yaren kucağından hiç düşürmediği küçük çocukla oynarken Yağız homurdanarak "Benim yarın dönmem gerek. Ertesi gün önemli bir konferans var..." dediğinde Yaren bakışlarını ona çevirmişti. Yağız ise ona bakmayarak onu istemediğini belli etmeye çalışıyordu. Cemal Bey onun sözleriyle hafif doğrularak "Tamam siz hazırlanın, şoför sizi bırakacak. Ayrıca Suat'ın arabası da sizde kalacak." dediğinde Yağız şaşkınlıkla "Siz mi?" diye sormuştu. Cemal Bey tek kaşını kaldırarak oğlunun sözlerini onaylamadığını belli etmişti. "Yaren, Can ve Songül, üçünüz de gidiyorsunuz..." Duydukları karşısında kucağındaki çocuğu yanındaki görümcesine veren Yaren sevinçle Cemal Bey'in boynuna sarılmıştı. Onun bu davranışı masada sadece Yağız'ı şaşırtmıştı. Songül ise çekinik bir şekilde "Ben de mi gideceğim?" diye sormuştu. Hayatında köyden hiç ayrılmayan iki kız birbirine bakarak gülümsemişti. Yağız ise sinirlenerek "Benim işim başımdan aşkın, onlarla ilgilenemem…" diye çıkışmış ama Yaren'in bir bakışıyla duraksamıştı. Genç kız "Biz çocuk değiliz. Bizimle ilgilenmene gerek yok." dedi. Cemal Bey başını sallayarak onu onayladıktan sonra "Madem şimdi evlenemiyorsunuz evlenene kadar yalnız kalamazsınız. Songül de sizinle geliyor." Songül gülümseyerek babasına bakarken masada sadece Asude ve Sedat suskundu. Birbirlerine bakmıyorlardı. Onlara katılmak için erkenden gelen Yaren'in babası Asım Bey de bu sözleri onaylamıştı. O ana kadar sessizce kızını ve damadı olacak Yağız'ı süzmüştü. Yağız'ın sıkıntısını anlayabiliyordu. Cemal ile konuşmasaydı kendisi de sıkıntı duyacaktı ama kızının iyi olacağı düşünerek bu işe izin vermişti. Kahvaltıda onlara katılarak verilen kararı kendisi duymak istemişti. Kızının yüzünü dikkatle incelerken onun da rahatladığını görmüştü. Kaderine razı bir şekilde düşünceliydi.

Cemal Bey ayağa kalkarak Asude'ye bakmış ve "Hazır mısınız kızım?" diye sormuştu. İşte o zaman Sedat başını kaldırarak sabahtan beri ilk kez karısına bakmıştı. O gözlerde her zaman görmeye alışık olduğu ifadeden ziyade üzgün ama gururlu bir ifade saklıydı. Yutkunan genç adam tek kelime etmeden sadece karısına bakmıştı. Sanki o yüzü tüm zihnine kopyalıyordu. O ifadeyi içine işliyor ve her özlem duyduğunda karısını oradan çıkarıp özlemini giderecek gibi karısının yüzünü içiyordu. Asude bir Sedat'a bir de Seher'e bakarken Yaren ile kucaklaşarak vedalaşmıştı. "Sizi yolcu edemeyeceğim, beni ararsın değil mi kardeşim?" diye genç kıza sorarken Yaren ona sıkıca sarılarak "Elbette. Sen benim en çok güvendiğim kişisin…" diye karşılık vermişti.

Gitme zamanı geldiğinde genç kadın kızının elini tutarak kulağına bir şeyler söylemişti. Sedat hiçbir şey söylemiyordu. Söylemek istese bile ağzından çıkarabileceği tek kelimesi dahi yoktu. Sonra Melek arkasını dönerek Sedat'a baktı. Annesinin küçük kıza ne söylediğini bilmeyen genç adam, kızının kendisine bakmasına şaşırmıştı. Ama beklenmedik şey

Sedat'ın kızına acı dolu hafif bir gülücük atmasıydı. Küçük kız çekinerek başını annesinin kucağına gömerken Asude de kocasına son kez bakmak için başını çevirdiğinde bir şey dikkatini çekmişti: Hayal kırıklığı...

Evet, gördüğü şey üzüntüyle karışık hayal kırıklığıydı. Kalbinde bir şeylerin kırıldığını hisseden Asude ilk kez böyle bir acı hissetmişti. Arabaya binerken Sedat hiçbir şey yapmamıştı. Bu Yaren ve Yağız'ın da dikkatini çekmişti. Özellikle ağabeyinin yengesini nasıl bu şekilde gönderdiğine şaşırıyordu. Tüm gece onun yüzünden perişan olan ağabeyi tek kelime etmiyordu. Tam ağzını açıp bir şey söyleyecekti ki Yağız kolunda hissettiği sıcak bir baskıyla duraksamıştı. Başını hafif çevirdiğinde ise Yaren'in başını iki yana sallayarak "Yapma." diye mırıldadığını görmüştü. Sonrasında kolundaki baskıdan vücuduna yayılan sıcaklıkla hemen kolunu genç kızın parmaklarının arasından çekmişti. Kendisini anlayamıyordu. Aklının neden bu kadar karışık olduğuna anlam veremiyordu.

"Hadi siz de hazırlanın." diyen bir sesle ikisi de birbirine dönmüştü. Asım Bey kızına bakarak "Bu işe en çok Cüneyt sevinecek!" dediğinde Yağız onlara bakmıştı. *Cüneyt.* Aklında bu isim dolanırken kim olduğunu merak etmekten kendisini alamıyordu. Ağabeyi evlendiğinde düğüne gelmemiş sonrasında merak ederek yengesi olan genç kız hakkında hiçbir şey öğrenmemişti. Bildiği tek şey Suat'ın ona anlattıklarından ibaretti. Şimdi ise bilmediklerinin sıkıntısını çekmeye başlamıştı. Sedat giden arabanın arkasından bakarken derin bir iç çekmiş ama bunu kimse fark etmemişti. "Ben biraz hava alacağım." diyen Sedat, kendi arabasına binerek oradan uzaklaşmaya başlamıştı.

Yağız ve diğerleri odalarına çekilirken Yaren ve Songül hazırlanmaya başlamıştı bile. Cemal Bey'in dönüşüyle yola çıkacaklardı. Yağız, Özlem ve Yaren'in karşılaşmasından oldukça çekinmesine rağmen, içinden Songül'ün de gelmesi iyi oldu, diye düşünüyordu. Bu şekilde ondan uzak durabilir, aklını karıştırmasına izin vermeyebilirdi.

Birkaç saat sonra evde derin bir sessizlik oluşmuştu. Bunun nedeni evin boşalmaya yüz tutmuş olmasıydı. Herkes sanki koca konağı terk ediyordu. Yaren ve Songül eşyalarını büyük avluya indirirken Cemal Bey de arabayla konağa yeni giriş yapıyordu. Hazırlıkları gören Cemal Bey şaşırmıştı. "Ne oluyor burada?" diye soran adam oğlunun "Madem onlar da gelecek biz hemen çıkalım, yarını bekleyemeyiz..." dediğinde adam bakışlarını merdivenlerden aşağıya inen Yaren ve kucağındaki çocuğa çevirmişti.

"Demek sonunda gidiyorsun?" diye sessiz bir şekilde konuşan adam oğlunu şaşırtmıştı. Yaşından utanmasa koca adam ağlayabilirdi de. Yaren'in bu eve getirdiği neşe, büyük bir boşluğa dönüşüyordu. Ev yalnız kalacaktı. İçindekilerse eskisi gibi sessiz ve neşesiz. Yaren ona bakarak gülümsemiş ve kucağındaki çocuğu Yağız'ın şaşkın bakışları arasında onun kucağına bırakarak Cemal Bey'e sarılmıştı. "Teşekkür ederim babacığım!" diyen genç kız herkesin içine sıcacık sesiyle bir özlem oluşturmuştu. Şimdiden onun gidişine ağlamaya başlamışlardı. Yağız boğazını temizleyerek öksürmüş ve Songül de babasına sarılınca gerçekten şaşırmıştı. İçinden, bu evde ne olmuş böyle, diye geçirirken bakışları yine Yaren'e kaymıştı. Yaren çalışanlarla da sarılarak vedalaşmış ve Yağız'ın şaşkın bakışları arasında arabanın direksiyonuna yerleşmişti. "Sen ne yaptığını sanıyorsun?" diye çıkışan Yağız onun sözleriyle şaşırmıştı.

"Arabayı ben süreceğim!"

"Sen mi? Sen arabayı süreceğini mi söylüyorsun?" dediğinde bakışlarını babasına çevirmişti. Cemal Bey hayranlıkla gelinine bakarken gülümsemişti. "Yolda giderken dikkat edin!" diyen Cemal Bey, Yağız'ı iyice şaşırtmıştı. "Baba sen bir şey söylemeyecek misin? Hem o arabayı kullanabilecek mi?" dediğinde Cemal Bey ona ters bir bakış attı. "Eminim senden daha dikkatli sürecektir. Hem yorulunca yer değiştirirsiniz." Yağız bakışlarını Yaren'e çevirerek "Ehliyetin var mı?" diye tersçe sormuştu. Genç kız tek kaşını kaldırarak "Çok mu şaşırdın? Köylü bir kız için çok ilginç gelmiştir. Merak etme, iyi araba kullanırım ve evet, ehliyetim var..." dediğinde Yağız dişlerini sıkarak arabanın diğer ön koltuğuna geçerken kucağındaki bebeği arka koltuğa yerleşen kardeşine vermişti. Onun bu davranışı Yaren'i eğlendiriyordu. Yağız ise her geçen gün daha da şaşırıyordu.

Yaren babasının ısrarı üzerine araba kullanmayı öğrenmişti. Onun araba kullandığını öğrenen Suat ise ehliyet alması için onu ikna etmiş ve sonunda ehliyetini aldırmıştı. Köy yerinde arabası olan herkesin araba kullanmasını isteyen Asım Bey, kızına bir şey olması durumunda başkasına muhtaç olmaması için özellikle kedisine araba kullanmayı öğretmişti.

Yaren çalıştırdığı arabanın motor sesiyle aile üyelerine veda ederken, Seher aynı gün iki rakibinden de kurtulduğu için seviniyordu. Cemal Bey araba uzaklaşana dek arkasından bakmıştı. Fark ettirmeden gözünden akan yaşı silerken Asım Bey de ona bakmış ve kızına sahip çıktığı için arkadaşına minnet dolu duygularla yaklaşmıştı. "Yakında dönecekler."

İşte bu inanmak istedikleri bir gerçekti. Cemal Bey onların dönüşüyle hem oğluna hem de kızı gibi sevdiği, evine neşe getiren gelinine kavuşacaktı.

Yaren dikkatli bir şekilde yol alırken yan tarafında oturan Yağız ona fark ettirmeden bakmaya çalışıyordu. Genç kızın kontrollü araba kullanması onun daha önce birçok kez araba kullandığına işaretti. Yaren ana yola çıkmadan önce yolunu değiştirince Yağız "Yol bu taraftandı, neden o tarafa döndün?" diye sormuştu. Yağız genç kızla o kadar meşguldü ki nereye gittiğini bile fark etmemişti. Daha sonra vardıkları yolun sonunda geldikleri yeri görünce derin bir nefes almıştı. Sıkıntısı yüzünden okunuyordu. Yaren arabadan inerek arka koltukta oturan Songül'ün kucağından bebeği almıştı. Yağız'a bakmadan "Ona veda etmeliyim." dedi. Yağız yumruk yemiş gibi oldu. Ağabeyinin mezarına giderken ayakları geri geri gidiyordu. Sanki o orada oturuyor ve onu ayıplıyor gibi hissediyordu. Yaren mezara yaklaşırken gözyaşını tutamamıştı. Yağız ise onu arkadan takip ediyordu.

Sadece birkaç adım ötedeki genç kızın sırtının sarsıldığını görünce onun ağladığını anlamış, cesaret edip yaklaşamamıştı. O sırada Songül, ağabeyinin yanına giderek elini omzuna koymuştu. Yaren ise fısıltıyla "Teşekkür ederim..." demişti. Ama ne için teşekkür ettiğini henüz fark edemiyordu. O sırada onlara doğru yaklaşan birkaç kişiyi gören Songül'ün yüzünün ifadesi değişince bir terslik olduğunu anlayan Yağız, onun baktığı tarafa bakmış ve birkaç kişi tarafından Yaren'in dikkatle süzüldüğünü görmüştü. İçinde oluşan sıkıntıyla Yağız fark etmeden genç kıza yaklaşmıştı. Elini omzuna yerleştirerek genç kızın kendisine bakmasını sağlamıştı. Yaren bakışlarını Yağız'a çevirince genç adamın bakışları onu ürkütmüştü. Ayağa kalktığındaysa birkaç kişinin ağır adımlarla kendilerine doğru yaklaştıklarını görünce o da fark etmeden Yağız'ın arkasında durmuş, onu kendisine kalkan etmişti. Bu durum gerçekten genç adama tuhaf gelmişti. Gelenler Yağız ile aynı yaşta görünüyordu ve Yağız'a rağmen bakışlarını kucağında bebek olan Yaren'den çekmiyorlardı.

Songül oldukça tedirgin olsa da bir şey belli etmemeye çalışıyordu. O da Yaren'in yanına yaklaşmış ve onun kolunu tutarak ona destek olmaya çalışmıştı. O sırada beklenmedik bir şey oldu ve Yağız refleks olarak kolunu Yaren'in koluna soktu. İrkilen genç kız ona bakmış ama Yağız bakışlarını gelenlerden ayırmamıştı. Çünkü fark etmişti ki gelenler Yaren'in kolunu tutmasıyla yüz ifadelerini değiştirmişti.

"Siz Yağız Bey olmalısınız." dedi aralarından biri. Yağız dik bakışlarını onlara yöneltirken "Siz beni tanıdınız ama ben sizi tanıyamadım." dedi. Yaren onun bu denli soğuk konuşmasıyla şaşırmıştı. Onların anlayacağı dilden konuşmayı bececeğinden şüphe etmişti ve bunda yanıldığını anlamıştı. Adamlardan biri Yağız'ın bu şekilde konuşmasıyla duraksamıştı. "Biz de Suat Beyimize ne kadar benzediğinizi duymuştuk ama bu kadar benzerliği beklemiyorduk." Yağız tek kaşını kaldırarak "Teşekkürler, ağabeyime benzemek büyük mutluluk. Ama şimdi bizim gitmemiz gerek, ne de olsa şehre kadar yolumuz var." dediğinde adamlardan biri bakışlarını hemen Yaren'e çevirmişti. "Sizin de başınız sağ olsun Yaren Hanım. Bu kadar erken eşinizi kaybetmek acı olmuştur." Yaren onlara cevap vermeyince bir tanesi kucağındaki bebeğe bakarak "Demek doğruymuş? Suat Beyimin bir oğlu varmış." diye sorunca Yaren ilk kez konuşacak gibi olmuş ve Yağız tarafından durdurularak "O bebek benim çocuğum artık. Belki duymadınız ama bundan sonra Yaren Hanımınızın namusu benden sorulur." Yağız'ın sözleri üç genç adamı da şoke etmişti. Hatta bir tanesi yutkunmaya çalışmasını bile gizleyememişti. Dahası yaren ve Songül de şoke olmuştu. Yağız ise işi biraz daha abartarak Yaren'in kucağından bebeği alarak, onun şaşkın bakışları arasında genç kızın elini tutmuş ve "Şimdi gitmeliyiz. Malum gece olmadan şehirde olmalıyız..." dedi.

Tuttuğu el bir ateşti âdeta. Genç kızın eli onun bedenini yakarken düşüncelerinde ağabeyinden özür diliyordu. Karısına bu denli bir yaklaşımda bulunduğu için kendisini affetmesini istiyordu. Ne var ki adamların bakışlarından hoşlanmamıştı. Yağız, Songül'e arabanın ön koltuğuna oturmasını söyledikten sonra Yaren'i arka koltuğa yerleştirerek hâlâ şaşkın bir şekilde bakan genç kızın kucağına bebeği vermiş ve kapıyı kapatmıştı. Arabanın direksiyonuna geçen genç adam arkasında büyük bir toz bulutu bırakarak hemen yola koyulmuştu. Bir süre ilerledikten sonra direksiyona sert bir yumruk atarak "Lanet olsun bu da neydi böyle?" diye sinirli bir şekilde sormuştu. Onun sert çıkan sesiyle Songül yerinden sıçrarken Yaren oralı bile olmamıştı. Aklında Yağız'ın sözleri vardı: *O artık benim namusum!*

Kimseden ses çıkmayınca Yağız yeniden sesini yükselterek "Size bir şey sordum? Az önce olanların bir açıklaması var mı? Ben, orada olmama rağmen o adamların bu denli terbiyesiz olmasını nasıl açıklayacaksınız?" diye sorarken adamların Yaren'e nasıl baktıkları gözünün önüne gelmişti. Bu bakışlar onu delirtmeye yetmişti. İçinden yükselen öfkeye hâkim olamıyordu. Hâlâ ses gelmeyince bu kez arabayı ani frenle dur-

durmuş ve arka koltuğa dönerek Yaren'in gözlerine bakmıştı. Genç kız ise ifadesiz bir şekilde ona bakmıştı. "Evet, seni dinliyorum?" diyen genç adam Songül'ün "Ağabey bu kadarı fazla değil mi?" diye sormasıyla şaşırmıştı. Kardeşi ona cevap veriyordu. Bu beklenmedik bir şeydi. "Sorun değil Songül…" diyen genç kız bakışlarını genç adamın gözlerine dikerek "Ne öğrenmek istiyorsun?" dedi. Yağız, genç kızın buz gibi çıkan sesi karşısında yutkunmadan edememişti. "Onlar… Onlar ne istiyordu? Dahası neden sana ben orada olmama rağmen o şekilde baktılar?" Yaren duraksamıştı. Ne diyebilirdi ki? Bir süre sessiz kalınca Yağız yeniden "Sana senden ne istediklerini sordum?" diye sertçe çıkışmıştı.

Genç kız onun bu sert çıkışlarından etkilenmemişti. Ona bir bakıma hak verse de bu gibi durumlara alışık olmadığı da bir gerçekti. Tam bir şey söyleyecekti ki Songül araya girerek "Onlar yengem evlenmeden önce onunla evlenmek isteyen adamlardan sadece bir iki tanesiydi." Yağız duyduklarıyla şoke olmuştu. Ama onu asıl şoke eden sonra duyacaklarıydı. "Ağabeyim öldüğü için yeniden yengemle evlenme hayali kuran birçok kişi var." Yağız buna inanamıyordu. Songül'ün sözlerini duyan genç kız onun daha fazla anlatmasını engellemek için "Bu kadar yeter Songül, sanırım ağabeyin anlamıştır." dedi. Sonra aklına gelen şeyle "Sen bunları nereden biliyorsun? Yani ağabeyin öldükten sonra…" dedi ve gerisini getiremedi. Susmuştu. Çünkü Yağız ona aynadan tekrar sert bir bakış atmıştı. Genç kız neden o şekilde kendisine baktığını anlayamıyordu. Onun bir suçu yoktu ki… Aksine hiçbirini tanımıyordu.

"Benimle gelmek istemenin bu olanlarla bir ilgisi var mı?"

Yağız'ın sorusu karşısında şaşıran Yaren ne diyeceğini bilememişti. Genç kız suskun kalınca Yağız cevap vermesini beklemeden arabayı çalıştırmış ve bir daha da konuşmamıştı. Yaren derin bir nefes alırken kucağındaki bebek iyice uykuya dalmıştı.

Yol boyu arabanın camından yolu seyreden genç kız hiç

konuşmamıştı. Yağız ise arada kardeşiyle bir iki kelime konuşmuş ama arada arka tarafta oturan Yaren'e bakmaktan kendisini alamamıştı. Yağız onun da konuşmaya dâhil olmasını istese de ona açık bir şekilde soru sormaktan ya da bir konu açmaktan çekiniyordu. Kendisine bakan genç adamı fark eden Yaren bakışlarını kaçırarak tekrar dışarıyı seyretmiş ve biraz olsun dinlenmek için gözlerini kapatmıştı. Göz kapakları iyice çöken Yaren uykuya dalmıştı. Songül yengesine sorduğu sorunun cevabını alamayınca arkasına bakmış ve Yaren'in çoktan uyuduğunu görmüştü.

"Çok yorulmuş olmalı... Ağabeyim öldüğünden beri fazla uyuyamadı." Yağız kardeşinin sözleriyle aynadan arkaya bakmış ve uyuyan güzele dikkat kesmişti. Derin bir nefes almıştı. Biraz daha ona bu şekilde bakarsa sonunun kötü olacağını hissediyordu. Sonra da dayanamayarak "Bu olanları biliyor muydun?" diye kardeşine sordu. Songül acı bir gülümsemeyle bakmış ve başını sallamıştı. "Evet, ağabeyimle de bu yüzden acele evlendirildi." dedi. Yağız şaşkın bir şekilde Songül'e bakmıştı. "Ne demek bu?" Bu kez genç kız şaşırmıştı. "Sen bilmiyor muydun? Babam ve Asım Bey, onları evlendirmek istediklerinde ağabeyim önce istememişti. Çünkü yengemi görünce çok şaşırmıştı. Eve geldiğinde babama neredeyse yalvardığını hatırlıyorum." dedi. Yağız şaşkınlıkla kardeşini dinliyordu. "Yalvardı mı? Neden?" dedi. "Çünkü Suat ağabeyim, yengemi görünce çok etkilenmişti. Bazen ona yabani kısrak benzetmesi yapıyordu. Çünkü yengem kimsenin yapamayacağı şeyi yapmıştı..." dedi. Yağız onun sözlerini merakla dinlemeye başladı. İşler genç adam için gittikçe ilginç olmaya başlamıştı. "Asım Bey'in tek kızı ve babamın da kırk yıllık arkadaşı olan babasının onu ağabeyimle evlendirmek istediğini babama söyleyince babam da şaşırmıştı. Çünkü arkadaşının kızına düşkünlüğü biliniyordu." Yağız heyecanlanarak "Eee sonra?" diye sordu. Diğer taraftan da arkada uyuyan genç kadını kontrol ediyordu. Ona fazla meraklı gibi görünmek istemiyordu. "Sonra ne olduğunu bilmiyorum ama bir gün ağabeyim konaktan sinirli bir şekilde çıktı. Tam olarak emin değilim çünkü bunu her zaman sakladılar. Ben de sonradan öğrendim." dediğinde Yağız lafı uzattığı için kardeşine "Songül..." diye adını uzatarak seslenmişti. "Ne duydun?" diye yineledi. "Şey... Köylünün dediğine göre Asım Bey çok hastaymış. Kalbi zayıf olduğu için ameliyatı kaldıramayabilirmiş. Bu yüzden de kızını güvenli birine emanet etmek istemiş."

"İyi de ailesinden birine de kızını emanet edebilirdi. Neden kızını evlendirmeye zorladı ki?"

"Şey... Aslında bunu yapamazdı çünkü yengemin kardeşinden başka ailesi üyesi yoktu. Dolayısıyla Asım Bey'in her şeyi yengeme ve kardeşine kalıyordu."

"Eee ne var bunda?"

"Bunda bir şey yok gibi gelebilir ama bu normal şartlarda. Sonradan öğrendiğimize göre köylünün neredeyse tüm genç delikanlılarının tek hayali yengemle evlenebilmekmiş." dediğinde Yağız kendisini tutamayarak gülmeye başlamıştı. "Ne dedin sen? Bu... Bu gerçekten çok komik, buna inandınız mı?" diye sorunca Songül, ağabeyine öfkelenerek "Başta inanmadık ama sonradan bu delikanlılar onun evleneceğini öğrenince Asım Bey'in hastalanmasını fırsat bilerek büyük konağa baskın yaptı!" dediğinde Yağız arabayı ani frenle durdurmuştu. Sarsılan genç kız gözlerini açınca Yağız ağzına gelen soruyu soramamıştı. Yaren uyanarak "Ne oldu? Neden durduk?" diye sormuştu. Bu sırada ona dönen Yağız ne diyeceğini bilememişti. Songül neredeyse kahkahayla gülecekti. Yaren kaşlarını kaldırarak genç adama bakmıştı. Kendisine dikkatle bakan Yağız'a "Bir sorun mu var?" diye sorunca Yağız kekelemekten son anda kurtulmuştu. "Bir şey yok. Çok uyudun seni uyandırmak için arabayı biraz sert durdurdum..." dediğinde Songül gülmekten kendisini alamamıştı.

Yaren öfkelenerek arabadan inmişti. Yağız şaşırarak arabadan inen Yaren'in kendi tarafına gelmesini izlemişti. Genç kız ön kapıyı açarak "İn aşağıya!" dediğinde Yağız şaşkınlık ile "Ne?" diye sormaktan başka bir şey yapamamıştı. "Anlaşılan yorgunluktan beynine oksijen gitmiyor. Ben kullanmaya devam edeceğim. Bu şekilde gidersek kaza yapacağız. Ayrıca bebeği düşünmeden bu kadar dikkatsiz davrandığın için de ayrıca ceza alacaksın!" dediğinde Songül bu kez kahkahasını tutamamıştı. Yağız ise şaşkınlığını üzerinden atamamıştı. Genç adam dalgın bir şekilde arabanın arka koltuğuna geçtiğinde Yaren arabayı tekrar hareket ettirmişti.

Yaren az önce olan konuşmalardan habersiz yola devam ederken Yağız'ın tek düşündüğü şey kardeşinin anlattıklarının ne kadar doğru olduğuydu. Ne yani bu cadı için koca beyin evi mi basılmıştı? Bu olacak şey değildi. Abisi onunla bu yüzden mi evlendi? Onu korumak için. Bu kızda bir şeyler var. Göremediği, görmek istemediği bir şeyler var. Bunu hissediyordu ve korkmaya başlamıştı.

Yaren oldukça dikkatli araba kullanıyor arada arkadaki bebeğe bakıyordu. Ama Yağız ile göz göze gelmemeye dikkat ediyordu. Sonra birden ona "Sen on üçüncü sokakta oturuyordun değil mi?" diye sorunca Yağız şaşırarak "Evet ama sen nereden biliyorsun?" diye sormuştu. Yaren hafif gülümseyerek "Sadece tesadüf... Senin kaldığın binada benim çok sevdiğim bir yakınım kalıyor. Ve bil bakalım ne oldu?" diye sorunca genç adam hoşlanmayacağı bir şey duyacağına emindi. "Ne olmuş?" dedi. Yaren yüzüne takındığı gülümsemeyle "Galiba apartmanda bir tane daha boş daire var!" dedi. Yağız anlamakta güçlük çekiyordu. Ama sonra düşüncelerine hücum eden soruyu sormakta gecikmeyerek "Bu bizi ilgilendiriyor mu?" diye sormuştu. Yaren aynadan ona bakarak "Aslında bizi ilgilendiriyor ve senin de hoşuna gidecek. Evinde tek kalabilirsin... Yani biz Songül ile oraya taşınacağız..." dediğinde bu sözler arabada bomba etkisi yaratmıştı.

"Ne yapacağız dedin?" diye sertçe çıkışan genç adam Yaren'i şaşırtmıştı. "Biz o evi tutuyoruz. Yani seni rahatsız etmeyeceğiz. En azından sevgilinle rahat edersin!" dediğinde

Songül gözlerini büyüterek ağabeyine bakmıştı. "Sen evde sevgilinle mi kalıyorsun?" diye sorarken sesindeki hayal kırıklığı bariz belli oluyordu. Yaren genç kızı uyararak "Songül, canım bu ağabeyinin hayatı, bizi ilgilendirmez." dediğinde genç adam bu düşünceden rahatsız olmuştu. Dişlerini sıkarak onu onaylamaksa hiç aklında olmayan bir şeydi. "Evet, sizi ilgilendirmez ve Özlem'e saygı duyarsanız sevinirim." Yaren kızın adını duyunca bir anda irkilmişti. İlk kez içinde değişik bir duygu belirmişti. Nedense o isimden şimdiden nefret etmeye başlamıştı.

Yaren arkada bebekle oyalanırken aklındaki düşünceleri yok etmeye çalışıyordu. Bir süre sonra genç kızın yorulduğunu düşünen genç adam direksiyonu devralmıştı. Arabayı süren Yağız, bebekle oynayan genç kızın bu kadar kayıtsız davranması ve kendisiyle ilgilenmemesine sinirleniyor ve bu yüzden kendisine kızıyordu. İçinden, hadi ama oğlum neden bu kadar takıyorsun ki, kız ne güzel bir teklif yaptı kabul et gitsin, derken bir tarafı da rahatsız oluyordu. Onun başka bir evde yaşamasını istemediğini fark edince başını iki yana sallamıştı.

Yaren aynadan onun beyaza kesmiş yüzünü görünce "Sen iyi misin?" diye sormadan edememişti. Yağız arka tarafa bakarken sesinin çıkmasına bile inanamayarak "Evet." diye ona cevap vermişti. Zayıf bir tondu ve Yaren'in bunu duyması çok garipti. "Eğer iyi değilsen ben sürebilirim." dediğinde Yağız dişlerini sıkarak "Sana iyi olduğumu söyledim, neden ısrar ediyorsun?" diye sertçe çıkınca Yaren şaşırmıştı. Songül de ne olduğunu anlamayan bir ifadeyle ağabeyine bakmıştı. Yaren sinirlenerek konuştu. "Senin sorunun ne? Bu kadar dengesiz olmak zorunda mısın? Neden bağırıyorsun, sana basit bir soru sorduk..." Yağız öfkesine hâkim olmaya çalışıyordu. Neye öfkelendiğini bile bilmiyordu. "Benim sorunum mu? Sana söyleyeyim. Benim sorunum sensin. Seni görmeye dayanamıyorum. Sana bakmak istemiyorum ama lanet olası bir rica yüzünden senden mesulüm." dediğinde Yaren ona hüzünlü bir şekilde bakmıştı. Bu sözler ona ağır gelmişti.

Gözlerini kırpıştırarak gözyaşlarının akmasına engel olan genç kız sesinin zayıf çıkmasına aldırış etmemişti. "O sözü unutabilirsin, benden sorumlu değilsin ve evet... Beni görmek istememeni de anlayabiliyorum. Ne de olsa zorla sana yamanmaya çalışan bir kadınım değil mi?" dediğinde Yağız az önce sarf ettiği kelimelerin ne kadar ağır olduğunu yeni fark ediyordu. "Ben..." dedi ama Yaren onu konuşturmayarak "Lütfen... Şu anda başka bir şey duymak istemiyorum. Eşyalarımız gelene kadar bize katlanabilirsin galiba. Sevgilin bir şey demez herhâlde. Eğer söylerse de Selman amca da kalabiliriz..." dedi. Sonra düzelterek ekledi. "Sadece ben kalsam da olur. Ne de olsa kardeşine bir şey söyleyecek değil herhâlde..."

Yağız her kelimeyle içinden bir şeylerin parçalanıp koptuğunu hissetmişti. Genç kızın sözleri bıçak gibi içini kesmişti ama ne söyleyeceğini, ondan nasıl özür dileyeceğini bilemiyordu. Kırılmıştı. O yosun rengi gözlerinden bunu anlamak o kadar da zor değildi. Belki de tek bir kelime daha etse ağlayacaktı. Ağlayacaktı ve Yağız kendisine bildiği tüm duaları okuyacaktı.

Songül, yengesinin kırıldığını biliyordu. Onu çok nadir bu bakışlarla görmüştü. Ağabeyine ters bir şekilde bakan genç kız onun kendisine bakmaması sonucu ona istediği etkiyi yapamamıştı. Ama Yağız, Songül'ün hiç de iyi bir şekilde bakmadığını hissediyordu.

Sessiz bir şekilde arabayı sürmeye devam etti. Hava kararmıştı ve Yağız arabayı kendi evinin bulunduğu sokağa çekmek üzereydi. Sokaklarda çok fazla araba olunca park etmek zor olabiliyordu ama oturdukları sitede bunun bir önemi yoktu. Her evin park alanı varken Yağız arabayı kendi arabasının yan tarafına çekmişti.

"Geldik!" diyen genç adam arkadan bir cevap beklemiş ama istediği cevabı alamayınca dişlerini sıkarak arabadan inmişti. Songül heyecanlıydı ve hemen arabadan inerek etrafına bakmıştı. Yağız arka kapıyı açarken Yaren'in kucağından
173

bebeği almak istemiş ama Yaren "Gerek yok!" diyerek ona bebeği vermemişti. Bu durum genç adamın canını sıksa da bir şey söylemeyerek bagajdan valizleri alıp öne geçmişti. Yağız'ın dairesi üçüncü kattaydı. Yaren apartmana girmeden başını kaldırarak boş olan dairenin penceresine bakmıştı. Hoş bir eve benziyordu ve orada oturacağı için kendisini şanslı hissediyordu. Yağız ile aynı yerde duramazdı. Tehlike çanları çalıyordu ikisi için. Üstelik ona her baktığında Suat ile karşı karşıya kalmış gibi hissediyor ama onun kim olduğunu anlayınca da üzülüyordu.

Kapıya geldiklerinde Yağız anahtarını kapıya sokmuş ama kapının aniden açılmasıyla üçü de şoke olmuştu. O an genç kadın ne hissettiğini bilemezken, Songül'ün yaptığı herkesi şaşırtmıştı.

11. BÖLÜM

Karanlık bir bulut gökyüzünü kaplarken sanki genç kızın yüreğinin tam ortasını mesken tutmuş gibiydi. Yaren ve Songül şaşkındı. Karşısında neredeyse yarı çıplak olduğunu düşündüren kıyafetle yabancı kadını gören Songül ileri atılarak "Ağabey bu sürtük kim?" diye bağırınca ondan daha otoriter bir ses ortamın gerginliğine daha da gerginlik katmıştı.

"Songül!"

Yaren genç kızın daha fazla konuşmasını engellemek için adını bugüne kadar hiç duymadığı bir sertlikte söylemişti. Sesi, Yağız dâhil üçünü de şaşırtmıştı. O anki otoriter tavrını babasından aldığı ne kadar da belli oluyordu. Sonrasındaysa Yağız'a hiç bakmadan Özlem'in kendisine diktiği bakışlarından gözlerini kaçırmayarak konuşmasına devam etmişti.

"Songül... Lütfen saygılı ol. Burası senin ağabeyinin evi ve burada kalmalısın!" dedi. Yaren bu gördüklerinden sonra kesinlikle bu evde kalamayacağını o anda anlamıştı. Yaşadığı şaşkınlıkla nasıl konuştuğunu, ne konuştuğunu bile fark edemiyordu. Ama Songül onu iyi tanıdığı için hemen söze girmişti. "Sen nerede kalacaksan ben orada kalacağım!" dedi. Yağız hiçbir şey anlamamıştı. Dişlerini sıkarak Özlem'e bakmıştı. İçinden, onun bu saatte ne işi var burada, anahtarı vermemeliydim, diye geçirirken Özlem bakışlarını bir türlü

175

Yaren'den alamıyordu. Bir kadın olarak rakibini hemen tanımış gibiydi.

Yaren bakışlarını kadından hiç ayırmadan hafif bir gülümsemeyle konuşmuştu. "Siz onun kusuruna bakmayın hanımefendi. Görümcem böyle şeylere alışık olmadığından biraz ileri gitti." dedi. Ama sözlerinin açıklayıcı etkisinden çok, ses tonunun etkisi daha ağır basmıştı. Hem kız hem de Yağız tüm vücudunun soğuduğunu hissetmişti. Üstelik içine bir korkunun yerleşmesi Yağız'ın hoşuna gitmemişti. "Rahatsızlık verdik, size iyi geceler…" diyerek arkasını dönen Yaren, gözünden akan yaşı kimsenin görmemesini sağlamıştı. İçinde garip bir acı vardı ve neden ağladığını dahi bilmiyordu. Yağız onun arkasını dönmesiyle şoke olmuştu. Songül, yine yengesinin sakinliğine hayran kalmıştı. İçinde kopan fırtınadan habersiz yengesine seslenerek "Nereye gidiyorsun?" diye sormuştu. Yaren hafif bir gülümsemeyle duraksamıştı. Ama yanağındaki ıslaklığı göstermemek için arkasını dönmemişti. Sadece sesinin olabildiğince normal çıkmasını sağlayarak "Ben Selman amcada kalsam iyi olacak. Zaten yarın evi düzeltir oraya yerleşirim." dediğinde Yağız'ın tüm kanı beynine sıçramıştı.

"Sen nereye gittiğini sanıyorsun?" diye soran genç adamın sesindeki öfke elle tutulacak cinstendi. Yaren kucağındaki bebeği koklayarak gülümsemişti. Ama yine de Yağız'ın yüzüne bakamamıştı. Dahası onun sorusunu duymazlıktan gelerek merdivenleri çıkmaya başlamıştı. Onun kendisine aldırış etmemesine iyice sinirlenen Yağız eve girerek elindeki bavulları yere fırlatmıştı. "İyi, kendi kafana göre hareket et sen… Bu yaptığına pişman olacaksın. Dik başlı. Seni inatçı keçi!" diye bağırırken Özlem onun bu tepkisine anlam verememişti. "Hayatım sakin ol, kimdi o kız?" diye sorduğunda Yağız öfkeli bakışlarını Özlem'e çevirmişti. "Senin burada ne işin var Özlem? Hem de bu saatte ve bu kılıkta?" Özlem onu ilk kez bu kadar sinirli görüyordu. Yutkunarak "Ben… Ben geleceğini söyleyince sana sürpriz yapmak istemiştim." dedi. Yağız iyice sinirlenerek "Bu kıyafetle mi? Sana yalnız olmadığımı söyledim. Neden beni anlamamakta diretiyorsun? Şimdi senin yüzünden kardeşimin gözünde nasıl göründüğümü bir düşün istersen. Senin yüzünden..." dedi ve sustu. Ama asıl önemli olan Songül'den çok Yaren'in kayıtsız davranışları olmuştu.

Genç kızın kendi hakkında ne düşüneceğini önemsemeye başladığını anlayınca öfkelenmişti. Onu görmeye bile dayanamıyordu. O yosun renkli gözleriyle kendisine bakınca sanki tüm bedeni yanıyordu. O kızın bu kadar kolay karar vermesi canını sıkıyor ve bu hislerin önüne geçmeye çalışıyordu. İçinden, iyi oldu, ondan kurtulmak için bir bahanem oldu, diye düşünse de hissettikleri genç adama çok yabancıydı.

Özlem onun çelişkili hâlini görerek "Kardeşine mi yoksa o kadına mı üzülüyorsun Yağız?" diye sert bir tonda sormuştu. Onun sorusuyla irkilen genç adam sesinin tonunu umursamayarak "Üzerini giy ve hemen evine git Özlem!"

Kadın şaşkına dönmüştü. Daha önce Yağız onunla bu şekilde hiç konuşmamıştı. Tüm vücudunun titrediğini hisseden kadın sinirlenerek "Görüyorum ki beyimiz bir köylü kızını fazla umursuyor!" dediğinde Yağız dişlerini öyle bir sıkmıştı ki o an Özlem'e "Unutuyorsun Özlem, ben de bir köylüyüm. Bu şekilde düşünüyorsan sen bilirsin. Ayrıca o köylü kızı dediğin kişi bana emanet ve... Ve bir süre sonra evleneceğim tek kadın!" dediğinde kendi sözlerine Özlem'den daha çok şaşırmıştı.

Özlem altüst olmuştu. Sadece bir hafta önce kendisiyle evlilik hayalleri kuran adam, şimdi başka bir kadınla evleneceğini söylüyordu. Dayanamayan genç kız Yağız'ın yüzüne öyle bir tokat atmıştı ki genç adamın yüzünde şimşekler çaktığını herkes görebilirdi. Ama Yağız bunu hissetmemişti bile. O, az önce söylediği sözlerin kendi üzerinde yaptığı şok etkisinden çıkmaya çalışıyordu.

Özlem odanın kapısını sert bir şekilde kapatıp üzerini değiştirmeye başladığında Yaren ve Songül de iki kat üste çıkarak Selman amcanın evinin kapısını çalmıştı. Orta yaşlı adam kapısında Yaren'i görünce bir an yanlış gördüğünü düşünmüştü. Sonrasında gülümseyen genç kızı tanıyınca öyle bir sarılmıştı ki arada kalan bebek ağlamaya başlamıştı. "Yaren, kızım… Sen ne kadar güzel bir genç kız olmuşsun böyle! Aynı annene benziyorsun. Tüm güzelliğini ondan almışsın!" dediğinde Selman Bey'in gözünden bir damla yaş akmıştı. Selman Bey, Yaren'in annesinin amcasıydı ve annesine oldukça düşkündü. Her zaman "Yeğenlerimden en sevdiğimdir!" diye onu sürekli anlatırdı. Karısı hemen Yaren ile ilgilenmeye başlamıştı. Onun talihsizliğine üzülen kadın etrafında dönüp duruyor, ihtiyaçlarını karşılamaya çalışıyordu.

Yaren gülümseyerek kadına bakmış ve "Yenge, lütfen bana bu şekilde davranma. Kendimi aciz gibi hissediyorum…" dediğinde Songül bakışlarını ona çevirmişti. "Sen aciz değilsin. Sen benim gördüğüm en inanılmaz kadınsın yenge!" demişti. Yaren, Songül'e bakarak gülümsemişti. Ama bu gülümsemede acı bir tat vardı. Songül esneyince Selman Bey ayağa kalkarak "Aşağıda mı kalacaksınız?" diye sormuştu. Sorulmaması gereken tek soruydu bu belki de ama Yaren kendisine yöneltilen bakışlara aldırış etmeyerek "Aslında bu akşam rahatsız etmezsek burada kalmak isteriz. Yarın da bize söylediğin şu daireyi görürüz." dedi. Adam ona hayretle bakmıştı. Yaren söylemese de babası ona her şeyi anlatmıştı. Suat'tan sonra Yağız ile evlenmesini istediklerini, her şeyi biliyordu. Ama genç kız hiç oralı olmayarak Yağız hakkında konuşmuyordu. Selman Bey yaklaşık beş yıldır Yağız'ı tanıyordu. Ona göre oldukça efendi olan Yağız, Yaren için iyi bir eş olacaktı. Ama genç kızın bu konu hakkında konuşmak istememesinden ziyade bakışlarındaki kırgınlığın da farkındaydı.

Odasını gösterdikten sonra iki genç kızın aynı odayı paylaşacak olması Songül'ü heyecanlandırmıştı. "Bu harika!" diyen Songül, Yaren'in bakışlarını üzerine çekmişti. Songül de dikkatle yengesine bakıyordu. "Neden bana öyle bakıyorsun

Songül?" diye soran Yaren, onun sözleriyle şaşırmıştı. "Ağabeyime şimdiden acımaya başladım!" Onun bu sözlerinden bir şey anlamayan Yaren sadece ona bakmakla yetinmişti.

Yağız ise salondaki kanepede oturmuş derin düşüncelere dalmıştı. Başını hafif çevirdiğinde ağabeyi Suat ile olan bir resmi gözüne takılmıştı. İkisi de gülümsüyordu. Öfkeli bir şekilde yerinden kalkarak resmi eline almış ve gözünden yaş akıtarak "Bunu bana neden yaptın? Neden onu bana yolluyorsun? Onu görmek canımı yakacak, bunu anlayamadın mı? Senin…" diyememişti. Son sözünü söyleyememişti. Ağzından *o senin karın*, sözleri dökülememişti. Kendisine büyü yapılmış gibi hissediyordu. Sadece bu durumdan en yakın zamanda kurtulmayı planlıyordu.

O aklı karışık bir şekilde evde deli gibi dönerken Yaren de yatağa uzanmış uyuyan Songül ve bebeğe bakıyordu. Kapıda kendisini alaycı ifadeyle karşılayan kadını gözünün önünden ayıramıyordu. Dişlerini sıkmaya başlayan genç kız gözlerini kısa süreli kapatmış ve gördüğü şeyle aniden açmıştı. Birbirine dolanmış iki sevgili, biri Yağız diğeri de… Hayır, bu çok saçma, diye düşünürken alnına eliyle vurarak, saçmalama kızım, bu nasıl bir düşünce, diye kendisine kızmıştı.

"Lanet olsun, bu neden hep benim başıma geliyor sanki? Neden ben olmak zorundayım? Bunu kabul etmeme olanak yok…" derken hâlâ gözünün önünde Özlem'in imalı bakışları vardı. Acaba şu anda ne yapıyorlardır, diye düşünmeden edememişti. O da kocasına kızmaya başlamış dahası bunu merak ettiği için kendisine kızmaya başlamıştı. Songül yatağını yadırgadığı için arada uyanmış ve Yaren'i uyanık ve dalgın bir şekilde düşünceli bulmuştu. Sesini çıkarmadan onu bir süre gözlemledikten sonra içinde değişik bir mutluluk vardı. Nedense o da Suat'tan çok Yağız'a yakıştırıyordu yengesini. Ölen ağabeyine ihanet gibi görünse de bunu isteyenin Suat olduğunu bilmek onun içini rahatlatıyordu.

Bir süre sonra yataktan sessiz bir şekilde kalkan genç kadın, Songül'ün uyanık olduğunu fark etmeden pencereye

179

doğru yaklaşmıştı. Hava soğuk olmasına rağmen güzel görünüyordu. Şehrin ışıklarından gökyüzü görünmese de orada bir yerlerde parlak yıldızların varlığını biliyordu. Derin bir iç çeken genç kadın "Bir sorun mu var yenge?" diye soran Songül'ün sesiyle arkasını dönmüştü.

"Sen uyanık mıydın canım, yoksa ben mi uyandırdım?" diye sevgi dolu bir sesle sormuştu. Songül onun sevecen tavrını her zaman hayranlıkla izlemişti. Dahası onun gelişiyle babasının kendisine olan tavrı da değişmişti. Daha sevecen ve ilgili olmuştu. Genç kız başını sallayarak "Yatağımı yadırgadım galiba, sen neden uyumadın yenge?" dedi. Yaren ona bakarak gülümsemiş ve "Galiba ben de yatağımı yadırgadım. Ayrıca yarın çok işimiz var ve bunun için ikimizin de hemen uyuması gerek." diyerek tekrar yatağa girmişti. Ortada yatan küçük çocuk oldukça huzurlu görünüyordu.

Sabah ilk kalkan alışkanlıkla Yaren olmuştu. Hâlâ büyük konakta olduğunu hissediyordu. Onu gören Selman Bey'in karısı şaşırarak "Sen neden kalktın kızım? Ben masayı hazırlayınca seni kaldırırdım." dediğinde Yaren gülümseyerek "Alışkanlık yenge." diye karşılık vermişti. Yaren kadına yardım ederken Selman Bey de odasından henüz çıkıyordu. Ekmek ve gazete almak için evden ayrılırken Yaren de Songül'ü uyandırmak için odaya dönmüştü. Onun uyandırmasına gerek kalmadan uyanan bebek, halasını çoktan ayağa dikmişti. Kucağında bebekle genç kızı gören Yaren gülümseyerek "Can çok şanslı olacak, senin gibi bir halası var ve..." dedi ve sustu. "Senin gibi bir annesi var yenge!" diye onun sözünü kesmişti Songül. Yaren onun sözlerini onaylamak isterken düşünceleri buna müsaade etmeyerek hüzünle başını iki yana sallamış ve "Hayır, benim gibi bir anneyi hak etmiyor. Sadece Cemal Bey gibi bir dedesi var diyecektim..." dedi. Genç kız onun içinde savaş verdiğini biliyordu. Ne kadar Can'a kol kanat gerse de ona fazla bağlanmaktan korktuğu açıktı. İleride bu aileden ayrıldığında onların kanından olan bir bebeği asla ona vermezlerdi. Can'ı ondan alacaklarına emindi. Yine de bu zaman zarfında bebeğe en iyi şekilde bakacak ve ona sevgisini aktaracaktı. Hep birlikte kahvaltıya oturdukları sırada kapı zili çalınca Yaren'in içinde garip bir his oluşmuştu. Salon kapısından giren Yağız ile göz göze gelince hemen bakışlarını kaçıran genç kız, onun "Herkese afiyet olsun." diye şakırdayan sözleriyle tüylerinin diken diken olduğunu hissetmişti. Songül hafif bir surat asmayla "Sen buraya nasıl geldin? Söylesene seninki nasıl bıraktı?" diye sorduğunda Yaren ona sert bakarak susmasını sağlamıştı. "Sana da afiyet olsun kardeşim. Görüyorum ki hâlâ sinirlisin ve bana kızıyorsun." dedi. Yaren onların konuşmasına katılmadı, Selman Bey de gülümseyerek konuştu. "Kahvaltı yaptın mı oğlum? Gel birlikte yapalım..." Yaren birden irkilmişti. Başını kahvaltısından kaldırmazken onun bu davranışına sakin kalmaya çalışan Yağız "Teşekkürler Selman amca ama benim okula gitmem gerek. Gitmeden bizimkilere anahtar bırakacaktım." dedi. Yaren başını kaldırarak soğuk bir şekilde ona bakmıştı. "Anahtara ihtiyacımız yok. Bugün çok işimiz olacak. Ev için eşya bakacağız." dediğinde Yağız öfkeden dişlerini sıkmıştı. "Ne eşyası?" diye sorarken genç kızın inatçı olduğunu gösteren güzel burnunu hafif havaya kaldırışını hayranlıkla izlemişti. "Sana söyledik, biz ayrı evde yaşayacağız. Seninle kalmam doğru olmaz. Ama Songül kalmak isterse sorun değil. Nasılsa Can benimle..." dediğinde Yağız dişlerini öyle bir sıkmıştı ki oradakiler olmasaydı avazı çıktığı kadar Yaren'i azarlayabilmek için bağırabilirdi. "Seninle konuşmamız gerek Yaren!" diye alttan alan genç adam aslında onunla ne konuşmak istediğini bile bilmiyordu. O an ağzından çıkan bu kelimenin altında kalmamak için, yalnız kaldıklarında ona söyleyecek birkaç söz bulabilmeyi umut ediyordu. "Seninle konuşacak bir şeyim yok Yağız. Sen okula geç kalma. Merak etmene de gerek yok. Selman amcam bize nereden alışveriş yapılacağını gösterebilir." Orta yaşlı adam onu onaylayınca Yağız derin bir nefes alarak "Yine de konuşmamız gerek. Bu saçmalığa bir son vermeliyiz." dedi. Yaren hiçbir şey söylemeden yerinden kalkarak onun önünde dikilmişti. Onun cesareti konusunda ne Yağız ne de Selman Bey'in karısının en ufak bir fikri dahi yoktu. Kimsenin ne söyleyeceğine aldırış etmeden Yağız'ın karşısına dikilmiş ve gözlerinin içine bakarak en derinlere nüfuz ettiğini bilmeden bakışlarındaki öfkeyi ona hissettirmek istemişti. "Evet, hadi bitirelim bu saçmalığı. İyi dinle... Ben ne seninle evlenmek istiyorum, ne de her fırsatta zina işlediğin o eve girmek istiyorum. Beni anlayabiliyor musun?" dediğinde Yağız duyduklarının şokuyla bir adım geri gitmişti. Oradaki herkes şaşkın bir şekilde onlara bakarken Yağız'ın yüzü sinirden ateş atıyordu. "Seninle evlenmeye bayılmıyorum Yaren. Değil ki Suat'ın neden böyle bir saçmalık yaptığını da bilmiyorum. Ama madem benimle buraya geldiniz, benim dediklerimi yapmak zorundasın." dediğinde sesindeki ton oldukça otoriter çıkmıştı. Songül, ağabeyinin kızgınlığıyla hem şaşırmış hem de eğlenmeye başlamıştı. Yaren ise ondaki ani değişimi anlamaya çalışır gibi kısılmış gözleriyle ona bakıyordu. İfadesinin en küçük anını bile kaçırmak istemiyordu. Yağız onun neden bu kadar dikkatli baktığını anlayabiliyordu. Bu, hiç istemediği hâlde ona sürekli Suat'ı hatırlatmasından kaynaklanıyordu. Bu kız farkında olmasa da Yağız onu iyi tanıyordu. Ama yine de şaşırtmayı başarıyordu. "Bunu ilk ve son kez söyleyeceğim küçük hanım. Beni hiç tanımıyorsun ve beni kızdırmak istemeyeceğine emin olabilirsin. Şimdi..." diyerek cebinden çıkardığı anahtarı Yaren'in eline sıkıştırdı. "Bu anahtarı alıp eve gidiyorsunuz ve ben dönene kadar evden çıkmıyorsunuz. Ev meselesine gelince, ben döndüğümde konuşup bu işi halledeceğiz." demiş ve diğerlerine dönüp "İyi günler, size afiyet olsun." diye devam etmişti.

Yaren onun bu şekilde davranması karşısında şaşırmıştı. Yağız ile baş etmek kolay olmayacaktı. Selman Bey genç kızın cesaretine hayran kalmıştı. Biliyordu ki onların köyünde kadınlar asla erkeklere karşı gelemiyordu. Yağız kapıyı kapatıp oradan ayrılana kadar salonun kapısına bakmaktan kendisini alamamıştı. Kapıya çıkan Yağız iki araba arasında gidip gelmişti. Son olarak kendi arabasına binip apartmandan uzaklaşırken Yaren pencereden onun gidişini seyretmiş ve sonrasında elindeki anahtara bakarak gülümsemeden edememişti. "Anlaşılan işimiz var." dediğinde Songül yengesinin omzuna dokunarak "Ağabeyim bir şeyi kafaya koydu mu yapar yenge. Onunla fazla inatlaşmasan iyi edersin. Seni de kafaya takabilir..." dediğinde Yaren'in şaşkın bakışlılarına eğlendiğini gösteren bir gülümsemeyle karşılık vermişti.

Kulakları uğulduyordu. Az önce evin önünden ayrılan arabanın arkasından bakarken oldukça düşünceliydi. Üstelik Songül'ün sözlerini idrak etmekte gecikmişti. Sonunda ne duyduğunu anlayan Yaren yutkunarak "Ne dedin? Bunu sakın ağabeyinin yanında tekrarlama. Ayrıca inatçılık yapmıyorum. Sadece onun hayatının da karışmasını istemiyorum." dediğinde genç kızın sesi titremişti. Songül, yengesine üzgün bir şekilde bakarken içinden, senin ve ağabeyimin mutluluğu için her şeyi yaparım, diye geçiriyordu. Yağız'ın evdeki kızla birlikte olduğuna inanamıyordu. Yengesinin yerinde olmak istemezdi. Suat ağabeyinin başkasından olan çocuğuna nasıl sahip çıktığını gördükten sonra Yaren'in de mutlu olması gerektiğine gönülden inanıyordu. Acaba Yağız onu mutlu edebilir miydi? İşte bu soru genç kızın düşüncelerindeki tek şeydi.

Bu sırada Yaren elindeki anahtara bakarak "Ne yapacağız?" diye Songül'e anahtarı göstermişti. Songül gülümseyerek "Hadi gidip ağabeyimin ne kadar temiz olduğuna bakalım." dediğinde Yaren istemeden de olsa gülmüştü. Bu onun Suat öldükten sonraki ilk içten gülüşüydü. Songül onun gülüşünü ne kadar da özlediğini hissetmişti.

Yaren odasına giderek uyumakta olan bebeği kontrol ettikten sonra tekrar Songül'ün yanına dönmüştü. Birlikte alt kata indiklerindeyse kapıyı açmak için Songül'e anahtarı veren Yaren, genç kızın bu davranışının nedenini anlamadığını gösteren ifadeyle karşılaşmıştı. "Sen onun kardeşisin." diyen Yaren dudağını hafif ısırdığının bile farkında değildi. Songül kapıyı açarken Yaren sanki korku tüneline girmiş korkaklar gibi kalbinin heyecandan atmasına engel olamamıştı. Eve ilk giren Songül kapıda bekleyen Yaren'in eve girmekte kararsız kaldığını görünce yanına giderek elinden tutmuş ve "Sen de onun evleneceği kadınsın. Buna alışsan iyi edersin yenge!" dediğinde Yaren'in yüzü bembeyaz olmuştu. "Sen buna karşı değil misin? Yani ben ağabeyinin karısıydım, şimdi ise diğeriyle evlenmem isteniyor. Bu sence normal mi?" diye sorduğunda Songül gülümseyerek "Benim için sorun değil. Çünkü sen harika bir yengesin ve senin ailemizde kalmanı çok istiyorum." dedi. Yaren'in gözleri dolmuştu. Songül ona bakarak "Umarım ağabeyim seni mutlu edebilir. Biliyorum senin için zor ama emin ol Yağız, ağabeylerim arasındaki en düşünceli ve kibar olanıdır. Tabii katır gibi inadını bıraktığı zamanlar." dediğinde Yaren ikinci kez gülmüştü.

Salona geçen ikili eve şöyle bir baktıklarında Songül gülümseyerek "Hâlâ aynı!" dediğinde Yaren ona bakarak "Aynı mı?" diye sormuştu. Songül ise küçük bir kahkaha atınca elini ağzına kapatarak "Ağabeyimde düzen takıntısı var. Her şey düzgün olacak. Kesinlikle dağınıklığa tahammülü yok. Bu onu deli eder." dediğinde Yaren şaşkınlıkla eve göz atmıştı. Gerçekten de her şey yerli yerindeydi ve etraf çok düzenliydi. O da gülümseyerek "Bu gerçekten eğlenceli olacak gibi…" dedi.

Yağız sınavdan çıktığında üniversitenin koridorlarında sinirli bir şekilde yürüyordu. Arkasından seslenen birkaç yakın arkadaşını görünce duraksamıştı. Aralarından biri ona yaklaşarak "Hayırdır dostum burnundan soluyorsun?" diye sordu. Yağız derin bir nefes alarak "Hayır mı bilmiyorum ama başımda büyük bir dert var." dedi. Arkadaşları ona meraklı gözlerle bakarken Yağız dışarıya çıkmış arabasına doğru ilerliyordu. "Sonra konuşalım mı? Şu an eve gitmem gerek. İşlerim var…" Arkadaşları onun acelesi olduğunu anlamıştı ama neden bu kadar keyifsiz olduğunu anlayamamıştı. Az sonra Özlem de yüzü asık bir şekilde onlara yaklaşırken kavga ettiklerini düşündüler. Özlem, Yağız'ın ardından bakarken ona bedel ödetmek için elinden geleni yapacağına yemin etmişti. Yağız üç senenin hesabını verecekti.

Eve doğru ilerleyen genç adam, bir marketin önünden geçerken durarak evde olmadığı için boşalttığı dolabı doldurmak istemişti. Evde yiyecek bir şeyler her zaman vardır ama bunu evdekilere söylemeyi unutmuştu. Dolap ise tam takırdı. Biraz alışveriş yaptıktan sonra kasaya giderken gözüne ilişen bebek maması ve bezine doğru ilerlemeye başlamıştı. Eline aldığı mamaların özelliklerini bir doktor olarak tek tek okumaya başladı. Sonra sağlıklı olabileceğini düşündüğü bir iki mama çeşidini alarak bebek bezi standına geçti. Oradan da uygun bezi aldıktan sonra kasaya giden genç adam, her defasında geldiği bu markette kendisine kur yapan kasadaki kıza aldırış etmeyerek hesabı ödemiş ve arabasına doğru gitmişti.

Yaren ve Songül evi temizlemek istemişti ama ev haddinden fazla temizdi. Yaren istemeden de olsa bebeğin bu evi dağıtabileceğini ve etrafın tozlanabileceğini düşününce Yağız için üzülmüştü. Birinin hastalık derecede takıntılı olması zor olmalıydı. Bunun hakkında oldukça fazla kitap okumuştu. Bazılarına göre bunu bilmek imkânsız olsa da Yaren diğerlerinden farklıydı. Kapalı kapılar ardında her zaman kitap okumaya bayılırdı. Üstelik onun için bu alışılmış bir hobi olmuştu. Köy yerinde fazla vakti vardı ve babası onun bazı zamanlarda evden ayrılmasına karşı çıkıyordu. Bilemezdi ki köylünün düşüncesini. Bilseydi odasının penceresinden başını bile çıkarmazdı. Kalbi gerçekten acı içinde kıvranırken üzgün yüzüne bakan gözlerle karşılaşınca korkarak geri sıçramıştı. Takılan Yaren kanepenin üzerine düşerken Yağız elinde olmadan gülmeye başlamıştı. "O kadar korkunç olduğumu bilmiyordum." dediğinde Yaren toparlanarak hemen kanepeden kalkmıştı.

Genç adam eve geldiğinde salonda Yaren'in dalgın bir şekilde etrafa bakındığını görmüştü. Üzgün yüzü canını sıksa da kendisini gören genç kızın korkması daha çok canını sıkmıştı. Sonra gülümseyerek elindekileri genç kıza uzatınca Yaren şaşırarak bebek maması ve bezine bakmıştı. Fark etmeden elindekileri alan Yaren hiçbir şey söylemeden onları hemen görünmeyecek bir yere koymuştu. Bu Yağız'ın dikkatinden kaçmamıştı ama nedenini de sormamıştı. Songül mutfaktan "Yenge, bunu ne yapacağım?" diye seslenince Yaren kendisine gelerek mutfağa yönelmişti. Yağız ise kardeşinin ne yaptığını görmek için genç kızın peşinden mutfağa gitmişti. Elinde kepçeyle ocakta bir şeyler karıştıran Songül'e bakan genç adam, mutfağa hafif yayılan yemeğin kokusuyla gülümseyerek "Ne yapıyorsun?" diye sormuştu. Songül gülümseyerek "Mantar pişirmeyi öğreniyorum. Yengem çok güzel yemek yapar!" dediğinde Yaren genç kıza uyaran bakışlar atarken Yağız gülümsemişti. "Biliyorum!" Yaren şaşkın bakışlarını Yağız'a çevirmişti. Genç adam kaşlarını hafif yukarıya kaldırarak "Ağabeyim söylemişti!" dediğinde genç kızın yüzünün ifadesi değişmişti. Yağız ise söylediği söze hemen pişman olmuştu. "Sanırım o her zaman aramızda olacak!" dedi. Ama bu söylediğini içinden düşündüğünü zannederken Yaren'in dehşete düşmüş bakışlarıyla karşılaşmıştı. Aynı derece Songül de ona çam devirmiş gibi bakmaya başlayınca hatasını anlamıştı. Ama Suat'ı düşünmeden edemiyordu. Onun varlığı aralarında olacaktı ve bu şimdiden Yağız'ın canını yakmaya başlamıştı. Yaren içinse durum daha farklıydı. Tam da bu sırada Yaren'in telefonu çalmaya başlayınca genç kız arayan kişiyle bütün dertlerini unutuvermişti. Genç kızın söylediği sözle Yağız olduğu yerde çakılı kalmıştı âdeta: *"Aşkım... Evet, ben geldim!"*

Yağız kaskatı kesilmişti. Az önce yüzüne yayılan hafif gülümseme donup kalmıştı. Yaren ise bunun farkında olmadığı gibi onun yanından gülümseyerek kulağı telefonda mutfaktan çıkmıştı. Songül, ağabeyinin buz kesmiş yüzünü görünce korkmuştu. "Sen iyi misin?" diye soran genç kız cevap alamadığı gibi onun mutfaktan ruh gibi çıkmasına şaşırmıştı. Yağız salondan duyduğu hafif kahkaha sesiyle iyice sinirlenmişti. Öfkesini bastırmak için odasına giden genç adam, bir süre sonra mutfaktan gelen kahkaha sesiyle iyice sinirlenerek odasından çıkmış ve mutfağa girmişti. Onun ani bir şekilde mutfağa girmesiyle ürken Songül, Yaren'in bakışlarını da ağabeyine çevirmesine neden olmuştu. Yağız dişlerini sıkarak Yaren'i kolundan tutmuş ve "Seninle konuşmamız gerek." diyerek Songül'ün şaşkın bakışları arasında genç kızı kolundan çekiştirerek mutfaktan çıkarmıştı. Yaren ise hâlâ ne olduğunu anlayamamıştı.

"Bir sorun mu var, neden böyle davranıyorsun?" diyen genç kızın sesi meraklı bir şekilde çıkmıştı. Yağız ise onun melodik sesi karşısında yumuşamak yerine sesini yükselterek "Bu yüzden mi benimle gelmek için bu kadar ısrar ettin?" diye bağırmıştı. Yaren ne olduğunu anlayamıyordu. Sadece karşısındaki adamın neye sinirlendiğini tahmin etmeye çalışıyor ama başarılı olamıyordu. "Söylesene âşığınla birlikte olmak için beni mi kullandın?" dediğinde Yaren'in tüm rengi atmıştı. Yanlış duyduğunu düşünüyordu. Bu olamazdı... Genç kız kekeleyerek "Â... Âşı... ğım mı?" diye sorduğunda Yağız öfkeden delirmek üzereydi. "Söylesene ona bu kadar tutkun musun? Aileni geride bırakacak kadar, kaynınla evlenmeyi göze alacak kadar... Söylesene ona bu kadar mı âşıksın?" diye bağırmıştı. Özellikle son sözleri bıçak kesiği gibi bedeninde ve ruhunda ağır tahribatlar bırakmıştı. Genç kız yutkunarak ona baktı. Bu sırada hızla salona gelen Songül de şaşkındı. Tam ağzını açıp bir şey söyleyecekti ki Yaren elini kaldırarak onu susturdu. Şimdi gözlerinden ateş saçıyordu. Göz pınarlarına dolan yaşların akmasına izin vermeyen genç kız başını gururla yukarıya kaldırarak "Evet!" dedi. "Evet, ona deli gibi âşığım. Hayatımdaki en önemli erkek, onu seviyorum ve onun için her şeyi göze alırım. Senin gibi aşağılık biriyle bile evlenmeyi göze alabilecek kadar ona tutkunum." dediğinde Yağız'ın tüm kanı çekilmiş gibi bembeyaz kesilmesine aldırış etmeden hızla salondan bulduğu ilk odaya giriş yapmıştı. Yağız ise aldığı cevaba karşılık yapmış olduğu hatayı anlayınca şoke olmuştu. Onun hayatına bu şekilde müdahale ettiği için kendisine kızıyordu ama telefondan yükselen tiz erkek sesine *aşkım* diye karşılık vermesi mantığını kaybetmesine neden olmuştu. Salondaki kanepeye çökerek başını iki eli arasına alınca Songül de şoke olmuş bir şekilde az önceki kavganın nedenini anlamaya çalışıyordu.

Lanet olsun, bunu neden yapıyorsun, bırak kiminle isterse onunla olsun, diye kendi kendine söylenen genç adam buna neden izin vermediğine anlam veremiyordu. Yaren ise girdiği odada dört dönerken titreyen ellerini birbirine kenetlemiş ve neresi olduğuna bile dikkat etmeden kendisine oturacak bir yer bulmuştu. Ellerini yüzünde birleştirerek, bu da neydi şimdi, neden benimle bu şekilde konuşmasına müsaade ettim ki, diye kendisine hesap sorarken genç adamdan farksız bir durumda değildi. Bir süre sonra sakinleşen genç kız başını kaldırdığında ilk kez nerede olduğunu fark etmişti. Yutkunan Yaren etrafına bakınırken oturduğu yerin bir yatak olduğunu görünce hemen yerinden sıçramıştı. Etrafına dönerek bakınan genç kız odanın duvarına monte edilmiş büyük kitaplığa, diğer duvarı kaplayan büyük dolaba, camın altında bulunan masaya ve son olarak üzerinden kalktığı, bir kadının bile uğraşsa bu kadar özenle düzenleyemeyeceği geniş yatağa bakmıştı. Bu kez gerçekten yanlış yerde olduğunu düşündü. Bu oda ona ait olmalı diye düşünmeden edememişti.

Yağız oturduğu yerden kalkarak salonun kapısına yönelmişti ki karşısında kendisine sinirle bakan kardeşiyle karşılaştı. "Sana inanamıyorum ağabey? Bir daha yüzüne bakarsa kendini şanslı say!" dediği gibi hızla o da Yaren'in girdiği odaya girmiş ve kapıyı sertçe kapatmıştı. Yaren odanın kapısının sert bir şekilde açılıp kapanmasına karşın korkuyla yerinden sıçramıştı. "Korkmana gerek yok yenge, benim." diyen genç kız sinirli bir şekilde yatağa oturarak "Bunu yaptığına inanamıyorum. Nasıl olur da seni bu şekilde suçlayabilir? Sanki... Sanki!" diyerek duraksayan genç kız gözleri parlamış bir şekilde Yaren'e bakmaya başlamıştı. Ellerini çırparak genç kadına yaklaşan Songül "Bu harika!" diye neredeyse çığlık attı.

Yaren onun aklından ne geçtiğini anlayamadığı için korkmaya başlamıştı. Bu kız gerçekten son zamanlarda karakterinin farklı yönlerini gösteriyordu. "Songül sen kaç yaşındasın?" diye soran genç kadın onun şaşkınlıkla bakmasına neden olmuştu. "Yenge bunu neden soruyorsun?" diye soran genç kız gülümseyerek cevabını beklemişti. Sonra vazgeçerek "On beşime gireceğim." dedi. Yaren gerçekten şaşırmıştı. Bu kızın yaşından büyük gösterdiği su götürmez bir gerçekti. Dahası bu kadar pervasız oluşunu yaşına bağlamaya başlaması içini rahatlatmıştı.

"On beş... Benimki de on beşini bitirmek üzere!" dediğinde aklına gelen tarihle yutkunmadan edememişti. "Bugün ayın kaçı?" diye endişeli bir şekilde soran genç kadın Songül'ün kaşını kaldırarak "Yirmisi." diye cevap vermesi üzere yerinden hızla kalkmıştı. "Yirmisi mi? Bugün yirmisi mi?" diye sorunca gözleri dolmaya başlamıştı. Songül neden bu şekilde davrandığını anlayamamıştı. Yaren bir kenara oturarak "Bugün onun doğum günü. Bu yüzden aramış olmalı. Büyük hayal kırıklığı yaşadığına eminim." diye için için üzülen genç kız Songül'ün şaşkınlığına bakarak "Cüneyt!" diye devam etmişti. Yengesinin kardeşine olan düşkünlüğünü bilmeyen yoktu. Dahası genç kadına kardeşini görmenin ne kadar iyi geleceğini bilmesi için de yaşının çok büyük olması gerekmiyordu. "Onu buraya çağıralım mı?" diye soran Songül, kendisine yönelen parlak bakışlarla gülümsemişti "Ah... Evet, onu buraya çağıralım... Hatta onu gidip ben alayım. Okuldan çıkmasına izin vermeyebilirler." dedi.

Songül gülümseyerek onu onaylarken Yaren burnunu çekerek hemen odadan çıkmıştı. Salondan geçerken Yağız ile karşılaşan genç kadın ona ters bir bakış atarak Songül'e "Sen, Can ile ilgilenir misin? Ayrıca geç kalırsam merak etme!" diyerek Yağız'ın sinirli bakışlarına aldırış etmeden arabanın anahtarını alarak hızla evden ayrılmıştı.

Yağız o çıktıktan sonra elini yumruk yaparak öfkesini bastırmaya çalıştı. Az önce yaptığı şey yüzünden pişmanlık duymasaydı şu anda o kadın bu evden bu kadar kolay ayrılamayacaktı. Aklına gelen şeyle hafif irkilen genç adam "Songül!" diye bağırmıştı. Songül salona gelirken hiçbir şey söylemeden sadece ona bakmakla yetinmişti. "Nereye gitti?" diye soran genç adamın öfkesi sesinden belli oluyordu. "Sana nereye gitti dedim?" diye tekrar soran Yağız, Songül'ün hafif alay edici sesiyle "Aşkını alıp onunla yemek yiyecek!" cevabıyla şoke olmuştu.

"Ne yapacak dedin? Sen... Sen az önce ne dedin?" Yağız ilk kez yanlış duymayı istiyordu. Nitekim bu durum doğru düşünmesini engelliyordu. Songül ise damarına basmak istermiş gibi onun yüzüne dik bir şekilde bakarak "Evet, onun için en değerli erkeğe gitti ve onu buraya getirecek. Çünkü onun doğum günüymüş." dediğinde Yağız'ın sesi birden yükselmişti. "Onu buraya mı getirecek? Buna nasıl cesaret eder? O kadın haddini bilse iyi olacak. Hâlâ bizim soyadımızı taşıyor!" diye bağırmıştı.

Yağız evden hızla çıkarak apartmanın dışında deli gibi etrafa bakınırken pencereden onu izleyen Songül evde kahkahayla gülmeye başlamıştı. "Senin de diğer erkeklerden bir farkın yok ağabeyciğim. Anlaşılan çoktan kendini kaptırmışsın. Umarım yengem de sana ilgi duymaya başlar da bu saçma evlilik en azından mutlu bir şekilde gerçekleşir." dedi. Dışarıda deli gibi dolanan ağabeyini izleyen Songül telefonun çalmasıyla arkasını dönmüş ve cevap vermişti. Karşıdan duyduğu sesle gülümsemesi iyice yayılmıştı. "Yengeciğim!" dedi Songül neşeli bir şekilde. Onun neşesi Yaren'i de şaşırtmıştı. Yaren telefonda "Songül, senden bir şey rica edebilir miyim?" deyince genç kız gülümseyerek "Elbette, senin için her şeyi yaparım." dedi. Yaren teşekkür ederek konuşmuştu. "Acaba benim için bir pasta yapabilir misin? Önceki yaptığın pasta çok güzel olmuştu. Belki yemek yapamıyorsun ama çok güzel pasta yapıyorsun." dediğinde Songül heyecanlanarak "Tabii benim için büyük zevk olacak yengeciğim. Söylesene kardeşini eve mi getireceksin?" diye sormuştu.

Yaren'in kardeşini bir kez düğünde o da kısa süreli gör-müştü. Yedi ayda ne kadar değişebilirdi ki? Bildiği tek şey ab-lasına aşırı düşkün oluşuydu. Ve o evlendikten sonra şehirde yatılı okula gönderildiğiydi. Songül telefonu kapattıktan son-ra pencereye gitmiş ama ağabeyini görememişti. Gülümsemiş ve mutfağa yönelmişti. Aradığı malzemeleri bulamayınca üst kata Selman amcasına çıkarak yardım istemişti. Selman amca-nın eşiyle alışverişe giden Songül heyecanla gerekli malzeme-leri alırken yengesi de ona yardım etmeyi teklif etmişti. Son-gül biraz abartarak salonu süslemek istiyordu. Ağabeyinin tepkisini düşünmek onu eğlendirmeye yetmişti.

Yaren, kardeşinin okulunu verilen adresle kolaylıkla bul-mayı başarmış ve güvenlikten geçerek müdür odasına gider-ken, okuldaki on yedi yaşın üstü olan erkeklerin dikkatini rahatlıkla çekmeyi başarmıştı. Bu onun umurunda olmasa da meraklı gözlere engel olamıyordu. Müdür odasına girdiğinde kırklı yaşlardaki müdür genç kıza nefesini tutarak bakmıştı. Yosun rengi gözlerine çok yakışan beyaz boğazlı kazağı ve siyah eteğiyle hiç de köylü kızı gibi durmuyordu. Üstelik ada-mın dikkatinden kaçmayan şey de onun güzelliğinin tamamen doğal oluşuydu. Bu kızda yapay olan hiçbir şey yoktu. Genç kız onun bakışlarından rahatsız olsa da bunu belli etmeye-rek "İyi günler, ben Cüneyt Solmaz'ın ablasıyım. Eğer izniniz olursa onu birkaç günlüğüne okuldan almak istiyorum." dedi.

Müdür genç kıza yutkunarak bakıyordu. Âdeta büyülen-mişti. Genç kız, müdürün kendisini duymadığını düşünerek sözlerini tekrarlarken, sınıfın penceresinden bakan Cüneyt önce yanlış gördüğünü düşünmüş sonra işi şansa bırakma-mak için öğretmenine dahi açıklama yapmadan koşarak sınıf-tan çıkmıştı. Genç kadın, müdüre biraz daha yaklaşarak sanki sağır olmuş gibi sözlerini tekrarlarken bu kez daha yavaş ve tane tane konuşmuştu. Adam yutkunarak tam bir şey söy-leyecekti ki kapı hızla açıldı. Yaren ona bakmayı kesmiş ve kendisine gözleri yaşlı bir şekilde bakan kardeşine dönmüştü. Cüneyt hiçbir şey söylemeden koşarak ablasına sarılınca müdür de duygulanmıştı. Genç adamı okula başladığından beri ilk kez birisi ziyarete gelmişti ve o da anladığı kadarıyla en çok sevdiği kişiydi. Yaren kardeşine sarılmayı bırakarak geri çekilmiş ve gözünden yaş gelerek "Sen ne kadar büyümüşsün? Kocaman adam olmuş benim küçük kardeşim." deyip hasretle öpmeye başlamıştı. Utanan kardeşi "Ya abla ya, bana böyle davranma." dedi. Yaren ise kendi boyunu bile geçen kardeşine daha sıkı sarılarak "Seni çok özledim. Eğer Müdür Bey izin verirse seni bir süreliğine eve götüreceğim…" dediğinde Cüneyt yaşına bile bakmadan hüngür hüngür ağlamaya başlamıştı. Müdür onlara bakarak gülümsemişti. Özellikle genç kadına bakmamaya dikkat ediyordu. Ona bakınca nefesinin kesildiğini hisseden adam hiç itiraz etmeden "Elbette ama haftaya önemli sınavları var ve onlara iyi çalışmalı." dediğinde Yaren minnet duygusuyla adama öyle bir gülümsemişti ki adam neredeyse yere düşecekti.

Yaren ve Cüneyt okuldan ayrılırken tüm gözler ikisinin üzerindeydi. Yaren ne kadar güzelse Cüneyt de büyüdükçe dikkat çekici bir delikanlı oluyordu. Cüneyt bu bakışların farkında olmasına rağmen sinirine hâkim olmayı başarmıştı. Şu anda onun moralini bozabilecek hiçbir şey yoktu. Ablasının omzuna attığı koluyla arabaya doğru yürürken tekrar geriye bakmış ve babasının eğitilmesi için kendisini bir hapishaneye kapattığını yeniden algılamıştı. Ama biliyordu ki babası onun kötülüğünü asla düşünmezdi. Nitekim bir gerçek vardı ki o da bu okula yazıldığından beri kendisini daha güçlü hissetmeye başlamasıydı. Yaren kardeşinin baktığı yöne bakarak gülümsemişti. "Bu sana garip mi geldi?" diye sorarken Cüneyt ona bakarak gülümsemişti. Arabaya bindikten sonra yan dönerek ablasına "Söylesene abla, duyduklarım doğru mu?" diye sordu. Yaren yutkunarak ona karşılık vermişti.

"Ne duydun canım?"

"Suat ağabeyimin kardeşiyle evleneceğin doğru mu?"

Cüneyt'in sorusuna nasıl cevap vereceğini bilmiyordu ama onun artık büyüdüğünün de farkındaydı. "Bak Cüneyt, bazı şeyleri anlayabilecek kadar büyüdüğünü biliyorum. Bu yüzden sana gerçeği söyleyeceğim. Babamın beni neden apar topar evlendirdiğini biliyor musun?" dediğinde Cüneyt üzgün bir şekilde başını eğerek onun sorusunu onaylamıştı.

"Evet."

"Babam beni Suat ile neden evlendirdiyse, Cemal Bey de o nedenle Suat'ın kardeşiyle evlenmemi istiyor." Cüneyt ablasına şaşkınlıkla bakmıştı. "Hâlâ mı seni rahatsız ediyorlar? Allah aşkına abla sen evli bir kadınsın!" dediğinde sesindeki öfke elle tutulur cinstendi. "Bunu bana nasıl söylemezsiniz? Siz... Ben artık büyüdüm ve seni koruyabilirim. Neden eve dönmedin ve neden o adamla evlenmeyi kabul ettin?" diye sordu ve bir süre duraksayarak ablasının hüzünlü gözlerine bakarak "Kabul ettin mi?" diye ablasına yeniden sordu. Genç kız başını sallayarak "Kabul etmek zorundaydım canım, eve dönemezdim. Çünkü Suat ölmeden önce biz resmi olarak evlenmiştik." Ablasının sözlerinden sonra Cüneyt şaşkınlıkla ona bakmıştı. "Evlendin mi? Sen onunla resmi olarak evlendin mi?" Genç adam heyecanlanmıştı. Suat'ı çok sevse de şu anda ona kızgındı. Ablasını böyle bir karmaşaya soktuğu için ona kızıyordu. "Bu yüzden mi kabul ettin? Yani onun soyadını taşıdığın için mi? Peki o nasıl yengesiyle evlenmeyi kabul etti?" Genç kadın kardeşine acı dolu bir ifadeyle gülümseyerek "O evlenmek istemiyor ama babasına da karşı gelemiyor. Beni görmeye bile dayanamadığına eminim." dedi. Cüneyt gerçekten bu durum karşısında ne söyleyeceğini bilemiyordu. "Sana... Sana kötü davranmıyor değil mi?" Onun bu sorusuna gülümseyen genç kız başını iki yana sallayarak "Hayır, aksine iyi davranıyor. Sadece... Sadece çok inatçı ve onunla baş etmek bazen gerçekten zor oluyor!" dediğinde Cüneyt ablasının dudaklarının hafif kıvrıldığını fark etmiş ve o da gülümsemişti. "Peki, Suat ağabeyim kadar yakışıklı mı?" dediğinde Yaren şaşkınlıkla ona bakmıştı. "Yakış... Küçük şeytan. Bu nasıl bir soru? Yoksa onun yanında mı yer almaya başlayacaksın? Üstelik bu sabah senin yüzünden kötü bir tartışma yaşadık." dedi. "Benim yüzümden mi?" dedi genç delikanlı üzüntüyle. "Yoksa beni evinde istemiyor mu? Eğer seni zor durumda bırakacaksam beni geri götür."

Yaren kardeşinin sözleriyle şaşırmıştı. Kardeşinin bu kadar düşünceli bir delikanlı olduğunu görmek onu gururlandırmıştı. Arabayı kenara çekerek yan dönmüş ve kardeşinin elini iki eli arasına alarak onu rahatlatmak istemişti. "Sen benim en değerli varlığımsın hayatım. Seni istemeyecek bir adamla benim işim dahi olmaz. O… Onun senden haberi yok ve sabah bir erkekle konuştuğumu duyunca kendi kendine sonuçlar çıkarmış." dedi. Bunu ilk kez fark eden Yaren ona hak vermeden edememişti. Kendisini kullanılmış hissediyor olmalıydı. Kesinlikle onun kıskançlık yaptığına yoramazdı bu durumu.

Cüneyt dikkatle ablasını dinliyordu. "Yani…" diye tekrarlayan genç kadın hafif gülümseyerek "Seni benim âşığım sanmış!" dedi. Cüneyt yaşadığı büyük şaşkınlıkla sesinin yüksek çıkmasına izin vermişti. "Ne?" Dehşete düşmüş bir şekilde elini kolunu sallamaya, doğru cümleler kurmaya çalışıyordu. "O ne sandı? Beni… Beni senin…" dedi ve sustu. Elini alnına vuran genç adamın tavrı oldukça komik gelmişti genç kadına. Hafif kıkırdayarak kardeşine bakan Yaren "Evet, öyle sandı. Çünkü ben buraya gelmek için çok ısrarcı oldum. Beni istemiyor ve bunun için kendisiyle gelmemi de istemiyordu. Dolayısıyla bu sabah seninle o şekilde konuşunca o da yanlış anladı sanırım." dedi.

Cüneyt ablasının eğlenerek söylediği sözleri şaşkınlıkla dinlemişti. Sonra yutkunarak "Beni görünce bana saldırmaz değil mi?" dedi. Yaren gülümseyerek kardeşine bakmış ve içini rahatlatmak için "Sanmam." demişti. Sonra arabayı yeniden çalıştırarak eve doğru yola koyuldular.

Yol boyunca konuşmayan ikili Yaren'in arabayı park etmesiyle arabadan inmiş ve Cüneyt evin dışına bakarak "Bu ev oldukça lüks görünüyor, buranın kirasını ödeyebildiğine göre Cemal Bey kesenin ağzını açmış olmalı." dedi. Yaren aklına gelen şeyle düşünmeye başlamıştı. Cemal Bey'in Yağız'a para gönderdiğini hatırlamıyordu. Cüneyt şakalaşmak için eski günlerdeki gibi ablasının beline sarılarak onu havaya kaldırmıştı. Küçükken bunu yapmak çok zordu, şimdi ise çocuk oyuncağı gibi geliyordu. Gıdıklanan Yaren ona bırakması için yalvarırken Cüneyt omzunda hissettiği elle dönmüş ve sonrası boş bir karanlık olmuştu.

12. BÖLÜM

Sahi ne zaman bu gölge gelmişti yüzüne? Oysaki gökyüzünde mükemmel bir güneş vardı. Peki, bulutlar nasıl oldu da bu gün ışığını kapatmayı bu kadar hızlı sağladı?

Cüneyt gözlerinin kararmasını güneşin önünü kapatan bulutlara yorarken, Yaren şoke olmuş bir şekilde ayaklarının ucuna serilen kardeşine bakmıştı, sonrasındaysa kendisini sarsan adamın endişeli yüzüyle...

"Sen... Sen iyi misin?" diye seslenen sesin sahibine dönmüştü bakışları. Yağız onu sarsarak kendisine getirmeye çalışıyordu. Yaren kolunu kurtararak Yağız'a olabildiğince sert bir tokat atmıştı. Şaşkına dönen Yağız onun "Sen ne yaptığını sanıyorsun? Buna nasıl cüret edersin?" diyerek hızla yerde yatan adamın yanına çöktüğünü görmüştü. Yaren korkmuş bir şekilde elinin tersiyle dudağından akan kanı silen kardeşini kaldırmaya çalışıyordu.

"Sen... Sen iyi misin? Canın çok acıyor mu?" diye sorarken Yağız şaşkınlıkla ona bakıyordu. Dahası Yaren hızını alamayarak sert bir şekilde Yağız'ın üzerine yürümüş ve ona saldırmıştı. "Seni aşağılık herif, ona dokunmaya nasıl cüret edersin, ona nasıl vurursun? Bunun için seni asla affetmeyeceğim!" diye söylenirken Cüneyt ablasının yırtıcı bir kuş gibi kendisine yumruk atan adama saldırdığını ve onun da onu durdurmaya çalıştığını hafif tebessümle izlemişti. Ablasını belinden yakalayarak geri çekmiş ve sarılarak "Sakin ol abla. Ben iyiyim." diyerek onun ağlamaya başlamasına neden olmuştu.

Yağız'ın kulaklarında sadece çocuğun *abla* diyen sesi yankılanıyordu. Arkadan oldukça büyük bir erkek gibi görünen Cüneyt'in yüzüne bakan biri yine de yanılabilirdi. Olduğundan büyük göstermesi Yağız'ın yanılmasına ve Yaren'in o şekilde çırpınışı da yanlış anlamasına neden olmuştu. Yaren geri çekilerek yaşlı gözlerle Cüneyt'in dudağını okşamaya başlamıştı. "Sen... Sen iyi misin aşkım? Ben gerçekten çok üzgünüm. Senin canını yaktı..." Söyleyeceklerini Yağız'a bakarak söylemiş ama onun şaşkın yüzünü görünce susmaktan başka bir şey yapamamıştı. Sonra kardeşine dönerek "Hadi eve çıkalım. Buz koymazsak şişecek!" dedi ve yine sert bakışlarını Yağız'a çevirdi. Cüneyt ablasının anaç tavuk gibi kendisini savunmasına gülmemek için kendisini zor tutuyordu. Yağız ise onların gidişini izlerken hâlâ ne olduğunu anlamaya çalışıyordu. Sonra aklına gelen sabahki konuşma ve Yaren ile yaptığı tartışma gelince yüzünü ekşiterek "Lanet olsun! Bunu nasıl yaptım? Şimdi sana karşı daha çok cephe alacak. Neden anlamadan sormadan hareket edersin ki?" diyerek kendisini azarlarken sabah hissettiği garip duyguya anlam vermeye çalışıyordu.

Yaren korkudan titriyordu. Elini kardeşinin yanağına koyarak "Sana nasıl vurdu acımasız!" diye söylenirken Cüneyt gülerek "Sen de ona vurdun ama o sesini bile çıkarmadı. Söylesene, o değil mi?" diye sorunca Yaren yutkunarak kardeşine bakmıştı. Elini çenesine götürerek "Eli de amma ağırmış. Abla böyle gidersen sen de onun ağır elinden nasibini alabilirsin!" dediğinde arkadan gelen "Sana kadınlara el kaldıracak kadar adi mi göründüm?" sorusuyla Cüneyt bakışlarını Yağız'a çevirmişti. Delikanlı hiçbir şey söylememiş, sadece Yağız'a bakmakla yetinmişti. Yağız bu bakışlardan rahatsız olsa da gözlerini genç adamdan kaçırmamıştı. Yaren'in belini kavrayan elini görünce ifadesi az da olsa değişince Cüneyt ister istemez buna gülümsemişti. Aklına ablasının Suat ile samimi olduğunda kendi bakışları gelmişti. Haklı olarak ablasını kocasından kıskanmıştı, peki Yağız neden o şekilde bakıyordu ki? Yaşına göre oldukça olgun olan Cüneyt, Yağız'ın bakışlarını gördükten sonra onu daha da sinir etmek için "Ablam çok mu korktu?" diye sorarak Yaren'in yanağını iştahla öpmüştü. Yaren ise kardeşine bakarak "Sana beni kaç kez bu şekilde ıslak öpme diyeceğim. Koca adam oldun, bu huyundan vazgeçmedin!" dedi. Yağız ise bu gösteri karşısında dişlerini sıkmış ve yumruk yaptığı ellerini cebine sokmuştu. Cüneyt ona imalı bir bakış atarak "Bu gece birlikte yatarız değil mi?" diye sorunca Yağız bu soru karşısında öksürük krizine girmişti. Yaren ise kardeşine ters bir bakış atarak "Bunu unut, küçük değilsin artık. Benimle yatmana izin veremem." dedi. Yağız bu cevap karşısında biraz moral bulurken Cüneyt'in "Ama ben seninle uyumak istiyorum. Seninle uyumayı, bana şarkı söylemeni özledim. Hem Suat eniştem sen izin verirsen seninle birlikte uyuyabileceğimizi söylemişti." dediğinde Yağız'ın bakışları donuklaşmıştı.

Yaren ise evin kapısına anahtarı sokarak kapıyı açmış ve Yağız'ın bakışlarının soğukluğunun farkında bile olmadan kardeşini hızla içeriye çekerek Songül ile aynı anda "Sürpriz!" diye bağırması bir olmuştu. Cüneyt şaşkınlıkla kalakalmıştı. Böyle bir şeyi beklemiyordu. Songül elinde pastayla salonun ortasında duruyordu. Genç kız gülümseyerek Yaren'e bakmıştı. Cüneyt ise pastadan çok pastayı tutan kişiye odaklanmıştı. "Sen de kimsin?" diye soran Cüneyt, Songül'ün şaşırmasına neden olmuştu. Tek şaşıran Songül değildi. Yaren de onun kadar şaşırmıştı. Utanan Songül kendisine sorulan soru karşısında yutkunmadan edememişti. Cüneyt haklı olarak ona kim olduğunu sormuştu. Çünkü daha önce Songül'ü görmemişti. Düğünde bile Songül onları uzaktan görmüş ama delikanlı onu görmemişti. Sonraki zamanlarda da Cüneyt şehre gitmeden önce birkaç kez ablasına uğrasa da Songül ile karşılaşmamıştı. Yaren araya girerek "Sizi tanıştırmamıştım değil mi?" diye sormuştu. Kardeşi bakışlarını Songül'ün üzerinden çekmeyince Songül rahatsız olarak elindeki pastayı masanın üzerine koyarak kapıdan kendilerine dikkatle bakan ağabeyinin yanına kaçarcasına gitmişti.

Yağız refleksle kardeşini kolunun altına almıştı. "O benim kardeşim, bir sorun mu var küçük bey? Nitekim kardeşime olan bakışlarından hoşlanmadım!" diyen Yağız'ın sesi oldukça tehditkârdı. Onun sesindeki uyarıyı Yaren de fark etmişti. Ona bakmadan hızla mutfağa giderek dolaptan buz almış ve kardeşinin patlayan dudağına koymuştu. Cüneyt gülümseyerek ablasına bakarken bir yandan da "Abla ben artık çocuk değilim, bu kadar endişelenme!" dediğinde Yağız da onu onaylayarak "Evet çocuk değil. Üzerine bu kadar düşmene gerek yok!" dedi. Yaren dönüp ona sert bir şekilde bakarken ayağa kalkarak Yağız'ın tam önüne geçmiş ve gözlerini genç adama dikerek "Bir daha sakın kardeşimi tehdit eder gibi konuşma. Tahammül edemeyeceğim tek şey onun canının yanmasıdır! Beni anlayabiliyor musun?" dediğinde Yaren'in bakışları oldukça soğuktu ve yüzünde oldukça ciddi bir ifade vardı.

Yağız onun bu soğukluğu karşısında ürpermişti. Nefesinin kesildiğini hissederken Yaren arkasını dönerek gülümsemiş ve Cüneyt'e "Doğum günün kutlu olsun hayatım. Seni çok seviyorum!" dedi. Cüneyt ablasına sarılarak "Aldığım en güzel hediye sen oldun ablacığım!" dediğinde Yaren'in gözleri dolmuştu. Ablasını kolunun altına alan genç adam bakışlarını Songül'e çevirerek "Teşekkür ederim. Siz de yaklaşın ki şu pastayı keselim artık." dedi. Songül, ağabeyinin kanatlarının altından çıkmayarak masaya kadar ilerlemişti. Üzerindeki bakışlardan oldukça rahatsız olsa da bir şey dememişti. Yengesinin kardeşini pek fazla tanımasa da yengesi ona çok düşkündü ve onun hatırı için dayanabilirdi. Gerçi Cüneyt öyle taciz edici bir şekilde bakmasa da bakışlarındaki bir şey onu rahatsız etmişti.

Cüneyt ablasını sağına alırken Yaren'in yanına da Songül geçmişti. Yağız ve Cüneyt iki kızı ortalarına alırken Cüneyt tam pastasını kesecekken Yaren heyecanla "Ah bekle!" dedi. Cüneyt bir şey anlamamıştı. Yaren ise hızla evden çıkarak üst kattaki Can'ı almaya gitmiş birkaç dakika içinde de eve geri dönmüştü. Cüneyt ablasının kucağındaki bebeğe şaşkınlıkla bakmıştı. "Bu da kim?" diye soran Cüneyt ablasının sözleriyle şaşırmıştı. "Can, dayı ile tanış bakalım!" dediğinde Cüneyt yutkunmadan edememişti. Onun bebekten haberi yoktu çünkü. Yağız ise genç kadının sıcak tavrıyla hafif gülümsese de Cüneyt'in bakışlarından hoşlanmamıştı. Bebeğe öyle bir bakıyordu ki korkmamak elde değildi. Nedenini tek bir şeye bağlayabilirdi, o da ağabeyinin gayri resmî bir çocuğu olması. Ama Yağız bu konuda yanıldığını anlayacaktı. Bakışlarını çocuğa diken genç adam sonrasında ablasına dönmüş ve "Bunu bana açıklayacak mısın abla?" diye sormuştu. Yaren ise onun bu tavrından önce endişe duysa da sonradan hafif bir iç çekerek "Sonra!" dedi. "Sonra açıklarım, önce pastanı kes." diye devam etti. Ablasının yalvaran bakışlarını gören genç adam bir şey söylemeden yine eski neşesine dönmüş ve pastasını kesmişti.

Ortamda kısa süreli bir sessizlik olmuştu. Sonrasında Cüneyt ve Yaren koyu bir sohbete girerken Songül de arada onlara katılıyordu. Hâlâ Cüneyt'in bakışlarından rahatsız olsa da çocuğun açık sözlü olması ve sürekli neşeli olması genç kızı biraz olsun rahatlatmıştı.

Yaren yerinden kalkarak mutfağa doğru giderken kucağındaki Can'ı Songül'ün kucağına bırakmıştı. Cüneyt, ablası kalkıp salondan ayrıldıktan sonra yerinden kalkmış ve pencereye doğru ilerlemişti. Songül ise bakışlarıyla onu takip ediyordu. Biraz tedirgindi. "Özür dilerim!" Cüneyt onun bakışlarından rahatsız olduğunu anlamıştı. Bu durum genç adamı da rahatsız etmişti. Kimseyi rahatsız etmek gibi bir huyu yoktu. "Anlamadım?" diye çekinik bir şekilde soran genç kız onun pencerenin yanından kendisine dönerek gülümsemesi karşısında yutkunmadan edememişti. "Seni rahatsız ediyorum galiba, bu elimde değil. Ablamın yanı başında olan herkese aynı şekilde dikkat ederim. Size bakışımın altında art niyet olduğunu düşünürseniz gerçekten üzülürüm." dediğinde Songül tekrar yutkunmadan edememişti. Az önceki samimi delikanlı gitmiş yerine yaşından beklenmeyecek ciddiyette bir adam gelmişti.

Yaren mutfakta bebeğe mama hazırlarken arkasından yaklaşan Yağız'ı fark etmemişti. Genç adam ona iyice yaklaşarak "Özür dilerim." dedi. Genç kadın boş bulunarak korkunca Yağız da şaşırmıştı. Onun kendisini fark etmediğini anlamamıştı. Bir adım geri giden genç adam "Seni korkutmak istememiştim. Ben sabahki ve sonraki davranışım için özür dilerim." dedi. Genç kız ters bakışlarını genç adama yöneterek "Sevgilimi beğendin mi bari?" diye sormuştu. Yağız sinirlenmek istemiyordu. Son zamanlarda bu kadının söylediği her söze sinirlenmeye başlamıştı. Sesinin tonunu olabildiğince sakin tutarak "Bak, benim yerimde kim olsa aynı şeyi düşünürdü. Buraya gelmek için çok ısrar ettin. Ben senin burada kardeşin olduğunu bilmiyordum. Üstelik bir kardeşin olduğunu bile bilmiyordum!" diye kendisini savunmuştu. Genç kız bir bakıma Yağız'ın haklı olduğunu biliyordu ama sabahki konuşmasını affetse bile kardeşine vurmasına göz yumamazdı. Derin bir nefes alan Yaren "Sabahki olay için seni affedebilirim ama kardeşime vurmanı asla affedemem. Bunun için ondan özür dilemelisin!" dediğinde Yağız dişlerini sıkarak "Ne yani, şimdi senin ukala kardeşinden özür mü dilemeliyim?" diye sorduğunda arkadan gelen "Hiç gerek yok!" sesiyle ikisi de irkilmişti.

Cüneyt ablasına bakmak için arkasından gittiğinde Yağız ile olan konuşmasının bir kısmını duymuştu. Yağız'ın yanından geçerek ablasının hazırladığı mamadan bir parmak alan genç adam ağzına götürürken Yağız da onun her hareketine dikkat etmeye başlamıştı. "O bebeğin yemeği, sen doymadın mı? Akşamdan beri yemek yiyorsun!" dediğinde genç kız hafif gülümsemişti kardeşine. Onun bu gülümsemesi bile Yağız'ın içten içe sinirlenmesine neden olmuştu. Arkasını dönerek kapıya doğru ilerleyen genç adam son anda duraksayarak "Kusura bakma, senden özür diledim çünkü hatalıydım ama kardeşinden dilemeye gerek görmüyorum. Yine olsa yine aynı şekilde karşılık alacaktır." dediğinde Yaren sinirlenerek bir adım öne atmıştı ki Cüneyt onu kolundan tutarak başını iki yana sallamıştı.

Cüneyt, Yağız'a yakın boyu ve fiziğiyle kapı ağzında kendisine dik bir şekilde bakan genç adama yaklaşmıştı. Yağız bakışlarını onun üzerinden ayırmıyordu. Tam dibine gelerek hafif gülümseyen Cüneyt "Eğer benden özür dileseydin gerçekten senin hakkında kötü şeyler düşünebilirdim!" diyerek mutfaktan ayrılmıştı. Yaren şaşkın bakışlarını Yağız'a çevirince genç adam, *gördün mü*, dercesine bakmıştı. Yaren ise kardeşinin bu tavrına anlam veremediği için kızgındı. Yağız'a karşı kaleleri düşüyordu. Savunmasını daha güçlü yapmak istiyordu ama neden bu savunma duvarlarını kurmak istediğini daha keşfedememişti.

Mutfaktan ayrılan Yağız odasına geçerken Yaren de daha hangi odada kalacaklarını bilmedikleri için salonda oturmuş Yağız'ın odasından çıkmasını beklemişti. Ama nafile beklediğini anlayan genç kadın öfkeyle ayağa kalkınca Songül ve Cüneyt irkilmişti. "Bir sorun mu var yenge?" diye soran genç kız Yaren'in "Senin bu düşüncesiz ağabeyin odasına kilitlendi ve kimin nerede yatacağı konusunda bir şey söylemedi. Bundan daha büyük bir sorun mu olur?" diye sorduğunda Songül gülmemek için kendisini zor tutmuştu.

Yengesinin küçük çocuk gibi debelenmesi gerçekten komik gelmişti. Cüneyt ise Songül'ün yapmaya çekindiğini yaparak kahkaha atmıştı. "Abla sen hâlâ değişmedin mi? Senin evli olduğuna…" Cüneyt son sözlerini kesmek zorunda kalmıştı. Onun sözleriyle Yaren ve Songül ona bakmıştı. Genç adam üzülerek "Ben özür dilerim." diyen genç adam ablasına sarılmak için ayağa kalkmıştı. Songül ona ters bir bakış atarken ağabeyinin ölümünden çok, yengesinin üzülmesine kıyamamıştı. Suat geri gelmeyecekti ama bunu kabullenen yengesinin daha fazla üzülmesine de içi el vermiyordu. Cüneyt, ablasına sarılarak yeniden "Özür dilerim abla." dedi. Yaren ise kardeşine "Sorun değil hayatım." diyerek başını Yağız'ın odasının kapısına doğru çevirip öfkeli bir şekilde "Daha farklı bir sorun var!" dedi ve kardeşinin kollarından ayrılarak Songül'ün yanında yatan küçük bebeği aldı.

Şaşkın bakışlar arasında Yağız'ın odasına doğru ilerlemeye başladı. Songül de ayağa kalkarak Cüneyt'in yanına gitmiş ve "Sence ne yapacak?" diye sormuştu. Cüneyt de şaşkın bir şekilde "Ablamı tanıyorsam ağabeyini o odadan..." dedi ve Yaren'in sert bir şekilde kapıya bile vurmadan Yağız'ın odasının kapısını açmasının gürültüsüyle ikisi de başlarına taş atılmış bir şekilde hafif eğilmişti. "Kapı kırılmış mıdır?" diye soran genç kız başını hafif çevirdiğinde Cüneyt ile oldukça yakın durduklarını fark etmiş ve hemen araya mesafe koymuştu.

Yağız ertesi günkü sınavı için odasındaki masada ders çalışıyordu. Kapının sert bir şekilde duvara çarpmasıyla korkan genç adam sinirlenerek "Sen ne yaptığını sanıyorsun? Nasıl odama bu şekilde girebilirsin?" diye sormuştu. Yaren yerinden fırlayan adamı duymazlıktan gelerek kucağındaki çocuğu Yağız'ın yatağına yatırıp genç adama dönmüştü. Bakışlarında öyle bir ifade vardı ki genç adam yutkunmadan edememişti. Ama tekrar aynı soruyu sormaktan da kendisini alamamıştı. "Odamda ne arıyorsun?" Yaren imalı bir şekilde genç adama gülümseyerek "Odan mı? Üzgünüm ama burada kaldığım sürece bu oda bana ait olacak, sen kendine başka bir oda bulmalısın!" dediğinde Yağız şaşkın bir şekilde genç kıza bakmıştı. Sonra yanlış anladığını düşünerek kısa ama güçlü bir kahkaha atıp "Anlamadım? Az önce sen ne dedin?" diye sordu. Yaren birkaç adım öne çıkarak "Burası artık bana ait, kıyafetlerini ve şu kirli örtülerini alıp odamdan çıkmanı istiyorum!" dediğinde Yağız öfkesine yenik düşerek bir anda genç kızı sertçe kendisini çekmiş ve gözlerine daha yakından bakarak "Ben yüz olarak ne kadar ağabeyime benzesem de karakter olarak benzemiyorum. Beni onunla karıştırmazsan sevinirim!" dediğinde genç kız nefesini tutmuştu. Yağız onun gözlerinden gözlerini ayırırken az sonra onun belini kavramış olduğunu fark edince dehşetle gözlerini açmıştı. Tüm bedeni bir anda kasılırken tekrar genç kızın yüzüne bakacak cesareti bulamamıştı. Avucunun altındaki ince bel o kadar narindi ki bir anda bu dokunuştan tüm bedenine büyük bir ateş yayıldığını hissedince hızla genç kızı bırakmıştı. Kendisini ateşe dokunmuş gibi hissetmişti. "Ben... Ben özür dilerim!" dediğinde genç kız da yaşadığı şoku atlatmaya çalışıyordu. Birkaç adım gerileyen Yaren az önceki heyecanını son anda biraz olsun bastırarak "Ona benzemediğin kesin, o asla senin gibi davranmazdı. Aksine duyarlı ve düşünceli biriydi." dedi. Ama asla geri adım atmayacaktı... Aksine onun gözünün içine bakarak "Sen de beni hiç tanımıyorsun küçük bey." diyerek dolaba doğru yaklaşmış, kapağını açarak içinde ne kadar kıyafet varsa eline alıp Yağız'ın şaşkın bakışları arasında kapıdan dışarıya sallamıştı.

Yağız donmuş bir şekilde koridorun ortasına dağılmış kıyafetlerine bakarken çıldırmamak elde değil, diye düşünüyordu. Yaren tam önünde durarak "Şimdi lütfen kıyafetlerini takip eder misin?" diyerek parmağıyla kapıyı göstermişti. Koridordaki kıyafetleri gören Songül ve Cüneyt birbirine bakarken Songül korkudan fark etmeden Cüneyt'in arkasına saklanmıştı. Sinirine hâkim olmak için odadan çıkan genç adam, salonda kendilerine bakan iki kişiyi görünce siniri daha da artmış ve sesini yükselterek "Songül! Senin onun arkasında ne işin var?" diye bağırınca genç kız refleks olarak daha da çok saklanmıştı genç adamın arkasına. Cüneyt onun bu hareketine şaşırmıştı. Bu sırada Yaren odadan çıkarak "Songül buraya gel!" diye onu yanına çağırırken genç kız korkarak Yaren'e doğru ilerlemişti. Yaren genç kızı alarak Yağız'a nispet yapar gibi onunla birlikte odaya girmişti. Yağız ise onların kapıyı kapatmasıyla yerinde saydırarak sinirini bastırmaya çalışırken Cüneyt ona hafif gülümseyerek bakıyordu. Genç adam Yağız'a bakarak "Ben nerede kalacağım?" diye sorunca Yağız ona ters bir şekilde bakarak "Bunu neden her şeyi çok bilen o ablana sormuyorsun? Benim odama ortak çıktığına göre sana da yatacak yer bulur!" deyip diğer odaya geçmeden önce yerdeki kıyafetlerini söylene söylene toplamaya başlamıştı. Cüneyt kendisini kanepenin üzerine bırakırken Yaren de başını odanın kapısından çıkararak Yağız'ın girdiği odanın kapısının kapanmasını beklemiş ve kardeşi için yatacak yer ayarlamıştı. "Onu çıldırttın. Benden söylemesi, gerçekten ağabeyine benzemiyor ve yanlış oynamaya başladın ablacığım." dediğinde Yaren hafif gülümseyerek kardeşine bakmıştı. "Merak etme, şu ana kadar başımın çaresine baktım, bundan sonrada bakabilirim." dediğinde genç adam gülümseyerek "Ona ne şüphe! Ama sonradan demedi deme, bu şekilde gidersen onun takıntısı olmaya başlayabilirsin!" dediğinde Yaren şaşırmıştı. Aynı sözleri Songül'den de duyan genç kız fark etmeden Yağız'ın girdiği odaya doğru bakmıştı. "Merak etme sen, hadi yatağını yapalım." dediğinde Cüneyt yüzünü asarak "Neden seninle yatmıyorum?" diye sormuştu.

Yaren ona sarılarak hafifçe sırtını sıvazlamıştı. "Sen kocaman adam oldun, bu söylediğini mantığın kavrıyor mu?" diye sorduğunda Cüneyt ablasına isyan eder gibi "Ama bebek seninle yatacak değil mi?" diye sormuştu. Şaşıran genç kız kardeşinin ciddi yüzüne bakınca onun gerçekten üzgün olduğunu gördü. Kısa bir kahkaha atarak "Sen küçük bir bebeği kıskanmıyorsun değil mi?" diye sormuştu. Cüneyt yüzünü daha da asarak ablasına bakmıştı. "Neden, kıskanamaz mıyım? Sen benim ablamsın!" dediğinde genç kız sevgi dolu bir gülümsemeyle kardeşine bakmıştı. "Ne dersin, sen uyuyana kadar sana ninni söyleyeyim mi?" diye sorduğunda genç adam utanarak ablasına "Benimle dalga geçme. Seni çok özledim ve bu gece konuşuruz diye düşünüyordum ama bakıyorum da yanında bana yer yokmuş!" dedi. Genç kız üzülmüştü. "Bunu bir daha söylersen kalbimi kırarsın. Sen benim dünyanın merkezini oluşturuyorsun. Ne kadar büyürsen büyü sen hep hayatımın en önemli varlığı olacaksın!" dediğinde Cüneyt mutlu olarak ablasına neşeli bir sesle "Gerçekten mi?" diye sorunca genç kız onun neşesiyle moral bularak gülümsemiş ve başını aşağı yukarı sallayarak "Evet." demişti. "Şimdi rahatladım! O zaman buna dayanabilirim sanırım. Ayrıca bebek çok şirin... Bir gün senin de bebeğin olacak değil mi abla? Söz onu kıskanmayacağım!" dediğinde genç kızın bakışları hülyalaşmıştı. Bebek... Kendi bebeği olabilecek miydi? Bu şekilde devam ederse bu bir hayaldi. Yutkunarak gülümsemeye çalışmış ve "İnşallah!" diyerek kardeşini yeniden öpmüştü.

Odasına giderken hâlâ düşünceli olan genç kız Yağız'ın kapısının altından ışık geldiğini görünce onun için üzülmüştü. Sonra odasına girerek yatakta uyuyakalan genç kız ve bebeğe bakmıştı. Onları bir süre seyrettikten sonra aklına Cüneyt'in sorusu gelmişti. Onun asla bir bebeği olamayacaktı! O da ikisinin yanına uzanarak uykuya dalmıştı.

Gece boyu kötü rüyalar gören genç kız derin derin solumaya başlayınca Songül uyanarak yengesine bakmıştı. Onu uyandırmaya çalışırken de oldukça korkmuştu. Sessiz bir şekilde yerinde sayıklayan Yaren rüyasında ne gördüğünü dahi bilmeden kan ter içinde Songül'ün onu sert dürtmesiyle uyanmıştı. Terden sırılsıklam olan saçlarını geriye atan Songül, yengesinin başını kendi göğsüne çekerek "Tamam sakin ol yenge! Geçti!" derken genç kız gördüğü rüyanın etkisindeydi. Bir süre derin nefesler alarak sakinleşmeye çalışan Yaren, kendisine endişeli bir şekilde sarılan görümcesini teskin etmeye çalışmıştı. "Ben iyiyim canım, uyanmam iyi oldu kalkmalıyım artık!"

Songül, yengesinin solgun yüzüne bakarken Yaren yataktan sessiz bir şekilde kalkarak eline aldığı havluyla odadan çıkmıştı. Banyoya yöneldiği sırada salonda yatan kardeşine kısa bir bakış atmıştı. Delikanlı derin bir uykudaydı. Yaren banyoda işini hallettikten sonra yeniden odaya girmiş ve terli kıyafetlerden kurtularak üzerine rahat edebileceği etek ve gömlek geçirmişti.

Odadan çıkarken hâlâ dalgındı. Mutfağa geçerek alışkanlıkla kahvaltıyı hazırlayan Yaren, önce kardeşini uyandırmış sonra da Songül'den ağabeyini uyandırmasını istemişti ki onun odadan hazır bir şekilde çıktığını görmüştü. Genç adam ona bakmadan kardeşinin yanağını öperek "Günaydın canım!" dediğinde Songül şaşırmıştı. Yağız neden bunu yaptığını bile bilmiyordu ama o an içinden bu şekilde davranmak gelmişti.

Onlar masanın etrafında otururken kapıyı çalmak üzere olan kişiden haberleri dahi yoktu!

13. BÖLÜM

Yağız ağır bir şekilde hazırlanan masaya yönelirken Cüneyt de banyoya doğru ilerliyordu. Tam da bu sırada kapı zilinin çalmasıyla Yaren bakışlarını Yağız'a çevirmişti. Genç adamın hiçbir şeye aldırış ettiği yoktu. Kardeşinin homurdanmasına gülümseyen genç kız ağır adımlarla kapıya yönelmişti. Yaren, uykulu bir şekilde elini yüzünü yıkamaya giden kardeşi Cüneyt'e gülümserken, kimin geldiğine bile bakmadan kapıyı açınca karşısındaki kişiye gülümseyerek kapıyı açmış olduğunun farkında bile değildi. Aynı gülümseme kendisine sinirli bakan gözleri görünce aniden yüzünde solmuştu. Kapıdaki üç kişiden biri Yaren'e ölümcül bakışlar atarken diğer ikisi ona hayranlıkla bakıyordu. Yağız kapıdan ses gelmeyince yerinden doğrulup Yaren'in peşinden kapıya gelirken "Kim geldi, neden içeri girmedi?" diye sordu ve sonra kapıda gördüğü kişiler karşısında şaşırdı. Dalgın bir şekilde "Özlem!" dedi. Yağız onun daha dün akşam konuşmasına rağmen nasıl olup da bu eve geldiğine hayret etmişti.

"Aşkım!"

Yaren hiçbir şey söylemeden içeriye geçerken Özlem hızla Yağız'ın koluna yapışarak "Ben biraz düşündüm ve seninle konuşmadan bir karar vermek istemedim. Sana hak vermeye çalışıyorum... Ama biliyorsun ki bu benim için çok zor." diyerek Yağız'ın şaşkın bakışlarına yerleştirdiği öfkeye aldırış etmemeye çalışıyordu. Genç adam gelen diğer kişilere bakarak "Asım, Tolga! Sizin burada ne işiniz var?" diye sorduğunda Tolga yüzüne yaydığı kocaman bir gülümsemeyle "Kovsaydın dostum?" diye karşılık vermiş ve izin almadan hızla içeriye girmişti.

Yaren masaya çaydanlığı koyarken, Tolga hemen oturarak ayran budalası gibi gözlerini Yaren'e dikmiş bakıyordu. Yağız diğer iki kişiyle salona girdiğinde içinde kopan öfkeyi bastırmakta zorlanmıştı. Yaren'inse kendisine bu şekilde bakılmasına alışık olmasına rağmen midesi bulanıyordu. Yağız'ın bir şey yapmayacağı o kadar açıktı ki genç kız başını kaldırarak dik bir şekilde genç adama bakmış ve "Birine mi benzettiniz?" diye sert bir ses tonuyla konuşmuştu. Tolga onun melodik sesi karşısında büyülenmiş gibi bakmaya devam ederken Yağız dişlerini sıkmış tam arkadaşına bir şey söyleyecekti ki genç adam "Hayır... Sizi birine benzetmeme olanak yok. Şahsen sizin bir eşinizin daha olduğunu düşünemiyorum bile." diye iltifat etmeye kalkışınca ensesinde hissettiği bir acıyla çığlığı bastı. Cüneyt ablasına alelade bakan adamı görünce sinirlenmişti. Ayrıca bu durum karşısında Yağız'ın bir şey yapmayışı da canını iyice sıkmıştı. Kendisine engel olamayarak masaya yaklaşmış ve sert bir şekilde Tolga'nın kafasına vurmuştu. Canı acıyan Tolga arkasını döndüğünde sinirli bakışlarla karşılaşmıştı. Cüneyt sesinin tonunu önemsemeyerek "Sen kime baktığını sanıyorsun? Hiç mi adap öğretmediler sana?" diye bağırınca Tolga ne olduğunu dahi anlayamamıştı. Yaren ise kardeşiyle o an gurur duymuştu. Delikanlı yaşından beklenmedik bir şekilde dik ve güçlü görünüyordu. Öfke tüm benliğini sararken karşısındakine her an saldırabilmek için kollarını iki yana açmış avını avlamak üzere tek bir hareket bekliyordu.

"Cüneyt tamam hayatım, biz artık gidebiliriz!" dediğinde Yağız'ın bakışları hızla ona çevrilmişti. "Nereye gittiğini sanıyorsun sen?" diye çıkışan Yağız beklediği cevabı farklı bir kişiden alınca öfkesinden yumruklarını sıkmıştı. "Ağır ol Yağız Bey. Burada ben varken ablama hesap sormak sana düşmez. Nitekim Suat ağabey öldü ve şu anda ablamın üzerinde hiçbir hakkın yok. Ona sadece ben ne yapacağını söyleyebilirim." dediğinde sesindeki ima Yaren'i bile şaşırtmıştı. "Cüneyt terbiyeli ol!" diye kardeşini uyaran genç kız Cüneyt'in sert ama ablasına duyduğu sevginin belli olduğu bakışlarıyla karşılaşınca genç kadın kardeşinin şu yedi ay içinde ne kadar büyüdüğünü fark etmişti.

Onların köyünde, töresinde kadına söz hakkı yoktu. Onlarda beş yaşındaki küçük erkek bile kadına hükmedebiliyordu. *Asla erkeğin sözünden çıkamazsın! Asla erkeğin yanında konuşamaz ve o izin vermeden evden dahi adımını atamazsın!* Yaren bunları bilmesine rağmen oldukça rahat bir hayat sürmüştü. Ama az önce kardeşinin sözleri ona geleneklerini yeniden hatırlatmış ve ilk kez bu geleneklere minnet duymuştu. Yağız ise aldığı cevaptan hiç hoşnut olmadığı gibi arkadaşına sesini yükselterek "Bakışlarına dikkat etsen iyi edersin Tolga. Bu şekilde devam edersen arkadaşım olduğunu unutabilirim." dediğinde Tolga da Asım da şaşırmıştı. Yaren ise onun sözlerine aldırış etmeyerek kardeşine hafif gülümsemiş ve "Gidebiliriz." dedi.

Bu sırada Cüneyt'in keyfi yerine gelmişti. Tam salondan çıkacağı sırada Songül'ün masaya doğru ilerlediğini görünce duraksamış ve "Sen de bizimle gelmek ister misin?" diye sormuştu. Songül, Cüneyt'in sorusuna şaşırsa da o da onlarla gitmeyi burada ağabeyinin çekilmez arkadaşlarıyla kalmaktan daha cezbedici buluyordu. Ama Yağız'ın bakışlarındaki katılığı görebiliyordu. Bu sırada devreye giren Yaren "Songül hazırlan, sen bana emanetsin ve bugün biz dışarıda kahvaltı yapıp sonra da Cüneyt'in okuluna uğrayacağız." dedi. Bu sırada Yağız'a nereye gideceklerini bilerek ama diğerlerine fark ettirmeyerek söylemiş olmuştu. Yağız'ın kısılmış bakışlarına karşın Yaren'in *izin ver* diye emreden bakışları savaşıyordu. Kazanan taraf "Gidebilirsin Songül!" sözleriyle Yaren olmuştu. Genç kadın derin bir nefes alırken onların arasındaki savaşan bakışları gören Özlem tekrar Yağız'ın koluna girmişti. Ona aldırış etmemeye çalışan Yaren odaya giderek Can'ı kucağına alıp kapıya yönelmişti. Tolga ve Asım dikkatle genç kadını süzerken Asım olanlara anlam veremiyordu. Kapanan kapı ardından Yağız kolunu Özlem'in elinden çekmiş ve burnundan soluyarak "Buraya neden geldin Özlem? Sana buraya gelmemen gerektiğini söylemiştim." dediğinde Asım şaşkınlığını atarak "O... O afet de kimdi?" diye sordu. Sinirlenen Yağız "Bir daha onun hakkında bu şekilde konuşmamanı diliyorum. Nitekim az önceki Tolga'ya yaptığım uyarı senin için de geçerli. Yaren bana emanet ve bu şekilde davranmanıza müsaade edemem." diye sertçe çıkıştıktan sonra hazır olan kahvaltı masasına bakmıştı.

Kimse ne olduğunu anlayamıyordu. Yağız'ın neden bu kadar kızdığını da bilmiyorlardı. Özlem ise içindeki siniri bastırmaya çalışırken hızla masaya doğru ilerlemişti. Kimseye aldırış etmeden kahvaltı etmeye başlayan genç kız Yağız'ın "Sınava geç kalacağız!" sözleriyle duraksamıştı. Saat dokuza yaklaşmak üzereydi. Özlem'in bu kaygısız davranışları Yağız'ın daha da sinirlenmesine neden oluyordu. Anlayamadığı bir duygu kendisini kızdırıyordu. Derin bir iç çekerek odasına geçip kitabını almış ve arkadaşlarıyla birlikte son kez masaya bakarak evden ayrılmıştı.

Yaren ise Songül'ü arka koltuğa oturtmuş kucağına da Can'ı vermişti. Cüneyt arabaya biner binmez ablasına dönerek "Özür dilerim abla!" demişti. Kardeşinin heyecanlı ve mahcup çıkan sesine karşı Yaren gülümsemişti. "Özür dileyecek bir şey yapmadın sen." Cüneyt ise az önceki sözlerini tekrar eder gibi "Şey ben... Senin benden izin alman gerek hakkındaki sözleri söylemek..." Yaren elini kardeşinin yanağına koyarak onu susturmuştu. Başını iki yana sallayarak "Bunu yapma. Seninle gurur duyuyorum canım. Bu kadar büyüdüğüne inanamıyorum." dedi. Songül iki kardeş arasındaki bağ karşısında büyülenmiş gibiydi. Cüneyt ablasının elini öperek

"Şimdi kahvaltı yapmak istiyorum. Gidelim mi?" dediğinde Yaren şaka yollu "Bu bir emir mi?" diye ona karşılık verince Cüneyt utanarak kızarmıştı. Genç kadın arabayı çalıştırarak evin önünden uzaklaşırken, evden yeni çıkmak üzere olan Yağız ve arkadaşlarını dikiz aynasından görmüştü. Özlem yine Yağız'a yapışmıştı. "Biraz daha beklemen gerekecek!" dediğinde Songül de arkaya doğru bakmış ve ağabeyinin yanındaki kadına bakarak "Bu kadından kurtulmak ne kadar da zor!" diye söylenmişti. Yaren onun sözlerini acı bir gülümsemeyle cevaplamıştı. "Bu şekilde konuşmamalısın Songül. Yakında o kadın yengen olabilir!" dediğinde Cüneyt ve Songül itiraz eden bakışlarını kadına çevirmişti. Şu anda üçünün de içinde anlayamadığı bir sıkıntı vardı. Üçü de bundan habersizdi. Ne Yaren, ne Songül ne de Cüneyt bu sözlerin Yaren'in canını ne kadar yakabileceğinin farkında bile değildi.

Yaren arabasını küçük bir lokantanın önüne çekerken, Cüneyt seri bir şekilde arabadan çıkarak arka kapıyı açmış ve Songül'ün kucağından küçük çocuğu almıştı. Kısa bir süre duraksayan Songül, kollarının boşalmasıyla bakışlarını genç adamdan çekememişti. Yaren ise ikisine bakarak gülümsemiş ve içinden, güzel bir arkadaşlık olacak gibi, diye geçirerek Cüneyt'in kollarından Can'ı almıştı. Cüneyt iki kızın arkasından onları takip ederken etrafındaki atmaca bakışlardan hoşlanmamıştı. Yaren ise kendisini süzenlerden habersiz bir şekilde ilerlerken Songül de Cüneyt'in arkadan gelmesi konusunda huzursuz olmuştu. Kendisini neyin rahatsız ettiğini bilmiyordu.

Birkaç dakika sonra masalarına yerleşirken, Cüneyt küçük çocuğu ablasından almak istemiş ama Yaren buna müsaade etmeyerek gülümsemişti. Cüneyt'in yüzü asılırken Yaren ona daha da büyük bir gülümseme sergileyerek "Kes şunu Cüneyt, neden küçük bir çocuğu kıskanıyorsun anlamıyorum?" dediğinde Songül şaşkınlıkla Cüneyt'e bakmıştı. "Kıskanmak mı? Sen onu kıskanıyor musun?" derken kıkırdamıştı. Cüneyt, genç kızın kıkırdaması karşısında yüzünü daha da asarak "Çok mu komik geldi size küçük hanım?" diye sorunca Songül hemen toparlanarak yüzündeki gülümsemeyi yok etmişti. Cüneyt onun yüzünü astığını düşünerek az önceki sözleri yüzünden üzülmüştü. Yaren araya girerek "Tamam çocuklar. Sen Cüneyt, abartmamalısın. Ayrıca sana söyledim sen hep bir numaram olacaksın!" dediğinde genç adam sevinerek "Gerçekten mi?" diye sorunca Songül onun heyecanına yine kendisini tutamayarak kıkırdamıştı. "Sen her şeye böyle güler misin?" dediğinde Songül bu kez gülümsemesini yüzünden silmeyerek "Evet, genelde." diye cevap vermişti. Karşılıklı oturan iki genç birbirine laf yetiştirmeye başlayınca Yaren eğlenerek onlara bakıyordu. Ama genelde Cüneyt üste çıkmayı başarınca Songül ona bakmayarak başını çeviriyordu.

Yaren ikili arasındaki iletişimin ilginçliğine şaşırırken aklında Yağız ve sabah eve gelen arkadaşları vardı. Özellikle Özlem'i merak ediyordu. Acaba Yağız genç kıza bir şeyler anlatmış mıydı? Başını iki yana sallayarak düşüncelerini dağıtırken yeniden karşısındaki ikiliye dönmüştü.

Yağız ise sınavına girmiş ama cevap kâğıdına ne yazdığını bile hatırlamıyordu. Aklı çok karışıktı. Sürekli düşünmekten ki ne düşündüğünü bile fark etmemişti, sınavın sonuna geldiğini hocanın "Süre doldu." sözleriyle anlayabilmişti ancak. Başı çatlayacak şekilde ağrıyordu. Eliyle alnını ovalarken yerinden doğrulmuş ve sınıftan çıktığı sırada Tolga ve Asım yanında bitmişti. "Sınav bittiğine göre sabah evinde gördüğümüz güzel kadının kim olduğunu bana anlatabilirsin değil mi?" diye sormuştu Tolga. Genç adam uzun boylu ve kuzguni bakışlı arkadaşının gözlerindeki parıltıyı görebiliyordu. Bu durum canını sıksa da elinden bir şey gelmeyeceğini biliyordu. Nitekim arkadaşı dış görünüşünü iyi kullanıyordu. Oldukça yakışıklı olan arkadaşı uslanmaz bir çapkındı. Ama Yaren'e yaklaşamayacağını nasıl olsa gerçekleri öğrendiğinde anlayacaktı. Yağız, Tolga'ya bakarken, onun sorusuna ne cevap vereceğini düşünüyordu. Sadece parlayan gözlerindeki ışığı söndürmek için "Senin yaklaşmaman gereken bir kadın!" diyerek karşılık verdi. Asım ise Tolga'ya göre daha ağır başlıydı. "Köye gidip geldiğinden beri çok dalgınsın, söylesene bir sorun mu var?" diye sordu.

Asım'ın sorusuna içinden, bir değil birkaç sorun var ama size nasıl anlatacağım, diye geçirirken ağzından "Şu kadarını bilmeniz yeterli olur sanırım. O kadın nişanlı ve onun etrafında dolaşmamanız sizin için en iyisi." sözleri çıkmıştı. Biliyordu ki arkadaşları da onun etrafında olursa genç kadının çekim alanına girecekti. Yakın arkadaşlarıyla ters düşmek istemiyordu. Asım şaşkın bir şekilde arkadaşının ruh hâlini izlerken onun sanki bir karanlıkta yolunu aydınlatmaya çalıştığı yüz ifadesini dikkatle izliyordu. Arkadaşını ilk kez bu kadar dalgın ve düşünceli görüyordu. Yatılı okulda birlikte kalmaya başladıklarında ikisi de daha çocuktu. Arkadaşının bir derdi vardı ve bunu anlamak hiç de zor olmamıştı. "Peki, nişanlısı nasıl oldu da senin gibi birinin evinde kalmasına izin verdi?" diye soran Asım arkadaşını gafil avlamıştı. Yağız ise dalgınlığa gelerek arkadaşına cevap vermişti. "Neden kızsın, nişanlısı benim!" Yağız'ın sakin bir şekilde yapmış olduğu itiraf karşısında Tolga ve Asım'ın şaşkınlıktan gözleri büyümüştü. İki arkadaşı da aynı anda "Sen mi?" diye sorunca Yağız yaptığı hatayı anlayarak arkadaşlarına bakmıştı. Sonra başını iki yana sallayarak "Sonra arkadaşlar... Sonra anlatırım." diyerek onların yanından ayrılmak istediğinde iki adam aynı anda iki koluna girerek genç adamı hızla çekiştirmeye başlamıştı. "Hayır, şimdi anlatıyorsun ve bu nasıl oldu bize açıklıyorsun." dedi. Yağız onlara itiraz edemeyeceğinin farkındaydı. Ne yapsa ikisinden de kurtulamayacaktı. "Tamam ama sakin olun. Gerçekten başım çatlıyor."

Güzel bir hikâye dinleyeceklerini düşünen iki arkadaş meraklı bir şekilde arkadaşının konuya girmesini bekliyordu. Nitekim evde gördükleri afetle arkadaşının nasıl nişanlandığını ikisi de merak ediyordu. "E hadi anlatsana!" diye çıkışan Tolga daha fazla sabredememişti. Asım onu uyarsa da genç adam omzunu silkeleyerek Yağız'dan cevap bekliyordu. Sabah gördüğü güzel kızla Yağız'ın nasıl nişanlandığını merak ediyordu.

Yağız onun heyecanına karşılık derin bir nefes vererek "Tamam ama sözümü kesmeyin!" dedi. Bu sırada Asım çay almak için onlardan ayrılarak birkaç dakika sonra yanlarına gelmişti. Tolga ikisine ters bir şekilde bakıp "Ee hadi ama daha fazla bekleyemeyeceğim." diye çıkışırken Asım aldığı çayları arkadaşlarının önüne bırakmıştı.

"Köye gittiğimde ağabeyim çoktan defnedilmişti. Evde kıyameti andıran bir karışıklık vardı ve Yaren, yani evde gördüğünüz kız kucağında bir çocukla onlara meydan okuyordu." dediğinde sesindeki hayranlık belli oluyordu. Tolga gülümseyerek onu dinlerken Asım arkadaşına daha da dikkatli bakıyor ve her ifadesini anlamaya çalışıyordu. Yağız ise anlatmaya devam ediyordu. "Yaren, rahmetli ağabeyimin karısı!" İşte bu son sözler iki adamı da gafil avlamıştı. İkisi de aynı anda sesini yükselterek "Ne?" diye bağırınca Yağız etrafa bakınarak onları susturmaya çalışmıştı. "Sessiz olun. Babam onunla evlenmem için bana baskı yapıyor. Bu yüzden onu peşime takarak buraya, şehre gönderdi." dedi.

Asım inanmadığını belli eden ses tonuyla "Bunu kabul mü ettin?" diye sorduğunda Tolga araya girerek "Ne yani, şimdi sen rahmetli ağabeyinin karısıyla evlenmeyi kabul mü ettin?" diye onu desteklemişti. Yağız ise başını iki elinin arasına alarak "Ne yapacağımı bilmiyorum. Bildiğim bir şey var o da Yaren'in neden köyde kalmak istemediğini anladığım." dedi. Asım ona tek kaşını kaldırarak "Köyde yaşamak istemiyor mu? Yoksa bu yüzden mi sana baskı yapıyorlar?" dedi. Yağız başını iki yana sallayarak onu cevaplamıştı. "Peki, o nasıl seninle evlenmeyi kabul etti?" diye soran Tolga arkadaşının perişan hâline üzülmeye başlamıştı. Bir çıkmazda olduğu o kadar belliydi ki üzerine gitmek istemiyordu. "Aslında başta kabul etmedi. Ama sonra ne olduysa kabul etmek zorunda kaldı. Üstelik bunun ağabeyimin vasiyeti olması da işleri karıştırıyor." dediğinde ikinci şokunu yaşayan arkadaşları aynı anda "Ağabeyin karısıyla evlenmeni mi vasiyet etti?" diye bağırmıştı. Onların seslerini yükseltmesiyle etrafta olan birkaç kişinin bakışları onlara dönmüştü. Yağız sessiz olmaları konusunda onları uyarırken onaylar gibi başını sallayarak "Evet." dedi. Asım duyduklarına inanamıyordu. "Bu çok saçma, hangi adam karısını kardeşine bırakır?" derken Yağız da ona farklı bir şekilde bakmıştı. O gözlerde hüzünlü, boşluğa düşmüş bir adamın çaresizliği vardı. "Onu göremiyorum!" diyen Yağız'ın sesindeki acı belli oluyordu. "Ona bakmak canımı yakıyor. Bana baktığında ağabeyimi gördüğünü söyledi. Düşünebiliyor musun, ona benzediğimi düşündüğü için benimle evlenmek istemesi... Bu dayanılacak gibi değil!" dediğinde Asım'ın sözleriyle şaşırmıştı. "Ne yani seninle sen olduğun için mi evlensin istiyorsun?" Arkadaşının sözleriyle dehşete düşen genç adam bakışlarını ona dikerek "Saçmalama Asım!" diye ona çıkışmıştı. Tolga ise olayı fazla budaklandırmak niyetinde değildi. "Kısacası Yaren senin rahmetli ağabeyinin karısı ve baban evlenmeniz için baskı yapıyor. İşin kötü yanı evlenmenizi ölen kocası vasiyet etti. Öyle mi?" diye sordu. Yağız arkadaşının olayı özetlemesine karşılık sadece "Evet." dedi. "Peki, bu kadın nasıl olur da kaynıyla evlenmeyi düşünebilir, hiç mi gurur yok bu kızda? Ne yani kocasının kardeşi olman onun için önemli değil mi?" diye suçlarcasına sorunca Tolga da dişlerini sıkarak "Güzelliğini kullanıyor." dedi.

Yağız sinirlenerek ayağa kalkmıştı. "Onun hakkında bu şekilde konuşmayın. O beni koca olarak görmüyor, sadece bir çıkış yolu olarak görüyor. Ben onun köyden kurtulması için kullanacağı bir piyondan başka bir şey değilim." dedi. "Köyden kurtulmak mı? Söylesene kim köyden kurtulmak için kocasının kardeşiyle evlenmeyi kabul eder?" diye soran Asım'ın sesi de yükselmişti.

"Onu hiç tanımıyorsunuz? Yaren benimle evlenmeyi kabul etti ama karım olmayı kabul etmedi. O sadece köy insanlarının baskısından kurtulmak için, başka çaresi olmadığı için bu evliliği kabul etti. Ayrıca resmi olarak ağabeyimin karısı olduğu için evine dahi dönemedi. Sen Asım, bizim topraklarda büyüdün. Sence kadınların ne kadar söz hakkı var?" diye sorunca Asım'ın da yüzü asılarak yenilmiş bir şekilde "Hiç!" diye karşılık verdi. Tolga şaşkınlıkla iki arkadaşına bakıyordu. O ikisi arasında şehirde büyüyen tek kişi kendisiydi. Duydukları genç adama yabancı gelse de iki arkadaşının hayat tarzını az çok öğrenmeye başlamıştı.

"Peki, şimdi ne olacak? Göz göre göre sevdiğin kadından ayrılarak yengenle mi evleneceksin?"

14. BÖLÜM

Sözler ne kadar acımasızdı. Dil yarası bıçak yarasından daha keskin olurken Yağız bu sorunun altında ezildiğini hissetmişti. *Sevdiğim,* diye düşündü. *Sevdiğim biri...* Ne kadar da yabancı gelmeye başlamıştı. Duyguları bu kadar karışıkken ne düşüneceğinden ve ne yapacağından emin değildi. Bildiği bir şey vardı o da dokunduğunda elinin yandığını hissettiği bir kadın. Üstelik o kadın varlığıyla tüm evinin havasını şimdiden değiştirmeye başlamıştı. Başını kaldırdığında cevap bekleyen arkadaşıyla göz göze gelmişti. Asım, arkadaşının bir çıkmazda olduğunun farkındaydı. Nitekim o da onun topraklarından geliyordu. Sonrasında aklına gelen diğer soruyu pat diye sordu. "Peki, o kıza karşı ne hissediyorsun?"

Yağız tüylerinin diken diken olduğunu hissetmişti. Yutkunmadan edemeyen genç adam bir süre duraksadıktan sonra başını iki yana sallayarak "Bilmiyorum." dedi. Tolga arkadaşına eğlenen gözlerle bakmaya başlamıştı şimdi. Onun çaresizliği genç adamın şakacı kimliğinin ortaya çıkmasına neden olmuştu. "Sabah takındığın tavra bakılırsa belli ne düşündüğün ama kabul etmek istemiyorsun değil mi?" diye sordu. Yağız iki arkadaşının yüzüne bakmış sonra başına saplanan ağrıyla önüne eğmişti. Hiçbir şey düşünmek istemiyordu. Muhtemel bir migren ağrısı kapısını çalmak üzereydi. Onun perişan hâlini gören arkadaşları daha fazla üstüne gitmemeye karar verdi. Asım'ın bakışları iki genç adamın arkasına takılırken kendisine gözlerini kısarak bakan arkadaşına Yağız'a fark ettirmeden küçük bir baş hareketiyle arkadan gelen Özlem'i işaret etmişti. Tolga beklenen çeviklikte hemen masadan kalkarak Özlem'e doğru hızlı adımlarla ilerleyerek koluna girmiş ve "Özlem... Sana sormam gerekenler var!" diyerek Yağız'a yaklaşmasını engelleyip onu ortamdan uzaklaştırmıştı. Yağız'ın ise olanları algılayacak durumu yoktu.

Ayağa kalkan genç adam dalgın bir şekilde arkadaşına bakarak "Benim eve gitmem gerek, başımda müthiş bir ağrı var!" dedi. Genç adam arkadaşının yüzüne bakınca onunla birlikte gitmeye karar vermişti. Bu dalgınlıkla araba kullanmak istemeyen Yağız, Asım'a dönerek "Beni eve bırakır mısın?" diye sormuştu. Asım arkadaşına gülümseyerek "Elbette! Hem bu şekilde o güzel bayanı yeniden görebilirim!" dediğinde Yağız'ın kendisine olan bakışlarının öfkeyle parlamasına Asım küçük bir kahkaha attı. "Tamam, tamam şaka yapmıştım." diyerek savunmaya geçmişti. "Eğlenebilmene seviniyorum dostum!" Yağız arkadaşıyla arabasına doğru yürümeye başladığında evde kendisini bekleyenleri düşünmeden edememişti.

Yaren, kardeşi ve Songül'ün kahvaltı boyu atışmalarını dinlemişti. Cüneyt genç kıza sürekli takılıyor, Songül de altta kalmamak için çaba sarf ediyordu. "Gittikçe ablama benzemeye başlıyorsunuz küçük hanım!" diye ona söylenen Cüneyt hem Songül'ü hem de Yaren'i şaşırtmıştı. Songül bunun farkına varınca Yaren'e bakmıştı. Tıpkı onun gibi boyun eğmez olmaya başlamıştı. Erkeklerin egemenliği altında kalmamak için kendisine daha fazla güvenir olmuştu. Eskiden olsa kesinlikle ne ağabeyinin ne de babasının yanında konuşabilirdi. Ama şimdi, sadece birkaç ay içinde çok değişmişti. Daha aktif ve daha konuşkan hâle gelmişti. Bunu fark eden genç kız gülümseyerek Yaren'e bakmıştı. Cüneyt ablasıyla gurur duyuyordu. Bu sabah ettiği sözlere rağmen ablasının kimseye hesap vermeden özgürce yaşamasını istiyordu.

Asım ve Yağız sessiz bir şekilde eve doğru ilerlerken diğer cephede Yaren bebeğin uyuklayan hâline bakınca gülümsemeden edememişti. Cüneyt, ablasının bebeğe olan bakışlarını görünce kıskansa da bebeğin kimsesi kalmadığını hatırlayınca ona karşı içinde bir şefkat oluşmuştu. O da annesini kaybetmişti. Ablası olmasaydı acaba nasıl yetişirdi tahmin etmek bile istemiyordu. Ablası ve babası tarafından sevgiyle büyütülse de okulda duyduğu ve kitaplarda okuduğu hayatlar karşısında gerçekten mutluluk duyuyordu. O duyduğu hikâyelerdeki korkunç hayatları yaşayabilirdi. Bir köşeye bırakılabilir, sevgi görmeyebilirdi. Ama o asla sevginin olmadığı bir ortamda bulunmamıştı. Bakışlarının kaydığı odak noktasını fark edince genç adam şaşırmıştı. Ne düşünüyordu ki bakışlarını genç kıza dikmişti! Songül birkaç dakikadır kendisine dikkatle ve düşünceli bir şekilde bakan Cüneyt'in ne düşündüğünü merak etse de bunu soracak durumda değildi.

Yaren hesabı ödeyerek iki gencin yanına gelmişti. Kucağına aldığı Can'ı kontrol ederek "Artık gitsek iyi olacak. Bebek uyudu ve bu şekilde onu hasta edeceğiz. Hava iyice soğudu!" dedi. Cüneyt ablasının peşinden giderken Songül de arkalarından dalgın bir şekilde yürüyordu. Arabaya binen genç kız ne ara kucağına bebeği aldığını hatırlamıyordu. O da dalgınlaşmıştı. Yolda giderken Cüneyt ablasına "Dur abla!" diyerek arabayı durdurmasını söylemişti. Genç kadın arabayı durdurunca kardeşinin baktığı yöne başını çevirdi. "Bir sorun mu var Cüneyt?" Genç adam ablasına gülümseyerek "Hayır sadece bir kitapçı gördüm ve almam gereken bir kitap var. İsterseniz siz eve gidin ben de gelirim." dediğinde Yaren başını iki yana sallayarak "Olmaz, seni bekleriz. Sen git ve kitabını al." dedi. Cüneyt ablasının yanağını öptü. "Merak etme, fazla gecikmem. Hem bir arkadaşıma da doğum günü hediyesi alacağım!" Yaren gülümseyerek kardeşine imalı bir ses tonuyla "Ne o, yoksa kız arkadaşın mı var?" diye sorduğunda Songül uzun süredir içinde bulunduğu dalgınlıktan bir anda çıkıvermişti. Genç kız, Yaren'in sorusuyla irkilmişti. Cüneyt ise yüzünde kocaman bir gülümsemeyle ablasına bakarken arka koltukta oturan Songül'e bakmadan "Olamaz mı? Artık büyüdüm ve belki de şimdiden evleneceğim kızı seçmeliyim." dediğinde genç kızın irkildiğini dahi fark etmemişti. Yaren aynadan beyaza kesmiş yüzüyle dalgınlaşan Songül'e bakarak "Sen iyi misin?" diye sormuştu. Songül kendisine yönetilen sorunun ve bakışların farkında bile değildi. Cüneyt arkaya dönerek bembeyaz olmuş yüzüyle etrafına bakınan genç kızı kendisine getirmek için elini uzatarak Songül'ün elini tutmuştu. Elinin üzerindeki baskıyla kendisine gelen Songül ise bakışlarını önce eline sonra da elin sahibine çevirmişti. Cüneyt endişeli bir şekilde ona bakıyordu. "Sen iyi misin?" diye soran genç adam onun hızla elini çekmesine şaşırmamıştı. Bakışlarını genç kıza yönelterek gülümsemişti. Songül derin bir nefes alarak "Evet, çok iyiyim. Sadece bir şey düşünüyordum da..." dedi.

Yaren rahat bir nefes alarak "İyi olmalısın Songül, sana ihtiyacım var." diyerek ona aynadan göz kırpmıştı. Genç kız, yengesine çarpık bir gülümseme atarak onu onaylarken, Yaren'in aklına birden Yağız'ın eve gelip gelmediği sorusu gelmişti. Derin iç çekerken yeniden arkada görümcesinin kucağında uyuklayan çocuğa dönmüştü bakışları. Can bebeğin uslu ve uysal olması karşısında kendisini şanslı hissediyordu. Huysuz bir çocuk olsaydı ne yapacağını kestiremiyordu. Bebeği kolay uyuyor, derdini kolay anlayabiliyordu. Onun varlığı genç kızın tek güç kaynağıydı.

Yaren'in arabayı kenara çekmesiyle Cüneyt arabadan inerek uzaklaşmaya başlamıştı. Yaren kardeşinin kitapçıya girişini izledikten sonra yeniden ilerlemeye devam etmişti. Artık koca adam olan kardeşine biraz özgürlük tanıması gerekiyordu. Endişelenecek bir şey yok diyerek kendisini rahatlatmaya çalıştı. Zaten eve fazla uzak değildiler. Bu yüzden rahat davranmaması için hiçbir neden yoktu.

Araba evin bulunduğu sokak başına geldiğinde ise Yağız'ın arabasıyla burun buruna gelen kendi arabası karşısında duraksamıştı. Asım arabanın direksiyonundaki genç kadını görünce gülümsemeden edememişti. "Araba kullanmayı bilen bir kız! Bu şehir için garip karşılanmasa da bizim topraklarda çok garip olurdu. Bunu kimden öğrenmiş?" diye sorunca genç adam bakışlarını Yaren'den ayırmayarak "Babası onu öğretmiş, ağabeyim de ehliyet almasını sağlamış." dedi. Bu sırada Yaren eliyle önce onların sokağa girmesini işaret etse de Asım önceliği genç kıza vermişti. Yağız arabanın öne geçmesiyle dikkatli bir şekilde arabadan inecek kişilere bakıyordu. Yan yana park edilen arabalardan inen kişiler birbirine bakıyordu. Yaren hemen arka kapıyı açarak küçük çocuğu kucağına alırken Asım dikkatli bir şekilde genç kızı takip ediyordu. Yağız'ın anlattığı gibi küçümsenmeyecek bir güzelliğe ve her erkeğin isteyebileceği bir vücuda sahipti. Ama onu asıl ilgilendiren onun fiziksel özelliğinden çok bakışlarındaki ifadeydi. Bu kızda kesinlikle farklı bir hava vardı.

Asım arkadaşına bakarak acı bir gülümseme sergilemişti. Onun yerinde olmayı kesinlikle istemezdi. Karşısında böyle güzel bir kadın varken ona dokunamamak çok zor olmalıydı. Üstelik bu kadın hiç de hafife alınacak biri gibi durmuyordu.

Songül arabadan inince çekinerek ağabeyine bakmıştı. Yağız doğrudan Yaren'e "Kardeşin nerede?" diye sordu. Yaren bakışlarını genç adama yönelterek cevap vermişti. "Alması gereken birkaç şey vardı, gelir birkaç saat içinde." Yaren kollarındaki Can'ın uyanmaması için sessiz olmaya, onu sarsmamaya çalışıyordu. Genç kız apartmana doğru ilerlemeye başlamıştı ki duraksayarak arkasına döndü. "Bir kahve içmek ister misiniz?" Genç kadın bu soruyu Asım'a sorunca Asım tek kaşını havaya kaldırarak ona bakmıştı. Yaren onun bakışlarındaki mesafenin farkındaydı ve uzun zamandır kendisine bu şekilde bakan birini görmemişti. Mesafeli ve saygı dolu!

Yağız kadar Asım da bu teklife şaşırmış olacak ki parmağıyla kendisini göstererek "Ben mi?" diye sormuştu. Genç kız hafif gülümseyince iki adam da yutkunmadan edememişti. "Evet, sabah size karşı kaba davrandık sanırım. Arkadaşınız

yüzünden size de kabalık ettik. En azından bir kahvemizi iç-
melisiniz." dediğinde Yağız ona hayranlıkla bakmaya başla-
mıştı. Az önce yaptığı teklif yüzünden hem kızmış hem de bir
erkeğe bu teklifi yaptığı için içinde garip bir his oluşmuştu.
Daha önce böyle bir duygunun olabileceğini bile bilemezdi.
Yaren önden giderken Songül hemen arkasından ilerliyordu.
İki erkek ise onları apartmana girerken izlerken Asım arka-
daşının omzuna vurarak "Senin için üzülmeye başladım."
dedi. Yağız onun neden bu şekilde konuştuğunu henüz
anlayacak durumda değildi ama kadının kaybolan gölgesine
bakınca içinden "Ben de benim yerimde olmanı istemezdim!"
diyebilmişti.

15. BÖLÜM

Binanın geniş giriş kapısından içeriye girerken iki adamın da adımları yavaşça ilerliyordu. Tedirgin bir şekilde az önce önlerinde kaybolan iki kızın peşinden merdivenleri arşınlarken Asım arkadaşının gerginliğini hissedebiliyordu. "Sakinleş artık." Yağız ona, *kolaydı sanki* bakışı atarken dairenin bulunduğu kata gelmişlerdi. İki genç adam onların peşinden eve girerken Yaren kucağında uyuyan küçük çocuğu yatağına yatırarak tekrar salona dönmüştü. Yağız ve Asım'a gülümseyerek "Siz elleriniz yıkayın ben de kahvelerinizi hazırlayayım." dedi. Yağız ondaki bu değişikliğin nedenini bilmiyordu. Aslında bir değişiklik var mı onu dahi fark etmemişti. Asım salondan ayrılan genç kadına dalgın bir şekilde bakan arkadaşını dürterek "Hey kendine gel, bu şekilde ne yapmayı planlıyorsun? Onu korkutmak mı istiyorsun?" diye sorunca Yağız ne yaptığını fark ederek arkadaşına "Ben ellerimi yıkayacağım, sen de yıkasan iyi edersin. İnan istediğini yapmazsan dilinden kurtulamazsın." dedi. Yağız konuşmasını bitirir bitirmez banyoya doğru ilerlemişti. Asım arkadaşının uyarısıyla gülmeden edemedi.

Yaren gün boyu olanları düşünürken yüzünde bir gülümseme oluşmuştu. Kardeşi ile karşılıklı kahvaltı yapmayalı uzun zaman olmuştu. Mutfakta aradıklarını bulunca kahve yapmak için cezvesini ocağın üzerine koyarken Songül yengesinin yanına gelerek "Mutlu görünüyorsun. Seni uzun zamandır gülümserken görmemiştim yenge." dediğinde genç kadın hafif gülümseyerek Songül'ün yanağını tutmuştu. "Evet, mutluyum!" dedi. Songül tek kaşını kaldırarak "Öyle mi, neden?" diye sorunca Yaren "Kardeşimle kahvaltı yapmayalı uzun zaman olmuştu!" diyerek mutluluğunu dile getirmiş sonra hüzünlenerek "Aslında babamın olmasını da çok isterdim. Bazen konaktaki sabah kahvaltılarımızı çok özlüyorum." dedi.

Songül, yengesinin sözlerine hüzünlenerek onu onaylamıştı. "Eminim çok eğleniyordunuz, bizim konakta sen gelene kadar kahvaltılarımız eğlenceli geçmezdi. Bunun için sana minnettarız..." Yaren dayanamayarak Songül'e sarılmıştı. Songül gülümseyerek yengesine karşılık verirken düşündüğü tek şey uzun zamandır bu şekilde kimsenin ona sarılmamış olduğuydu. Ah, Asude yengesini özlemişti. Asude yengesinden başka ona bu şekilde sarılan tek kişi Yaren idi. Derin iç çekmesi Yaren'in dikkatinden kaçmamıştı. "Sen çok akıllı bir kızsın Songül, umarım istediğin olur, kalbinden geçenleri gerçekleştirebilirsin." Songül ise yengesinin sözlerine daha sıkı sarılarak cevap vermişti. "Teşekkür ederim yenge!"

Yaren cezvenin taşmaya başladığını fark edince Songül'den ayrılarak "Ah... Taştı kahve!" diyerek aceleyle ocağın üzerinden cezveyi kaldırınca sakarlığı tutmuş ve cezveyi tezgâha koyayım derken elinden düşürerek sıcak kahveyi ayağının üzerine döküp ayağını yakmıştı. Genç kadın ayağının yanmasına rağmen acısını içinde bastırmaya çalışsa da endişelenen Songül sesini yükselterek "Yenge, yandın mı?" diye bağırınca banyodan çıkıp salona gitmekte olan Yağız onun acı dolu sesini duyarak endişeli bir şekilde mutfağa girmişti. Sesleri duyan Asım da hızla mutfağa girmişti. Asım ve Yağız aynı anda genç kadına elini uzatırken, Yaren acıdan değişen yüzünü yere eğerek ayağa kalkmaya çalışmış ama ayağının üzerine basamayarak yere düşmek üzereyken Yağız onu yakalamıştı. Onun kendisini yakmış olması karşısında genç adam farkında olmadan söylenmeye başlamıştı.

Yağız'ın davranışıyla şaşıran genç kadın, ne olduğunu dahi anlamadan kendisini adamın kollarında banyonun küvetinin içinde bulmuştu. Havaların soğuk olması nedeniyle buz gibi akan soğuk suyu açan Yağız, genç kızın kızaran ayağına soğuk su tutmaya başlamıştı. Bu sırada Asım ve Songül birbirine bakarak hafif gülümsemiş ama genç kız gülümsemesini kestiği sırada kendilerine kısık gözlerle bakan Cüneyt'i görünce hemen oradan ayrılmak istemişti. Cüneyt içinde bastırmaya çalıştığı öfkesini açığa çıkartmamak için gözlerini onlardan ayırmış ve "Ablam nerede?" diye sormuştu.

Genç kız onun sesindeki soğukluk karşısında âdeta kanının donduğunu hissetmişti. Daha önce bu şekilde hissetmediğini düşünen genç kız dalgın bir şekilde "Ağabeyimle banyoda!" dediğinde Cüneyt sinirlenerek sesini yükseltmişti. "Ne demek ağabeyimle banyoda?" Öfkesi burnunda banyoya yönelirken hâlâ söylenmesine devam ediyordu.

Yağız ise ayağı yanan genç kadına yüzünü buruşturarak bakıyordu. "Senin kahve yapma anlayışın bu mu? Kızarmış ayak bizim için biraz fazla oldu!" derken genç kız şaşkınlığını atarak "Espri mi yaptın sen şimdi?" diye çıkışmıştı. Bu sırada kapının sert bir şekilde açılması ile ikisi de korkarak kapıya yöneldi. Cüneyt tam ağzını açıp bağıracaktı ki, Yağız'ın elindeki suyun ulaştığı yeri fark edince korkudan gözleri açılmıştı. Endişeli bir şekilde "Abla!" diyerek onun yanına çömelmiş ve Yağız'ın elinden fıskiyeyi alarak ablasının ayağına tutmuştu.

Yaren kardeşinin endişeli bir şekilde ayağına baktığını görünce hafif gülümseyerek "Merak etme, basit bir yanık!" derken Cüneyt'in bir şey söylemesine fırsat vermeyen Yağız sesini yükselterek genç kızı azarlamaya başlamıştı. "Basit bir yanık mı? Bu kadar dikkatsiz olduğuna inanamıyorum, neredeyse derini yüzecektin! Bu kadar sorumsuz davranmak tam sana göre..."

Cüneyt onun sesinin bu kadar yüksek çıkması karşısında

şaşkınlığını gizleyememişti. Ablası bile Yağız'ın suçlamasıyla suskun kalmıştı. Bu durum genç adamı daha da şaşırtmıştı. Başka zaman olsa ablası asla bu sözlerin altında kalmazdı. Genç kadın tam ağzını açıp bir şey söyleyecekti ki Yağız, Cüneyt'in omzuna elini koyarak "O suyu ben gelene kadar ablanın ayağından çekme. Gerekirse donsun ayağı ama suyu çekme!" diyerek hızla banyodan ayrılmıştı.

Yağız öfkeli bir şekilde banyodan çıktığında kardeşi ve arkadaşını görünce duraksamış ama bir şey söylemeden hızla odasına girmişti. Dalgınlıkla eski odasına girince sinirlenerek yeniden odadan çıkmış ve yeni odasına girerek yara için birkaç yanık kremi alıp banyoya yönelmişti. Asım onu ilk kez bu kadar sinirli görüyordu. Bu genç adamı hem şaşırtmış hem de endişelendirmişti. Aynı sinirle banyoya girmek üzere olan Yağız'ın önüne geçerek "Biraz sakin olsan, böyle giderse istemediğin şeyler yapacaksın!" diyerek onu uyarmıştı. Genç adam biliyordu ki Yağız sinirlenince gözü dönebiliyor, karşısındakini kırabiliyordu. Şu anda ise onun canının Yaren'den çok yandığına emindi. Yağız arkadaşına bakarak derin bir nefes almıştı. "Haklısın!" derken Asım arkadaşına "Yanık kötü mü?" diye Yaren'in durumunu sormuştu. Bir doktor adayı olarak duruma kayıtsız kalmalarına olanak yoktu. Yağız başını öne eğerek "Su toplayacağı kesin, canı çok yanacak!" dediğinde Asım hafif gülümseyerek "Eminim senin canın daha çok yanmaya başlamıştır. Ama helal olsun, o yanığa rağmen sesini bile çıkarmadı!" dediğinde Yağız ilk kez onun acıdan bağırıp çağırmadığını ya da ağlamadığını fark etmişti. Başını banyonun kapısına doğru çevirerek "Sanırım bize zayıf görünmek istemiyor." dedi.

Songül iki arkadaşın konuşmasını dinlemiş ve "Bu ilk kez olmuyor." diyerek ağabeyinin dikkatini çekmişti. Kaşlarını çatan Yağız kardeşine bakarak "Ne demek istiyorsun?" diye sormuştu. Ama Asım araya girerek "Bunu sonra konuşsan, eminim Yaren'in ayağı donmuştur." deyince arkadaşına hak veren Yağız kardeşine dönerek "Bunu sonra konuşuruz!"

dedi ve hızla banyoya girdi. İçeride Cüneyt ile Yaren'in atış-tıklarını görmüştü. Yaren kardeşine "Yeter artık, kapat şu suyu ayağım dondu." derken Cüneyt ablasının sözünü din-lemeyerek "Olmaz, kapatmamam için emir aldım." diyordu.

Yağız onun son söylediğini duyunca gülümsemeden ede-memişti. Yaren ise kardeşine sesini yükseltmek üzereydi ki banyoya giren Yağız'ı fark etmişti. Susan genç kız kendisine yaklaşan genç adama sinirli bir şekilde bakmıştı. "Sen ne yap-tığını sanıyorsun? Senin yüzünden ayağım dondu, ah... Aya-ğımı hissetmiyorum."

Onu dinlemeyen genç adam suyu keserek ayağını ku-rulamadan birkaç hareketle yanığı kontrol etmişti. Başını iki yana sallayan Yağız, "Birkaç gün ayağının üzerine basma-yacaksın!" dediğinde genç kız itiraz ederek ona bağırmıştı. "Abartmıyor musun, sadece basit bir yanık." dediğinde Yağız öyle bir bakmıştı ki Yaren yutkunmadan edememişti. Ablası-nın direnişinin kırıldığını gören Cüneyt, neredeyse kahkaha atarak gülecekti ki Yağız ona da ters bir bakış atarak gülmesi-ne engel olmuştu. "Burada doktor olan kim?" diye soran Ya-ğız kendiliğinden kuruyan ayağa yanık merhemi sürerek onu ayağa kaldırmaya çalışmıştı. Genç kız inatla ayağının üzerine basmaya devam ederken Cüneyt ona onaylamayan bir bakış atmıştı. Yağız ise Cüneyt'e bakarak "Madem ablanın sorum-luluğu sende o zaman bunun için üzgünüm." diyerek genç kadını kucağına alıp Cüneyt'in şaşkın bakışları arasında ban-yodan salona kadar taşımıştı.

Asım ve Songül onlara bakarken Cüneyt arkalarından onları takip ederek salona girmişti. Genç kadını kanepeye bırakan Yağız, onun utandığını görebiliyordu. İçten içe bu durum karşısında eğlenen genç adam, Asım'ın "Yanık kötü görünüyor, biliyorsun bu tür yanıklar çok çabuk mikrop ka-par!" diyerek Yağız'a bakmıştı. Yağız arkadaşını onaylayarak Songül'e dönmüş ve "Birkaç gün yengenin yerinden kalkma-ması gerek, idare edebilecek misin?" diye sorduğunda Songül üzgün bir şekilde "Evet, ederim." demişti.

"Anlaşılan kahvelerimiz yattı!" diyen Asım ise arkadaşının kızgın bakışlarına hedef olmuştu. Ama arkadan gelen sesle Cüneyt, Asım ve Yağız şaşırmıştı! Ama en çok Songül ve Yaren şaşırmıştı. Eve girdiğini bile fark etmedikleri Özlem, kahve yapma tartışmaları üzerine arkadan "İsterseniz kahveleri ben yapayım?" dediğinde Yaren arkadan gelen sesin sahibine bakmazken, Yağız ve diğerleri şaşkınlıkla ona bakıyordu. Yaren hafif bir şekilde yerinden doğrulurken imalı bir gülümsemeyle Yağız'a bakmıştı. Ondan anahtarı aldığına emindi. Peki, eve nasıl girmişti ve bu nasıl bir cüretti ki evde başkalarının olduğunu bile bile bunu yapmıştı? Doğrulmaya çalışan Yaren'i gören Songül ve Cüneyt hızla yanına gitmiş ve ona yardım ederek ayağa kalkmasını sağlamıştı. Yaren ağır adımlarla Asım'ın yanından geçerken "Siz kahvenizi için, benim bebeğe bakmam gerek!" diyerek kardeşine gülümsemiş ve Songül'ün yardımıyla odasına doğru ilerlemeye başlamıştı. Onun kendisine bakmaması üzere Yağız sinirlenerek dişlerini sıkmaya başlamıştı. Öyle ki kendisini izleyen Cüneyt onun kasılmış çenesini fark edebiliyordu. "Ben de ablama baksam iyi olacak." diyerek o da salondan odaya yönelmişti.

Asım arkadaşına yüzüne yansıyan üzgün bir ifadeyle bakarken Yağız'ın kızgın yüzünü görünce korkmadan edememişti. Hızla Özlem'in kolunu yakalayan genç adam onu evden sürükler gibi çekerek çıkarmıştı. Merdivenlerden aşağıya inerken de hızını kesmeyen adam Özlem'in tüm itirazlarına rağmen onu bırakmamış aksine kolunu daha çok sıkarak susmasını işaret etmeye çalışmıştı.

Apartmandan çıktıklarında Yağız öfkesini daha fazla bastıramayarak sıkıca tuttuğu kolu sert bir şekilde savurup bırakmıştı. Özlem şaşkındı. Bu adam tanıdığı Yağız değildi. Bakışlarındaki ifadeyi daha önce hiç görmemişti. "Aşkım neden bu kadar sinirlisin?" diye soran genç kız gerçekten korkmaya başlamıştı. "Bana aşkım demeyi bırak Özlem, ikimiz de biliyoruz ki ne sen bana âşıksın, ne de ben sana âşığım. Bizimki karşılıklı anlayış içinde yürütülen bir ilişkiydi. Bundan daha ilerisini hiç düşünmemiştim. Bunu sana defalarca söyledim. Ama bunca zaman iyi anlaştığımızı düşünerek bu ilişkiyi resmileştirmek istemiştim. Bunu gayet iyi biliyorsun ama bu son olanlar ne kadar yanlış bir karar verdiğimizin bir kanıtı!" derken genç kız dehşete düşmüş bir şekilde genç adama bakıyordu. Hızlı davranarak onun elini yakalamaya çalışmış ama Yağız kolunu çekerek buna engel olmuştu. "Neden böyle davranıyorsun Yağız? Bana bunu neden yapıyorsun?" diye sorduğundaysa genç adam elini saçının arasında dolaştırarak "Biliyor musun, sen beni evime döndüğümde tehdit etmeye kadar işi götürünce bu işe bir son vermem gerektiğini biliyordum. Senin kaprislerinden sıkıldım ve bunu sen kendin yaptın. Şu ana kadar senden ayrılma nedeni olarak Yaren'i düşünüyordum ama aslında değilmiş. Asıl neden senmişsin!" Genç kadın duyduklarına inanamıyordu. "Ben mi?" dedi. Sesi acı bir inilti gibi çıkmıştı. "Ben mi? Benden ayrılmak ve o kadınla olmak için bahane uyduruyorsun. Bunu yaparken de beni karalıyorsun!" dedi. Yağız daha fazla dayanamadı. "Sana son kez söylüyorum, bu eve gelme... Özellikle bu evde başka biri varken gelmemeni söylemiştim. Seninle aynı eve çıkarsak belki daha iyi bir ilişkimiz olur diye düşünme hatasına düştüğüme inanamıyorum. Ama yeter. Senin evime gelmeni, bu son olanlardan sonra etrafımda bu kadar sık dolanmanı istemiyorum!"

Songül pencereden dışarıya baktığında ağabeyiyle Özlem'in şiddetli bir şekilde tartıştıklarını görmüştü. "Yenge, ağabeyim ve o kadın kavga ediyor sanırım." dediğinde Yaren yerinden kalkma gereği bile duymadan "Bunu izlemen çok ayıp Songül, bu onların özel hayatı..." dedi. Genç kız Yaren'in sözleriyle pencere kenarından ayrılmıştı. Bu sırada da küçük çocukla oyalanan Cüneyt ile göz göze gelmişti. Konuyu dağıtmak için Cüneyt'e bakarak "Eee, alabildin mi hediyeni?" diye sormuştu. Genç adam tek kaşını kaldırarak ona bakmıştı. "Bana mı sordun yoksa yanlış mı duydum?" Genç kız onun neden bu kadar şaşırdığını anlayamamıştı. "Bunda garip olan ne? Sana soru sormamda ne gariplik var ki, bu kadar şaşırdın?" diye sorunca Cüneyt hafif gülümseyerek "Hiç, sadece garip geldi. Oysa sabahtan beri benimle kavga etmek için hiçbir fırsatı kaçırmamıştın." dediğinde genç kız derin bir iç çekerek "Tamam sormadım farz et, sana soru sormadım ve sen de cevap vermiyorsun!" diyerek odanın kapısına doğru ilerlemiş ve odadan çıkmıştı. Onun çıkmasıyla Yaren kardeşine azarlar gibi bakarak "Bu neydi şimdi? Neden kızın kalbini kırdın? Üstelik onunla sabahtan beri tartışan sensin!" dedi. Genç adam dudağını kıvırarak gülümsemişti. "Ama eğlenceli oluyor, laf yetiştirmek konusunda senden aşağıda kalmadığı kesin."

Yaren kardeşinin sözleriyle kahkaha atınca Cüneyt'in de keyfi yerine gelmişti. Bu sırada eve giren Yağız, onun kahkahasını duyunca sinirlenmesine engel olamadı. Yaren'in Özlem'in varlığından rahatsız olmadığı çok açıktı. Sinirli bir şekilde salona girerek Asım'ın yanına oturdu. Asım onun tavrından işlerin iyi gitmediğini anlamıştı. "Bunları atlatmak için sabırlı olmalısın. Özlem'e de hak vermen gerek." dediğinde Yağız dişlerinin arasından "Onun kaprisleri sıkmaya başladı artık. Laftan anlamıyor. Bir şeyler karıştıracağı çok belli." dedi. Asım arkadaşının omzuna vurarak ayağa kalkmıştı. "Merak etme, eminim bu günleri de atlatacaksın!" diyerek kapıya doğru yönelmişti. Bu sırada odadan çıkan Cüneyt sert bakışlarını Yağız'ın üzerine yöneltince Yağız ona tek kaşını kaldırarak bakmıştı. "Bir sorun mu var?" Asım onun sorusu üzerine Cüneyt'i fark ederek bakışlarını genç adama çevirmişti. Bir süre ikili arasındaki savaşı izlemiş ama beklediği tepki gelmeyince sakin bir şekilde kapıyı açmış ve ayakkabılarını giyerek arkadaşına bakmıştı. "Yarın görüşürüz." diyen genç adam oradan ayrılmıştı. Kapının kapatılmasıyla Yağız, Cüneyt'e dönmüştü. "Bir sorun mu var?"

"Ablama saygın varsa o kadını bu eve getirmezsin!"

Şaşıran Yağız ne diyeceğini bilememişti. Cüneyt ise onun suskunluğunu fırsat bilerek devam etmişti. "Ablamı evlenmemesi konusunda ikna etmeye çalıştım ama ilk evliliği gibi bu evliliğe de karşı çıkmayacağını söyledi. O çok akıllıdır. Bu yüzden ne yaptığını bildiğine eminim ama onun sürekli bu şekilde baskı altına alınması kalbini kırıyordur. Ablam bunlara dayanmak için çok uğraşıyor. Bunu kabullenmeye çalışıyor ve sen onun olduğu eve sevgilini getirmeye devam edersen inan bana sana olan en küçük saygı kırıntısını bile yok edersin." dediğinde Yağız küçük bir çocuktan ders almak üzere olduğuna inanamıyordu.

"Bu durum ablanla benim aramda, seni ilgilendirmez!" dediğinde Cüneyt hafif gülümseyerek ona karşılık vermişti. "Bu beni de ilgilendirir. Şahsen seninle evlenmesini istemiyorum. Tıpkı ağabeyinle evlenmesini istemediğim gibi. İlk evliliği de aceleye getirilmişti. İçinde çektiği acıyı sen göremiyor olabilirsin ama ben ablamı tanıyorum. Ablam bu evliliği yapmamak için en küçük hatanı bekliyordur. Sana bir tavsiye onun gözünün içine baka baka ona saygısızlık yapma!" diyerek salondan ayrılmıştı. Aklı karışan genç adam salondan ayrılan Cüneyt'in arkasından bakakalmıştı.

Bu sırada odadan gelen bebek ağlaması ile Yağız odaya doğru ilerlemiş ve kapısını çalarak içeriye girmek için izin istemişti. Yatakta uzanan Yaren ise ağlayan bebeği kucağında susturmaya çalışıyordu. Yağız odaya girdiğinde ayaklarını uzatmış bir şekilde çocuğu susturmaya çalışan genç kadına yaklaşarak bebeği almak istemişti. Yaren ona bakarak "Buna gerek yok, birazdan susacaktır." dediğinde Yağız onu dinlemeyerek "Sen dinlen ve ayağa kalkma. Bu akşam Can'a ben ve Songül bakabiliriz." dedi. Yaren ona hafif gülümseyerek bakmıştı. "Ne oldu, şimdiden antrenman mı yapıyorsun?" diye sorduğunda Yağız şaşırmıştı. "Anlayamadım?" diyen genç adam onun sözleriyle içten içe sinirlense de bir şey söylememişti. Onun susması üzerine kız devam ederek "Merak etme, seni yargılayacak biri olmadığımı biliyorum ama bu eve gelmesini istiyorsan bizim taşınmamıza izin vermen gerekecek." dediğinde Yağız'ın gözleri ateş saçmıştı. "Bu dediğini unut! Ayrıca Özlem bu eve artık gelmeyecek. Biz ayrıldık."

dediğinde Yaren şaşkınlıkla ona bakmıştı. Yağız onun şaşkınlığını fark ederek "Merak etme, bu ayrılığın seninle bir alakası yok." diyerek kucağında Can ile kapıya yönelmişti. Genç adam kapıdan çıkacağı sırada genç kızın sözleriyle duraksamıştı. Şaşkın bir şekilde genç kadına bakarak sorma gereği hissetmişti. "Az önce ne dedin sen?" Genç kadın dudağının içini ısırmaya başlamıştı. Yaren içinden gelen cesaretle başını kaldırarak Yağız'ın gözlerinin içine bakmıştı. "Özür dilerim dedim." diye tekrarladı. "Özür mü, ne için?" diye soran Yağız genç kızın sözleriyle gerçekten şoke olmuştu. "Benim yüzümden senin hayatın da mahvoldu. Hepsi benim yüzümden. Ben bu yüzle doğmak istemedim. Kaç kez yüzümü parçalamak istediğimi sen bile tahmin edemezsin." dediğinde genç adamın içi acımıştı.

"Senin tek sorununun güzelliğin olduğunu mu düşünüyorsun? Eğer böyle düşünüyorsan yanılıyorsun. Sen çirkin bile olsan senin peşinden gelebilecek çok kişi var!" dediğinde kendi sözlerine kendisi de şaşırmıştı. Ama Yaren ne söylemeye çalıştığını anlamamış gibi onun yüzüne bakıyordu. Aklı karışıktı. Ayağa kalkmak istemişti. Ayağının üzerine bastığında hissettiği acıyla gözlerini kapatmıştı. Onun acısını göstermemeye çalıştığını fark eden Yağız onu uyararak "Ayağa kalkmamalısın! En azından iki gün ayağını zorlamamalısın. Sana basit bir yanık gibi gelebilir ama yanıkların bazıları ciddi sonuçlar doğurabilir." dediğinde genç kız onu dinlemeyerek pencereye yaklaşmış ve camdaki yansımasına bakmıştı. Elini dalgın bir şekilde kendi yüzünde gezdiren genç kadın "Keşke yüzüm yansaydı!" dediğinde genç adam dehşete düşmüş bir şekilde gözlerini büyütmüştü. Kucağındaki çocuğu yatağa bırakarak sinirli bir şekilde genç kadına yaklaşmıştı. Kulaklarında uğuldayan sözlerin etkisiyle genç kızı sert bir şekilde kendisine çevirerek "Sen aklını mı kaçırdın? Söylesene yüzün yanınca ne olacak, çirkinleşecek misin? Sence bir insanı güzel yapan yüzü mü? Bedeni mi? Yoksa kalbinin güzelliği mi? Senin için ne diyorlar biliyor musun? En azından ölen kocan ne diyordu, biliyor musun? Kalbinin güzelliği yüzüne yansımış!" dediğinde genç adam son anda fark ettiği şey ile duraksamıştı. Yaren onun sözleriyle uzun zamandır tutmaya çalıştığı gözyaşlarını serbest bırakmıştı. Koyu yeşil gözleri ıslanınca daha bir belirgin olmuştu. Genç adam ne yapacağını şaşırmıştı. Ona bakmaktan kendisini alamıyordu. Hem ayağının acısı hem de Yağız'ın sözleri onun bütün direncini yıkmıştı. Sonunda ağlıyordu. Asla zayıflığını göstermek istemediği kişinin karşısında gözyaşlarını serbest bırakmıştı. Yaşadıkları ağır geliyordu. Dayanacak gücü kalmamıştı. Yağız doktorluğun verdiği soğukkanlı yapısı sayesinde ağlayan kadınlardan fazla etkilenmezdi ama bu durum çok farklıydı. İçine yerleşen acıyla şu anda karşısında sessizce gözyaşı döken kadının gözyaşlarını durdurmak istiyordu. Elinden hiçbir şeyin gelmeyeceğini bile bile akıttığı o damlaları durdurmak istiyordu. Sonunda kendisinin bile anlayamadığı bir içgüdüyle elini ateşe uzatır gibi Yaren'e uzatmıştı. Genç kız önce gerilse de Yağız onu kendisine çekerek sıkıca sarılmıştı. Sırtını ovalarken "Geçecek!" diye onu teselli etmeye çalışıyordu. Genç kız ağlamasına devam ederken ilk kez rahatladığını hissediyordu. Kapıdaysa olanları başından beri gören Cüneyt, ablasının ağlamasıyla dişlerini sıkıyor ama kapıdan içeriye girecek gücü kendisinde bulamıyordu. Onu ikinci kez ağlarken görüyordu. Babası ilk defa ona evleneceğini söylediğinde ablası bu şekilde sabaha kadar ağlamıştı. Şimdi ise durum yine aynıydı ama bu kez evlenmek istemediği için mi yoksa başka bir şey için mi ağlıyordu bunu bir türlü anlayamamıştı.

Omzuna dokunan elle arkasını dönen genç adam Songül ile göz göze gelmişti. Cüneyt elini kaldırarak susması için işaret verirken kolundan tutarak onu salona kadar çekiştirmişti. Şaşıran genç kız kolundaki temasın sahibine bakınca utanarak kızarmış ve kolunu hafif bir şekilde çekmişti. Cüneyt bu yaptığının farkında bile değildi. "Konuşmamız gerek!" diyen genç adam Songül'ü şaşırtmıştı. Gerilen Songül "Ne konuşacağız?" diye sorunca Cüneyt ona bakarak yüzünden okunan gerginliğine hafif gülümsemişti. Bu gülümsemede acı daha baskındı. Sanki içi yanıyordu. Ablasının o hâlini düşününce "Burada olmaz!" diyerek ona yaklaşmıştı. Songül tedirgin olsa da bir şey söylemeden Cüneyt'i takip ederek mutfak bölümüne geçmişti. Mutfak kapısını kapatan Cüneyt'i dikkatle izleyen genç kız onun kendisine dönmesiyle yutkunmadan edememişti.

"Sorun ne?"

"Biraz rahatla, benden sana zarar gelmez." Cüneyt alınmış gibi genç kıza bakmıştı. Songül davranışları yüzünden utansa da elinde değildi. Nedensiz bir şekilde Cüneyt'ten çekiniyordu. "Ablam hakkında konuşmamız gerek. Bana anlatmayabilir ama sana anlatabilir. Siz kızlar…" Cüneyt sıkıntıyla ellerini saçlarına gömmüştü. Ne söyleyeceğine tam olarak karar veremiyordu. Songül endişeli bir şekilde ona bakıyordu. "Ne olmuş yengeme?" dediğinde Cüneyt genç kıza hüzünlü bir şekilde bakıyordu. "O mutlu değil." Songül derin bir iç çekerek "Bu normal değil mi? Suat ağabeyimin ölümü onu çok sarstı. Şimdi de Yağız ağabeyimle evlenecek. Gerçi buna sevinmedim dersem yalan olur ama bu yengemin hislerini değiştirmez sanırım." Cüneyt şaşkın bir şekilde Songül'e bakıyordu. "Sen ikisinin evlenmesine seviniyor musun?" Cüneyt'in sesi sert çıkmıştı. Songül yanlış bir şey söylemiş gibi geri adım atarken Cüneyt'in öfkesini üzerine çekmemeye çalışıyordu. "Buna neden bu kadar şaşırıyorsun anlayamadım. Ağabeyim yengemi mutlu edecektir. Tek sorun kabul etmeleri… Şey yani…"

"Ablamın onu kabul etmesi zor gibi… Ama ya ağabeyin, o yengesini eşi olarak kabul edecek mi?" Songül omzunu silkeleyerek sırtını genç adama dönmüştü. Ocağın altını yakarken Cüneyt ondan cevap bekliyordu. "Sana bir soru sordum, Yağız ağabey ablamı kabul edebilecek mi? Ablamı hor görmeye kalkarsa ona bunu ödetirim." Songül acı bir tebessümle genç adama bakmıştı. "Ağabeyimi tanımıyorsun sen, kabullendiği an onu mutlu etmek için elinden geleni yapacaktır. Diğer ağabeylerimi de severim ama Yağız ağabeyim ayrıdır. Diğerlerine hiç benzemez, o…" Songül son sözlerini söylemekten vazgeçmişti. İçinden, çoktan kabullenmek için kendisini zorlamaya başladı bile ama bunu fark edemiyor, diye geçirirken bunları henüz yüksek sesle söyleyemeyeceğini biliyordu.

Yaren kendisine sarılan genç adamın gerginliğini hissedebiliyordu. Gözünden akıttığı yaşlar onun göğsünü ıslatırken hafif bir yutkunmayla kendisini toparlamaya çalışmıştı. "Ben özür dilerim, kendime engel olamadım." diyerek ondan ayrıldı. Elinin tersiyle yanağındaki yaşları silerken Yağız ne yapacağını bilememişti. Sonunda sırtını dönerek sesinin düzgün bir şekilde çıkmasına özen gösterip "Sen dinlen, bebeğe bu gece ben bakarım." dedi ve yatağın üzerindeki Can'ı alarak hızla odadan ayrıldı. Odada daha fazla kalamayacağını hissediyordu. Yaren ise arkasından öylece bakmaya devam ederken ölen kocasına sitem etmeden yapamamıştı. "Bunu neden yaptığını anlamaya çalışıyorum Suat ama bir cevap bulamıyorum. Bunu neden bana ve kardeşine yaptın?" diyerek mırıldanmıştı. Sanki onu dinliyormuş gibi hisseden genç kadın yatağına girene kadar ölen kocasıyla konuşmaya başlamıştı. Yatağa girdiğindeyse gülümseyerek "Birisi görmeden sussam iyi olacak, yoksa benim delirdiğimi sanacaklar." dedi.

Yağız çocukla salona geldiğinde Cüneyt ve Songül'ü karşılıklı oturmuş konuşurken bulmuştu. İkili mutfaktaki konuşmalarından sonra salona geçerek onların odadan çıkmalarını beklemişti. "Siz ne yapıyorsunuz?" sorusuna karşılık Cüneyt ona bakmış ama Songül çekindiği için bakamamıştı. Sanki yaramazlık yaparken yakalanmış küçük çocuk gibi utanmıştı. "Songül, sen yengenin yanına git." diye kardeşine söylenen genç adam Cüneyt'e bakarak "Sen de kardeşime çok yakın durma!" diye uyarıda bulunmuştu. Genç adam hafif gülümseyerek "Neden?" diye karşılık verince Yağız karşısındaki çocuğun cesaretine hayran kalmıştı. "Çünkü ben istemiyorum!" Cüneyt onun sözleri karşısında hafif alayla gülümseyerek "Evet, o zaman beni anlayabiliyorsundur. Ben de ablamla fazla ilgilenmeni istemiyorum!" derken Yağız dişlerini sıkarak "Buna alışsan iyi edersin. Çünkü önüne geçemeyeceğimiz şeyler var ve ne kadar istemesek de ablanla evleneceğiz!" dediğinde Yağız bile son sözlerine şaşırmıştı. Cüneyt ona bakarak hafif alayla konuşmuştu. "Ablamdan etkilenenler arasına giriyorsun değil mi?" diye sorarak hızla yanından geçip salondan çıkmak üzereydi ki Yağız arkasından "Ukalalık etme Cüneyt, yaşına göre davranıp boyundan büyük laflar etmemek yararına olur!" diye bağırdı. Cüneyt ise sinsi sinsi gülümseyerek ona bakmadan salondan çıkmıştı. Yağız da kucağındaki çocukla salonda kalakalmıştı. Canı gerçekten sıkılıyordu.

Bu sırada Songül salona gelerek elindeki biberonu ağabeyine uzattı. "Sen mi yedirirsin yoksa ben mi yapayım?" diye sorunca genç adam düşüncelerinden çıkabilmişti. Aklı karmakarışıktı. Sonrasında kardeşinin kolunu tutarak "Bunu ben yaparım ama sabah söylediğin şeyi anlatmaya başla bakalım küçük hanım!" dedi. Songül ona anlamsızca bakarken Yağız derin bir iç çekerek "Şu yengenin yanma meselesi!" dedi. Songül etrafına bakınarak yanına oturmuştu. "Aslında o kadar da önemli bir konu değil." dedi. Yağız ona ters bir bakış atarak "Anlat dedim." diye onu uyarmıştı. "Köyde... Yani yengem henüz bir haftalık evliyken birkaç söylenti gezinmeye başlamıştı etrafta." Yağız kaşlarını çatarak "Ne gibi bir söylenti?" diye sorarken Songül yutkunarak "Yengemin daha önce yandığı ve buna rağmen asla ağlamadığı konusunda." dedi. Yağız bunun nasıl bir yanık olduğunu merak etmişti. Köydeki insanların bazı konuları abarttığını elbette ki biliyordu ama yine de merakına yeni düşmüştü. Yaren hakkında her şeyi merak ediyordu. Bu durum canını sıksa da bu duygunun önüne bir türlü geçemiyordu. "Peki, nasıl yanmış?" diye sorunca Songül yüzünü asarak ağabeyine bakmıştı. "Köydeki samanlıkta yangın çıkınca yengem içeride kalan atını alabilmek için içeriye girmiş ve atı çıkarırken o da içeride mahsur kalmış!" dediğinde Yağız'ın gözleri büyümüştü. Songül, onun şaşkın ve korku dolu bakışlarına dikkat kesince "Şaka yaptım!" diyerek onu iyice sinirlendirmişti.

"Böyle şaka mı olur? Bir daha bana bu tarz şakalar yapma!" diyen genç adam, Songül'ün gülümseyerek "Ne yapayım, köydeki söylentilerden biriydi. Çocuğu olmadığı için onun bedeni hakkında dedikodu yapmaya başlamışlardı. Sözde vücudunda yanıklar olduğu için Suat ağabeyim onunla ilgilenmiyormuş..." dediğinde Songül ağzından bir şey kaçırmış gibi hemen ağzını kapatmıştı. "Ben özür dilerim!" diyerek ayağa kalkmıştı. Yağız toparlanarak "Bunu Yaren biliyor mu?" diye sormuştu. "Yani bu söylentilerden haberi var mı?" diye sormuştu. Songül aklına gelen düşüncelerle hüzünlenmişti. "Evet, ona anlatmıştım!" dediğinde Yağız hemen atılarak "O ne dedi peki?" diye devam etti. Songül hafif gülümseyerek karşılık vermişti. "Bunun yalan olduğunu, öyle bir cesaret sergileyemeyeceğini söyledi." dediğinde genç adam rahat bir nefes almıştı. Onun öyle bir tehlike atlatmış olması düşüncesi bile genç adamın nefesini kesmişti. Bedeninde yara olması onun için önem taşımıyordu. Yaren'i bedeninin güzelliği için değil, onda daha fazlası olduğu için seviyordu.

Seviyordu...

Bu düşünceyle birden irkilen genç adamın bedeninden buz gibi bir esinti geçmişti. Aklımı kaçırıyor olmalıyım, diye içinden geçiren genç adam düşünceleriyle dalga geçmeye başlamıştı. Bu mümkün değil, diyerek ayağa kalkan Yağız odasına doğru ilerlemeye başladı. Ne düşüneceğini, nasıl davranacağını kavramaya çalışıyordu. Tehlike çanları kulağında yankılanırken düşüncelerine sinirlenmeye başlamıştı. Kendisine sığınan bir kız hakkındaki bu düşünceleri genç adamı gafil avlamıştı. Üstelik o kız ölen ağabeyinin karısıydı...

Kapı ağzına gelip de geriye baktığında sinirinden yerinde tepinmemek için kendisini zor tutuyordu. Kucağındaki çocuğa sarılarak içindeki bu öfkeyi bastırmaya çalışmış ve odasına girerek kapıyı yavaşça kapatmıştı.

Sabahın ilk ışıklarıyla uyanan Yaren gece boyu deliksiz uyumuştu. Yağız ise yatağında uzanmış, üzerinde bebeği sırtüstü yatırarak kolları arasına almış bir şekilde uyukluyordu. Sabaha kadar bebek uyumamıştı. Bunu daha önce çalıştığı hastanenin çocuk bölümünden tecrübe etse de hastane ile ev çok farklıydı.

Yatağından kalkan genç kız yavaş bir şekilde odasından çıkmıştı. Henüz erken olduğu için evde ses yoktu. Mutfağa yönelerek çayı koyduktan sonra merakına yenik düşerek Yağız'ın odasına yönelmiş ve kapıyı hafif tıklatmıştı. İçerinden ses gelmeyince genç kız sessizce odaya girmişti. Perdelerin kapalı olması odada loş bir ortamın hâkim olmasına neden oluyordu. Odanın bir köşesinde tek kişilik bir yatak ve yatağın hemen yanında üç gözlü komodin vardı. Yatağın başındaki bebek için biberon ve suyu görünce gülümsemişti. Odayı biraz daha incelerken yaptığına utanarak ağır adımlarla uyuyan ikiliye doğru ilerlemişti. Ayrıca etrafa saçılmasını beklediği bebek kıyafetlerinin olmaması da genç adamın düzen hastalığı olduğunun bir kanıtıydı. Etrafına bakınan Yaren odanın düzenine hayran kalmadan edememişti. Buraya geldiklerinden beri etrafı toplu tutmaya özen gösteriyordu ama ne kadar başarılı olacağı konusunda şüpheleri vardı. Yatağa hafif yaklaşan Yaren, bebeğin genç adamın üzerinde yatmış olduğunu yeni fark etmişti. Yağız'ın bir eli Can'ın sırtını kaplayacak şekilde sırtında bulunuyor arada refleks olarak bebeğin sırtını ovalıyordu.

Genç kız bu sahne karşısında gülümsemeden edememişti. Bulundukları pozisyondan gece boyu uyumadığını anlayabiliyordu. Anlaşılan Can'ın gece boyu gazını çıkarmak için uğraşmış ve sonunda bu şekilde uyuyakalmıştı. İçinde Yağız'a karşı bir şefkat oluşmuştu. Yaren yavaş bir şekilde bebeği onun üzerinden almak istediği sırada genç adam gözlerini aralamıştı. Genç kızla göz göze gelince önce ne olduğunu anlayamamış ama Yaren'in çocuğu almak üzere olduğunu fark edince "Ağladı mı?" diye sormuştu. Uykulu olduğu için ne durumda olduğunun farkında bile değildi. Genç kız yutkunmadan edememişti. Saçları dağınık bir şekilde kendisine bakan Yağız'ın bir an çok tatlı olduğunu düşünmüştü. Sonra bu düşünceleri aklından çıkarmak için bakışlarını onun yüzünden kaçırarak "Hayır, sadece rahat uyuyabilmen için onu alıyordum." dedi. Can'ı alan Yaren yavaş bir şekilde ayağa kalkıp kapıya yönelmişti ki Yağız'ın aklı başına gelerek "Orada dur bakalım küçük hanım!" diye sesini yükselmişti. Yaren ne olduğunu anlayamamıştı. Şaşkın bir şekilde arkasını dönerek ona baktığında Yağız'ın öfkeyle kasılmış çenesini görünce yutkunmadan edememişti.

"Bir sorun mu var?" Yağız onun bu kadar sakin soru sorması karşısında duraksamadan edemedi. "Sen neden ayaktasın, neden sana söyleneni yapmıyorsun?" Yağız yatağından hızlı bir şekilde kalkarak Yaren'in yanına varmıştı. Çocuğu onun kucağından alarak sakin bir şekilde yeniden yatağına yatırdı. Yaren ise dikkatle onu izliyordu. Sonradan aklına ocağa koyduğu çay suyu gelince hızla odadan çıkmak istemiş ama yaptığı ters bir hareketle içli bir "Ah!" çekmişti. Yağız hızla onun yanına gelerek genç kızın önüne eğildi. "Sen iyi misin? Neden bu kadar dik başlı davranıyorsun? Sana yatman gerektiğini söylemiştim." diye sesini yükseltmişti. Yaren ona ters bir şekilde bakarak "Bana ne yapmam gerektiğini söyleyecek konumda değilsin. Çocuğu uyandırmak istemiyorsan sesini alçaltsan iyi edersin. Ayrıca bir daha benimle bu ses tonuyla konuşma!" diyerek ayağını sürüye sürüye odadan çıkıp mutfağa yönelmişti.

Yağız sabahın bu saatinde sinirlendiği için kendisine kızıyordu. Daha dün gece sakin davranacağını söylerken kendine şimdi yine aynı şeyi yaparak genç kadınla kavga etmişti.

Yaren mutfağa giderek kaynamakta olan suyu kontrol etmiş ve çayı demleyerek mutfak masasının sandalyelerinden birini çekip oturmuştu. Yağız arkasından gelerek yanındaki sandalyeyi çekmiş ve önce ocağın üzerindeki çaydanlığa sonra da genç kıza bakmıştı. "Bunu neden yapıyorsun?" Yaren genç adamın sorusuyla bakışlarını ona çevirerek "Neyi?" diye sormuştu. "Benim isteklerimi yerine getirmek senin için bu kadar zor mu?" dediğinde Yaren yutkunmadan edememişti. Bakışlarını kaçırarak "Bunun senin isteklerinle bir alakası yok. Sadece bir şey yapmadan duramam... Ben boş durabilecek biri değilim. Köyde olsaydık şimdiye çoktan..."

"Evet, çoktan tarlaya inmiştin... Bunu biliyorum ama burası köy değil ve senin dinlenmen gerekiyor, ayağın mikrop kapabilir." diye genç kızın sözünü kesmişti. Yaren gerilerek ondan bakışlarını kaçırmıştı. "Bunu biliyorum ama burası beni boğuyor!" dediğinde genç adam "Buna alışsan iyi edersin. Evlendiğimizde burada yaşamak zorundayız." dedi.

Yaren genç adamın ağzından çıkan sözlerle şaşırmıştı. Dahası Yağız da ağzından çıkan kelimeler yüzünden şaşkına dönse de bunu belli etmemek için elinden geleni yapmıştı. Yaren içinden gelen dürtüyle alaycı bir şekilde gülümsemiş ve ona cevap vermişti. "Nasılsa fazla uzun sürmeyecek."

Yağız bakışlarını genç kıza sabitleyerek "Bundan o kadar eminsin yani?" dediğinde ayağa kalkmakta olan Yaren son sözlerle duraksamış ve genç adama bakmıştı. "Ne demek şimdi bu?" Yağız bir şey söylemeden ayağa kalkarak Yaren'in yapmayı düşündüğü kahvaltı sofrasını hazırlamaya başlamıştı. Onun bu hareketiyle yerine oturan genç kadın, Yağız'ın her hareketini izlemeye başladı.

"Dün sınavın nasıl geçti?"

Yaren bunu niye sorduğunu bilmiyordu. Belki de o anda konuşmak için bir konu açmak istemişti. Yağız hafif gülümseyerek "Daha iyi geçebilirdi ama fena sayılmazdı." dedi. "Senin hayatını da karıştırdık, hepsi bizim yüzümüzden. Belki de biz gelmeseydik bu kadar zorluk çekmezdin." dediğinde

genç adam kendisine hâkim olamayarak gülmüştü. Gülüşüy-
le sanki etrafa ahenkli bir ışık yayılmıştı ya da genç kıza öyle
gelmişti. Başını iki yana sallayan Yaren "Bana verdiğin ilaçta
ne vardı?" diye sormadan edememişti.

Yağız şaşkınlıkla tek kaşını kaldırarak "Sadece basit bir
ağrı kesiciydi, neden?" dedi. Yaren ondan bakışlarını çeke-
rek "Sadece merak ettim, sanki halüsinasyon görüyormuşum
gibi geliyor." dediğinde Yağız ona dönerek yüzüne doğru
eğilmişti. Genç kadın onun yaklaşmasıyla yutkunmadan
edememişti. "Neden bana öyle bakıyorsun?" diye onu uyaran
genç kız, Yağız'ın tek parmağını gözünün önüne sallamasıyla
genç kadını şaşırtmıştı. "Sen ne yapıyorsun?" diye söylenen
genç kızın sesi fısıltı gibi çıkmıştı. Yağız elini alnına koyarak
"Başın ağrıyor mu?" diye sorunca bastırdığı bölgelerin
ağrımasıyla endişelenen genç adam ona "İlacı ne zaman
aldın?" diye sordu. "Bir sorun mu var Yağız? Neden garip
davranıyorsun?" Yağız'ın hareketleriyle genç kız korkmaya
başlamıştı. "Gitmemiz gerek!" diyen genç adam onu ayağa
kaldırarak salondaki Cüneyt'in uyanmasını sağlamıştı. Yarı
uykulu bir şekilde gözlerini açan Cüneyt, Yağız'ın "Sen evde
kal ve Songül'ü uyandır. Ayrıca bebek de benim odamda.
Biz hastaneye gidiyoruz!" dedi. Yaren kolunu sertçe çekerek
"Ne hastanesi, neler oluyor?" diye sesini yükseltince "Eğer
yanılmıyorsam senin alerjin var ve hemen vücudundaki zehri
atmalıyız!" dediğinde Cüneyt endişelenerek "Sen ablama ne
verdin?" diye bağırmıştı. "Sadece bir ağrı kesici ama alerjisi
olanlar için kullanılmaması gereken bir ilaç." dedi.

Hızla odasına giden genç adam üzerine bir şeyler alırken,
Yaren'in üzerine sadece kabanını alarak onu kapıya yönlen-
dirmişti. Ayağının üzeri komple yanan genç kız ayakkabısına
üzgün gözlerle bakarken genç adama yakalanmıştı. Cüneyt
ablasına bakarken onun ne düşündüğünü anlayabiliyordu.
Sonrasındaysa Yağız yanına gelerek beline doladığı koluyla
ikisini de şaşırtmıştı. "Sen ne yapıyorsun, çek şu kolunu!"
diye uyaran genç kız, Cüneyt'in kendilerine bakması yüzün-

den utanmıştı. "Ablamın üzerinden çek elini!" dediğinde Songül de odasından yeni çıkıyordu. Cüneyt'in sözlerini takmayarak "Songül mutfakta çay var, siz kahvaltı yapın. Ayrıca Can benim odamda ve bu ukala çocuğa dikkat et. Sana yaklaşırsa onu incitebileceğimi ona hatırlat." dedikten sonra hâlâ elinin altında bulunan ince belin sahibine dönerek "Ve sen küçük hanım... Ayağını benim ayağımın üzerine koy ve öyle yürü!" dedi. Yaren onun sesindeki tonun yumuşaklığı karşısında yutkunmak zorunda kalmıştı. Bilinçli bir şekilde değildi bu davranışları, sadece ona itaat ediyordu. Bunu yaptığının bile farkında değildi. Yağız onun şaşkın bir şekilde ayağını kendi ayağının üzerine koymasını izlemişti. Kapıdan çıktıktan sonra merdivenlerden aşağıya inen Yağız ve Yaren konuşmuyordu. Zaten genç kızın başı dönüyordu. Etrafta değişik bir hava seziyordu. Sanki tüm renkler birbirine girmiş, gökkuşağı oluşturuyordu. Hafif gülümseyen Yaren kolunu fark etmeden Yağız'ın beline dolamıştı. Şaşıran Yağız onun yüzündeki gülümsemeyi görünce iyice endişelenmişti. Bu ilaç o an Yaren'e her şeyi yaptırabilirdi. İçki içen biriyle aynı durumda olan genç kız ne yaptığının farkında bile değildi. Sanki biri komik bir şey anlatmaya başlamış gibi gülmeye başlamıştı. Kahkaha atan genç kız Yağız'ın da gülmesine neden olmuştu. "Bu şekilde gayet iyisin aslında, seni hastaneye götürmemeliyim!" dediğinde Yaren elini kaldırarak yüzüne koymuş ve yanağını sıkarak "Sen çok şirinsin... Can da sana çeker mi dersin!" derken Yağız onun bu cesaretine şaşkınlıkla bakmıştı. Bu kızla ne yapacağını bir türlü kestiremiyordu. Yaren güldüğünün bile farkında değildi. Arabaya doğru ilerlerken genç adam ona büyülenmiş gibi bakıyordu.

Arabanın ön kapısını açan Yağız onu koltuğa oturtur oturtmaz kemerini bağlamış ve direksiyona geçmişti. Genç kız o kadar yorgun hissediyordu ki başı hemen koltuğun kenarına yaslanmış ve gözlerini kapatmıştı. Bir süre sessiz ilerledikten sonra Yaren yine gülümsemişti. Bu gülümsemeler tamamen istem dışıydı. Yutkunan Yağız başını iki yana sallayarak dikkatini yeniden toplamaya çalışmıştı. Sonra hafif bir iç geçirerek direksiyonu sıkıca kavramıştı. Hastanenin önüne geldiklerinde telefonu çalan Yağız duraksamadan Yaren'in koluna girmiş ve çalan telefonuna cevap vermişti. "Dostum!" diyen Yağız başını çevirerek genç kadına bakmıştı. Arayan Asım idi. "Ben genç hanımı merak ettim, nasıl oldu ayağı?" diye sorarken Yağız hafif iç geçirerek "Hastanedeyiz!" dedi.

Asım şaşırarak genç adama endişelendiğini belli eden bir ses tonuyla "Ne oldu, çok mu acısı var?" diye sorduğunda genç adam neredeyse kahkaha atacaktı. Yanındaki kızın keyfini görse Asım herhâlde ona hayran kalırdı, diye düşünerek "Hayır, acısı olduğunu sanmıyorum ama bir sorun çıktı. Ona ağrısı dinsin diye ağrı kesici verdim ve yan etki yaptı." dediğinde Asım önce kısa bir duraksama yaşamış sonrasındaysa kahkahayla gülmeye başlamıştı. "Nasıl, kafası güzel mi?" diye dalga geçer gibi sorarken Yağız da gülümseyerek ona bakmıştı. "Evet, hem de nasıl. Sanki şişelerce alkol almış gibi oldu. Sürekli gülümsüyor ve konuşuyor." dedi.

"Senin adına gerçekten sevindim ama ona acımaya başladım. Hangi hastanedesiniz?" dedi. Yağız o sırada acilden içeriye giriyordu. Birkaç arkadaşı onun yanına gelince eliyle müsaade istemişti. Asistanlardan birine Yaren'e vermesi gereken ilacı söyleyince genç kız bir odaya alınmıştı. "Benim çalıştığım hastaneye geldik. Şu anda iyi görünüyor. Erken fark etmeseydim düşünmek bile istemiyorum!" derken genç adam ona gülerek "O zaman şanslıymış. Ama evde başka ağrı kesici yok muydu da ona o ilacı verdin?" Yağız dişlerini sıkarak "Yoktu. Anlaşılan budan sonra ter türlü ağrı kesiciyi evde bulunduracağım." dediğinde Asım ona gülerek telefonu kapatmıştı.

Birkaç dakika sonra Yaren'in yanına giderek koluna takılan serumu kontrol etmişti. Genç kız ona gülümseyerek bakmış ve "Buna gerek var mıydı?" diye sormuştu. Henüz ilaç etkisini kaybetmemişti. Yaren sarhoş gibiydi. Kafa yapısı değişen genç kız uzandığı yatağında sadece gülümsüyor ve ne soruluyorsa doğrudan cevap veriyordu. Yağız ona bakarak hafif gülümsemiş ve "Söyle bakalım küçük hanım... Köyde mi kalmak isterdin yoksa sırf şehir hayatını sevdiğin için mi benimle geldin?" dedi. Yaren onun sorusuyla gülerek "Ben atımı özledim!" dedi. Yağız tek kaşını kaldırarak ona bakmıştı. Beklediği cevap bu değildi. Sadece onun sözlerini geçiştirmeye çalıştırdığını anlamıştı. Sonrasında şaşırarak onun bünyesinin gerçekten sağlam olduğunu fark etti. Evet, ilaç etki etmişti ama aklını hâlâ toparlayabiliyordu.

"Bu benim sana sorduğum sorunun cevabı değil. Ağabeyimle neden evlendin?"

Yaren sorulan soruyla yüzünü hafif asmıştı. Dudaklarını üzgün bir şekilde kıvırarak "Babam için!" dedi. Yağız bu cevaptan da memnun kalmamıştı. "Ne yani baban istediği için mi evlendin? Oysaki ağabeyimin köydeki birçok kişinin gözdesi olduğunu duymuştum!" dedi. Yaren hafif gülümseyerek "Öyle miydi? Ama ben senin köyünden değilim." diye karşılık verdi. Yağız bunu unutmuştu. Onun diğer köyün beyinin kızı olduğu bir anda aklından çıkmıştı. "Haklısın! O zaman neden evlendin? Köylüler üzerinize geldiği için mi?" dedi. Yaren onun sorusuyla tebrik eder gibi tek parmağını kaldırarak "Bravo... İşte nedeni bu... Ama babama göre nedeni bu! Eğer babam ameliyat olmak için benim evleneceğimi söylemeseydi asla evlenmezdim!" dedi. Sesi o kadar kararlı çıkmıştı ki genç adam şaşırmıştı. Yutkunmadan edemeyen Yağız ona değişik bir ifadeyle bakıyordu. "Bana neden öyle bakıyorsun?" diye soran Yaren derin iç çekmişti. Aldığı nefesi sanki içini yakıyordu. "Ağabeyini özlüyorum!" dedi. Yağız onun açıklamasıyla âdeta donup kalmıştı. İçinde koyu bir öfke belirse de bu öfke kesinlikle kendisineydi. Sanki uzanmaması gereken bir hazineye elini uzatmak istermiş gibi genç kızın elini avucunun içine alarak içini parçalayan soruyu sormadan edememişti.

"Ona bu kadar kısa sürede âşık olman beni mutlu etti!"

İşte bu kocaman bir yalandı. Tamam, onun karısıydı ama

kalbi ağabeyinde olan bu kadından uzak duramayacağını hissediyordu.

Yaren onun sorusuyla gözlerindeki yaşını serbest bırakmıştı. "Ona âşık olmayı gerçekten isterdim. O hayatımda gördüğüm en düşünceli ve sevecen adamdı. Onun karısı olmak, adını taşımak beni mutlu etmişti. Aşk gelip geçiciydi. Ama ona karşı içimde oluşan sevginin asla azalmayacağını hissediyorum. En iyi arkadaşım... Sırdaşım... O benim kaçış noktamdı!" dediğinde Yağız şaşkınlıkla ona bakmıştı. Tek duyduğu şey, *ona âşık olmayı çok isterdim*, sözü olmuştu. Sanki diğer sözleri sis bulutu ardında dinlemişti.

"Sen onu sevmiyor muydun?" dedi içinde değişik bir his belirerek. "Onu seviyordum ama asla âşık olduğumu söyleyemem!" dedi. Yağız ne koşullarda evlendiklerini elbette biliyordu. Ama Yaren ile Suat'ın bunca ay bir arada olup da birbirine âşık olmaması inanılır gibi gelmiyordu. Abisini tanıyordu elbette. Onun nasıl bir karaktere sahip olduğunu ve kadınlara kibar davranışlarını, hepsini biliyordu. Ona âşık olmayacak bir kadın tanımıyordu. Dış görünüşünden bahsetmesine bile gerek yoktu. Ona göre aralarında en çarpıcı olan kardeşi Suat'tı ve bunda da haklıydı. Suat'ı gören kızlar tekrar tekrar arkasından bakıyor ve ona cilve yapmaktan geri kalmıyordu. Yağız boğazına gelen ve nefes almasını bile unutturmak üzere olan o soruyu sormak istiyor ama bir türlü dilinden dökemiyordu.

"Özel olacak ama sana sormadan edemeyeceğim!" dedi. Sonra içinden, özellikle sen yalan söylemeyi başaramayacak durumdayken, diye geçirdi.

"Köyde dolaşan şu dedikodular doğru mu?" diye sordu. Yaren hafif gülümseyerek "Hangisi?" diye sordu. Sonra serumun takıldığı kolunu hafif yukarıya sıyırarak kaşımaya başlamıştı. O kadar tatlı görünüyordu ki... Yağız onun rahatlığının nedenini biliyordu. İlaç onu iyice gevşetmişti. "Seni bekliyorum, ne soracaksın? Yoksa sen de kısır olup olmadığımı mı soracaksın?" diye sordu. Yağız hafif gülümseyerek başını iki yana sallamıştı. "Ben... Sadece ağabeyimin bedeninde olan bir yara yüzünden sana dokunmadığı konusunda çıkan dedikodular... Onlar doğru mu?" diye sorduğunda onun tepkisini bekliyordu. Yaren şaşkınlıkla ona bakıyordu. "Bu çok özel olmadı mı doktor!" diyerek onunla alay etmişti.

Yağız onun cevap vermeyeceğini anlamıştı. Sonrasında Yaren başını iki yana sallayarak "Doğru." dedi! Onun cevabıyla Yağız heyecanlanarak "Ne yani ağabeyim sana... Sana..." dedi ama sorusunu doğrulatamadan Yaren "Yaralı olduğum için dokunmadı çünkü öyle bir yaraya sahip değilim!" dediğinde Yağız'ın aklı karışmıştı. Bu da ne demekti? Ağabeyi ile birlikte olmuş ama vücudu hakkındaki yaralar yalan mıydı? Bu soru beyninde dönerken Yağız saçmaladığını düşünmeye başlamıştı. O karısıydı, senin de yengen, diye kendine hatırlatırken serumun takılı olduğu kolunun yukarıya doğru sıyrıldığı bölümdeki yara izini görmüştü.

Genç adam gözlerini büyüterek genç kızın kolunu kavramış ve endişeyle kazağını daha da yukarı sıyırmıştı. Kazağının sakladığı küçük ama belirgin yarayı görmüştü. Hemen dirseğinin üzerinde fazla büyük olmasa da etrafındaki pembelikten ilk olduğu zaman yaranın daha da büyük olduğunu anlayabiliyordu.

"Bu ne zaman oldu?" diye sorarken Yaren tek kaşını kaldırarak ona bakmıştı. "O kadar da ciddi bir yara değil, çok önceden olmuştu!" dediğinde Yağız aklına gelen şeyle dehşete düşmüştü. Farkında olmadan "O samanlığa girdin!" dedi. Yaren'in bakışları değişmişti. Birkaç saniye... Sadece birkaç saniye Yağız ile göz göze kalmış sonra da hemen bakışlarını çekmişti. "Çok önceydi!" dedi. Derin bir nefes alarak bu konuşmanın bittiğini ifade etmek için gözlerini kapamış ve bir daha açmamıştı. Zaten ilacın etkisiyle de uykusu gelmişti. Yağız aklını kaçırabilirdi. Bu kadar büyük bir tehlikeye atılmak için aklını kaçırmış olmalıydı. Çok eski bir olay yüzünden bile endişelenebiliyordu. Çıldırmış olmalıyım diye düşünürken derin bir iç çekmişti. Aldığı nefes ciğerlerini yakıyordu. Ama aklı ve kalbi atlatmış olsa bile öyle bir tehlikeye atılmasına izin veremiyordu. Daha kötü sonuçlar da doğurabilirdi. O... O hayatını bile kaybedebilirdi. Hayır, buna dayanamazdı... Yağız ne düşündüğünün bilincinde bile değildi. Eğer olsaydı daha önce tanımadığı bir kızın geçirmiş olduğu olayın kendisini bu kadar etkilemiş olmasına kahkahayla gülebilirdi. Yağız aklındaki düşüncelerle savaşırken iyice kendisinden geçmişti.

Yaren uyumuyordu ama aklı başına gelmeye başladığında az önceki sorulara açık bir şekilde verdiği cevapların ehemmiyetini yeni fark ediyordu. Gözlerini açarsa onun yeniden soru sormasından çekiniyordu. Serum bitince Yağız yanına yaklaşarak genç kıza bakmıştı. Gözleri kapalıydı. Onun uyumadığını göz kapağının üzerinin oynamasından anlayabiliyordu. Bir süre genç kıza bakarak onun atlatmış olduğu tehlikeyi ve çekmiş olduğu zorlukları kavramaya çalışıyordu. Ona bu kadar bağlandığına inanamıyordu. Bu gerçekten şaşırtıcı geliyordu. Kendisi ona birkaç günde bu kadar bağlanmışken, onu yıllarca tanıyan kişilere karşı içinde bir acıma hissi oluşmuş sonra bu fikri yüzünden kendisine kızarak hızla aklındaki düşünceleri yok etmeye çalışmıştı.

Bakışlarını onun üzerinden çekerek yeniden doktor kimliğine bürünmüştü. Dalgınlığından çıkarak genç kızın serumundan kan gelmeye başladığını görmüş ve hızla boşalan serumu çıkararak kenara koymuştu. Az sonra yanlarına gelen hemşirelerden biri gülümseyerek Yağız'a "Nasıl oldu, kendisine gelebildi mi?" diye sormuştu. Yağız gözlerini ondan ayırmadan "Evet, daha iyi olacak!" dedi. Hemşire hayranlıkla genç kadına bakıyordu. Yağız onun bakışlarını fark ettiğinde dayanamayarak ve daha da önemlisi Yaren'in ne yapacağını merak ettiğinden "Güzel görünüyor değil mi?" diye sormuştu. Hemşire başını sallayarak "Evet çok güzel... Buraya her gün böyle hastalar gelmiyor!" diye şakalaşmıştı. Yağız gözlerini açmayan Yaren'e gülümseyerek bakıyordu. Yaren ise konuşulanları duysa da gözlerini açmıyordu. İçinde bir öfke birikmeye başlamıştı. Yine güzelliği konuşuluyordu. Hemşire ona bakarak "Onu nereden buldun? Söylesene Özlem'in bu bayandan haberi var mı?" diye sormuştu. Yağız sorulan soru karşısında ne yapacağını bilememişti. Tam sırası olduğunu düşünen Yaren gözlerini açarak Yağız'a bakmıştı. "Sizi tatmin edecek kadar beni seyrettiyseniz şimdi gitmek istiyorum!" dedi. Hemşire onun sözleriyle utanarak başını çevirmişti.

Yağız genç kızın yataktan kalkmasına yardım etmek istemişti. Bu sırada kolundaki yaraya dokunmuştu. "Canın acıyor mu?" diye soran genç adamın ilgisi gözle görülür hâldeydi. Yaren hemen kolunu çekerek kazağını da aşağıya çekmişti. "Basit bir yara, bu kadar abartma." dedi. Yağız genç kızın odadan çıkmak için acele ettiğini fark etse de buna bir şey dememişti. Yaren hastanede kalmak istemiyordu.

Onlar hastaneden çıkıp arabaya doğru ilerlerken Songül de mutfakta Cüneyt ile kahvaltısını bitirmek üzereydi. Genç kız Cüneyt ile konuşmuyordu. Cüneyt ise gözünü onun üzerinden ayırmıyordu. Tedirgin olsa da Songül ona bir şey söylememişti. Cüneyt boşalan bardağını alarak ayağa kalkmış ve ocağın üzerindeki çaydanlıktan çayını tazelemişti. İkisi de yeterince doymuş olmasına rağmen masadan kalkmaya çalışmıyordu. İkisi de fazla yemekten rahatsız olmuştu. Sonunda dayanamayan Songül "Yeter bu kadar yediğin, hadi dersinin başına." diyerek Cüneyt'e çıkışınca Cüneyt dayanamayarak kahkaha atmaya başlamıştı. Songül söylediklerinden utansa da geri adım atmamıştı. "Sen neye gülüyorsun?" diye çıkışan Songül onu sinirle izlemişti. "Ben de ne zaman konuşacağını bekliyordum!" dedi. Songül farkında değildi ama kahvaltı boyunca hiç konuşmamıştı. Sürekli yemiş ve çay içmişti. Kaç bardak çay içtiğini bile bilmiyordu. Evde Cüneyt ile tek başına kalmak genç kızı germişti. Ondan korkmuyordu ama gergin olmaktan da kendisini alamıyordu. Cüneyt ise tam tersi... Kahvaltısını yapmış ve arada Songül'ü izlemeye koyulmuştu. Songül'ün bunu bile fark ettiği yoktu. Sadece yemek yemekle meşguldü. Midesinde tek lokma koyacak yer kalmayana kadar. Dişlerini sıkan genç kız onun yüzünden mutfaktan ayrılamıyordu. Babasının sözlerini iyi hatırlıyordu: *Masaya ilk oturan ilk kalkar.* Ama Cüneyt masaya ilk oturan olsa da kalkmaya niyeti olmadığını sürekli oyalanmasından belli etmişti. Tam ağzını açıp bir şey söyleyecekti ki içeriden gelen bebek sesiyle kelimeleri ağzına tıkalı kalmış, hırsla mutfaktan çıkarak Can'ın yanına gitmişti. Onun mutfaktan çıkışını gülümseyerek izleyen genç adam, ablasını merak ediyordu. Eline aldığı telefonuyla ablasını aramıştı.

O sırada Yaren arabada sessiz bir şekilde yolu izliyordu. Genç kız gülümseyerek "Hayatım!" diye telefonu açmıştı. Bu sırada gözü Yağız'a kayınca onun tuhaf bir şekilde rahatsız olduğunu sezinlese de neden rahatsız olduğunu anlayamamıştı. "Birazdan evde oluruz. Evet... Ben iyiyim canım... Can nasıl? Ben gelene kadar ikisine de iyi bak!" dediğinde tam telefonu kapatırken Yağız telefonu alarak "Alo!" diye karşı taraftaki kişiye seslenmişti. Cüneyt kapatmak üzere olduğu telefondan ses gelince tekrar kulağına götürerek "Evet!" diye karşılık vermişti. "Siz kahvaltı yaptınız değil mi? Ablan ve ben bu sabah dışarıda kahvaltı yapacağız!" dediğinde Cüneyt hafif sırıtmış ama ciddi tutmaya çalıştığı ses tonuyla "Sakın geç kalmayın!" diye tembihte bulunmuştu. Yağız onun bu alışılmadık tarzda büyüklük taslama şekillerine sinirlense de ablasını korumaya çalıştığını düşünüyordu. "Kaçta geleceğimizi sana soracak değiliz. Ayrıca sakın Songül'e fazla yaklaşayım deme!" diyerek Yaren'in şaşkın bakışları arasında telefonu Cüneyt'in suratına kapatmıştı.

Yaren derin bir nefes alarak "Bu da neydi böyle?" diye sorunca Yağız ona bakarak "Sen de telefona daha usturuplu bir şekilde cevap ver bundan sonra!" dedi. Yaren ne diyeceğini bilememişti. İçinden öfke nöbetleri geçirirken dişlerinin arasından "Nasıl konuşacağımı senden öğrenecek değilim!" dedi. Yağız hafif bir sırıtışla "Sadece birkaç ay canım... Birkaç ay sonra lavaboya gitmek için bile benden izin alır olacağını sana hatırlatmama gerek yok sanırım!" dediğinde Yaren'in gözleri duyduklarına inanamıyormuş gibi açılmıştı. "Sen...

Sen ne saçmalıyorsun?" Yağız arabayı kenara çekerek "Size verilen eğitim bu değil mi? *Evlendiğinizde kocanızın sözünden çıkmayacaksınız* adabına ne oldu? Yoksa bu seni kapsamıyor mu?" dedi. Yaren yutkunarak ona karşılık vermişti. "Biz gerçekten evli olmayacağız!" Genç kadın söyleyecek daha iyi bir söz bulamamış gibi kendisini ve davranışlarını savunmaya çalışmıştı. "Ah... Evet, gerçekten evlenmeyeceğiz ama dışarıdan bakanlar bizi gerçek karı koca sanacak. Kimseye Yağız Bey'in karısının davranışı şu şekilde diye konuşturmam. Belki evdekiler benim evlilik konusunda fazla geniş olduğumu düşünebilir ama bu doğru değil. Eşimin bana saygı duyması ve benim yanımda fazla konuşmamasını isterim!" dedi. Aynı anda, senin billur sesini hiç bıkmadan dinleyebilirim, diye içinden geçirmişti.

Genç kız duyduklarının şokuyla ne diyeceğini bilemiyordu. Sonra tiz bir kahkaha atarak Yağız'a dönmüştü. "Sen benimle dalga geçiyorsun değil mi? Bu söylediklerine inanıyor olamazsın? Buna asla izin vermem. Kimsenin boyunduruğu altına girmem. Oradan bakınca saf bir çocuk gibi mi görünüyorum?" dediğinde Yağız'ın sözleriyle genç kadın âdeta donup kalmıştı. "Buradan bakınca çok güzel görünüyorsun! Ayrıca sende güzellikten çok değişik bir hava var. Sadece gözlerin bile insanı esir alabilir!" dedi. Yaren gözleri büyüyerek genç adama bakmıştı. Yağız ise bakışlarını yola çevirerek "Bana öyle bakmayı kes, bunu sana söyleyen çok kişi olmuştur." dediğinde genç kız içinde kabaran öfkeyle bağırmıştı. "Sen de onlardansın değil mi?" Yağız başta ne demek istediğini anlamamıştı. Sonrasında genç kızın sözleriyle arabayı kenara çekme gereksinimi duymuştu. "Hepiniz aynısınız. Bir çift güzel göze bir çift güzel kaşa tav oluyorsunuz! Senin gibiler midemi bulandırıyor!" dediğinde Yağız şoke olmuş bir şekilde kenara çektiği arabanın içinde yan dönerek genç kıza ateş saçan gözleriyle bakmıştı. "Az önce ne dedin sen?" diye çıkışan genç adam sesinin tonunu alçaltmaya çalışsa da başarılı olamamıştı. Yaren ona gözlerini kısarak bakarken geri adım atmamaya kararlıydı. "Sözlerim sana dokundu mu? Bak... İyi bak yüzüme... Sence de güzelim değil mi? Biliyor musun bu surat yüzünden aynaya bakamıyorum ben. Yüzümün ortasında şöyle kocaman bir yara olsun istiyorum. Ama ben buyum. Dışarıdan bakınca güzel bir yüz ve beden!" dedi. Genç adam dişlerini sıkarak arabadan çıkmıştı. Yaren öfkeliydi. Belki de onun sözlerinden mutlu olmalıydı ama bu şekilde değerlendirilmek istemiyordu. Herkesin bir takıntısı vardı ve o da yaşadıklarından sonra güzelliğini takıntı hâline getirmişti. Bedeni bu yüzü artık kabul etmeyecek hâle gelmişti.

Arabanın ön kısmından dolanan genç adam sinirli bir şekilde Yaren'in kapısını açmıştı. "Sen ne yapıyorsun?" diye soran Yaren, Yağız'ın kendisini kolundan tutup arabadan çıkarmasına itiraz bile edememişti. Arabadan inen Yaren genç adamın sinirli olduğunu görebiliyordu. Evet, sinirliydi ama kendisi kadar değil elbette. Yağız kolundan tutarak onu küçük ama şirin bir lokantaya sokmuştu. Yaren içeriye girdiklerinde neden orada olduklarını anlamıştı. Yağız onu bir masaya yerleştirerek yanından kısa süreliğine ayrılmış, elleri dolu bir şekilde geri gelmişti. Burası açık büfe kahvaltı veren bir yerdi. Yaren ona yardım etmek için ayağa kalkınca "Sen otur!" diye ona emir verir gibi konuşmuş, genç kızın tüm sinirini yeniden zıplatmıştı. "Ayağını incitmemelisin!" diye açıklama yapınca genç kız yerine oturmuştu. En azından onun davranışlarının kendi iyiliği için olduğunu anlayabiliyordu. Yağız elindekileri masaya bırakarak tam Yaren'in karşısına oturmuş ve ona söz hakkı dahi tanımadan önüne yemesini istediği bolca kahvaltılık bırakmıştı. "Ben bu kadar şeyi yiyemem." diye itiraz eden genç kız Yağız'ın "Biraz yemelisin, çok zayıfsın!" demesiyle duraksamıştı. Yaren şaşırmıştı. İlk kez biri onun bedenini beğenmiyor hissi doğmuştu içine. Yaren'in konuşmaması üzerine devam eden genç adam ona gözlerini dikerek konuşmaya başlamıştı. "Bak güzelim... Sana güzelim diyorum çünkü sen de biliyorsun ki güzelsin. Yüzünün ne kadar güzel olduğu beni alakadar etmez. Eğer bir kadını seviyorsam yüzü

tamamen yansa bile onu bırakmazdım. Bu yüzden bu duru-
mu fazla dert etme kendine. Şimdi bir konuya açıklık getire-
lim. İkimiz de biliyoruz ki bu evlilikten kaçışımız yok. Ben
karımın senin kadar zayıf olmasını istemiyorum!" dediğinde
Yaren dayanamayarak kahkaha atmaya başlamıştı.

"Benim beden ölçülerimden sana ne? Nasılsa gerçek ka-
rı-koca olmayacağız!" dedi. Tabağından çatalına salatalık
alan Yağız başını kaldırarak hiçbir şey söylemeden genç ka-
dına bakmıştı. Yutkunan genç kadın "Değil mi?" diye ekle-
me gereği duymuştu. Yağız onun rahatsızlığını anlayınca o
da kahkaha atmaya başlamıştı. "Merak etme öyle bir şey ol-
mayacak." dedi ve hemen ardından kısık sesle "En azından
şimdilik." diye de ekledi. Yaren son söylediğini anlamamıştı.
"Bir şey mi dedin?" diye sorarken Yağız bakışlarını ona doğ-
ru kaldırmıştı. Genç kız hemen önündeki yemeğe odaklanır-
ken Yağız ona bakanın sadece kendisi olmadığını fark edince
sinirlenerek dişlerini sıkmıştı.

Yaren iştahla önündekileri yemeye başlayınca Yağız da-
yanamayarak "Sence ağabeyim neden böyle bir şey yaptı?"
diye sordu. Yaren son lokmasını da yutarak başını iki yana
sallamıştı. "Bilmiyorum."

"Bunun bir nedeni olmalı. O, asla karısına yan gözle
bakılmasına müsaade edecek biri değildi. Üstelik karısının
başka biriyle evleneceğini bilse kendisinden önce onu öldü-
rürdü." dediğinde Yaren'in vücudu ürpermişti. "Suat öyle
bir şey yapmazdı!" diyerek kocasını savunan genç kadın Ya-
ğız'ın ısrar eder gibi "Bana onun nasıl biri olduğunu anlatma-
na gerek yok, onu senden iyi tanıyorum. Ayrıca, gerçekten bu
dediğimi yapardı." dedi.

"Diyelim ki bu isteğinin altında farklı bir amacı vardı,
sence bu amacı ne olabilir?" Yaren'in sorusuyla genç adam
düşünmeye başlamıştı. "Belki de benim doğru düzgün bir eş
seçemeyeceğimi düşünmüştür."

Yaren şaşkın bir şekilde genç adama bakmıştı. "Ne yani

senin seçeceğin kişinin doğru kadın olmadığını düşündüğü için mi kendi karısını sana layık gördü?" Yağız genç kızın cin gibi bakışlarına gülümsemişti. "Beni hafife mi alıyorsun yoksa bana mı öyle geliyor? Belki de seni bana değil de beni sana layık görmüştür." dediğinde genç kız aldığı cevapla eğlenmeye başladığını hissediyordu. "Anlaşılan küçük beyimizin egosu yine tavan yapmak üzere." dedi. "Ego mu bilmiyorum ama ben ağabeyimin bir planı olduğunu düşünüyorum. Belki de sana âşık olacağımı sanmıştır. Ya da senin bana." dediğinde tek kaşını kaldırarak genç kıza bakmıştı. "Değilsin değil mi?" diye sorduğunda Yaren ağzına attığı lokmayla neredeyse boğuluyordu. Genç adam hemen ayağa kalkarak genç kızın sırtını sıvazlamaya başlamıştı. "Ne... Sen ne dedin?" dedi. Yağız gayet basit bir şekilde "Sadece bana âşık olup olmadığını sordum!" dedi. Yaren öyle bir gülmeye başlamıştı ki herkes ona hayranlıkla bakar olmuştu. Dahası Yağız bir an olsun nefes almayı unuttuğunu sanmıştı. Bu kız çok tehlikeliydi. Bir kadının bu kadar güzel gülmesi haksızlıktı.

Genç kıza bakan hayran gözlerin sahibi erkeklere öldürücü bakışlar atmaya başlamıştı. Yaren ise kendisine gelerek "Ben mi? Ben değilim ama sen galiba bu yolda ilerlemeye başlamışsın. Umarım sen de bu tuzağa düşmezsin. Yoksa çok acı çekersin!" dediğinde Yağız yarım ağız bir şekilde "Acı çekmediğimi ne biliyorsun?" demişti. Tam da bu sırada telefonu çalan genç adam evden aradıklarını söyleyince Yaren, Can için endişelenerek genç adamın telefona cevap vermesini bekledi. Ama Yağız'ın "Efendim baba!" diye telefonu açmasıyla Yaren heyecanlanmadan edememişti. Yaren yerinden kalkarak Yağız'ın yanına yaklaşmış ve kulağını ona dayamıştı. Yağız geri çekilmek istese de Yaren onu sıkıca kavrayarak kendisine yaklaştırmıştı. Yağız genç kadından burnuna gelen mest edici kokuyla konuşmayı zar zor sürdürüyordu.

Cemal Bey gülerek "Gelinim nasıl?" diye sorunca Yaren dayanamayarak "Ben iyiyim babacığım!" diye atılmıştı. Aslında konuşmayacak olan Yaren, Yağız'ın babasına yandığını söylemesini istemiyordu. Yağız ona ters bir bakış atınca genç kadın geri çekilerek "İyi şu anda yanımda babacığım." diyerek duraksamıştı. "Kızıma dikkat et Yağız, iki kızım da şu anda yanında ve onlara bir şey olursa seni çok kötü yaparım!"

Babasının sözleriyle yüzü kızaran genç adam Yaren'e bakmıştı. "Merak etme, gelinin o kadar çenebaz ki senden önce benim canıma okuyacak gibi!" dediğinde yanında oturan Yaren alınarak Yağız'ın koluna sıkı bir çimdik atmıştı. Canı acıyan genç adam ona gözlerini kısarak imalı bir şekilde gülümsemişti. Telefonu kapamadan önce selam söyleyen babasına aynı gülümsemeyle cevap vermiş ve telefonu kapatarak "Bir doktora zarar vermeye çalıştığının farkındasın değil mi?" diye karşısındaki güzelliğe sormuştu. "Sen daha doktor olmadın, bunun için sınavı geçmen gerekmiyor mu?" dedi. Yağız onun cevabına gülümsedi ama cevap vermek yerine "Hadi kalkalım, kardeşin ve kardeşim evde fazla yalnız kaldı." dedi. Yaren hafif gülümseyerek onun damarına basmaya çalışmıştı. "Korkuyor musun?" Yağız tek kaşını kaldırarak "Neden korkuyor muyum?" diye karşılık verdi. "Kardeşinin kardeşime tutulmasından!" Genç kadının sözleri bir şimşek etkisi gibi genç adamın beyninde yankılanmıştı. "Öyle bir şey olmayacak! Buna izin vermem." Yaren gülmemek için kendisini zor tutarken ona laf sokmak için "Aynı bizim aramızda olmayacağı gibi... Değil mi?" dedi. Genç adam onun eğlenen bakışlarına imalı bir şekilde cevap vermişti. "Kendinden bu kadar eminsin yani?" Yaren bir şey söylemeden ayağa kalkmak istemiş ama o ana kadar ayağında bir şey olmadığını unutup ayağının soğuk zeminle teması sonucu üşümesini engelleyememişti. Yağız onun yanına gelerek kolunu beline dolamıştı. İrkilen genç kadına "Merak etme, sadece yardım etmeye çalışıyorum." dedi. Eve dönüş yolunda ikisi de konuşmamıştı.

Songül küçük çocukla ilgilenirken Cüneyt de sınavına çalışıyordu. Ertesi gün sınavı olduğu bir an olsun aklından çıkmıştı. Salonda oturmuş sakince ders çalışırken, kapıdan gelen sesle hızla yerinden kalkarak kapıya yönelmişti. Ablasını ve Yağız'ı gören Cüneyt, kapıdan girmek üzere olan ablasını kendisine nazik bir şekilde çekerek Yağız'ın kıskacından kurtarmıştı. Bu durum Yağız'ın dikkatinden kaçmasa da sadece ters bir bakış atmıştı Cüneyt'e. "Ablamı ben taşırım!" Cüneyt, eniştesi olacak adamı ablasından uzaklaştırarak salondaki kanepeye kadar destek olmuştu. "İyi misin abla?" Yaren kardeşinin yanağını şefkatle tutarken sadece gülümsemişti. Bakışları masanın üzerindeki kitaplara kayınca Cüneyt "Yarın sınavım vardı unutmuşum." dedi. Yaren "Sen dersine çalış hayatım, ben çok daha iyiyim." dediğinde Cüneyt ablasının yanağını öpüp yerinde doğrulmuştu. Ders çalışmak için masaya geçerken Yağız'ın bakışlarını önemsememişti.

Songül de kucağında bebekle salona gelmiş ve bebeği Yaren'in kucağına bırakmıştı. Cüneyt her zamanki kıskançlığıyla bakıyordu. Ablası Can'ı sevmeye başladığındaysa dayanamayarak araya girmişti. "Bebeği bıraksan da bana ders çalışmamda yardım etsen?" dediğinde Yaren kardeşine gülümsedi. Ayağa kalkmak için bebeği kanepeye bıraktığında Songül hemen bebeği alıp onlara şöyle bir göz atmıştı. Yağız ise onun kardeşine ders çalıştırmak istemesine şaşırmıştı. Sonuçta Yaren okuma yazma bile bilse bu kadar ileri bir seviyedeki lise dersini anlatabileceği şüpheliydi.

"Ders ne?" diye soran genç kız Cüneyt'in gülümseyerek "Biyoloji!" demesine ters bir bakış atmıştı. Cüneyt onun bu bakışıyla kahkahasını güçlükle bastırmıştı. Yağız bir kenarda abla kardeşi izliyordu. Genç kız ders kitabını eline alıp kardeşinin çalıştığı konuları görünce gülümseyerek ayağa kalkmıştı. "Benimle oynuyorsun değil mi Cüneyt? Sırf kıskandığın için beni oyalıyorsun... Bu çok ayıp... Üstelik bir doktorun olduğu ortamda benden biyoloji anlatmamı istemen de çok saçma..." diyerek bakışlarını Yağız'a çevirmişti.

Yağız *ben mi* der gibi parmağı ile kendisini işaret ederken Cüneyt de bakışlarını ona dikmişti. Bir yandan mutlu olsa da bunu belli etmemek için elinden geleni yapmıştı. "Evet sen...

Ona ders çalıştırmaktan bir şey kaybetmezsin değil mi?" diye sorunca Songül, ağabeyinin yüz ifadesine gülmeden edememişti. Yağız, Cüneyt'e, anlamazsan kafanı kırarım, der gibi tehditle bakıyordu. "Hadi ama ona ders çalıştır ben de senin sevdiğin herhangi bir şey yapayım!" dediğinde Yağız bakışlarını kısarak tek kaşını havaya kaldırmıştı "Öyle mi, ne gibi?" dedi.

Yaren boğazını temizleyerek "Elbette ama sevdiğin bir yemek olacak!" dedi. Yağız yüzünü asmış gibi yaparken Cüneyt atılarak öksürmüştü. "Bu kadar yeter, ders anlatmak istemiyorsa kendi bilir. Ben kendim çalışabilirim ama siz de sessiz olursanız çok iyi olacak!" dedi. Yağız hemen masaya geçerek kitabı karıştırmaya başlamıştı. Birkaç dakika sonra ders anlatmaya başladığında Yaren ve Songül gülümseyerek mutfağa geçmişti. Bir süre sonra içeriden gelen seslerle gülümseyen genç kadın kardeşinin "Ben sana basit ders anlat dedim, doktorluğu öğret demedim." diye bağırınca Yağız da ayağa kalkarak "Kusura bakma, altı yıldır bunları görmekten senin basit derslerin bana çok bayağı geliyor!" dedi.

"Hey size ders çalışın dedim, kavga edin demedim!" diye çıkışan Yaren, sesleri duyunca hızla mutfaktan çıkarak kardeşinin yanına gelip elini omzuna koymuştu. "Sen de Cüneyt, ne kadar sevmesen de bir daha büyüğüne sesini yükselttiğini görmeyeyim!"

Cüneyt'in yüzü düşerken Yağız'a da ters bir bakış atmayı ihmal etmemişti. Yaren kardeşinin yanağını öperek gönlünü alırken Cüneyt'in hemen keyfi yerine gelmiş bu kez Yağız'ın kıskançlık damarları kabarmıştı. "Bu kadar yeter, akıl küpü kardeşinin iyi bir not alacağına eminim." diyerek hızla odadan çıkmıştı. Songül birkaç dakika sonra mutfaktan çıkıp salona geldiğinde "Çabuk mu pes etti?" diye sormuştu. Yaren ona bakarak gülümsemiş ve "Evet!" demişti. Cüneyt ikisini de yalnız bırakarak odaya geçmişti. Dersine çalışmaya devam ederken akşama kadar odadan çıkmamıştı.

Yağız bir süre sonra odasından çıkıp yemek için ekmek almaya dışarıya çıkmıştı. Sonrasında delikanlı da onlara katıldı ve akşam yemeğini sessiz bir şekilde yediler. "Abla bu akşam seninle kalabilir miyim?" diye soran Cüneyt "Yine mi?" diye gelen soruyla bakışlarını Yağız'a çevirmişti. Bu kez beklenmedik bir şekilde tepki Yağız'dan gelmişti.

"Olur hayatım, bu gece birlikte kalırız…" dediğinde Songül ve Yağız şaşkınlıkla ikisine bakmıştı. Cüneyt ise gülümseyerek ablasına sarılıp yanağını öperken "Teşekkür ederim!" dedi. Yaren kardeşine gülümserken "Oldu mu isteğin?" dediğinde herkes şaşkınlıkla ona bakmıştı. Cüneyt ablasına göz kırparak gülümserken onun kendisini bu kadar iyi tanımasına mutlu olmuştu. "O zaman herkes odasına, ben uyuyacağım!" diyen Cüneyt'e Yağız atılarak "Ne yani burada mı yatacaksınız?" diye sormuştu. Cüneyt ise onun bu telaşlı sorusuna karşı gülümseyerek "Evet, burası benim yatağım değil mi?" dedi. Songül ise şaşkınlıkla ona bakıyordu. "Çok saçma!" dese de Yaren genç kıza seslenerek "Hadi biz de yatalım." dedi. Yağız genç kıza bakarken Songül'ü odaya çekiştiren Yaren odasının kapısını kapatmıştı. "Yenge sen kardeşinle yatmayacak mıydın?" diye sorarken Yaren gülümseyerek "Cüneyt sadece hâlâ kendisinin bir numara olmasını istiyor. Yoksa o da büyüdüğünün farkında!" dedi. Songül hafif gülümseyerek yengesine bakmıştı. "Ne yani tüm ısrarı senin kabul etmen için miydi?" dedi.

"Evet, benim kabul etmemi bekliyordu ama benimle uyuyacak kadar küçük olmadığının da farkında." Küçük çocuğa bakışlarını kaydıran genç kız gülümsemişti. O an aklına kardeşinin onun kadar küçük olduğu zamanlar gelmişti. O kadar masum görünüyordu ki onun yanına uzanarak kokusunu içine çekmişti. İçinde kendisine emanet edilene karşı büyük bir sevgi beslerken aynı büyüklükte acı da vardı. Onun için acı çekiyordu. Ne kadar iyi bakacağını söylese de hata yapmaktan, Can'ı iyi büyütememekten korkuyordu. Bakışları yeniden Songül'e çevrilince onun kendisine gülümsediğini görmüştü. "Ne düşünüyorsun Songül?" Genç kız başını iki yana sallayarak "Senin çocuklarının ne kadar şanslı olabileceğini yenge." Yaren'in yüzü birden değişmişti. Songül, yengesinin değişen ifadesini görünce yanlış bir şey söylediğini düşünerek üzülmüştü. "Ben özür dilerim yenge, seni kırmak istememiştim." Yaren üzülen genç kızı yanına çağırarak kollarını ona dolamıştı. "Bunun için bir dilek dileyebilir miyim bilmiyorum. Belki de hiç anne olamayacağım." Songül hızla yerinde doğrularak yengesine bakmıştı. "Sen çok güzel bir anne olacaksın, senin çocuğun çok şanslı olacak. Harika bir anne olacaksın." Songül'ün sözleri genç kızı duygulandırmıştı. Hiçbir şey söylemeden onun yanından kalkarak pencereden dışarıyı seyretmeye başlamıştı. Acaba gerçekten bir gün anne olabilecek miydi?

16. BÖLÜM

Zaman bazı soruların cevabını vermekte gecikse de onu durdurmaya kimsenin gücü yetmezdi. Acılar birlikte sarılmaya çalıştıkça kabuk bağlardı. Güven ise belki de en zor elde edilen duyguydu. Emanet edilen bir kadın ve bir çocuk varken genç adamın kendisine duyduğu güveni onlara aktarması gerekiyordu. Her zamankinden daha çok güven hissi yansıtmalıydı etrafına. Özellikle her davranışında bir şeyler arayan biri karşısında.

Yaren şehre geleli iki hafta olmuştu ve bu iki hafta boyunca ikili sürekli tartışmış, arada oturup sohbet etmiş ve sorunlar karşısında farkında olmadan birbirlerinden destek almışlardı. Cüneyt hafta sonları onların yanına geliyordu. Yaren'in iyileşme süresi genç kızın söz dinlemesi nedeniyle birkaç gün daha uzamıştı. Üç günlük istirahat Yağız'ın bekçiliğiyle bir haftaya çıkmıştı. Yanık izleri belli olsa da Yaren daha hızlı hareket edebiliyordu. Üstelik ayağının acısı da geçmişti.

Sabah erkenden kalkan ev ahalisi Cüneyt'in acelesi karşısında gülmeye başlamıştı. "Hadi abla geç kalıyorum, sınavım ikinci ders ve ben daha üzerimi değiştireceğim!" diyerek ablasını da acele ettirmeye başlamıştı. Kapıdan çıkarken Yağız'a dönerek her zamanki uyarısını yapmadan edememişti. "Tekrar görüşeceğiz, sakın ablamı yalnız sanma!"

Sözlerini bitirdikten sonra Songül'e de kaçamak bir bakış atarak "Görüşürüz!" dedi. Kapının kapanmasıyla iki kardeş şaşkın bir şekilde birbirine bakarken Cüneyt hızla merdivenlere yönelmişti. Onun bu acelesi geride kalanları güldürmüştü, arabaya binen kardeşler yol boyu konuşmamıştı. Okul bahçesinden içeriye girerken yine dikkatler iki kardeşin üzerinde toplanmıştı. Her hafta bu tantanayı çekmek Cüneyt'i sinirlendiriyordu. Arabanın okul bahçesine girip durmasıyla Yaren kemerini açıp arabadan inmek isteyince Cüneyt ablasını durdurarak "Sen gelme!" dedi. Yaren ona *neden* anlamında bakış atarken genç delikanlı sözlerini tekrarlamıştı. "Sen gelme, geri dön." Yaren ona sıkıca sarılarak "En kısa sürede tekrar geleceğim!" dediğinde Cüneyt kendisinden ayrılan ablasına gülümsemişti. Aklındakini söylemeden edemeyecekti. "Suat ağabey ile arasında epey fark var, eminim bu kez mutlu olacaksın abla. Ona belli etmedim ama Yağız ağabeyimi gerçekten sevdim!" dedi. Yaren kardeşinin sözleri karşısında şaşırmıştı. Sonrasında gülümseyerek kardeşinin içinin rahat etmesi için "Eminim!" diye onu onaylamıştı.

Yağız ve Songül evde kahvaltı yaparken sessizdi. Çalınan kapıya yönelen genç adam arkadaşı Asım ile karşılaşmıştı. "Günaydın!" diyen Asım içeriye girdiğinde etrafına bakınmış ama Yaren'i göremeyince "Yenge hanım yok mu?" diye sormuştu. Yağız arkadaşının karnına dirsek atarak "Bu şekilde konuşmaya devam etme, onun utanmasını istemiyorum!" dedi. Asım ona imalı bir gülümseme sunarken "Nerede?" diye sormadan da geri kalmamıştı. "Kardeşini okula götürdü." Asım arkadaşına ters bir bakış atarak "Ayağı nasıl oldu? Ona nasıl izin verdin?" dedi. Yağız iki hafta geçmesine rağmen hâlâ genç kızın yarası için endişeleniyordu. "Benden izin alan yok ki. Üstelik kardeşi asla onu benim bırakmama izin vermezdi." Asım başını sallayarak arkadaşına hak verirken Cüneyt'in huyunu az çok öğrendiği için konuyu açmaya gerek duymamıştı. İkili kahvaltı masasına geçerek karşılıklı çay içerken koyu bir sohbete dalmıştı.

Yaren döndüğünde kahvaltı çoktan bitmiş iki arkadaş bir

köşede sohbetine devam ediyordu. Kapının açılmasıyla ayağa kalkan Asım onu görünce gülümsemişti. "Merhaba!" diyen Yaren hafif gülümseyerek "Hoş geldin!" diye ekledi. Asım da ona gülümseyerek selam verince Yağız öksürerek "Ayağın nasıl?" diye ortamı dağıtmıştı. Yaren ona bakıp gülümsemiş ve "Gayet iyi, acımıyor." dedi. Sonra üzerindeki paltoyu çıkartarak ayağına terliğini geçirip sözlerini onaylamak ister gibi gözlerini ayağına çevirmişti.

Asım onun hareketlerini dikkatle süzerken bir yandan da arkadaşının ona olan ilgisini ölçüyor ve mutlu oluyordu. Zaten Yağız'ın nasıl olup da Özlem'e dayandığına hayret ediyordu. Bitmek bilmeyen istekleriyle Yağız'ın sabrını bazen zorlasa da genç adam ona tahammül etmeye devam etmişti. Bu tahammülün nedenini de Özlem'e âşık olabileceğine yormuştu. Öyle ya insan sevdiğinin kahrını çekerdi. Ama şu anda karşısındaki kadına bakışlarını görünce arkadaşının Özlem'e âşık olmadığını rahatlıkla söyleyebilirdi. Onların yanına gelen genç kız bir süre oturduktan sonra ayaklanarak yanından ayrılmıştı. Mutfağa geçerek söz verdiği kahveyi yapmaya başladı. Sonrasında konuşan iki arkadaşın yanına elinde kahve fincanlarıyla geri döndüğünde Asım hemen atılarak ona yardım edince Yağız onun bu çevikliğine bozulmuştu. Onun yüzünü astığını gören genç adam, arkadaşının bu hâline gülmeden edememişti.

Kahveleri içerken Yaren de onları izliyordu. "Ne zamandır arkadaşsınız?" diye soran Yaren, ilgiyi yeniden üzerine çekmişti. Yağız araya girerek "Biz aslında kasabadan arkadaşız, Asım da bizim oralı!" dedi. Yaren onun sözleriyle heyecanlanarak "Gerçekten mi?" diye sorunca Yağız onun bu heyecanı karşısında bozularak "Evet öyle!" diyen arkadaşına bakmıştı. "Peki, evli misin?" Yaren'in sorusuyla irkilen Asım arkadaşını güldürmüştü. Genç adam sanki başına taş atmışlar gibi acı çekerek genç kadına bakıp "Çok şükür değilim. Ama çok yakında sizin düğününüzde birini bulmayı umuyorum!" dediğinde Yağız ve Yaren aynı anda ağzına götürdükleri kahveyi dışarıya boca etmişti. "Neee?" dedi Asım. İkili aynı anda aynı tepkiyi vermişti.

Asım onların aynı anda tepki vermeleri karşısında kahkaha atarak gülmeye başladığında arkadaşının ters bakışlarından nasibini almıştı. Yağız ağzından püskürttüğü kahveyi silmeye çalışırken Yaren de ondan farklı değildi. Genç kadın Asım'ın sözleriyle kızarırken Yağız onun yüzüne bakmaya çekinmişti. Hızla ayağa kalkan Yaren "Ben temizlemek için bir şeyler getireyim!" dediğinde ayağında hissettiği keskin acıyla yeniden yerine oturmak zorunda kalmıştı. "Sen iyi misin?" diye atılan Yağız genç kadına endişeli bir şekilde bakıyordu. Acısını bastırmaya çalışan Yaren ise onun yüzüne bakmamakta ısrar ediyordu. Elini hafif havaya kaldırarak "Sorun değil, ters bastım sadece!" diyerek genç adamı sakinleştirmek istemişti. İşte o an Yağız hemen yere eğilerek ayağını dizinin üzerine koymuş ve "Songül bana sağlık çantasını getir." diye bağırmıştı. "Sen ne yapıyorsun, iyiyim dedim!" diye çıkışan genç kız Asım'ın yanında onun bu şekilde davranmasından utanmıştı. Bu duygular ona yabancı olsa da heyecanla utancı aynı anda yaşadığı için aklı karışmıştı.

Asım genç kızın utandığını fark etmişti. Sanki ona destek olmak istermiş gibi "O yakında bir doktor olacak, bu yüzden bırak da hastasının ayağını kontrol etsin!" dediğinde genç kız çekinerek Asım'a bakmıştı. Onun samimi gülümsemesi karşısında rahatlayan genç kız Songül'ün elinde küçük bir çantayla salona gelmesini izlemişti. Yağız o kadar ciddi davranıyordu ki sanki karşısındaki Yaren değil de bir hastaydı. Asım arkadaşının ciddi yüzüne bakarken eğleniyordu. Yaren ayağının yeniden ilaçlanmasıyla bir serinleme hissetmişti. Gözleri bu serinlemeyle hafif kapansa da acısı biraz dindiği için rahatlamıştı. Yağız son dokunuşları da gerçekleştirirken tekrar genç kıza başını kaldırdığında Yaren ile göz göze gelmişti. Birkaç saniye... O birkaç saniyede sanki tüm bedeninde bir elektrik dalgası hisseden genç adam kendisinde konuşma cesaretini bulamamıştı. "İşin bittiyse kalkar mısın?" diye soran Yaren, sakin kalabildiği için kendisini içten içe tebrik ederken, Ya-ğız'ın hızlanan kalp atışlarını duymaması için dua ediyordu. Genç adam onu onaylayarak ayaklarının dibinden kalkma-dan önce dizindeki yanmış ayağını acıtmadan yere bırak-mıştı. "Ben Can'a baksam iyi olacak!" diye söylenen genç kız usulca ayağa kalkmıştı.

Yağız az önce hissettiği şeylere anlam veremiyordu. San-ki bir anda boşluğa düşmüş gibi çırpınıyor, çırpındıkça daha derine batıyordu. Asım arkadaşının dalgınlaştığını görünce onun için üzülmeye başlamıştı. "Hey... Sen iyi misin?" diye soran Asım, sonunda Yağız'ın dikkatini çekebilmişti. "Evet, iyiyim!" Aslında yüz ifadesinden hiç de iyi olmadığı anlaşılı-yordu. Ne yapacağını bilmiyordu. "O zaman hazırlan da dışa-rıya çıkalım. Son sınavın sonuçları belli olmuştur." Yağız hâlâ salonun kapısına bakarken Asım dalga geçer gibi "Oradan çıkalı çok oldu, şimdi çocukla ilgilendiğine göre tekrar salona dönmez!" dediğinde Yağız anlamayan bir ifadeyle arkadaşı-na dönmüş ve "Ne?" diye sormuştu. Asım ise onun bu hâline gülümseyerek ayağa kalkmış ve genç adamın omzuna kolu-nu atarak "Hadi çıkalım, yoksa aklını kaybedeceksin!" dedi.

Yağız istemese de evden ayrılmak zorunda kalmıştı. Asım onu kafa dağıtması için dışarıya sürüklerken Yaren de az önce hissettiklerini yok etmeye çalışıyordu. Başını kaldırarak sanki Suat onu izliyormuş gibi "Bunu bilerek yaptın değil mi? On-dan etkileneceğimi düşündün. Seni affetmeyeceğim!" diyen genç kız kalbinin neden hâlâ bu kadar hızlı attığına anlam veremiyordu. Sakinleşmek için odada dolanmaya başlayan genç kız elini kalbinin üzerine koyarak gözlerini kapatmıştı. Birkaç dakika sonra Songül odaya girdiğinde hemen kendi-sini toparlamaya çalışmıştı. "Nasıl oldun yenge?" diye soran Songül'e gülümseyen Yaren "Beni merak etme, sen nasılsın onu söyle?" diye sordu. Songül neden bu soruyu sorduğunu bilmediği yengesine şaşkınca bakarak "Ben mi?" dedi. Yaren hemen atılarak "Sana bir şey sormak istiyorum." dedi. Genç kız Yaren'in ne soracağını merak etmişti. "Evet!" diye ona bakınca Yaren hiç lafı dolaştırmadan "Sen okumayı hiç düşünmedin mi?" diye sordu. Songül beklenmedik bu soru karşısında donup kalmıştı. "Okumak mı? Ben mi?" dedi dalgınca. Yaren onun yüz ifadesine gülümseyerek bakmıştı. "Evet sen? Neden liseye gitmedin. Sen çok akıllısın." dediğinde genç kız hemen bakışlarını kaçırmıştı.

"Bunu konuşmak istemiyorum." Songül odadan çıkmak için davrandığında Yaren kolundan yakalayarak "Neden bana anlatmıyorsun?" diye sordu. Songül ise üzülerek yengesine bakmış ve hiçbir şey söylemeden kolunu kibar bir şekilde ondan kurtarmıştı. Üstelemeyen genç kız bu konuyu açıklığa kavuşturacaktı.

Yağız ise birkaç saat Asım'ın nasihatlerini dinledikten sonra eve dönmüştü. Salonda oturan Yaren'i gören genç adam onun dalgın bir şekilde ne düşündüğünü merak etmişti. Yanına yaklaşarak tam önüne geçti ama Yaren o kadar dalgındı ki genç adamı fark edememişti. Gözlerinin önünde elini sallayan Yağız sonunda onun dikkatini çekmeyi başarınca kaşlarını yukarıya kaldırarak "Sen ne düşünüyorsun böyle?" diye sormuştu. Yaren derin bir iç çekerek "Sana sormak istediğim bir şey var." dedi. Yağız daha da meraklanarak "Seni dinliyorum." diye karşılık verince Yaren hiç duraksamadan "Songül neden okumadı?" diye bir anda soruvermişti. Yağız gelen soru karşısında bir anda donup kalmıştı. Onun ciddi bir şekilde düşünmesine gülen Yağız bu soruya karşılık "Ben de sana bir soru soracağım o zaman." dedi. Yaren ona tek kaşını kaldırarak bakmıştı. "Hiç adil değilsin. Ben kardeşine yardım etmek istiyorum." dedi. "O zaman neden sana soru sormama izin vermiyorsun?" Yaren derin bir iç daha çekerek "Peki sor o zaman." dediğinde Yağız ciddi bir şekilde "Yemek var mı?" deyince Yaren şaşkınlıktan ne diyeceğini bilememişti. Genç kadın onun kendisini ciddiye almadığını düşünmeye başlamıştı. Yağız onun yüz ifadesine karşılık gülmeye başladı. Yaren ise kızarak yerinden kalkmış ve dikkatli adımlarla salonun kapısına doğru ilerlemeye başlamıştı. Yağız onun sessiz bir şekilde salondan çıkmak istemesi karşısında şaşırmıştı. En azından kendisine bağırıp çağırmasını bekliyordu. "Nereye gidiyorsun? Kızdın mı?" Yaren arkasına bile bakmadan "Yemek istemedin mi? Sana yemek hazırlayacağım!" dedi.

Genç adam onun arkasından gülümseyerek bakarken Songül ağabeyinin yanına gelerek "Keyfin yerinde ağabey!" dedi. Yağız kardeşine sarılarak yanağını öpünce Songül şaşırmıştı. Bu şekilde bir ilgiyi daha önce görmediğini hatırlayınca içi acısa da şu anda mutluydu. Mutfaktan gelen "Yemek hazır!" seslenmesine karşın gülümseyen Songül, "Hasta yengeme hizmet mi yaptırıyorsun?" diye çıkışınca genç adam kardeşine bakarak "Ben bir şey yapmadım. Sadece *yemek var mı* diye sordum." dedi. Yaren mutfaktan çıkarak salona geldiğinde iki kardeşin atıştığını görünce onlara gülümseyerek bakmıştı. Sonrasında ikisini de şaşırtan "Songül hazırlan seni okula göndereceğim." sözleri karşısında gülümsemişti. Songül yanlış duyduğunu düşünmüştü. "Okula mı? Ben mi?" diye atılırken Yağız sadece bakmakla yetinmişti. Yaren'in sözleri karşısında tek bir kelime dahi etmemişti. Olumlu ya da olumsuz... Hiçbir şey söylememişti. Songül ise çekinerek ağabeyine bakmıştı. Yaren onun endişesini anlayabiliyordu.

"Bu yıl kayıtları kaçırdın ama ilk seneni açıktan verirsen seneye normal okula devam edebilirsin!" dediğinde Yağız ona şaşkınlıkla bakmıştı. "Bunları nereden biliyorsun?" Yaren onun şaşkınlığı karşısında gayet ciddi bir şekilde cevap vermişti. "İnternetten baktım!" dediğinde Yağız atılarak "Sen benim bilgisayarımı mı karıştırdın?" diye sormuştu. Genç kadın kabahat işlemiş gibi kendisini azarlayan genç adama ters bir bakış atarak "Bunda ne var? O bilgisayarın dokunulmazlığı olduğunu bilmiyordum." diyerek genç adamı azarlayınca Songül onların kavgasına kıkırdamaya başlamıştı. "Sen neye gülüyorsun?" diye çıkışan Yağız, Yaren'in "Kıza bağırma!" uyarısıyla afallamıştı. "Songül bana emanet ve ben onun okumasını istiyorum. Çok akıllı ve seneye onu Cüneyt ile aynı okula yazdırmaya kararlıyım!" dedi. Yağız, Cüneyt'in adını duyunca birden sinirlenmişti. "O okul yatılı, sen kardeşimi yatılı bir okula göndereceğimi nasıl düşünürsün?" Songül de şaşkındı. Yaren'in sözleriyle gerçekten şoke olmuştu. Cüneyt ile aynı okula gitmek ona göre delilikti. "Ben... Ben yatılı okumak istemiyorum." dedi son dakikada çekinerek. Yaren gülümseyerek ona bakmıştı. "Seni yatılı vermeyeceğim. O okulda gündelik okuyanlar da var. Yatılı olanlar aileleri uzakta olan öğrenciler." dediğinde Yağız'a dönerek ters bir şekilde "Hem seneye Cüneyt de yatılı okumayacak. Onu yanıma almayı planlıyorum." dedi.

Yağız şaşkınlığı ikiye katlanmış bir şekilde genç kıza bakarken sonradan aklına gelen muziplikle "Demek seneye de benimle kalmayı göze alıyorsun? Hatırlatmama gerek var mı bilmiyorum ama birkaç ay içinde evleniyoruz ve sen bir yıl sonrasından bahsediyorsun!" dediğinde genç kız yutkunmadan edememişti. "Ben öyle bir şey söylemedim. Seninle evlensem bile seninle kalacağımı kim söyledi. Nitekim o zamana kadar sana başka bir eş seçmiş olurum!"

Genç kızın sözleri ortamda bomba etkisi yaratmış olacak ki Yağız'ın gözleri dönmüş bir şekilde üzerine doğru yürümesini sis bulutu içinde izlemişti. Songül, ağabeyinin öfkesinin önünde durmak için bir adım öne çıkmış olsa da Yağız sesini yükselterek "Odaya Songül!" diye bağırmıştı. Songül korkudan dili tutulmuş bir şekilde yerinde dururken onun öfkesi karşısında Yaren de şaşırmıştı. Songül'ün kıpırdamadan yerinde durduğunu fark eden Yağız, ona aldırmayarak bir adımda Yaren'in burnunun dibine gelmişti. "Demek bana eş bulacaksın? Peki... Şimdiden aramaya çıksan bile umurumda değil. Çünkü o kadınla evlenmem hiçbir şeyi değiştirmez. Sen evlendiğimiz günden itibaren benim karım olarak kalacaksın. O sivri dilini tutsan iyi edersin güzelim yoksa kendime verdiğim sözü unutarak seni her bakımdan karım olarak görebilirim." dediğinde Yaren'in gözleri şaşkınlıkla büyürken, Songül onların atışmasına gülmemek için kendisini zor tutuyordu.

Yaren nefes alışını düzenlerken iki yana yumruk yaptığı ellerini daha da sıkmıştı. Dişlerinin sıkıldığı ise çene kaslarının ve gözünden saçtığı ateşin etrafa yaydığı etkiden belli oluyordu. Yağız onu öyle sinirli bir şekilde bırakarak dış kapıya yönelmişti. Songül "Nereye?" diye sorunca kapı ağzında duran Yağız eline aldığı kabanıyla dönmüş ve kardeşine "Bu gece eve gelmeyeceğim." dedi. "Ama yemek... Aç olduğunu söyledin!" Genç kız biraz olsun onun sinirini almaya çalışıyordu. Yaren ise ona bakmıyordu. Derin derin nefes alırken az önce duyduklarını hazmetmeye çalışıyordu ki Yağız'ın sözleri üzerine öfkeli bir şekilde ona dönmüştü. "Söyle yengen yesin onu... Ve üzerine de soğuk bir su içsin. Bundan sonra ona gösterdiğim müsamaha sona ermiştir." Kapıyı sert bir şekilde çekip dışarıya çıkan Yağız, koşar adım merdivenlerden aşağıya inmişti. Biraz daha bu evde kalırsa elinden bir kaza çıkabilirdi. Kadınlara el kaldırmazdı ama bu kız sözleriyle onu zorluyordu. Arabaya bindiğinde anahtarı kontağa sokarken duraksamış ve "Ne... Yeni eş arayacakmış... Bu kadarı da fazla... Sen nasıl bunu teklif edersin?" diye kendi kendine konuşmaya başlamıştı. Yaren'in kendisine en küçük bir ilgisi olmadığını duymak genç adamı çileden çıkarmıştı. Arabayı sert bir şekilde çalıştırırken Yaren de evin içinde bir o yana bir bu yana yürüyor, yerinde durup bir şeyler sayıklıyor sonra yürümesine devam ediyordu.

"Yenge sen iyi misin?"

Yaren genç kızın sorusuyla ona dönmüştü. Bir şey söyleyecek gibi tek parmağını havaya kaldırmış sonra vazgeçerek yeniden yürümeye başlamıştı. Songül onun bu hâline gülmemek için kendisini zor tutuyordu. Derin bir iç çeken genç kız Songül'e dönerek "Ağabeyin az önce sadece sinirden öyle konuştu değil mi? Yoksa söylediklerinde ciddi değildi?" Songül onun korktuğunu anlasa da bu konu hakkında bir yorum yapmak istemiyordu. "Sana bir soru sordum Songül. Ciddi miydi?" diye çıkışınca genç kız yutkunarak yengesine bakmıştı.

"Onu hiç bu kadar ciddi görmemiştim. Sana söylemiştim yenge. Bu şekilde davranmaya devam edersen onun dikkatini çekersin. Daha önce de söylemek istemiştim ama o hepimizden farklıdır. Kafasına bir şeyi taktı mı onu elde etmeden rahat edemez." Yaren neredeyse ağzı açık bir şekilde Songül'ü dinliyordu. Elini alnına götürerek konuşmasına devam ediyordu. "Bu delilik. Böyle anlaşmamıştık. Olmaz. O zaman onunla evlenmem."

Songül "Bunu babama söylemelisin yenge. Sen hâlâ benim yengemsin. Bu hiç değişmeyecek." dediğinde Yaren dalga geçer gibi ona dönmüş ve gülmeye hazır olan dudaklarına dikkat ederek "Sen neden gülmeni kısıtlıyorsun. Gülebilirsin. Şu anda yengenin aptallığına gülebilirsin. Bu konuyu daha sonra açmam gerekirken birden dışa vurarak onu sinirlendirdiğime gülebilirsin…" Genç kız takılmış motor gibi sözcüklerini sürekli sıralarken Songül başının döndüğünü hissetmeye başlamıştı. "Yenge yeter…" Onu uyarıyor ama Yaren konuşmaya devam ediyordu. "Yenge… Sana yeter dedim. Sakin ol. Ağabeyim kimseye zorla bir şey yaptırmaz." dedi ve Yaren'i salonda tek başına bırakarak odasına geçti.

Yaren yerinde dört dönerken Yağız da sinirini yatıştırmak için Asım'ın evine gitmişti. Genç adam onu beklemediği için şaşırmıştı. "Bir sorun mu var dostum?" Yağız ona cevap vermeden, izin bile almadan hızla eve girmiş ve doğrudan Asım'ın odasına geçmişti. Asım evde birkaç arkadaşıyla kaldığı için onları rahatsız etmek istemiyordu. Asım arkadaşının kendi odasına girişini şaşkınlıkla izlemişti. Dış kapıyı kapatırken içinden yine ne oldu, sorusunu sorarak odasına doğru ilerlemişti. İçeriye girdiğinde ise Yağız'ı pencerenin kenarında otururken bulmuştu. Daha arkadaşı odanın kapısını kapatmadan "Bu kız beni öldürecek. Bir gün kafayı yiyeceğim." dedi. Asım ne olduğunu kısmen anlasa da sormadan edememişti. "Yine ne oldu? Bu kez neden bu kadar sinirlendin?" Yağız arkadaşına ters bir bakış atarak "Tahmin edemiyor musun? Sence ben neye sinirlenebilirim bu saatten sonra?" dedi. Asım alaycı bir gülümsemeyle "Bu kez neye sinirlendin? Yaren bu kadar kötü ne yapmış olabilir ki?" dedi. "O küçük cadı daha evlenmeden bana ikinci bir eş arayışına çıktı!" Asım onun alaycı sözleriyle kahkahasını tutamamıştı. Genç adam arkadaşının sinirlendiği sözleri çok merak etse de şu anda karşısında duran Yağız'ın yüz ifadesiyle gülmesini durduramıyordu. "Sen neye gülüyorsun? Bu kadar komik olan ne?" Arkadaşını azarlayan Yağız, Asım'ın gülmesine daha da sinirlenerek kapıya yönelmiş ve "Buraya gelen de kabahat!" diyerek odadan çıkmak istemişti. Asım onu kolundan yakalayarak "Tamam, özür dilerim. Ama yüz ifadeni görünce dayanamadım ne yapayım…" dedi.

Bu sırada ikinci bir misafiri olan Asım, odanın kapısını Tolga'nın çalmasıyla duraksamıştı. "Tolga da buradaydı, onu söylemeyi unuttum iyi mi?" derken Yağız derin bir iç çekerek "Sakın ona neden sinirli olduğumu söyleme. Bir de o öğrenirse vay hâlime, dilinden kurtulamam." dedi. Asım ona gülümseyerek Tolga'yı da odasına almıştı. Üç arkadaş eski günleri yâd ederek kafaları dağıtırken evde Yaren deyim yerindeyse dört dönüyordu.

Odada dolanıp dururken çocuğu ve Songül'ü uyandırmak istemediği için salona geçip stresini atmaya çalışmıştı. Genç kadın kara kara düşünmeye başlamıştı. Arada duvardaki saate bakan Yaren, hâlâ dönmeyen Yağız'a saydırmaktan da geri kalmıyordu.

"Beyefendi eve gelmeyecekmiş, gelmezsen gelme… Ama bugün söylediklerini sana yedireceğim." Derin bir nefes alan genç kız son zamanlarda soluğunu ciğerlerine yetersiz bulmaya başlamıştı. Şehre geldiklerinden beri Yağız ile atışıp duruyorlardı. Evi olabildiğince temiz tutmaya çalışan genç kız ilk defa o gece kanepeyi dağıtmış ve Yağız'ı beklerken uyuyakalmıştı. Bu gece bahsettikleri konuyu açıklığa kavuşturmak için genç adamın gelmesini beklemek istemiş ama yorgunluğa dayanamayarak uykuya dalmıştı. Yağız ise uzun zaman sonra arkadaşlarıyla sabahlayarak eğlenmişti. En azından biraz olsun düşüncelerini dağıtabilmişti.

Sabah erkenden eve dönen genç adam salona girdiğinde kanepede yatan genç kadını hemen fark etmişti. Bir bebek gibi masumdu. Nefes alıp verdiği bile belli olmayacak şekilde
270

uyuyan genç kızsa onun geldiğini fark etmemişti. Dağınıklık yüzünden hemen salonu toparlamaya başlayan genç adam, düzeni bozan tek şey olan Yaren'in üzerindeki örtüyü düzeltmeye çalışmış ama başarılı olamayınca gözlerini kapatmıştı. Düzen konusunda oldukça hassas olan Yağız o an ilk kez evin düzenini fark etmişti. Tek başına yaşarken düzenliydi ama şu anda evde üç kişi daha vardı ve onların da bu düzene uydurduklarını yeni yeni fark eden genç adam şaşırmıştı. Uyanmaya başlayan genç kadının dağınık saçlarının yüzünü kapatmasıyla korkmuş ve geri adım atmıştı. Yağız dağınıklığı görmemek için gözlerini kapatmış ama sonra vazgeçerek gözlerini açtığında, onun orada olduğunu fark etmeyen Yaren de yeni gözlerini aralamıştı. Daha yüzünü kapatan saçlarını düzeltmeye kalmadan gözlerini açan Yağız'ın bağırmasıyla genç kadın da korkmuştu. "Ne oluyor be?" diye bağıran genç kız Yağız'ın elini uzatarak yüzünün önünden saçlarını çekmesini şaşkınlıkla izlemişti. "Ben özür dilerim, bir an boş bulundum. Ben... Ben bir an seni Samara zannettim."

Yaren karşısında kendisine odaklanan genç adamın dikkatlice saçlarını düzenlemeye çalışmasını izliyordu. İlk kez bu kadar yakından Yağız'ı inceleyen genç kız ne yapacağını bilememişti. İçinde garip bir heyecan oluşurken düşüncelerinin kendisine ihanet etmeye başladığını fark ediyordu. Birden elini kaldırarak saçlarında dolaşan Yağız'ın ellerini tuttu. Yağız o ana kadar ne yaptığının farkında bile değildi. Göz göze gelen ikili oldukça şaşkın olsa da Yağız hemen ellerini çekmişti. Onun bu çabası genç kızı neredeyse güldürecekti. İçinden, bunu benim yapmam gerekmiyor mu, diye geçiren Yaren kendisini toparlayarak ayağa kalkmış ve kanepenin üzerindeki örtüyü hemen toparlamıştı. "Ben yüzümü yıkasam iyi olacak!" Yağız ona hiçbir şey söyleyemeden Yaren hızla salondan ayrıldı. O hâlâ az önceki yakınlıktan dolayı deli gibi atan kalbini sakinleştirmeye çalışıyordu. Görmeyeceğini bilmesine rağmen sadece *olur* anlamında başını sallamıştı.

Deliriyorum galiba... Aklımı kaçırmış olmalıyım...

17. BÖLÜM

Genç kız gözlerini odasının perdesinin aralığından sızan parlak güneş ışıklarıyla açmıştı. Derin bir iç çekerken yüzünde kocaman bir gülümseme oluşmuştu. Küçük bebek hâlâ derin bir uykuda yanında yatarken Songül'ün çoktan kalktığını fark etmişti. Son birkaç aydır ilk kez bu kadar rahat bir uyku çekmişti. Şehre geldiklerinden beri sürekli Yağız ile ağız dalaşı yapması günlük bir iş gibi gelmeye başlamıştı. Genç adamla sürekli birbirlerine laf sokmaları Songül'ün en büyük eğlencesi olmuştu. Yaren bunun farkındaydı. Ayrıca farkında olduğu başka gerçekler de vardı ama şu anda bunu dile getirmesine olanak yoktu.

Derin bir iç çekerek dolabını açıp üzerine giyeceği kıyafeti seçerken aklına yine Yağız gelmişti. Sürekli ona nasıl davranması gerektiğini düşünüyor, karar veriyor ama bu kararı uygulayamıyordu. Yağız sağı solu belli olmayan, genç kızı açmaza sokan bir karaktere sahipti. Ne zaman ne söyleyeceği, ne yapacağı belli olmuyordu. Cüneyt'in söyledikleri bir bir çıkıyordu. Yağız kesinlikle Suat'a benzemiyordu. Belki dış görünüş olarak biraz andırıyordu ama hayır... Bu düşünceyi aklından atarak derin bir iç çekmişti. Dış görünüşleri de benzemiyordu. Belki ilk bakışta benzetiyordu iki kardeşi ama Yağız'a daha dikkatli bakınca farklılıklar ortaya çıkıyordu.

273

Yüzünün hafif uzunluğu, yüzüne çok yakışan ve büyük olmayan kemerli burnu ve kendisinden daha açık yeşil olan güzel gözleri... Suat'a kesinlikle benzemiyordu.

Yaren kıyafet seçerken yine genç adamı düşünmeye başladığını fark edince kendisine kızmaya başlamıştı. "Kendine gel artık, bu şekilde davranmaya devam edersen aklını kaçıracaksın." Söylenmesini bırakarak sonunda giyeceği kıyafete karar vermişti.

Odadan çıkarak mutfağa doğru geçen genç kız mutfakta dolanan Songül'ü görünce gülümsemişti. Son birkaç ay Songül'e de yaramıştı, daha mutlu görünüyordu. Yüzünde canlılık vardı ve daha rahat davranıyordu. Songül, Yaren'in ısrarları üzerine açıktan liseye yazılmış ve seneye de Cüneyt ile aynı okula gitmeye ikna olmuştu. Bu genç kızın heyecanlanmasına neden oluyordu.

Yaren hafta sonları Cüneyt'i okuldan alırken Yağız ile her defasında tartışsa da sorun değildi. Hafif gülümseyen genç kız kendisini fark etmeyen Songül'e "Sen bana bir şey bırakmadın yine." diyerek genç kıza sarılıp onu şaşırtmıştı. Birkaç dakika onun yanında durduktan sonra salona geçmişti. Yağız onun keyifli hâlini görünce dikkatle onu izlemeye başladı. Genç kadın Yağız'ın kendisini izlediğinden habersiz burnuna gelen kokuyu merak ederek yeniden mutfağa dönmüştü. "Bu harika kokuyor... Ah Songül gerçekten acıktığımı hissediyorum!" Yağız onu takip edip mutfağa geçmişti. "Güzel bir rüya gördün galiba, sabah sabah bu ne mutluluk?" Yaren arkasına döndüğünde genç adama gülümseyerek bakmıştı. Yüzündeki gülümsemeyi hafif imalı bir ifadeye çevirerek "Bu sabah sen bile keyfimi kaçıramazsın, boş yere uğraşma!" dedi. Yağız tek kaşını kaldırarak ona bakarken genç kız omzunu silkeleyerek onu merakta bırakmıştı.

Eline aldığı bir kurabiyeyi ağzına atıp sevinçle mutfaktan çıkarken Yağız ona bakarak "Nereye gidiyorsun, aç değil miydin?" diye ona seslenmişti. Yaren odasına girmeden önce ona bakarak "Unutuyorsun galiba, bugün cuma ve Cüneyt'i
274

almam gerekiyor!" dedi. Yağız Cüneyt'in adını duyunca hemen hareketlenerek "Ben de geliyorum o zaman, o okula tek başına gitmeni istemiyorum." dediğinde Yaren onun sözlerini dinlemeden odasına girmişti. Songül gülümseyerek ağabeyine bakıyordu. "Sen neye gülüyorsun yine? Bunu huy edindin son zamanlarda!" Songül hemen bakışlarını çekmiş ama "Sizi izlemek çok komik. Çocuk gibi kavga edip duruyorsunuz!" dediğinde genç adam kardeşinin sözlerine şaşırarak ona bakmıştı.

Ona hak vermek zorundaydı. Genç kadınla geldiği günden beri takışıp durmuştu. Hatta bu onun en büyük eğlencesi hâline gelmişti. Yaren'in ani çıkışları onu oldukça eğlendirse de bunu genç kadına belli etmemek için elinden geleni yapıyordu. Odadan hazır bir şekilde çıkan Yaren'in önüne geçen genç adam onun tek kaşını kaldırarak kendisine bakmasına neden olmuştu. "Bir sorun mu var?" dedi genç kız.

Yağız hafif alaylı bir şekilde ona gülümseyip "Ben de geliyorum dedim!" diyerek ona bakmıştı. Yaren gözlerini kısarak görüş alanını belirginleştirirken "Senin kardeşimle ne alıp veremediğin var? Burada gayet uslu duruyor. Hani küçük çocuk olsa etrafı dağıttığından şikâyet ettiğini söyleyeceğim ama öyle bir sorun da yok!"

"Kardeşinle değil güzelim, hocalarıyla alıp veremediğim var. Gerçi her hafta sonu Cüneyt'in hocalarının çapkınlıklarını dinlemekten gına geldi ama neyse. Bu kez ben de geliyorum ve şu çok yakışıklı hocaları ben de görüyorum." Yaren şaşkın bir şekilde ona bakarken ağabeyinin hızla kapıdan çıkışını Songül kıkırdayarak izlemişti. Genç kıza dönen Yaren "Bu ne demek istedi şimdi? Sen bir şey anladın mı?" diye sorunca Songül tek elini kaldırarak "Ben bilmiyorum!" dediğinde gülümsüyordu.

"Neyse hazırlan o zaman sen de gel. Bu sabah dışarıda kahvaltı yapalım. Benden!" Songül yengesine gülümseyerek bakarken Yaren kapı çıkışına doğru ilerlemişti. Yağız çoktan arabaya binmiş ve soğuk hava yüzünden arabanın ısınması için motoru çalıştırmıştı. Birkaç dakika sonra Songül ile aşağıya inen genç kız Yağız'ın meraklı bakışlarıyla karşılaştı. "Bebek nerede? Songül geliyorsa bebeği ne yaptın?" Genç adamın sorusuna gülümseyen Yaren, "Onu Selman amcanın karısına bıraktım. Hava soğukken bizimle gelemezdi!"

Songül arka koltuğa geçerken Yaren de şoför koltuğuna geçmek için Yağız'dan izin istemişti. "Sen mi kullanacaksın yine?" Yaren derin bir iç çekerek "Geç kalıyoruz ve sana yolu tarif edene kadar daha da geç kalacağız. Bugünlük şoför benim. Sen bir sonraki sefere sürersin!"

"Bir sonraki sefer geleceğimi nereden biliyorsun?" Yağız istemeyerek de olsa arabanın yan koltuğuna geçip direksiyonu genç kıza bırakmıştı. Arabanın kapısını kapatan Yaren ona cevap verdi. "İçimde öyle bir his var, sanki bundan sonra yapışık ikiz gibi nereye gidersem sen de gelecekmişsin gibi geliyor. Yani bilmesem kıskançlıktan çatladığını düşüneceğim!"

Yağız onun son sözleriyle hemen bakışlarını onun üzerinden çekmişti. Boğazını temizleyerek "Saçmalama... Ne kıskanması? Ben kıskanç değilim. Üstelik senin neyini kıskanayım be?" dediğinde Songül, ağabeyinin son vurgusuyla uzun süredir tuttuğu kahkahasını serbest bırakmıştı. Onun gülmesiyle Yaren aynadan arka koltuğa bakarken Yağız başını çevirerek ona ters bir bakış atmıştı. Songül eliyle ağzını kapatırken Yaren çoktan yola koyulmuştu bile.

Yağız yol boyunca sessizdi. Arabada herkes anlaşmış gibi susuyordu. Yaklaşık yarım saat sonra araba, büyük duvarları olan özel okula girdi. Park alanına yönelen Yaren'in kolunu yakalayan Yağız "Sen inme. Ben Cüneyt'i alır getiririm." dedi. Yaren kolunu çekti. "Saçmalama Yağız, bu da nereden çıktı böyle?"

Sabahki keyfini kaybetmeye başlamıştı. Sinirli bir şekilde arabadan inip hızlı adımlarla okula doğru ilerlemeye başlamıştı. O sırada dışarıda bulunan genç hocalardan biri onun sinirli olduğunu fark etmeyerek "Yaren Hanım... Yine çok hoş görünüyorsunuz." dediğinde genç kadın hiç bekletmeden

"Sen de çok boş görünüyorsun!" diyerek cevabı yapıştırınca Yağız kendisini tutamayarak kahkaha atmaya başlamıştı.

Bozulan genç öğretmen, kahkahanın geldiği yöne bakarken Yaren utanarak başını eğmişti. "Kusura bakmayın, ben sizi biriyle karıştırdım da!" derken ters bakışlarını Yağız'a çevirince genç adamın gülen yüzü bir anda solmuştu. Gülümsemesi kesilirken öğretmen Yaren'e yaklaşarak sordu. "Bugün sıkıntılı görünüyorsunuz." Yağız, öğretmenin samimi davranışına sinirlenerek hızlı adımlarla onların yanına varmış ve Yaren'i kenara çekerek öğretmenle aralarına girmişti. Bu sırada öğretmene imalı bir gülümseme atarak "Cüneyt'in dersleri nasıl, sorun yaşıyor musunuz?" diye sorarken Yaren şaşkınlıkla Yağız'ın tuttuğu eline bakmıştı. Yağız bu davranışının farkında bile değildi, tek derdi karşısındaki adama hayran bir şekilde baktığı kızın bir sahibi olduğunu belli etmeye çalışmaktı. Öğretmen, Yağız'a bakarken ilk kez gördüğü bu adamın kim olduğunu merak ediyordu.

Cüneyt, ablasının arabasını okulun bahçesine girerken görünce hızla park alanına gitti. Arabada sadece Songül'ü görünce gülümsedi. "Sen de mi geldin?" diye sorunca Songül aniden karşısında beliren delikanlıdan korkmuştu. Sonrasında derin bir nefes alarak genç adama kızmıştı. "Neden bu şekilde davranıyorsun? Beni çok korkuttun!" Cüneyt onun beyazlamış yüzüne bakarak üzülmüştü. "Özür dilerim. Seni korkutmak istememiştim... Ben... Sadece arabada seni görünce şaşırdım. Ağabeyin nasıl izin verdi gelmene?" Songül gülmeye başlamıştı. "Ağabeyimin şu anda bundan daha önemli sorunları var, sanırım onlara seslenmezsek öğretmenin sıkı bir dayak yiyecek!" dediğinde Cüneyt genç kızın işaret ettiği tarafa bakmıştı. "Bu adam yine ne istiyor? Bütün hafta beni deli etti, şimdi de ablama sulanıyor!" Songül şaşkınlıkla Cüneyt'in arkasından onun hızlı bir şekilde ablasına yaklaşmasını izliyordu. Kimden bahsettiğini anlayamamıştı. Ağabeyinden mi yoksa öğretmeninden mi? Tam bir kafa karışıklığı yaşarken genç adamın "Enişte! Sen de mi geldin?" diye seslenmesi Songül'ün gözlerini şaşkınlıktan iyice açmasını sağlamıştı.

Yaren de tıpkı Songül gibi kardeşinin Yağız'a *enişte* demesiyle şok geçirirken Yağız sırıtarak delikanlıya bakmıştı. Öğretmeni ise Cüneyt'e bakarak "Enişte mi? Kim?" derken genç adam yüzüne yaydığı gülümsemeyle "Hocam, demek ablamın nişanlısıyla tanıştınız? Çok yakışıyorlar değil mi?" diye sorarken karşısında ne yapacağını bilemeyen öğretmeninin şaşkın yüzüne karşı Yağız'a dostça sarılarak "Demek beni almaya geldiniz?" dedi. Bir yandan Yağız'a sıkıca sarılırken diğer yandan da hocasına çaktırmadan genç adamın kulağına sessiz bir şekilde "Eğer ablamın elini tutmaya devam edersen inan bir tarafın incinecek!" uyarısında bulunmuştu. O ana kadar genç kızın elini tuttuğunun bile farkında olmayan Yağız elini çekmek yerine daha da sıkı kavrayarak Cüneyt'i kenara çekmişti. Öğretmene bakan Yağız "Cüneyt size daha önce söylemedi mi yoksa? Yakında evleniyoruz... Size davetiye göndereceğimize emin olabilirsiniz."

Öğretmenin öfkelenen yüzüyle keyiflenen Cüneyt ve Yağız, Yaren'in şaşkın bakışları arasında arabaya doğru yol almıştı. Cüneyt tiz bir kahkaha atarken Yağız da ona eşlik ediyordu. "Bugünü şu aptal öğretmeni hakladığın için affedeceğim. Ama bir daha ablama elini sürersen bu kadar kibar olmayabilirim!"

İkili atışarak giderken evdeki sürprizden hiçbirinin haberi yoktu.

Boş boş kahkaha atıp arabaya doğru ilerlerken sanki tüm anlaşmazlıkların üstesinden gelmiş gibiydiler. Arabaya bindiklerinde Yağız zafer kazanmış gibi hissediyordu. Yaren onlardan sonra arabaya binerek şoför koltuğuna oturduğunda yaşananları düşünüyordu. Arka koltuğa geçen Cüneyt ve önde oturan Yağız ise sırıtıyordu. Songül ikisinin keyfine bakarken gülümsemeden edemedi. İçinden, ikisi de yaramaz çocuk gibi, diye geçirirken sert bir şekilde arabayı çalıştıran Yaren bir süre ilerledikten sonra ani bir frenle arabayı kenara çekince içindekiler kısa bir şaşkınlık yaşamıştı. Gözlerinden ateş saçan genç kız bakışlarını Yağız'a çevirdi. "Şimdi söyleyin bakalım, az önceki şebeklik de neydi öyle?" Cüneyt, ablasının sinirlendiğini görünce çekinmeden edememişti. Eğer bu kadar kızdıysa onları kötü bir son bekliyor olacaktı. Yağız yutkunarak ona bakmıştı. Yaren'in gerçekten kızdığı ateş saçan gözlerinden belli oluyordu. "Size bir soru sordum, az önce yaptığınız o şey de neydi öyle? Utancımdan yerin dibine girmek istedim. Sen küçük bey…" Yaren arka koltuğa ters bir bakış atarak "Ne zamandan beri Yağız'ın yanında olmaya başladın? Hiç mi düşünmüyorsun öğretmeninin düştüğü durumu?"

Cüneyt, ablasına dudaklarını kıvırarak bakmıştı. "Ne yapayım, o hoca bütün hafta senden bahsetti durdu. Her fırsatta ot gibi yanımda bitti. Sana kaç kez söyledim, beni almaya gelme diye! Seni okulumda görmek istemiyorum." İşte bu son söz Yaren için oldukça ağır olmuştu. Kardeşine ne diyeceğini bilemedi. Öfkesi içinde kabarırken arabadan aşağıya inerek önce Yağız'ın kapısını açmıştı. "İn aşağıya!" dedi. Cüneyt daha ne olduğunu anlamadan Yaren onun da kapısını açarak "Üzgünüm beyefendi, seni özlemekle hata yapıyormuşum. Bundan sonra seni almaya gelmeyeceğimden emin olabilirsin. Şimdi in aşağıya!"

Cüneyt ne olduğunu anlayamadan arabadan indirilmişti. Şaşkındı. Ablası onu yanlış anlamıştı. Tam bir şey söyleyecekti ki Yaren'in çoktan arabaya binerek, yanlarından uzaklaştığını fark etmişti. Yağız ve Cüneyt'i orada bırakarak Songül'ün şaşkın bakışlarına aldırmadan arabanın gazına basarak oradan hızla uzaklaşmıştı.

"Demek beyefendi kendisini almaya gitmemden utanıyordu ha?"

Songül duyduğuna inanamamıştı. "Yenge… Onu yanlış anladın. O sadece seni kıskandı. Sana bakmalarını kaldıramadı!" Songül'ün sözlerine kulak asmayan genç kız arabayı daha da hızlı sürmeye başlamıştı. Songül kapının koluna yapışarak "Yenge çok hızlı gitmiyor musun? Ben korkuyorum!"

dediğinde Yaren hafif nefes vererek "Haklısın hayatım, üzgünüm!" dedi. Songül onun daha yavaş gitmeye başladığını görünce şimdi konuşması gerektiğini hissetmişti. "Yenge... Gerçekten kardeşinin senden utandığını bir an olsun aklından geçirdin mi?" Yaren o an duraksayarak aynadan genç kıza bakmıştı. "Abarttım değil mi?" Genç kız onun sözleriyle gülümseyerek başını sallamıştı. "Ağabeyimi ve kardeşini arabadan attığının farkındasın değil mi? Yüzlerindeki ifade çok komikti!" Yaren onun sözleriyle az önce yaptığı şeyi hatırlayarak utançtan yüzünü kapatmak istemişti. Ama arabayı bir kafenin önüne çekene kadar bu isteğine gem vurmayı da başardı. Songül arabadan inerek ona eşlik ederken hâlâ gülümsemesini bastırmaya çalışıyordu.

Onlar kahvaltı yapmak için bir masaya geçerken arkada bıraktıkları iki genç ağır adımlarla yürümeye başlamıştı. Yağız, Cüneyt'e bakarak "Bizi arabadan attı! Senin bu ablan iyice kafayı yedi!" dediğinde Cüneyt ona üzgün bir şekilde bakarak "Sence de ondan utandığımı düşünmüş olabilir mi?" dedi. Yağız, genç adamın üzüldüğünü anlayınca hafif gülümseyerek "Öyle düşündüğünü zannetmiyorum, sadece ikimize de kızdı o kadar." Cüneyt onun sözleriyle kendisine gelerek heyecanla konuşmuştu. "Ama değerdi ablamın kızmasına değil mi? Gördün mü hocanın şapşal ifadesini?" Yağız ona kahkaha atarak bakmıştı. "Evet, yüzü karardı resmen!" İkili aynı anda gülmeye başlamıştı. Sonrasında Cüneyt elini uzatarak "Bugünlük barış imzalayalım mı? Yoksa ikimiz tek tek ablamla baş edemeyiz." dedi. Yağız kendisine uzatılan eli sıkarak delikanlıya gülümsemişti. "Tamam, anlaştık o zaman. Ama fazla da ileri gitmeyelim. Sonra ablan benim canıma okuyor!" dediğinde Cüneyt kahkaha atmaya başlamıştı. "Eminim yapıyordur!"

İkili yavaş yavaş yürümeye devam ederken ilk kez bu kadar çok konuşmuşlardı. İki erkek bir araya gelerek yaşıtmış gibi konuşmaya başlayınca Yağız da Yaren hakkında birkaç soru sormadan edememişti. "Evde de böyle miydi, yani evlenmeden önce?" Cüneyt onun sorusuyla gülümsemişti. "Ablam çok iyidir, zaten bu yüzden sürekli başı derde giriyordu!" Yağız meraklanarak ona bakarken Cüneyt yüzüne yerleştirdiği hüzünlü gülümsemeyle devam etti. "Babam ona evleneceğini söylediğinde sabaha kadar ağlamıştı. O hep sevdiği adamla evlenmek istiyordu. Bana hep, *seni sevdiğin kızla evlendireceğim*, der dururdu. Ben annemi tanımıyorum. Ablam sekiz-dokuz yaşlarına girmişti ben doğduğumda. Belki söylemişlerdir beni ablam büyüttü. Küçük yaşına rağmen bir an olsun yanımdan ayrılmadı. Bana hikâyeler okudu. Derslerime hep o yardım etti. Hiç şikâyet etmedi."

Yağız'ın aklında sadece *sevdiği adam* sözleri dolanıyordu. İçinde bir şeyler kopmuştu. Belki de sevdiği biri vardı, diye içi içini yerken Cüneyt ona bakarak "Sen beni dinliyor musun?" diye sormuştu. Kendisine gelen genç adam Cüneyt'in omzuna vurarak "Belki de ablanın sevdiği biri vardı?" diye sordu. Cüneyt onun sorusuyla başını iki yana sallayarak gülümsemişti. "Ablam iş yapmaktan etrafına bakmazdı ki bir sevdiği olsun!" Yağız tek kaşını kaldırarak ona bakmıştı. "Nasıl yani?" Cüneyt derin bir iç geçirerek "Anlaşıldı, sen bugün sürekli ablamdan konuşmak istiyorsun! Peki, o zaman, sana birkaç şey söyleyeceğim." dediğinde Yağız küçük bir kafe görmüş ve "Az bekle... Önce şuraya gidip kahvaltı yapalım, sen de bu sırada ablanı idare edebileceğim birkaç tüyo ver bana!" demişti. Cüneyt küçük bir kahkaha atarak "İşte buna söz veremem, sana vereceğim tüyolar işine yaramaz. Ablam değişken bir yapıya sahiptir. Asla onu çözemezsin!" dedi. İkili hızlı adımlarla kafeye girerken Cüneyt, Yağız'ın gösterdiği boş masalardan birine oturmuştu. Cam kenarı masaya geçen genç adam etrafa göz atmaya başladı.

Yol üzerinde olan bu küçük kafe sanki işe geç kalan insanların uğrak yeri gibi görünüyordu. Ne çok kalabalık ne de müşterisiz. Birkaç masa dışında diğerleri doluydu. Genelde gençlerin oluşturduğu müşterilere bakacak olursa etrafta bir üniversite veya lise olmalıydı. Yağız elinde iki kahvaltı tepsisi ile ona yaklaşırken Cüneyt onun üzerinde ki bakışları fark etmişti. Nedense bu ona komik gelmişti. Eniştesini gizliden gizliye izleyenlerin yanı sıra açık bir davet ile bakanları da fark etmek Cüneyt'in kahkaha atmasına neden olmuştu. Yağız yerine oturduğundaysa gülen genç adama şaşkınlıkla bakmıştı "Ne oldu?" diye sorarken Cüneyt kendisini zorlayarak gülmesini durdurabilmişti.

"Sadece iyi ki ablam gelmedi diye düşünüyordum!" Yağız tek kaşını kaldırarak "Neden?" diye sordu. Cüneyt etrafına bir göz gezdirerek "Eminim şu bakışları görseydi iyice sinirlenirdi." Yağız etrafına bakınınca birçok genç kızın kendisini süzdüğünü fark etmişti. Normal koşullarda o da onları fark ederdi ki son birkaç aydır gözü kimseyi görecek durumda değildi. Hafif gülümseyerek "Ablanın beni kıskanacağını hiç sanmıyorum!" dedi. Cüneyt küçük bir kahkaha atarken "Evet, kıskanmasa da yanındaki erkeğe alenen kur yapan kadınlardan hiç hoşlanmaz." dedi. Yağız, Cüneyt'e bakarak merak ettiği soruyu sormuştu.

"Evet, anlat bakalım, ablan tam olarak nasıl biri?"

"Ablam evlenmeden önce sabah erkenden kalkıp babamın kahvaltısını hazırlar, sonra benimle ilgilenirdi. Sabahlar ata binmeyi çok severdi. Atının o gittikten sonra bir süre yemek yemediğini biliyor muydun?" diye sordu. Cüneyt onun şaşkın bakışlarına gülümseyerek "Evet, at neredeyse açlıktan ölecekti. Sonra babam onu ablama gönderdi. İşçilerle çalışmaya ve onlarla öğle yemeği yemeğe bayılırdı. Geç saatte eve geldiğinde kızgın babamı iki dakikada gülümsemesiyle eritirdi. Tek katlanamadığı şey ise güzelliğinin ileri sürülmesi Biliyor musun, ablam aynaya bakmayı sevmez. Odasında ve banyosunda ayna yoktu. Kendinden çok başkalarını düşünür. Ama babam onu Suat eniştemle evlendirdiğinde tek bir gece ağladı ve sabahına başı dik bir şekilde babamın karşısına geçti. İşte o zaman ablama bir kez daha hayran kaldım. Kimse ona zorla bir şey yaptıramazdı ama sırf babam ameliyatı kabul etsin diye evlendi. Mutsuz olacağını düşünüyordum ama ablam Suat ağabeyin yanında her zaman neşeliydi. İkisi de sıcakkanlıydı. Yazık oldu!" derken Yağız'ın yüzü de asılmıştı. Elbette ağabeyine de üzülüyordu ama onu geri getiremeyeceğinin farkındaydı. Asla onun yerini dolduramazdı. Zaten onun yedeği de olmak istemezdi. Başını eğerek "İkiniz çok farklısınız! Asla Suat ağabey ile bir olamayacağını bilmiyor olamazsın değil mi? Eğer içinde ablamın seni ona benzettiğine dair bir şüphe varsa bunu aklından silsen iyi edersin. Asla bir kıyaslama yapmayacaktır." Yağız, delikanlının sözleriyle şaşırmıştı. Yaşça küçük birinden bunları duymak onun içini garip bir şekilde rahatlatmıştı. Sessizce kahvaltılarını bitirdikten sonra eve gitmek için yola koyuldular.

Songül ve Yaren kahvaltılarını yaptıktan sonra biraz dolaşmıştı. İkisi de uzun zamandır evde tıkılı kalmıştı. Havaların soğuk olmasından dolayı dışarıya çıkamıyorlardı. Yaren tek eğlencesinin kitaplar ve Yağız ile atışmak olduğunu fark edince yüzünü asmıştı. Sonra elinde hissettiği eli düşününce tüm bedeni yanmaya başladı. Ne yapacağını bilemiyordu. Genç adamın elinden sanki vücuduna büyük bir akım geçmişti. Saatler geçmesine rağmen o akımı hâlâ hissedebiliyordu. Elini kaldırarak bakmış ve hafif bir tebessüm ederek kardeşiyle Yağız'ı düşünmeye başlamıştı.

"Ağabeyin galiba Cüneyt'i etkisi altına almaya başladı!" Songül onun sözlerini anlamamıştı. Ama bu umurunda bile değildi. Yengesinin hafif gülümsemesini görünce genç kız biraz olsun rahatlamıştı. Bir süre sessizce ilerledikten sonra onlar da evin yolunu tutmuştu. Apartmandan ilk olarak kızlar girerken, birkaç dakika sonra da Yağız ve Cüneyt girmişti. Kapının kapanmasının hemen ardından zilin çalmasıyla kapıyı açan Songül yutkunmadan edememişti.

"Bunca saat neredeydiniz siz?"

18. BÖLÜM

*E*vin kapısını açtığında kendilerini bekleyen kişileri görünce kısa bir duraksama yaşayan genç kız şaşkınlıkla kalakalmıştı. Songül karşısında babasını görmeyi beklemiyordu. Salona geçen Yaren ise duyduğu sesle koşarak kapıya gelmişti. Hem Cemal babasını hem de kendi babasını görünce mutluluktan havaya uçacakmış gibi ikisine birden sarılırken Songül onlara yüzünde hafif bir gülümsemeyle bakmıştı. O asla babasına bu şekilde sarılamazdı.

İçeriye geçtiklerinde Cemal Bey kızının mahzun bakışlarını yakaladığında içi acımıştı. Kollarını hafif açarak kızına bakan orta yaşlı adam genç kızı şaşırtmıştı. Onu gören Yaren ise genç kızı sırtından hafif iteleyerek cesaret vermişti. Songül babasının kolları arasında sıkıca sarmalanırken mutluluktan ağlamak istiyordu. "Nasılsın kızım, ağabeyin iyi bakıyor mu sana?" Songül hafif yaşlı gözleriyle babasına bakmıştı. Konuşamıyordu. Konuşursa sesinin çıkmayacağını biliyordu. Sadece başını sallamakla yetinen genç kız hemen babasının paltosunu alarak "Size yemek hazırlayayım, uzun yoldan geldiniz!" dedi. Cemal Bey sevgi dolu bir ifadeyle kızına bakarken onun birkaç haftada pek de değişmediğini fark etmişti. Hâlâ geleneklerine göre hareket etmesi içine su serpmişti. Kızına elbette güveniyordu ama ilk kez onu bu kadar uzağa göndermişti ve doğrusu çekiniyordu.

"Ee Can nerede?" diye soran Cemal Bey, Asım Bey'e sarılan Yaren'e gülümsemişti. Yaren hemen ayağa kalkarak "Selman amcalarda, onlar da bu apartmanda kalıyor biliyorsunuz babacığım!" dedi.

Asım Bey, eşinin tarafından akrabası olan Selman'ın adını duyunca hafif gülümsemişti. "Onu uzun zamandır görmedim, iyi mi?" diye sorduğunda Yaren hafif gülümseyerek yerinden kalkmıştı. "Ben Can'ı alayım, hem akşama Selman amcayı da yemeğe çağırayım, kendi gözlerinizle iyi olup olmadığını görürsünüz." dedi. Asım Bey ve Cemal Bey ona sevgi dolu nazarlarla bakarken Songül de yorgunluk kahvesi yaparak salona girmişti. Kızını inceleyen Cemal Bey onun ne kadar da büyüdüğünü düşünmeye başlamıştı. Onun da evlenme çağı gelmişti artık.

Asım Bey de Cemal Bey gibi Songül'e bakmıştı. Genç kız onun yüzüne utandığı için bakamıyordu. Gerçi babasının yüzüne bakınca da hemen utanıyordu. Kendilerine kahveleri uzatan genç kızın naifliği iki adamın da hoşuna gitmişti. Biri baba olarak gurur duyarken diğeri arkadaşının böyle bir kızla şereflendirildiği için memnuniyetini düşünüyordu. Allah ikisine de güzel ve iyi ahlaklı kızlar nasip etmişti.

Songül salondan çıkarken dış kapıdan sesler gelmeye başladığında iki adamın da kulakları kapıdaki seslere dikkat kesmişti. Yağız ve Cüneyt kapıdan gülerek girdiğinde Asım Bey oğlunun sesini duyunca şaşırmış bir o kadar da mutlu olmuştu. Cemal Bey ise oğlunun yanındaki kişinin kim olduğunu anlamaya çalışıyordu ki Cüneyt'in kendilerini gördüğündeki yüz ifadesini görünce gülmeye başlamıştı. "Görüyor musun Asım, bizim çocuklar oldukça kaynaşmış." dedi. Cüneyt aylardır görmediği babasını karşısında görünce donup kalmıştı. Kısa süren bir şaşkınlıktan sonra hızla babasının yanına giderek elini öpmüş ve sıkıca sarılmıştı. "Seni hayta... Burada ne işin var bakalım?" dediğinde Cüneyt babasına daha da sıkı sarılarak "Ablam hafta sonları beni okuldan alıyor!" dedi.

Asım Bey bu duyduğuyla memnun olmuştu. İki kardeşin birbirine sahip çıkması çok güzeldi.

Bu sırada Yaren ve Selman Bey kapıdan içeriye girmişti. Selman Bey, Asım ve Cemal Bey ile selamlaşırken Songül salona gelerek yemeğin hazır olduğunu haber verdi. Genç kız zaten geceden oldukça güzel yemekler yapmıştı. Sabah da bir şey atıştırmadıkları için peynirli börek ile poğaçaları da ısıtmıştı. Herkes masaya geçerken Yaren kucağında uyuyan küçük çocuğu odasına yatırmak için onlardan ayrılmıştı. Bebeği yatağına yatırdıktan sonra kalabalığın bulunduğu mutfağa geri dönmüştü. Cüneyt ve Yağız birbirine bakarak işaret edince onları gören Songül gülümsemeden edememişti. Cüneyt ablasının sinirinin geçtiğinin farkındaydı.

Selman amca, Yaren'in sessiz oturmasına istinaden ona baktı. "Bir sorun mu var kızım?" diye merakla sorarken genç kadın dalgındı. Selman amcanın sorusuyla herkes Yaren'e bakmıştı. Genç kız üzerinde hissettiği delici bakışlarla ister istemez hafif gülümsemişti. Aklında babasının ve Cemal babasının neden habersiz geldiği sorusu vardı. Sanki onun neyi merak ettiğini fark eden Selman amca iki beye bakarak "Sizi burada görmek çok güzel, çocukları özlemiş olmalısınız?" diye sordu. Cemal Bey dünürüne bakarak onun hafif baş eğmesiyle onayını aldıktan sonra "Zaman hızlı ilerliyor, biz de artık şu nikâhı kıymadan önce çocukları bir ziyaret edelim istedik. Malum aynı evdeler ve verilmiş bir söz var." dediğinde iki kurban birbirine bakmıştı. Yaren, Yağız'ın ne düşündüğünü merak ederken habersiz gelen babasının ne yapmak istediğini kestirmeye çalışıyordu.

"Bizi kontrol edecek bir şey yok baba, bana güvenmiyor musunuz?" Cemal Bey gülümseyerek gelinine bakmıştı. "Elbette size güveniyoruz, bizimki laf işte. Evlat hasreti diyelim…"

Yağız, babasının sözlerini duyunca şaşkınlığını gizlemeye çalışmış ama başarılı olamamıştı. Cemal Bey! Tüm köyün korktuğu, asla sevgisini göstermeyen Cemal Bey çocuklarını özlediğini itiraf ediyordu. Yaren adama gülümsedi. "Şuna torunu özledim demiyorsunuz da bizi öne atıyorsunuz." Asım Bey homurdanarak kızını uyarırken diğerleri sessizce yemeğini yemeğe devam ediyordu. "Elinize sağlık kızım, her şey çok güzel olmuş." Yaren bakışlarını Songül'e çevirerek "Eline sağlık canım, her şey çok güzeldi." dediğinde genç kız utanarak bakışlarını kaçırırken babasının gözleri gururla parlamıştı.

Yemekten sonra yıllardır görüşmeyen Asım ve Selman Bey uzun uzun sohbet ederken Cemal Bey de onlara katılmıştı. Bu sırada küçük çocuk uyanmış ve dedesinin kucağında yerini almıştı. Songül ve Yaren mutfakta ortalığı toparlarken salonda sıkılan Yağız onların yanına gitmişti. Yağız'ı gören genç kız kaşlarını çatarak "Sen neden buraya geldin?" diye sorduğunda Yağız omzunu silkeleyerek "Sıkıldım!" dedi. Yaren onun bu sözü karşısında alay edercesine "Burası sirke benziyor mu? Burada eğleneceğini sanmıyorum." dediğinde Songül hafif kıkırdamış ama Yağız onun iğneleyici sözlerine karşılık "Sen varsın ya, sirke gerek yok!" diyerek onu kızdırarak başına herhangi bir cisim gelme olasılığına karşı hızla mutfaktan çıkmıştı. Yaren elinde duruladığı tavayı havaya kaldırmış bir şekilde genç adamın az önce çıktığı kapıya bakarken içinden içerideki babasına dua etmesini söylüyordu. Genç adam başını hafif kapıdan uzatarak genç kıza dil çıkarırken Songül şaşkınlıkla ağabeyine bakmıştı. Genç adam küçük bir çocuk gibi davranıyordu ve Yaren onun bu hareketiyle elinde tuttuğu şeyi ona fırlatmamak için kendisini zor tutuyordu. Yağız gülümseyerek tekrar salona giderken Yaren, Songül'e dönerek "Az önce bana dil çıkarmadığını söyle, yorgunluktan hayal gördüm değil mi?" dedi. Songül, yengesinin yüz ifadesi karşısında gülmekten kendisini alamamıştı.

"Can, dedesinin aslanı!" Cemal Bey torununu severken Yağız hüzünlü bir şekilde babasına bakmıştı. Ölen ağabeyinin emaneti Cemal Bey'in en büyük acısıydı. Oğlunun büyüdüğünü göremeyecek olan Suat için içi yanarken Cemal Bey yeniden torununu dizlerinde hoplatmaya başlamıştı. "Baba bu şekilde devam edersen az önce içtiği sütü kusacak."

Yağız'ın uyarısına aldırmayan adam oğluna ters bir şekilde bakarak "Bir şey olmaz, sen karışma..." dediğinde Cüneyt bakışlarını Yağız'ın yüzüne çevirmişti. Az önce onun mutfak bölümüne gitmesi yüzünden yerinden kalkamamıştı. Hazır geri dönmüşken kendisi birkaç dakika kaçabilirdi bu sıkıcı ortamdan. Orta yaşlı adamlar sıkıcı konulardan bahsediyordu. Hiç tanımadığı, hâlâ yaşayıp yaşamadığını dahi bilmediği kişilerin ne yaptığı genç adamı ilgilendirmezken el mahkûm onları dinlemek zorunda kalıyordu.

"Ben ablama söyleyeyim de çay koysun!" Cüneyt yerinden doğrulurken Yağız ona kaşlarını çatarak bakmıştı. Kendisinden sonra fırsatı kaçırmayan Cüneyt'in de sıkıldığı yüz ifadesinden belli oluyordu.

"Ben de odaya bir bakayım." Yağız salondan kaçar gibi çıkarken Cüneyt'in mutfağa girmesini engelleyerek genç adamı çekip boş odalardan birine sokmuştu. Cüneyt şaşkınlıkla bakarken Yağız boş odayı göstererek "Buraya bir şeyler almalıyız. Bir de diğer odaya." Cüneyt onun ne demek istediğini anlamamıştı. "Bakma bana öyle, dışarıda iki adam var, yatacak yer lazım. İki oda boş ve bu iki odaya yatak bulmamız gerek."

"Bunun için ben ne yapabilirim ki?" dediğinde Yağız ona hak vererek başını sallamıştı. Telefonunu eline alarak kendisine yardımcı olabilecek tek kişiyi, Tolga'yı aramıştı. "Dostum yardımına ihtiyacım var..." Karşıdan gelen sessizlikle Yağız telefonun ekranına bakmıştı. Acaba yanlış numara mı aramıştı? Ekrandaki numaranın doğru olduğunu görünce yeniden telefonu kulağına götürerek konuşmuştu.

"Orada mısın?" Genç adam tedirgin olmuştu. Arkadaşı neden cevap vermekte bu kadar gecikmişti ki? "Evet buradayım, sorun ne senin için ne yapabilirim?" Yağız derin bir nefes alarak "Bana acil dört yatak lazım, tek kişilik..." dediğinde Tolga küçük bir kahkaha atarak genç adamın sözünü kesmişti.

"Söylesene eve orduyu mu taşıdın?"

"Babam ve Yaren'in babası geldi. Ayrıca biliyorsun benim kardeşim ve Yaren'in kardeşi de burada. Boş odalara en azından şimdilik birkaç yatak koymalıyım."

"Anlıyorum, olmuş bil, iki saat içinde sendeyiz."

Yağız arkadaşına teşekkür ederek telefonu kapattığında Cüneyt kaşlarını çatarak genç adama bakmıştı. "Bu aradığın ablama gözlerini dikerek bakan arkadaşın değil mi?" diye sorduğunda Yağız sadece gülümsemişti. "Merak etme, arkadaşlarım ablanı rahatsız etmez. Ayrıca ondan başkası bu saatte buraya yatak getiremezdi. Babasının mobilya mağazası var."

Cüneyt umursamadığını belli ederek kapıya yönelmişti. Mutfakta işini bitiren iki genç kız salona geçecekleri sırada ablasını durdurarak "Abla, Yağız ağabeyin arkadaşı yatak getirecek odalara haberin olsun, o adam buradayken odadan çıkma istersen." dedi.

Yaren şaşkınlıkla Yağız'a bakmıştı. "Eve mobilya mı geliyor, bu saatte?" Yağız başını sallayarak konuştu. "Ne yapabilirim, babamlar geleceğini söyleseydi daha önce alırdım." Yaren ona hak vermek zorunda kalmıştı. Haber vermeden gelen babaları zor durumda kalmalarına neden olmuştu. Onları yatıracak yataklara ihtiyaç vardı. Yağız evde tek başına kaldığı için sadece iki oda ve salonu mobilyalarla döşemişti. Geriye iki oda daha vardı boş olan. Ev oldukça büyük ve kullanışlıydı. Tek daire üzerine olan apartman dışarıdan fazla lüks görünmese de ev sahiplerinin her türlü rahatı düşünülerek yapılmıştı.

"Songül odaları mobilyalar gelmeden süpürüp silelim. Kullanılmadığı için toz içindedirler." Songül, yengesine başını sallayarak süpürgeyi almak için yanından ayrılmıştı. Genç kızlardan biri süpürürken diğeri arkasından silme işine koyulmuştu. Kısa sürede odaların temizliği biterken Yaren odasına geçerek daha önce dolapta gördüğü perdeleri alıp odadan çıkmıştı. "Yağız bakar mısın?" Genç adam adının seslenildiğini duyunca hızla sesin geldiği tarafa gitmişti. Yaren'i elinde perdelerle görünce yüzü asılan genç adam "Neden ben, Cüneyt taksın!" diyerek hayıflanmaya başlamıştı. "Senin takmanı istiyorum…" Yağız tek kaşını kaldırarak genç kıza bakmıştı. "O niye, gördüğün gibi kardeşinin boyu neredeyse benim kadar oldu."

"Evet ama o daha küçük, ya düşerse?"

"Ben düşersem ne olacak?"

Yaren omzunu silkeleyerek "Sana bir şey olmaz." dediğinde Yağız derin bir iç çekerek genç kızın elindeki perdeleri alıp boş odalardan birine girmişti. Sessizce işini yaparken Yaren kapıda durmuş onu izliyordu. "İşin yoksa başka bir yere git, dikkatimi dağıtıyorsun." Yaren adamın sözleriyle gülümsemiş ve oradan ayrılmıştı. Birkaç saat sonra da Tolga'nın dediği gibi mobilyalar gelmişti. Üstelik genç adamla birlikte birkaç işçi de gelerek kısa sürede mobilyalar kurulmuştu. Tolga salona geçerek Cemal Bey ve Asım Bey'le tanışırken diğer taraftan kendisine ikram edilen kahveyi içiyordu. İşleri bitince Yaren ve Songül çarşafları yataklara sererken daha birkaç saat önce boş olan odanın görüntüsüne bakarak gülümsemişti. Üstelik sadece yatak değil odaya konulmak üzere dolap ve komodinler de getirilmişti. Yağız arkadaşına bakarak konuştu. "Bakıyorum, satış yapmak için seni aramamı beklemişsin. Sipariş olmayanları da getirdin." Tolga onun alaylı sözlerine karşılık gülümsemişti. "Fazlalıkları benden hediye olsun." Cemal Bey yerinde doğrularak izin istemiş ve yatsı namazını kılmak için boş odalardan birine geçmişti.

Gece uzun sohbetlerle geçmişti. Vaktin ilerlediğini gören Tolga yerinden kalkarak "Ben artık gideyim, bir şeye ihtiyacınız olursa haber edersin dostum." diyerek herkesi selamladıktan sonra kapıya yönelmişti. Tolga az önce kendisini fark etmeden önünden geçen Yaren'i görünce eve geldiğinden beri genç kızı görmediğini yeni idrak etmişti. Sinsi bir şekilde gü-

291

lümseyerek arkadaşına dönmüştü. Yağız, Tolga'nın yine ne yumurtlayacağını merak ederken genç adamın "Onu benden mi saklıyorsun?" sorusuyla sinirlenmişti. "Yok öyle bir şey, neden onu senden saklayayım?" Tolga omzunu silkeleyerek arkadaşına çarpık bir şekilde gülümsemişti. Yağız'ın kabaran öfkesinin farkında olarak evden ayrıldığında Yağız arkadaşının sözlerini düşünmeye başlamıştı. "Onu kimseden sakladığım falan yok!" diyerek söylenirken kulağının dibindeki sese döndü. "Arkadaşın gitti mi?" Ona bakan Yaren'in meraklı bakışlarıyla karşılaşmıştı. Az önceki olay yüzünden hâlâ kızgın olan Yağız "Sen neden ortalıkta dolaşıyorsun? Neden odandan çıktın?" dediğinde Yaren şaşırmıştı.

"Senin sorunun ne? Neden bu şekilde davranıyorsun?"

"Sana odadan çıkma demiştim ama burnunun dikine gideceksin ya, illa kendi bildiğini okuyacaksın."

"Haddini aşma Yağız, nasıl davranacağımı sana soracak değilim."

"Bana soracaksın Yaren Hanım!" Yağız farkında olmadan sesini yükseltmişti. Onun sesini duyan iki baba sesin geldiği yere giderek ikilinin neden bağrıştığını anlamaya çalışmıştı. "Yağız, ne oluyor oğlum?"

Yaren, Cemal Bey'in sesini duyunca utancından bakışlarını kaçırmıştı. Kanında genç adama karşı büyük bir öfke birikmişti. Babasının varlığını nasıl unutabilmişti? Derin bir iç çekerek araya giren Yaren "Sizlerin hangi odaya yerleştirileceğinizi soruyordum babacığım. Rahatınız için…"

Yağız az önce yaptığı şeyden pişmanlık duyarak kendisinden gözlerini kaçıran genç kıza bakmıştı. Onun durumu kurtarmaya çalışması karşısında içindeki hayranlık bir kat daha artmıştı. "Ben babamla, Cüneyt de senin babanla aynı odada kalacak. Siz zaten Songül ile aynı odada kalıyorsunuz." Cemal Bey gelinine bakarak gülümsemişti. Songül ile aynı odayı kullanması iki adamı da memnun etmişti. Sonunda herkes odasına çekilirken Cemal Bey yatağını hazırlayan oğluna dikkatle bakıyordu. Oğlunda bir değişiklik vardı ama ne olduğunu anlayamamıştı.

"Yaren kızımla nasıl gidiyor, anlaşabiliyor musunuz?"

"Onunla anlaşmak kolay değil, çok dik başlı..."

"Suat ile iyi anlaşıyordu ama... Sende bir problem olmasın?"

Yağız duyduğu sözlerle dişlerini sıkmıştı. "Ben ağabeyim değilim. Üstelik arada bir fark var, onlar karı kocaydı..."

"Siz de yakında evleneceksiniz..."

Cemal Bey oğlunun sıkıntısını anlasa da elinden bir şey gelmezdi. Bir karar verilmişti ve bu karar uygulanacaktı. İki adam yataklarına yatarken Cüneyt de babasıyla aynı odayı paylaşmıştı.

Ertesi sabah hafta sonu olduğu için birlikte vakit geçirmeyi kararlaştıran aile kahvaltıdan sonra Yağız'ın rehberliğinde şehirde gezintiye çıkmıştı. Kalabalık aileye Selman amca ve eşi de katılınca iki arabayla yola çıkmışlardı. Şehir turu boyunca iki baba da evlenecek olan yeni çifti göz kıskacına almıştı. Asıl amaçları anlaşıp anlaşamayacaklarını gözlemlemek olan adamların düşüncesi aynıydı. Kararları ne olursa olsun ikilinin evlilikleri için birbiriyle anlaşması şarttı.

Yağız ve Yaren ayrı arabalara şoförlük yaparken gezdikleri yerlerde izlendiklerini bilmeden sık sık atışmıştı. Bu durum başta iki babayı da endişelendirmiş olsa da vakit geçtikçe hem Cemal Bey hem de Asım Bey ikilinin arasının ileride daha iyi olacağına karar vermişti. Aralarındaki atışmalar kırıcı değil daha çok takılmalı oluyor ve bu da etrafındakilerin eğlenmesine neden oluyordu.

Camiler, müzeler, parklar, gezilmesi gerektiğini düşündüğü her yere ailesiyle birlikte giden genç adam akşam vaktinde onları bir lokantaya götürerek yemek ısmarlamıştı. Lokanta sahibi kalabalık grubu görünce gülümseyerek onlara yaklaşırken Yağız gün boyu Yaren'in kucağında olan küçük bebeği ondan alarak kendi kucağında taşımaya başlamıştı.

293

Genç kız o ana kadar ne kadar yorulduğunu anlayamamıştı. Cemal Bey ikiliye bakarak Asım Bey'e işaret ederken gülümsemişti. İki masa birleştirilerek yerlerine geçen grup sipariş verirken hoş bir sohbete dalmıştı.

Yemekler geldikten sonra Yaren bebeği kendi kucağına almak istemiş ama Yağız "Tüm gün onu sen taşıdın, bırak biraz da benim kucağımda kalsın." demişti. Babalarına göz atan genç kız bir şey söylemeden kendilerine doğru gelen garsona bakmaya başlamıştı. Aslında bu bakışlar oldukça boş bakışlardı. Çünkü baktığı yönde hiçbir şey görmüyordu. Dalgın bir şekilde öylece boşluğa bakıyordu. Yağız onun baktığı yöne bakışlarını çevirdiğinde gelen garsonun bakışlarının da genç kıza dikildiğini görmüş ve sinirlenerek kucağındaki çocuğu "Al biraz da sen tut Can'ı." diyerek onun kucağına bırakmıştı. Onun bu davranışıyla dalgınlıktan çıkan genç kız Yağız'a bakarak sessizce fısıldamıştı. "Dengesiz!" Garsona ters bir bakış atan genç adam Yaren'in sözlerine kulak asmamıştı.

Yemek neşeli bir şekilde geçerken Yağız'ın siniri yerindeydi. Önündeki tabağa boş gözlerle bakan genç adamı izleyen keskin gözler birbirine döndüğünde işaretlerle konuşmaya başlamıştı. Cemal Bey oğlunun durumunu Asım Bey'e gösterirken Asım Bey de ona sessizce Yağız'ın neden birden durgunlaştığını sormuştu. İki adam da sorunun cevabını tahmin etse de emin olamamıştı.

Sonunda yemekler bittikten sonra üzerine kahve ısmarlamışlardı. Yaren yerinden kalkarak "Ben birazdan gelirim." demiş ve Can ile birlikte masaların arasında uzaklaşmaya başlamıştı. Yağız onun arkasından bakarken izin isteyerek kalktı. "Ben de bir baksam iyi olacak." Yerinden kalkan Yağız kimsenin soru sormasına fırsat vermeden hızla Yaren'in peşinden gitmişti. Onun dışarıya doğru ilerlediğini görünce kaşlarını çatarak genç kızı takip etmeye başlamıştı. Az önceki garson da dışarıda sigara içiyordu. Dişerini sıkan Yağız, Yaren'in nereye gittiğine bakarak takip etmeye devam etmişti. Sonunda genç kızın arabanın kapılarını açtığını görünce duraksadı. Yaren büyük arabanın arka kısmını açarak bir şeylerle uğraşmaya başlamıştı. Ağır adımlarla onun yanına giderken genç kızın arabanın arkasına bir battaniye sermeye çalıştığını görmüş ve yanına giderek hiçbir şey söylemeden battaniyeyi elinden alarak arabanın arkasına sermişti. Küçük çocuğu üzerine yatıran genç kız konuşmuyordu. Az önceki davranışı yüzünden Yağız'a kızmak istemediği için sessizce işini yapmaya odaklanmıştı. Yaren, Can'ın altını açarken çocuğun keyiflenerek gülümsemesi genç kızın da gülümsemesini sağlamıştı.

"Hadi bakalım küçük bey, altını da değiştirelim sonra da mama yiyelim."

Yağız kendisine aldırış etmeyen Yaren'e gözlerini dikerek bakıyordu. Bebekle işi biten Yaren, Can'ı kaldırarak Yağız'ın kucağına vermiş kirli bezi az ilerideki çöp kutusuna atarak arabanın arka koltuğunda olan çantadan bebek için hazırladığı mamayı almıştı. Yağız'ın kollarında kımıl kımıl oynayan Can'ı kendi kollarına alarak mamayı yedirmeye başlamıştı. "Onu içeride de yedirebilirdin!" Yağız bir süre daha sessiz kalırsa çıldıracak gibi hissetmişti. Yaren ona bakarak kaşlarını çatmıştı. "Sıkıldıysan gidebilirsin, benim başımda durmana gerek yok!" dediğinde Yağız içinden sabır çekerek, "Ya, seni bırakayım da sonra başım belaya girsin." diye mırıldanmıştı. "Bir şey mi söyledin?" Yaren genç adama bakarken Yağız başını sallayarak "Yok bir şey... Sen istersen burada kal ben içeridekilere söyleyeyim de gidelim artık, herkes çok yoruldu."

Arabada oturan Yaren'in kapısını kapatarak hızla lokantaya girmişti. Herkesi kısa sürede toparlayarak dışarıda yalnız bıraktığı Yaren'in yanına hızlı adımlarla ilerlemişti. Birkaç adım daha attıktan sonra arabanın yanında garsonu görünce duraksamıştı.

"Size yardım edebilir miyim?"

Garsonun sorusuna bakılacak olursa Yaren'in yanına yeni gitmiş olmalıydı. Yağız hızlı adımlarla onların yanına vararak "Gerek yok, nişanlıma ben yardım ederim!" dedi. Yaren şaşkın bir şekilde genç adama bakarken Yağız garsona gitmesi için işaret etmişti. Adam aldığı cevapla hızla oradan ayrılırken Yağız genç kıza döndü. "Yanından bir dakika ayrılmaya gelmiyor." Yaren derin bir iç çekerken cevap verme gereği bile duymayarak arabadan inmiş ve şoför koltuğuna geçmişti.

Uzun, yorucu ve bir o kadar eğlenceli geçen günün ardından eve geldiklerinde saat epey geç olmuştu. İki adam da yaşlandıklarını bahane ederek odalarına çekilirken Yaren kucağındaki küçük oğlanı kendi odasına götürüp yatırmıştı. Songül üzerini değiştikten sonra salona gelerek yengesine bakındığı sırada Cüneyt odasından çıkarak salona gelmişti. "Sen yorulmadın mı, yatsana artık." dediğinde genç kız bakışlarını ondan kaçırarak kanepeye oturmuştu. Birkaç dakika sessizliğin ardından Yağız ve Yaren de aynı anda salona girdi. İkisi de oldukça dalgındı. Babalarının gelmiş olmalarına sevinseler de neden geldikleri aşikârdı. Şu anda tek tesellileri nikâhın kıyılması için gereken sürenin geçmemiş olmasıydı. Sonunda ikili de boş olan yerlere geçerek oturduğunda Cüneyt dalgın olan ablasına seslenmişti. "Abla neyin var?" Yağız'ın bakışları da genç kıza çevrilmişti. Yaren sorulan soruya sessiz kalarak bakışlarını Songül'e çevirdi. "Biz de yatalım Songül!" diyerek yerinden kalkıp odasına çekildi.

Sabahın ilk ışıklarıyla genç kız kalkmıştı. Zaten gece boyu doğru düzgün uyuduğu da söylenemezdi. Sessizce odasından çıkarken kimseyi uyandırmamaya çalışmış ama salona geçtiğinde tek uyuyamayanın kendisi olmadığını anlamıştı.

Kanepede oturmuş arkası kendisine dönük olan Yağız'ı bir süre sessizce izledikten sonra sabahlığının önünü iyice kapatarak yavaş adımlarla genç adama yaklaştı. "Sen de uyuyamadın mı?" Yağız duyduğu sesle başını çevirerek genç kıza baktığında duraksamıştı. Yaren ona doğru ilerleyerek tam karşısına geçtiğinde genç adamın elindeki çerçeve dikkatini çekti. Yağız gözlerini fotoğrafa çevirerek hüzünlü bir şekilde gülümsemiş ve fotoğrafı genç kıza uzatarak "Tıp okuyacağımı ilk öğrendiğimde çekmiştik bu resmi. Ağabeyim benimle dalga geçiyordu." Suat ile Yağız birbirine bakıp gülümserken çekilmiş olan fotoğrafta şakalaştıkları muzip bakışlarından belli oluyordu. "Seninle neden dalga geçmişti?" Yağız başını iki yana sallayarak o günü düşündü. Ne kadar da mutlu olmuştu ağabeyi ona doktor olacağını söylediğinde. Elindeki sonuç belgesini ailesine gösterdiğinde Suat onu bir türlü rahat bırakmamıştı. Sırtını açarak, *Doktor Bey, bak sırtıma sivilce çıktı ölecek miyim*, gibi saçma bir şekilde sorular sormaya başladığı anı hiç unutamıyordu. Gün boyu kendisiyle dalga geçmişti ama bakışlarında kendisiyle gurur duyduğunu belli ediyordu. Sonunda Asude yengesi aralarına girerek Suat'ı uyarınca, Suat ağabeyinin asılan yüzü gözünün önündeydi. Yengesinin evdeki herkes üzerinde büyük bir etkisi vardı.

"Ne düşünüyorsun?"

Yağız dalgınlığından sıyrılarak yeniden Yaren'e bakmıştı. Omuzlarını silkerek "Hiç… Sence babamlar neden geldi?" diye sorunca Yaren gerilmişti. Başını iki yana sallarken sessiz kalmayı tercih etti. "Babamı az da olsa tanıyorsam yarın köye dönmek isteyeceğine eminim…" dediğinde genç kız şaşkınlıkla ona bakmıştı. Yağız gülümseyerek "Bakma öyle, bizi kontrol etmeye geldiler ve onlara bugün yeterince malzeme verdik zaten. Eminim istediklerini aldılar ve yarın dönecekler."

"Ne demek istiyorsun?" Yaren onun sözlerinden hiçbir şey anlamamıştı. Yağız, genç kızın yanına gidip önüne çömelmişti. Yaren yutkunarak etrafına bakarken "Sen… Sen ne yaptığını sanıyorsun?" diye sessizce fısıldamıştı. Onları kimsenin bu şekilde görmesini istemezdi. Yağız gözlerini kendi gözlerinden daha koyu olan yeşillere dikerken "Korkma, onlar sadece size nasıl davrandığımı öğrenmeye geldiler. Hadi kalk odana git, yorgun görünüyorsun." diyerek genç kızın itiraz etmesine fırsat vermeden elinden tutup oturduğu yerden kalkmasını sağlamıştı. Yaren şaşkın bir şekilde genç adamın kendisini yönlendirmesini izlerken kendisini odasının kapısına kadar götürmesine izin vermişti. Odanın kapısını sessizce açan genç adam fısıltıyla "İyi uykular!" diyerek kapıyı sessizce kapatıp kendi odasına gitmişti.

Önceki günün yorgunluğuyla ev ahalisi saat dokuza kadar uyumuştu. Sadece iki yaşlı adam kalkmış salonda sohbet etmeye başlamıştı. Çocuklarını uyandırmayan iki adamın tek konuştukları konu Yağız ve Yaren'in evliliğiydi. İki ay sonra ikilinin evlenmesini kararlaştıran babalar kontrollerini yapmış ve Yağız'ın tahmin ettiği gibi o gün şehirden ayrılmaya karar vermişti.

Cemal Bey, konağı Seher'e bırakmak istemiyordu. Asude, babasının evine dönmüştü ve konak şu anda sahipsiz bir şekilde ikinci gelini Seher'in eline kalmıştı. Oğlu karısı evden gittiğinden beri doğru düzgün konağa gitmiyordu. Onun nerede kaldığını tahmin etmek güç olmamıştı. Aynı şekilde Asım Bey'in konağında da kimse kalmamıştı. Kardeşi yıllar sonra dönmüş olsa da kendisi şehre inerken konakta değildi. Zaten konakta olsaydı kendileriyle gelmek isteyeceğine emindi.

Yarım saat sonra ev ahalisi kalkmış ve iki genç kızın maharetli bir şekilde hazırlamış olduğu kahvaltıya oturmuşlardı. Cemal Bey gideceklerini söylediğinde Yağız ve Yaren göz göze gelmişti. Yağız hafif gülümserken Yaren bu durumdan rahatsız olmuştu. İki adamın da geçerli nedeni vardı. Bu yüzden kimse itiraz etmemişti. Ayrıca Cüneyt de hazırlanarak onlarla birlikte yola çıkmıştı. Asım Bey oğlunun okuduğu okulu yeniden görmek, yaşadığı şartları gözlemlemek istemiş bu yüzden oğlunu okula bıraktıktan sonra yola koyulmaya karar vermişti.

Kapıda çocuklarıyla vedalaşan iki adamın da içi rahattı. Yağız onlara iyi bakıyordu. Üstelik Asım Bey'in içi biraz daha rahatlamıştı. Çünkü kızı ve oğlu birbirine destek oluyordu.

Sonunda kapı kapandığında Yağız derin bir nefes alarak yaklaşık yarım saat önce kalktığı masaya yeniden oturmuştu. "Ben acıktım!" diyen genç adam Yaren'in "Ben de!" diye söylenmesine gülmüştü. İkisi de babalarının bir şey söyleyeceği endişesiyle doğru düzgün kahvaltı yapamamıştı. Çaylarını bile zor içmişlerdi. Genç kız rahatlamanın verdiği etkiyle gülümseyerek "Ben masayı yeniden hazırlayayım..." diyerek işe koyulmuştu. Songül şaşkın bir şekilde onları izlerken kapı zilinin çalmasıyla ikili "Geri mi döndüler dersin?" diye aynı anda konuşmuştu. Songül onların hâline gülerek kapıya doğru ilerlerken Yaren hayıflanarak "Bu kez ne isteyecekler sence?" diye sordu. Yağız omzunu silkerken kapıdan bekledikleri ses yerine arkadaşlarının sesi gelince ikili mutfaktan çıkmıştı.

"Merhaba, eksik olanı getirdim!" diye konuşan Tolga elinde bir paketle kapıdan içeriye giriyordu. Yaren gözlerini kısarak ona bakarken genç adama temkinli yaklaşmıştı. Onun davranışını fark eden genç adam gülümseyerek Yağız'a Yaren'i işaret edince genç adam dişlerini sıkarak arkadaşına bakmıştı. Yaren hiçbir şey söylemeden tekrar mutfağa girerken Yağız hızla arkadaşının yanına giderek "Gözlerine hâkim ol yoksa karışmam!" diye onu uyarmıştı. Tolga tiz bir kahkaha atarak arkadaşına bakarken genç kızın peşinden mutfağa gitmişti. Mutfaktaki kokuyu alırcasına başını havaya kaldırarak "Sucuklu yumurta, çok severim!" diye yüksek sesle konuşunca Yaren boş bulunarak korkmuş ve hemen arkasını dönmüştü. Yağız şaşkın bir şekilde arkadaşının peşinden mutfağa girmişti. Yaren'in bakışları Yağız'daydı. O gözlerdeki, *arkadaşını da al git* iması iki adam tarafından da anlaşılmıştı. Masaya doğru yönelen Tolga "Size katılabilirim sanırım, hem hediyeme karşılık kahvaltıyı çok görmezsiniz değil mi?" dediğinde Yağız adamın kenara koyduğu paketi hatırlayarak "Ödüllendirilecek ne getirmiş olabilirsin ki?" diye sormuştu.

"Ben gitsem iyi olacak!"

Yaren'in billur gibi sesi iki adamın da kulağını doldururken onun kaçar gibi mutfaktan çıkmak istemesi ister istemez genç adamı üzmüştü. Tolga o mutfaktan çıkmadan önce hızla konuşarak "Yaren'di değil mi?" diye sorunca genç kız kapı ağzında durmak zorunda kalmıştı. İstemeden de olsa bakışlarını ona çevirince Tolga yutkunarak kendisini konuşmaya zorlamıştı. Nitekim o gözlerin büyüsü altında konuşmak oldukça güçtü.

"Bak ilk karşılaşmamız hoş olmadı kabul ediyorum ama benden rahatsız olmanı istemem. Belki ilk zamanlarda seni rahat bırakmayabilirdim..." Yağız arkadaşını uyarmak için araya girmek istemişti. Gözleri öfke dolmaya başlamıştı. Tolga arkadaşına elini kaldırarak durmasını işaret ederken konuşmasını sürdürdü. "Çok hoş bir bayansın, bunu bilmiyor olamazsın ama ben sahipli olan kadınlara bakmam. En azından arkadaş olmak isterim. Benden artık rahatsız olmanı ve sürekli vebalıymışım gibi benden kaçmanı istemem. Üstelik Yağız ile evlendiğinde sürekli görüşecek olmamızı düşünürsek ateşkes yapabiliriz..."

Yaren'in boş gözlerle kendisine bakması karşısında Tolga onun kendisini anlamadığını düşünerek devam etti. "Yani barış yapalım mı?" Yaren onun çabalaması karşısında neredeyse gülecekti. Ama aklına genç adamın *sahiplisin* sözü takılmıştı.

"Ben sahipli değilim, ikimiz de bu evliliğin ne şartlarda olacağını biliyoruz. Ayrıca size vebalı gibi davranmıyorum, bana nasıl davrandıysanız öyle davranıyorum. Kaba!" Tekrar kapıya yöneldiğinde Yağız araya girerek "Aç olduğunu söylemiştin, hadi masaya." dedi. Genç kız iki adama kısa bir göz gezdirdikten sonra neden rahatsız hissettiğine karar vermeye çalışıyordu. Tolga'nın sözleri mantıklı olsa da onun bakışlarından rahatsız olmaktan kendisini alamıyordu.

Songül kucağında Can ile mutfağa girerken küçük çocukla şakalaşıyordu. Yağız kardeşine Can'ı kendisine vermesini söylediğinde Tolga araya girerek "Küçük beyimiz demek bu? Ona getirdiğim şeyi bakalım beğenecek mi?" derken Yağız ve Yaren meraklı gözlerle ona bakmıştı. Tolga ikisine de gülümseyerek yerinde doğrulup mutfaktan salona geçmişti. "Kahvaltı tam hazır olana kadar ben de kurulumu yapayım!" dedi ve onları şaşkın bir şekilde mutfakta bırakarak çıktı. Yaren ve

Yağız birbirine bakarak "Bu ne kurulumundan bahsediyor?" diye sorarken onun peşinden gittiler. İkili salonun ortasında yırtılmış karton kutulardan çıkan parçaları görünce önce kısa çaplı bir duraksama yaşadı.

"Bu nedir böyle?" Yağız parçaların ne olduğunu anlamaya çalışıyordu. Üstelik dağınık olduğu için güçlükle arkadaşının olduğu tarafa bakıyordu. "Ortalığı dağıtmadan önce soramaz mıydın?" Yaren'in azarlayan sesini duyan Tolga tek kaşını kaldırarak ona bakmıştı. Sonra da onun yanında bakışlarını kaçırmaya çalışan arkadaşına. "Ahh unuttum senin düzen manyağı olduğunu..." diyerek kahkaha atarken Yaren onu terslemek için bir adım öne çıkmıştı. "İnsanların zaaflarıyla dalga geçme." Tolga, Yağız'a bakarak sırıtıyordu çünkü Yağız'ın onu görecek hâli yoktu. Şaşkınlıkla Yaren'e bakarken gözleri bir anda kısılmıştı. "Sen biliyor muydun?" Aklına gelen şeyle duraksamıştı. Ev onlar geldiğinden beri bir gün bile dağılmamıştı. Bu durum onun garibine gitse de hâlinden oldukça memnundu. "Songül söylemişti..." Aldığı cevapla gülümseyen genç adam kendisi için zor da olsa arkadaşının yanına giderek "Söyle bakalım ne kuruyoruz?" dedi.

"Küçük beyimize beşik getirdim..."

Sessizlik... Ortamda oluşan sessizlik Tolga'nın dikkatini çekmişti. Yaren yutkunarak genç adama bakarken Yağız arkadaşına gülümseyerek bakmıştı. "Buna gerek yoktu, Can benimle yatmaya devam edecek!" Yaren'in beklenmedik itirazı iki adamı da şaşırtmıştı. "Yanlış bir şey mi yaptım?" Arkadaşına dönen Tolga, Yağız'ın bakışlarının Yaren'e dikilmiş olduğunu görmüştü. Genç adamın yüzünde anlaşılmayan bir ifade vardı. Tolga arkadaşını birazcık tanıyorsa Yağız'ın acı çektiğine yemin edebilirdi. Yaren, Songül'ün kucağından Can'ı alarak salondan ayrılmıştı. Genç kız Yağız'ın bakışlarına daha fazla dayanamamıştı.

"Kötü bir şey mi yaptım, neden bu şekilde tepki verdi ki?" Yağız boğazına düğümlenen sözcüklerle güçlükle konuşmuştu. "Sanırım Can'ı yanında istemesi ona Suat ağabeyi-

301

mi hatırlatması yüzünden." Tolga, arkadaşının acı dolu çıkan sesi karşısında söylenmeye başlamıştı. "Çok özür dilerim ben düşünemedim..." Yağız başını iki yana sallayarak "Boş ver, hadi biz çıkalım sanırım onlar halleder burayı..." dedi. Tolga ileri atılarak onu durdurmak istemişti.

"Ama bu şekilde..."

"Hadi gidelim, ev üzerime üzerime geliyor."

"Sen bilirsin." İkili evden ayrılırken Songül, ağabeyinin ardından üzgün bir şekilde bakmıştı. Yengesinin odasının kapısına geldiğinde kısa bir duraksama yaşamıştı. Kapıyı tıklattığında içeriden gelen duru sesle birlikte odaya girmişti.

"Songül?"

"Yenge, ağabeyimler gitti..."

"Öyle mi, kahvaltı yapmadılar mı?"

"Yenge... Şey..."

Yaren kendisinden çekinen genç kıza gülümseyerek bakmıştı. "Ne düşünüyorsan söyle Songül, benden çekinebileceğini hiç düşünmezdim..." dediğinde Songül'ün sözleriyle gülümsemesi yavaş yavaş yüzünden silinmişti. "Ağabeyim, Can'ı Suat ağabeyimi yanında hissetmek için yanından ayırmadığını söyledi, bu doğru mu?" Genç kız ağır bir şekilde yatakta doğrulurken gözlerini Songül'e dikmişti. "Suat'ı hatırlamam için Can'a ihtiyacım yok Songül, onu yanımda istiyorum çünkü anne ve babasını kaybetti, eksiklik hissetmesini istemiyorum." Songül yatakta yatan yeğenine bakınca içi acımıştı. Yaren'in ise aklında Yağız'ın sözleri vardı. Gerçekten Can'da Suat'ı aradığını mı düşünüyordu? Suat'ı hatırlaması için hiçbir şeye ihtiyaç yoktu. Çünkü onu düşünmekten asla vazgeçmeyecekti.

O gün Yağız eve gece yarısı gelmişti. Yaren onu beklemek istese de Can huysuzluk edip onu yorduğu için genç kız uykuya dalmıştı. Gece yarısı gelen Yağız ortalıkta kimseyi görmeyince sessizce odasına geçerek yatmıştı.

Sabahın ilk ışıklarıyla Yaren odasından çıkarken merakla Yağız'ın odasının kapısına bakmaktan kendisini alamadı. Eve gelip gelmediğini merak ediyordu. Başını iki yana sallayarak su içmek için mutfağa geçerken duyduğu kapı açılma sesiyle elinde bardak mutfak kapısına çıkmıştı. Yağız sessizce odasının kapısını kapatmaya çalışırken bir yandan da gıcırdayan kapıya söyleniyordu. "Seni yağlamanın vakti geldi anlaşılan..." Kapıyı kapatıp arkasını döneceği sırada genç kızın sorusunu duymuştu. "Artık kapılarla mı konuşmaya başladın?" Yağız yavaş bir şekilde arkasını dönüp genç kıza doğru yürürken sessizce yanından geçip ayakkabılığa yönelmişti. "Bu saatte neden ayaktasın sen?" Bir yandan genç kıza soru sorarken diğer taraftan ayakkabılarını giymeye çalışan genç adam başını kaldırdığında Yaren ile göz göze gelmişti.

"Neden bana öyle bakıyorsun?"

"Bu kadar erken nereye gidiyorsun?"

"Bu haftadan sonra hastanede tam gün çalışmaya başlayacağım, bu yüzden beni beklemeden siz akşam yemeğinizi yiyin."

"Akşam geç mi geleceksin, neden?" Yaren genç adamın yüzündeki ifade geçişlerini kaçırmamaya çalışıyordu. Yağız ona yaklaşarak gülümsemişti. "Birkaç gün böyle olacak, geç gelip erken çıkmalıyım, hastanede asistanlık zor..." İşi şakaya almak istemişti ama Yaren onun evden uzak durmaya çalıştığını anlayabilecek kadar genç adamı gözlemleyebilmişti. Kendisi yüzünden eve gelmek istemiyordu. Bu düşünce içini sıksa da söyleyecek, itiraz edecek bir konumda değildi. Arkasını dönerek odasına doğru ilerlerken "Sen bilirsin!" deyip odasına girmişti. Yağız evin kapısından dışarıya çıkarken sıkıntılıydı. Evden uzak durarak genç kızın etkisi altından çıkmak istiyordu. Hastanede hocasından ek eğitim alabilmek için gönüllü olmuştu. Zor olacaktı ama başarmak zorundaydı. En azından birkaç gün düşüncelerini toparlaması gerekiyordu. Önceleri birkaç gün diye bu işe kalkışmıştı ama daha sonra hastanedeki yoğunluk arttıkça günler haftalara, haftalar da aylara dönüşmüştü.

Yaren üçüncü haftanın sonlarına doğru artık daha fazla dayanamayarak genç adamı salonda beklemeye başlamıştı. Yağız gece bir gibi eve geldiğinde salonda düşünceli bir şekilde oturan genç kızla karşılaşınca duraksamıştı. Kendisinin farkında bile değildi. Bir süre onu izledikten sonra kendisini belli etmeye karar verdi.

"Hâlâ yatmadın mı?" Duyduğu sesle hızla yerinden kalkan Yaren karanlıkta iyice koyulaşmış gözlerini genç adama dikmişti. "Bu daha ne kadar sürecek?" Yağız anlamamış gibi ona bakıyordu. "Ne ne kadar sürecek?" dediğinde Yaren sesini yükseltmemeye çalışarak konuşmaya başlamıştı. Öfkesi sesi alçak çıksa dahi belli oluyordu. "Bu eve geç geliyorsun ve sabah erkenden çıkıyorsun, anlamayacağımı mı sanıyorsun? Evdeki varlığıma katlanamıyorsun biliyorum ama en azından kardeşine ve yeğenine vakit ayırman gerekiyor. Hafta sonları bile o lanet hastanedesin. Kardeşim geldiğinde bile eve uğramıyorsun bu duruma daha ne kadar devam edeceksin? Kendini iyice helâk edene kadar mı? Şu hâline bak, gözlerinin etrafı kararmış, altları çökmüş durumda, hiç mi uyumuyorsun? Ayrıca yemek yemiyor musun sen neden bu kadar zayıfladın? Yeter artık evine daha fazla özen göster. Beni evde istemiyorsan başta sana önerdiğim teklifi kabul etmeliydin. Ya eve düzgün bir şekilde gelip gidersin ya da bir daha geldiğinde bu evi boş bulursun. Bunu o aklına sok. Büyü artık!"

Yağız şaşkınlıkla onu dinliyordu. Genç kız son sözlerini genç adamın alnına parmağını vurarak söylemişti. Sonra da onu şaşkın bir şekilde salonda bırakarak odasına çekilmişti.

O geceden sonra Yağız'ın akşam yemeğine gelmeye başlaması Songül'ün dikkatini çekmişti. Yaren genç adamla fazla konuşmuyordu ama Yağız her fırsatta ona takılmaktan kendisini alamıyordu. Yaren'in öfkelenince daha da çarpıcı olan gözlerini bir türlü unutamıyordu. Evde olduğu süre boyunca genç adamın gözleri sürekli Yaren'in üzerinde olmuştu. Üstelik onun bu takibini gözlemleyen başka gözlerin varlığından habersiz bir şekilde.

Songül, ağabeyi ve yengesinin davranışlarını yakından takip ederken mutlu oluyordu. Ağabeyi yengesine ilgi duymaya başlamıştı bile ama yengesi bu durumdan bihaberdi.

İki hafta sonra Yağız evden çıkacağı zaman aldığı telefonla yüzünü asmıştı. Genç kız dayanamayarak onun yanına yaklaşmış ve endişeli bir şekilde "Bir sorun mu var?" diye sormuştu. Genç kız onun yüzüne dikkatle bakarken genç adamın ağzından sadece "Babamlar geliyor!" sözleri dökülmüştü. İkili elbette ki biliyordu onların geleceğini ama içlerindeki korkuyu da bastıramıyorlardı. Kalplerinden ne için geldiklerini hissedebiliyorlardı. Biri diğerinden daha koyu olan iki yeşil göz birbirine bakarken Yağız güçlükle teması keserek kapıya çıkmıştı.

"Bu gece nöbetçiyim, beklemeden yat uyu!" Yaren sadece başını sallamakla yetinmişti. Genç adam usulca evin kapısını kapatarak gitmişti.

19. BÖLÜM

$\mathcal{Y}$aren duyduklarıyla elindeki kaşığı masaya düşürdü. Yağız da tam ağzına dolu kaşığını getirmişti ki duraksadı. Bakışlarını hiçbir şey söylemeden Yaren'e çeviren genç adam suskundu. Onun suskunluğu şaşırtıcı olsa da Yaren'in yüzünün beyazlaması gerçeği açık ediyordu. Genç kız hâlâ evlenmek istemiyordu.

Cemal Bey ve Asım Bey gelmiş, iki gencin beklediği gibi evlilik konusu açmışlardı. Selman Bey'i de yemeğe davet eden Asım Bey onun da bu işe şahit olmasını istiyordu. Cemal Bey yemeğe başladıktan birkaç dakika sonra hiç beklemeden konuşmuştu. "Şu evlilik meselesini halledelim artık. Üç ay demiştik ama dördüncü ayı bitiriyorsunuz!" dediğinde genç kız yutkunarak Cemal Bey'e bakmıştı. Selman Bey duyduklarıyla hafif gülümseyerek konuşmuştu. "Buna çok sevindim, Allah biliyor ya onların birbirine çok yakıştığını düşünüyordum" dediğinde Yaren elini masaya vurarak sinirle yerinden kalktı. Bakışlar genç kadına dönerken o kimseyi takmadan hızla mutfaktan ayrılmıştı.

"Abla?" diye seslenen Cüneyt'in çağrısına cevap vermeden odasına girerek kapısını kilitledi. Kapının arkasına yaslanan genç kız elini kalbine götürüp bir süre nefes almaya çalıştı. İtiraz etmesi gerekiyordu. Bunun için bağırıp çağırması gerekiyordu ama ağzından tek bir kelime bile çıkmamıştı.

Sanki biri sesini o an alıp götürmüş ve konuşmasını engellemişti. Peki, o... Peki Yağız niye itiraz etmemişti ki? Beyninde birçok soru dans ederken mutfaktan gelen sesler kesilmişti.

Yağız da onun ardından mutfaktan çıkmış ve Yaren'in odasının kapısına geldiğinde kısa bir an duraksamıştı. Genç kızın kireç gibi beyazlayan yüzü gözünün önünden gitmiyordu. O itiraz etmek istememişti. Biliyordu ki itiraz etse de hiçbir şey değişmeyecekti. En azından bu şekilde babası tarafından kafası şişirilmeyecekti ama Yaren... O neden itiraz etmedi diye düşünmeden de edemiyordu. "Şoke oldu!" diye söylenen genç adam geri dönüp odasına girdiğinde sinirle kapıyı çarpmıştı. Yaren duyduğu kapı sesiyle irkilirken tutmaya çalıştığı gözyaşlarını artık serbest bırakmıştı. Genç kızın içine büyük bir sıkıntı yerleşip canını yakmaya, içini acıtmaya başlamıştı. Nedenini bilmediği bir acı kalbini yakalamış sıktıkça sıkıyor, nefes alamadığını hissediyordu. Yatakta kıpırdayan bebeğe bakınca hızla yanına giderek cesaret ister gibi onu kucaklamıştı.

Bu sırada mutfaktakiler onların ardından konuşmaya devam ediyordu. "Neden ısrar ediyorsun baba, ablam tekrar evlenmek istemiyor görmüyor musunuz?" Cüneyt'in sözleriyle iki bey de ona ters bir bakış atarken Asım Bey konuşarak "Evleneceğine söz verdi, biliyorsun ki onun tek başına kalmasına izin veremeyiz. Üstelik kendi kocası da bu şekilde olmasını vasiyet etti." dedi.

Cüneyt bir şey söyleyememişti. İki bey bir araya gelince yıkılmayacak dağ gibi duruyordu. Selman Bey yanında oturan genç adamın omzunu sıkarken "En iyisi bu olacak, onların evlenmesi en iyisi olacak!" dedi sayıklar gibi. Bu sırada Songül boşalan tabakları doldurmak için ayağa kalkmıştı ki Selman Bey konuşmasını sürdürdü. "Songül'ün de yaşı geldi artık, şimdiye kadar bir talibi çıkmadı mı?" diye sorunca genç kız neredeyse elindeki tabağı yere düşürecekti. Korkudan arkasını dönüp de babasına bakamamıştı. Cemal Bey hafif gülümseyerek arkadaşına bakarken Asım Bey kendisini ilgilendirmediği için bir şey söylememişti. "Aslında ben de bunu düşünüyordum. Artık onun da yaşı geldi ve uygun bir aday bulacağıma eminim. Geriye bir tek kızım kalıyor bekâr olarak... En kısa sürede onu da evlendirmeyi düşünüyorum. Yaşlandım artık, onun da düzenli bir hayat kurduğunu göre-rek rahat bir şekilde ölebilirim!" dediğinde Cüneyt gözlerini büyüterek arkası dönük bir şekilde kıpırdamadan duran genç kıza bakmıştı. O ana kadar titrediğinin farkında bile değildi-ler. Elindeki tabağı tezgâha bırakırken hafif dönerek mutfak-tan çıkmadan önce Cüneyt ile göz göze gelmişti. Genç adam onun ağlamak üzere olduğunu fark edince içinde garip bir sızı oluştu. Songül, ablası gibi değildi. Ona söyleneni itirazsız kabul edecekti. Bu düşünce genç adamı çileden çıkarmıştı.

Genç kız mutfaktan kaçar gibi çıktıktan sonra Cüneyt si-nirlenerek elini sert bir şekilde masaya vurmuştu. Başını kal-dırmadan önce derin bir nefes alarak öfkesine hâkim olmaya çalışmış olsa da başarılı olamadı. "Bu kadarı da fazla..." Ses-siz bir şekilde söylediği karşısında Asım Bey sinirli bakışlarını oğluna çevirmişti. "Cüneyt!" Babasının sert sesine karşılık dik bakışlarını Cemal Bey'in yüzüne çevirerek "Kızına hiç sordun mu? Ona ne yapmak istediğini hiç sordun mu Cemal Bey? Ne yani şimdi sen istiyorsun diye küçük bir kızı evlendirecek mi-sin? Daha on altısında olan bir kız nasıl olur da evlilik çağına gelmiş olur?" Asım Bey ayağa kalkarak sesini yükseltmişti. "Bu kadar yeter Cüneyt, bu bizi ilgilendirmez!" dese de Cü-neyt babasına bakarak konuşmasını sürdürdü. "Sen ablamı evlenmesi için zorladın. Ablam çaresiz değildi. Sırf sen ameli-yat ol diye sevmediği biriyle evlendi. Şimdi de küçük bir kızı evlendirmeye çalışıyorsunuz. Sizin beyliğiniz bu kadar mı? Kız olunca ne istediği önemli değil öyle mi?"

Cüneyt sinirle masaya bir kez daha vurunca mutfakta daha farklı bir ses yükselmişti. "Cüneyt! Otur yerine. Hemen babamdan ve Cemal Bey'den özür dile!"

Yaren odada daha fazla kalamayınca mutfakta ne oldu-ğuna bakmak için çıkmıştı ki kardeşinin sesini duymuştu.

Hızla mutfağa girerek kardeşini susturan genç kız onun göz-
lerindeki kızgınlığı görünce hafif gülümsedi. "Konumuz bu
değil, ayrıca Songül daha evlenme yaşına gelmedi. Üstelik
ona bir söz verdim. Songül okuyacak!"

Bu son söz Cemal Bey'in şaşırmasına neden olmuştu.
"Okumak... O okuma yaşını çoktan geçti!" dediğinde bu kez
sesleri duyan ikinci kişi Yağız mutfağa girmişti. "Kardeşimin
okumasına ben izin verdim baba, Songül çok akıllı üstelik ilk
sınavları da iyi geçti." Cemal Bey oğluna sinirli bir şekilde ba-
karken "Bana sordunuz mu onu okutmak için? Size kim izin
verdi?" diye çıkışmıştı. Yaren, Cemal Bey'in öfkesinin karşı-
sında dik durarak ona kafa tutmaya başlamıştı. "Onu bana
emanet ettiğinizi sanıyordum efendim. Songül benim sorum-
luluğumdaydı ve karar alırken size sorma gereği duymadım.
Nitekim ben de bu ailenin bir parçasıysam benim de bazı ko-
nularda söz hakkım olmalı!"

Cemal Bey, Yaren'in çıkışıyla hafif şaşırsa da onun kendi-
sine kafa tutması karşısında içinde bir sevgi belirmişti. Bu kız
tüm düşüncelerini değiştirmişti. Altmışına merdiven daya-
mış adam bir anda değişmişti. Sevgisiyle herkesi değiştirmiş-
ti. Ama Yaren'in son sözleri ortama bomba gibi düşmüştü. Bir
türlü çıkış yolu bulamayan genç kız aklına gelen ilk düşünce-
yi söyleyivermişti.

"Eğer gerçekten Yağız ile evlenmemi istiyorsanız benim
de bazı şartlarım olacak!"

Yağız şaşkınlıkla genç kıza bakarak itiraz etmeye çalış-
mıştı. "Ne? Sen evlenmeyi bu kadar çabuk mu kabul edecek-
sin?" Yaren genç adama bakmadan bakışlarını Cemal Bey
ve Asım Bey'e çevirdi. "Baba biliyorsun ki aklıma koyduğu-
mu yaparım. Ben istemediğim sürece kimse hiçbir şeye beni
zorlayamaz. Kızını tanıyor olmalısın. Eğer hasta olmasaydın
Suat ile asla evlenmezdim. Kimsenin beni sevmediğim biriyle
evlendiremeyeceğini sen de benim kadar iyi biliyorsun. Bunu
bilmiyor olamazsın değil mi?" diye sorduğunda Asım Bey kı-
zına hak vermeden edememişti. Yaren oldukça dik başlı ve

istediğini ne olursa olsun yapan bir kızdı. Üstelik bu huyu annesine çekmişti. İnatçı...

Cemal Bey arkadaşına bakıyordu. Onun yüz ifadesinin değiştiğini görünce genç kızın babası üzerindeki etkisine şaşırmıştı. Bu kız tek başına birçok kişiyi idare edebilecek nitelikte bir yapıya sahipti. "Eğer benim şartım kabul edilmeyecekse bu evliliği unutabilirsiniz Cemal Bey. Ölürüm yine de oğlunuzla evlenmem. Ölmüş birine boşanma davası açamam ama sizin adınızı taşımamak için başvuru yapabilirim. Zaten dul olduğum için özgür bir kadınım."

Cemal Bey gözlerini kısarak genç kadına bakarken Cüneyt ablasının cesaretine yeniden hayran kalmıştı. Yağız ise şaşkındı. Bu kızın cesareti, iki beye kafa tutuşu görülmeye değerdi. Başı dik bir şekilde göz temasını kesmeden iki beyin de canına okuyordu. İçten içe Yaren'e hayranlık duymuştu. Onunla gerçekten evlenmiş olsaydı nasıl olurdu diye merak etmeden duramamıştı. İşte o an aklına koymuştu. Yaren'i ne pahasına olursa olsun gerçek eşi yapacaktı. İçinden ağabeyinden özür dilerken onun vasiyeti az da olsa suçluluk duygusunu bastırıyordu. Şu anda karşısında duran kadın yenge sıfatından sevdiği kadın sıfatına kadar yükselmişti.

Sevdiği kadın!

İşte bu düşünceyle irkilmişti. O ana kadar ona âşık olduğunu fark edemeyen genç adamın, Yaren'in sözleriyle tüm düşünceleri bir anda beyninden uçup gitmişti.

"Berdel istiyorum!"

Aynı anda dört erkek de "Ne?" diye sesini yükseltince genç kadın onların çıkışından hiç etkilenmeyerek sözlerini yinelemişti. "Eğer yeniden sizin ailenizin üyesi olacaksam bir garanti istiyorum. Uygun zaman geldiğinde Songül ile Cüneyt'in evlenmesini istiyorum!" dediğinde kapıdan inilti şeklinde bir ses gelmişti. Yaren bakışlarını kapıya çevirdiğinde Songül'ü kapı ağzında donmuş bir şekilde görmüştü. Genç kız Yaren'in sözleriyle elindeki bardağı tutamayarak yere düşürünce ağzından bir inilti kopmuştu. Sert zemine çarpan bardak parçalara ayrılırken Yaren hızla onun yanına gelerek elini tutmuştu. "Sen iyi misin canım?"

Az önce duyduklarının şokuyla yutkunan genç kızın yanağından bir damla yaş akarken en az onun kadar şoke olan Cüneyt kendisine gelerek ablasına çıkışmaktan kendisini alamamıştı. "Abla sen ne dediğinin farkında mısın? Bunu nasıl istersin?" Yaren ters bir şekilde ona bakmıştı. Onun soğuk bakışları karşısında sessizliğini koruyan genç adam bir şey söyleyemeden yutkunmuştu. Yaren avucunun içinde titreyen küçük ellere bakarak güç vermek istercesine sıkmıştı. O anda Songül bakışlarını yengesine çevirdi. "Yenge!" diyerek ağlamaya başlayınca Yaren genç kıza sıkıca sarılmıştı. Yağız ne diyeceğini bilemiyordu. Kendi mutluluğu için kardeşini feda edebilir miydi? Hayır, bunu yapamazdı. Kardeşine kıyamazdı. Tek kız kardeşiydi ve bu şekilde evlendirilmesine izin veremezdi.

"Olmaz... İster kabul et ister etme... Kardeşimi zorla kimse evlendiremez. Bu saçmalık. Sen evliliği kabul edeceksin diye tek kız kardeşimi kurban etmeye niyetim yok."

Yaren genç adamın çıkışıyla şaşırmıştı. Fark etmeden onun kardeşini korumaya çalışmasını hayranlıkla izlemişti. Bu içini biraz olsun rahatlatsa da geri adım atmaya niyeti yoktu. Cemal Bey kafasına koyduğunu yapacak gibi bakıyordu. En azından ağabeyi Songül'e kendisini düşündüğünü hissettirmişti.

Cemal Bey'in gür sesi ortamı doldurmuştu. "Sen ne diyorsun dünür?" Asım Bey şaşkınlıkla kızına bakıyordu. Kırk yıl düşünse kızının böyle bir şeyi talep edeceği aklına gelmezdi. Kızı tarafından bir kez daha bozguna uğramıştı. Karşısında dik başlı bir şekilde duran kızı, annesinin kopyasıydı. O an utanmasa ona sıkıca sarılıp ağlayabilirdi. Gözü asla arkada kalmayacaktı. "Benim için sorun değil dünür. Zaten arasam da Songül gibi bir gelin bulamazdım!" Songül duyduklarıyla yeniden Yaren'e sarılırken Yaren'in dudakları hafif kıvrılmış ama hemen düzelmişti.

Cüneyt duydukları karşısında iyice öfkelenmişti. "Sen de mi baba? Bunu niye yapıyorsunuz? İki kişinin hayatını zaten çıkmaza soktunuz, şimdi niye bizim hayatımıza karışıyorsunuz? Bu kadar yeter... Olmaz bu iş!" diyerek hızla mutfaktan çıkmıştı. Onu onaylarcasına Yağız ağırlığını koymak ister gibi sert çıkan sesiyle kendisine göre konuya son noktayı koymuştu. "Olmaz bu iş... Buna asla izin veremem!" dedi. Yaren ona ters ters bakarak "O zaman bu nikâh olmayacak, ben babamla birlikte eve döneceğim ve Can büyüyene kadar benimle kalacak!" dedi. "Çocuklar, abartmıyor musunuz? Henüz çok erken, Songül ve Cüneyt eminim zamanla birbirlerine alışırlar! Bu kadar uzatmayın artık. Zaten sizin evleneceğiniz kesindi." diye ortamı yumuşatmaya çalışan Selman Bey anında tepki almıştı.

"Bunu da nereden çıkardın Selman amca? İsteğim kabul olmadığı sürece bu evlilik olmayacak!" dedi ve Songül'ü de kolundan tutarak onunla birlikte mutfaktan ayrılmıştı. Odaya giren Yaren ve Songül derin bir nefes alırken Yaren ağlayan kıza bakarak "Hadi ama ağlama artık, kimse sana zorla bir şey yaptırmayacak. Sen istemediğin sürece kimse seni bir şeye zorlamayacak!" dedi. "Ama berdel... Yenge bunu nasıl talep edebildin?" Yaren kızın burnunu çekmesine hafif gülümseyerek onu sakinleştirmeye çalışmıştı. "Çünkü ben kör değilim Songül! Seni de kardeşimi de iyi tanıyorum. Siz birbirinize çok yakışıyorsunuz. Üstelik... Bak bana bakayım!" Songül'ün çenesini kavrayan genç kız bakışlarını kendisine çevirmişti. "Bana az da olsa kardeşimden hoşlanmadığını söyleyebilir misin?" Songül şaşkınlıktan gözlerini büyüterek Yaren'e bakmıştı. "Be... Ben..." diye kekelemeye başlayan Songül, Yaren'in gülmesine neden olmuştu. "Ben cevabımı aldım!" diyerek onu odada tek başına şaşkın bir şekilde bırakıp gitmişti.

Odasından çıkan genç kız önce Yağız'ın odasına uğramış ama genç adamı orada bulamayınca yeniden mutfağa yönelmişti. Mutfağa geldiğinde hâlâ bu konu üzerinde tartışan iki babasına bakmadan "Yağız, konuşmamız gerek!" diyerek arkasına bile bakmadan mutfaktan çıkmıştı. Yağız şaşkın bir şekilde kendi odasına giren Yaren'e bakarken o da peşinden odasına girip hızla konuşmuştu.

"Senin aklından ne geçiyor? Bu şekilde evlilikten kurtulabileceğini mi düşünüyorsun?" Yaren onun sözlerine aldırmadan pencerenin kenarında durmuş ona bakıyordu. "Sen aptal mısın Yağız?" Yaren'in sözleriyle iyice sinirlenen genç adam "Bana bak, sen iyice ileri gitmeye başladın!" dedi. Yaren ona arkasını dönerek yine genç adamın sözlerini duymazdan gelmişti. "Bizim zaten evlenmekten başka seçeneğimiz yok. Ben ağabeyine söz verdim ve sözümü tutacağım. Sadece bu evliliği kullanarak hem Songül'ü hem de kendi kardeşimi korumaya çalışıyordum!" dedi. Onun sözleri karşısında şaşırmış bir şekilde Yaren'e bakan genç adam "Sen ne saçmalıyorsun? Berdel istemek de neyin nesi?" dediğinde genç kız onun sözlerini keserek konuşmasına devam etti.

"Kardeşine dikkatle baktın mı hiç?" Yağız bu kez gafil avlanmış gibi afallamıştı. "Ne?"

"Songül'ün sabah sabah kalkıp bizim için o kadar zahmete girerek kahvaltı hazırlamasına ne diyeceksin?" Yaren açık konuşmuyordu. Genç kız Songül'ü yakından takip ediyor ve onun genelde cuma sabahları erken kalkarak hazırlık yapmasını izliyordu. Diğer günlerde de kahvaltı hazırlamasına karşın Cüneyt'in onlara geleceği gün yemeklere daha bir özeniyordu. Bu durum Yaren'in Songül ile Cüneyt arasındaki etkileşimi izlemesine neden olmuştu. Kesinlikle emindi. Henüz fark etmeseler de bu iki çocuk birbirlerine farklı duygular beslemeye başlamıştı. Bu genç kızı bir bakıma mutlu etse de bugün olanlardan sonra sessiz kalamamıştı. Cüneyt pek belli etmiyordu duygularını ama mutfakta iki beye diklenişi ve bakışlarındaki çaresizlik genç adamı ele vermişti. Onu yakından tanıyan ablasına kendi duygularını açık etmişti. Odaya hâkim sessizlik bir süre devam ederken konuşmasına devam etti. "Songül ve Cüneyt! Onlar birbirini seviyor!" Yaren'in sözleri Yağız'ı şaşırtmıştı. "Ne? Saçmaladığının farkında mısın?"

"Neden kardeşine daha yakından bakmıyorsun? Henüz

onlar da bunun farkında değil ama bir araya geldiklerinde sergiledikleri davranışları neden daha yakından incelemiyorsun? Eminim... O ikisi birbirlerine karşı farklı duygular besliyor. Ama henüz bunun farkında bile değiller. Cüneyt bir şeyler hissetmese babana ve babama o şekilde asla karşı çıkmazdı. Kardeşini savunmaya kalkmazdı!" dediğinde Yağız şoke olmuştu. Genç adam odada olduğu için Cüneyt'in yaptığından haberi yoktu. "Cüneyt babama karşı mı geldi? Ne yani o çocuk Cemal Bey'e kafa mı tuttu?" Yaren onun sorusuyla gülmeye başlamıştı. "Sadece Cemal Bey'e değil, Asım Bey'e de kafa tuttu!" dedi. O anda ikili aynı anda gülmeye başlayınca, duraksayan Yağız "Şimdi ne olacak?" dedi. Yaren derin bir iç çekerek başını sallamıştı. "Fark ettiysen babalarımız çoktan kabul etti. Geriye sadece Cüneyt kalıyor ki onu da ben hallederim!"

Yaren'in sözleriyle Yağız genç kıza parlayan gözlerle bakmıştı. "Bu durumda yine evleniyoruz öyle mi?" Yaren bakışlarını ona dikerek "Üzgünüm... Bu evlilikten ikimiz de yakamızı kurtaramıyoruz. Ama en azından bir işe yarayacak. Songül'ü sevmediği bir adama veremeyecekler! Bu duygu çok ağır geliyor insana!" dediğinde Yağız istemeden de olsa üzülmüştü. Başını hafif eğerek pencere kenarındaki genç kıza yaklaşıp onu kendisine çekip sıkıca sarılmıştı. Genç kız ne olduğunu dahi anlayamadan kulağına gelen sözcüklerle gülümsemeden edememişti.

"İstemediğin hiçbir şey olmayacak bunu biliyorsun değil mi?" diye konuşurken genç kız yaptığı şeyi fark ederek hemen genç adamdan uzaklaşmış ve zorlukla konuşmaya çalışmıştı. "Benim... Benim Cüneyt ile konuşmam gerek!" derken Yağız da ondan farksız değildi. Acemi âşıklar gibi elini nereye koyacağını, ne söyleyeceğini bilemiyordu. Yaren hızla odadan kaçar gibi çıkarken Yağız da az önce ona sarılan ellerini birbirine dolayarak başının üzerine koymuş ve saçlarını karıştırmıştı. Derin bir nefes alarak "Sen ne yapıyorsun? Kafese girmek üzere olan bir kuşu korkutmaya çalışıyorsun!" diye kendi kendisini azarlarken Yaren'in ondan uzaklaşmaması için dua etmeye başlamıştı.

Yaren salonda oturan iki yaşlı adamı es geçerek odalara bakmaya başlamıştı. İkisinde de Cüneyt'i bulamayınca odasına geri döndü. Kendi odasına girdiğindeyse Songül'ü pencereden bakıp kara kara düşünürken bulmuştu. Onun odaya girdiğini bile fark etmeyen genç kız, dikkatli bir şekilde dışarıyı izliyordu. Yaren onun yanına gidip genç kızın kolundan tutunca irkilen genç kız ağlamaya başladığında Yaren ne olduğunu anlayamamıştı. "Hayatım... Ne oldu sana? Bak istemiyorsan bunu bana söyle. Zaten bu babalarımızı oyalamak içindi. İstediğiniz zaman bu işten vazgeçmeniz için size yardım edeceğim!" dediğinde Songül daha da şiddetli sarsılarak ağlamaya başlamıştı.

"Benden ömür boyu nefret edecek. O benden nefret edecek! Zaten beni görmeye dayanamıyordu ama şimdi hepten benden nefret edecek!" dediğinde genç kız ona sarılarak sırtının dönük kaldığı pencereden onun baktığı yere bakmıştı. Cüneyt aşağıda deli danalar gibi dolanıyor, yerinde durup bir şeyler söyleniyor sonra da yine dolanmasına devam ediyordu. Sinirli olduğu her hâlinden belli oluyordu. Bunda da haksız sayılmazdı. Yaren, Songül'ün sırtını okşayarak "Merak etme. O da anlayacak neden bu şekilde davrandığımı. Üstelik sana yardım etmek için her şeyi yapacağına eminim!" dediğinde Songül'ün içi acımıştı.

Genç kadın onu biraz olsun sakinleştirdikten sonra odadan ayrılmıştı. Çıkış kapısına doğru ilerlediğinde ise Yağız ile göz göze gelmişti. "Bir yere mi gidiyorsun?" Genç adam onun dışarıya çıkış nedenini merak etmişti. "Cüneyt aşağıda!" Kısa ama tatmin edici bu cevapla Yağız hafif gülümseyerek başını sallamıştı. O dışarı çıktıktan sonra Yağız da kardeşinin bulunduğu odanın kapısına gelmişti. İçeriye girip girmemek için kendisi ile savaşıyordu.

Yaren aşağıya inerek kardeşine uzaktan kısa bir bakış attıktan sonra hafif gülümseyerek "Ne oldu? Seni bu kadar sinirlendiren ne?" diye sorunca genç adam ablasının sesiyle yerinde duraksamıştı. Yaren'in gülümsemesine karşılık Cüneyt'in yüzü öfkeden sertleşmişti. Hızlı adımlarla ablasına yaklaşarak "Sen ne yaptığını sanıyorsun? Bu berdel aptallığı da ne oluyor?" derken Yaren derin bir iç çekerek kardeşinin dağınık saçlarını düzeltmeye başlamıştı. "Çok şaşırdın değil mi? Neden bu kadar kızıyorsun ki?" dediğinde Cüneyt onun hareketlerini şaşkınlıkla izliyordu. Ablasının bu kadar rahat konuşması onu daha da deli ediyordu.

"Sen benimle dalga mı geçiyorsun abla? Aklın alıyor mu, ben ve o… Yani… Olmaz!" derken Yaren küçük bir kahkaha atmıştı. "Şimdi Songül gibi konuştun işte ne tesadüf değil mi? O da seni istemiyor… Sence de kız için üzülmem gerekmez mi? Benim durumumdaki biri sevmediği bir adamla evlendirildi ki hâlâ aynı şekilde ikinci kez evlendirileceğimi bile söylemedim. Şimdi karşıma geçmiş beni mi suçluyorsun? Onun da benim gibi sevmediği biri ile evlenmesine izin mi vereyim? Hayır!" dediğinde Cüneyt şoke olmuş gibi ona bakıyordu.

"Sen ne demeye çalışıyorsun, Songül beni seviyor mu?" Cüneyt sorduğu soruyla kalbinin deli gibi attığını fark etmişti. İşin garibi sorduğu sorunun cevabını da sabırsızlıkla bekliyor oluşuydu. Heyecanlıydı ama ablasının son sözleriyle tüm heyecanının yerini hayal kırıklığı aldı. "O kadar da değil. Seni sevdiğini söylemedim. Berdel istedim çünkü zaman kazanmak istedim. Bu şekilde onu evlilikten kurtaracak ve ileride sevebileceği biri karşısına çıktığında bu işin olmayacağını söyleyecektim. Merak etme… Onun kadar seni de düşünüyorum. Ama benim kardeşim çaresiz bir kıza yardım etmek ister değil mi? En azından bir süreliğine… Hım… Bunu yapabilir misin?" dedi.

"Yani beni kullanıyorsun? Onun için kendi kardeşinin ne düşündüğünü önemsemiyorsun?"

"Bu şekilde konuşma. Ne yani onun buradan götürülüp, kendisinden yaşça büyük birine eş olarak verilmesine izin mi vereyim? Çıkarken duydum, Cemal Ağa çoktan ona eş olacak kişileri bulmuş bile!"

Cüneyt dişlerini sıkarak konuştu. "Cemal Ağa istediğini elde edemeyecek. Kimse Songül'e dokunamayacak!"

Yaren kardeşinin bu çıkışıyla derin bir nefes alırken hafif gülümsemiş ve ona sarılarak "Doğruyu yapacağını biliyordum. Seninle gurur duyuyorum!" dedi. "Ama ben kabul edersem sen Yağız ağabeyle evleneceksin." dedi. Yaren kardeşine daha sıkı sarılarak "Zaten bu evlilikten kaçışımız yoktu. Beni merak etme… Yağız'ı idare edebilirim!" Onun sözleriyle Cüneyt gülümserken içinden, o kadar kolay olmayacak ablacığım, diye geçirmeden de edememişti. Yağız kolay idare edilecek biri değildi. O da ablasına sarılarak "Tamam ama bunu daha sonra yeniden konuşacağız. Ayrıca Songül… O da benim gibi mi düşünüyor?" dedi. Yaren genç kızın ağladığını hatırlayınca hafif gülümseyerek "Kesinlikle senin gibi düşünüyor. O da kimsenin kendisiyle evlenmesini istemiyor. Bunun için bir süre beklemen gerekecek! Bu işi herkesin istediği şekilde bitireceğime dair sana söz veriyorum." dedi. Bu sözleri nedense genç adamın içini rahatlatmamıştı. O hâlâ Songül'ün kendisini istemedi gerçeğini düşünüyordu. Başını hafif kaldırdığındaysa genç kızın pencereden kendilerini izlediğini görmüştü. Gözleri yaşlıydı. Bu durum genç adamın canını sıkmaya yetmişti.

Onun baktığını gören Songül hemen arkasını dönmüş ama karşısında ağabeyini görünce paniklemişti. Yağız kardeşinin korktuğunu görünce iki adımda yanına gelerek kollarını genç kıza doladı. "Korkma… Sana bir şey olmasına izin vermeyeceğim. Kimse sana zorla bir şey yaptıramayacak!" dediğinde genç kız sıkıca sarılmıştı. "Teşekkür ederim. Teşekkür ederim ağabey." Yağız onun yüzünü avuçlarının arasına alarak yanaklarından akan yaşı parmak uçlarıyla silmeye başlamıştı. "Hadi ama ağlama. Merak etme… O ne düşündüğü belli olmayan yengenin fikrini değiştirebilirim." Ağabeyinin sözlerine Songül gülümsemeden edememişti. "Onun fikrini değiştiremezsin… Onu henüz tam olarak tanımıyorsun ağabey!" dediğinde aslında Yağız ile şakalaşıyordu. Yağız gülümseyerek "Bunu yapamam değil mi? Aslında yapmak da istemiyorum. Ama istemiyorsan onu durdurabilirim. Bu berdel benim kafama yatmadı!"

"Olmaz... Yani... Yani berdel olmazsa beni başkasıyla evlenmeye zorlayacaklar. Bu şekilde zaman kazanabiliriz. Yani hemen evlenmemizi istemeyecekler ya?" derken Yağız tek kaşını kaldırarak yüzünü saklamaya çalışan kardeşini inceliyordu.

"Peki, sen öyle istiyorsan... O zaman bu oyunu oynayacağız. Sıkıldığın anda bana söyleyeceksin ama tamam mı? Ayrıca o ukalanın sana fazla yaklaşmaması için elimden geleni yapacağım." dedi. Songül ona gülümserken dışarıdan gelen sesle ikisi de irkilmişti. "Hoca efendiyi bu akşam için çağıralım o zaman."

Bu cümle hem Songül'ün hem de Yağız'ın kalbini heyecandan durdurma noktasına getirmişti.

Odanın kapısı ağır bir şekilde açılırken Yaren odaya girmişti. Yüzünde yorgunluğun izleri vardı. Yağız'ı görünce duraksayarak gözlerine odaklanmıştı. "İzin verirsen artık akşama kadar dinlenmek istiyorum." dedi. Genç adam onun yorgun hâline bakarak onaylarken dışarıdaki kahkaha sesleri kulağına geliyordu. Songül ona bakarak dışarı çıkmasını işaret edince o da kardeşinin isteğine sessizce uymuştu. Songül, ağabeyinin odadan çıkmasıyla yengesinin yanına gitmiş ve yatakta uzanan genç kadının saçını okşamaya başlamıştı. Bu hareketi beklemeyen Yaren iyice Songül'e sokularak "Akşama evleniyorum!" dedi. Bu cümle onun içini daraltmıştı, aynı zamanda da Cüneyt'in berdeli kabul ettiğini düşünerek heyecanlanmasına neden olmuştu.

"Sen de Cüneyt ile sözleniyorsun. Dinlensen iyi edersin!"

Songül ne yapacağını bilmiyordu. Yatağa uzanan Yaren'e bakmıştı ama genç kadın gözlerini kapatarak sanki acele uykuya dalmak istiyordu. Yutkunan genç kız ona sormadan edemedi. "Cüneyt kabul etti mi?" Yaren kendisine sorulan soru karşısında gözlerini hafif aralayarak "Evet, etti. Ama ona bunun sadece bir oyalama taktiği olduğunu söyledim. Senin için kabul etti!" dediğinde genç kız az da olsa hayal kırıklığı yaşamıştı. "Benim için yapmak zorunda değildi!" Yaren tekrar yerinde doğrularak yatakta oturur pozisyona geçmişti. Gözlerini Songül'e dikerek "Sen ne düşünüyorsun? Bana doğruyu söyle Songül... Bu şekilde bir yanlış yapmaktan kurtulabiliriz!"

"Ben ne yapacağımı bilmiyorum. Benim yüzümden mutsuz olmasını ve sıkıntı çekmesini istemiyorum..." Yaren kollarını genç kıza dolayarak "Benim Cüneyt'ten başka kardeşim yok... Onun mutlu olmasını istiyorum ve biliyorum ki kardeşim için en uygun kız sensin. Bunu sakın o mutsuz olacak diye istemezlik yapma... Sen ve o... İkiniz de çok mutlu olacaksınız. Sadece zamana ihtiyacınız var!" dediğinde genç kız kendisini tutamayarak ağlamaya başlamıştı. Tam da bu sırada odanın kapısı tıklatılmıştı. Kapıdaki kişi "Gelebilir miyim?" diye soran Cüneyt'ten başkası değildi. Songül heyecanlanırken ışığı yakan Yaren kardeşine hafif gülümseyerek "Gel canım!" demişti.

Yaren üzerine bir şeyler alarak kardeşine yaklaştı. Cüneyt yatakta oturan Songül'ün hâlâ ağladığını gördüğünde yanlış anlamıştı. Genç kız bakışlarını Cüneyt'ten kaçırmadan edemedi. İçi acıyan genç adam yutkunarak ablasına "Bizi biraz yalnız bırakabilir misin abla? Konuşmamız gereken şeyler var!" dedi. Songül Yaren'e gitmemesi için yalvarırcasına bakarken Yaren kardeşinin omzuna dokunarak "Sakın onu kıracak bir şey söyleme!" deyip odanın kapısına gitmişti. Songül'e tekrar dönüp baktığında arkası dönük olan kardeşinin göremeyeceği bir şekilde gülümsemiş ve ona cesaret vermek istemişti.

Yaren odadan çıktığında salondaki iki yaşlı adamın hâlâ sohbet ettiğini, hatta hiçbir şey olmamış gibi şaka yollu konuşmalarını dinlemişti. Birkaç saniye süren bu dinleme, onun yanlışlıkla Yağız'ın odasına girmesine neden olmuştu. Genç kız kapıyı açarken esniyordu. Yağız yatağına uzanmış kitap okurken Yaren'in eli ağzında esneyerek odasına girdiğini görünce kısa bir an şaşkınlık yaşamıştı. Yaren kapıyı kapatana kadar onu fark etmemişti. Arkasını döndüğünde kendisine bakan bir çift parlak gözü görünce ne yapacağını şaşırmıştı. Yağız ondan bir açıklama bekler gibi bakmış ama genç kadın hiçbir şey söylemeyerek yatağa yaklaşarak genç adamı yataktan kaldırıp örtüyü açarak onun şaşkın bakışları arasında yatağa yatmıştı. Yağız neredeyse onun bu davranışıyla konuşmayı unutmuştu. Genç kadın iyice üzerini örterek genç adama bakmadan "Çıkarken ışığı kapat!" dedi. Yağız bu sözler karşısında dayanamayarak kısa ama alaycı bir kahkaha atmıştı. "Ne yani şimdi de beni bu odadan mı kovuyorsun? Benim odamda ne işin var? Dahası daha evlenmedik bile nasıl yatağıma yatmayı düşünürsün?" Gözleri kapalı olan Yaren hafif başını sallayarak ona bakmadan homurdanır gibi "Çok yorgunum ve tek müsait yatak bu odada var. Ne olur sanki kitabını salonda okusan?" Yaren iyice yastığına gömülerek uyumaya çalışırken Yağız onun sevimliliği karşısında kısa bir an onu izlemek istemişti. "Işığı kapat ve çık. Nasılsa kimse bir şey demeyecektir burada uyumama!" Yağız ona daha dikkatli bakmaya başlamıştı. Genç kadın gözleri kapalı çok çekici görünüyordu. Uzun siyah kirpiklerine ve elle çizilmiş gibi duran kaşlarına ilk kez bu kadar dikkat etmişti. Daha önce dikkat etmemesi çok doğal gelmişti genç adama. Öyle ki Yaren'in yosun yeşili gözlerine bakmaktan yüzünün diğer hatlarıyla ilgilenmemişti.

Genç adam yatağın başucundaki abajuru açık bırakarak odaya kırmızı bir ışığın dolmasını izlemişti. Normal ışığı kapatırken genç kızın kırmızı ışıkta parlayan siyah saçlarına baktı. Bu renk ona değişik bir hava katıyordu. İçinden uzanıp saçlarını okşamak geçmişti. Son anda bu isteğine gem vurarak dişlerini sıkıp kapıya yöneldi. Elindeki kitabı odadaki masaya bırakmıştı.

Odadan çıkar çıkmaz telefonu çalmaya başladı. Arayan Asım'dan başkası değildi. Heyecanlı bir şekilde genç adama sınav sonuçlarını söylüyordu. "Ah dostum içim nasıl rahatladı bilemezsin. Yeterlilik sınavını geçmişim. Listede senin adın da var! Senin için de çok mutlu oldum!" dediğinde genç adam hafif bir gülümsemeyle sanki o görecekmiş gibi yüzünün ifadesini değiştirmişti. "Pek sevinmedin galiba?" Asım onun gayet sakin olması karşısında şaşırmıştı. Sınava girecekleri zamanlarda daha heyecanlıydı. Ama şimdi geçtiğini bilmesine rağmen oldukça sakindi. "Evleniyorum!" Tek kelimeyle Asım şoke olmuştu. Sonra hafif bir homurtuyla "Bunu zaten biliyorum dostum." dedi. Yağız derin bir iç çekerek "Ben bu akşam evleniyorum!" dedi. Asım oturduğu yerden düşünce telefondan genç adamın kulağına birtakım sesler gelmişti. "Sen... Sen ne dedin? Bu gece mi? Bana neden haber vermedin?"

"Babamlar bu sabah geldi... Daha önceden haberim yoktu. Acele olarak bu akşam nikâhı kıyacaklarını söylediler!" Asım kısa bir kahkaha attı. "Desene seni de kaybediyoruz!" Yağız ne söyleyeceğini bilmiyordu. "Asım ben gerçekten çok korkmaya başladım!" Onun sözleri Asım tarafından anlaşılabiliyordu.

Korkması gayet normal gibiydi. Bundan sonra hayatı ne şekilde ilerleyecek bilmiyordu. Karşısında dokunmaya korktuğu, ama dokunmaktan da geri kalamayacağını bildiği bir kadın vardı ve Yağız çaresiz bir şekilde onu kaybetmekten korkmaya başlamıştı. Telefonu kapattığında gözü az önce çıktığı odanın kapısına takılı kalmıştı. Sadece birkaç saat sonra içerideki kadın, karısı olacaktı. Onunla ne yapacağını bilmiyordu. Şimdilik işi oluruna bırakması gerekiyordu.

Diğer odada ise Songül ile Cüneyt hiç konuşmadan duruyordu. Genç kız gergin bir şekilde yerinde otururken Cüneyt odanın penceresinin önüne geçmiş ve ne söyleyeceğini düşünmeye başlamıştı. Odaya gelirken sadece onu rahatlatmak istemişti. Ama bu odada tek başlarına olmaları genç adamın tüm cesaretini alıp götürmüştü sanki. Songül daha fazla sessizliğe dayanamayarak "Benimle ne konuşacaksın?" diye sordu. Onun sessizliği bozması üzerine genç adam ona dönerek "Ablam adına özür dilerim. Neden böyle yaptığını bilmiyorum ama seni korumaya çalıştığına eminim. Zorla evlendirilmeni istemedi galiba!" dediğinde genç kızın bakışlarını ondan çekmesine neden olmuştu. Songül yüzünü iyice eğerek konuşmuştu. "Bunun için ona kızmıyorum. Belki sana da söylemiştir. Bu şekilde yaparak sadece zaman kazanmak istemiş. Ben senin için gerçekten üzgünüm. Benim yüzümden senin de başın ağrıyacak!" Cüneyt onun masumane sözlerine karşılık hafif gülümsemişti. Sonra umursamaz bir tavırla eskisi gibi ona takılmaya başlamıştı. "Benim için üzülme. Nasıl olsa bir gün evlenecektim, en azından senin gibi biriyle evlenmiş olacağım... Çok ilginç olacak doğrusu!" dediğinde Songül şaşkınlıkla bakışlarını genç adama çevirmişti. Cüneyt'in alışageldik bir şekilde kendisine gülümsemesi Songül'ün yutkunmasına neden olmuştu.

Cüneyt daha fazla dayanamayarak "Hadi ama şaka yaptım, artık ağlama. Şimdilik durumu gidişatına bırakalım. Ablamın dediği gibi zaman gerekiyor. Ayrıca beni düşündüğün için de sağ ol ama ben iyiyim. Sen kendini düşünmek zorundasın!" Onun sözleriyle Songül tekrar ağlamaya başlayınca Cüneyt ne yapacağını bilememişti. Karşısında ağlayan bir kızı görmeye henüz hazır değildi. Bu konuda hiçbir şey bilmiyordu. Onu susturmak için ne yapması gerektiği konusunda hiçbir fikri yoktu. "Ablamı böyle ağlayarak mı teselli edeceksin?" Cüneyt'in sözleriyle birden ağlamayı kesen genç kız hemen yerinden kalkarak "Evet, haklısın. Onun bana şimdi ihtiyacı var!" dedi.

Bu ani çıkışıyla Cüneyt gülümsemeden edemedi. Sonra birden önünde beliren genç kıza elini uzatarak "Anlaştık o zaman... Sadece zaman kazanabilmek için bunu kabul edeceğiz!" dediğinde ikisi de aynı anda aynı şeyi düşündüklerinden habersizlerdi: *Benim değil, senin için bu zaman. Bana alışman için sana zaman veriyorum!*

İki genç gülümseyerek birbirine bakmıştı. Hayat onlara bakalım daha neler gösterecekti...

20. BÖLÜM

Kapı zili çalmaya başladığında Yağız salonda pencerenin kenarında oturmuş dışarıdaki hafif sisli havayı izliyordu. Kasvetli bir gün olacak, diye geçirdi içinden. Kapının açılmaması üzerine Yağız hâlâ koyu sohbette olan üç adama bakmıştı. İki odada da sessizlik hâkimdi. Cüneyt ve Songül konuşmaları bitmesine rağmen bebekle ilgilenmeye devam ederken Cüneyt arada onun davranışlarını izliyordu. Songül kaçamak bakışları fark etse de önemsememişti. Duvarda asılı duran küçük saate bakarak "Saat sekize gelmiş!" dedi. Cüneyt onun ne demek istediğini anlamıştı. Neredeyse imamın geleceğinin o da farkındaydı.

Yağız kapıda beliren Asım ile göz göze gelince endişesi az da olsa uçup gitmişti. İki bey de salonun kapısından girecek olan kişiyi merakla bekliyordu. İçeriye geçen Asım kendisine merakla bakanlara selam verirken Cemal Bey sorar gözle Yağız'a bakmıştı. "Baba, bu arkadaşım Asım... O da tıp okuyor. Bu geceki nikâhı duyunca gelmek istedi..." dedi. Ama Asım gülümseyerek "Bir de oğlunuzun artık bir doktor olduğunu bildirmek için geldim." diyerek ekleme yaptı. Onun sözleriyle Cemal Bey ayağa kalkarak oğlunun yanına gitmiş ve iki omzunu sıkarak "Sonunda bitti ha!" demişti. Yağız onun neden bu şekilde davrandığını elbette ki biliyordu ama Yağız'ın köye dönmek gibi bir niyeti olmadığını bilmiyordu.

Genç adam bakışlarını Asım Bey ve odadan çıkan Cüneyt'e çevirmişti. Asım Bey gülümseyerek genç adama bakarken Cüneyt, Yağız'ın omzuna dokunarak "Hangi hastanede görev yapacağını bana haber ver de o hastaneye yaklaşmayayım!" dediğinde Yağız imalı bir şekilde gülümsemiş ama Asım Bey oğlunu uyaran bir ses çıkarmıştı. Cüneyt aldırmayarak kanepelerden birine geçip oturmuştu. Asım gülmemek için kendisini zor tutuyordu. Onun hâlâ ayakta olduğunu gören Cemal Bey hafif ona dönerek "Geç otur oğlum... Hoş geldin." dedi ve başını oda tarafına çevirerek "Songül!" diye seslendi.

Songül hızla odadan çıkarken babası ona çay yapmasını söylemişti. Songül mutfağa giderken arkasından "Yengen nerede, neden hâlâ görünmedi?" diye söylenmişti. Yağız genç kızın sorulmasıyla az da olsa paniklemişti. Yerinden kalkarak "Ben çağırırım onu!" dedi ve odaya doğru ilerledi. Kimse onun bu davranışını yadırgamamıştı.

Odaya girerken sessiz olan genç adam, onun uyuduğunu görünce yavaş adımlarla yatağa yaklaşmıştı. Yaren derin bir şekilde uyuyordu. Yüzünü bir süre izledikten sonra bir diziyle yatağa yaslanmış ve genç kadının kulağının dibine eğilerek "Uyanma zamanı uykucu!" dediğinde bir tepki almamıştı. İyice yatağa yerleşen genç kadın Yağız'ın gülümsemesine neden olmuştu. Genç adam tekrar kulağına eğilerek "Uyanman gerekiyor... Hadi kalk artık!" dese de elde ettiği tek şey Yaren'in homurdanarak örtüyü daha da üzerine çekmesi olmuştu. Onun kendi yatağında bu kadar rahat davranması genç adamı gülümsetmişti.

Bu durum her ne kadar hoşuna gitse de genç kızın kalkması gerekiyordu. Birazdan Selman amcanın çağırdığı imam gelecekti. En azından hazırlanmak ister diye düşündü. Ama genç kızın uyanmaya hiç niyeti yoktu. Yaren'in yan tarafına ayağını uzatarak oturan genç adam ona şaka yapmayı düşündü. Sırtını yatağın başlığına dayayıp genç kızın tarafına dönerek elini saçında gezdirmeye başlamıştı. "Yaren... Karıcığım uyan sabah oldu!" derken Yaren başta algılayamadığı ses tonu ve sözlerin yinelenmesiyle gözleri bir anda dehşete düşmüş gibi açılarak sert bir şekilde yerinden sıçramıştı. "Ne... Sabah mı? Biz... Biz evlendik mi?" diye kekelerken Yağız karnını tutarak gülmeye başlamıştı. Genç kızın dehşete düşmüş yüzüne karşı gülmeye başlayınca Yaren onun ne yaptığını anlayarak ters bakışlarını ona sabitlemişti. Birden yatakta yanında uzandığını fark ederek "Sen... Sen ne yaptığını sanıyorsun? Hemen kalk yataktan!" dedi.

Yağız ağır bir hareketle yataktan kalkarak az önce yataktan fırlayan genç kıza yaklaşmıştı. "Bilmem farkında mısın ama bu gece nikâhımız kıyılıyor. Bana daha kibar davranmanı tavsiye ederim!" dedi. Yaren onun sözleri karşısında yutkunmadan edememişti. Genç adam onun burnuna parmağıyla dokunarak kıkırdamasına devam etmişti. Yaren hiçbir şey söyleyemeden sessizce kalmıştı. Ne diyeceğini bilmiyordu. Nasıl davranacağı konusunda hiçbir fikri yoktu. Şu anda salonda olan iki babası elini kolunu bağlamış durumdaydı. Elini yüzünü yıkaması gerekiyordu. Berbat görünüyor olmalıydı. Ama Yağız onun düşüncelerinin tam aksine yeni uyanan bir kadının nasıl olur da bu kadar güzel görünebileceğini düşünüyordu. Uykudan uyanan bebeklere benziyordu. Büyük ihtimalle kendisi olmasaydı dudakları keyiften yukarıya doğru kıvrılırdı...

Genç adam onu odada aklı karışık bir şekilde bırakarak tekrar salona dönmüştü. Sadece birkaç dakika sonra kapı zilinin çalınmasıyla Yaren ve Yağız aynı anda birbirinden habersiz heyecanlanmıştı. Asım arkadaşının titrediğini görünce şaşırmıştı. İlk kez onu bu kadar tedirgin görüyordu. Genç adamın salladığı dizinin üzerine elini koyarak sakinleşmesi için ona destek olmuştu. "Her şey iyi olacak!" Bu sözleri söylerken onları kimsenin duymadığından emin olarak devam etmişti. "Bu senin için önemli bir gün ama bir de Yaren'i düşün... Onun için daha zor!" dediğinde Yağız arkadaşına desteği için minnettar bir ifadeyle bakmıştı.

İmam selamını verip içeriye girdiğinde Yağız onu karşılamak için ayağa kalkmıştı. Cüneyt ablasını merak etmeye başladı. Yaren derin derin nefes alırken Songül onun yanına gitmişti. Genç kızı, dolaba yaslanmış bir şekilde eli kalbinin üzerinde nefes almaya çalışırken görünce paniklemişti. "Yenge sen iyi misin?" Yaren onun sesinin ne kadar derinden geldiğini fark edince bir şeylerin ters gittiğini anlamıştı. Eli titriyor göğsü sıkışıyordu. Bu sırada Songül panikleyerek "Ağabeyime haber vermeliyim... Bu olmayacak!" dediğinde Yaren beklenmedik bir hızla genç kızın kolunu kavramıştı. Konuşamamıştı... Sadece başını olumsuz anlamda sallamakla yetindi. Genç kız ağlamamak için kendisini zor tutarken ilk kez onu dinlemeyeceğini söyleyerek sakin bir tavırla salona geçmiş ve "Ağabey bakar mısın?" demişti. O an Yağız'ın içine garip bir sıkıntı yerleşti. Fazla dikkat çekmeden kardeşinin yanına giderek ne olduğunu anlamaya çalışıyordu ki birden açık kapıya bakarak ona soru sormadan hızlı adımlarla odaya girmişti.

Genç kız eli kalbinin üzerinde nefes almak için uğraşıyordu. Hızla yanına çökerek onu kucağına alıp yatağa yatırmıştı. Bir yandan söyleniyor diğer yandan da genç kıza "Derin nefes almaya çalış... Astımın mı var senin?" diye sorular sorarken endişeyle ona bakan Yağız'a hafif gülümsemeden edememişti. Elini kaldırarak kalbinin üzerindeki elinin üzerine koymuş ve bastırmıştı. İki eliyle nefes almak için uğraşırken Yağız ne yapacağını şaşırmış bir şekilde Songül'e bakmıştı. O an gerçekten kaybetme korkusunun ne demek olduğunu anlamıştı. Yaren'i kaybetmekten korkmaya başlamıştı. "Songül... Bana Asım'ı çağır ve kimseye bir şey belli etme!" dedi. Genç kız korku dolu gözleriyle Yaren'e bakarken sadece "Ama..." diyebilmişti.

Yağız ona sert bakınca Songül odadan çıkmak zorunda kalmıştı. Onun telaşlı hâli Cüneyt'in de dikkatini çekmişti. Ama babasının yanından ayrılarak genç kızın yanına gidemiyordu. Yaren'e korkmuş gözlerle bakan genç adam elini genç kızın kıyafetinin üst kısmını açmak için uzatmıştı ki

Yaren elini kaldırarak onun elini yakalamıştı. O an duraksayan genç adam onun sözleriyle içinin yandığını hissetmişti. "Korkma!" Yağız o an ölmek istemişti. Bu hâlde bile genç kız onun korkusunu hissederek kendisini sakinleştirmeye çalışıyordu. Hafif gülümseyen genç kıza sarılmamak için kendisini zor tutuyordu. "Merak etme... Birazdan geçecek... Sanırım fazla heyecan yaptım!" dediğinde Yağız da hafif gülümsemişti. Ama bu gülümseme acı doluydu. "İstersen onları ikna etmeye çalışarak bu evliliği durdurabilirim!" dediğinde genç kızın gözleri onun sözleri karşısında büyümüştü. Bu tepkiyi nasıl algılayacağını bilemeyen Yağız, genç kızın elini sıkıca tutmuştu. Sanki tüm enerjisini ona aktarıyordu.

"Benim için endişelenme... Şu ana kadar hiçbir sözümden dönmedim!" Son kez derin bir nefes alan genç kız başını başka tarafa çevirerek "Sen kendi hayatını düşünmelisin... Ben alışkınım ve birazdan bu geçecek, bu nikâh kıyılacak!" Yaren o kadar kesin konuşmuştu ki sesinin zorlukla çıkması bile anlaşılmıyordu. Kriz yavaş yavaş geçiyordu. O anda Yağız gerçekte kendisini düşünerek yapmak istediğini yapıp genç kızı yataktan kaldırarak başını göğsüne yasladı. Sıkıca kollarını genç kızın bedenine dolarken Yaren şaşkınlıktan ne yapacağını bilememişti. Sanki bütün bedeni kasılmaya başlamıştı. Saçlarına dolaşan eller genç kızı sakinleştiriyordu. Debelenmek, ondan kurtulmak istemiş ama bunu başaramamıştı. Sadece düşüncelerinde Yağız'ın sözleri raks ediyordu.

"Sen olmadan ben diye bir şey kalmayacak!"

Yaren tam olarak onun neden bahsettiğini bilmese de bu sözler genç kıza iyi gelmişti. Başını yasladığı göğüs iyi hissettiriyordu. Kapı tıklayınca Yağız hafif geri çekilmişti. Asım ve Songül içeriye girerken endişeli bir şekilde ikiliye yaklaşmıştı. "Sorun ne Yağız?" diye soran genç adam, Yağız'ın bakışlarındaki korkuyu görebiliyordu. Yaren'i yeniden yatağa yatırırken "Nefes almakta zorlanmaya başladı. Senin göğüs üzerine tezin var. Bir de sen bakar mısın?"

Asım onun sözleriyle hâlâ nefes darlığı çeken genç kıza
327

yaklaşarak gülümsemişti. "Yenge!" diye seslenmişti. Ama bu sesleniş sadece ondan izin almak için yapılan bir ön girişti. Yaren ona gülümseyerek bakmış sonrasında öksürük nöbeti geçirmişti. Asım, Yağız'ın muayene araçlarını alarak genç kızı kontrol etmeye başlamıştı. İkisi de geleceği parlak doktor adaylarıydı.

Bir süre sonra Asım yerinden doğrulurken Yaren'in de nefes alışı normale dönmüştü. Genç adam gülümseyerek Yaren'e bakıyordu. "Görünüşe göre kısa bir panik atak geçirdin. Senin bulunduğun şartlarda bu çok normal... Merak edilecek bir şey yok. Ben de olsam Yağız'la evleneceğim için panik olurdum!" diye şaka yaparken Yağız ters bir şekilde arkadaşına bakmıştı. "Asım... Seni uyarıyorum!" diyen genç adam, hızla onu yerinden kaldırarak kendisi yere oturmuştu. Elini genç kızın alnına koyarak sanki ateşi varmış gibi kontrol etmişti. Onun bu hâline Songül ve Asım gülerken Yaren de şaşırmıştı. Genç kadın kendisini toparlayıp yataktan doğrulduğunda Yağız'a alaycı bir şekilde gülümseyerek "Küçük bir çocuğa mı benziyorum!" dedi.

Yağız o ana kadar ne yaptığını fark etmemişti. Küçük çocuğa gösterilen şefkatle genç kıza yaklaşıyordu. Asım odanın kapısına doğru yönelerek "Artık hazırlansanız iyi edersiniz, birazdan bu odaya doluşurlar. Ha... Söylemeden edemeyeceğim, sizin şahidiniz olmaktan gurur duyacağım!" Asım, Yağız ve Yaren'i ağızları bir karış açık bırakarak odadan çıkmıştı. Yağız arkadaşının arkasından söylenirken tekrar genç kıza bakışlarını çevirmişti. O an Yaren az önce genç adamın söylediklerini düşünmeye başlamıştı: *Sen olmadan ben diye bir şey kalmayacak!* Sahi bu sözlerle ne demek istemişti acaba?

Yaren yataktan ağır hareketlerle kalkarken Yağız'a bakmadan "Sen ne giyeceksin? Özel bir şey giymeyeceksin galiba?" diye sordu. Yağız bunu neden sorduğunu bilmiyordu. Tam da bu sırada kapı yeniden çalınmıştı. Bu kez Cüneyt, ablasının yanına elinde bir paketle gelmişti. Yaren şaşkınlıkla ona bakarak "Bu da nedir?" diye sordu. Cüneyt ablasına gülümseyerek "Babamlar getirmiş, düğün için!" Yaren şaşkın bir şekilde bir kardeşine bir de elindeki pakete bakıyordu. İçinden, inşallah gelinlik falan değildir, diye geçirirken Yağız da en az onun kadar merak etmişti. Cüneyt gülümseyerek "Senin kıyafetin de odada. İstersen git ve hemen üzerini değiştir!" dediğinde Yağız kaşlarını yukarıya kaldırarak "Bunlar gerçekten işi iyice abarttı. Oldu olacak..." Tam sözlerini tamamlıyordu ki Yaren onun ne söyleyeceğini anlamış gibi boğazını temizleyerek onu susturmayı başarmıştı. Onun uyaran bakışlarına karşın Yaren hafifçe başını eğerek odadan çıkmasını istemişti. İstemeyerek de olsa odadan çıkan genç adam, Cüneyt'i de yakasından çekerek çıkarmıştı. "Sen benimle geliyorsun!" demişti kısaca.

Yaren paketi yatağın üzerine bırakarak yavaşça açtı. İçinden beyaz ama oldukça gösterişli bir elbise çıkınca Yaren hayranlıkla elbiseye bakarken bulmuştu kendisini. Songül'ün odaya girdiğinin bile farkında değildi o anda. "Yenge, hazırlanmana yardım edeyim mi?" dediğinde Yaren boş bulunarak yerinden sıçramıştı. Sonra genç kıza dönerek "Geldiğini duymamışım canım. Ben hazırlanırım... Sen... Sen neden hazır değilsin?" diye sorunca Songül başını eğerek "Ben... Bilmiyorum. Şu anda önemli olan sizin evliliğiniz!" dedi.

Yaren dişlerini sıkarak odadan çıkmıştı. Salona geldiğinde herkes ona bakıyordu.

"Sen neden hazır değilsin?"

Yaren babasına bakarak "Şartım neden yerine getirilmiyor? Söz kesilmeden kimseyle evlenmeyeceğim!" dedi. Bu sırada odada hazırlanıp dışarıya çıkan Yağız'ın elleri, genç kızın sözleriyle düzelttiği yakasında kalakalmıştı. "Ya şartımı hemen gerçekleştirirsiniz, ya da bu nikâh olmaz!" Asım ne olduğunu anlayamıyordu. Songül resmen kıpkırmızı kesilmişti. Arkasını dönen genç kız karşısında siyah damatlıklar içinde Yağız'ı görünce kısa çaplı bir şaşkınlık yaşamıştı. Ama onun şaşkınlığı genç adamı bu kıyafet içinde görünce kalbinin deli gibi atması yüzündendi. O an eli ayağı kesilmiş gibi

329

hissediyordu. Sanki kalbi kafesinden uçmak için çırpınıyordu. Yutkunan genç kız bakışlarını onun yüzünden zorlukla çekebilmişti. Yağız'ın kızgın olabileceğini düşünüyordu ama genç adam ona gülümseyerek bakıyordu. Songül'ün elini tutan genç kız odaya doğru ilerlerken, duraksayan Yaren tekrar Yağız'a bakmıştı. Bir kez daha onu baştan aşağıya süzerken genç adam onun bakışlarındaki bir şeyi fark ederek neredeyse kahkaha atacaktı. Asım ikili arasındaki iletişimin ne kadar güçlü olduğunu görünce rahatlamıştı.

Yağız, Cüneyt'i kolundan tutarak tekrar odaya girmişti. Genç adam ne olduğunu dahi anlayamadan kendisini odada bulmuştu. "Soyun!" Yağız'ın sözleriyle Cüneyt kısa çaplı bir şok yaşamıştı. "Saçmalama enişte. Sen kafayı mı yedin... Beni ne sanıyorsun sen?" diye sorular yağdırırken Yağız neredeyse onun şoke olmuş hâline kahkaha atacaktı. "Aptallaşma Cüneyt. Bu kıyafetle sözlenemezsin değil mi? Biraz büyük gelebilir ama boyun neredeyse kurtarır kıyafeti!" dediğinde genç adam şaşkınlıkla Yağız'a bakmıştı. "Sen... Sen kıyafetini bana mı veriyorsun... Sen... Sen ne giyeceksin?" Yağız imalı bir gülümsemeyle Cüneyt'e bakarak "Benimkini sonra giyeceğim. Bu gece normal kıyafet giysem de sorun değil. Hem eşimin yanına yakışmam gerek değil mi?" Cüneyt onun sözlerinden hiçbir şey anlamadığı gibi Yağız'ın üzerini çıkarmasına da ses çıkarmamıştı.

Onlar odada üzerlerini değiştirirken Yaren de Yağız gibi kıyafetini Songül'ün tüm itirazlarına rağmen Songül'e giydirmeyi başarmıştı. Genç kız beyazlar içinde bir içim su olmuştu. "Peki, sen ne giyeceksin yenge? Nikâhta ne yapacaksın?" Yaren derin bir iç çekerek genç kıza bakmıştı. "Ben gelinliğimi giymiştim, unuttun mu?" diye sordu. Songül'ün yüzü asılmıştı. Yaren ona sarılarak "Üzülme... Harika görünüyorsun. Cüneyt seni gördüğünde beyninden vurulmuşa dönecek. Bak birkaç hafta içinde seni sahiplenmeye kalkacak" deyince Songül hüzünlü gözlerle Yaren'e sarılmıştı. "Seni seviyorum... Sen olmasaydın ne yapardım ben?"

İkili odadan çıkarken aynı anda diğer odadan da Cüneyt ile Yağız çıkmıştı. Songül ve Cüneyt birbirini gördüğünde donup kalmıştı. Cüneyt karşısındaki kızın Songül olduğuna inanamadı bir an. Normal olarak da güzel olan genç kızın beyazlar içinde bir meleğe benzemesi Cüneyt'i gafil avlamıştı. Songül de genç adamı siyah takımlar içinde görünce yutkunmadan edememişti. Uzun boyuyla gerçekten bir damada benziyordu. Bu sırada Yaren ve Yağız göz göze gelince Asım ikisi arasındaki iletişim karşısında şaşırıp kalmıştı. Konuşmadan gözleriyle anlaşmaya başlamışlardı.

Cemal Bey kızını görünce kısa bir an konuşamamıştı. O an gerçekten şoke olmuştu. Küçük kızı, tek kızı kocaman bir genç kız olmuş ve evlilik için ilk adımlarını atıyordu. Gözü birden Cüneyt'e kaymıştı. İkisinin ne kadar da yakıştığını düşünmeye başlamıştı. Genç adamın kendilerine posta koyuşu aklına gelince gülümsemeden edemedi. Cüneyt şimdiden kızını korumaya başlamıştı, hem de kendisine karşı bile...

Yaren ve Yağız birbirine bakarken gülümsemişti. İkisi de gençlerin ne kadar yakıştığını düşünüyordu. Bu sırada imam homurdanarak "Daha ne kadar bekleyeceğiz?" diye sorunca Yaren genç adama bakarak "Yüzükler takılır takılmaz, bizim nikâhı da kıyabilirsiniz!" dedi.

Cüneyt ve Songül için sabah karar verildiğinde dışarıya çıkan Selman amca onlar için basit birer söz yüzüğü almıştı. Bunu Yaren de bilmiyordu. Tam yüzükler için endişelenecekti ki Asım Bey, Selman amcadan yüzükleri istemişti. Babasına sevgiyle bakan genç kız iki gencin tam ortasına girene kadar öylece onları seyretti. İkili yüzükleri takılıp sözlü ilan edilene kadar Yaren nefesini tutmuştu. İçinden, işte anneciğim, sana söz verdiğim gibi harika bir kız bulduk kardeşime, diye geçidi. Duygulanmıştı. Nitekim yapması gereken başka bir şey daha olduğunu hatırlayarak boynundaki kolyeyi çıkarıp genç kızın boynuna takmıştı. O an Asım Bey kızına bakmıştı. Bu, karısının kızına emanet ettiği kolyeydi. Yaren o kadar iyi saklamıştı ki kolyeyi, onu kaybettiğini bile düşünmüştü.

Asım Bey karısının hatırasına bakarken gözleri dolmuştu... Ta ki imamın homurtusunu yeniden duyana kadar! Yaren iç çekerek onay verince iki şahitle evlenecek olan çift bir odaya girmişti. Yaren iyice örtünürken hocanın dualarla kendisini Yağız'a eş olarak vermesini kabul etmişti.

Hoca derin bir nefes alarak odadan çıkarken Asım ve Selman amca onların şahitliğini üstlenmişti. Kıyılan nikâhtan sonra ikisini de tebrik ederken Yaren oldukça suskun duruyordu. Yağız da fazla konuşmuyordu ama Yaren'e göre en azından sorulara cevap veriyordu. Yaren odadan çıkarak arkasında üç adamı bırakırken Yağız üzgün bir şekilde arkasından bakmıştı. Songül odada tedirgin bir şekilde nikâhın bitip yengesinin odaya dönmesini bekliyordu. Can huysuzlanmaya başlamıştı. O kadar uslu olan küçük çocuk bu gece ağlama nöbetleri geçiriyordu. Onun sesiyle endişeli bir şekilde odaya giren Yaren hızla yanına giderek Songül'e "Neden bu kadar çok ağlıyor?" diye sordu.

Songül başını iki yana sallayarak üzgün bakışlarını genç kıza çevirmişti. "Bilmiyorum... Aniden ağlamaya başladı ve ne yaptıysam susturamadım!" Yaren endişeli bir şekilde çocuğu kontrol ederken, koridordan geçen Yağız sesi duyarak hızla odaya girmişti. "Ne oluyor?" Yaren onun sesine karşılık endişeli bakışlarını genç adama yöneltmişti. "Bilmiyorum... Ateşi de yok!" dedi. Yağız da çocuğun başına gelerek onu bir doktor gibi muayene etmeye başlamıştı. Çocuk susmuyordu. Ne yaptıysalar çocuğu susturamadılar ve Yaren artık dayanamayarak onu kucağına alıp hastaneye götürmeye karar verdi.

Yağız ondan önce davranarak genç kızın kucağındaki Can'ı alıp kapıya yönelmişti. Evdeki herkes onlara şaşkınlıkla ve endişe dolu gözlerle bakıyordu. Yağız ve Yaren evden koşar adım çıkarken Asım Bey ve Cemal Bey onların yalnız gitmesine izin vermişti. Cemal Bey kısaca "Bir aile olmayı yavaş yavaş öğrenecekler." gibi kısa bir cümle kurmuştu. Asım, iki adamda da hem gururu hem de üzüntüyü görmüştü.

Cemal Bey oğlunun odasına geçerek cebinden eksik etmediği Suat'ın resmini alarak gizlice gözyaşı dökmeye başlamıştı. "İsteğini yaptım oğlum… Artık huzurlu olabilirsin!" Sesindeki acıyı bastırmaya çalışırken bir yandan da oğlunun yüzünde parmaklarını dolaştırıyordu. Songül endişeli bir şekilde pencere kenarında beklerken Cüneyt bir an olsun bakışlarını genç kızdan çekmemişti.

Asım Bey oğlunun hareketlerini dikkatle izliyordu. Buraya gelirken aklında sadece kızının nikâhı varken, karşısında genç bir adam olan tek oğlunu sözlemeyi düşünemezdi bile. Onun baktığı yöne bakışlarını çevirince pencerede tedirgin duran Songül'ü görmüştü. Yüzünde garip bir gülümseme belirmişti. Songül'ü ilk gördüğünden beri çok sevmişti zaten. Ama onu gelini olarak görmek… İşte bu hiç aklından geçmemişti. Yaren'in düşünce tarzına yeniden hayran kalan Asım Bey, karşısında ay parçası gibi parlayan Songül'den daha iyi bir gelin bulamayacağını düşünmeye başlamıştı. Cüneyt babasının da Songül'e baktığını görünce biraz tedirgin olmuştu. Kendisini ona bakarken yakalamış olabilir miydi? Ne var bunda daha yeni sözlendim, diye düşünerek rahatlamaya çalışıyordu.

Asım da Yaren ve Yağız'ın peşinden gitmişti. İkili hastaneye geleli sadece on beş dakika olmuştu ki Yaren tedirgin bir şekilde hastane koridorunda dolanıyordu. Asım yanına gelerek hafif gülümsemişti. "Sakin ol Yaren! Yağız yeni mezun olmuş olabilir ama harika bir doktordur!" Yaren onun sözleriyle biraz olsun rahatlarken aklı Yağız ve bebekte kalmıştı.

Bebeği odaya alan genç adam yorgun bir şekilde Yaren'in yanına gelerek derin bir nefes vermişti. Başı zonkluyordu. "Can… O nasıl?" diye telaşla soran genç kız onun cevap vermekte biraz gecikmesi üzerine Yağız'ın yakasına yapışarak onun şaşkın bakışları arasında "Sana oğlumu soruyorum… Çocuğum nasıl? Ona ne yaptın!" dediğinde zorlukla ayakta durabiliyordu. Yağız biraz kendisini toparlayarak "Onu çocuk doktoru arkadaşıma gösterdim. Şüphelendiğim gibi kulak yolu enfeksiyonu geçiriyor. Bu gece burada kalacak!" dedi. Yaren derin bir nefes alarak genç adama sarılmıştı. İkinci şaşkınlığı yaşayan Yağız, kendilerine gülümseyerek bakan arkadaşına bakmıştı. "Teşekkür ederim... Çok teşekkür ederim. Ona bir şey olmasına dayanamam!" Yağız hafif gülümseyerek "Her iyi haber verdiğimde bana böyle sarılacaksan seninle işimiz var!" dedi.

Yaren yaptığını fark ederek hızla genç adamdan ayrılırken arkasında duran Asım'ın gülümseyerek onlara baktığını görmüştü. Genç kız utanarak hızla onların yanından ayrılıp, az önce Yağız'ın çıktığı oda kapısından içeriye girdiğinde kocaman yatakta yatan küçük bir beden beklerken kimseyi göremeyince korkarak odadan çıkmıştı. "Can yok... Can odada yok!" dedi. Yağız gülümseyerek genç kızı sakinleştirmeye çalıştı. "Merak etme, onu çocuk bölümüne almış olmalılar." dedi. Sonra arkadaşına dönerek "Sen Yaren'i eve bırakabilir misin? Bu gece ben burada kalacağım!" Asım tam ona cevap verecekti ki Yaren sert bir şekilde "Buradan ayrılacağımı da kim söyledi! İçeride yatan benim çocuğum. Hiçbir yere gitmiyorum. Buradan o olmadan ayrılmayacağım!" dedi. Yağız elini onun koluna koyarak "Bak... Burada yapabileceğin bir şey yok. Boş yere yorulacaksın. Ben buradayım sen eve dön!"

"Kesinlikle olmaz. Koridorda yatmam gerekse bile onu görmeden ve onu almadan buradan ayrılmayacağım!"

Yağız pes etmiş gibi derin bir iç çekerek "Görüyorsun değil mi dostum, ne kadar asi. Daha şimdiden kocasına karşı gelmeye başladı. Ben bununla bir ömür ne yapacağım!" dediğinde Yaren onun sözleriyle yutkunmadan edememişti. İçinden, bir ömür mü, diye geçiren genç kız şaşkınlığını gizlemeye çalışsa da bunda pek başarılı olamadı. "Ben Can'a bakacağım!" diyerek kaçar adım onların yanından ayrılmıştı. Asım arkadaşına bakarak sesli bir şekilde gülmeye başladığında güçlükle konuşmayı başarmıştı. "Dostum onu gerçekten kalpten götüreceksin bir gün. Bakışlarındaki şaşkınlığı gördün mü? Biraz ağırdan alman gerekmiyor mu sence de?" Yağız arkadaşına hafif gülümseyerek bakmıştı. "Haklısın ama onun yanında dilime hâkim olamıyorum nedense!"

"Anlıyorum ama o inatçı bu gece buradan gitmeyecek. Boş oda varsa onlara ayarlamalısın. Bu şekilde hem bebeği yanında olur hem de sen!" Yağız arkadaşının son sözleriyle ona bakışlarını çevirmişti. Asım arkadaşına göz kırparak gülümsemiş ve kısa bir veda ederek yanından ayrılmıştı.

Yağız evdekileri arayarak olanları anlatmış ve ikisinin de hastanede kalacağını bildirmişti. Cemal Bey onların daha yakın olmalarını istiyordu.

Yaren camdan odadaki bebeği izlerken Yağız'ın geldiğinin farkına varmamıştı. Genç adam bir süre onun Can'a şefkatle bakışını izleyerek içlendi. Kendi çocuğu bile değildi. Ama Can'a bir annenin verebileceği tüm ilgi ve sevgiyi veriyordu. Bir an küçük çocuğu kıskanmaya bile başladığını hissedince kendi kendine kızarak Yaren'in yanına gitmişti.

"Merak etme, o iyi. Madem annesi bu gece burada kalacak size bir oda ayarlamaya çalışacağım!" dedi. Yaren mutluluktan öyle bir bakmıştı ki genç adama Yağız bir an dizlerinin bağının çözüldüğünü hissetti. Nefes almayı kısa bir an unutan Yağız, onun gözlerinin parlaklığından gözlerinin kamaştığını düşünüyordu. İçinden, çıkar aklındaki düşünceleri, diye söylenince başını yeniden iki yana sallamaya başlamıştı. Ama alnında hissettiği bir baskıyla duraksamak zorunda kalmıştı. Yaren onun neden başını salladığını anlayamıyordu. Belki de düşüncelerinden ziyada başının ağrıdığını fark etmek istemişti. Ama öyle değildi. Genç adamın aklının içine bir casus gibi sızdığının farkında bile değildi. Öyle ki o casusun varlığını şimdi Yağız fark etmeye başlamıştı. Alnındaki eli tutarak aşağıya indiren genç adam bakışlarını genç kızın yüzüne çevirmişti. Yaren elini çekmek istemiş ama Yağız bırakmamıştı. Yutkunan genç kız kalbinin bu kadar hızlı atmasını saçmalık olarak nitelendiriyordu. Bu imkânsızdı. Neden bu kadar hızlı atıyordu kalbi? Sesinin çıkacağından bile emin olmadan "Baş... Başın mı ağrıyor?" diye sordu. Yağız gülümsemeden edemedi. Dudaklarını kısa bir an, sadece saniye sürecek bir şekilde dişlerinin arasına alarak konuşmaya başlamıştı. "Şim-

335

di de bana mı anne sevgisi göstereceksin?" Yağız'ın sözleriyle hemen bakışlarını çeken genç kız "Sadece az önce başını ovalıyordun, o yüzden sordum. Malum hastanedeyiz seni de muayene ettirebiliriz!" dedi.

Yaren'in sözleriyle Yağız onu hızla kendisine çekerek sıkıca sarılmıştı. "Sen... Sen ne yapıyorsun bırak beni!" Genç kızın heyecanı tavan yapmak üzereydi. "Niye... Karım değil misin?" Yaren onun sözleriyle olduğu yerde kalakalırken bir türlü kıpırdayacak gücü kendisinde bulamamıştı. Ama onları ayıran farklı bir ses olmuştu...

O sırada hastanede görev yapan Özlem, Yağız'ın da hastanede olduğunu duyunca çocuk bölümüne gelerek onu görmek istemişti. Ama son duyduklarıyla neredeyse ağzından çığlık gibi çıkan bir sesle "Karın mı? Sen... Sen evlendin mi?" diye sordu. Yaren gelen sesin sahibine döndüğünde Yağız'ın kollarından ayrılmaya çalışıyordu. Genç adam onun bu çabasını boşa çıkararak kollarını ona daha sıkı sarmıştı. Özlem öfkeli bir şekilde ikiliye bakıyordu. Yağız derin bir iç çekerek "Senin ne işin var burada?" dedi. Özlem sorusuna cevap almayı beklerken beklenmedik soru karşısında afallamıştı. "Sana bir soru sordum Yağız, az önce söylediğin o saçmalık da neydi?" dedi. Yağız gayet sakin bir şekilde genç kızın gözlerine bakarak ona cevap vermişti. "Saçmalık değil, bu gördüğün kadın bugünden itibaren benim eşim. Biz bu akşam evlendik!" dediğinde Özlem çıldırmış gibi Yaren'e saldırmaya kalkışmıştı. "Seni sürtük! Ağabeyinden sonra şimdi de kardeşinin mi koynuna gireceksin? Seni... Bu yüzden mi buraya geldin? Onu ayartmak için!"

Yağız, Yaren'i saldırıdan koruyabilmek için arkasına almış ve aralarına girmişti. Genç kız donup kalmıştı. Nitekim Özlem'in sözleri genç kıza ağır gelmişti. Ona hak veriyordu. Birden hiç hesapta yokken kendisi ortaya çıkarak aralarına girmişti. Yanağından süzülen yaşın farkında bile değildi. Yağız dayanamayarak Özlem'i geri itip bağırdı. "Yeter artık. Onunla bu şekilde konuşamazsın! Haddini bil. Şu anda karımla konuşuyorsun. Sana söyledim... Bizim ilişkimiz çoktan bitmişti. Şimdi mağduru oynayarak beni deli etme."

Özlem hızını alamamış, tekrar saldırıya geçmişti ki bu kez hastanede sesi duyanlar güvenliğe haber verdiği için güvenlik Özlem'in kolunu yakalamıştı. Yaren bu duruma daha fazla dayanamamıştı. Nefes alması gerekiyordu. Bütün hastane Özlem'in sesini duymuş ve kendisini rezil olmuş gibi hissediyordu. Az önce Yağız'ın kendisine sarılmasıyla hissettiği heyecana lanet ederek hızlı adımlarla oradan uzaklaşmıştı.

Yağız onun gittiğini fark etmemişti. Arkasına dönünce genç kadını görememek onu âdeta çıldırtmıştı. Hırsla Özlem'in yanına yaklaşarak genç kadını duvara yapıştırmıştı. "Eğer senin yüzünden bir damla gözyaşı dökerse canını yakarım!" diyerek onu bırakmış ve koşar adım karısını aramaya başlamıştı.

Yaren kendisini güçlükle kadınlar tuvaletine atarken, kabinlerden birine girerek ağlamasına devam etmişti. İçi hiç bu kadar yanmamıştı. Özlem'in sözleri ona ağır gelse de bu kadar canının yanmasına anlam veremiyordu. Yağız... O neden sürekli kendisine bu kadar sıcak davranıyordu ki? Bu kadar içten olmasaydı işi daha kolay olurdu. Ona bağlanmaktan korkuyordu. Daha başından bu kadar canı yanarken ileride ona eş seçerken canının ne kadar yanacağını düşünmek bile istemiyordu. Bu tamamen saçmalıktı. Nasıl bu kadar kolay genç adamı sahiplendiğine anlam veremiyordu. Aklına evin kapısının zili çaldığında yaşadığı heyecan gelmişti. Daha önce bu şekilde nefesini kesebilecek bir heyecan yaşamamıştı.

Sürekli kendisini düşündüğünü fark eden genç kız Yağız'ın durumunun da kolay olmadığının farkına varmıştı. Yüzüne karşı söylemese de ağabeyinin karısıyla evlenmek onu yıpratmış olmalıydı. Sonuçta o okumuş yazmış adamdı ve bu şekilde bir saçmalığı kaldıramayabilirdi. Neden Suat'tan önce onunla karşılaşmadım, diye düşünürken düşüncelerinin netliğiyle dehşete düşmüştü. Elini kalbinin üzerine koyarak ağlamasına devam ederken kendi kendine saydırmaya başladı. "Bunu hak edecek ne yaptım ben?" İsyan etmek istemiyordu. Aynaya bakmak istemiyordu. Başkalarının dizlerinin bağını çözen yüzü, kendisinin en büyük düşmanı olmuştu. İstemiyordu işte. Bu yüzü kimseye göstermek istemiyordu. Aklından türlü türlü kötü senaryolar geçerken hep ailesini düşünerek bundan vazgeçiyordu.

Yağız onu hastanede bulamamış olmanın endişesini yaşarken dişlerini sıkmaktan çenesi ağrımaya başlamıştı. Tüm hastaneyi aramış, hatta bazı güvenlik görevlilerini de devreye sokmuş ama Yaren'i bulamamıştı. Aklını kaçırmak üzere olduğunu düşünüyordu. Hemşirelerden birkaçı yanına gelerek "Yağız Bey, aradığınız bayanın hastaneden çıktığını söylediler!" dediğinde içindeki korku daha da artmıştı. Hemen telefonuna sarılan genç adam Songül'ü aramıştı. Endişeliydi ve bu endişesini bir tek ona aksettirebilirdi. Songül'e kısaca Yaren'in eve gelip gelmediğini sormuş ve geldiğinde kendisini aramasını istemişti. Evdekilerin telaşlanmaması için onlara bir şey söylememesini de rica etmişti.

Ağabeyi aradıktan sonra genç kız korkmaya başlamıştı. Yengesinin neden ortadan kaybolduğunu bilmiyordu ama bu şekilde davranıyorsa kalbi gerçekten kırılmış olmalıydı.

Yaren ise hâlâ klozetin üzerine oturmuş ağlamasını durdurmaya ve olabildiğince sessiz olmaya çalışıyordu. İçeriye giren birkaç kişi olmuştu ama kimse kapısını tıklatmamıştı. Sonrasındaysa iki kişinin kendi aralarında konuştukları dikkatini çekince dinlemeye başladı. Özlem ve Yağız ve tabii *karaçalı* olarak kendisi hakkında konuşuyorlardı. Elini yumruk yaparak ağzına koyan genç kız konuşmaları dinlemeye devam etmişti. Son duyduğu şeyle nefesini tutmuştu. Kulaklarında "Özlem yağlı kapıyı kaçırdı anlaşılan!" sözleri dönüp dururken üzüntüsünün yerini öfke almıştı. Yağız'ı bu şekilde, yağlı kapı olarak nitelendirmeleri onun kızmasına neden olmuştu. Genç adamın ne kadar değerli olduğunu anlayamayacak kadar aptaldı bu kızlar. Yağız'ın parası bile olmasa onunla birlikte olmak isteyecek çok kadın olmalıydı. Düşüncelerine iyice sinirlenen genç kız "Kimse onun olmayacak!" dedi.

Çıktıklarından emin olana kadar yerinden kıpırdamayan Yaren yaptığının çocukça olduğunu fark edince dışarıya çıkmıştı. Uzun zaman sonra ilk kez aynaya bakıyordu. Elini yüzünde dolaştırırken az önceki kadınların dediği kadar güzel olup olmadığını merak ederek yıllar sonra ilk kez yüzünü inceledi. Bu yüzle doğmayı asla istemezdi. Bu şekilde, diğerlerine güzel görünmeyi istemiyordu. Sadece bir kişinin kendisini beğenmesini istediğini fark edince yutkunmadan edememişti. Gözleri düşüncelerinin etkisiyle şaşkınlıktan büyümüştü. Elini yüzünü iyice yıkadıktan sonra Can'ı görmek için çocuk bölüme gitmeye karar verdi.

Yağız etrafı birbirine katmış bir şekilde onu aramaya devam ediyordu ve genç kızın bundan haberi dahi yoktu. Tekrar bebeklerin bölümündeki canım kenarından oğlunu izlemeye dalmıştı. Bir süre sonra kızgın bir sesin sahibi arkasından ona doğru geliyordu. "Hangi cehennemdeydin? Bütün hastane seni arıyor!" Yağız son çare olarak yeniden Can'ın olduğu bölmeye gelmiş ve genç kızı dalgın bir şekilde küçük çocuğu izlerken bulmuştu. Derin bir rahatlamanın verdiği öfkeyle içindeki korkuyu dışarıya salmıştı. Yaren ona dönerek tam bir şey söyleyecekti ki Yağız hızlı davranarak onu kendisine çekip sıkıca sarılmıştı. "Bunu sakın bir daha yapma! Sana bir şey oldu diye aklımı kaçırıyordum… Sakın bir daha bu şekilde ortadan kaybolma!"

Genç kız onun sözleriyle ağlamaya başlamıştı. Yağız onu daha sıkı sararken kalbinin kuş gibi çırpınmasını önlemeye çalışıyordu. Korku tüm bedenini ele geçirdi.

"Özlem'in ne söylediği önemli değil, sen olmasaydın da onunla ayrılacaktık! O beni değil sadece ona sağladıklarımı istiyor!" dediğinde Yaren inkâr eder gibi "Onunla aynı eve taşınacaktın!" dedi. Yağız hafif gülümseyerek "Bu sadece senin benimle gelmeni engellemek için söylediğim masum bir yalandı. Onunla aynı evi paylaşmayı hiç düşünmedim. Tamam, evinde problem çıktığı için benimle bir süre kalmasını söyledim ama asla onunla aynı evi paylaşmayı düşünmedim!" dedi. Yaren burnunu çekerek çocuk gibi "Yalan söylüyorsun! Beni yine kandırmaya çalışıyorsun!" deyince Yağız onun sevimli çıkan sesine karşılık gülümseyerek genç kızı serbest bırakmıştı. Yüzünü yukarıya kaldırarak kendisine bakmasını sağlamış ve ıslak yanaklarını silerek "Çok yoruldun, düzgün düşünemiyorsun. Hadi sizin için ayarladığım odaya gidelim!" dedi.

Yaren itiraz etmeden onunla gitmeyi kabul etmişti. Tek kişilik hasta odasına girdiklerinde Yaren sanki evindeymiş gibi yatağa giderek üzerine uzanmış ve dizlerini karnına çekerek cenin pozisyonunda gözlerini kapatmıştı. Yağız üzerine battaniyeyi örterken Yaren "Bebeğimi istiyorum, onu bana getir!" demişti. Yağız genç kızın saçlarını okşayarak alnına küçük bir öpücük kondurdu. Yaren bu temasla gözlerini daha sıkı kapatırken Yağız, Can'ı almak için odadan ayrılmıştı. Sadece beş dakika sonra kucağında Can ile odaya geri dönen Yağız, Yaren'in çoktan uyuduğunu görünce gülümsedi. Sinirleri iyice yıpranan genç kızı bir süre seyreden genç adam, yanına uzanmıştı. Tek kişilik yatakta üç kişi yatıyordu. Ortalarındaki bebekle tam bir çekirdek aile olmuşlardı. Bunu düşününce Yağız içini büyük bir mutluluğun kapladığını hissetti. Bir süre yüzü genç kıza dönük bir şekilde uzandıktan sonra o da kendisini uykuya teslim etmişti.

Sabah olacaklardan habersiz ikisi de mışıl mışıl uyuyordu.

21. BÖLÜM

Yaren gönül yorgunluğunu hissettiği bir geceden sonra gözlerini araladığında bir gariplik hissediyordu. Sanki tüm bedeni bir kıskacın esiri gibi sarılmıştı. Ne olduğunu anlayabilmek için gözlerini hafif araladığında gördüğü manzara karşısında yutkunmadan edemedi. Hafif kıpırdayarak bedenine dolanan kolları görünce gözleri dehşetle büyümüştü. Üstelik başının altında yastık yerine sert bir kol olmasını beklemiyordu. Hafif kıpırdanmaya çalışıp onun kollarından kurtulmak istemiş ama yanlış bir hareketiyle tamamen Yağız'ın kolları arasında sıkışıp kalmıştı. Genç adam sanki yıllardır bu şekilde yatıyormuş gibi o kadar rahattı ki bu rahatlığı genç kızı korkutmaya başlamıştı. Heyecanını bastırıp boğazını temizleyerek "Yağız... Yağız uyan!" diye genç adama melodik bir sesle seslenmişti. Paniklemek istemiyordu ama Yağız her dakika onu daha çok bağrına basıyordu. Sonunda dayanamayarak onu dürtmeye başlamıştı. Kolları o kadar çok sıkıyordu ki Yaren zor hareket ediyordu. "Yağız uyan artık!" dedi sonunda sesini hafif yükselterek.

Yağız kulağına yakın bir yerden adının seslenilmesiyle hafif homurdanmıştı. Onun homurdanmasına Yaren neredeyse gülecekti. Ama bir yanlışlık vardı ve Yağız ilk günden aralarına koyacağı sınırı geçmeyi başarmıştı. "Ne?" diye uykulu bir sesle Yaren'e cevap verince Yaren onun bu hâline gülümsemeden edememişti. Hafif gözlerini araladığında Yaren ile ne kadar yakın olduklarını görünce gözleri büyümüştü. Kolları tamamen genç kızın bedenine dolanmış bir şekilde onu sıkıyordu. Bulundukları durumu dikkatle süzerek tekrar kızın imalı bakışlarına odaklanınca yutkunmadan edememişti. Ne söyleyeceğini bilemiyordu. Yaren ise onun hâlâ kollarını çekmediğini fark ederek "Daha ne kadar beni böyle tutmayı düşünüyorsun?" dedi. Yağız hızla kollarını genç kızın bedeninden çekerek hemen doğruldu.

Sırtını Yaren'e dönerek kendisine saydırırken Yaren onun bu kadar hızlı davranmış olabileceğine inanamamıştı. Yağız yatağın içinde bir şeyler aramaya başlamıştı. Yaren onun ne yapmaya çalıştığını anlayamıyordu. Örtüleri atıyor ve yatağın altına kadar bakıyordu. "Sen... Sen ne arıyorsun?" Yaren'in sorusuyla Yağız genç kıza bakmıştı. "Can... Onun da bizimle yatıyor olması gerekiyordu!" Yaren onun sözleriyle endişelenerek hızla yataktan doğrulmuştu. "Oğlum! O... O burada mıydı? Şimdi?" İkisi de endişeli bir şekilde birbirine bakarken odanın kapısına hızla ilerlemiş tam açacakları sırada bir hemşirenin kucağında odaya Can'ın girdiğini görmüştü. Yaren hızlı davranarak bebeği kucağına alırken rahatlamanın verdiği hisle derin bir nefes çekmişti. Yağız ters bir şekilde hemşireye bakınca genç hemşire yutkunarak "Ağlama sesini duyunca onu almak istedim. Altını temizleyip, karnını doyurduk. İkiniz de çok yorgun görünüyordunuz Doktor Bey!"

Yağız tam bir şey söyleyecekti ki Yaren ondan hızlı davranarak "Teşekkür ederim, onu yanımızda göremeyince biraz korktuk. Her şey için teşekkürler!" Yaren hemşireye sıcak bir şekilde gülümserken bir kadın olmasına rağmen o da Yaren'den hemen etkilenmişti. Genç bir kızın başka bir bayanın karşısında kekelemesi belki de ilk kez oluyordu. "Bi... Bir şey değil!" Yağız onun kekelemesi karşısında şaşkınlıkla ona bakmıştı. Dikkatle Yaren'i süzdüğünü görünce de genç adam dişlerini sıkarak hemşireye "Başka bir şey yoksa biz çıkış işlemleriyle uğraşana kadar tekrar bebeğe bakabilir misin?" dedi. Bir kadından Yaren'i kıskandığına inanamıyordu. Yaren tek kaşını havaya kaldırarak "Can bende kalsın... Sen tek başına işlemleri hallet." dedi.

Yağız ona ters ters bakmış ama Yaren'in kendisine değil de Can'a bakması karşısında bu bakışı etkili olamamıştı. Öfkesini bastırarak hemşireyle odadan çıktığındaysa artık bir şeyden emindi ki Yaren kadın erkek demeden herkese büyü yapıyordu. Bu büyüden kendisi de nasibini çoktan almıştı.

Kollarında onun bedeninin varlığını hissedince farklı duygularla ürperdi. Bunu düşünmek bile kalbini deli gibi attırıyordu. Hemşire yüzünde kocaman bir gülümseme onu takip ederken onu neyin bu kadar mutlu ettiğini ister istemez merak etmişti. Sormasına bile gerek kalmadan genç kız Yağız'a bakarak "Tebrik ederim Yağız Bey, harika bir eşiniz var!" dediğinde Yağız yutkunmadan edememişti. *Eşi...* Evet, Yaren artık onun *eşiydi*. Bu düşünce bile gülümsemesine yetmişti. Genç adam "Teşekkür ederim!" dedi. Az önceki kaba tavrına rağmen şimdi gülümsüyor olması hemşireyi de gülümsetmişti.

Çıkış işlemlerini halleden genç adam odaya döndüğünde Asım'ın da orada olduğunu görmüştü. "Dostum, sabah sabah burada ne işin var?" Asım gülümseyerek Yağız'ın omzuna elini koymuşu. "Yeğenimi merak etmiş olamaz mıyım?" dedi. Yaren gülümseyerek ikisine bakmıştı. Aralarındaki arkadaşlık genç kıza mutluluk veriyordu. En azından Yağız'ın arkadaşları arasında oldukça sevildiğini görmüştü. Bu bile ona gurur vermeye yetmişti.

Odadan çıkarak beyaz koridorlardan çıkışa doğru yol alan grup, dışarı çıktığında Yağız'ın arabasını getirmesi için ayrılmasıyla dağılmıştı. Asım da onunla birlikte giderek konuşmak istemişti. Yaren kucağında küçük bebekle kapıda beklerken arkasından gelen sesle gerildi. Bu sesi her nerede olursa olsun tanırdı.

"Yaren Hanım... Sizi burada görmek ne mutluluk verici!" Yaren ağır bir şekilde arkasını döndüğünde karşısındaki kişiyi görünce yutkunmadan edememişti. İçinden, şimdi ne yapacağım, derken kendi yaşlarında, uzun boylu, esmer adam gözlerini ona dikerek yaklaşmaya başlamıştı. En iyisi onu tanımazlıktan gelmekti. "Üzgünüm ama sizi tanıdığımı hatırlamıyorum!" Yaren'in sözleriyle kahkaha atan adam genç kızın midesini bulandırmıştı.

"Beni hatırlamıyor musun? Ama ben seni hiç unutmadım. Babanın beni köyden kovuşunu da tabii..." Yaren gözlerini kısarak genç adama baktı. Ondan korkmuyordu. Onun köyden kovuluşunu elbette ki hatırlıyordu.

Henüz on beş yaşındayken kendisini istemeye gelmiş ama babası vermeyince tehditler savurarak evden ayrılmıştı. Başta onun tehditlerini önemsememişlerdi ama sonradan genç kızı tarla başında kaçırma girişiminde bulununca babası çileden çıkarak onu köyden sürmüştü. Asım Bey kızına zarar vermeye çalışan kimseyi affetmezdi. Yıllarca bunu içinde taşıyan genç kız o günden sonra evden tek başına köy meydanlarına çıkmamış ve babasının ağır eğitimi altında geçirmişti günlerini. Belki de bir erkekten daha cesaretli olmasını bu adama borçluydu. Onun sayesinde en iyi atıcıdan daha iyi silah kullanmayı ve bir erkek kadar iyi ata binmeyi öğrenmişti.

Yaren yüzüne takındığı kocaman bir gülümsemeyle "Ah, evet seni hatırladım. Yanılmıyorsam bana yaklaşman yasaktı senin!" dedi. Yaren son cümlelerini tehditkâr bir ses tonuyla söylemişti. Adam kucağındaki küçük çocuğa bakarak "Görüyorum ki sen de boş durmamışsın. Beni reddetti baban ama senin de talihin yokmuş be güzelim. İki kardeşin karısı olmayı nasıl hazmedeceksin?" Yaren onun sözleriyle canının yandığını hissetse de bunu ona belli etmemişti. Yüzüne takındığı gülümsemeyle "Bu seni ilgilendirir mi? Ben hâlimden memnunum. Belki bu kez kocamla eskisinden daha mutlu olabilirim! Evlenmemiş olsaydım bile, sen dünyada son kişi kalsaydın bile, asla o çirkin yüzüne bakmazdım!" dedi.

Son sözlerini bilerek söylemişti. Bu adamın köydeyken yakışıklılığıyla övündüğünü çok defa duymuştu. Hatta kendisini sırf güzelliğinden dolayı kendisine yakışacağı için eş olarak istiyordu. Adam sinirlenerek onu kolundan yakalamış ve zorla sürükleyerek götürmeye çalışmıştı. Yaren kucağındaki çocuğu düşmemesi için sıkıca tutarken kalbi deli gibi atıyordu. "Bırak beni... Bu senin için hiç iyi olmayacak. Çek o pis ellerini üzerimden!" diye bağırmasıyla kolunun boşa düşmesi bir olmuştu.

Genç kız korkudan titremeye başlamıştı ki birden bedeninde hissettiği kollarla rahatlamıştı. "Geçti... Korkma artık!"

Asım ve Yağız arabayla onların yanına gelirken Yaren'i çekiştirerek götürmeye çalışan adamı görmüştü. Yağız öfkeli bir şekilde arabayı durdurarak hızlı adımlarla onlara yaklaşmış ve adamı sert bir yumrukla yere yapıştırmıştı. Bu saldırıyı beklemeyen adam yerde uzanırken Yağız hızını alamayarak ona vurmaya devam ediyordu. Asım, Yaren'in korkudan titrediğini görünce kollarını genç kıza sararak onu sakinleştirmeye başlamıştı.

"O pis ellerini nasıl karıma sürmeye kalkarsın sen?" Yağız vurdukça vuruyordu. Onun bu şekilde adama vurması Yaren'i daha da korkutmuştu. Fısıldayarak "Lütfen... Lütfen onu durdur!" dediğinde Asım onun daha da korktuğunu görerek birden Yağız'ın koluna yapışmıştı. Genç adam çıldırmış gibiydi. Asım onu zor zapt ediyordu. Yaren hıçkırarak ağlamaya başlayınca Yağız ona dönerek bakmış ve Asım kadar hızlı davranarak kollarını genç kıza dolamış ve saçını okşamaya başlamıştı. "Özür dilerim... Seni yalnız bırakmamalıydım çok üzgünüm..." Genç kız sarsılarak ağlamaya başlayınca Asım yerde kanlar içinde yatan adam için hastaneden birilerini çağırmıştı. Arabanın kapısını açarak ağlayan genç kızı arabanın arka koltuğuna oturturken anahtarı Asım'a veren Yağız onun yanına geçerek tekrar kollarını genç kıza sardı. Yaren başını Yağız'ın omzuna yaslarken kucağındaki Can'ı da daha sıkı tutuyordu. Ona soru soramayacağının farkında olan Yağız, genç kızın sarsılan bedeninin sakinleşmesi için onu iyice bedenine yaslamaktan başka bir şey yapamıyordu.

"Bir yerlerde duralım Asım, Yaren'i bu şekilde eve götürürsek evdekiler endişelenecek!" Asım arkadaşının önerisi karşısında üzgün bir şekilde "Haklısın!" demişti.

Zor sınavlardan geçen ikili bu sınavları başarılı bir şekilde geçmek için sabırlı olmalıydı. Ne Yağız ne de Yaren geleceklerinin nasıl olacağını bilmiyordu. Asım arabayı küçük bir kafenin önüne çekerken, Yaren az da olsa sakinleşmişti. Kucağındaki bebeği alan Yağız, arabadan önce kendisi inmiş ve Yaren'in elini tutarak onun da aşağıya inmesine yardım etmişti.

Onlar kahvaltı etmek için masalarına geçerken evde de Songül masayı hazırlamış ev ahalisinin kalkmasını bekliyordu. Babası, ağabeyinin odasında kalırken Asım Bey ve Cüneyt de odaları yerine salonda yatmıştı. Genç kız onların varlığını bildiği için bir türlü salona geçememişti.

Cemal Bey mutfağa doğru ilerlerken salondan da sesler gelmeye başlamıştı. Önce Asım Bey sonra da Cüneyt kalkarak banyoya yönelmişti. Songül tedirgin bir şekilde mutfakta bekliyordu. Sabahtan beri üç kez çayı ısıtmıştı. Onları kaldırıp kahvaltıya çağırmak için cesaret bulamamıştı. Kızını dalgın bir şekilde masada otururken gören Cemal Bey bir süre onu seyretmişti. Babasının geldiğinin farkında değildi. Babası boğazını temizleyerek onun dikkatini çekmeyi başarmıştı. Hızla yerinden doğrulan Songül yutkunarak "Hayırlı sabahlar Beyim!" dedi. Cemal Bey yüzü yerde olan genç kızın yanına giderek omzuna dokunup hafif sıkmıştı. "Sana da kızım!"

Songül babasına çay koymak için ocağa yöneldiğinde mutfaktan içeriye Cüneyt ile Asım Bey girmişti. Genç kız onların da çayını doldurarak yanlarına koymuştu. Asım Bey açık çayına bakarak genç kıza yönetmişti bakışlarını. "Benim çayım açık olmuş!" dediğinde Songül fark etmeden "Sizin açık çay içmeniz gerekiyor!" dedi. Sonra sözlerini fark ederek dişlerinin arasında yanaklarının iç kısmını kemirmeye başlamış, utançtan kızaran yüzünü yere eğmişti. Asım Bey gülümseyerek genç kıza bakarken Cüneyt de onun yüzünün kızarmasını izliyordu. Babasının kalp ameliyatı olduğunu biliyordu ve ablasının ona sürekli açık çay içirmeye çalıştığını biliyordu. Demek ki ablası ona da bu konu hakkında bilgi vermişti. Asım Bey zaten kolay kolay kimseye kızamazdı. Hele ki karşısında böyle tatlı bir kız varken. Onun konuşmasına fırsat vermeyen Songül daha da ileriye giderek babasının şaşkın bakışları arasında "Bu şekilde içecekseniz için Beyim. Çayınızı demli olarak size veremem. Bu sağlınız için iyi değil. İsterseniz size süt..." Songül bakışlarını kaldırınca üç adamın da ona şaşkınlıkla baktığını görünce susmak zorunda kalmıştı. Cüneyt onun yüzünün korkmuş ve utançtan kızarmış ifadesine neredeyse kahkahayla gülecekti. "Özür dilerim Beyim!" diyen Songül, Asım Bey'in "Seni bağışlamamı istiyorsan bana *beyim* değil de *baba* de... Ya da *Asım baba* de!" dediğinde genç kız bakışlarını Cüneyt'e çevirmişti.

Genç adam da genç kız kadar şaşırmıştı babasının bu isteğine. Cüneyt bakışlarını genç kıza çevirince başını eğmişti. "Peki, Asım baba!" derin bir iç çeken Cemal Bey ise kızını daha da utandırarak "Anlaşılan tek kızım benden çok sana *baba* diyecek!" diye sitem etti. Songül şaşkınlıkla babasına bakınca bu kez üç adam da kahkaha atarak gülmeye başlamıştı.

Onların çayını içmesini bekleyen genç kız, ağır hareketlerle masaya oturmuştu. İki dünür konuşmasına devam ederken iki genç hiç konuşmamıştı. Cüneyt arada bakışlarını yan tarafındaki Songül'e çevirse de Songül hiç kıpırdamadan kahvaltısını yapıyordu.

Yaren masada sessizce oturuyordu. Yağız arada ona bakarak konuşmak için fırsat kolluyor ama bir türlü cesaret edemiyordu. Asım konuyu merak etse de sessizce beklemeyi tercih etti. İki adam genç kızı tedirgin etmemeye çalışsa da Yaren üzerindeki bakışların farkındaydı. Daha fazla dayanamayan Yaren, "Bana o şekilde bakmayı kesin. Soracaklarınız varsa sorun!" dedi. Yağız onun sözleriyle hemen atılarak "O adam ne istiyordu?" diye sorunca Yaren de hiç beklemeden "Beni!" dedi. Yağız onun cevabıyla donup kalmıştı. Asım da onun kadar şaşırmıştı. "Anlamadım?" Yağız dişlerini sıkarak genç kıza öfkeli bir sesle çıkışmıştı. Onun öfkesi kendisineydi. Genç kızı yalnız bıraktığı için kendisine kızıyordu. "Onu tanıyor muydun?" Bu soru Asım'dan gelmişti. Yaren ona bakarak başını sallamıştı. "Kimdi o? Sana ne yapmayı planlıyordu?" Yağız'ın bu sorusuna karşılık onu uyarma gereği hissederek Asım araya girmişti. "Yağız... Biraz sakin ol!"

"Sakin mi olayım? O adam neredeyse onu alıp gidecekti. Ya zamanında yetişemeseydik?" Genç adam bunu düşünmek bile istemiyordu. Yaren derin bir iç çekerek "Babam onu yıllar önce köyden kovmuştu!" dedi. Bu iki adamın merakını gideren bir cevap değildi. Yaren bunun farkındaydı ve sözlerine "Benimle evlenmek istedi, babam razı gelmeyince on beş yaşındayken beni kaçırmak istedi ama babamın adamları tarafından engellendi. Tehditleri yüzünden onun köyden gitmesi kararını vererek adamlarıyla onu köyün çıkışına kadar bıraktı. O günden sonra yanlış bilmiyorsam köye girmesine izin verilmedi."

Asım genç kızın sözleriyle şaşırsa da Yağız'ın aklına kardeşinin sözleri gelmişti. "Köyde onunla evlenmek isteyen çok kişi vardı ve Asım Bey, ağabeyimle onun evlenmesine karar verdi!" Bu sözler beyninde yankılanırken Yağız sessizliğini korumayı sürdürüyordu.

"Neyse... Bu durumu evdekilere aksettirmesek iyi olur. Şimdilik aramızda kalsın!" Yağız beklenmedik bir şekilde sakin görünmeye başlamıştı. Yaren onun bu hâline şaşırsa da bir bakıma mutlu da olmuştu. Az önce adama saldırışı gözünün önüne gelince, genç adam için gerçekten korkmuştu. Asım arkadaşını iyi tanıyordu. Sessiz bir şekilde kabul edecek bir yapısı olmadığını iyi biliyordu. Şu anda sakin görünmesinin tek bir nedeni olabilirdi o da Yaren'i korkutmamak!

Eve geldiklerinde herkes onlara merakla bakıyordu. Yaren'in yüzü asık olsa da onun bu sıkıntısını Can'ın rahatsızlanmasına yordular. Küçük çocuğu odasına götürdükten sonra salona geri gelmeyen genç kız bebekle birlikte yatağına uzanmıştı. Yağız da en az onun kadar gergindi. Asım onları kapıya kadar getirdikten sonra geri dönmüştü. Songül, yengesiyle ilgilenmek için salondan ayrıldığında odanın kapısında Yağız tarafından durdurulmuştu. "Ben ilgilenirim. Sen içeridekilere akşam yemeği için hazırlık yap." dedi. Ağabeyinin söylediklerini yapmak için mutfağa yönelen genç kız Cüneyt'in sesiyle gerilmişti. "Su alabilir miyim?" Genç kız onun yüzüne bakmadan bir bardak su vererek işine devam etti. Cüneyt de bir şey söylemeyerek mutfak masasındaki sandalyelerden birini çekip oturmuş, Songül'ü izlemeye başlamıştı. Genç kız o kadar dalgındı ki Cüneyt'i fark edecek durumda değildi.

Yağız odaya girdiğinde Yaren başını hafif kaldırarak ona bakıp başını yastığa geri koymuştu. Genç adam yanına yaklaşarak yatağa oturmuş ve sırtını yatağın başlığına dayamıştı. "Bir şey mi oldu?" Yaren zayıf çıkan sesiyle genç adama neden geldiğini sormaya çalışıyordu. "Sadece çok yoruldum!" Yaren onun gözlerine bakarak bir şeyler anlamaya çalışıyordu. Yağız ise bakışlarını onun üzerinden çekmemişti. Genç kız birden yatağında dikilerek "Sakın bu odada kalacağını söyleme?" diye sesini hafifçe yükseltmişti. Yağız onun ani çıkışıyla istemeden de olsa gülümsedi. "Başka nerede kalmam gerekiyordu acaba. Unutuyorsun galiba... Biz evlendik!" Yaren dehşete düşmüş gibi gözlerini açmıştı.

"Ne!"

Yaren hızla yataktan kalkarken Yağız ona bakarak gülümsemişti. "Bu kadar abartma Yaren, sadece bu odada kalacağım. Dışarıdakileri unutuyorsun galiba. Babalarımız salonda ve bizim aynı odada kalmamızı bekleyecekler!" Yaren onun sözlerinden sonra duraksamıştı. Bunu o da biliyordu. İçeride iki bey varken Yağız'ın başka odada kalmasına imkân yoktu. Derin bir iç çekerek dolabı açan genç kız Yağız'ın şaşkın bakışları arasında dolabın yüklük kısmında daha önce gördüğü uyku tulumunu çıkararak genç adamın kollarına bırakmıştı. Yağız şaşkın bir şekilde tuttuğu uyku tulumuna bakarken Yaren onun yanından geçerek "Madem bu odada kalacaksın ona ihtiyacın olacak, seninle aynı yatakta yatmam!" dedi.

Yağız gülmemek için kendisini zor tutmuştu. Bu da bir şeydi. Genç kızın onu odadan zorla çıkaracağından neredeyse emindi.

Yere serdiği uyku tulumunun içine rahat bir şekilde yerleşen genç adam, ışığın kapanmasını beklemişti. Gözlerini kapatırken birkaç saat uyuyabileceğini hiç düşünmemişti. Yaren onun uyuduğunu görünce yavaş adımlarla başucuna kadar gelip sessizce genç adamı izlemeye başladı. Uzun uzun genç adamı seyrederken kapının tıklatılmasıyla sessizce kapıya yöneldi. Kapıyı tam açmayarak hafif aralamış ve kimin geldiğine bakmıştı. Gelen kişinin Songül olduğunu görünce gülümseyerek onu içeri aldı. Songül gece lambasının aydınlattığı odada bir yatağa bir de yerde yatan ağabeyine bakarken gülümseyerek yengesine "Ona ceza mı verdin, neden yerde yatıyor?" diye sordu.

Yaren onun sorusuyla Yağız'a bakmıştı. "Ona daha önce de söylemiştim. Babamlar olmasaydı bu odada kalmasına bile izin vermezdim." dedi. Songül yüzünü asarak "Bu doğru değil, siz evlisiniz ve o karısıyla aynı odada kalmalı!" dedi. Songül'ün sözlerini duyan Yağız gözünü açarak kardeşine göz kırpmıştı. Songül bir anda yutkununca Yaren hemen bakışlarını yerde yatan adama çevirmiş ama onun hâlâ uyuduğunu görerek yeniden Songül'e dikkatini vermişti. "Bunu gerçekten söylediğine inanamıyorum. Bunu nasıl düşünebilirsin?" Songül ona cevap vermeyerek Yaren'in şaşkın bakışları arasında odadan çıkmıştı. Genç kız Songül'ün sözleri karşısında gerçekten şaşkına dönmüştü.

O çıktıktan sonra dizlerinin üzerine çökerek genç adama bakmıştı. "Galiba onların istediği bizim gerçekten evli bir çift gibi yaşamamız. Hayal kurmak parayla değil ya!" Yaren'in sözlerine karşılık Yağız içinden, bu sadece onların değil benim de isteğim, diye geçirdi. Genç kız hafifçe onu dürterek uyanması için seslendi. Yağız sanki yeni uyanmış gibi gözlerini açarak Yaren'in gözlerine bakmıştı.

O geceden sonra ikili, babaları onlarla kaldıkları sürece aynı odayı paylaşmak zorunda kalmıştı. Arada Yağız yerde sırtının ağrıdığı bahanesiyle Yaren uyuduktan sonra kendisini yatağa atıyor ve sabaha karşı Yaren ile kavga ederek odadan çıkıyordu. Onların bu olayı her gün alışkanlık hâline gelirken Songül gülümseyerek kapıdan onların tartışmalarını dinlemeye başlamıştı.

"Hâlâ hazırlanmadın mı?"

Yağız birkaç haftalık karısıyla mezuniyet törenine katılmaya karar vermişti. Tören akşamında yeni mezun olan doktorlar için bir eğlence düzenleniyordu. Yaren gitmek istemiyordu ama Yağız kesin bir dille onun gelmesi gerektiğini, partnersiz gidemeyeceğini söylemişti.

Genç kız odada hazırlanırken heyecanlanmıştı. Aynada kendisine bakarken ilk kez yüzü gülümsemişti. Birkaç gündür nedense dış görünüşüne daha önem verir olmuştu. Bunu kimse fark etmese de Yaren kendi davranışlarının farkındaydı. Odadan çıktığında salonda bekleyen Yağız'ın ağzı tam anlamıyla bir karış açık kalmıştı. Bir kadın bu kadar güzel olmamalıydı. Onu gören erkeklere eziyetten başka bir şey değildi bu. Beğeniyle aynı anda damarlarında gezen kıskançlık, genç adamın nefes alışını zorlaştırmıştı. Yaren onun bakışlarının farkındaydı. Baştan aşağıya süzüldüğünü fark etmemesine olanak yoktu. Songül onun dile getiremediği duyguları dile getirir gibi "Hayatımda gördüğüm en güzel kadınsın yenge!" dedi. Yaren genç kıza gülümserken "O senin güzelliğin hayatım!" dedi. Sonra tekrar Yağız'a dönerek "Gitmiyor muyuz?" diye sordu. Genç adam Yaren'in sade kıyafetiyle ne kadar güzel göründüğünü düşünüyordu. Tek farkı hafif makyaj yapmış olmasıydı. Zorlukla yutkunarak "Gideceğiz ama tek bir şartla!" dedi. Yaren ona tek kaşını kaldırarak bakmıştı. "Şart mı? Şart koşacak durumda değilsin!" dedi. "Odana gidip yüzündeki makyajı sileceksin! Bu şekilde gelmeni istemiyorum!" dediğinde Yaren şaşkınlıkla genç adama bakmıştı. Makyaj yapmamıştı ki! Sadece göz kalemi çekmişti. Bu bile genç kadını o kadar değiştirmişti ki Yaren bu değişimin farkında değildi. "İyi de ben makyaj yapmadım ki sadece göz kalemi çektim." dediğinde Yağız yutkunarak içinden, o gözler bu gece kaç erkeği kendisine çekecek bilmiyorsun, bu akıl sağlığım için zararlı, diye geçirirken Songül, ağabeyinin ifadesinin değiştiğini, sinirden yanağını ısırdığını fark etmişti. "Eğer gözündeki o şeyi silmezsen hiçbir yere gitmiyoruz. Ne sen ne de ben!" Yaren gerçekten onun sözleri karşısında şaşırmıştı.

Kıyafetine kusur bulamazdı çünkü Yaren oldukça kapalı giyinen bir kadındı. Sade ve şık kıyafetiyle göz dolduruyordu. Az önceki tehdidi gerçekleştirmek için can atmaya başlamıştı. Elinden gelse bu kızı evden dışarıya çıkarmazdı. "Olmaz. Bugün altı yıllık çalışmanın ödülünü alacaksın. Tamam, istediğin buysa silerim!" dedi. Yaren son söylediğini biraz kırgınca söylemişti. Yağız onun söyleyiş tarzını fark edince derin bir iç çekerek kabullenmişti. "Peki, tamam kalsın... Ama tören boyunca elimi bırakmayacaksın! Başımın derde girmesini istemiyorum!" Songül kıkırdarken Yaren şaşkınlıktan gözleri büyümüş bir şekilde genç adama bakmıştı. Yağız'ın kıskanç bir adam gibi davrandığına inanamıyordu.

"Sen... Sen kıskanmıyorsun değil mi?"

Yağız onu cevaplamak yerine sadece bakışlarını onun

gözlerine dikmişti. Genç adamın suskunluğu devam edince Songül ikisi arasındaki bakışmaları fark etti. Gülümsemesi daha da yüzüne yayılmıştı. Yaren birkaç adımda genç adamın yanına giderek elini uzatmıştı. "Peki, bu gecelik katlanacağız artık!" dedi gülümseyerek. Yağız önce ne demek istediğini anlamamıştı. Genç kadının kendisine uzattığı elini tutarak "Gidelim yoksa geç kalacağız!" dedi. İkisi de kapıya yönelirken, arkalarındaki meraklı gözlerden habersizdi. Kapıdan çıkan çiftin arkasından derin bir nefes alan iki baba gülümseyip "Artık burada kalmamıza gerek kalmadı!" diyerek birbirine bakmıştı. Onlar çıktıktan sonra ikisi de köye dönmek için yola çıkmıştı.

Tören alanına geldiklerinde Asım ikisinin el ele gelmesi karşısında imalı bir şekilde gülümseyerek onlara yaklaştı. Asım'ın baktığı yeri gören Yaren dişlerinin arasından "Beyimiz kaybolmamdan korktuğu için çocuk gibi elimi tutuyor!" dedi. Asım kahkaha atarak genç kadına bakmıştı. "Ben de olsam elimi bırakmana asla izin vermezdim. Bugün Yağız'ın işi çok zor olacak!" dedi ki arkalarından ıslık çalarak Tolga yanlarına geldi. "Bakın burada kimler varmış, bizim yeni çiftimiz birlikte gelmiş!" derken Yaren'in yüzüne bakınca nefesinin kesildiğini hissederek susmak zorunda kalmıştı. Genç kadın onun bakışından rahatsız olarak Yağız'a biraz daha sokuldu. Tolga onu tedirgin ettiğinin farkındaydı ama nedense gözlerini karşısındaki güzellikten alamıyordu. "Üzgünüm!" diyebildi sadece. Yaren başını sallayarak ondan bakışlarını çekerken Yağız onun elini daha sıkı tutarak dudaklarını kulağına yaklaştırıp konuşmuştu. "Şimdi anlıyor musun neden elimi bırakmanı istemediğimi. En yakın arkadaşım bile senin büyüne kapıldı... Diğerlerini düşünemiyorum bile!" dediğinde Yaren sert bakışlarını genç adama çevirmişti. Gözleri yine dolu dolu olduğunda Yağız şaşkınlıkla ona bakıyordu. Sadece iltifat etmişti. En azından Yağız'a göre durum böyleydi. Ama Yaren onu yanlış anlayarak yanında bulunduğu için kendisinden rahatsız olduğunu düşünmüştü.

"Ben üzgünüm... Bu şekilde olmasını istemedim. Buradan gitmek istiyorum!" diyen Yaren, Yağız'ı daha da şaşırtmıştı. Yağız onu üzdüğü için kendisine saydırırken aklına Cüneyt'in, *ablam güzelliğinden bahsedilmesinden hoşlanmaz*, sözleri gelmişti. Dişlerini sıkarak onu üzdüğü için kendisine söylenmeye devam etti. "Peki... Rahat edeceksen gidelim. Ama önce arkadaşlara bir şeyler söylemem gerekiyor, beni bekleyebilir misin?" Yaren onun sorusuna karşılık sadece başıyla genç adamı onaylayarak bir köşeye çekilmişti. İşte o an birçok kişinin bakışlarını üzerinde hissedince Yağız'a hak vermeden edemedi. Dolaylı da olsa onun karısıydı ve bu bakışlar kendisi kadar onu da rahatsız etmiş olmalıydı.

Yanında birden beliren tanıdık bir yüzle gerildi genç kız. Özlem öfkeli bakışlarını ona dikerek imalı bir şekilde "Güzel bir elbise... Sevgilimi elimden aldığın için mutlu olmalısın." dedi.

"Ne istiyorsun Özlem?" Yaren gayet sakin görünmeye çalışsa da ne yapacağını bilmiyordu. Bu kızın ona saldırması karşısında, ona karşılık vermekten çekindi. "Sadece sana tek bir şey söyleyeceğim... Yağız çok yakında tekrar bana dönmek zorunda kalacak!" dedi. Yaren tek kaşını yukarıya kaldırarak ona bakmıştı. "Sen neden bahsediyorsun? Şu anda seni dinleyemeyecek kadar sıkılıyorum Özlem. Lütfen gider misin?"

"Evet, tabii giderim. Ama sana bir müjdem var... Hamileyim!"

Özlemin son sözleri Yaren'de şok etkisi yaratmıştı. Genç kadın pis pis gülerek onun yanından ayrılırken Yaren'in yüzü bembeyaz olmuştu. O an orada ölmek istedi. Aynı şeyler tekrarlanıp duruyordu. Önce Suat ve şimdi... Buna dayanabileceğini sanmıyordu. Ağır adımlarla oradan uzaklaşmaya başladı. Burada kalamazdı. O an çalan telefonun kendisinin kurtuluşu olacağını nereden bilebilirdi ki? Gözünden akan yaşı önemsemeden hızla oradan uzaklaşırken, kalbi atmayı unutmuş gibiydi. Gelen telefondan sonra burada, Yağız'ın yanında kalamazdı.

Genç adam geri döndüğünde Yaren'i bıraktığı yerde göremeyince endişeli bir şekilde etrafına bakınmaya başladı. Arkadaşlarından biri onu görerek yanına gelmişti. "Yağız, evlendiğini duydum doğru mu?" Yağız etrafına bakmaya devam ediyordu. "Evet, izin verirsen karımı bulmak zorundayım!" dedi. Arkadaşı onun tedirginliğine gülümseyerek "Karını boş yere arama, az önce Özlem ile konuştuktan sonra buradan ayrıldı!" dediğinde Yağız'ın bakışları arkadaşına çevrilmişti. Yanlış duyduğunu düşünüyordu. Arkadaşına sinirli bir bakış atarak "Ne saçmalıyorsun sen? Ne demek gitti?" diye çıkışınca genç adam Yağız'ın öfkesinden çekinerek geri adım atmıştı.

"Hey bana neden kızıyorsun, ben gördüğümü söyledim. Az önce Özlem ile bir şey konuştular ve ne olduysa karının yüzü değişti ve çekip gitti!" dedi. Yağız öfkelenmiş bir şekilde hızla etrafına dönerek hem Özlem'e hem de karısına bakıyordu. "Lanet kadın yine ne söyledi ona?" diye söylenmeye başlamıştı ki Özlem görüş açısına girmişti. Öfkeli bir şekilde genç kadının yanına giderek acıtırcasına kolunu tutmuştu. Özlem ne olduğunu anlamadan Yağız'ın sert çıkan sesiyle olduğu yerde kalakalmıştı. "Ona ne söyledin? Karıma ne söyledin?" Özlem hafif gülümseyerek genç adamın sinirini daha da çok körüklemişti. "Ne oldu, yoksa korktun mu?" Yağız dişlerini öyle bir sıkıyordu ki kalabalık olmasaydı oracıkta Özlem'in boğazına yapışabilirdi.

"Lanet olasıca kadın karıma ne söyledin? Sana son kez soruyorum. Bak Özlem... Geçmiş hatırına sana iyi davranmaya çalıştım ama sen gün geçtikçe çizgiyi aşıyorsun... Karıma ne dedin?" Özlem onun öfkesine karşılık gayet sakin bir şekilde genç adama "Önemli bir şey söylemedim. Sadece hamile olduğumu ve aramızdan çekilmesini söyledim!" dediğinde Yağız onun sözlerine karşılık tüm kanın beynine hücum ettiğini hissetmişti. Öfkeli bir şekilde sesini yükselterek hiç kimseye aldırmadan bağırmıştı. "Ne söyledin? Sen... Sen böyle bir yalanı nasıl söylersin? Senin hiç mi aklın yok! Sana yapabileceklerimi hiç düşündün mü? Seni öldüreceğim!" Yağız hızla genç kızın boğazına sarılıp sıkmaya başlayınca Asım ve Tolga koşarak genç adamı durdurmaya çalıştı. Yağız tutulacak gibi değildi. Tek söylediği "Senin yüzünden karımı kaybedersem seni öldürürüm. Seni gebertirim!" sözleriydi.

Genç kadın onun elleri arasında nefes almaya çalışıyordu. Asım son bir hamleyle onu Özlem'in boğazından ayırarak "Sen ne yapıyorsun? Onu öldüreceksin!" diyerek arkadaşının önünde durmuştu. Özlem zorlukla nefes almaya başlamıştı. "Onun da benim gibi acı çekmesini istedim. Kaybetme acısını tatsın istedim!" Onun bu haykırışına karşılık Yağız yeniden ona saldırmaya çalışmış ama Tolga ve Asım araya girmişti. Tolga, Özlem'i; Asım da Yağız'ı tutmaya çalışıyordu.

Yaren ise taksiye binmiş evin yolunu tutmuştu bile. Eve gelene kadar ağlaması durmamıştı. Songül kapıyı ona açınca "İstediğimi yaptın mı?" diye sordu. Songül şaşkınlıkla genç kadına bakmıştı. "Yenge bu hâlin ne?" dedi. Yaren odasına girerek küçük valizini alıp Can'ı da kucağına almış bir şekilde çıktı. "Yenge neler oluyor?" Songül'ün endişeli hâlini gören Yaren gülümseyerek ona bakmıştı. "Merak etme... Ben çok iyiyim. Sadece bir süre... Kısa bir süre gitmem gerek. Kafamı toplamalıyım!" dedi. Songül onun evden çıkmasını üzgün gözlerle izlemişti. Ne diyeceğini bilmiyordu. Onun inatçı kişiliğini bildiği için üzerine gitmemeye karar vermişti. Arabasına binerek yola koyuldu.

Yağız hâlâ öfkeliydi. Bıraksalar Özlem'i orada öldürebilirdi. Herkes onlara bakıyor, ne olduğunu anlamaya çalışıyordu. Büyük bir kalabalık toplanmış mezuniyet partisini bırakarak onların tartışmasını izlemeye başlamıştı. Asım arkadaşını zorla arabasına kadar çekiştirerek götürdü. "Sakin ol biraz dostum, neden böyle yapıyorsun?" dedi. Yağız neredeyse ağlayacaktı. "O kadın... O aptal kadın karıma benden hamile olduğunu söylemiş!" dediğinde Asım dehşetle gözlerini açmıştı. "Ne... Bu, bu doğru mu?" diye Yağız'a sorunca genç adam öfkeli gözlerini genç adama çevirmişti. "Öyle bir şey mümkün değil. Onunla sevgili olabilirim ama benim de kendime göre ahlak kurallarım var. Ona elimi bile sürmedim. Yok, birbirine sarılarak hamile kalınıyorsa bendendir. Başka türlüyse babası kesinlikle ben değilim!" dedi. Asım rahatlamış bir şekilde arabayı çalıştırırken Yağız başını cama yaslamış, Yaren'e ne söyleyeceğini, nasıl açıklama yapacağını düşünüyordu.

Yaren neredeyse yarım saattir yolda olduğundan karnı gerçekten acıkmıştı. Üzerinde hâlâ tören için giydiği kıyafet vardı. Yanağından aşağıya akan yaşı silerek arka koltuktaki Can'a bakmıştı. "Sence bunu atlatabilir miyim? Kalbim çok acıdı bu kez. Senin varlığını öğrendiğimde bile böyle hissetmemiştim. Sence... Sence o kadın doğru söylüyor olabilir mi?"

Küçük çocuk ona cevap vermek ister gibi homurdanınca Yaren acı bir şekilde gülümsemişti. "Haklısın... Amcan böyle bir hata yapmaz. En azından yapmayacağını umuyorum. Sadece birkaç hafta... Sonra gelip amca ile konuşacağız tamam mı hayatım!" dedi. Çocuk tekrar homurdanınca genç kız bu kez gerçekten gülümsemişti. Yaren başta ciddi anlamda onu terk etmeyi düşünse de sonradan bunu yapamayacağına karar vererek sadece birkaç günlüğüne kafa dağıtmak için köyüne gitmek istedi. Songül'den telefonda babalarının gittiğini öğrenince şaşırmıştı. Ama asıl şaşıran onlar olacaktı. Hemen arkalarından genç kadının da köye gitmesi onları gerçekten şaşırtacaktı. Şu birkaç ayda ne kadar da özlemişti köyünü.

Yaren şehir çıkışına yaklaşırken, Yağız da Asım'ın kullandığı arabayla eve yaklaşmıştı. Songül evde endişeli bir şekilde bekliyordu. Yengesiyle gitmeyi akıl edemediği için kendine kızıp dururken kapıdan gelen tıkırtılarla koşarak kapıya gidip Yağız'ın anahtarla açmasına fırsat vermeden kendisi kapıyı açmıştı. Yağız kardeşinin endişeli hâlini görünce bir şeylerin ters gittiğini anlayarak eve girmeden "Yaren geldi mi?" diye sordu. Songül yutkunarak bakmıştı. "Şey... Yengem geldiğinde çok kötüydü." Yağız onun konuşmasına fırsat vermeden hızla eve girerek genç kadını aramaya başlamıştı. İki odaya da bakınca Songül dayanamayarak "Yengem yok!" dedi. Yağız yanlış duyduğunu düşünmüştü. Karısı gitmiş olamazdı. Yavaş adımlarla kardeşine yaklaşırken Asım arkadaşının gözlerindeki acıyı görmüştü. Asım ona "Yağız... Sakin..." dese de Asım'ın sözlerini duymayan genç adam sesini yükselterek "Ne demek yok? Nereye gitti?" dedi. Songül gözü kararmış olan ağabeyinden bir adım geri çekilerek uzaklaşmıştı. Asım bile ona sözlerini duyuramazken Songül korkuyla "Buraya geldiğinde iyi görünmüyordu. Daha önce onu bu şekilde hiç görmemiştim. Can'ı da alarak evden ayrıldı. Söylemedi ama galiba köye gidiyor!"

Songül'ün sözleri Yağız'ın kalbinde ağır tahribatlar yapmıştı. Yaren gitti... Onu dinleme gereği bile duymadan gitmişti. Düşündüğü tek şey buydu. Daha birkaç haftalık karısı onu terk etmişti. Herkes dikkatle ona bakarken Yağız birden kahkaha atarak gülmeye başlamıştı. Asım onun delirdiğini düşünürken Songül de ona şaşkınlıkla bakıyordu.

"Gitti... Duydun mu dostum? Karım beni bırakıp gitti. Beni dinleme gereği bile duymadan gitti. Bu ne demek biliyor musun?" Asım ona şaşkınca bakarken Yağız susmuştu. Kalbinden gelen hislerle ağlamak istiyordu. Kendisini tutmayı başarırken düşüncelerinde sadece "Beni önemsiyor!" sözleri dolanıyordu. Yağız'a göre gitmesinin başka bir anlamı olamazdı. Genç kadın kendisini önemsemeseydi asla onu terk etmeye kalkmazdı. Üstelik her fırsatta kendisine yeni bir eş bulacağını söylerken... Sonra birden duraksadı. Yeni bir eş... Hayır... Bunu düşünmüş olamazdı. Kesinlikle Özlem'i kendisine eş olarak düşünmüş olamazdı. Hızla kapıya yönelmişti ki Asım'ın sözleriyle duraksadı. "Gitme! En azından onu düşünmesi için bir süreliğine kendi hâline bırak. Duraksayan genç adam, dolu gözlerle ona bakmıştı. Başını iki yana sallarken Songül ağabeyini ilk kez bu kadar perişan hâlde görmüştü.

"Yengem gelecektir!"

22. BÖLÜM

Parlak güneş ışınlarının aralık perdenin ardından yüzüne vurmasıyla iliklerine kadar ısındığını hissediyordu. Köye geleli dört gün olmuş ve bu dört gün ona zaman kazandırmıştı. O kadını ve Yağız'ı düşündükçe içi ürperse de içinde bir yerlerde bunun doğru olmadığını biliyordu.

Yağız ise karanlık bulutlar arasında hâlâ aydınlanmayan bir güne gözlerini aralamıştı. Yaren gittiğinden beri onun yatağında yatıyor ve yastığına sinen kokusuyla avunuyordu. Songül yanında kalmıştı. O bile ağabeyinin birkaç gün içinde ne kadar değiştiğini anlayabiliyordu. Asım arada onu ziyaret etse de genç adam günlerdir tek bir kişinin sesini duymayı istiyordu. Karısını çok özlemişti. Ona düşünmek için zaman tanırken kendisi için bu zamanın tehdit olmamasını dilemekten başka bir şey gelmiyordu elinden. Kolunu gözlerinin üzerine kapatarak yatmaya devam ediyordu.

"Ağabey, kahvaltı hazır."

Songül ne yapacağını bilmiyordu ve ağabeyinin bu durumu karşısında bir şeyler yapmak için Cüneyt ile konuşması gerektiğini düşünerek onu aramış ama ulaşamamıştı. Yine elleri boş olarak odanın kapısını tıklattığında içeriden gelen uykulu sesle derin bir iç çekmişti. Sadece yarım saat içinde iki kardeş kahvaltıya oturmuştu.

"Sence yengen ne yapıyordur?" Yağız daha fazla dayanamayarak konuşmaya başlamıştı. Genç kız gülümseyerek "Eminim düşünüyordur, geri geleceğine inanıyorum."

"Ben de senin kadar bu söylediklerine inanmak isterdim. Neden bu kadar inatçı olmak zorunda ki? Şu hâle bak telefonu açmayacak diye arayamıyorum bile."

"Asude yengem konakta olsaydı ondan haberini alabilirdik." Yağız kardeşini başıyla onaylarken hastaneye gitmek için hazırlanmaya odaya gitmişti. Songül masayı toplarken aklında sadece yengesi ve yengesini konakta bulan babasının düşündükleri vardı. Cemal Bey şoke olmuş olmalıydı. Kendilerinin hemen ardından gelinleri de konağa dönmüştü. Üstelik büyük bir hevesle evlendirdiği gelini!

Dört gün önce Yaren konağın kapısından içeriye girdiğinde Cemal Bey kısa çaplı bir şok yaşamıştı. "Kızım... Senin burada ne işin var?" Onun sorusuna karşılık genç kız gülümsemeye çalışmış ve "Bir süreliğine köy havası almaya karar verdim. Yoksa beni burada görmek istemiyor musun babacığım?" dediğinde Cemal Bey ne söyleyeceğini bilememişti. Elinde valizi konağa giren Yaren iki oda arasında takılıp kalmıştı. Yağız'ın odası mı yoksa eski odası mı? Tereddüt yaşarken birden içinden gelen bir hisle Yağız'ın odasını kullanmaya karar vermişti. Odaya ilk girdiğinde kendisini garip hissetse de başka çaresi olmadığının farkındaydı. Yağız ile evliyken eski odasında kalması doğru olmayacaktı. Valizini odanın ortasındaki yatağın üzerine bırakırken yorgunluktan odayı incelemeye bile fırsat bulamayarak yatağa uzanıp kendisini uykunun kollarına bırakmıştı. İlk gecenin ardından herkes onun neden geri döndüğünü merak etse de kimse ağzını açıp bu merakını gidermek için genç kıza soru soramıyordu. Genç kız her sabah kalkıyor hiçbir şey olmamış gibi evde çalışanlara yardım ediyor ve sonra da Can ile ilgileniyordu. Seher'in imalı sözlerine aldırış etmezken sürekli beyni bir şeylerle meşguldü. Acaba Yağız ondan kurtulduğu için mutlu muydu? Düşünceler beynini kemirirken çıldırmamak için sürekli kendisini başka işlerle meşgul ediyordu. Sabahları her zaman olduğu gibi erkenden kalkarak kahvaltı hazırlığına yardım ederken arada Seher'in imalı bakışlarına maruz kalıyordu. Bir keresinde köy kadınlarına "Kaynım ona dayanamadı ve geri gönderdi!" sözlerini duyduğunda Yaren onun bu çabasına karşılık gülümsemeden edememişti.

Asude hâlâ babasının evindeydi. Şu dört günde anlamıştı ki Asude olmadan bu konak kesinlikle çekilmiyordu. Asude olmadığı için Sedat da eve çok geç geliyordu. İkisi için kalbi acısa da bu işe kendisi karışmak istemedi.

Yine bir gece Can yüzünden uyuyamamıştı. Bahçede temiz hava alırken kapıdan gelen tıkırtıyla ürkmüş ve hızlı adımlarla merdivene doğru ilerlerken arkasından gelen "Sen neden ayaktasın?" sorusuyla duraksamıştı. Yaren, Sedat'ın geç saatte eve geldiğini biliyordu ama bu kadar geç bir saatte geldiğinden haberi yoktu. "Sedat ağabey, sen neden bu saatte geldin? Kötü bir şey mi var?" Genç kızın sesi oldukça endişeli çıkmıştı. Nedense Sedat onun bu sorusuna karşılık acı bir şekilde gülümsemişti. "Bu ev üzerime üzerime geliyor, kendimi bu konakta yabancı gibi hissediyorum. Son beş aydır bu eve girmek cehennem gibi oldu!" Yaren onun bu itirafına karşılık üzülmüş ama yine de ona "Asude ablayı almaya gittin mi?" diye sormaktan geri kalamamıştı. Asude'nin adının geçmesiyle Sedat'ın ürpertisi gözle görülür nitelikteydi. Bakışlarına çöken hüzünle ne diyeceğini bilemezken ikili bahçedeki çardağa doğru sessizce ilerlemeye başlamıştı. İkisi de oldukça doluydu ve uzun zaman sonra dertleşmek için birilerini buldukları için susmak istemiyordu.

"Sen neden geldin? Yağız sana bir şey mi yaptı?" Sedat son sözlerinin üzerine baskı yaparak konuşmuştu. Yaren acı bir şekilde gülümseyerek "Onun birlikte olduğu bir kadın var, son gün... Yani buraya geldiğim o gün bana hamile olduğunu söyledi!" deyince Sedat nefesini tutmuştu. Hiddetli bir şekilde "Buna inandın mı?" dedi. Sedat'ın ani çıkışıyla gerileyen genç kız yutkunarak "Aslında başta inandım ama sonra sakinleşince olmayacağını düşünmeye başladım. En azından Yağız'ın bu kadar dikkatsiz davranabileceğini düşünmüyorum!" dedi. Onun sözlerini onaylayan genç adam Yaren'in omzunu sıkarak konuşmuştu. "Bak Yaren, seni buraya getirdiklerinde açıkçası üzülmüştüm. Ben Suat'ın ağabeyi olarak onun ne yaptığı konusunda bilgiliydim. Onunla evlendirildiğini duyduğumda gerçekten bir an şoke oldum."

Ki bu kesinlikle doğruydu. Dini nikâhı aniden kıyılmış ve Sedat'ın bundan sonradan haberi olmuştu.

"Seni kardeşim gibi gördüğümü biliyor olmalısın. Songül neyse sen de benim için aynı şekilde önemlisin."

Yaren gülümseyerek ona bakmıştı. "Bunu biliyorum ve bu yüzden sana müteşekkirim! Sen de benim hiç olmayan ağabeyim gibisin. Ama Asude ablayı almaya gitmezsen asla geri gelmeyecek, bunu bilmiyor olamazsın? Yıllarca bu evde eziyet gördü. Hem psikolojik hem de..."

Yaren son sözlerini tamamlayamamıştı ki Sedat atılarak onun kolunu sıkmıştı. "Hem de ne? Ona dokunan biri mi vardı?" Bunu düşünmek bile genç adamın kalbini acıtmaya yetiyordu. Kendisi birçok kez ona elini kaldırmasına rağmen o kalkan eli asla Asude'nin tenine değmemişti. Ona asla kıyamamıştı. Sinirini hep kendisinden çıkarmak için elini yumruk yaparak tırnaklarını tenine batırmıştı. Asude birçok kez kızını Seher'den korumak için araya girmiş ve istemeden de olsa darbe almıştı. Vücudunun belli yerlerinde morarma olsa da Sedat ona dokunmadığı için asla bunlardan haberdar değildi.

Sedat içinde bulunduğu öfke tufanıyla Seher'i öldürebilirdi. Yaren onu son anda durdurarak "Asude yengemin gözü senden başkasını görmez. Bunca yıllık karın, bunu biliyor olmalıydın. Ona en büyük eziyeti sen yapıyorsun. Ona küçük de olsa bir gülümsemeni göstersen eminim çok mutlu olacaktır. Sen burada, o babasının evinde acı çekiyor. Bunu ikinize de yapma!" dedi. Sedat hüzünlü gözleriyle genç kıza bakmıştı.

Gece iyice ilerlemişti ve ikili uzun soluklu bir konuşma yapmıştı. En önemli konu ise Yağız'ın o kadınla birlikte olmayacağı kanaatiydi. Sedat son olarak genç kıza bakarak "Yağız'ın onunla birlikte olmadığına bahse girerim. Biliyorsun ki bu topraklarda namus çok önemlidir. En azından Yağız evlenmeyi düşündüğü bir kadınla asla düğünden önce birlikte olmaz. Bunu seninle konuşmak ne kadar uygun olur bilmiyorum ama ailede bekârete önem verilir!"

Sedat'ın son sözleriyle genç kız kulaklarına kadar kızardığını hissediyordu. Onunla bu denli hassas bir konu hakkında konuşmak çok garip gelmişti ama bu sözlerinde haklı olduğunu da biliyordu. Özellikle kendi düğün sabahını hatırladığında iliklerine kadar ürpermişti.

Geç olduğu kanaatine varan ikili odalarına giderken Yaren birden duraksayarak "Yarın beni Asude ablanın yanına götürebilir misin?" diye sordu. Yaren'in bu sorusuna karşılık Sedat ürpermişti. Onun karşısına çıkacak cesareti henüz kendisinde bulamıyordu. "Lütfen. Beni sen götür!" dediğinde ise genç adam sadece başını onaylar gibi sallamakla yetinmişti. "Tamam ama seni bırakıp geri dönerim!" Yaren acı bir şekilde ona gülümserken onun da kendisi gibi heyecanlı olduğunu anlaması fazla zamanını almamıştı.

Sedat bakışlarını kaçırarak odasına çıkarken Yaren ardından onu üzgün gözlerle izlemişti. Başını kaldırıp gökyüzüne bakarken pencereden kendisine sinirli bir şekilde bakan Seher ile karşılaşınca onun bakışlarının öfkesine karşılık gülümseyerek ona iyi geceler dileyip odasına doğru ilerlemeye devam etti.

Seher uzun zamandır onları izliyordu. Ne konuştuklarını duyamasa da onları bu kadar yakın görmek kıskançlık damarlarını kabartmıştı. Yaren'i potansiyel tehlike olarak görmeye başlayan Seher onun hakkında da kötü planlar yapmaya başlamıştı. Asude gibi Yaren'den de kurtulmalıydı.

Yaren odasına çıkarak zor uyuttuğu Can'ı hâlâ uyurken bulunca derin bir rahatlama yaşayarak sessizce yanına kıvrılmıştı. Bugün beş gün olacak, diye içinden geçirirken Yağız'ın aramamış olması canını sıkmaya başlamıştı. Genç adamı özlediğine inanamıyordu. Bu kadar kısa sürede onunla yaptığı tartışmaları özlemesi çok saçmaydı.

Aynı durum Yağız için de geçerliydi. Artık dayanamıyordu. Atamaları beklemeden gidip karısını geri getirecek, Yaren'in düşüncelerini bu durumda önemsemeyecekti. Onu yanında, yanı başında istiyordu.

Sedat da farklı düşüncelerde değildi. O da karısını özlemişti. Eve geldiğinde nefesinin kesildiğini hissediyordu. Koca konağın ona sadece Asude'yi ifade etmesini dehşetle fark etmişti. Bu konak onsuz çekilmez bir yer olmuştu. Kızını ve karısını çok özlemişti. Acaba onlar da kendisini özlemiş olabilir miydi? Bu düşünceler onun tek tesellisiydi.

Ertesi sabah olacaklardan habersiz bir şekilde üç kişi de gözlerini tekrar geceye yummuştu. Bir kişi hariç!

Sabah erkenden kalkan Yağız dayanamayarak eline telefonu almış karısını aramıştı. En azından onun sesini duymak istiyordu. Telefonda numaraları tuşlarken kalbi deli gibi atıyordu.

Yaren ise gece geç yattığı için hâlâ uyuyordu. Yanından küçük Can'ın alındığından bile haberi yoktu. Evdeki çalışanlardan biri ağlayan çocuğun sesini duymuş ve küçük çocuğu onun yanından alarak altını değiştirip karnını doyurmuştu. Çalan telefonun ziliyle gözlerini aralayan genç kız uyku sersemi kimin aradığına bile bakmadan telefona cevap vermişti. Onun sesiyle Yağız bir an nefesini tuttu. Birkaç günde ne kadar da özlemişti sesini. Hafif bir nefes alarak konuşmuştu.

"Bakıyorum da kocan olmadan bu saatlere kadar uyuyabiliyorsun?"

Yaren karşı taraftan gelen sesle yerinden doğrulmuştu. "Ya... Yağız!" Genç adam onun kekelemesine karşılık hafif gülümsemişti. "Demek adımı hatırlayabiliyorsun karıcığım!" Yaren onun *karıcığım* kelimesini vurgulayarak söylemesi üzerine yutkunmadan edememişti. Kendisini toparlayarak "Bir sorun mu var Yağız? Songül iyi mi?" diye sormuştu. Genç adam onun sakin konuşmasına karşılık öfkelenmişti. Bu kadar vurdumduymaz olmasını beklemiyordu. En azından neden gitmek zorunda olduğunu açıklamasını bekliyordu. Ama Yaren ona savunma hakkı tanıyacak gibi konuşmuyordu. "Evet, bir sorun var!" Yaren dikkatle yerinde doğrulurken endişeli bir şekilde onun sözlerini tamamlamasını bekliyordu. "Mesela, karım tarafından neden daha evlendikten birkaç hafta sonra terk edildiğimi bilmemek gibi! Neden buradan gitmek için bana da sorma gereği duymadığını bilmemem gibi... Veya neden gittiğinden beri bir kez bile aramama sebebin gibi... Evet, sorun var. Ve en kısa zamanda karımın yanıma gelmesini istiyorum!" dediğinde Yaren neredeyse nefes alamayacağını hissetmişti. Derin bir nefes aldıktan sonra güçlükle konuştu.

"Ben... Sadece biraz düşünmek istemiştim. Sana haber vermek için zamanım olmadı!" Onun cevabı karşısında genç adam rahatlasa da bunu ona belli etmemişti. "Neyi düşünecektin Yaren? Söylesene... Babam seni görünce ne söyledi ya da benim hakkımda ne düşündü? Söyler misin, bunları da düşündün mü? Karısına söz geçiremeyen bir adam!" Yaren onun keskin sözleri karşısında ne söyleyeceğini bilemese de sabahın bu saatinde Yağız'ın sesini duymak genç kızı mutlu etmişti. Bugünün güzel geçmesini diliyordu ve Yağız'ın sesi ona ilaç gibi gelmişti. "Bunu düşünecek vaktim yoktu! Ayrıca babam seninle niçin evlendiğimi biliyor. Bu yüzden soru sormadı. Merak etme... Erkeklik gururuna bir zarar gelmedi!" Bu son sözleri biraz sinirli söylemişti.

"Demek öyle... O zaman söyle bakalım hanımefendi, ne zaman dönmeyi planlıyorsun?" Yaren onun sorusu karşısında şaşırmıştı.

Onu bu kadar çabuk geri çağıracağını düşünmemişti. Öyle ki onun Özlem ile birlikte olabileceğini bile düşünmüştü. Sonra bu düşünceler yüzünden kendisine kızsa da aklının bir köşesinde hep *ya doğruysa* sorusunu bulundurmuştu. Ya gerçekten Yağız'ın çocuğunu taşıyorsa? Biliyordu ki şehirdeki kadınların düşünce tarzı çok farklı olabiliyordu. Belki de kendisi gibi ahlaki değerlerine düşkün bir kasabada yaşamadıkları için bu onlara normal geliyordu ama Yağız bu toprakların çocuğuydu ve böyle bir şey yapmasına olanak yoktu... Ya da olmadığını umut ediyordu.

Kısa süren sessizlikten sonra genç adam derin bir iç çekerek "Şimdi kapatıyorum, akşama seni yeniden arayacağım sakın açmazlık yapma. İnan bana güzelim, beni daha fazla sinirlendirmek istemezsin. Seninle konuşmam gerekenler var." dedi.

Yaren kapanan telefona bakarken ne konuşacağını düşünmeden edememişti. Bu sırada kapısının tıklatılmasıyla kapıya yönelmişti. Kucağında küçük bebekle gelen ev çalışanlarından biri "Hanımım bu sabah geç kalktınız. Biz de beyimizi yedirdik. Ama Sedat Beyim sizi çağırıyor!" dediğinde Yaren saatin neredeyse öğlene geldiğini görmüştü. Şaşkınlıkla ağzını kapatırken "Hemen geliyorum!" dedi.

Kadın odadan çıkarken Yaren acele bir şekilde hazırlanarak bahçeye inmişti. Sedat ona anlayışla bakarken onun da güzel bir şekilde giyindiğini gören Yaren gülümseyerek genç adama yaklaştı. Sedat onun bakışlarındaki beğeniyi görünce toy delikanlılar gibi utanmıştı.

"Özür dilerim ağabey, geç kalmışım!"

Sedat, genç kızın geç kalkmasını umursamıyordu açıkçası. Asude'nin yanına gitmek için acele etmek istese de buna cesareti yoktu. "O zaman daha fazla vakit kaybetmeden yola çıkalım. Ben sana küçük atıştırmalık hazırlattım!" dediğinde Yaren onun ne kadar acele ettiğini anlamıştı. Memnun bir ifadeyle ona gülümserken arabaya binmişti. Cemal Bey onları gördüğünde merakına yenik düşerek "Siz nereye gidiyorsunuz?" diye sormuştu. Yaren Sedat'tan bir cevap gelmeyeceğini anlayınca Cemal Bey'e gülümseyerek "Asude ablamı görmeye gidiyoruz." dedi. Cemal Bey'in yüzünde memnun bir ifade belirirken Seher öfkeyle sesini yükselterek "Bu da nereden çıktı şimdi? Kaç ay oldu geri gelmedi, onu almaya gitmek de ne demek oluyor?" dedi. Sedat ona tiksintiyle baktı. "O benim karım... Onu almaya gitmemde ne sakınca var? Elinin hamuruyla erkek işine karışma. Ne zamandır kocanın sözü üstüne söz söyler oldun?" Seher onun öfkesine karşılık susmak zorunda kalmıştı. Araba sert bir şekilde bahçe kapısından çıkarken Cemal Bey arkasından sessizce "Aklı başına geç gelmesi hiç gelmemesinden iyidir!" diye söylenmişti.

Araba ağır bir şekilde taşlı yollarda ilerlerken Yaren Sedat'ı izliyordu. Genç adam bunun farkındaydı ama ona dönüp bakmamıştı. Sonra dayanamayarak "Ne soracaksan sor bakalım, yoksa yüzümde delik açmaya mı çalışıyorsun?" diye şaka yapmıştı. Genç kadın onun çıkışmasıyla dayanamayarak sormuştu. "Söylesene ağabey, neden Seher ile evlendin? Anladığım kadarıyla Asude yengemi zaten uzun zamandır seviyorsun..."

Sedat onun sözlerine gülümseyerek bir düzeltme yapmıştı. "Onu ilk gördüğümden beri, yani evlendiğimiz günden beri seviyorum! Ürkek bakışları gözlerime temas ettiği günden beri..." dedi. Yaren genç adamın itirafı karşısında şaşkınlıkla ona bakıyordu. Belli ki katı görünümü altında yumuşak bir kalbe sahipti. Yaren yüzünü asarak "Bunu ona söylemedin değil mi? Söylemek bir yana ona hissettirmedin bile!" dedi. Sedat onun sorusu karşısında gerilse de haklı olduğunu biliyordu.

Yol ilerledikçe genç adamın heyecanı da artıyordu. İkisi de yolun ne kadar kötü bir durumda olduğunu konuşmaya başlayınca Sedat dayanamayarak "Bu yollar için kaymakamlıkla konuşmak gerek." demişti. Yaren anlamsızca bakarken genç adam gülümsedi. "Bana öyle bakma, aklım başımda. Sadece yol berbat bir hâldeyken o köye ulaşmam daha zor oluyor!" dedi. Yaren onun alışık olmadığı konuşmasına karşılık cevap verememişti. İkisinin de aklında sadece aynı soru dolaşıyordu: Asude onları görünce ne yapacak?

Onlar ilerlerken geride öfkeli birini bıraktıklarından habersizdiler. Seher sinirli bir şekilde odasında dönerken Asude'nin hamile olmadığını öğrenince vereceği tepkiyi merak ediyordu. Kesinlikle o kadın geri dönecekti ve bu Seher için hiç iyi olmayacaktı. Bunun yanında yalan söylediğini öğrendiğinde kocasının tepkisinden de korkuyordu. Tek bir sorunu yoktu ve söylediği yalan onun hayatını derinden sarsacak nitelikte tehlikeliydi. Bunun farkına vardığındaysa epey geç kalmıştı. Eğer Asude kocasına bunu söylerse hayatı bundan sonra kesinlikle aynı olmayacaktı.

Sedat arabayı dar bir yoldan sürmeye başladığında içinde oluşan sıkıntıyla nefes alamadığını hissetmişti. Yavaş bir hareketle arabayı durdurunca Yaren ona dönerek "Neden durdun?" diye sordu. Genç adam ona baktığında yüzündeki dehşet verici ifadeden habersizdi.

"Kötü bir şey oldu sanki!" Yaren gözlerini büyütmüştü. Ama sözlerine de anlam verememişti. "Bu da ne demek... Bir şey olmadı, istersen ben süreyim arabayı?" Sedat genç kıza gülümsedi. "O kadar da değil, nerede görülmüş bir ağanın kadının sürdüğü arabaya bindiği?"

Arabayı yeniden çalıştırarak yola devam etti. İşe gideceği için giymiş olduğu takım elbisenin kravatı boynunu sıkıyordu. Tek parmağını takarak saten kravatı gevşetirken başını huzursuzca sallamıştı. Yaren ondaki tedirginliğin farkındaydı ama bir şey söylemiyordu. Birden bu adama ne olmuştu böyle? Yol sonuna geldiklerinde bahçede toplanan kalabalık

Sedat'ın dikkatini çekmişti. Arabayı durdurduğunda Yaren genç adamın korkmuş bir şekilde karşıya baktığını görünce "Yine neden durduk?" diye sordu. Onu duymayan genç adam hızla arabadan inerek eve doğru koşmaya başlamıştı. Yaren de onun peşinden koşarken bahçede bir kadının feryadını duymuştu.

"Yardım edin ne olur… Kızım ölüyor, biri yardım etsin!"

Sedat kalabalığı yararak eve doğru koşarken korkudan hızla atan kalbi durma noktasına gelmişti. Ağzından sadece "Asude!" adı çıkıyordu. Koşarak eve girdiğinde yüzü su içinde kalmış Asude'nin baygın bir şekilde divanda yattığını görmüştü. Melek, annesinin elini sıkarken "Anne ne olur aç gözlerini… Anneciğim bak… Anneciğim aç gözlerini korkuyorum!" diye ağlıyordu. Sedat kızının feryadını duymuyordu bile, tek odaklandığı kişi karısıydı. Canının diğer yarısı… Hızla yanına giderek onu uyandırmak için yüzünü avuçlarının arasına almıştı.

"Asude aç gözlerini… Asude bana bak!" Sedat korkuyla titrerken karısının kendinden geçmiş bedenini sarsıyordu. Sesi daha önce kimsenin duymadığı kadar sert ve korkmuş çıkıyordu. Genç adam ağladığının ve sesinin titrediğinin farkında değildi. Yaren koşarak onun ardından eve geldiğinde Sedat'ın Asude'yi uyandırmaya çalıştığını görmüştü.

"Ağabey, onu hemen götürmeliyiz, kasabadaki hastaneye yetiştirebiliriz orası buraya daha yakın!" derken Sedat çaresiz bir şekilde genç kadına bakmıştı. Karısını hızlı bir şekilde kucağına alan genç adam birkaç ayda ne kadar da zayıfladığını fark etmişti. Kucağındaki eli aşağıya sarkmış karısını kapalı gözlerini açması için arada sarsıyor ama tepki alamayınca dudaklarını onun kulağına doğru yaklaştırarak yalvaran sesini ona ulaştırmaya çalışıyordu. "Asude aç gözlerini… Yalvarırım bana bunu yapma… Aç o güzel gözlerini…"

Asude'nin annesi damadına minnet dolu gözlerle bakarken Sedat hızlı bir şekilde karısını arabanın arka koltuğuna yatırmıştı. Melek, annesi için ağlarken Yaren küçük kızı da arabanın arka koltuğuna yerleştirerek Sedat'a izin vermeden direksiyona geçmişti. Sedat ona bakarken Yaren itiraz etmemesi için "Asude ablamın sana ihtiyacı var, bu şekilde arabayı kullanamazsın!" dedi.

Sedat arka koltuğa geçerken Yaren çoktan arabayı çalıştırmıştı bile. Asude'nin annesi sorar gözlerle damadına bakarken genç adam onun çekindiğini anlayarak "Anne sen de gel, sana ihtiyacımız olacak." deyince yaşlı kadının gözlerinden yaş boşalmaya başlamıştı. Sedat arabaya binerek karısının başını kendi kucağına aldı. Elleri titreyerek Asude'nin yanaklarında dolaşırken onun bu hâlde olmasının kendi suçu olduğunu düşünüyordu. Küçük kız babasının kucağında yatan annesinin eline uzanarak tutmaya, tıpkı babası gibi annesini uyandırmaya çalışıyordu. Ağlayarak "Anne bak babam geldi... Hadi aç gözlerini... Anne bak sen demiştin ya gelecek diye... Bak babam geldi, aç gözlerini!"

Yaren küçük kızın sözleri karşısında içinin parçalandığını hissetmişti. Ah Sedat! Hem kendisinin hem de karısının acı çekmesine neden olmuştu.

Sedat kızının sözlerini duyunca vicdan azabı çekmeye başlamıştı. İçinden *beni bekliyordu,* düşünceleri geçerken kimseye aldırmadan eğilerek karısının alnını öpmüştü. Ateş gibi yanan teninin ısısı genç adamın dudaklarını kupkuru yaptı. "Aç gözlerini lütfen... Ben geldim, beni affetmen için... Aç o güzel gözlerini..." Asude derinlerden gelen kocasının sesini zayıf da olsa duyabiliyordu. Gözlerini ne kadar açmaya zorlasa da buna takati yoktu. Son kez bile olsa sevdiği adamın yüzünü yeniden görmek istiyordu.

Sedat, Yaren'e seslenerek "Lütfen daha hızlı kullan şu arabayı!" derken Yaren elinden geleni yapıyordu. Yolların bozuk oluşu işini zorlaştırsa da gidebileceği son hızla taşlı yollardan ilerliyordu. İkisi de genç anne için dua etmeye başlamıştı ki Sedat birden kayınvalidesine seslenerek "Neden bu kadar hastalanmasına izin verdiniz?" diye sordu. Yaşlı kadın ne diyeceğini bilememişti. Kızının konaktan geldiğinden beri ruhsuz bir şekilde dolaştığını nasıl söyleyebilirdi ki? Perişan olan damadına bakarken içi acımıştı. Onun da kızı gibi zayıfladığını görebiliyordu. Acı içinde yutkunarak "Aslında düne kadar hiçbir şeyi yoktu. Sadece son zamanlarda yemeyi iyice azalttığı için ona zorla yemek yedirmiştik. Yediği bir şey dokunsaydı biz de aynı olurduk. Bilmiyorum oğlum. Birden ateşlendi. Gece ateşi düşmüştü ama sonra sabaha karşı ateşi yeniden yükseldi. Ben de nasıl olduğunu anlamadım. Ona bakarken birden gözümün önünde bayıldı!"

Sedat karısının siyah saçlarını yüzünden çekmeye çalışıyordu. Araba oldukça sarsıntılı ilerlerken birden bir öğürme sesiyle irkilen Sedat, kucağındaki karısının kusmaya başladığını görmüştü. Normal şartlarda bu gibi durumlardan iğrenen genç adam, karısına sevgiyle sarılmıştı. Arabanın içi, hatta Sedat'ın üzeri berbat olsa da bu umurunda bile değildi. Genç kadın gözlerini açamıyordu ama sürekli kusuyordu. Sedat arkasını sıvazlayarak "Hadi Asude... İçini dök, rahatlarsın!" diyerek karısını rahatlatmaya çalışıyordu. Genç kadın kusmayı bıraktıktan sonra yeniden kocasının dizine başını yaslamıştı. Bilinçli yapılan bir şey değildi. O anda nasıl göründüğü önemli değildi. Sedat eliyle onun yüzündeki teri silerken hiç rahatsız olmamıştı. Aksine bundan değişik bir mutluluk duymuştu. Bir daha onu bırakmayacaktı, asla yanından ayırmayacaktı. Kimin ne dediği önemli değildi ya da onun ne istediği... Bundan sonra onu gözünün önünden bir dakika bile ayırmayacaktı!

Yaren sonunda arabayı düzgün olan ana yola çıkarmayı başarmıştı. Bundan sonra arabayı daha rahat sürebilecekti. Bu sırada telefonu çalan genç kadın irkilmişti. Yağız ona yeni çıkan bir telefondan alarak yanından ayırmamasını tembihlemişti. Telefon sesi arabanın içini doldurmaya devam ederken genç kız tedirgin olmuştu. Arkada olan çantasına uzanamayacağı için Sedat'a dikiz aynasından bakarak "Ağabey sen bakabilir misin?" diye sormuştu. Sedat dalgındı. Son anda

Yaren'in ne istediğini anlayan genç adam arayan kişiye bakarak "Baş belası kim?" diye sormuştu. Yaren utanarak ona cevap verememişti. Sedat ise kim olduğunu umursamadan telefonu hızlı bir şekilde açarak "Şu anda meşgulüz, hastaneye gidiyoruz!" diyerek aynı hızla kapatmıştı. Yaren şaşkın bir şekilde Sedat'a bakarken telefonun karşı tarafındaki Yağız şaşırmıştı. Karısını yeniden aramak için bahaneler sıralarken birden ağabeyinin telefonu açması ve üstüne "Hastaneye gidiyoruz." demesi onu gerçekten korkutmuştu.

Yeniden telefonu eline alan genç adam sürekli Yaren'i aramaya başlamıştı. Telefondan cevap gelmeyince yerinde endişeden dönüyordu. Kulağında telefonla beklerken karşı taraftan son anda meşgul sesi gelmesi ve hemen ardından da ulaşılamıyor sesi Yağız'ı âdeta çıldırtmıştı. Bu kez ağabeyini aramaya başlamıştı ama ondan da cevap yoktu. Evi aramaya karar veren Yağız, babasına da ulaşamayınca öfkeden telefonunu duvara fırlatmıştı.

"Songül... Hazırlan gidiyoruz!"

Yolun sonunda hastanenin acil kapısının önünde fren yapan araba dikkat çekmişti. Sedat hızlı bir şekilde arabadan inerek sedye çağırdı. Yaren de arka koltukta olan Asude'yi kontrol ediyordu. Acile alınan karısının peşinden Sedat da gitmek istemiş ama izin verilmemişti. Çıldırmak üzereydi. Karısı içeride can çekişirken hiçbir şey yapmadan dışarıda beklemek genç adamı çıldırtıyordu. Yaren genç adamın delirmiş gibi etrafına saldırmasını izlerken ona yaklaşmaya cesaret edememişti. Melek de babasının yüz ifadesinden korkarak geri çekilip duvara yaslanmıştı. Zaman genç adam için geçmek bilmiyordu.

Ellerini saçlarının arasına daldırdı. "Neden bir şey söylemiyorlar?" Yaren genç adamın yanına giderek elini omzuna koymuştu. "Sakin ol, Asude abla iyi olacak!" Yaren bir türlü genç adamı sakinleştirmeyi başaramamıştı. İçinde büyük bir korkuyla etrafa bakınırken tek dileği içeriye alınan Asude'nin iyileşmesiydi.

372

İki saat, koskoca iki saat geçmişti ve ne Asude'den bir haber vardı ne de onunla ilgilenen doktorlardan. Kocaman hastane terk edilmiş gibi gelmişti genç adama. Sedat elini saçında sinirle dolaştırırken bir haber almak için etrafa saldırmaya başladı. Yaren ona engel olmak için elinden geleni yapsa da başarılı olamıyordu. Melek korkuyla babasına bakıyordu. Korkudan ağlamaya başlamıştı ve küçük kızla ilgilenen kimse yoktu. Yaren onu fark ettiğinde küçük kıza yaklaşmak istemiş ama Sedat ondan önce davranarak kızını kollarının arasına almıştı. Şefkatli bir şekilde "Korkma... Annen bizi bırakmayacak!" dediğinde Yaren'in içi umutla dolmuştu. O ana kadar kendisini tutan genç kız yanağından aşağıya akan sıcak damlaları elinin tersi ile silmeye başladı.

Sedat odadan çıkan bir doktoru yakalayarak "Karım... O nasıl? İki saattir bir şey söylemediniz!" dedi. Doktor endişeli adama bakarak "Merak etmeyin, şu anda midesi yıkandı ve başka bir odaya alınacak. Yarın onu götürebilirsiniz!" dedi. "Neden bu kadar ateşlendi? Yani soğuk algınlığı veya..." Sedat'ın son sorusunda sesi titremiş, kalbi gümbür gümbür atmaya başlamıştı. Aklında türlü düşünceler dolanırken karısının midesini yıkamalarına neden gerek duyduklarını anlamaya çalışıyordu. Ya kendi canına kıydıysa? Ya bilerek hasta olduysa? Buna dayanamazdı. Kendisi yüzünden Asude'ye bir şey olmasına dayanamazdı. Ya bugün onu görmeye gitmeseydi?

Doktorun "Eşiniz zehirlenmiş." sözleriyle donup kalmıştı. Sanki yer ayaklarının altından çekiliyordu. Yaren de şaşkınlıkla doktora bakmıştı. Saçları hafif kırlaşmaya başlayan uzun boylu, orta yaşlı doktor; genç adamın gözlerini kapattığını fark edince bir adım öne atılmış ama Sedat tek elini kaldırarak onu durdurmuştu. Bunun üzerine "Karınız ciddi bir zehirlenme geçirdi. Tam olarak emin değilim ama zehirli mantar yemiş olabilir. Ayrıca onu kusturmanız da hayatını kurtardı. Uzun zamandır dayanıyor olmalı, bu kadar dayanması bile gerçekten şaşırtıcı." dedi. Rahatlayan Yaren, Sedat'ın yüz kaslarının oynadığını görmüştü. Kayınvalidesi damadının sinirli hâlini görünce bir adım geri atmak zorunda kalmıştı. Sedat'ın tek düşündüğü neredeyse Asude'yi kaybedecek olmasıydı. Başını kaldırarak Yaren'e baktı. Ona minnet duyuyordu. Israr edip onu Asude'ye götürdüğü için genç kadına hayatını borçluydu. Asude'ye bir şey olsaydı kesinlikle yaşayamazdı.

"Onu görebilir miyiz?" Sedat'ın sesi zayıf çıkmıştı. Doktor üzgün adama bakarak başını sallamış ve "Şu anda vücudu yorgun düşmüş durumda. Lütfen onu fazla zorlamayın. Zaten ilaçların etkisiyle etrafında olanları algılayamaz. Daha rahat uyuması için serumuna ilaç ekledik." demişti. Sedat onu dinlemedi bile. Hızla karısının odasına girdiğinde yatakta gözleri kapalı Asude'yi görmüştü. Yüzü oldukça solgun görünüyordu. Siyah saçları yastığının üzerine iyice dağılmıştı. Kolundan sarkan serum borusunu takip ederek büyükçe şişeye baktı. Aklından serumun iki litre olabileceği geçince yutkunmadan edemedi. Beyaz örtünün altında ne kadar da zarif görünüyordu sevdiği. Aklına onunla evlendikleri zaman gelmişti. Evlendikleri gece de böyle beyaz bir gelinliğin içinde karşısındaydı. Ama tek farkla, ürkek kehribar rengi gözleriyle ona bakmıştı. İkisi de çocuk sayılabilecek yaştaydı. Asude otuzuna yeni girmiş bir kadın olarak hâlâ güzelliğini korusa da ruhunun ne denli tahribata uğradığını bilmek için müneccim olmaya gerek yoktu.

Yavaş adımlarla genç kadına doğru ilerlerken onun nefes alışını kendi gözleriyle kontrol etmişti. Hafif de olsa göğsünün şişip inmesini izleyen genç adam derin bir rahatlama yaşamıştı. Yaren ve diğerleri de Sedat'tan sonra odaya girmişti. Asude'nin annesi ağlayarak kızına bakarken Melek koşarak yatağa yaklaşmış ama son anda babası tarafından engellenmişti. Sedat kızını yakalayarak Asude'yi uyandırmaması için kolları arasına almıştı. Ağlayan küçük kız babasının kolları arasında annesinin solgun yüzüne bakarken elini ağzına kapatmış, annesi uyanmasın diye sessiz olmaya çalışıyordu. Melek ağlıyor ama annesine bağırmak için sesi çıkmıyordu. Sedat kızını iyice sararken "Anne çok yorgun, bırakalım uyusun tamam mı?" dedi. Sesi o kadar yumuşaktı ki küçük kızı o ses tonundaki acıyı algılayamamıştı. Yaren karşısında bulunan ailenin neden dağıldığını düşünmeden edemiyordu. Oysaki üç kişilik harika bir aile olabilirlerdi. Aklının bir ucunda Sedat'ın neden Seher ile evlendiği, neden ondan bir çocuk yaptığı konusu dönüp dururken, içinden bir ses bunu öğrenemeyeceğini söylüyordu.

Sedat bakışlarını genç kadına çevirerek "Annemi ve Melek'i eve götürür müsün Yaren?" diye sordu. Yaren onun acı dolu bakışlarıyla karşılaşınca konuşamamıştı. Yutkunarak sadece başını salladı. Asude'nin annesi gitmek istemiyordu. Kızının yanında kalmak için diretmeye çalışmış ama Sedat onun tüm ısrarlarına rağmen ikna olmamıştı. Karısının yanında kendisi duracaktı. Ondan af dilemeliydi ve karısını geri almak için elinden gelen her şeyi yapmalıydı. Yaren onun üzerinin berbat bir hâlde olduğunu fark edince "Sen ne yapacaksın, kıyafetlerinin hepsi mahvoldu." dedi. Sedat genç kadının sözleriyle üzerine bakmıştı. Pantolonu ve gömleğinin bir kısmı Asude'nin kusmuğuyla duruyordu. Temizleme çabasında bile bulunmamıştı. Onlar karısının nasıl hayatta kaldığının deliliydi ve bunun için sabah giderken söylendiği taşlı yollara şu anda minnet duyuyordu. Ya araba sarsılmayıp karısı kusamasaydı? Asla onun zehirlendiğini anlamayacaklardı. İçindekileri çıkarabildiği için dua etmişti. Hafif gülümseyerek "Sorun değil, yakında kıyafet satan bir yer olmalı. Oradan bir şeyler bulurum!" dedi. Yaren de onun gülümsemesine karşılık vermişti. "Biz gidelim o zaman teyzeciğim. Evdekiler de merak etmiştir!" derken aklından Yağız geçiyordu.

Çantasından çıkardığı telefona baktığında telefonun kapanmış olduğunu görmüş ve yüzünü asmıştı. Eve gidene kadar beklemek zorundaydı. Acaba Yağız onu tekrar aramış mıydı? Cevap alamadığından çıldırmış olmalıydı. Yağız'ın yeniden aramış olabileceği düşüncesi genç kızı heyecanlandırmıştı. Konağa gittiğinde evden arayıp aramadığını öğrenirdi nasıl olsa. Ya kendisiyle konuşamadığı için yanlış anlarsa? Yanlış anlama konusunda onun üzerine kimseyi tanımıyordu. En küçük şeyde endişeleniyordu. Genç adam arada kıskanç davranışlar sergilemeye başlamıştı. Bu, genç kadına komik geliyordu. Nedenini bilmese de Yağız'ı düşününce heyecanlanmaya başlıyor ve ondan uzak durmanın gün geçtikçe zorlaşmaya başladığını biliyordu.

Yaren arabaya giderken arkasından gelen kadının çekingen tavırları onun dikkatinden kaçmamıştı. "Siz neden bu kadar sıkkınsınız?" Yaren'in sıcak çıkan sesiyle kadın hafif irkilerek hastaneye bakmıştı. "Onları yalnız bırakmak doğru mu?" Yaren onun neden bu kadar korkulu baktığını onun sözleriyle az çok anlamaya başlamıştı. Korkuyordu... Kızına bir şey olmasından, Sedat'ın onu üzmesinden korkuyordu. Onu teselli etmek istercesine kadının elini tutup hafif sıkmıştı. "Merak etmeyin. Sedat ağabeyim ona iyi bakacak. İnanın ona çok iyi bakacak!" dedi. Onun sözleri sanki bir şeyleri yaptıracakmış gibi çıkınca kadının içinde bir rahatlama oluşmuştu.

Arabaya bindiklerinde hastaneden uzaklaşana kadar Melek ağlamasını sürdürmüştü. Yaren arka koltukta oturan küçük kıza aynadan göz kırparak "Sen neden ağlıyorsun? Annen seni bu hâlde görse çok üzülürdü." dedi. Küçük kız hıçkırmasına engel olamıyordu. Eskisi kadar çok ağlamasa da arada hıçkırıkları ağzından kaçıyordu. "Yenge... Anneme bir şey olmayacak değil mi?" dedi. Yaren onun güzel sesi karşısında bir kez daha hayran kalmaktan kendini alamamıştı. Melek'i ilk gördüğünde onun saçlarının ışıltısı karşısında şaşkınlıkla ona bakmıştı. Annesine olan düşkünlüğünü görünce imrenmiş, zamanı geldiğinde kendisinin de Melek gibi bir kızı olmasını çok istemişti... Ve Asude... O, kızına çok düşkündü.

Yaren düşüncelerinden yanındaki kadının sesiyle sıyrılmıştı. "Efendim teyze!" Yaren'in dalgınlığı karşısında kadın derin bir iç çekerek "Kimi düşünüyorsun?" diye sordu. Genç kadın onun sorusuna şaşırmıştı. Tam olarak neden bu soruyu sorduğunu anlayamamıştı. "Birini düşündüğümü nereden çıkardınız?" Yakalanmanın verdiği utançla yüzünü saklamak istese de gözlerini yoldan kaçıramıyordu. Orta yaşlı kadın onun bu hâline gülümseyerek bakmıştı. Az da olsa kızının hastanede olduğunu unutmuş bir şekilde tüm ilgisini yanında araba kullanan güzel kıza çevirmişti.

"Asude çok güzel olduğunu söylemişti ama bahtın güzel olsaymış be kızım. İnan senin için çok üzülmüş olsam da bir yandan da sevindim. Suat'ı severdim ama Yağız apayrı bir çocuk. Asude de her zaman ondan bahsederdi. Biliyor olmalısın ikisi çok iyi anlaşıyor. En azından o evde kızıma insan gibi davranan biri vardı. Cemal Bey'i suçlayamam. Herkes onun gelinlerinin sorumluluklarını oğullarına bıraktığını bilir. Ama kızımı yıllar sonra bana getirmesi... Allah ondan razı olsun, ölmeden kızıma kavuşturdu beni!"

Yaren dikkatle kadını dinliyordu. Büyük konağın bahçesinden içeriye giriş yapmışlardı. Arabanın sesiyle Seher hızla bahçeye çıkmış ama arabadan sadece Yaren ile Asude'nin kızı ve annesinin çıkması onu şaşırtmıştı. Hırsla yanlarına giderek "Sedat nerede?" diye sordu. Yaren onun sesindeki uyarıyı anlasa da hiç oralı olmamıştı. Yanındaki kadına dönerek "Buyurun lütfen, kendi eviniz gibi rahat edin!" dedi.

Bu sırada Cemal Bey de onların yanına gelerek "Bir sorun mu var? Neden Asude'nin annesi ve kızı yalnız geldi?" dedi. Yaren üzgün bir şekilde babasına bakıp cevap vermişti. "Yengem biraz rahatsızlandı, onu hastaneye kaldırdık." Cemal Bey merakla konuşmaya başlayacaktı ki Yaren devam etti. "Merak edilecek bir şey yok. Sedat ağabeyim yanında. Yarın hastaneden buraya getirecek." dediğinde bakışlarını Seher'e dikmişti.

Cemal Bey'in yüzü, Yaren'in son sözleriyle aydınlanmıştı. Dünürüne içi rahatlayarak bakıp "Hoş geldin dünür!" diyerek onu içeri davet etti. Yaren onların büyük salona geçişini arkadan seyrederken Seher'in kolunu yakalayarak "Sakın aklından geçenleri uygulayayım deme, inan bana bu kez seni çok kötü yaparım. Ne Melek'e ne de Asude ablanın annesine bir hatanı görürsem inan bana bu kez seni Sedat ağabeyime şikâyet etmemi Asude ablam bile engelleyemez."

Seher, Yaren'in ani çıkışıyla afallamıştı. Onun afalladığını gören Yaren ise içinde hissettiği baskın çıkma sevinciyle Cemal Bey'e yaklaştı. Adam gelininin yüzündeki gülümsemeyi görünce önce ne olduğunu anlamamış ama sonrasında Seher'e seslendiği sırada onun hâlâ olduğu yerde dalgın bir şekilde durduğunu görünce Yaren'in onu alt ettiğini anlamıştı. Yaşlı adamın yüzü de aydınlanmıştı. Cemal Bey'le konağın bahçesindeki çardağa geçerek günün yorgunluğunun üzerine güzel bir kahve içmişlerdi.

"Söyle bakalım güzel gelinim neden konağa dönmek için bu kadar acele ettin?" Yaren utanarak bakışlarını kaçırsa da Cemal Bey'in onu bırakmaya niyeti yoktu. "Kaçırma o gözlerini, bizimki bir densizlik mi etti?" Yaren duydukları karşısında hızla atılarak "Yok babacığım, bir şey yapmadı. Sadece ben..." Ne söyleyecekti ki? Gözlerini Cemal Bey'in yüzüne dikerek "Sadece aklımı toparlamam gerekiyordu baba, ne düşüneceğime, bundan sonra ne yapacağıma karar vermem gerekiyordu."

"Bak güzel kızım, Suat öldü ve seni bana emanet etti. Yağız ile evlenmeni istemesinin bir nedeni olmalı. Siz evlenmeden önce de Yağız burada olsaydı seni Yağız'a alırdım. Onu dizginleyebilecek biri varsa o da sensin..." Cemal Bey'in sözleriyle gerilen genç kız yerinde kıpırdanmaya başladı. Onun rahatsızlığını anlayan adam gülümseyerek kahvesini yudumlarken gözlerini genç kızdan ayırmıyordu.

"Bugün çok yoruldun, Can'ı kızlar uyuttu sen git biraz dinlen." dediğinde genç kız ilaç bulmuş ağır hasta gibi hemen yerinden doğrulmuştu. "İyi geceler babacığım." diyerek adamın yanından ayrılırken hızla odasına çıkmıştı. Yatağın üzerinde uyuyan küçük çocuğa bakarken yüzüne hafif bir gülümseme yerleşti. Gülümsemesi aklına Yağız gelince solmuştu. Kesin meraktan çıldırmıştır, diye düşünerek kocasını aramaya karar verdi. Telefonunu almak için çantasına uzandı ama telefonu çantasında değildi. Etrafına bakınarak telefonunu aramaya devam etmiş ama aramaları sonuçsuz kalmıştı.

Sonra aklına arabada telefona baktığı gelmişti. Telefonunu arabada düşürdüğünü anlayarak odanın kapısına doğru ilerlemiş ama son anda biraz merak etsin, diyerek telefonu almaya gitmekten vazgeçmişti. Düşüncelerinin Yağız'ı nasıl çıldırtacağını düşünerek hafif gülümseyip elini saçlarına götürmüş ve yatağa oturmuştu.

Yaren keyiflenirken Yağız içinde büyük bir sıkıntıyla köyüne doğru yola çıkmıştı bile. Yaklaşık üç saattir yoldaydı ve hiç mola vermemişti. Bir an önce köye varmak için arabayı da normalden hızlı kullanıyordu. Böyle giderse bir yarım saat sonra kasabanın sınırından içeriye girecekti. Songül endişeyle ona bakıyordu. "Ağabey, sorun ne? Neden bana bir şey söylemiyorsun?" dedi. Yağız kardeşinin de endişelendiğini görünce "Galiba yengen hastalanmış, ağabeyim onu hastaneye götürdüğünü söyledi!" dediğinde aslında doğruyu söylediğinin farkında bile değildi. Tek bir farkla… Hasta olan kendi karısı değil, Sedat'ın karısıydı.

Hava gecenin karanlığına teslim olalı iki saati geçmişti. Arabayı kullanmak karanlık yolda daha zor oluyordu. Songül de en az Yağız kadar endişelenmişti.

Yaren yorgun olduğu için yatağına girmiş uyuyordu. Melek ise anneannesiyle birlikte üst katlardaki misafir odalarından birinde kalıyordu. Cemal Bey, Asude'nin annesine oldukça misafirperver davranmıştı. Ama kadının aklı kızında kalmıştı. Misafir odasında kollarında torunuyla uzanırken nasıl uyuduğunun bile farkına varmamıştı. Bugün yaşadığı korku zayıf olan bedenine ağır gelmişti. Damadı gelmeseydi kızının hâli ne olurdu diye düşünmek bile istemiyordu.

Konakta sessiz ama gergin bir hava varken odalarına çekilen ev ahalisi kendi derdini düşünüyordu. Kimi sıkıntılarını nasıl giderebileceğini, kimi özlemini, kimisi de yapacağı kötülükleri düşünüyordu. Geç vakitte uykuya dalan Yaren, aynı saatlerde Yağız'ın arabasını kasabanın merkezine sürdüğünden habersizdi.

Genç adam yol ayrımına geldiğinde iki yer arasında kararsız kalmıştı. Konak mı hastane mi? Sonunda hastaneye gitmeye karar vermişti. Yaren'in hâlâ hastanede olduğunu düşünüyordu. Öyle olmasa bile bunu kendisi görmeliydi. Eve gidip geri dönmektense, yolunun üzerindeyken hastaneye uğramak daha mantıklı gelmişti. Bu şekilde zaman kazanacaktı.

Hastane önüne arabasını park eden genç adam hızlı adımlarla danışmaya geldiğinde endişesinde bir gram eksilme olmamıştı. "Yaren..." dedi ve duraksadı. Ne söyleyecekti şimdi kendi soyadını mı yoksa onun babasının soyadını mı? Aklına ağabeyiyle resmi nikâh kıydıkları gelince içi burkulsa da kendi soyadını söylemek için ağzını açmıştı ki Sedat'ın "Yağız!" diye kendisine seslenmesini duymuştu. Şaşkınlıkla kardeşine bakan Sedat, onun hızlı bir şekilde gelmesini izledi.

"Senin burada ne işin var?" Sedat sorduğu sorunun karşılığında aldığı cevapla şaşkına dönmüştü. "Karım... O nasıl? Ne oldu da onu hastaneye kaldırdınız? Allah aşkına birkaç gün bakamadınız mı Yaren'e?" Sedat son duyduğu sözle tek kaşını havaya kaldırarak "Yaren mi?" diye sordu. Az önce ağabeyinin çıktığı kapıdan hızla içeriye dalan genç adam, Sedat'ın sesindeki şaşkınlık tınısını bile fark edecek durumda değildi. Yatakta yatan kişinin Yaren değil de Asude olduğunu görünce duraksayan Yağız hızlı adımlarla onun yanına giderek "Yenge! Sen... Sen neden buradasın?" diye sormadan edememişti. Başını arkaya çevirerek ağabeyinin imalı bakışlarıyla karşılaşınca utanmış olsa da ifadesini değiştirmemek için çabalamıştı. "Gördüğün gibi burada yatan senin değil benim karım. Çok merak ediyorsan söyleyeyim, Yaren şu anda evde!" Yağız onun sözleri karşısında derin bir rahatlama hissetmişti. Sonra birden ağabeyine dönerek "Neden telefonda doğru düzgün bir cevap vermedin? Ne kadar korktum biliyor musun? Ayrıca neden karımın telefonu sende?" Sedat kardeşinin ikide bir Yaren'e *karım* demesine şaşırmıştı. Onu bu kadar kolay benimsemesine mutlu olsa da bir şey söylememişti. Gayet sakin bir şekilde "Sen olduğunu bilmiyordum!" dedi.

Yağız ona inanmayarak ters bir bakış atmış ve "Arayan kişiye bakmadığını mı söylüyorsun?" dedi.

Sedat kardeşini kızdırma dürtüsüyle dolup taşarken en hain düşüncelerle "Arayan kişiye baktım ama senin adın yazmıyordu!" dedi. Yağız tek kaşını kaldırarak bakarken içinden telefona farklı bir isimde kaydedildiğini düşünmüş ve mutlu olmuştu. Acaba ne olarak kaydetmişti kendisini? *Yakışıklı?* Yok, bu olmadı. *Aşkım?* Yok, yok, bu hiç olmaz. Yaren böyle bayağı kelimeler telefonunda bulundurmaz… Ya bulunduruyorsa?' Yağız'ın kendi kendine bir şeyler mırıldandığını gören Sedat gülümseyerek "Yaren haklıymış seni *baş belası* diye kaydetmekte!" dediğinde tüm düşüncelerinden sıyrılmıştı.

"Ne dedin? Ne diye kaydetmiş?" Yağız'ın ani çıkışıyla Asude farkında olmadan kıkırdamıştı. Bu kızın espri anlayışına her zaman hayran kalmıştı. "Duydun! Seni baş belası olarak kaydetmiş. Bu yüzden artık eve gidebilirsin. Nitekim ben karımla kalacağım için seninle gelemem!" diyen Sedat karısına bakışlarını çevirmişti.

Gülümseyen genç kadın kocasının bakışlarını üzerinde hissetmesiyle toparlanmış, yüzündeki gülümsemeyi ciddi bir ifadeye bırakmıştı. Asude'nin ellerini açarak "Songül!" diye seslenmesi Sedat ve Yağız'ın bakışlarını da kapıya çevirtmişti. Sedat kardeşine bakarken onun birkaç ayda ne kadar da büyüdüğünü fark etmesiyle şaşırmadan edemedi. Artık genç bir kız olmuştu. Belki Songül fark etmemişti ama gerçekten de şu birkaç ay içinde serpilerek çok güzel bir genç kıza dönüşmüştü.

"Yenge, Sedat ağabey…" diye onlara seslenen genç kız hızlı adımlarla yatağa yaklaşmış ve kolları açık olan Asude'ye sıkıca sarılmıştı. "Yengeciğim, ne oldu sana?" Songül'ün samimi çıkan sesi karşısında genç kadın ağlamaya başlamıştı. "Ah güzelim benim sen ne kadar büyüdün böyle?" Asude, evlendiğinden beri Songül'e ayrı bir sevgi beslerdi. Nitekim genç kızı kendisi büyütmüştü. Zaten bu kadar genç yaşta Sedat ile evlendirilmesinin başlıca sebeplerinden biri de bu genç kız değil miydi? Annesi ölmüş ve yalnız kalmıştı. Cemal Bey hem kızına bakabilecek, hem de evi çekip çevirip oğluna karılık edebilecek bir gelin almıştı. Ve bunun için de bulabileceği en iyi gelini seçmişti.

Asude'nin sözleri üzerine Sedat da şaşkınlıkla genç kıza bakmıştı. Sonra kendisi bile anlayamadan kardeşine kollarını açmıştı. Songül, Sedat ağabeyinin bu hareketine öyle şaşırmıştı ki yerinden kıpırdayamamıştı. "Ne o ufaklık, bana sarılmayacak mısın?" dediğinde ise neredeyse düşüp bayılacaktı. Yağız kardeşinin şaşkınlığı karşısında gülümsemişti. Şaşkınlığını anlayabiliyordu. Songül ağır adımlarla yaklaşırken onun mıymıntı yürüyüşünü bekleyemeyen Sedat hızlı davranarak kardeşini kollarının arasına çekmişti.

"Gerçekten çok büyümüş bizim bastı bacak!" Songül şaşkındı. Ağabeyi kendisine ilk kez sarılıyordu, en azından o öyle biliyordu. Evlenmeden önce Songül'ü kucağından indirmediğinden haberi bile yoktu. Yağız annesi öldüğünde kardeşini kucağından düşürmeyen ağabeyine bakmıştı. Gözlerinde o zamanın üzüntüsü olmasa da bakışlarındaki gururu görebiliyordu. Songül gururlanacak bir genç kız olmaya başlamıştı.

Ailenin tek kızı!

"Yaren yengem nerede, ağabeyim onun için çok endişelenmişti!" Songül'ün sözleriyle Yağız kapıya yönelip odadan çıkacağı sırada duraksamıştı. Sonra içinden gelen doktorluk içgüdüsüne karşı koyamayarak tekrar Asude'nin yanına gitmiş, hemen başucundaki dosyasını alarak incelemeye başlamıştı. "Zehirlenme mi? Bizim topraklarda zehirli bitki olduğunu bilmiyordum!" dedi. Sedat onun dosyayı inceleyişini gururla seyretmişti. Tüm aileye kafa tutarak okumuş ve doktor olmuştu. Kardeşi bunu başardığı için seviniyordu. Sonra onun sorusuyla duraksayarak "Bunu ben de düşündüm, acaba başka bir şeyden zehirlenmiş olamaz mı?" diye sormadan edemedi. Yağız başını iki yana sallayarak "Çok belli, test sonuçlarında bir yanlışlık yok!" dedi.

"Neyse bunu diğer doktorlarla konuşurum, şimdi eve gi-

delim Songül, ağabeyimle yengemin konuşacakları vardır!"
Sedat ona çarpık bir gülümseme yollarken Asude utanarak
bakışlarını kaçırmıştı. "Şuna Yaren'i merak ediyorum dese-
ne, neden bizi ortaya atıyorsun?" Sedat'ın sözleriyle Yağız
da ağabeyine aynı şekilde gülümsemiş ve "Ben konuşurken
çekinmem ağabeyciğim, bunu unutuyorsun galiba. Duy-
gularını gizleyen sensin!" demişti. Songül, Yağız'ın yanına
giderek koluna girmişti. Sedat ikisini odadan dışarıya çıka-
na kadar seyretmiş ve sonra Asude'ye dönerek "Sence de
Yaren'e bağlanmış gibi görünmüyor mu?" diye sordu. Asude
gülümseyerek başını sallamıştı. "Umarım bu kez Yaren mutlu
olur!" Sedat karısını onaylayarak yatağa doğru ilerlemiş ve
Asude'nin şaşkın bakışları arasında onun yanına uzanmıştı.
Küçük yatakta sıkışıp kalan Asude ne yapacağını bilemiyor-
du. Ona kalkmasını söyleyecek cesareti yoktu. Sedat kolunu
hafif yukarıya kaldırarak Asude'yi kendisine çekip göğsüne
yatırmıştı. Şaşkın olan genç kadına "Böyle daha rahat sığa-
rız." diyerek açıklama yaptı. Asude heyecandan elini nereye
koyacağını şaşırsa da Sedat onun bu heyecanını anlayama-
mıştı. Onlar loş hastane odasında gözlerini kapatırken, saat-
ler önce uykuya dalan Yaren kulağına gelen seslerle gözlerini
hafif aralamıştı. Seslerden korkan küçük bebek yanında ağla-
maya başladığında yerinden doğrulan genç kız onu kucağına
alarak susturmaya çalışmış ama başarılı olamayınca aç oldu-
ğunu düşünerek mutfağa süt hazırlamaya inmişti.

Genç kız sütü hazırlarken gördüğü şeyle donup kalmıştı.
Sanki tüm nefesi içinde kalmış ve kalbi daha fazlasını kaldı-
ramayacak gibi şişmeye başlamıştı. Yutkunamıyor, gözlerini
kapatamıyor, elinin ayağının titremesine engel olamıyordu.

Konaktan yükselen çığlıklar kulaklarında yankılanırken o
hiç düşünmeden koşmaya başlamıştı. Sanki kalbi ve ayakları
ortak olmuş ona yol gösteriyordu. Hızlı bir şekilde koşarken
kimse ona nereye gidiyorsun diye soramamıştı. O an Cemal
Bey bastonunu yere vurarak "Yaren... Kızım dön geriye!"
diye bağırmıştı.

Yağız eve geldiğinde etrafta koşuşturan adamları görmüştü. Herkes bağırarak bir şeyler söylüyordu. Ne olduğunu anlamak için hızla arabasından inip, adamları takip etmeye başladı. Sonrasındaysa önünden bir karartı koşup geçmişti. O kısa anda bile kim olduğunu anlamaya yeten kokusunu geride bırakarak. İçinden "Yaren!" diye geçirse de o karartının karanlıkta kayboluşunu izlemişti. Babasının acı dolu sesini duyana kadar kendisine gelememişti. Genç kız hiç düşünmeden alevler içinde yanan odaya girivermişti.

Alevlerin içine!

Bu düşünce genç adamın yüreğine hiç bilmediği korkular salarken yüreğinden gelen acı bir sesle bağırmıştı.

"Yareeeen!"

Genç adam koşarak yanan odaya doğru ilerlemişti. Seher "Oğlum!" diye bağırıyordu. Yanan oda Asude'nin kızıyla kaldığı eski odasıydı. Allah'tan kızı ve annesi onun eski odasında yatmak yerine misafir odasını tercih etmişti. Seher, oğlunun yanında yatmadığını görünce hızla aşağıya inmiş ve etrafta oğlunu aramaya başlamıştı. Seher'in bağırması üzerine genç kız hiç düşünmeden koşmaya başlamıştı. Melek'in de içeride olabileceği ihtimali Yaren'i nefessiz bırakmaya yetmişti. Bu düşünceyle elindeki süt şişesini yere fırlatarak kendisini yanan odanın içine atmıştı. Etraf dumandan gözükmüyordu. Genç kız odanın içinde küçük bedeni ararken küçük çocuğa sesleniyordu. Bir süre sonra duman altındaki odada zor seçilen yatağın altına saklanan küçük çocuğu görmüştü. Alevler odanın her tarafını sarmış ve Yaren'e çıkacak yol bırakmamıştı.

Yağız koşarak odanın kapısının yanına gelmiş, içeriye girebilmenin bir yolunu aramaya başlamıştı. Bir yandan da Yaren'e sesleniyordu. "Yaren... Yaren cevap ver. Seni oradan çıkaracağım. Bana yaşattığın bu korkunun hesabını vermeden beni bırakamazsın! Anladın mı? Bana cevap ver!" Yaren dumandan öksürmeye başlamıştı. Zifiri kara duman her yeri sarmaya devam ediyordu. Gözleri acımaya başlayan genç kız nefes almakta zorlanıyordu. Cama doğru yaklaşmak için elinden geleni yaparken yatağın altına sinmiş olan küçük çocuğu da kucağına almıştı. Pencereyi açan genç kız aralamakta zorlandığı pencereden nefes almaya, ciğerine temiz hava çekmeye çalışıyordu. Ama nafile bir çabanın içerisinde çırpınıp duruyordu. Açılan pencereyle duman hemen o tarafa yönelmiş ve pencereden dışarıya kara bir bulut gibi yayılmaya başlamıştı. Demir parmaklıklardan seslenmek istiyor ama sesi bir türlü dışarıya çıkmıyordu. Sonra onun sesini duymuştu. "Yaren!' diye bağıran sesini. Onun tehditler savuran güzel sesini duymuştu. Rüya gördüğünü sanıyordu. Dudaklarından fısıltı gibi onun adını sayıklarken uyumaya başladığının farkında bile değildi!

"Yağız!"

Bugün ne kara bir gündü Aksoy ailesi için. Hastane koridorlarında bir haber almak için bekliyorlardı. Cemal Bey ve diğer aile üyeleri içeriden gelebilecek iyi bir haber için beklerken oldukça korkuyordu. Korku! İşte bu onların yaşadığı duyguyu tam olarak anlatıyordu. Onu kaybetme korkusu, genç adamın içini parçalarken hiçbir şey söylemeden duvarın dibinde öylece oturuyordu. Çökmüştü. Tüm bedeni iflas etmiş gibi çökmüştü. Yağız gelecek güzel bir haber için etrafına tedirgin gözlerle bakıyordu. Kendisi de doktordu ve onun çıldırmış gibi etrafa saldırması sonucu Yaren'in yanına yaklaşması engellenmişti. Asude telaşla yatağından kalkmış ve o da diğerlerinin yanına giderek yorgun olmasına aldırış etmeden beklemeye başlamıştı.

"Kızım! Sen neden geldin, odanda dinlenmeliydin?" diye soran Cemal Bey, gelininin elini sıkarak ona destek olmak istemişti. Seher bir köşede korkuyla sinmiş duruyordu. Oğlu da acil müdahale odasındaydı. Her şey ters tepiyordu. Asude'ye öfkeli bakışlarını yöneltirken Sedat, çocuk ve Yaren'den gelecek iyi haberi duymak için bekliyordu. Asude, kocasının endişesini giderebilme umuduyla yanına giderek onu teselli etmeye çalışmıştı.

"Merak etme… Oğlun iyi olacak!" dediğinde Seher yerinden kalkarak genç kadını kocasının yanından iteleyip uzaklaştırmıştı. "Seni öldüreceğim. Mutlu musun ha? Oğlum içeride şimdi mutlu musun?" diye bağırınca Sedat sinirli bir şekilde Seher'in kolunu yakalamıştı. Asude ne olduğunu anlayamadan Sedat onu kolundan sürüyerek uzaklaştırmaya başladı. "Hepsi senin yüzünden… O yaptırdı. Oğlumu öldürmek istedi. Oğlumu ateşin içine attı! Yangını o çıkarttırdı…" Seher aslı olmayan suçlamalarına devam ederken iyice sinirlenen Sedat elini havaya kaldırarak sert bir şekilde Seher'in yanağına indirmişti. İlk kez bir kadına vuruyordu. Asude için kalkan elleri hiçbir zaman adresini bulamazken Seher için ilk kez kalkan eli adresini şaşırmadan bulmuştu. Afallayan Seher bir adım geri giderken Asude koşarak kocasıyla Seher'in arasına girmişti. "Yapma! Sedat bunu yapma!" dediğinde düşündüğü tek şey Seher'in karnındaki çocuktu. O kadar endişeliydi ki küçük ayrıntıları dahi fark edemiyordu.

Sedat tekrar ona vuracaktı ki araya giren Asude yüzünden eli havada kalmıştı. Genç kadının gözündeki yalvarışı görebiliyordu. Ayakta zor durabilmesine rağmen başkalarını, hem de kendisini suçlayan bir kadını koruyordu. Onun insancıllığına hayran olan Sedat, içinden ona doğru yeniden bir duygu selinin aktığını hissetmişti. Sinirli bakışlarını Seher'e dikerek "Bir daha Asude'yi kötüleyecek bir şey çıkarsa ağzından seni öldürürüm. Anlıyor musun? Nikâhım altında olman hiçbir şeyi değiştirmez. Sen benim karım değilsin... Anlıyor musun?"

Onun sözleriyle yutkunan genç kadın Asude'nin kendisine yönelttiği bakışlarla duraksamıştı. İşte o an genç kadın Seher'in bedenini incelemiş ve vücudunda hiçbir değişiklik olmadığını fark etmişti. Şaşkınlıkla onun karnına bakarken Seher istem dışı gerilemişti. Asude şu anda aldatılmışlığın acısını hissederken nasıl olmuştu da bu kadına kandığını düşünmeye başlamıştı. İçinden değişik bir sevinçle *bebek yok*, diye geçirse de bir yanı Sedat için üzülmüştü. Belki de bir erkek evladı olurdu. Ona bir tane daha çocuk vermeyi ne kadar çok istediğini hatırlayınca gözünün kenarından usulca akan yaşa aldırmadı.

Gözleri kararmaya başlamıştı. Sedat onun bir an bocaladığını görünce kimseye aldırmadan hızlı davranarak Asude'yi kucağına almış ve odasına doğru ilerlemeye başlamıştı. Asude hiçbir şey düşünemiyordu. Yanağından süzülen yaş kocasının gömleğini ıslatırken, onun ağladığını anlayan Sedat içinden bir küfür savurmuştu. "Songül, buraya gel!"

Genç kız hızlı adımlarla onun peşinden Asude'nin odasına girmişti. Genç kadını yatağına yatıran Sedat "Yengen yataktan kalkmayacak, onu yalnız bırakma!" diyerek odadan ayrılmıştı. Asude bu kadar aptal olduğuna hâlâ inanamıyordu. Sadece dudaklarından "Hamile değilmiş!" sözcükleri dökülmüştü. Bu farkındalıkla içini değişik bir his doldurmuştu. Daha önce hissetmediği ama kendisini iyi hissettiren bir duygu.

Beklemek ne zor şeydi, hele ki karısından haber alamayan Yağız için. Gözünün önünden Yaren'in cansız gibi duran bedeninin görüntüsü bir türlü gitmiyordu. Onu öylece alevlerin sardığı odada yatarken görünce o an nefes almayı unutmuştu. Pencereden dışarıya sızan dumanın yoğunluğuyla o tarafa doğru koşan genç adam, cam dibinde baygın bir şekilde duran genç kadını fark etmesiyle tüm bedeninin soğuduğunu hissetmişti. Çıldırmış gibi ona sesleniyordu. "Yaren!

Aç gözlerini bana bak!" Ses gelmiyordu. İçinden bildiği tüm duaları okurken birden bağırmaya başlamıştı. "Biri bana halat getirsin!" Kimse onun neden halat istediğini anlamamıştı. Pencere kenarındaki demirler dört bir tarafından bağlanmaya başlandığında herkes korkmuş gözlerle acele eden Yağız'a bakıyordu. Konaktaki çalışanlar onun deli gibi davranışları karşısında genç adamın çıldırmış olduğunu düşünüyordu. Hatta bunun için yemin bile edebilirlerdi. O kadar hızlı davranıyordu ki hareketlerini takip etmek zorlanmıştı. İpleri bağladıktan sonra diğer uçlarını da bahçenin diğer ucunda duran arabasına kadar uzatmış ve bağlamıştı. Arabasına atlayıp halat yardımı ile demirleri çeken genç adam, şaşkın gözler arasında demirin sökülüşünü izleyen işçilere "Durmayın öyle... Siz de su getirin... Biriniz şu ipleri arabadan çözsün!" diye emir veriyordu.

Onun söylediklerini yapmaya başlayan işçiler, Yağız'ın arabadan inerek gürültülü bir şekilde kopan demir parmaklıklara doğru koştuğunu görmüştü. Yağız hiç düşünmeden pencereden alevlere dalarken yerde yatan genç kızı kucaklamak istemiş ama onun altında yatan küçük çocuğu görünce şoke olmuştu. Çocuk zarar görmesin diye onu iyice kendi göğsüne yaslayan genç kız nefes alabilmesi için de bir kâğıt parçasını ağzına dayamıştı. Önce küçük çocuğu onun kucağından alırken hâlâ kendinde olduğunu görmek genç adamı mutlu etmişti. Çocuk korkmuş gözlerle Yaren'e bakıyordu. Baygın olan genç kızı da çocuğun ardından kucağına alan Yağız, üzerinde birkaç yanık olduğunu fark etmişti. Pencereden işçilerinden birine uzattığı genç kızı arabaya taşıyarak arka koltukta kendi kucağına yatırmıştı. Arabayı başkasına kullandırtan genç adam ilk müdahaleyi yapıyor arada Yaren'e sesleniyordu. Nabzı oldukça zayıftı ve bu Yağız'ı delirtmeye yetmişti. Araba hızlı bir şekilde yol alarak hastaneye doğru yola çıkmıştı. Küçük çocuğun durumu fiziksel olarak iyi olsa da muayene olması için hastaneye götürüldü.

"Uyan... Uyuma! Bana bunu yapamazsın. Ben sen olmadan yaşayamam!" Genç adam korkudan sayıklarken arabada sadece o ve arabayı kullanan adam vardı. Baygın olan Yaren'e baktıkça korkusu daha da artıyordu.

Cemal Bey elini kalbine götürerek tutmuş ve konağın diğer arabasını alarak onları takip etmeye başlamıştı. Hastaneye geldiklerinde Yağız deli gibi etrafında doktor arıyordu. Onun bu telaşını görenler koşarak yardım için gelse de Yağız kollarındaki genç kızı bırakmak istemiyordu. Sonunda onun kollarından Yaren'i almayı başaran görevliler acil müdahale için onu odaya almışlardı. Anında genç kadına müdahale edilmeye başlanmıştı. Yağız ne kadar "Ben de doktorum, ben de yanında olmalıyım!" dese de ona izin verilmemişti. Çaresiz bir şekilde duvarın dibine çöken genç adam saatlerdir oradan kalkmamıştı. Odadan gelecek tek bir haber bekliyordu. "Nefes alıyor... Yaşıyor!" Düşündüğü tek şey buydu... Sadece bunları duymak istiyordu.

Kapı açıldığında doktorun dışarı çıkışını dikkatle izleyen genç adam, onun yüz ifadesinden kötü bir şey olduğunu anlamıştı. Bu doktorların acı bir haberi bildirmek için takındığı bir ifadeydi. Bacakları titreyerek ayağa kalkmıştı. Korkuyordu... Onun kötü bir haber vermesinden korkuyordu... "Karım?" diye soran genç adamın sesi çok zayıf çıkmıştı. Doktor ona bakarak üzgün bir ifadeyle konuşmaya başladı. Son sözleriyle hastane koridorunda bir çığlık kopmuştu. O ana kadar Yağız hiçbir şey duymamıştı...

"Üzgünüm!"

Yağız olduğu yerde donup kalmıştı. Cemal Bey elini kalbine götürürken Sedat kardeşini dikkatle izliyordu. Yüzündeki ifade hiç hayra alamet değildi. Sanki tüm dünyayla iletişimini kesmiş gibiydi.

23. BÖLÜM

*H*ava bugün o kadar güzeldi ki, baharın geleceğini tüm çiçeklerin tomurcuklanmasıyla anlatıyor gibiydi. Gözlerini kapatıp etrafı seyretmek son bir aydır yaptığı tek huzur verici şeydi. Herkes ona bakıyordu. Onu görenler kenara çekiliyor, kimi acıyan gözlerle bakarken, kimileri de bakmaya cesaret edemiyordu. Ama garip olan onun gözlerindeki ifadeydi. Sanki eskiye nazaran daha değişik parlıyordu. Ahıra girdiğinde uzun zamandır yapamadığı şeyi yaparak atına binmişti. Odasında bıraktığı kişinin endişesini biliyordu. Kalbi derin duygularla doluyken biraz olsun yalnız kalmaya ihtiyacı vardı. Bugün köyüne gitmeliydi. Evet... Bugün at sırtında kendi köyüne gidecekti. Bu onun her zaman yapmak istediği şeydi. Atın üzerinde dörtnala giderken özgür olduğunu hissediyordu.

Bahçeden çıkmadan önce büyük konaktaki çalışanlardan birine "Ben köyüme gideceğim, soran olursa söylersin!" dediğinde endişeli bakışlarla karşılaşmıştı. Onun cevap vermesini bile beklemeden atının dizginlerini sıkarak hızla kapıdan dışarıya çıkmıştı.

Sessiz sakin olan bu yerde tüm ruhunun dinlendiğini hissediyordu. Bir süre sonra yorulmuş olarak bir göl kenarında duraksadığında gölün güzelliğine dayanamayarak ayaklarını göle sokup dinlenmişti. Yarım saat sonra yeniden atına bindiğinde bu kadar rahat hareket ettiği için Allah'a şükretmeye başlamıştı. Gülümsüyordu. Hiç olmadığı kadar iyi hissediyordu. Haftalar sonra oda hapsinden çıkmıştı ve özgürce hareket edebiliyordu. Bugün hiçbir şeyi, hiç kimseyi düşünmeden özgürce hareket etmek istiyordu. Acıma dolu bakışlar yok. Endişeli bakışlar yok. Her seferinde üzerinde hissettiği takip ediliyormuş duygusu olmadan bir kuş gibi özgür olmak...

Köy sınırına girdiğinde ister istemez içinde garip bir his belirmişti. Bu köye gelmeyeli bir yıl olmuştu. Bir yıldır çok sevdiği köyüne ve ailesinin evine gelmemişti. Atının hızını yavaşlatarak köye giriş yaptığında köy meydanından geçerken kendisine yöneltilen bakışlara aldırmamıştı. Ailesinin evine, doğup büyüdüğü konağa adım adım yaklaşırken aklında sadece özgür olma düşüncesini beklerken birden gözünün önünde endişeli, kendisinden daha açık olan yeşil gözler belirmişti. İçi acısa da hedefine ulaşmak için atını sürmeye devam ediyordu.

Gözlerini aralayan genç adam derin bir iç çekerken yatağın boş olduğunu görünce hızla yerinden doğrulmuştu. Ani bir doğrulmayla başı dönerken nefesi endişeyle hızlanmaya başlamıştı. Tüm bedenine korku yerleşince hızla yatağından kalkmış, odasından aynı hızla çıkmıştı. İlk gördüğü çalışana "Hanımın nerede?" diye sordu. Kadın genç adamın yüz ifadesinden korkarak kekelemişti. "Hanımım... Beyim o atına binerek köyüne gideceğini söyledi!" dediğinde çalışanın sözleriyle Yağız bir aydır kendisinin bile fark etmediği bir öfkeyle sesini yükseltmişti. "Onun gitmesine nasıl izin verirsiniz, neden beni uyandırmadınız?" diye. Genç kız kabuğuna çekilir gibi başını yere eğmişti. Genç adam öfkeli bir şekilde odasına dönerek üzerini değişmeye başlamıştı. Korkuyordu. Son bir aydır diken üzerinde geziyordu. Uykusu oldukça hafif olmasına rağmen bu sabah onun odadan çıktığını duymamıştı. Her zaman gözleri karısının üzerindeydi. Onun varlığı nefes almasını sağlıyordu. Ama şimdi korkuyordu... Hiç olmadığı kadar korkuyordu. Ona yaklaşmak eskisinden daha zor olmaya başlamıştı ya da genç adama öyle geliyordu.

Odadan üzerini değiştirerek hızla çıkmıştı. Genç adam merdivenlerden inerken kâhyaya seslenerek "Atımı hazırla hemen!" diye emir vermişti. Orta yaşlı adam onun isteğini yaparken genç adam oldukça telaşlı bir şekilde atını bekliyordu. Cemal Bey sabah sabah evden gelen seslerle odasından çıkmıştı. "Neler oluyor burada?" diye oğluna sorarken diğer ev sakinleri de odalarından çıkmaya başlamıştı. Sabah saat yedi olmak üzereyken herkesin uyuması genç adamı şaşırtmıştı. Asude odasından çıkıp genç adama bakarken onun endişesinin nedenini hemen anlamıştı. Genç adam bir şey söylemeden kâhyanın getirdiği ata binmiş ve hızla yola koyulmuştu. Bu kaçıncı diye geçiriyordu içinden. Bu kadarı fazlaydı. O günü hatırlamak bile istemezken bu kadın kendisini sürekli endişelendirmeye devam ediyordu.

Uzun kavak ağaçlarının arasındaki patika yoldan ilerlerken atının kişnemesiyle erkenden tarlalara çalışmak için giden işçilerin dikkatini çekmişti. Onu görenler derin iç çekerek genç kıza bakıyordu. Atını demir tellerin üzerinden atlatarak şen kahkahasını atarken herkesin şaşırmasına neden olmuştu. Başına gelen bunca şeyden sonra bu şekilde gülebilmesi onları şaşırtmıştı. Yüzü tamamen bir peçeyle kapatılmış olan genç kız kendisini o an kuş gibi hissetmişti. Kanatları olsa belki de mutluluktan uçabilirdi. Konağa gitmeden önce tarladaki dut ağacının yanında duran genç kız atından inerek onu ağacın dalına tek düğümle bağlamıştı. Çalışanların yanına giderken uzaktan el sallayarak şen sesiyle "Herkese kolay gelsin… Nasılsınız, uzun zaman oldu görüşmeyeli!" diye seslenmişti. Kadınlar ona üzgün gözlerle bakarken, erkeklerden yaşlı olanı gülümseyerek genç kıza selam vermişti. "Güzel kızım gelmiş!" İşte bu söz ortaya bomba gibi düşmüştü… O artık bu kelimeyi duymak istemiyordu ama yine karşısına çıkınca tüm neşesi kaçmıştı. Ona bu şekilde hitap edilmesinden hoşlanmıyordu. Tek bir kişiden bu sözü duymak için bekliyordu ve o sözü duymadan ona asla açılmayacaktı.

Onlara doğru gitmeyi bırakarak geri dönen genç kız bağladığı atını çözerek yürümeye başlamıştı. Zaten yakın olan konağa gitmek için ata binmeye gerek yoktu. Onun geri dönmesiyle tarladakiler üzülmüştü. Yaşlı adam yaptığı hatayı anlayarak peşinden gitmek istemiş ama diğer çalışanlar tarafından durdurulmuştu. Onun gönlünü alacaktı ama yıllardır elinde büyüyen genç kızın sakinleşmesi gerektiğini de bilecek kadar onu iyi tanıyordu.

Asım Bey sabah kahvesini içmek için avludaki çardakta otururken çalışanlardan biri çığlık atarak "Hanımım gelmiş!" diye bağırmıştı. Kızının geldiğini öğrenen Asım Bey yaşadığı şaşkınlıkla neredeyse elindeki fincanı düşürüyordu. Hızla yerinden kalkarak "Yaren!" diye genç kıza seslenmişti. Yaren babasına hafif gülümsemiş ama bu gülümseme peçe altında saklı kalmıştı.

"Ben geldim baba!"

Bir Ay Önce

Yağız doktorun üzgün bakışlarını görünce ne yapacağını bilememişti. Kısa süren durgunluğunu atarak öfkeli bir şekilde doktorun yakasına yapışmıştı. "Sakın... Sakın bana karımın öldüğünü söyleme! Ben de bir doktorum, onun ölümcül bir yara almadığını bilecek kadar ona bakma fırsatını buldum. Tek sorun fazla duman yutmasıydı!" dediğinde doktor bir adım geri gitmek istemiş ama yakasını tutan ellerin sertliğiyle olduğu yerde kalakalmıştı. Sedat kardeşinin kolunu yakalayarak sıkınca genç adam yaptığını anlayıp ellerini doktorun üzerinden çekmişti. Demek böyle oluyordu? Kendi başına gelmeden hasta yakınlarının neden bu kadar çıldırdığını yeni

yeni anlıyordu. Kalbi yaşadığı duygu değişiminden dolayı deli gibi atıyordu. Yaren'e bir şey olmasına dayanamazdı. Doktor boğazını temizleyerek "Şey... Eşiniz yaşıyor ama..." Doktor susunca bu kez Sedat araya girerek sesini yükseltmişti. "Ama ne doktor?"

"Yangında çok duman yuttuğu doğru ama asıl sorun o değil. Genç kadın bir şekilde iç organlarını korumayı başarmış. Burundan nefes almakta zorlanacak sadece. Yanılmıyorsam yangın sırasında nefesini tutmuş ve arada burnundan nefes almaya çalışmış. Bu da ona zarar vermiş... Bu çok önemli değil çünkü tedavi edilebilir ama..." Yağız daha fazla dayanamayarak doktoru kenara itmiş ve odaya girmişti. Daha fazla onun gevelemesini bekleyemeyecekti. Onunla birlikte diğerleri de odaya girdiğinde Yağız'ın odanın ortasında donup kaldığını görmüştü. Yatakta uzanan karısına şoke olmuş gözlerle bakıyordu. Doktor onlarla içeriye girerken şaşkına dönen aileye "Yüzünde derin yanıklar var ve iyileşmesi pek mümkün görünmüyor. İleride olmak isterse estetik olabilir!" diye açıklama yapınca Cemal Bey hâlâ yatakta bütün yüzü sarılı olan gelinine acı dolu gözlerle bakmıştı. Yağız eli ayağı boşalmış bir şekilde son anda yatağın kenarına oturabilmişti.

Sedat şaşkın gözlerle sargılar altında kapalı olan yüze bakıyordu. Yaren'in gözleri kapalıydı. Oldukça bitkin olduğu belli oluyordu. Arada göz kapaklarının oynaması ise onun rüya gördüğüne işaretti. Yağız genç kızın açıkta kalan elini avucuna alarak hafif sıkmıştı. Üzgündü... Ama üzüntüsü kaybetme korkusundan geliyordu. Onu kaybettiğini düşündüğünde içindeki derin acıyı tekrar hissetmemek için elinden geleni yapacaktı. Cemal Bey oğlunun omzuna elini koyunca Yağız babasına bakarak "Bizi yalnız bırakır mısınız?" dedi. Herkes anlayışla ona bakarken odadan üzgün bir şekilde ayrılan yaşlı adam, zor yürüdüğü için Sedat'ın koluna girmişti. Son olarak doktor genç adama bakarak "Ona dikkat etmelisiniz. Yüzündeki bu hasarla oldukça zor günler geçirecektir. Bazı hastalar canına kıymaya bile kalkışıyor. İyi olduğundan emin olun. Siz de doktorsunuz, ne yapmanız gerektiğini biliyor olmalısınız." dedi. Yağız ona anlamış gibi başını sallarken genç doktor odadan ayrılmak için kapıya yürümüştü. Yağız avucu içindeki eli dudaklarına götürerek sessizce, minnetle duygularını dile getirmişti.

"Teşekkür ederim... Hâlâ nefes aldığın için teşekkür ederim!"

Genç kız onun fısıltı gibi söylediği sözler karşısında gözyaşını engelleyememişti. Gözleri kapalıydı ama genç adamın içten gelen sözleri karşısında gafil avlanmış gibi hissediyordu. Evet... Ona gafil avlanmıştı ve o yangında duyduğu ses bir hayal değildi. Onun sesi genç kızı hayatta tutan en büyük güç olmuştu.

Yağız onun elini bırakmadan sabaha kadar oturmuştu. Gözünü bir an olsun sargılar altındaki yüze bakmaktan alamamıştı. O yüzün yaralanması genç kızın iyi olmasından daha önemli değildi. Nefes alması Yağız için her şeyden önemliydi. Ama Yaren... O bunu atlatabilecek miydi? Bunu atlatması için elinden geleni yapacaktı. O an içinden yemin ediyordu. "Bir daha asla o onu yalnız bırakmayacağım, gözümün önünden ayrılmayacak!" diye.

Sabahın ilk ışıklarıyla Yaren gözlerini aralamış, eline baskı yapan elin sahibine başını çevirip bakmıştı. Hafif gülümserken yüzündeki sargılar yüzünden gerilen cildine inat elini yüzüne götürüp az da olsa sargıyı gevşetmeye çalışmıştı. Onun kıpırdamasıyla Yağız gözlerini aralayarak ona bakmıştı. Elleri yüzünde olan genç kızın elini hızla çekerek "Dokunma!" diye onu uyarmıştı. Yaren elini ondan çekerek tekrar yüzüne dokunmak istemişti. Genç adamın üzgün bakışlarıyla karşılaşınca eli istem dışı aşağıya kaymıştı. Onunla konuşmak gelmiyordu içinden. Sırtını genç adama dönerek yatan Yaren, onun üzgün yüzüne bakamamıştı. İçinden kendisine küfürler yağdıran genç kız, yine düşünmeden davrandığı için kendisine kızıyordu.

Odanın kapısı tıklandığında Yağız boğuk çıkan sesiyle "Gir!" diyebilmişti. Odadan gelen sesle içeriye giren Sedat ve Asude genç kızın sırtı dönük bir şekilde yattığını görünce üzgün bakışlarını Yağız'a çevirmişti. Yağız gözlerinin içine soru dolu ifadeyle bakan ağabeyine ve yengesine başını iki yana sallayarak olumsuz cevap vermişti. Sedat öne atılarak "Nasılsın?" diye sorunca kısa bir an ona bakışlarını çeviren genç kız, Asude'yi görünce gözleri parlayarak ona elini uzatmıştı. Yağız dişlerini sıkarak odadan öfkeli bir şekilde çıkarken Sedat da onun peşinden çıkmıştı. "Yağız dur!"

Yağız duraksasa da geri dönüp bakmamıştı ona. Kardeşinin yanına gelen Sedat "Sen ne yaptığını sanıyorsun? Onu bu şekilde yalnız bırakamazsın!" dedi. Yağız ona acı bir şekilde bakınca Sedat şüpheyle "Sakın bana ondan…" diye başladı cümlesine.

"Saçmalama ağabey! Ondan vazgeçmeye niyetim yok. O yüz en berbat hâlini dahi alsa umurumda değil, o benim karım ve ben…" Genç adam, Sedat'ın sözlerini hırsla keserken son söyleyeceğini de söyleyemeden duraksamıştı. Daha Yaren'e itiraf edememişken ağabeyine bu sırrı veremezdi. Ancak Sedat onun ne demek istediğini anlamış ve acı bir şekilde gülümsemişti. Kardeşinin işi hiç kolay olmayacaktı. Tek dileği onun kendisi gibi bir aptallık yapmamasıydı.

Yatakta yatan genç kızın yanına oturan Asude hafif gülümsemişti. "İyi misin hayatım?" Asude'nin sıcak sesi karşısında duygulanan genç kız da ona gülümsemeden edemedi. "Ben iyiyim… Çocuk… O nasıl?" Asude ona üzgün bir şekilde bakmıştı. Her şey yolunda giderken tek yara alan yine bu kız olmuştu. Yaren ne yaparsa yapsın arada kalmaktan kurtulamıyordu.

"Merak etme, o iyi… Nasıl akıl edebildin ona kese vermeyi ben olsam endişeden kıpırdayamazdım. Çocuk sayende zarar görmedi, duman bile yutmamış… Ama… Ama yangından korkmuş!" dedi. Yaren anlayışla başını sallarken küçük oğlanın korkmasının normal olduğunu düşünüyordu. Zorlukla acıyan gırtlağından yırtılırcasına "Yangın... Yangın neden çıkmış?" diye sorduğunda Asude hiç beklemeden cevap vermişti. "Galiba Seher kendi yaptıklarının bedelini neredeyse oğluyla ödeyecekti!"

Yaren şaşkınlıkla ona bakarken Asude acı bir şekilde gülümseyerek onun şaşkınlığını gidermeye çalışmıştı. "Oğlunun yanında sürekli beni ve Melek'i yakmaktan bahsedince küçük çocuk aklınca bizi yakmaya geliyormuş. Elindeki kibritle benim eski odayı yakınca kendisi de korkarak yatağın altına saklanmış." Yaren şaşkınlıkla ona bakıyordu. Bu tam bir felaket olabilirdi. Nasıl olur da küçük bir çocuğun yanında bu kadar dikkatsiz davranabilirdi! "Ya içeride sen... Sen ve Melek olsaydınız? Allahım düşünmek bile istemiyorum!"

Asude onun elini sıkarak güç vermek istemişti. "Bunları düşünme şimdi, sen nasılsın? Doktor yakında iyileşeceğini söyledi." Yaren başını iki yana sallayarak onu susturmuştu. "Ben iyiyim, beni merak etme. Hem... Belki de bu benim için daha iyi olur. Şimdi daha rahat hareket edebilirim, ne dersin?" dediğinde Asude şaşkınlıkla genç kıza bakmıştı. Bu kızın aklı nasıl böyle değişken çalışırdı. "Sen... Sen hiç mi kendini düşünmüyorsun? Ya Yağız, onu da mı düşünmüyorsun?" dediğinde Yaren cevap veremeden odanın kapısı açılarak içeriye genç adam girmişti.

Yaren, Yağız'ın yorgun yüzüne bakarken içi acımıştı. Onun hiç uyumadığına emindi. Bakışlarını ondan kaçırarak yeniden başını yana çevirmişti. Yağız dişlerini sıkıyordu. "Ben artık kalkayım, yoksa Sedat ağabeyin beni topa tutacak yataktan çıktım diye." Yaren onun sözleriyle gülümsese de bunu belli etmemeye çalışmıştı. Asude kapıda Sedat ile karşılaşınca merakla konuşmuştu.

"Kardeşinin neyi var?"

Sedat karısının sorusuna hafif gülümseyerek karşılık verip açık bir şekilde, "Galiba bizim oğlan bizim kıza fena tutuldu!" dediğinde Asude onun bu sözlerine gülümsemeden edememişti. Onun uzun zaman sonra bu şekilde gülümsediğini gören Sedat derin bir iç çekmişti. "Ağabeyinin izinden gidiyor!" dediğindeyse Asude kendisine dikkatle bakan kocasına yanlış duymuş gibi bakmıştı. Yutkunmadan edemeyen genç kadının yüzündeki gülümseme onun ciddi ifadesiyle silinmişti. Asude'nin yüzünde şaşkınlık vardı. Acaba kimden bahsediyordu? Karısının şaşkın ifadesine aldırmadan onu çıkışa yöneltmişti ki Asude durarak "Nereye gidiyoruz?" diye sormuştu. Sedat ise onun sorusu karşısında gayet sakin bir şekilde "Çıkış işlemlerini yaptık, eve gidiyoruz. Melek ve annen çok merak ediyor seni!" dedi.

Yağız odada pencereden dışarıyı seyrederken ne söyleyeceğini bilmiyordu. Onun kendisine bir şey yapmasına asla müsaade etmeyecekti. Yaren onun sırt görüntüsünü izlerken hafif gülümsemişti. Onun endişeli hâli içini sıksa da şu anda yanında olması ayrı bir mutluluk katıyordu içine. Arkasını dönen genç adam, Yaren'in dikkatle kendisini izlediğini görünce genç kıza bakışlarını dikmişti. Yaren o kadar dalmıştı ki onun kendisine baktığını bile fark edememişti.

"Çok ağrın var mı? Bir yerin ağrımıyor değil mi? Birazdan pansuman için yanına gelecekler!" dediğinde Yaren hemen toparlanarak bakışlarını onun üzerinden çekmişti. "Ben iyiyim… Pansuman olurken burada olmanı istemiyorum. Beni bu şekilde görmeni istemiyorum!" dediğinde genç adam dişlerini sıkarak "Burada kalacağım, yanında kalmak istiyorum. Senin ne durumda olduğunu bilmek, kendi gözlerimle görmek istiyorum" dedi.

"Neden? Neden beni bu şekilde görmek istiyorsun ki? Ah… Tabii ya… Karım dediğin kadının artık eskisi kadar güzel olmayışı içine dert oluyordur. Merak etme, yakında benden kurtulacaksın!" Yağız onun sözleri yüzünden iyice kasılmıştı. "Yüzünün güzel olmaması umurumda değil, sen benim karımsın ve sen de her eş gibi kocanı dinlemek zorundasın."

"Öyle mi? Demek kocamın sözünü dinlemeliyim? Ne zamana kadar, çocuğun doğana kadar mı?" Yaren son sözleri bilinçsiz bir şekilde söylemişti. Aslında onun böyle bir şey yapmadığına adı kadar emindi. Dişlerini sıkan Yağız yatağa doğru ilerleyerek iyice genç kıza yaklaşmıştı. "Bu kadar aptal olduğuna inanamıyorum. Bir yalana inanarak buraya kadar geldin. Seni tanımasam kocasını kıskanan kadınlar gibi davrandığını söyleyebilirim!" dediğinde Yaren yutkunmadan edememişti. Dışarıdan bu şekilde göründüğünün farkında bile değildi. Evet, onu kıskanmıştı ama köye bu yüzden gelmemişti ki? Yağız'ın bilerek bu şekilde konuştuğunun farkında bile değildi. Onun gerilmesi genç adamın içini umutla doldurmuştu. Daha da ileriye giderek genç kıza biraz daha yaklaşmış ve onun şaşkın bakışları arasında "Eğer bir gün çocuğum olacaksa… Annesi Özlem değil, karım olacak… Yani sen sevgili karıcığım!" dedi.

24. BÖLÜM

Büyük ceviz ağacının dibindeki çardakta oturan genç kız ve Asım Bey duydukları sesle yerinden sıçramıştı. "Söyle Hanımına hemen buraya gelsin?"

Yağız'ın sesi büyük konakta her yeri inletmişti. İçindeki korku yüzünden nasıl davranacağını bilemiyordu. Bir ay boyunca kendisiyle doğru düzgün konuşmayan karısı için elinden geleni yapıyordu ama ona bir türlü ulaşamıyordu. Yutkunan hizmetli kız geri adım atarken Yaren'in sesi nispeten daha yüksek çıkmıştı. "Bir daha sakın ona bağırma!" Yağız duyduğu sesle arkasını dönmüştü. Yaren'i gördüğünde derin bir iç çekerek rahatladığını gösteren tepki verse de hızla atından inerek kendisine bakan genç kızın yanına yaklaşmıştı. Asım Bey korkarak öne atılmak istemiş ama Yağız'ın "Siz karışmayın babacığım!" sözleriyle olduğu yerde kalakalmıştı.

Bu ilk kez oluyordu, Yağız ona ilk kez bu kadar samimi *baba* diyordu. Ve bu nedense Asım Bey'i mutlu etmişti. Geri durarak kızını kolundan çekip götüren damadına bakmıştı. Üst kata doğru çıkan ikili, Yağız'ın ne tarafa gideceğini bilmemesi yüzünden dar koridorda duraksamıştı. "Senin odan hangisi?" diye sert bir şekilde konuşan genç adam, Yaren'in şaşkın bakışlarıyla karşılaşınca ona bakmaktan kendisini alamamıştı. Kısa bir an… O kısa anda bile onun yosun yeşili göz-

401

lerinde boğulmak istemişti. Yaren hiç karşı koymadan odasının kapısını gösterince genç adam hızla onunla birlikte odaya girerek kapıyı aynı hızla çarpıp kapatmıştı. Kapı çarpmasıyla Asım Bey yerinden sıçrarken dadı da onun yanına gelerek endişesini dile getirmekten çekinmemişti. "Beyim, Yaren kızıma bir şey yapmaz değil mi?" diye sorarken Asım Bey de endişeli olmasına rağmen yerine oturarak "Sorunlarını kendi aralarında halletmeliler, ben artık kızıma karışamam. Sonuçta kocasının himayesinde artık!" diye kadını sakinleştirirken aslında bu işe karışmayarak ikisinin arasındaki sorunları çözmelerini istiyordu. Karışmak istese bile elinden bir şey gelmezdi. Kızının huyunu iyi bilen adam yerine iyice yerleşerek rahatlamaya çalıştı. Onların böyle olmasına dayanamıyordu. Arkadaşı Cemal Bey'den haberlerini alırken Yağız'ın çabaladığını ama kızının pek konuşmadığını öğrenmişti. Buna bir son vermeleri gerekiyordu.

Yaren kolunu genç adamdan kurtararak ondan uzaklaşmıştı. Yağız derin bir nefes alarak rahatlamaya çalışırken karısının incinmesini önleyerek bulundukları duruma çare düşünüyordu. Yaren'i kırmak istemiyordu ama karısının umursamaz davranışları artık genç adamı sıkmaya başlamıştı. Etrafında onun için endişelenen kişilere mesafeli olması, eskisi kadar neşeli davranmaması genç adamın elini kolunu bağlamaya yetmişti. Onun için bir aydır uğraşıyor ama karısına bir türlü ulaşamıyordu. Sessizce genç kızı gözlemlerken sabır kotasının dolmasına ramak kalmıştı. En azından bir şey söylemesini bekliyordu. Kendisine kızıp bağırabilirdi. Her şeyi içine atması hoşuna gitmiyordu. Sonunda daha fazla dayanamayarak "Bunu neden yapıyorsun?" dedi sesindeki tınının yumuşak çıkmasına dikkat ederek. Yaren ona dönüp bakmış ama cevap vermemişti. "Benim sabrımı mı deniyorsun Yaren? Eğer bunu deniyorsan sen kaybedersin. Benim senin tahmin edemeyeceğin kadar sabrım var. Hele ki değer verdiğim birine karşı oldukça sabırlı olabilirim ama kendi kabuğuna çekilmen beni deli ediyor. Sana ulaşmanın bir yolunu arıyorum ama kahretsin ki sen tüm yollarıma set örüyorsun!"

Genç kız, Yağız'ın sakin kalmaya çalıştığını biliyordu. Bunu anlamamak için kör olmak gerekirdi. Üstelik o da çok iyi biliyordu ki Yağız hastaneden çıktıklarından beri doğru düzgün dinlenmemiş, sürekli onu izlemişti. Resmen göz hapsinde olan genç kız, onun bu ilgisinin ne derece olduğunu bir türlü anlayamıyordu. Acıma hissi mi yoksa sevgi mi? İşte bundan emin olamıyordu. Farkındaydı! Evdeki herkes ona acıyan gözlerle bakıyordu. Belki de tek bir kişi ona tamamen samimi davranıyordu ama yanıldığını anlayamayacak kadar Yağız'a odaklanmıştı.

Genç adam başını çevirerek odanın penceresine doğru ilerlemişti. Sonra birden "Benden uzak durmak için elinden geleni yapıyorsun. Sana yaklaşmamdan hoşlanmıyorsun. Bunu bana açıkça söylemeni beklerdim. Beni istemediğini ilk söylediğin gün gibi açıkça benimle konuşmanı beklerdim. Biliyor musun? O yangın senin yüzünü değil, kalbini çirkinleştiriyor. Yüzün benim için önemli değil ama kalbin çok önemli. Sende sevdiğim tek şeyi öldürüyorsun!"

Yaren şaşkınlıkla ona bakmıştı. Yağız bitkin bir şekilde arkasını döndüğünde ise üzgün bir şekilde genç kıza bakarak kapıya yöneldi. Kapıyı açmadan önce karısına dönmeden "Burada istediğin kadar kalabilirsin! Yakında tayinim çıkacağı için şehre dönmem gerekiyor... Gelmek istersen... Eğer gelmek istersen... Neyse boş ver!" diyerek kapıyı açıp daha fazla konuşmadan odadan çıkmıştı. Kapı kapandığındaysa Yaren donmuş bir şekilde odanın ortasında kalakalmıştı. Ne diyeceğini, nasıl davranacağını bilmiyordu. Onu kaybediyordu... Bu duygudan hoşlanmamıştı. İlk kez kaybetme korkusunu yaşayan genç kız, yanağında hissettiği ıslaklıkla elini kaldırıp yanağına dokunmuştu. Dudağının kenarına değen tuzlu suya şaşıran Yaren kişneyen at sesiyle hızla odanın penceresine koştu.

Genç adam arkasına bile bakmadan herkesin şaşkın bakışları altında büyük bahçeden atıyla birlikte hızla çıkmıştı. Asım Bey başını kaldırarak kızının odasının penceresine ba-

403

kınca kızının üzgün ifadesini görmüş ama bir şey yapma gereği duymamıştı. Kızı kendi sorunlarını çözmek zorundaydı ve onun kararlarına saygı duymaktan başka bir şey gelmiyordu elinden. Yaren babasının onu izlediğinden habersiz kaybolan kocasının görüntüsünün yönüne bakmaya devam ediyordu. Gözleri ıslaklıkla parlarken dişlerini sıkmıştı.

Yağız da ondan farksız değildi. Bir süre ilerledikten sonra atını bir kenara çekerek dinlenmek istedi. Atından indikten sonra yerinde dönüp durmaya başladı. Karısına söylediklerinden sonra pişman olmuştu ama geri dönmek istemiyordu. Yaren'in başına gelenler kolay değildi ama bu onu sevenleri üzeceği anlamına gelmezdi. Kalbi, acısını hissetti. Başını yukarıya kaldırarak "Ağabey... Bunu bana neden yaptın? Ona kapılacağımı biliyordun değil mi? Bana bunu nasıl yapabildin? Sen olmasaydın ondan uzak durabilirdim. Senin saçma isteğin yüzünden şimdi canım hiç olmadığı kadar yanıyor."

Atını ağacın birine bağlayarak oturup sırtını geriye yaslamıştı. Düşünüyordu. Belki de genç kıza gerçekten ağır sözler ettim diye hayıflansa da geri dönüşü yoktu artık. Sözler ok misali ağızdan bir kere çıkardı ve geri almanın ne gereği vardı ne de önemi. Ne kadar onarmaya çalışsa da açılan yaranın her zaman izi kalacaktı. Bugün olanlardan sonra ailesine ne söyleyeceğini bilmiyordu. Uzun zamandır uyuyamadığı için gözlerini dinlendirmek amaçlı kapadığında güneşin verdiği sıcaklıkla mayışıp kalmıştı. Oracıkta uyuyakalan genç adam, dinlenmek için fırsat koruyan vücudunun tepkisine yenik düşmüştü.

Yaren odasında yatağına oturmuş düşünüyordu. Sürekli genç adamın "Kalbin çirkinleşiyor." sözleri beyninde dolanıp dururken bu imkânsız diye geçirdi içinden. Onda böyle bir etki bıraktığına inanamıyordu. Tek istediği kocasının kendisine olan duygularından emin olabilmekti. Ama şu birkaç dakika tüm düşüncelerini alt üst etmişti. Sadece onu sevmesini istemişti. Güzelliğine aldanan diğer adamlardan olmasını istememişti. Son bir aydır onunla aynı odada kalmasına rağmen onda böyle bir etki yarattığının farkında bile değildi. Üstelik genç kız onunla konuşmamak için kendisini o kadar çok zorlamışken, çizginin sonuna gelmişken onu kaybediyordu. Yüzünde derin izler kalacağını öğrenen adamlar ondan çekinir olmuştu. Bu genç kızı hiç olmadığı kadar mutlu ederken tüm köy, dünyalar güzeli Yaren'in artık çirkinleştiğini konuşurken gözünden kaçan şeyi fark edememişti. Yağız'ın onun için ne kadar endişelendiğini anlayamamıştı. Bu içine bir od gibi düşmüştü. İçindeki ateşi söndürmek o kadar zordu ki bunu sadece tek bir kişi yapabilirdi. Yağız!

Saatlerce odasında öylece oturan genç kız gözünden yaş akıtmayı bırakmak istiyor ama kendi aptallığına kapılarak bunu yapamıyordu. İlk kez arkasından bu kadar çok ağladığı bir adama sahip olmuştu. Acaba ona gerçekten sahip miydi? Öyle bile olsa onu kaybetmeye başladığı bir tokat gibi yüzüne çarptı. İrkilerek yerinden kalkan genç kız odasında dönmeye başlamıştı. Onunla konuşmak ve her şeyin daha da kötüye gitmesini engelleyerek durumu düzeltmek istiyordu. Yağız'ı kaybetmeyi göze alamazdı.

"Onu seviyorum!"

Yaren içinde yankılanan son duygularla irkilirken, genç kız heyecandan titremeye başlamıştı. Keşfettiği gerçek tüm bedenini takatsiz bıraktığında artık ayakları onu taşımayı bırakmış, dizlerinin üzerine çökerek elini kalbinin üzerine koyup mutlulukla gülümsemişti. Bu istem dışı bir şeydi... İçinden tekrarlayıp durdu... Tekrar tekrar aynı şeyleri kalbiyle söyledi... "Ben onu seviyorum... Allahım buna inanamıyorum... Ben onu seviyorum!" Gözünden yeniden yaş gelmeye başlamıştı ki çalan telefonuyla hemen toparlanmaya başladı. Telefonuna cevap veren genç kız karşıdan gelen sesle duraksamıştı. Asude onu merak ederek arayıp "Yaren, hayatım neredesin?" diye sorduğunda Yaren üzülerek ona "Babamlarda olduğumu söylemiştim çalışanlara. Onlar size söylemedi mi?" diye cevap verdi. Asude rahat bir nefes alarak onunla konuşmaya devam etti. "İyi olmana sevindim, sen olmayınca, Yağız da gelmeyince çok merak ettik!" Yaren bir an yanlış anladığını düşünmüştü. Tereddütle "Yağız... Gelmedi mi?" diye sordu. Sanki alacağı cevaba kalbi hazır değildi. İçine büyük bir korku yerleşmişti. Pencereden dışarıya baktığındaysa neredeyse havanın kararmak üzere olduğunu görmüştü. Zaman ne kadar da çabuk geçmişti. Saatler ne çabuk ilerlemişti. "Akşam olmak üzere!" Sanki karşısındakine cevap vermiyordu da kendi kendine konuşuyordu. İçine yerleşen korkuyla senaryolar üretmeye başlayan genç kız aceleyle telefonu kapatıp ne yapacağına karar vermeye çalışıyordu. Ya atından düştüyse? Ya başına bir şey geldiyse?

"Allahım buna dayanamam!" diye söylenen genç kız hızla odasından çıkmıştı. O kadar sert kapatmıştı ki kapının menteşelerinin yerinden sökülmemesi şanstı.

"Atımı getirin bana!"

Yaren'in sesi konakta yükselirken büyük salonda olan Asım Bey ve dadı hızla dışarıya çıkmıştı. "Kızım neler oluyor?" Babasına bakan genç kızın gözleri dolu dolu olmuştu. Kendi kendine söyleniyordu. Onu nasıl da yollamıştı. Köy yollarına yabancıydı ve at sürmek için bilinçli bir at sürücüsü olması gerekiyordu. Yağız'ın bunlardan hiçbiri olmadığını biliyordu. Kâhya atını getirdiğindeyse hiçbir şey söylemeden endişeli bakışlar arasında konaktan ayrılmıştı.

Hızla ilerlerken bir yandan da dua ediyordu. "Ona bir şey olmasın, bu kez dayanamam... Lütfen ona bir şey olmasın!" Genç kız atını sürebildiği kadar hızlı sürerken genç adam da ağacın dibinde yeni yeni uyanmaya başlamıştı. Gözlerini aralıadığında başına geleceklerden habersiz bir şekilde gözlerini kararmak üzere olan havaya doğru çevirdi. Belki de ertesi gün onun için çok güzel olacaktı... Ya da berbat, kim bilir!

25. BÖLÜM

Zaman geçmek bilmezken sanki yollar kıvrak yılan girmiş gibi görünüyordu genç kızın gözüne. İçindeki korkunun nedenini merak etse de biliyordu ki tek sebep onun kendisine kırgın olmasıydı. İçinden kocasına bir şey olmaması için dua ederek atını daha hızlı mahmuzlamaya başladı... At taşlı yollarda ilerlemeye çalışırken genç kızın başındaki yemeni uçup gitmişti. Arkasına uçuşan yemeniye bakarken gözü batmak üzere olan güneşe takılmıştı. Hava iyice kararmadan onu bulmalıydı. Kendisine söylenerek yola devam ederken genç adam da bu kadar uyuduğuna hayret ederek otlamakta olan atına bakmıştı.

"Senin için iyi besin oldu değil mi? Sen karnını doyurdun, ben açlıktan ölüyorum. Hadi eve gidelim artık!" diyerek atının ipini çözüp üzerine binmişti. O da güneşin batışına şöyle bir göz atarken uzaktan gelen kısık sesle duraksamıştı. Başını iki yana sallayarak atının başına doğru eğilip yelesini okşamaya başladı. "Görüyor musun oğlum, iyice kafayı bozmuş durumdayım. Onun sesini duyuyorum." Yaren daha fazla dayanamayarak köy çıkışına varmadan belki etrafta olur diye Yağız'ın adını seslenmeye başlamıştı. Kalbi korkudan kuş gibi çırpınıyordu. Yağız hafif gülümseyerek yanlış duyduğu ve onun sesinin sürekli kulaklarında olduğu için kendisiyle dalga geçmeye başlamıştı. Tekrar ağaçlık alandan yola çıkarak atını kendi köyüne doğru yönlendirmişti. Bir süre ilerledikten sonra hafif loş yolda ilerlemek zor gelmeye başlayınca hızını azaltarak devam ediyordu ki yeniden onun 'Yağız neredesin?' diye yankılanan sesini duymuştu. Atını durdurarak bekleyen genç adam, fazla uzak olmayan bir yerden gelen at nalının çıkardığı sesi duymuştu. Gözlerini hafif kısarak karanlıkta gelen kişiye odaklanmıştı.

Yaklaşan atın üzerinde dalgalanan saçların sahibini karanlıkta bile olsa tanırdı. Gözleri büyüyerek genç kızın kendisine doğru yaklaşmasını bekleyen Yağız, attan aşağıya inerek onun gelişini seyrediyordu. "Acaba kötü bir şey mi oldu?" Aklından bunları geçirirken onu gören genç kız çok yaklaşmadan atını yavaşlatarak durdurmuştu. Yaren, öfkeli bir şekilde atından inerek hızla Yağız'a doğru ilerlemeye başladığında Yağız daha ne olduğunu soramadan yüzüne yediği tokatla olduğu yerde çakılı kalmıştı. "Seni Allah'ın cezası! Beni ne kadar korkuttun haberin var mı? Sen... Sen..." Genç kız yaşadığı rahatlamayla sinirleri boşalmış bir şekilde ağlamaya başlamıştı. Havada sallanan parmağını geri çekerek elinin tersiyle gözünden süzülen yaşı siliyordu. Yüzündeki peçe duruyordu. Yağız şoke olmuş bir şekilde genç kıza bakarken onun neden bu kadar korktuğunu anlamaya çalışıyordu. Arkasını dönen genç kız "Eve gitmeyeceksen haber vermelisin, bu yaşına kadar bunu sana kimse öğretmedi mi?"

Yağız atına doğru giden genç kızın ardından şaşkın bir şekilde bakakalmıştı. Genç adamın kendisini toparlaması kısa bir an sürerken, kendisinden uzaklaşan genç kızın arkasından giderek belinden yakalayıp kolları arasında çevirdiğinde boş bulunan Yaren tiz bir çığlık atarak bedenine dolanan kollardan kurtulmaya çalışmış ama başarılı olamamıştı. Yağız'ın bu davranışı yüzünden şaşkındı. "Sen... Benim için endişelendin mi?" Genç adam sözlerini tane tane söylemeye özen gösteriyordu. Yüzü göğsünde saklanan genç kızın saçlarını okşamaya başlayan Yağız, "Özür dilerim… Seni ya da başkasını endişelendirmek istemezdim!" dedi. Onun bir suçu yoktu. Yaren bunu bile bile, onun özür dilemesi karşısında hıçkırıklarına engel olamamıştı. Yağız onu yatıştırmak için sırtını sıvazlarken Yaren de fark etmeden kollarını ona dolamıştı.

Yağız ani gelen bu tepkiyle şaşırsa da daha çok bastırmıştı genç kızı göğsüne. Telkin eden sesiyle onu sakinleştirmeye devam ediyordu. "Sana bir şey oldu diye çok korktum. Tekrar birini kaybetmeye dayanamam. Ben… Ben gerçekten üzgünüm!" Yaren bir aydır ona çektirdiklerinin farkındaydı. Ama elinden bir şey gelmiyordu. Köyde genç kıza karşı bir çekimserlik baş göstermeye başlamıştı. Tam da tahmin ettiği gibi yüzündeki yanık haberi hemen yayılmış ve onun peşindeki adamların ayağı kesilmişti. Rahattı. Ama bu sefer de Yağız'ın düşüncelerini merak ediyordu. Kendisini güzel bir yüz ve vücut olarak görmesini istemiyordu. Yeni yeni keşfettiği hislerinin karşılıklı olmasını istiyordu. Suat'ı düşündükçe içi acısa da ona bu dileği için minnet duyuyordu. Kendisini öldükten sonra bile korumaya devam ediyordu. İçinden onun ruhu için dua ederek burnunu çekmeye başlayan genç kız Yağız'ın gülümsemesine neden olmuştu. Geri çekilerek ellerini peçenin üzerine getirdi. Açmak üzereyken Yaren dalgınlığından kurtularak onun elini durdurmuştu.

"Yapma! Yüzüme bakmanı istemiyorum!" dedi. Yağız anlayışlı davranmak istiyordu. Üzgün bir şekilde "Daha ne kadar o peçenin arkasında saklanacaksın? Sana bakmama izin ver. Yüzünü özledim!" dediğinde genç kızın gözleri parlamıştı. Ama yine de ona izin vermeyerek geri adım attı. Başını iki yana sallayarak "Şimdi değil! Şu anda sana yüzümü gösterecek durumda değilim! Ben… Biliyorum seni çok yordum ama bana zaman tanıman gerekiyor. Ve… Evde söylediklerinde haklıydın. Yüzümün güzelliği beni hep kötü etkiledi. Bunu ben istemedim. Allah'ın takdirine karşı gelmek istemiyorum ama bu surat yüzünden babam sürekli beni korumak zorunda kaldı. Sonra Suat… Yine bu surat yüzünden Suat ile evlendirildim. Senin için zor biliyorum… Ama Suat ile evlendiğim için asla pişman olmadım."

İçinden, çünkü seni bana getirdi, diye geçirirken sözlerine "Köydeki erkeklerden çok farklıydı. Anlayışlı ve sevecendi. Bir kadın için olabilecek en iyi kocaydı. Ben… Ben üzgünüm. Belki de benimle evlenmen senin için daha zor olmuştur. Eğer bilmek istersen bu karar bana ait olsa da yine bu surat yüzünden evlendirildim. Suat biliyordu. Ona bir şey olursa beni rahat bırakmayacaklarını biliyordu. Ben senin için üzgünüm… Ama kendim için üzgün olduğumu söyleyemeyeceğim!" diye devam etti.

Yaren'in son sözleriyle Yağız şaşırmıştı. Neredeyse heyecandan bayılacaktı. "Sen… Sen benimle evlendiğin için pişman değil misin?" Genç kız başını iki yana sallarken karanlığa alışan gözlerini bir an olsun Yağız'ın yüzünden ayırmamıştı.

Yağız, ağabeyi hakkında duyduklarına bir yandan seviniyor, diğer yandan da üzülüyordu. Onun ne kadar değişik bir yapıya sahip olduğunu en iyi kendisi bilirdi. Diğer yandan karısına bu kadar kısa sürede âşık olduğu için kendisini suçlu hissediyordu. En azından bir tesellisi vardı. O da bu evliliği isteyen yine Suat'tı. Acı bir şekilde gülümseyerek "Ağabeyimin nasıl biri olduğunu biliyorum, sözlerinde haklısın. Onun gibi niteliklere sahip olamasam da en azından seni mutlu etmeyi deneyebilirim."

Yağız'ın üzgün çıkan sesi karşısında Yaren şaşkınlıkla gözlerini açmıştı. Başını hızla iki yana sallayarak "Onun gibi olmanı istemiyorum, bu düşünceni unutsan iyi edersin. Asla onun gibi olmaya çalışma! Eğer beni mutlu etmek istiyorsan kendin gibi olmaya devam et. Benimle kavga et… Ama sonrasında barışma aşamasında bana sadece gülümse… İnan senden başka bir şey istemiyorum. Sadece artık rahat bir şekilde nefes almak istiyorum. Dışarıya çıktığımda bana yaklaşanlara karşı korku duyarak irkilmek istemiyorum… Kocamın yanımda olduğunu bilmek bana yeter!"

Yaren sözlerini bitirdikten sonra yanlış yapan çocuklar gibi gözlerini kaçırarak dudaklarını ısırmaya başlamıştı. Yağız onun sevimli hâli karşısında gülümseyerek genç kızı birden kolları arasına alıp yeniden sarılmıştı.

"Sen de bana söz ver o zaman... Ben her zaman yanında olacağım ama sen de benden kaçmayı bırakacaksın. İnan susmandansa kafamda bir şey parçalamanı tercih ederim. Sesini bir ayda çok özlettin! Ve yüzüne gelince... Ben kestaneyi çok severim!" dediğinde Yaren anlamayan bakışlarıyla genç adama bakmaya çalışmıştı. Sonra birden söylediği söz karşısında Yağız'ın kahkaha atarak gülmesine neden olmuştu.

"Sen bana kestane surat mı demek istiyorsun şimdi?" Karısının masum bir şekilde surat asması karşısında Yağız gülmeye başlamıştı. Sıkıca sardığı genç kızı mümkün olsa içine alıp saklamak istiyordu. Yaren bedenini daha da sıkan genç adama dayanamayarak onu iğnelemeye başlamıştı. "Doktorsun anladık ama kemik sayımını benim üzerimde denemesen!"

Yağız onun ne demek istediğini anlayamamıştı. "Anlamadım!" diye sorduğundaysa Yaren uzun zaman sonra kıkırdayarak "Biraz daha sıkarsan kemiklerimi kıracaksın!" dedi. Yağız hemen kollarını gevşeterek karanlıkta parlayan yeşil gözlere bakmıştı. Onun gülümsediğini gözlerinden anlayabiliyordu. Peçenin açıkta bıraktığı tek yeri yosun yeşili gözleriydi. Zaten genç adamın en sevdiği, kendisini karısına çeken bu ateş parçası yosun yeşili gözleri olmamış mıydı?

"Hava iyice kararmadan gitsek iyi olacak!" Yağız genç kızın kolunu tutarak onu atına doğru götürmeye başladığında biraz olsun rahatlamıştı. Yaren sessiz bir şekilde ona itaat ederken ata binmesi için genç kıza yardım eden Yağız, "Nereye gitmek istersin, tam sınırdayız, babana mı yoksa eve mi?" diye sordu. Yaren gözlerini genç adama dikerek "Eğer müsaade edersen bu gece kendi odamda kalmak istiyorum!" dedi. Yağız tek kaşını kaldırarak "Sen benden izin alır mıydın?" diye alayla sorunca genç kız atını mahmuzlamak için davrandığı an Yağız onu durdurmayı başararak gülümsemişti.

"Hemen de kızıyorsun, peki ben ne yapayım küçük hanım?" dedi. Yaren atının dizginlerinin tutulmasıyla hareket edemiyordu. Aslında genç adama bir şey olmasından korkuyordu. Yağız ona gülümseyerek atın dizginlerini bırakmadan kendi atına kadar Yaren'i at sırtında götürmüştü. Yaren onun bu hâline gülümseyerek, içinde biraz da alayın olduğu ses tonuyla "Ne oldu, kaçacağımdan mı korkuyorsun?" diye sordu.

Karanlıkta birkaç adım daha atan Yağız omzunu silkerek durmuştu. Kendi atına binmeden önce kısa bir an Yaren'in gözlerine bakan genç adam "Kaçmak istiyorsan seni yakalarım!" dedi. Yaren onun atına binmeye çalışmasını fırsat bilerek topukla vurup hızla atını sürmeye başlamıştı. Yağız onun hareketiyle kısa çaplı bir duraksama yaşasa da, karanlıkta bu kadar hızlı atı sürdüğü için kızmıştı. "Yaren atı yavaşlat!" diye sesini yükselten genç adam, onun daha da hızlandığını görünce kendi atını da mahmuzlamış ve Yaren'e yetişmeye çalışmıştı. İkili karanlık yolda atların alabileceği hızla giderken Yaren arkasına bakarak Yağız'ın gelip gelmediğini kontrol etmişti. Genç adam birkaç boy ileride olan Yaren'e yetişmeyi başarsa da onu yavaşlaması için ikna etmeyi başaramamıştı. Yaren yanı başında atıyla ilerleyen Yağız'a bakarak "Boş yere uğraşma, beni geçmediğin sürece senin sözlerini dinlemeyeceğim!" dedi. Yağız onun bu sözleri karşısında sinirden dişlerini sıkarak "Seni geçersem istediğimi yapacak mısın?" diye sordu. Sesinde kızdığını belli eden bir tını vardı. Yaren ona bakmayı bırakıp tekrar atını mahmuzlarken bağırarak "Söz... İstediğin bir şeyi kabul edeceğim!" dedi.

Gözleri parlayan genç adam kendisinin duyabileceği bir sesle "Bunu sen istedin karıcığım!" diyerek daha da hızlanmaya başlamıştı. Yaren genç adamın çok iyi ata binmediğini düşünerek bu kadar rahat bir şekilde davranıyordu. Çünkü Yağız köy hayatını pek de iyi bilmiyordu. Nitekim ortaokula başladığından beri tüm hayatı yatılı okullarda geçmişti. Ama genç kızın atladığı çok önemli bir konu, o da genç adamın babasının kanını taşıdığıydı.

Yağız, Cemal Bey gibi inatçı biri olması ve onun gibi atlara düşkün olması nedeniyle boş zamanlarını sürekli at çiftliklerinde değerlendiriyordu. Belki de Cemal Bey'in harcadığı paraları memnuniyetle verdiği tek yerdi bu çiftlikler. Oğlunun kendisi gibi at sevdalısı olduğunu fark eden Cemal Bey onun gittiği her şehirde bir at çiftliğinde eğitim alması için elinden geleni yapmıştı. Hatta bu yüzden de Sedat ile sürekli tartışır olmuşlardı. Bir keresinde Yağız babasıyla ağabeyinin bir tartışmasına şahit olmuştu. Sedat, babasına "Neden ona at binmesi için o kadar para gönderiyorsun? Allah aşkına baba, ata binmek istiyorsa neden evinde durup at binmiyor da böyle yerlere gidip gereksiz para harcıyor?" demişti. Yağız yanlarına giderek gülümsemişti. "Ne o ağabeyciğim, benim at binme param seni rahatsız mı ediyor yoksa?" diye sordu. Sedat hiçbir zaman ailesi için maddiyatı düşünmemiş olsa da onların geçimini sağlamak için elinden geleni yapıyordu. Şu ana kadar ailesinin hiçbir eksiği olmasın diye elinden geleni yapmıştı. Ama boş yere para harcamalarından da hoşlanmıyordu. "Senin ne kadar para harcadığını umursamıyorum Yağız, ben neden boş yere at çiftliklerine para yedirdiğini anlamıyorum. Pekâlâ konakta da at binmeyi öğrenebilirsin. Oraya harcadığın paraları kendine harcayabilirsin... Ne bileyim kitap al, kıyafet al ya da git birilerine bağış yap ama elinin altında olan imkânlar varken boş yere harcama. Bu haksızlık... Bu herkese haksızlık!" dedi.

Yağız o zamanlar ağabeyinin ne demek istediğini anlayamamış olsa da şu anda bunu çok iyi anlayabiliyordu. Bu yüzden Sedat'a belli etmese de gizlemeye çalıştığı yumuşak kalbine hayrandı. O Suat'a ne kadar hayransa Sedat da ağabeyine o kadar hayrandı. Biri kibarlığını ve iyi kalpliliğini cömertçe sergilerken diğeri hep kapalı kapılar ardında kalmayı tercih ediyordu.

Düşüncelerinden Yaren'in "Hadi ama okullu çocuk, beni geçemeyecek misin yoksa?" diye seslenen sesiyle çıkmıştı. Yağız onun alaycı ses tonuna karşılık imalı bir şekilde gülümseyerek atını daha da hızlandırmıştı. Oldukça iyi at binen genç adam, bilerek genç kızın önden ilerlemesine izin vermişti. "Söylesene yarış nerede son bulacak?" Yağız'ın sorusuna küçük bir kahkaha atan genç kız "Hadi yarışın bitiş noktası bizim konağın bahçesi olsun. Bahçenin kapısından ilk giren kazanır, ne dersin?" dedi. Yağız başını sallayarak onay verdikten sonra atların köyün içinden hızla geçmesiyle onları izleyen birkaç kişi şaşkınlıkla yerlerinde donup kalmıştı. Görünüşte Yağız atıyla Yaren'in peşine düşmüş gibi olsa da ikisinin yarıştıklarını aralarında anlayan olmamıştı. İkisi de işlerini oldukça ciddiye almıştı. Köy kahvesinin önünden hızla geçen genç kız, eve yaklaştığını görünce yüzüne yaydığı gülümsemeyle Yağız'dan ne isteyeceğini düşünüyordu.

Genç kız düşüncelere daldığında atı da hızını kesmemişti. Sonrasında yanından hızla geçen bir gölgeyle tüm düşünceleri alt üst olmuştu. Eve birkaç metre kala Yağız atağa geçerek genç kızın şaşkın bakışları arasında onu geride bırakmıştı. Bahçe kapısından hızla içeriye giren Yağız, sarsılarak gülmeye başlayınca Yaren sinirle girdiği bahçede atının üzerinden atlayarak Yağız'a ters bir şekilde bakmıştı. "Beni kandırdın!" dedi sert çıkan sesiyle. Bu sırada dışarıya çıkan Asım Bey ikiliyi görünce kısa süren şaşkınlığının ardından gülümsemişti. Asım Bey kızının kızgın olduğunu görünce "Ne oldu Yaren, neden bu kadar öfkelisin?" diye sordu. Onun cevap vermesine izin vermeden Yağız atılarak "Bana yenildiği için kızgın babacığım!" dedi. Asım Bey şaşkınlıkla Yağız'a bakarken fısıltı gibi bir sesle "Ne yarışı?" diye sormuştu. Yaren ise babasını duymayarak hızla atından inen Yağız'ın üzerine doğru yürümüştü.

"Beni kandırdın, bana bu kadar iyi at sürdüğünü söylemedin!" dedi. Yağız onun öfkesi karşısında çarpık bir şekilde gülümseyerek "Yan çizme karıcığım, bana hiç sordun mu ki bana kızıyorsun. Hem… Hem benim at binemediğimi de nereden çıkardın? Tamam, fazla hızlı at sürmüyor gibi görünsem de ailede en iyi at binen benim… Bunu Sedat ağabeyime de sorabilirsin!" dedi. Yaren dişlerini sıkarak ona bakmıştı. Arkasını dönerken "Ne isteyeceğimi de o kadar düşünmüştüm!" dedi dalgın bir şekilde. Yağız onun sözlerini duymuştu. Ayağını sürüyerek giden karısının ardından gülümseyerek bakmıştı.

Asım Bey kızına seslenmiş ama Yaren ona cevap vermek yerine koşarak odasına gitmeyi tercih etmişti. Yaren sert bir şekilde kapısını kapatınca Yağız ve Asım Bey yerinden sıçradı. Yağız "Çok kızdı galiba? Ama yarış yapma fikri ondan çıkmıştı!" dediğinde Asım Bey kıkırdayarak eskiden kızıyla yaptığı yarışları hatırlamıştı. Yağız ona bakarken orta yaşlı adam utanarak damadından bakışlarını kaçırmıştı. Kabul etmek istemese de damadı olacak genç adamın bakışları kendi üzerinde bile oldukça etkiliydi. "Belki de yarışı kazansaydı senden isteyeceği şey onun için çok önemlidir ne dersin?" dediğinde Yağız başını kaldırarak odanın penceresine bakmış ve henüz yanmakta olan ışığın kapanmasıyla üzgün bir şekilde yüzünü asmıştı.

Asım Bey damadına dikkatle bakarken vakit henüz erken olduğundan ona kahve içmeyi teklifi etti. Yağız orta yaşlı adama gülümseyerek teklifini kabul ederken aklı odaya çıkan Yaren'de kalmıştı. Onu kırmak istemiyordu ama elinden de bir şey gelmemişti. Genç kızın kırılacağını bilseydi kesinlikle onunla yarışmayı kabul etmezdi.

Büyük avludaki kamelyaya geçen ikili, dadının kahve hazırlaması için çalışanlardan birine emir vermesini dikkatle dinlemişlerdi. Kadının otoriter sesine Yağız şaşırırken Asım Bey gülümseyerek bakmıştı. Yağız'ın şaşkın yüzüne bakarak "O herkesten daha çok bu evin sahibi sayılır. Karım ölmeden çocukları ona emanet etmişti. Çocukluğundan beri bu evde!" diye kısaca bir açıklama yapmıştı.

Yağız dadıya bakarak içinden Yaren'i en iyi tanıyan kişi olsa gerek, diye geçirmişti. Dadı yanlarına gelerek Yağız'a bakmış ve olabildiğince kibar bir sesle "Hoş geldin oğlum." demişti. Bu tabir Yağız'ı şaşırtsa da bunu belli etmemeye çalıştı. İlk kez ona biri bu kadar sıcak *oğlum* diyordu. Üstelik bu yabancı bir kadındı. Asım Bey araya girerek "Makbule Hanım! Yaren ve Cüneyt'in dadısı değil sadece, bu evin de bel kemiği sayılır. Ona gözüm kapalı her şeyi emanet edebilirim!" dedi. Makbule Hanım, Yağız'a mahcup bir gülümseme atarken çekingenliğini bırakarak "Yaren kızımı almaya geldiğini biliyorum ama birkaç gün burada kalmasına izin vermeni istiyorum!" dediğinde Asım Bey boğazını temizleyerek homurtuyla karışık bir şekilde "Makbule!" diye onu uyarmıştı.

Yağız, ikilinin konuşmasına gülümseyerek dadıya "Yaren'in benden izin almak gibi bir niyeti yok, bunu biliyor olmalısınız. İstediği kadar kalabileceğini biliyor zaten!" dedi. Makbule Hanım ona gülümseyerek bakmış ve onaylayarak yanlarından ayrılmıştı. Yağız tekrar başını kaldırarak Yaren'in odasının penceresine baktığında odanın ışığı hâlâ sönüktü.

Yaren karanlıkta yatağına uzanmış bir şekilde söylenip duruyordu. Yüzünü asan genç kız Yağız'ın peşinden geleceğini düşünmüştü ama odaya çıkmasının üzerinden oldukça zaman geçmesine rağmen hâlâ gelmemiş olması iyice canını sıkmıştı. Ne isteyecek acaba, diye içinden söylenirken kapının tıklatılmasıyla yatağından sıçradı. Makbule Hanım kapıyı aralayarak ondan cevap beklemeden içeriye girmişti. "Uyumadığını biliyorum kızım, bu yüzden sakın gözlerini kapatayım deme!" diyerek Yaren'i uyardığında, onun sesini duyan Yaren uzanarak yatağının başındaki gece lambasını yakmıştı. Hafif ışıkta ilerleyen dadı Yaren'in bakışlarıyla gözlerini buluşturunca gülümsemeden edemedi. Genç kızın bakışlarındaki hayal kırıklığını görebiliyordu.

"Seninki babanla kahve içiyor, çok sinirlenmişsin galiba." dedi. Dadısının sesinden eğlendiği belli oluyordu. Makbule Hanım kıkırdayarak "Demek seni geçen biri çıktı ha... Gerçi diğerleri de senin gönlünü alabilmek için kazanmana izin veriyordu ya neyse..." Yaren dadısına kızgın bir şekilde bakmıştı. "Ne demek istiyorsun dadı? Kocam beni kazanmak istemediği için mi bana kazanmam için fırsat vermedi?" Makbule Hanım onun bu çıkışıyla şaşırmıştı. Yaren bu ihtimali düşünmek bile istemiyordu. Onun gözünde değersiz olmaya dayanabileceğini sanmıyordu. Ardından odadan yükselen kahkaha sesiyle kendine gelen Yaren, dadısının deli gibi gülmeye başladığını görünce yutkunmadan edemedi. Hızla eline dokunarak "Sen... Sen iyi misin dadı? Bak özür dilerim. Seni kırmak istemezdim!" derken Makbule Hanım tek elini havaya kaldırarak gülmeye devam ediyordu. Elini yok bir şey anlamında sallarken genç kızın sözleri aklında dönüp duruyor, keyfine keyif katıyordu. Yaren ilk kez birine ilgi duyuyordu ve ilgi duyduğu kişinin onun kocası olması Makbule Hanım'ı daha da mutlu ediyordu. Yaren şaşkın bir şekilde gülmekte olan dadısına bakarken sinirlenerek hızla yataktan kalkmıştı. "Ben de kahve içeceğim!" diyerek kapıya giden Yaren, dadısının konuşmasına fırsat vermeden hızla odadan çıkmıştı.

Yağız kahvesini içerken kayınbabasıyla sohbeti oldukça ilerletmişti. O güne kadar köy işleriyle fazla ilgilenmeyen genç adam, Asım Bey'i ilgiyle dinlemekten kendisini alamadı. Belki de Yaren'in yokluğunu böylelikle unutmayı istese de başarılı olduğu söylenemezdi. Yerinden kalkarak hızla odaya çıkmak için fırsat kollaması genç adamı içten içe yaksa da Asım Bey'i düşünerek bu çılgın düşüncelerini aklından çıkarmayı başarıyordu.

Kahvesini bitirerek elindeki boş fincanı ahşap masaya bırakırken merdivenlerden inen gölgeyi fark ederek gölgenin sahibine bakan Yağız, karşısında karısını görünce gözlerini ondan alamamıştı. Yaren onlara bakmadan direkt mutfağa yönelirken bakışlarıyla genç kızı takip eden Yağız dalgınlaşmıştı. Asım Bey damadına iki kez seslendiğinde ondan tepki alamamış ama üçüncü seslenmesinde Yağız irkilerek adama bakmıştı. "Bir şey mi söylediniz?" diye soran Yağız, adamın gülümseyen bakışlarıyla karşılaştığında ilk kez utanma duygusu hissetmişti. Adama fena yakalanmış gibi hissediyordu. "Yorgun olduğunu biliyorum, baban hastaneden sonra hiç uyumadığını söyledi. İstersen kalk biraz dinlen." Yağız onun sözleriyle daha da utandığını hissetmişti. Az sonra karanlıkta yeniden bir gölge seçilmeye başlamıştı ki Yağız ve Asım Bey aynı anda yanlarına gelen genç kıza şaşkınlıkla bakmıştı. Elindeki fincana bakan genç adam gülümseyerek "Kahve uykunu kaçırmayacak mı?" diye sormadan edemedi. Yaren ona ters bir şekilde bakarak cevabını vermiş, babasına dönerek Yağız'a baktığının aksine ışıltılı bir şekilde gülümsemişti. Yağız onun sert bakışları karşısında yutkunmadan edememişti.

"Kızım... Senin çoktan uyuduğunu sanmıştım?" Yaren babasının sorusuna cevap veremeyeceğini düşünerek susmayı tercih ederken aklından Yağız'ın ne isteyeceği sorusu geçip duruyordu. Yağız onun bakışlarından kurtulabilmek için ayağa kalkarak "İzniniz olursa ben artık dinlenmek istiyorum!" dedi. Asım Bey damadına onay verirken Yağız karısına bakmadan arkasını dönerek eve girmişti. Yaren onun kendisine bakmadan eve girişini şaşkınlıkla izlerken aklında kırk tilki dolanmaya başladı. "Bu adam nereye gittiğini sanıyor böyle?" Babası kızına bakarak "Sen de yorgunsundur, kocan senin burada kalmana izin verdi. İstersen onun yanına git!" dediğinde Yaren şaşkınlıkla babasına bakmıştı. "Ne demek bu şimdi? Neden burada kalmama izin versin ki? Hem ondan izin almam gerektiğini de nereden çıkardınız?" Asım Bey kızına ters bir şekilde bakarak kızgınlığını belli eden bir tonda "Bu kadarı da fazla Yaren... Sen istemesen de o adam senin kocan... Ondan izin almak zorundasın. Seni böyle yetiştirdiğimi hatırlamıyorum. Bu kadar başına buyruk davranmaya devam edersen elindekinin kıymetini anlayamadan onu kaybedersin. Şimdi git kocanın gönlünü al... Yoksa seni burada bırakıp gitmesine izin mi vereceksin?"

Asım Bey kızını karmakarışık duygularla kamelyada öylece bırakarak eve doğru yürümeye başladı. Yutkunan genç kız kendi odasının ışığının yandığını görünce kalbi deli gibi atmaya başlamıştı. Yavaş bir şekilde yerinden kalkarak merdivenlere doğru yürüyen genç kız ne yapacağını bilmiyordu.

Odasına yaklaştığında kalbi hiç olmadığı kadar hızlı atıyor, sanki yerine sığmayan bir kuş misali çırpınıyordu. Odanın kapısını açarken yutkunan Yaren içeriye girdiğinde Yağız'ın pencerenin kenarından dışarıyı seyrettiğini görmüştü. Yutkunmasına devam eden genç kız sakin kalmaya çalışarak "Sen neden benim odamdasın?" diye sormuştu. Yağız arkasını dönerek bir yaprak gibi titreyen karısına baktığında hafif gülümseyerek "Başka nerede olmalıydım? Unutuyorsun galiba... Biz evliyiz ve bu evdeki herkes bunu biliyor. Sence de başka odada kalsaydım biraz tuhaf karşılanmaz mıydık?" diye sordu. Yaren onun mantıklı açıklaması karşısında susmak zorunda kalmıştı. Haklıydı... Onlar evliydi ve bu ev şehirdeki ev değildi. Gerçi orada da evlendikten sonra hep aynı odada kalmışlardı. Yağız onun çekindiğini anlamıştı ama fazla üzerinde durmamaya dikkat ederek artık kendisine alışması gerektiğini düşünüyordu. "Merak etme... Aramızda bir şey olacak değil, sadece yatıp uyuyacağız." Yaren onun sözleri karşısında duraksamıştı. Ne diyeceğini bilmiyordu. Aklında babasının sözleri vardı: *Elindekinin kıymetini kaybetmeden anlayamazsın!*

Yağız dikkatle onu izlerken genç kız ona bakmamaya dikkat ederek ağır adımlarla yatağına yaklaşıp örtünün altına girmişti. Onunla tartışacak gücü yoktu. Şu anda yatıp uyumak istiyordu. Yağız gülümseyerek karısına "Benden ne isteyecektin?" diye sordu.

Yaren yastıktan başını kaldırarak dikkatle Yağız'ın yüzünü incelemeye başladığında onun bu soruyu neden sorduğunu anlamaya çalışıyor ama bir türlü anlayamıyordu. Cevap vermeden yine başını yastığına koyarak gözlerini kapatmıştı. "Hadi ama... Söyle benden ne isteyecektin?" diye tekrarlayan genç adam Yaren'in gözlerini yeniden açmasını gülümseyerek seyretmişti. Derin bir nefes alan genç kız "Bir önemi var mı?" diye sordu. Yağız sadece başını sallayarak ona cevap vermişti. Bir süre sonra gözleri birleşerek "Olmasaydı sormazdım! Söyle hadi..."

"Peki ya sen, sen ne isteyeceksin? Umarım fazla abartılı bir şey istemezsin!" Yaren soruya soruyla karşılık vererek genç adamı güldürmüştü. "Her zaman karşı saldırıya geçmeyi kolluyorsun değil mi?" diye soran Yağız ağır adımlarla yatağa yaklaşarak Yaren'in yanına oturmuştu. Genç kız gözlerini kısarak ona dikkatle bakıyordu. Yağız ayağındaki terlikleri çıkartarak örtünün altına girerken Yaren gözlerini büyüterek ona bakmıştı. "Sen... Sen ne yapıyorsun?" diye soran genç kızın heyecanı sesine de yansımıştı. Yağız gayet sakin bir şekilde "Yatıyorum!" diye cevap verince Yaren yutkunarak ona bakmıştı. "Burada yatmayı düşünmüyorsun değil mi?" dedi. Yağız başını sallayarak gülümsemiş ve yatağın başlığına sırtını dayayarak genç kıza bakmıştı. "Hadi ama karıcığım, bana o şekilde bakma. Ben sapık değilim!" dedi.

Yaren ona aldırmayarak genç adama sırtını dönüp yatmaya devam ederken Yağız gülümseyerek onun yastığa dağılan saçlarını izlemeye başladı. Yaren üzerindeki bakışları hissedince birden arkasını dönerek kocasıyla göz göze gelmişti. "Bana kitap oku!"

Yağız yanlış duyduğunu düşünerek kaşlarını yukarı kaldırıp "Ne?" diye sordu. Yaren gayet sakin bir şekilde "Duydun... Bana kitap oku... Bu benim isteğim. Ama şiir kitabı olsun!" Yağız onun ciddi olup olmadığını anlamak için yüzündeki ifadeyi inceliyordu. Şaşkınlıkla onun oldukça ciddi olduğunu fark eden Yağız gülmemek için kendisini zor tuttu. Dudakları hafif kıvrılınca surat asan genç kız yeniden arkasını dönmüştü. "Ne yani tüm bu tantanayı bunun için mi yaptın? Ben de çok önemli bir şey isteyeceksin sandım!" dedi. Yaren kaşlarını çatarak yeniden Yağız'a bakmıştı. "Sence önemli olmayabilir ama bence önemli... Okumak istemiyorsan okuma o zaman!" dedi.

Yağız yataktan kalkarak az önce dikkatini çeken küçük kitaplığa bakmıştı. Yaren onun ne yaptığını izlerken kitaplara bakmasını heyecanla izlemişti. İçinden, yapacak, diye söylenirken kalbi deli gibi atmaya başlamıştı. Bu gerçekten beklenmedikti. Ona şiir okuması genç kızı heyecandan öldürebi-lirdi. Dikkatle kitapları inceleyen genç adam, gördüğü kitabı dudaklarını kıvırarak eline almıştı. Ağır bir şekilde yatağa geri dönen Yağız, tekrar örtünün altına girerek "O zaman ben de bir istekte bulunacağım!" dedi. Yaren ona bakarak ne söyleyeceğini merak ediyordu. Yağız konuşmak yerine elindeki kitabı örtünün üzerine bırakmış ve genç kızı kibar bir şekilde tutarak kendi göğsüne yatırmıştı. Yaren itiraz etme fırsatı bulamadan "Bu da benim isteğim, bu gece sana sarılarak uyumak istiyorum!" dedi. Yaren sesli bir şekilde yutkunurken Yağız çarpık bir gülümsemeyle göğsünde tedirgin bir şekilde yatan genç kıza gülümsemişti. Az önce örtünün üzerine koyduğu kitabı alarak içinden en sevdiği şiiri okumak için boğazını temizledi. Yaren onun hangi şiiri okuyacağını merak ediyordu.

Yaralı akşamlardan çıkıp gelmiştin
Ben bütün akşamlardan çıkıp gelmiştim
Belki seni böyle bulmamalıydım
Öyle kalmalıydı belki akşamlar

Yitik bir masal gibi
Seni gözlerimde bulmamalıydım
Sonra ellerini tanıyordum, incecik
Sonra kırılgan gözlerini
Susup yüreğime süzülüyordun
Yüreğim diyorum, yüreğim Yasemen
Ben hep kordan güllere tutunurdum, pürtelaş
Ben hep tutunurdum avuçlarımda ateş
Yağmur hiç böyle yağmazdı ellerime
Ellerim diyorum, ellerim Yasemen
Bir bulut düşüyordu düşlerin ortasına
Ben tepeden tırnağa ıslanıyordum
Hiç böyle görmemiştim aşkın iki yüzünü
Seni korkularla sevmek
Seni hesapsızca sevmek

Her şeye rağmen işte seni sevmek
Öncesi ve sonrası
Şimdi bir bulut var yüreğimde gezinen
Şimdi yıldız yıldız gökyüzü yanıyor
Gökyüzü diyorum, gökyüzü Yasemen
İşte böyle kimsesiz her anımda
Yani her anımda
Bir şiir sarıyor üşüyen düşlerimi
Oysa ben seni hiç tanımıyorum
Ömrünün şiirine hiç dokunmadım
Sebebim, hayatın ortasında eğreti duruşundu
Ve ben bir kumar oynadım ikimizin adına
Birimiz kaybettik, mutlaka kaybettik
Şimdi bu dalgalar çarpmıyor mu bağrıma
Bir yerlerde senin adın kanıyor
Kanıyor diyorum, kanıyor Yasemen
Ürkek bakışlarım avuçlarında işte
Türkü dolu kalbim bakışlarında
Seni bile bile seviyorum bilesin
Seni bile bile kaybediyorum
Bilir misin ömrümün sonrası nedir
Sonrası diyorum, sonrası Yasemen
Bir gün rüzgârınla çekip gideceksin
Gideceksin, biliyorum
Vazgeçilebilir dostlar bırakacaksın bu şehirde
Beni terk ettiğini bilmeyeceksin
Sonra gözlerimde tutuşacaksın
Gözlerim diyorum, gözlerim Yasemen

Yaren okunan şiirin varlığından bile haberdar değildi. Kendi kitapları arasında böyle bir şiirin olduğunun farkında olmamak genç kızı şaşırtmıştı. Gözünün kenarından akan yaşı Yağız'a belli etmeden silen genç kız ağlamak istiyordu. Bu kadar anlamlı bir şiiri kendisine okuduğu için genç adamı dövebilirdi. İçinde kopan fırtınayı dindirmenin bir yolu olmalıydı ama yoktu.

Yağız ise hafif gülümseyerek az önce okuduğu şiirin bazı satırlarını kendi kendine tekrarlıyordu. Yaren burnunu çekerek gözlerini kapayınca Yağız ona takılmak için "Hey… Burnunu üzerime silmiyorsun değil mi?" diye sordu. Sesinden eğlendiği belli oluyordu. Yaren ona kızarak karnını kıstırınca Yağız acı içinde ah çekmişti. "Kes sesini, uyumak istiyorum!" diyen Yaren kollarını farkında olmadan iyice genç adama dolamıştı. Yağız uzanarak gece lambasını söndürürken, iyice yatağa uzanıp Yaren'i kolları arasında sıkıca kavramıştı. Sanki bırakırsa bir daha onu tutamayacağını hissediyordu. Onun sıkı tutuşuyla Yaren homurdanarak "Umarım sabaha kadar kolların uyuşur!" dedi. Yağız genç kızın sözlerine gülümserken ona cevap vermek yerine daha da sararak kendi bedenine iyice yapışmasını sağlamıştı. Kalbi deli gibi atıyordu. Yaren ise onun kalp atışlarını müzik enstrümanı gibi dinlemeye başladığı sırada çoktan gözlerini kapatmıştı.

Yağız sabaha kadar doğru düzgün uyuyamamıştı. Ama bu kez uykusu korkudan değil heyecandan kaçmıştı.

Genç adam sabahın ilk ışıklarıyla gözlerini açarken kollarında bulmayı beklediği bedeni bulamayınca yüzünü asarak "Fırsatçı… Küçük bir dalgınlığı fırsat bilerek kaçtın demek?" diye kendi kendine söylenmişti. Yatağından kalkarak üzerini değiştiren Yağız, evde tek ses olan yere yönünü çevirmişti. Mutfaktan gelen şen şakrak seslerin sahiplerini tanıyordu. Yaren dadısıyla ne konuşuyorsa eğlendiği belliydi. Dadı genç kıza sitem ederek "Neden hâlâ o peçeyi takıyorsun? Biliyorum yaralandın ama bu o kadar önemli değil ki?" dedi. Yaren gözleri parlayarak dadıya bakmıştı. "Biliyorum… İlk kez kendimi özgür hissediyorum dadı. Bu peçe sayesinde özgürlüğün tadını çıkarıyorum. Belki de yüzümün ne durumda olduğundan emin olmamaları bana yaklaşmalarını engelliyor!" dedi. Dadı kıkırdayarak "Ama damat bey hâlâ senin yanında, o senden uzak duracak gibi durmuyor." dedi.

Onun sözleriyle kulaklarını iyice dikleştiren Yağız, karısının ne cevap vereceğini merak ediyordu. Yüzünü asmasını beklerken genç kız gülerek "O çok inatçı değil mi dadı? Onun vazgeçeceğini hiç sanmıyorum. Bir gün karşıma benim kadar inatçı birinin çıkacağını hiç düşünmezdim!" dediğinde dadısı da kıkırdamadan edememişti. "Evet, senin kadar inatçı, umarım mutlu olursun güzel kızım!"

Yaren onun sözleriyle hafif kilolu kadına arkadan sarılarak boynundan öpmeye başlamıştı. Makbule Hanım gıdıklanarak genç kızla birlikte gülerken Yağız boğazını temizleyerek mutfağa girmişti. Onun geldiğini gören Makbule Hanım utanarak geri çekilmişti. Yağız dadının utançtan kızaran yanağını hayranlıkla seyrederken onların bu kadar iyi anlaşması karşısında da mutlu olmuştu. En azından o kötü olaydan sonra Yaren'in uzak kalmadığı birilerinin olması onun içini rahatlatmıştı.

Yaren yüzündeki gülümsemeyi kesmeden sesindeki neşeyle "Günaydın!" dedi kocasına. Yağız da ondan aldığı enerjiyle aynı şekilde karşılık vermişti. Sonra dadıya dönerek "Benden utanmanıza çok şaşırdım Makbule Hanım!" dediğinde Yaren onun patavatsızlığına daha da kıkırdayarak "Bu kadar açık sözlü olmamalısın, sana hiç terbiye öğretmediler mi?" diye sahte bir kızgınlık göstermişti. Yaren dadısına yaklaşarak onu yeniden gıdıklamaya başlamıştı. Makbule Hanım onun elinden zor kurtularak mutfaktan kaçarken Yağız karısının mutluluğu karşısında derin bir nefes almıştı. Onlar gülerek birbirine bakarken Cemal Bey'in konağında fırtınanın koptuğundan habersizlerdi.

"Sana son kez soruyorum... Bana cevap ver Seher!" diye evde sesi yükselen Sedat öfkeden çıldırmış durumdaydı. Seher korkmuş bir şekilde elini yukarıya kaldırarak gelebilecek darbelere karşı savunmaya geçmiş bir yandan da ona yalvarıyordu. "Yapma Beyim... Acı bana... Yapma!" dediğinde Sedat belindeki tabancayı çıkararak Seher'e doğrultmuştu. Gözü hiçbir şeyi görmüyordu. Tetiği çektiğindeyse iş işten geçmiş durumdaydı. Patlayan silah sesi Sedat'ın gürleyen acı dolu sesiyle karışmıştı.

"Asude!"

Sedat çıldırmış gibi davranıyordu. Onun silahını çektiğini gören Asude hızlı davranarak araya girmişti. Sedat araya giren Asude yüzünden panikleyerek doğrulttuğu silahı çekmek istemiş ama genç kadın yanlış anlayarak ona doğru atılınca olay kaçınılmaz olmuş ve silah ateş almıştı. Patlayan silahla Sedat nefesinin kesildiğini hissetmişti. Asude silahın ateş almasıyla kocasına gözleri büyümüş bir şekilde bakıp, yere düşerken genç adam korkuyla onun yanına çökmüştü. Kalbi bir kuş gibi acıdan çırpınıyordu. Elini karısının neresine koyacağına karar veremiyordu. Gözleri korkudan büyüyerek karısına bakarken, o an genç adam için dünya sanki durmuştu. Nefes almak hiç bu kadar zor gelmemişti.

"Asude... Asude cevap ver. Lütfen bana bak, Asude... Asudem!" Sedat gözündeki yaşı durduramıyordu. Kalbine yerleşen kaybetme korkusu onun elini ayağını bağlamış hareket etmesini zorlaştırıyordu. Korkuyla karısına sarılırken silah sesini duyan herkes koşarak oraya gelmişti.

Cemal Bey, gelinini oğlunun kollarında yarı baygın bir şekilde görünce, onun korkusunu, oğlunun karısına yalvarışını duyunca içi açmıştı. Kocasının acı çeken sesini duyan Asude gözlerini aralayarak kocasına bakmıştı. Kollarındaki karısına gözleri yaşlı bir şekilde sarılan Sedat nefesini tutmuş genç kadının nefes alıp almadığını hissetmek istiyordu.

"Ben iyiyim... Lütfen... Bırak gitsin!"

Karısının sözleriyle Sedat'ın öfkeli bakışları Seher'e kaymıştı. "Seni öldüreceğim. Hepsi senin yüzünden..." Seher gözü dönmüş bir şekilde kendisine bakan Sedat'tan korkarak geri çekilirken Asude'nin onu zayıf bir şekilde tutmasıyla duraksamıştı. "Lütfen... Beni ve kızını bırakmak mı istiyorsun? Seninle kalmaya karar vermişken beni yeniden mi bırakacaksın? Yapma... Ona dokunma..." Asude'nin gözlerinden yaş akarken elini kaldırarak başında duran Sedat'ın yüzüne dokunmuştu. "Yapma..." Genç kadının gözünden bir damla daha akarken dayanamayan Sedat onun yaşlarını silmeye başlamıştı. "Hepsi benim hatam... Seni vurduğuma inanamıyorum. Kendimi asla affetmeyeceğim. Sen de beni bağışlama... Sonunda sana zarar verdiğime inanamıyorum..." Asude hafif gülümseyerek ona bakmıştı. O sırada Seher'in korkudan hıçkırığa boğulması Sedat'ın kararmış bakışlarını yeniden üzerine çekmişti.

Seher korkuyla geri geri giderken ortamda yeniden Sedat'ın sesi yükselmeye başlamıştı. "Baba... O kadını bu evden hemen götür, yoksa bu evden tabutu çıkacak."

Cemal Bey oğlunun istediğini yaparak Seher'in koluna yapışmıştı. Onu oturduğu yerden kaldırarak kapıya doğru çekiştirmeye başlamıştı. Ne olduğunu bilmiyordu ama oğlunun elinden kaza çıkmasın diye onu evden uzaklaştırmaya çalışıyordu.

26. BÖLÜM

Yaren ve Yağız mutfakta atışmalarına devam ederken Asım Bey onların yanına gelmişti. Yağız hâlâ gülümserken Yaren hemen yüzünü asmıştı. "Baba... Şu adama bir şey söyle. Ona beni kızdırmaktan zevk almamasını söyler misin?" Asım Bey kızına gülümseyerek bakmıştı. Sonra bakışlarını Yağız'a çevirerek "Kızımla fazla uğraşmıyor musun oğlum?" dedi. Yağız yüzündeki gülümsemeyi daha da yayarak Asım Bey'e bakmıştı.

"Kahvaltı hâlâ hazır değil mi kızım, siz hiç bu kadar geç kalmazdınız!" Yaren babasına göz atarken Yağız karısının aniden neşelenmesine şaşırmıştı. Az önce kendisine sataşan kız şimdi babasıyla şakalaşmaya başlamıştı. Kahvaltı hazırdı. Birlikte kahvaltı yaparken Asım Bey damadıyla kızı arasındaki iletişime dikkat ediyordu. Yağız gözlerini kızının üzerinden alamazken Yaren ona bakmamaya dikkat ediyordu. "Kahvaltıdan sonra seninle arazide bir tur atalım!"

Yağız, Asım Bey'in sözleriyle bakışlarını ona çevirdiği anda dışarıdan yükselen seslerle birden irkilmişti. Asım Bey ne olduğunu anlayarak sinirle yerinden kalkarken az önce gülen karısının gözleri üzgün bir şekilde bakmaya başlamıştı. Yağız, Yaren'in bakışlarını kaçırması üzerine Asım Bey'i takip etmişti. Büyük avluda yankılanan sesler oldukça dikkat çekiciydi. Sonunda genç adam duyduklarıyla sarsılarak olduğu yerde kalmıştı.

"Asım bey! Biz... Biz Yaren Hanım'a talibiz!" Yaren ve Yağız aynı anda dışarıya çıkıyorlardı ki Yağız duyduğu şeyle donup kalmıştı. İçinden bunlar ne saçmalıyor, diye söylenirken arkasındaki genç kızın varlığının bile farkında değildi. İşte yine oluyordu. Evlenip dul kalmak bile bu adamları durduramıyordu. Suat ile evliyken bile arada ona imalarda bulunanlar şimdi dul olduğunu ileri sürerek kendisini istediğini dile getirebiliyordu. Nedenini hiç bilmese de bir keresinde köyün ileri gelen yaşlılarından birinin sözlerini hatırladı: *Suat Bey çok iyidir ama onun önceden bir başkasını sevdiğini herkes biliyor. Sana bakışlarında beğeni yokmuş kızım... O yüzden dikkatli olmalısın!*

Yaren arkasını dönerek elini kalbinin üzerine götürdü. Yağız'ın şahit olduğu bu olaydan sonra evlenmeye karar verdiği o gece de karşısına çıkan çok sevdiği yaşlı adamın sözlerini hatırlamıştı: *Beyimin ölümü çok üzücü ama ben seni düşünüyorum kızım. Şimdiden... Daha Suat Beyimizin toprağı üzeri yeşermeden senin hakkında hayal kuranlar var. Git buradan güzel kızım. Suat Bey'in isteğini ben de duydum. Genç efendiyi görmedim ama kardeşine karısını bırakacak kadar yüreklilik gösteren bir adamın isteği boşuna değildir. Onun sana verdiği değerin en büyük tanığı olarak... Kabul et ve bu köyden git!*

Yaren düşüncelere dalmışken Yağız öfkeden dişlerini sıkmaya başlamıştı. Genç adam konuşan adamlara saldırmamak için kendisini zor tutuyordu. Arkasını döndüğü anda Yaren'in başını aşağıya eğmiş bir şekilde ters tarafa yöneldiğini görünce öfkesi daha da artmıştı. Genç kızın omuzları aşağıya düşmüş bir şekilde ilerlediğini görmesi Yağız'ın kanının damarlarında kavrulmasına neden olmuştu. "Yaren!" Karısının sesi ister istemez ağzından sinirli bir şekilde çıkmıştı. Yaren olduğu yerde duraksamış ama arkasını dönüp kocasına bakamamıştı.

"Buna şahit olduğun için üzgünüm, istersen gidebilirsin.

Bu durumla ben ilgileneceğim. Kimse... Kimseye artık hayatıma karışma izni vermeyeceğim. Bir kez daha olmaz!"

Yaren'in sözleri, sesi titreyerek dökülmüştü dudaklarından. Yağız onun neden bahsettiğini anlayamamıştı. Yaren gözünden akan yaşı silerek hızla babasının odasına yönelmiş her zaman duvarda duran uzun namlulu tüfeği eline alarak sinirli bir şekilde büyük bahçeye yönelmişti. Asım Bey de sinirliydi. "Siz ne saçmalıyorsunuz? Evli olan kızıma nasıl talip olabilirsiniz?" Adamlardan biri öne çıkarak "Suat Bey öldü, Yaren Hanım şehre gitmişti ama duyduk ki bir kaza geçirmiş ve baba ocağına dönmüş. Biz... Yani aramızdan seçtiği biri onunla evlenmek istiyor. Hepimiz kızınıza talibiz. Yaralanması önemli değil. Biz onu istiyoruz. Hiç kimse onun yarasıyla ilgi..." Adam sözünü tamamlayamamıştı. Çünkü o anda tam da ayağının dibinde bir patlama gerçekleşmişti. Yaren konuşan adamın sözlerine öfkelenerek ayaklarının dibine nişan alıp ateş etti.

Kalabalık bu olaydan sonra başını kaldırıp merdivenlerin başında elinde silah olan genç kıza bakmıştı. Bazılarının gözündeki korku anlaşılırken bazıları da ona dikkatle bakmaya devam ediyordu. Asım Bey kızına korkuyla bakarken içinden kötü bir şey yapmaması için dua etmeye başlamıştı. Onun gözlerindeki öfkeyi okuyabiliyordu. Kızının hiçbir şey dinleyecek durumda olmadığının farkındaydı.

O sırada Yağız da bahçeye çıkmıştı. Onun da gözlerinde öfke vardı. Ama Yaren'in ateş etmesiyle içinde bir gurur oluşmuştu. Karısının davranışlarıyla gurur duyuyordu. Yağız ona bakarak diğer adamların yanına kadar ulaştığında sakin kalmak için kendisine sürekli uyarıda bulunuyordu. Adamlardan biri öne atılarak "Bu yaptığınız çok saçma, neden sürekli bizleri görmezden geliyorsunuz? Bizim tek istediğimiz size olan ilgimizi görmeniz."

Yaren adamın sözlerine tiz bir kahkaha atarak karşılık vermişti. "Sizin ilginiz mi? Sizin ilginiz bana mı? Asıl saçmalayan sizsiniz... Sen... Evet sen..." Yaren adamların arasında olan uzun boylu sarışın çocuğa işaret etmişti. Adam heyecanla bir adım öne doğru atılmıştı. "Buyur Yaren Hanım?"

"Söyle bakalım beni kaç yıldır seviyorsun?" Yaren'in damdan düşer gibi sorduğu soru karşısında Yağız'ın ağzı açık bir şekilde kalmıştı. Damarlarındaki deli kan çıldırmış gibiydi. Hızla öne doğru atılacaktı ki Yaren bu kez silahın namlusunu ona döndürerek yine ateş etmişti. Yağız karısının kendisine ateş etmesi karşısında donup kaldı. Bu kadın ne yapmaya çalışıyordu böyle? Dahası Asım Bey de kızının hareketiyle şaşkına dönmüştü. Yaren babasının bakışlarını görmezden gelerek Yağız'ın gözünün içine bakmıştı. "Kal orada... Sakın kıpırdama!"

Yaren'in gözlerindeki ifade Yağız'ı durdurmuştu. Onun ne yapmaya çalıştığını anlayamasa da sorun bu değil, bu kalabalığın karısına yaklaşmamasıydı. Oradaki hiç kimse Yağız'ın kim olduğunu bilmiyordu, ne de burada ne aradığını. Yaren tekrar az önceki sarışın adama dönerek "Sana bir soru sordum bana cevap ver." dedi.

"Ben yaklaşık beş yıldır... Yani sizi ilk gördüğümden beri..."

"Demek beş yıl... Peki, başka var mı, bu kadar uzun süre beni sevdiğini sanan var mı?"

Kalabalıktan bir homurtu yükselmeye başlamıştı.

"Yaren Hanım!"

"Sen kes sesini... Sadece ona soruyorum. Beni çok seviyorsun demek... Üstelik beş yıldır. O zaman benimle ilgili her şeyi bilmen gerekiyor değil mi? Söyle bakalım. Acaba beş yıldır bana âşık olan biri olarak ben en çok hangi rengi severim?" diye sorduğunda sarışın adam olduğu yerde suskun bir şekilde kalakalmıştı. Ondan uzun bir süre ses gelmeyince "Çok zor oldu galiba. Peki, en çok hangi yemeği seviyorum!" Yağız onun sorusu karşısında içinden cevaplar veriyordu: *Yeşil ve mavi... Mercimek ve bazlama...*

Yaren yine cevap alamayınca diğer adamlara dönerek alaycı bir şekilde gülümsemişti.

"Sen biliyor musun? Peki sen... Sen... Hayır, sen de bilmiyorsun değil mi? Bir de beni sevdiğinizi mi söylüyorsunuz? Siz kimseyi sevmiyorsunuz. Amacınız toprak sahibi olmak mı? Galiba haberiniz yok... Babam tüm servetini, topraklarını kardeşime bıraktı. Yani anlayacağınız benim beş kuruşum olmamasına ve komple yanmış bir yüze sahip olmama rağmen benimle evlenmek istiyorsunuz... Peki... Aranızdan birini seçeceğim. Şimdi soracağım soruya cevap veren ilk kişiyle evleneceğim. Bu konu da burada kapanacak!"

Yağız donmuş bir şekilde karısına bakıyordu. Bağırmak istiyordu ama sanki biri boğazını yakalamış sıkıyor ve konuşmasını engelliyordu. Asım Bey dehşete düşmüş bir şekilde genç kıza bakmıştı. "Yaren sen ne yaptığını sanıyorsun? Sen evlisin... Üstelik kocanın gözü önünde!"

Asım Bey'in sözlerine kimse anlam vermemişti çünkü onun sonradan evlendiğini ve Yağız'ın da onun eşi olduğunu kimse bilmiyordu. Herkes sorunun heyecanına takılıp kalmış ve Asım Bey'in sesindeki titreşimi fark edememişti.

Yağız dikkatle karısına bakıyordu. Yaren sorusunu sormak için gözlerini kapatmıştı. "Şimdi... Biriniz bana söylesin... Benim gözlerim ne renk?"

Yağız donup kalmıştı. Bu nasıl bir soruydu? Bu kadar basit bir soruyu nasıl sorabilirdi! Oradaki herkes kızın bu basit sorusu karşısında donup kalmıştı. Bu da ne demekti. Herkes bir çelişki içine düşmüş ne cevap vereceklerini bilememişti. Genç kız gözlerini kısarak açmıştı. Fazla uzakta olmamasına rağmen yine de o mesafeden gözlerinin rengi tam olarak seçilemiyordu. Bakışları adamların üzerinde gezinirken gülümsemeden edememişti. Birden gülümsemesi kısa çaplı bir kahkahaya dönüşmüştü. Kahkahasında korkunç bir tını vardı ve bu genç adamın kanını daha da kızgın hâle getirmişti. "Bu kadar basit bir soruya bile cevap veremeyecek misiniz? Siz

431

değil miydiniz bana âşık olduğunuzu söyleyen? Nasıl oluyor da yıllardır sevdiğiniz bir kadının gözlerinin rengini bilemezsiniz?"

Yağız dikkat ve korku dolu gözleriyle etrafındaki kişilere bakıyordu. Kalabalıktaki herkes başını kaldırıp Yaren'e hayran gözlerle bakıyordu. Onun karısına! İçindeki öfke kabarırken o da Yaren'e çevirmişti bakışlarını. Bu kadarı da fazlaydı. Genç adam sinirinden ne yapacağını bilemiyordu. Sevdiği kadın... Kendi karısı tam karşısında kendine eş seçiyordu. Bu seven kalbine ağır gelmeye başladı. Birden kalabalıktan sesler yükselmeye başlayarak kendince cevaplar geliyor ama Yağız bu cevapları uğultu gibi duyuyordu.

Kahverengi... Ela... Koyu kahve...

Yağız duyduğu cevaplar karşısında daha da sinirlenmişti. Arkasını dönerek kalabalıktan sıyrılan genç adam, Yaren'e ve orada cevap vermek için yarışanlara aldırmadan uzaklaşmak istedi. Biraz daha kalırsa elinden bir kaza çıkabilirdi. Kapıya yaklaşıyordu ki ayağının dibinde patlayan silahla olduğu yerde kalakalmıştı. "Sen ne yaptığını sanıyorsun? Bu kadar şaklabanlık yeter!"

Yaren onun sözlerine sırıtarak "Cevap vermeden mi gideceksin? Oysa senden çok umutluydum ben!" dedi. Yağız karısının sesindeki titreşimden bir şeyler planladığını anlamıştı. Yağız işi daha da zora sokarak "Cevap vermek istemiyorumdur belki de, bunu hiç düşünmedin mi?"

"Peki o zaman, sen de cevap verme..." diyen genç kız bakışlarını kalabalığa çevirerek "Üzgünüm arkadaşlar, hiçbiriniz kazanamadınız. Hiçbiriniz rengi tutturamadınız... Benim gözlerim..."

Yaren konuşamadan yükselen bir ses konuşmasını bölmüştü.

"Yeşil... Yosun yeşili!"

Yaren son anda duyduğu sesle yerinden zıplamıştı. Yutkunarak cevap veren kişiyi aramaya başladı. "Cevabı kim verdi?" Ses tonu farklı olsa da kimin cevap verdiğini gören adamlardan biri "O verdi, doğru mu yoksa?" diye sormaktan kendisini alamamıştı. Adamın gösterdiği kişiye bakan Yaren'in karşısında kendisine dik dik bakan Yağız'ı bulunca rahatlaması görülmeye değerdi doğrusu. Yaren o kadar gergindi ki cevabı veren kişinin kim olduğunu anlayamamıştı. Elindeki silahı iyice omzuna yaslayarak genç adamın ayağının dibine ateş etmeye başlamıştı. "Seni adi herif… Ne kadar korktum haberin var mı? Başkası soruyu bildi diye ne kadar korktuğumdan haberin var mı?" Yağız ayağının dibine ateş eden karısına bağırıyordu.

"Beni öldürmeye mi çalışıyorsun, kes ateş etmeyi!"

"Sen yaşamayı hak etmiyorsun. Senin yüzünden kalpten gidiyordum. Seni öldüreceğim!" Yaren ateş etmeye devam ederken tüfeğin mermisi bitmişti. Asım Bey kızına şaşkınlıkla bakarken oradaki herkes bir şeylerin döndüğünü anlamıştı. "Sen de kimsin, bizim köyden olduğunu sanmıyorum!" Yağız kendisine yönetilen soruya alaycı bir şekilde "Evlenmek istediğiniz kadının tek sahibi, şimdi burayı hemen terk edin. Ben olduğum sürece Yaren'e kimse yaklaşamaz!"

Yaren ağlamaya başlamıştı. Yağız hızla karısının yanına giderek sinirleri yıpranmış olan karısına sarılmıştı. Elindeki tüfeği alarak Asım Bey'e uzatan genç adam "Gidiyoruz!" deyip Yaren'i kolundan çekiştirerek evden dışarıya çıkarmıştı. Asım Bey gülümseyerek damadıyla kızına bakarken Yağız kalabalığı yararak karısını o ortamdan kurtarmaya çalıştı. Kimse onlara engel olmaya cesaret edememişti. Nitekim az önceki soruları bilmedikleri için de şanslarını yitirdiklerinin farkına varmışlardı.

"Buradan gitseniz iyi olur, o genç delikanlının sabrı iyice taşmak üzere… Gerçi kim olsa gözünün önünde karısına talip gelince sinirlenirdi!" Asım Bey alaycı bir şekilde adamların şaşkın yüzlerine bakarken aralarından biri "Yaren Hanım evlendi mi?" diye sordu. "Evet, az önce soruyu bilen delikanlı kızımın kocasıydı. Siz onun sabrını taşırmak üzeresiniz. Bu kez sert kayaya çarptınız ha, ne dersiniz?"

Kalabalık tek söz bile söyleyemeden oradan ayrılırken Yaren, Yağız'ın arkasından sürüklenir gibi yürüyordu. Sonunda dayanamayarak kolunu çeken genç kız Yağız'ın durmasına neden olmuştu.

"Sen ne yapıyorsun?"

"Ne mi yapıyorum? Sence ne yapabilirim? Gözümün önünde karıma görücü geliyor... Bir değil, iki değil, üç değil... Söylesene kaç kişi vardı o bahçede?"

"Bilmiyorum, saymadım. Seni rahatsız etmiş olmalı. Gördün işte... Onların tek istediği babamın toprakları..."

"Öyle bile olsa orada yaptığın tam bir saçmalıktı. Ya biri senin sorularını bilseydi? Söylesene... O zaman ne yapacaktın? Söyle bana... Bana bunu yapmaya nasıl kalkışırsın? Orada ne kadar korktum biliyor musun? Sanki bir anda elimin içinden kayıp gidecekmişsin gibi hissettim."

Yağız sinirliydi ve sesini gittikçe yükselterek konuşmasına devam ediyordu. Kaybetme korkusunu daha önceden hiç bu kadar derinden hissetmemişti. Kalbi kan pompalamayı kesmiş gibiydi. Genç adam o anda nefes alamamıştı. Yaren şaşkınlıkla kendisine kızan kocasına bakıyordu. Genç adam öfkeden hızlı hızlı soluk alırken kulaklarına dolan sesle duraksadı. "Kaybetmek mi? Sen kaybetmekten mi korkuyorsun? Beni? Bundan korktuğunu bilmiyordum. Senin için bu kadar değerli olabileceğimi bilmiyordum!"

"Bilmiyor muydun yoksa bilmek mi istemiyordun? Söylesene... Senin için küçük bir değerim var mı? Hadi söyle..."

"Yağız yapma... Benim için önemli olduğunu biliyorsun. Kolay mı sanıyorsun? Bu hayatı yaşamak kolay mı? İlk evliliğim de böyle olmuştu. Orada gördüğün kalabalık hiçbir şeydi. Suat tüm köyü karşısına almıştı. Yaşı reşit olan benden küçük çocukları bile o kalabalıkta görebilirdin. Sen... Sen benim için kolay olduğunu mu sanıyorsun?"

"Bunu asla söylemedim... Tamam... Benimle evlenmek istemiyordun ama evlendik... Biz evlendik! Ve ben karımın benden başkasıyla ilgilenmesine tahammül edemem... Bunu bir düşün, bunun ne demek olduğunu bir düşün. Burada en zor durumda kalan benim. Senin hayranlarının çaresine bakılabilir ama ya benim hissettiklerim?"

Yağız konuşmasını yarıda keserek hızla yürümeye başladı. Yaren şaşkınlıkla arkasından bakakalırken genç adamın uzaklaşmasını gözleri yaşlı bir şekilde izlemişti. Elini kalbinin üzerine koyarak "Bunu düşünmediğimi mi sanıyorsun? Ben de ne yapacağımı bilmiyorum. Neden daha önce seninle evlenmemiştim ki? O zaman bu kadar zor olmazdı. Boğazıma dikilen kelimeler bu kadar canımı acıtmazdı!"

Fısıltı gibi çıkan bu kelimeler genç adama ulaşamadan havada kaybolmuştu. Genç kızın kalbi düşüncelerinin gerçek olma ihtimaliyle kuş gibi çırpınırken bu kez gözünden akan yaşlar acıdan değil mutluluktandı. "O da beni seviyor!" Fark ettiği şeyle kalbi kuş gibi özgür olmaya başlamıştı. Ağlamayla karışık gülerken tek düşündüğü ve kalbinde hissettiği cümle, o da beni seviyor, olmuştu.

Yağız adımlarını daha da hızlandırırken Yaren sadece onun arkasından gülümsemekle yetinmişti. Yakında ona olan tüm duygularını dile getirecekti. Sadece kabullenmesi için zamana ihtiyaç vardı ve o zaman tükenmek üzereydi. Kocasının gittiği yöne değil de ters yöne doğru ilerleyen Yaren adımlarını hızlandırmıştı. Gülümsüyordu. Kendi kendine gülümsüyordu. Karısına dönüp bakan genç adam onun ters yönde ilerlediğini görünce endişelenerek onu takip etmeye başlamıştı. Nereye gideceğini merak ediyordu. Aslında onun başına bir şey gelmesinden korkuyordu. Bu sabah olanlara inanamayan Yağız, başını yukarıya kaldırarak "Ağabey... Gerçekten beni zor durumda bırakıyorsun. Allahım bana yardım et!" diye dua etti.

27. BÖLÜM

Sabah sabah aldığı haberle tüm morali sıfırlanan genç adam ne yapacağını bilmiyordu. Şu anda önemli olan tek bir şey vardı ve o da bu köydeydi. Asım'ın telefon etmesiyle tüm hevesi kaçmıştı. Birkaç güne kadar geri dönmesi gerekiyordu. Oysaki Yaren ile aralarındaki ilişkisinin düzelmeye başladığını düşünüyordu. Karısı eskisi gibi kendisinden uzak durmuyordu hatta arada ona şaka bile yapar olmuştu. Yaren, gitmekten bahsedince hemen arkasını dönerek yanından uzaklaşıyordu. İki taş arasında kalmıştı. Yıllardır çabaladığı her şeyi bir kenara atmak o kadar da kolay değildi. Sadece iki gün... İki gün içinde tayini çıkan şehre gitmek zorundaydı. Kendisini asker gibi hissetmeye başlayan Yağız, genç kadının bahçede Can ile oynamasını uzaktan seyrediyordu.

Odadan uzun adımlarla dışarıya çıkan Yağız, bu duruma bir açıklık getirmek için artık vakit kaybetmeden onunla konuşmak istedi. Yaren'in yanına giderken yanından geçtiği çalışan kızlardan birini yanına alarak "Sen Can'ı odaya götürüp ilgilen!" dediğinde Yaren gözlerini kısarak genç adama baktı. Çalışan kız denileni yaparken Yaren çocuğu alan kızın başının üzerinden Yağız'ın keskin bakışlarıyla karşılaşmıştı.

"Bir sorun mu var?" dedi genç kadın zayıf çıkan sesiyle. Yağız başını sallayarak "Evet!" diye anında karşılık vermişti.

"Öyle mi, seni dinliyorum!" Genç kızın rahatlığı Yağız'ın daha da gerilmesine neden olmuştu. Nasıl söze başlayacağını bilmeyen genç adam Yaren'in tam karşısına oturdu ve gözlerini genç kıza dikerek "Benim iki gün içinde dönmem gerek. Benimle gelmeni istiyorum!" dedi. Yaren hiçbir şey söylemeden sadece genç adama bakmıştı. Yağız daha fazla sessizliğe dayanamayarak "Neden bana cevap vermiyorsun? Tayinim çıktı ve iki gün içinde şehirdeki eşyalarımı toparlayıp atandığım yere gitmem gerek!"

"Git o zaman, neden benim de gelmem gerekiyor ki?" Yağız aldığı cevapla dişlerini birbirine kenetleyerek sıkmıştı. Yanağının kenarındaki damar iyice belli olmaya başladığında Yaren onun sakin kalmak için çaba harcadığını fark etmişti. Ama ondan beklediği itirafı hâlâ alamamış olmak Yaren'in de canını sıkmaya başlamıştı. Kendi kendine kuruntu yapmaktan korkuyordu. Kendisinin sevgisi kadar genç adamın da ona olan sevgisinin büyük olmasını istemek Yaren gibi bir kızın en doğal isteği olmalıydı. Davranışların bir önemi yoktu genç kız için. Bunu onun ağzından duymak istiyordu. Sadece nikâhlı karısı olduğu için değil kendisini sevdiği için yanında olmasını istediğini söylemesini istiyordu... O ne olursa olsun kocasından kendisini her koşulda sevdiğini ve kabul ettiğini duymak istiyordu.

"Bundan benimle gelmek istemediğini mi anlamalıyım?"

"Bunu söylersem beni zorlayacak mısın?"

Genç kızın sakinliği Yağız'ı delirtmek üzereydi. Başka bir şey söylemeden ayağa kalkan genç adam bakışlarını genç kızın gözlerine dikerek "Senin için bu evlilik bir oyun olabilir ama benim için olmadığını bilmeni isterim. Sana göre dışarıya göstermelik bir evlilik yaptığını düşünsen de unutmaman gereken bir şey var. Biz evliyiz ve ben aksini söylemediğim sürece benim karım olarak kalacaksın!"

Yaren, Yağız'ın son sözlerini düşünüyordu. Aksini söylemek mi? Kendisini boşayabilir miydi? Bunu yapamazdı. Bir an bunun gerçekleştiğini düşünmek bile genç kızın nefesini kesmeye yetmişti. Yağız kendisini bırakabileceğini mi ima etmişti az önce? Başını iki yana sallayarak düşüncelerinden kurtulmaya çalışmıştı. Neredeyse bir buçuk aydır kendisiyle aynı odada kalıyordu. Belki aralarında özel bir şey geçmemişti ama aynı yatağı paylaşıyorlardı. Gözleri nemlenmeye başlayan genç kız ayağa kalkarak Yağız'ın arkasına bakmadan eve girişini izledikten sonra başını bahçe kapısına çevirmişti. Madem gitmek için bu kadar acele ediyordu gidebilirdi... Evet, varsın gitsin. En azından kendisini sevdiğini söylemeden asla onun peşinden gitmeyeceğini biliyordu.

Yağız odasına giderek yatağının kenarına oturmuş başını iki eli arasına almıştı. Bir türlü ona gerçek duygularını açamıyordu. Öfkesi kendisineydi. Belki de karısı ona olan ilgisinin sadece acıma olduğunu düşünüyordu. *Acıma duygusu!* Yaren böyle düşünüyor olmalıydı.

Sinirli bir şekilde saçlarını karıştıran genç adam ayağa kalkarak kendi kendine söyleniyordu. Ona nasıl söyleyeceğini bilememek Yağız'ın daha da çok öfkelenmesine neden olsa da bir yolunu bulacağından emindi. Nasıl yapacağı konusunda hiçbir fikri yoktu. Tek düşündüğü şey karısının sürekli yanında kalmasını istediğiydi. O olmadan nefes almak zor geliyordu.

Pencerenin kenarına geldiğinde Yaren'in dalgın bir şekilde bahçe kapısından çıktığını görmüştü. Yüzünde görünen tek yer gözleriydi. Bir süre onun mahmur hâllerine bakmış ama ne düşündüğünü anlayamamıştı. İçine yerleşen korkuyla hızla odasından çıkmıştı. Bu kız nereye gidiyordu böyle? Koşarak evden çıkan genç adam karısının peşine takılmıştı. İşin garip yanı bir hafta önce de onu bu şekilde takip etmesine rağmen nereye gittiğini bulamamıştı. Bir anda kaşla göz arasında ortadan kaybolmuştu. Onun bir kuyuya düştüğünü bile düşünüp endişelenmişti. Tarlaların sulanması için birçok kuyu açılıyordu etrafta. Bu düşünce genç adamın midesine taş gibi oturmuştu. Belki de genç kız onu takip ettiğini anlamış ve bilerek izini kaybettirmişti. Ama bu kez kaybetme-yecekti. Mümkünse gözünü bile kırpmayacak, onun nereye gittiğini öğrenecekti.

Yaren dalgın bir şekilde ilerlerken bu kez gerçekten dün-yadan soyutlanmış hissediyordu. Aklında Yağız'ın sözleri vardı. Onun gitmesi gerekiyordu. Onca yıl emek harcayarak bir meslek sahibi olmuşken kendisi için burada kalmasını bek-lemek bencillik olurdu. Ya gittiği yerde başka birini bulursa? Özlem gibi bir kadın daha... Yağız birçok kızın hayalini süsle-yebilecek bir adamdı. Hem başarılı hem de düşünceliydi. Dış görünüşünden bahsetmeye bile gerek duymuyordu. Aklına gelen şeyle kıkırdadığının farkında bile değildi. Bir güzellik yarışmasında birinci olabilirdi. Yağız ve güzellik yarışması... Bu gerçekten genç kıza komik gelmişti.

Yağız onun kıkırdadığını görünce duraksamıştı. Yüzü-nü görmese de sırtının sarsılması ve Yaren'in elini peçenin üzerinden ağzına kapaması onun gülümsediğini açık bir şe-kilde ortaya koyuyordu. Bir yandan onun keyifli olmasına sevinirken diğer yandan kendisiyle gelmeyecek olmasına üzülüyordu. İçi acımaya başlamıştı. Birkaç dakika daha yü-rüdükten sonra Yaren'in girdiği yeri görünce duraksadı. Aile mezarlığına ulaşan genç kız ağır adımlarla ilerlemesine de-vam ediyordu. Onun nereye gittiğini tabii ki anlamıştı. Kalbi ister istemez acıyla dolsa da bunun için yapabileceği bir şey yoktu. Ne ağabeyini geri getirebilir ne de Yaren'e onu unut-masını söyleyebilirdi. Suçluluk duygusu hissetmek istese de bunu başaramıyordu. Karısını sevdiği için içinde en küçük bir suçluluk yoktu. Ağabeyi yaşasaydı acaba o zaman da Yaren'e âşık olacak mıydı? Ürperen genç adam böyle bir şeyi düşün-mek bile istemiyordu. Birkaç adım daha ilerledikten sonra Yaren'in ağabeyinin mezarının başucunda yere çömelerek bir şeyler konuşmasını izledi. Ne konuştuğunu merak etse de ona yaklaşmaya çekiniyordu.

"Teşekkür ederim! Öldükten sonra bile sözünü tuttuğun için! Çok teşekkür ederim Suat." Genç kız kırık bir şekilde gülümsemişti. Elini toprağın üzerinde dolaştırarak "Ben şimdi ne yapacağım? Bana bir yol bulmam için yardım edemezsin değil mi? Bana böyle olacağını söylemeliydin. Biliyor musun? Senin anlattığın gibi... Hatta daha fazlası... Bana daha iyi anlatman gerekiyordu. Teşekkür ederim. Bana onu gönderdiğin için. Bu şekilde beni korumak istediğin için. Seni çok özledim biliyor musun? Ve... Ve... Özür dilerim... Bencilce davrandığım için. Sence bırakıp gidecek mi? Bunu yapacak değil mi? Bu ikimiz için de hiç kolay değil. Özellikle onun için daha zor. Kendi ile savaşıyor! Bir yanda yengesi... Diğer yanda..."

"Karım!"

Yaren duyduğu sesle kaskatı kesilmişti. Ne zamandır oradaydı ve ne kadarını duymuştu. Arkasına bakmaya, onun gözlerini görmeye korkuyordu. Yağız merak ederek onun yanı başına kadar sessizce sokulmuştu. Genç kız o kadar kaptırmıştı ki kendisini genç adamın geldiğini bile fark edememişti. Yağız yanına çömelerek ona bakmaya çalıştığında Yaren'in bakışlarını sürekli kaçırmaya çalışması onun tedirgin olduğunun kanıtıydı. "Buraya geleceğin zaman beni de yanına alman gerekiyordu."

"Ben... Ben özür dilerim. Sadece..."

"Sadece ne? Beni mi şikâyet ediyordun ona?"

Yaren tek kaşını kaldırarak genç adama baktı. "Seni neden şikâyet edeyim? Buna hakkım var mı?" dedi. Yağız onun yanına biraz daha sokularak mezara karşı gülümsemişti. İçi kan ağlasa da bunu yapmak zorunda gibi hissetmişti kendisini. "Oradan bakınca nasıl gözüküyoruz? Beni sana şikâyet mi ediyordu?" Yaren şaşkınlıkla genç adama bakmıştı.

"Yağız saçmaladığının farkında mısın? Onu bu şekilde rahatsız etmemeliyiz!"

"Neden? Eminim başıma açtığı belayı bilmek isteyecektir!" dediğinde Yaren içten içe kırılsa da bir şey söyleyememişti. Nefesini düzenleyerek "Senin için bir baş belası olduğumu bilmiyordum."

Yağız onun alınganlık yapmaya başladığını anlayınca ayağa kalkmış, genç kıza tepeden bakmaya başlamıştı. Yaren başını çevirip ona bakmıyordu bile. Tepeden inen güneş ışınları iyice sıcaklığını belli etmeye başladığında gözlerini kısarak ışınların etkisini azaltmaya çalışmıştı. Yaren elini tekrar mezar toprağının üzerinde gezdirirken Yağız boğazını temizleyerek "Benimle gelmen için ne söylemem gerekiyor?" dedi. Yaren ona cevap vermiyordu. Buna rağmen genç adam konuşmasına devam etti. "Seni yanımda zorla da olsa götürebileceğimi biliyorsun değil mi? Bunu istemiyorum. Benimle isteyerek, gönül rahatlığıyla gelmeni istiyorum!"

Yaren ayağa kalkmadan başını hafif çevirerek Yağız'ın yüzüne bakmıştı. Yüzündeki ifade oldukça samimi olsa da hâlâ tereddütleri vardı. "Bunu neden istiyorsun? Seninle gelmem neden bu kadar önemli?" Yağız şaşkınlıkla karısına bakmıştı. "Böyle bir soruyu sorduğuna inanamıyorum Yaren? Seni neden yanımda istediğimi anlayamayacak kadar aptal olduğunu hiç düşünmedim!"

"Benim artık hiçbir şeyi tam anlayacak durumda olmadığımı hiç düşündün mü peki?"

"Sana ne söylememi istiyorsun? Seni ikna etmek aynı anda birkaç ameliyata girmekten daha zor!"

Yaren onun benzetmesine gülümsemeden edememişti. Yüzündeki peçeden bu fark edilmese de Yağız gözlerinde bir an parlayan ışıktan onun gülümsediğini anlamıştı. Genç kızın elini tutarak onu yerden kaldırdı. Yaren şaşkınlıkla elinin içindeki sıcak temasın kaynağına bakarken Yağız ona bakmadan tekrar mezara dönmüştü.

"Bunun olacağını biliyordun değil mi? Onu bana gönderirken ondan etkileneceğimin farkındaydın. Neden onu bu kadar korumak istediğini kısa bir süre önce anladım ama bu yetmez ağabey... Bunu en az sen de benim kadar iyi biliyordun. Bu dünyada beni senden daha iyi tanıyan kimse yoktu. Bana verdiğin hediyenin kıymetini bilmiyor olamazsın. Sana karşı mahcup hissetmem gerekiyor ama nedense sadece sana minnet duyabiliyorum. Onu bana bıraktığın için sana minnet borçluyum!"

Yaren genç adamın her sözünde daha da şaşırıyordu. Yağız avucunun içindeki eli daha fazla sıkarak güç almak istemişti. Derin bir iç çekerek "Önceden planladığına eminim. Onu seveceğimi biliyordun. İnatçı burun kaldırışının ve hiçbir sözün altında kalmayışının beni zorlayacağını da biliyordun. Onun bir cadı olduğunu bilmiyor olamazsın değil mi?" Yaren son sözler karşısında gözlerini kısarak ona yalancı bir öfkeyle bakmaya çalışmış ama başarılı olamamıştı.

"Onu seveceğimi biliyordun ama kestiremediğin ve gözünden kaçan tek bir şey vardı. Ona ilk görüşte âşık olan diğer aptallardan biri olacağımı hesaba katmadın değil mi? Bunun için üzgünüm ağabeyciğim ama ben karıma âşık oldum!"

Yaren gözlerini iyice büyüterek Yağız'a bakmıştı. Az önce duyduklarına inanamıyordu. Yağız onu sevdiğini söylüyordu. Hem de onu ilk görüşte...

"Bunu hesaba katmadın değil mi?"

"Ne?" Genç kız hayretle Yağız'ın son sözüne tepki vermişti. Onun cılız çıkan sesine karşılık Yağız gülümseyerek karısına baktı." Neden bu kadar şaşırdın ki?" diye sorunca Yaren onun kendisiyle dalga geçtiğini düşünerek hemen elini genç adamdan çekmişti.

"Bu yaptığın çok adice, benimle dalga geçmekten zevk mi alıyorsun? Bari burada yapma!"

"Seninle dalga geçtiğimi de nereden çıkardın? Söylediklerimin her kelimesi doğru. Sana olan ilgimi anlamamış olamazsın. Bendeki tüm dengeleri bozduğunu... Sen etrafta olmayınca nasıl öfkeli olduğumu anlamamış olmazsın. Bana bak Yaren! Gözlerimin içine bak ve yalan söylediğimi söyle."

"Ama bu çok saçma, sen bana doğru düzgün bakmamıştın bile. En azından konuşmaktan kaçınmış, umursamamıştın!"

Yağız onu ilk gördüğü anı hatırlıyordu. Düşündükçe o gece Yaren'e bağlandığını, içine sızdığını anlıyordu. Babasının karşısına kucağında küçük Can ile korkusuz bir şekilde dikilmişti. Cemal Ağa'nın karşısına... Buna cesaret eden çok az kişi vardı. Ama asıl Yaren'in gözlerindeki ifade genç adamı ona doğru çekmişti. O ifadenin bir tanımı olmamakla birlikte acıyla mutluluğu aynı anda içinde barındırması ise genç adamı yüreğinden vurmayı başarmıştı. Genç kızı gözlerine odaklayarak baktırmıştı kendisine.

"Bana bak ve gözlerimdeki seni gör... Hâlâ yalan olduğunu söyleyebilir misin? Seni seviyor olmam senin de beni seveceğin anlamına gelmez. Benim yanımda olman bile bana yeter. Şu peçenin altında sakladığın o yüzünü tekrar görmek için her şeyi yapabilirim. Bunu biliyor musun? Orada ne kadar yara izi olduğu umurumda değil. Sen bir çift güzel kaş ve güzel bir yüzden daha fazlasısın... İyi bir kalbin ve harika bir karakterin var. Sadece yanımda olmanı istiyorum. Asla sana baskı yapmak gibi bir niyetim yok. Sadece seni sevdiğimi bilmeni istiyorum. Bana bak Yaren... Bunu ilk kez söylüyorum. Benim için kolay mı sanıyorsun? Bu hesapta yoktu. Sadece ağabeyimin mezarına uğrayıp köyden temelli ayrılacaktım. Bu köyde beni bağlayan tek şey sensin. Beni anlayabiliyor musun? Tek bir bakışınla içimdeki tüm yelkenleri suya indirdin! Hiç istemediğim hâlde sana âşık oldum!"

Yaren, Yağız'ın son sözleriyle gözyaşlarını tutamamış, inci tanelerini akıtmaya başlamıştı. Biliyordu ki bulundukları durum genç adam için daha zordu. Onun yengesiyken birden karısı durumuna düşmek genç kız için zor olsa da Yağız için daha da zordu. İstemeyerek de olsa...

"İstemeyerek..." Dalgınlıkla bunları söyleyen genç kızın yanağından aşağıya sıcak gözyaşları akmaya devam ederken kalbi patlayacak gibi onu zorluyordu. Yağız onun sessizce söylediği cümleyi duyunca karısını kendisine çekerek sıkıca sarılmıştı. "Seni sevdiğim için asla pişman olmadım, sadece benden uzaklaşma... Söz veriyorum, istediğin kadar sana za-

444

man vereceğim, seni asla zorlamayacağım. Beni sevene kadar bekleyeceğim. Sevemesen de..." Omuzlarını silkeleyen genç adam üzgünce devam etmişti. "Asla seni suçlamayacağım. İstediğin bir anda seni serbest bırakabilirim. Bu benim için çok zor olacak ama senin için her şeyi yaparım!"

Geri çekilen Yağız parmaklarıyla genç kızın gözlerinden akan yaşları silmeye çalışmış ama peçe ona engel olmuştu. Yaren burnunu çekerek genç adama bakarken Yağız içi acıyarak "Ağlama, senin tek gözyaşına sebep olmak beni öldürür!" dedi yalvarırcasına. Yaren bu samimi itiraf karşısında daha çok ağlamaya başlamıştı. Genç kız mutluluktan ağlıyordu ama Yağız bunun farkında bile değildi. Az sonra Yağız hipnoz olmuş gibi genç kıza bakarken Yaren ona gülümsüyordu.

28. BÖLÜM

Yağız genç kızın gözünden akan yaşı silmeye çalışırken peçesinin iğnesi çözülmüş ve Yaren'in yüzü olduğu gibi ortaya çıkmıştı. Yağız kendisini hazır hissetse de göreceği görüntüye, karısının yüzüne bakınca aslında hazır olmadığını anlamıştı. Yutkunan genç adam Yaren'in gülümsemesine karşılık donup kalmıştı. Bir adım geri giden Yağız karşısındaki görüntü karşısında nefesini tutmuştu.

"Sen... Sen..." Yağız ne söyleyeceğini bilemiyordu. Yaren peçesini yeniden takmak için davranırken Yağız hızla onun elini kavrayarak başını iki yana sallamıştı.

"Bırak açık kalsın... Yüzünü o kadar çok özlemişim ki!"

Yaren hafif gülümseyerek kocasına bakmış ve "Şoke olmuş gibi bir hâlin var ama. Bunu beklemiyordun değil mi?" dedi. Yağız çarpık bir gülümsemeyle genç kıza bakarken elini kaldırarak yüzünün kenarındaki hafif ize dokunmuştu. Küçücük bir izden başka yüzünde hiçbir yanık izi yoktu. "Bu nasıl olur? Doktor yüzünde..."

"Biliyorum, yüzümde derin izler olduğunu söylemişti. Ama bu doğru değildi. Evet... Birkaç yanık vardı ama o kadar da önemli değildi. Bu benim özgürlük kapım olduğu için doktor beni kırmadı!"

Yağız sözlerini kesip açıklama yapan genç kızı hızla kendisine çekerek sıkıca sarılmıştı. "Ah... Senin o acıları çektiğini bilmek berbat bir şeydi. Eğer kendi tercihin buysa... Benim için hava hoş. Nasılsa evde peçe takmayacaksın. Sana söyledim mi hiç... Ben aşırı kıskanç bir kocayımdır. Peçe takman benim daha çok işime gelir!"

Yağız kahkaha atar gibi gülerken Yaren beline sardığı kollarını hafif geri çekerek genç adamın karnını sıkıştırmıştı.

"Bu kadar bencil olmamalısın!" Genç kızın şakalaşması Yağız'ın hoşuna gitmişti. Mezarlıkta fazla zaman harcadıklarını düşünen Yağız, karısına sarılmayı keserek ondan ayrılmıştı. Yan yana duran çift tekrar Suat'ın mezarına bakarak acı bir şekilde gülümsedi. Bir mezarla konuştuklarına inanamayan ikili bu garip durumu önemseyecek gibi durmuyordu. En azından Suat onlar için yeniden bağlayıcı etken olmuştu. Yağız hüzünlenerek tekrar ağabeyinin mezarına karşı konuşmuştu onun kendisine cevap veremeyeceğini bile bile.

"İkisine de iyi bakacağım, umarım huzur içinde olursun!"

Yaren'in elini tutan Yağız, konağa yaklaşana kadar karısının elini bırakmamıştı. Kimse ile karşılaşmasalar da Yaren utanarak elini genç adamın elinden çekmeye çalışınca Yağız ona bakarak "Ne oldu?" diye sordu. "Bu şekilde babamın önüne çıkamam ben. Belki senin için sorun değil ama bu çok ayıp!" Yaren sıkılarak alt dudağını dişlerinin arasına almıştı. Yağız onun utandığını anlayınca gülümseyerek elini bırakıp kolunu genç kızın omzuna atınca irkilen Yaren hemen çekilmek istemiş ama başarılı olamamıştı.

"Hey ne yapıyorsun?"

"Farz et ki ayağımı burktum ve sen bana yardım ediyorsun." dediğinde Yaren gülümsemeden edemedi. Yağız ise sözlerini onaylamak amaçlı topallamaya başlamıştı. "Bu şekilde iyi mi bari?" diyerek genç kıza göz kırpıp gülümsedi. Yaren başını iki yana sallayarak kocasının çocuksu hâline inanamazken bir şey söylemeden onun oyununa katılmıştı.

Konağa doğru ilerleyen çifti görenler şaşırsa da Yağız çarpık bir gülümsemeyle "Ayağım çok kötü olmuş!" diye yüksek sesle konuşmaya başlayınca Yaren kahkaha atmamak için kendisini zorlarken çoktan konağın kapısına gelmişlerdi. Konak bahçesindeki Cemal Bey ikiliyi görünce dikkatle onları süzmeye başladığında oğlunun arada ayağının üzerine basması dikkatinden kaçmamıştı. "Siz nereden geliyorsunuz böyle?"

Cemal Bey'in sorusuyla ikili yerinde durarak ona bakmıştı. Yaren kolunu genç adamın belinden geri çekerken gözlerini ilk kez kayınbabasından kaçırdı. Yağız da kolunu karısının omzundan indirerek babasına doğru ilerlemeye başladığında babasının sorusunu es geçerek konuşmaya başlamıştı. "Bu akşam yola çıkmamız gerek baba, yarından sonraki gün tayinimin çıktığı yere gideceğiz. Yaren ile hazırlanmamız gerek!" dediğinde bakışlarını Yaren'e çevirmişti. O hâlâ geleceğine dair bir şey söylememişti.

"Ben Can'ın da eşyalarını hazırlayacağım, izninizle babacığım!"

Yaren hızla merdivenlerden yukarıya çıkarken Cemal Bey ve Yağız arkasından gülümseyerek bakmıştı. "Demek gelinimi ikna etmeyi başardın?" Yağız beklenmedik bu soru karşısında babasına şaşkınlıkla bakmıştı. "Baba!"

"O harika bir kızdır, umarım kıymetini bilirsin. Sana baba tavsiyesi, karının gönlünü her zaman hoş tut. Bunu sana söylüyorum çünkü Yaren'den hiç şüphem yok. Seni benimsediği anda harika bir eş olacaktır!" Yağız beklenmedik bu sözler karşısında şaşkınlığını gizleyemiyordu. Babasından bu şekilde nasihat almayı düşünemezdi bile. Gülümsemeden edemeyen genç adam tekrar başını büyük konağa çevirerek kendi odasının penceresine bakmıştı. Orada olduğunu bildiği kadının varlığı ailesinin hayatını değiştirmişti.

"Songül, kızım buraya gel!" Cemal Bey arka bahçede çalışanlara yardım eden kızını yanına çağırdığında içini yine bir hüzün sarmıştı. Konak onlar gidince yine boşalacaktı. Neyse ki Asude ve Melek geri dönmüştü. Yağız da kardeşinin yanlarına gelmesini gülümseyerek izliyordu. "Efendim baba!" İşte bu söz... *Baba* sözü uzun zamandır genç kızın ağzından çıkan hoş bir melodi gibi olmuştu Cemal Bey için. Yıllardır kızının kendisine bu şekilde sıcak davranmasını beklemişti.

"Hazırlan kızım, ağabeyin ve yengenle gideceksin!"

"Ama baba onlar artık evli ve başlarında beklememe gerek var mı?" diye pot kıran genç kız hemen elini ağzına kapatarak ağabeyinden bakışlarını kaçırmıştı. Yağız kardeşinin kızarması karşısında gülerken Cemal Bey kızına ters bir şekilde bakarak "Seni ağabeyinle yengeni beklemen için göndermedim kızım, gittin çünkü yengene Can'ın bakımı konusunda yardım etmeni istiyorum!" dedi.

"Özür dilerim baba, ben çok..." Songül dudaklarını dişleyerek başını yere eğmişti. "Git hazırlan hadi!" Yağız babasına bakmıştı. Kardeşinin gelmek istemediği belli oluyordu ama tek söz söylemeden kabul etmesi de gülümsemesine neden olmuştu.

"Songül gelmek zorunda mı baba?"

"Evet, Yaren'e Can'ın sorumluluğunu tek başına yükleyemeyiz!"

Yağız babasının aklından ne geçtiğini anlayamıyordu. Can'ın daha küçük bir bebek olmasına rağmen Cemal Bey onun Yaren'e yük olabileceğini düşünmesi çok garip gelmeye başlamıştı. "Baba bu söylediğini Yaren duymasın. Can'a ne kadar bağlandığını biliyorsun. Onu kendi çocuğu gibi gördüğünü..."

"Evet, ama sonuçta onun gerçek çocuğu değil. Yaren ona çok iyi bakıyor. Hatta fazlasıyla iyi bakıyor ama bu onu derinden yaralıyordur. Sen tam olarak bilmiyorsun ama onun hakkında çıkan dedikodular var. Kocasının gayrimeşru oğluna bakan zavallı kadın olarak genç kız hakkında konuşuyorlar. Yaren çok güçlü olsa da bu yükü tek başına onun omuzlarına yıkamayız. Yengeni hatırla... Asude, Songül ile ilgilenmeye başladığında da aynı dedikodular çıkmıştı. Üstelik uzun yıllar çocuğu olmadığı ve onun hakkında kısır söylentileri çıkınca Melek doğdu!" Yağız o günlere tam aşina olmasa da ağabeyinin anlattıklarına bakılırsa yengesiyle Sedat ağabeyinin o zamanlar çok zor günler geçirdiğini biliyordu.

"Bunu biliyorum baba ama sen yine de Yaren'e bunları belli etme, eminim çok üzülecektir. Elinden gelse Can'ı karnına sokup kendi doğuracak!"

Yağız'ın sözleriyle Cemal Bey hem şaşırmış hem de gülmüştü. "Karın çok cesur Yağız, iyi bir çift olacaksınız. İnşallah yakında bana torun verirsiniz!"

Yağız çocuk lafını duyunca donup kalmıştı. Şaşkındı. Bunu hiç düşünmemişti. Zaten çocuk için Yaren'le konuşması gerekiyordu ki henüz o kadar ileri gitmemişlerdi. Sonra aklına gelen şeyle duraksamıştı. Yaren ile evlenmeden önce genç kızın "Ben kısırım sen bilmiyor musun?" sözleri Yağız'ın beyninde yankılanırken içi acımıştı. Acaba Can ile bu kadar yakından ilgilenmesinin nedeni kendi çocuğu olmayacağı düşüncesi olabilir miydi? Bunu düşünmek bile istemiyordu. Şimdi olmasa bile ileride Yaren'den birkaç çocuğu olmasını çok isterdi. Ama ya olmazsa...

İşte bu soru beyninin bir köşesini sürekli yiyip bitirecekti. Onun çocukları bu kadar çok sevmesine karşın anne olmayacak olması genç adamın içini yakmıştı. Kendisini değil de Yaren'i düşündüğünü fark edince şaşırmıştı. Yaren tüm dünyasının merkezini oluşturmaya başlamıştı. Yaren yanında olsun da varsın baba olmayıversin... Bu düşünce Yağız'ı o kadar da rahatsız etmemişti.

Cemal Bey yanında dalgınlaşan oğlunun hâlini görünce üzülmüştü. "Sana bir şey vermem gerek!" Yağız babasının sesiyle kendine gelirken Cemal Bey yanından geçerek merdivenlere doğru yürümeye başladı. Babasının ardından Yağız da onu takip ederek merdivenlere yönelmişti. Önden yavaş adımlarla ilerleyen Cemal Bey büyük konağın uzun koridorundan geçerek kendi odasından içeriye girmişti. Yağız da onu takip edip odanın içine girmiş ve ardından kapıyı kapatmıştı. Babasının sessizce kendisini yönlendirmesi karşısında iyice meraklanan genç adam boğazını temizleyerek konuşmuştu.

"Bana ne vereceksin baba?"

Cemal Bey oğlunun sorusuna cevap vermek yerine odasındaki büyük sandığın kilidini açarak kapağını kaldırdığında Yağız dikkatle onu izliyordu. İçinden çıkardığı bir zarfı genç adama uzatarak almasını bekledi. Yağız elindeki zarfa bakıyor ama bir şey anlamıyordu.

"Bu nedir?"

"Suat'ın mektubu!"

Yağız elindeki zarfa bakakalmıştı. Cemal Bey, Yağız'ı kendi odasında tek bırakarak dışarıya çıktı. Yağız elindeki zarfı ters çevirip bakarken açıp açmamak konusunda kararsızdı. Tekrar olumsuz bir şey çıkmasından korkuyordu. Yaren hakkında yeni bir şey öğrenmek... Bunu başkasından öğrenmek istemiyordu. Babasının yatağına oturarak iki parmağı arasında kâğıdı çevirip durdu. Başını iki yana sallayarak zarfı iç cebine atmıştı. "Öğrenmem gerekeni Yaren söyleyecek!" diye söylenen Yağız odanın kapısına doğru ağır adımlarla yürüyüp son kez babasının yıllardır değişmeyen odasına göz atarak dışarıya çıkmıştı.

Kendi odasına girdiğinde hâlâ cebine attığı mektubu düşünüyordu. Yaren odada çantasını hazırlarken genç adamın dalgın bir şekilde odaya girdiğini gördü. Gözlerini hafif kısarak kocasına bakarken Yağız'ın neden bu şekilde durgun olduğunu anlamaya çalışıyordu.

"Bir sorun mu var?" Yağız başını kaldırarak genç kıza baktığında Yaren dikkatle onu incelemeye devam ediyordu. "Hayır yok. Sadece düşünüyordum!" dedi.

"Öyle mi bu kadar dalgın neyi düşünüyorsun?" Yağız

genç kıza yaklaşarak elindeki kıyafetleri alıp yatağın üzerine bıraktı. Hiçbir açık vermeden Yaren'i yavaş bir şekilde kolları arasına çekip sıkıca sarıldı. "Önemli değil. Sadece bundan sonra daha açık bir hayatımız olacak. Aramızda başkasından duyacağımız bir sırrımız olmayacak!"

Yaren onun sözleriyle gerilmişti. Başını Yağız'ın göğsüne yaslarken yutkunarak "Biri sana bir şey mi söyledi?" diye sordu. Yağız başını genç kızın boynuna gömerek sallamıştı. "Önemli olmadığını söyledim zaten." Yağız geri çekilerek Yaren'in peçesini aşağıya indirip yanağını iki avucu arasına almıştı. "Zamanı gelince hakkındakileri bana senin anlatmanı istiyorum!" Gülümseyen genç adam konuşmasına devam ederek "Hazırlanman çok sürer mi? Hava kararmadan yola çıkmalıyız." dedi.

"Fazla bir işim kalmadı, akşamdan önce çıkabiliriz!" Aldığı cevapla Yağız derin bir iç çekerek dolaba yöneldi. Çok fazla eşyası yoktu bu dolapta. Yıllardır konakta sadece birkaç eşyasıyla idare ediyordu. Azalan kıyafetlerinden birkaçını seçerek "Her şeyi almana gerek yok. Zaten oraya gidince yeniden alışverişe çıkmamız gerekecek!" dedi.

"Sadece gerekli olabilecekler..." Yaren konuşmasına devam edemeden duraksamıştı. Yağız ceketini çıkararak dolaptaki askılardan birine takarken Yaren onun rahat davranışları karşısında hemen arkasını dönmüştü. Bu genç adamın dikkatini çeken bir olay olsa da onun utandığını anlaması saniyelerini almıştı. Gülümseyerek genç kızın sırtına doğru bakarken fazla ileriye gitmeden dolabın kapısına asılı olan havlulardan birini alarak elindeki kıyafetleriyle banyoya yönelmişti.

Onun odadan çıkışıyla Yaren derin bir nefes alırken içinden "Sadece ceketini çıkardı... Aptallaşmaya başladın Yaren!" diye kendi kendisini azarlamıştı. Onun kendisine söz verdiğini hatırlamıştı. Ona istemediği hiçbir şey yapmayacaktı. İçi biraz olsun rahatlarken Yağız'ın dolaba astığı ceketinin cebinden düşmek üzere olan zarfa takılmıştı gözleri. Eline aldığı zarfa bakarken duraksamıştı. Üzerinde babasının adı yazıyordu.

"Neden bu Yağız'da?"

Genç kız meraklanarak zarfı eline alıp yatağa doğru ilerlemişti. Kalbi deli gibi atıyordu. Zarfın içindeki kâğıtta Suat'ın Cemal Bey'e ne yazdığını merak etmişti. İçinde garip bir his vardı. Nefesi göğüs kafesine sığmıyor, canını yakıyordu. Kalbi deli gibi atarken banyodan gelen su sesleriyle rahatlayarak zarfı yavaş bir şekilde açmıştı. Yaren zarftan çıkan beyaz kâğıdın üzerindeki yazıyı hemen tanımıştı, bu Suat'ın yazısıydı. Ama babasına yazmış olduğu bu mektup neden Yağız'da duruyordu?

Cemal Bey ya da Babacığım mı demeliyim?

Yazacaklarımdan pek hoşlanmayacağının farkındayım baba... Bilmiyorum ama son zamanlarda oldukça kötü hissediyorum. Sürekli garip durumlarla karşılaşıyorum. Vaktim gelmiş gibi hissediyorum. Seni endişelendirmek değil amacım ama bu olursa ve ben üzerime düşen görevi yerine getiremezsem diye çok korkuyorum.

İçimde hiç geçmeyecek kocaman bir boşluk var baba... Son birkaç haftadır sevdiğim kadın rüyalarıma girip beni çağırıyor. Sevdiğim kadın diyorum... Yaren değil... Çok özür dilerim babacığım. Bunu sana söylemeyi çok istemiştim ama yapamadım. *Güçlü Cemal Bey'in karşısında durmak gerçekten çok zor. Yaren ile evliliğimin tek nedeni onun durumunu kendi gözlerimle görmemdi. O ana kadar sen ne kadar çok baskı yapmış olsan da onunla asla evlenmezdim. Biliyordum ona istediği gibi bir eş olamayacağımı... Sana söylemedik ama Yaren ile onların evinde değil, sağlık ocağında ilk kez karşılaşmıştık. Onun evlenmem için gösterdiğin kız olduğunu görünce gerçekten içim acıdı. Yaren bana göre fazla iyiydi. Amaçsız bir evliliğe onu karıştırmak istemiyordum. Onu istediği gibi sevmem mümkün değildi. Ama görüyorsun ya şartlar yine de bizi bir araya getirdi. Çok teşekkür ederim harika bir kızla evlenmemi sağladığın için. Onu çok seviyorum ama düşündüğün anlamda değil. Onun gibi bir kardeşim olmasını çok isterdim.*

Şimdi bana çok kızdığını biliyorum. Eminim nasıl bir adam, karısına kardeşim der diye bana saydırıp duruyorsundur... Baba... Benim bir oğlum var! Umarım kalbin okuduklarını kaldıracak kadar sağlamdır. Evet, doğru okudun. Senin sessiz oğlunun bir oğlu var. Daha yeni doğdu. Ne yazık ki annesi doğumda öldü. Yaren ile evlenmeden önce bunu ona da söyledim. O, o kadar temiz kalpli ki benimle evlenmeyi kabul etti. Onunla harika günler geçirdik ama... Of baba bunu sana nasıl anlatacağıma gerçekten karar veremiyorum. Bilmeni istediğim tek şey, bana bir şey olursa karımın kardeşimle evlenmesini istiyorum. Bunun senin için zor olmadığını bilmek içimi rahatlatıyor. Cemal Bey'in elinden bu dileğimi gerçekleştirmek elbette gelir. Yaren'i korumalısın baba. Evli olmasına rağmen birçok kişi onu zor durumda bırakmak için uğraşacak. Hele bir de dul kalmışken... Bana söylediğini hatırlıyor musun? Yaren ile Yağız harika bir çift olurdu. İkisinin de mayası aynı. İki inatçı ve iki iyi kalp... İkisi de birbirini tamamlıyor. Bu benimle mümkün değildi.

ONU NASIL ALDIYSAM O ŞEKİLDE KARDEŞİME BI-RAKIYORUM!

Yağız bunu kolay kabul etmeyebilir. Eminim suçluluk duyacaktır ama Yaren'i seveceğine de eminim. İkisi de mutlu olmalı. Beni sakın düşünmesinler... İkisine de dikkat et baba! Oğlumun nüfusta annesi olarak Yaren'in adı yazıldı. Son isteğim ikisine de dikkat etmen. Hakkını helal et. Söyle karıma... O da beni affetsin. Umarım beni bir gün anlar! Yağız ile mutlu olsun. İkisi de bunu hak ediyor!

Suat...

Yaren okuduklarına inanamıyordu. Gözlerinden aşağıya akan yaşa engel olamazken okuduğu her kelime boğazında yumru olarak kalmıştı. O sırada Yağız banyodan çıkmış saçlarını havluyla kurulayarak Yaren'e yaklaşmıştı. Genç kız yanağından süzülen yaşlarla kâğıdın ıslanmasına neden olurken bedeninin bu yükü taşıyamayacağını hissediyordu. Başını aşağıya eğerek utançtan kızaran yüzünü saklarken elindeki kâğıdı aşağıya doğru tutmuştu.

"Sorun ne Yaren?"

Yaren başını kaldırarak kendisine endişe bir şekilde bakan kocasına ok ok olmuş kirpiklerinin arasından bakmıştı. "Biliyordu? Bunca ay biliyordu ve hiçbir şey söylemedi!"

Yağız onun neden bahsettiğini anlayamamıştı. Elindeki kâğıda bakınca az da olsa tahminde bulunarak gözlerini büyütmüştü. Genç kızın elindeki kâğıdı hızlı bir şekilde alarak okumaya başladı. Yaren onun kâğıdı şaşkınlıkla okuduğunu görünce, kocasının daha önce bu mektubu okumadığını anlamıştı.

Cemal Bey bu mektubu okuduktan sonra, bir başkası bu mektubu okumuş, genç kız için önemli değildi artık. Babası her şeyi biliyordu. Yağız mektubun sonlarına doğru okuduğu *onu nasıl aldıysam o şekilde kardeşime bırakıyorum*, sözlerine anlam veremezken bu sözler beyninde dönüp duruyordu. Bakışlarını genç kızın ağlayan gözlerine dikerek "Bu... Bu ne demek Yaren?" diye sorduğunda Yaren bakışlarını kaçırarak Yağız'a bakmayı kesmişti.

"Babam bunca zaman biliyordu!" Tek söylediği buydu. Yağız yanına çömelerek genç kızın yüzünü kendisine çevirmişti. "Yaren anlat bana!" Genç kız bakışlarını kocasına çevirerek "Orada ne okuduysan o... Başka bir şey yok. Bunu her zaman aklının bir köşesinde tuttuğuna inanmıyorum. Bunu bana yaptığına inanamıyorum. Demek bu yüzdendi!"

Yaren hızla ayağa kalkmıştı. Okuduklarına inanamıyordu. Yağız ise ayağa kalkan genç kızı tutarak durdurmuştu. "Yaren... Senden duymak istiyorum. Ağabeyim neden *onu nasıl aldıysam o şekilde kardeşime bırakıyorum*, diye yazdı!"

Genç kız yutkunarak ona bakmıştı. Ne söyleyeceğini bil-

miyordu. Belki de söyleyeceğine genç adamın inanmayaca-
ğını düşündüğünden susuyordu. İçine oturan ağırlıkla genç
kız derin derin nefes almaya başlamıştı. Elini yüzüne koyarak
utançtan yanan yanağını saklamaya çalışmış ama Yağız'ın
onu engellemesiyle başarılı olamamıştı. Kocasının ellerinden
kurtulup kapıya doğru ilerleyerek genç adamın da peşinden
gelmesini sağladı. Eski odasının kapısına geldiğinde kısa bir
an duraksamıştı. Uzun zaman olmuştu bu odaya girmeyeli.
Suat öldüğünden beri bu oda ona çok itici gelmeye başlamış-
tı. Odanın kapısını ağır bir şekilde açarken Yağız dikkatle
onu izliyordu. Odaya girişinin ardından genç adam korkarak
onun peşinden odaya girmişti. Yaren perdeleri örtülü odanın
ortasındaki yatağın üzerine oturarak Yağız'a bakmıştı.

"Merak ediyorsan söyleyeyim. Onun anlamı…" Yaren
sözlerini tamamlayamadan yarıda kesmişti. "Bu çok zor…"
Genç kız yatakta yüzünü iki elinin arasına alarak kapatıp ce-
saret topluyordu. Derin bir nefes alırken Yağız dikkat ve me-
rakla onun sözlerini tamamlamasını bekledi. Bu sırada kapıyı
kapatıp Yaren'in karşısındaki sedire oturmuştu. Yaren elini
yüzünden çekerek tam karşısında kendisine bakan kocasına
yüzü kızararak bakmıştı.

"Yaren, ne olduğunu söyleyecek misin artık?"

"Bak… Bunu söylemek düşündüğümden daha zor… Beni
anlayamazsın. Bu utanç verici. Babamın aylardır bu durumu
bildiğine inanamıyorum!"

"Yaren!" Genç adamın sözleri sert ve uyarıcı bir tonda
çıkmıştı. Bir an önce ondan bir açıklama bekliyordu. Yaren
yutkunarak ona baktı.

"Suat ile evlenmeden önce bir anlaşma yapmıştık!"

"Anlaşma mı, ne anlaşması?"

Yağız iyice merak etmişti konuşmanın gideceği yeri.
Onun ağzından çıkacak sözler genç adamın tüm sinirlerini
germeye başlamıştı. Konuşmanın gecikmesi iyice gerilmesine
neden oluyordu. "Evet, bir anlaşma. İkimiz de acele bir şekil-

de evlendirildik. Ben... Yani Suat ile ben evlenmeden önce konuşarak anlaştık. Bana bir oğlu olduğunu söylediğinde ne yapacağımı bilememiştim. O anki psikolojik bir şey diye düşünebilirsin ama ilk düşündüğüm şey Can olmuştu. Onun annesinin doğumda öldüğünü biliyordum. Bu galiba bana annemi hatırlattı!"

"Ne söylemeye çalışıyorsun Yaren?"

"Babamın ameliyat olması için benim Suat ile bir an önce evlenmem gerekiyordu. Bu şekilde babam da ameliyat olmayı kabul etmişti. Ama bilmedikleri bir şey vardı. Suat ile yaptığımız anlaşmada... Ah... Yani onu hiç tanımıyordum, o da beni tanımıyordu. İkimiz de ortak karar alarak birbirimizi sevene kadar gerçek karı koca olmayacaktık!"

Yaren hızla konuşarak susmuştu. Karşısında gözleri büyüyerek kendisine bakan genç adamdan bakışlarını kaçırarak yüzünü saklamak istiyordu ama bunu yapamıyordu. Bakışlarını yere odaklayarak elini alnında gezdirmeye başladı. Başı müthiş ağrımaya başlamıştı. Bir eşin görevlerini yerine getirmemek başkaydı, bunu bir başkasına anlatmak çok başkaydı. Yağız duyduklarına inanamıyordu. Hızla genç kızın dizlerinin dibine çökerek ellerini tutmuştu. Yaren başını çevirerek genç adama bakmamaya çalışıyordu. Yüzü sanki ateş almış gibi yanarken kocasının anlayışlı sesini duymuştu.

"Susma Yaren! Benden utanmamalısın!"

"Bunu söylemesi kolay değil mi? Ne söylememi istiyorsun Yağız? Altı aylık evli olmamıza rağmen Suat ile birlikte olmadığımızı açık bir şekilde söylememi mi?"

Yaren öfkeyle söylediklerinden sonra gözlerini dehşetle açmıştı. "Allahım! Çok özür dilerim... Ben kendimi kaptırdım. Ben gerçekten..."

Yağız donup kalmıştı. Sanki tüm sesler bir anda yok olmuştu. Kalbi deli gibi çarpıyordu. "Ne? Ne yani... Siz... Bu..."

Yağız resmen kekelemeye başlamıştı. Ne söyleyeceğine, nasıl davranacağına karar veremiyordu. Her şeye kendisini alıştırmışken bu açıklama genç adamı gafil avlamıştı. Kalbi bir kuş gibi heyecanla atarken Yaren'e dikkatle bakıyordu. Karşısındaki kızın gerçeği söylediği o kadar belliydi ki! Ağabeyinin bu kadar güzel bir kıza kapılmaması çok şaşırtıcıydı.

"Özür dilerim. Bunu sana söyleyecektim ama daha uygun bir zamanı bekliyordum. Ama babam... O bunu aylardır biliyormuş ve bana hiç aksettirmedi. Bu konunun açılmasını sağlamadı. Ben onun yüzüne bakamam. Bu..."

Yağız genç kızın tekrar utanarak yüzünü aşağıya eğmesini sevgi dolu nazarlarla izlemişti. Ona sıkıca sarılmak, elinden gelse göğsünün içine sokmak istiyordu. Biliyordu ki o kalp artık kendisine ait değildi. Yataktan kalkarak Yaren'in yanına oturan genç adam derin bir nefes almıştı. İçi rahattı. En azından suçluluk duygusu bir anda yok olmuştu. Bu çok rahatlatıcıydı. Yaren'i her şekilde kabul etmişti ama kendisi kadar Yaren'in de suçluluk duymasından endişe ediyordu.

"Peki, bu nasıl oldu? Yani nasıl oldu da bu şekilde altı ay birlikte kalabildiniz. Yani... Sen... Ağabeyim. İkiniz de çok iyisiniz. Ona hasta olan kızları tanıyorum. Ve senin durumun da ortada... Nasıl oldu da sana kapılmadı?" Yaren onun sözlerine istemeden gülümsemişti.

"Onun zaten bir sevdiği vardı. Kalp emanet gibi oradan oraya gitmiyor Yağız!"

"Peki, sen? Ondan nasıl etkilenmedin?"

Yaren derin bir iç çekti. Başını iki yana sallamıştı. "Bilmiyorum. Onunla çok iyi anlaşmamıza rağmen asla birbirimize o şekilde bakamadık. O inanılmaz derecede iyi bir adamdı. Can'ı görmeye gittiğimizde harika bir baba olduğunu gördüm. Can için bana resmi nikâh kıydığında bile bunu biliyordum!"

"Bunun Can için olduğunu sanmıyorum. Eminim babamın Can'ın varlığından haberi olunca onu kanatları altına alacağını biliyordu. Bence seni ailede tutabilmek için bunu yaptı. Senin için!

"Galiba haklısın."

Yaren'in gözleri karşıdaki sedire takılınca Yağız da onun baktığı yöne bakarak "Bir şey mi oldu?" diye sordu. "Sanki hâlâ orada yatıp bana gülümsüyor gibi geldi bir an! Bu çok saçma ama bazen onun varlığını hissediyorum. Sanki bana her zaman söylediği gibi, *her şey yoluna girecek, yanında olacağım, sakin ol Yaren*, diye seslendiğini duyuyorum. Bu çok garip... Bunları yaşarken her fırsatta söylerdi. Sıkılmayayım diye benim için sürekli yeni uğraşlar buluyordu. Kitap okuyordu. Arada birlikte müzik dinlemek için ısrar ediyordu. Ah çok komik dans ediyordu!"

Onun son sözleriyle Yağız da gülümsemişti. Ağabeyinin berbat dans ettiğini biliyordu. Bazen küçük çocuk şakaları yaparak Yağız'ı sinir etmeye çalışırdı. Yataktan kalkarak odaya göz atmaya başlayan genç adam neredeyse on yıldır bu odaya girmediğini fark etmişti. Odada kocaman bir yatak, bir kişinin kolaylıkla yatabileceği bir sedir, duvarda kitapların olduğu bir kitaplık vardı. Kitaplığa doğru ilerleyen genç adam gülümseyerek kitaplara dokunmaya başlamıştı. "Onları senin gönderdiğini söylemişti. Bazılarını iki kez okumuş!"

"Evet, benim okuduklarımı okumak istiyordu. Bu şekilde Sedat ağabeyimle arasında olduğu gibi bizim aramızda da bir mesafe olmasını istememişti. Beni anlamak için, sadece benim için... Bazen ona saçma kitaplar gönderdiğimi hatırlıyorum da... Ah bunu bilseydi beni köyün çıkışına kadar kovalardı!"

Yaren onun sesindeki acıyı hissetmişti. O da ayağa kalkarak "Buradan çıkalım mı? Bu odada kalmak istemiyorum!" dedi.

Yağız inanılmaz bir yalnızlık hissetmişti bu odada. Odanın terk edilmiş hâli genç adamın içini sızlatmıştı. İleride Can, babasının odasına yerleşince bu yalnızlığın yok olmasını diledi. Kapıyı kapatarak bir süre koridorda duraksayan genç adam Yaren'e "Artık hazırlanmaya devam edelim, daha sonra konuşuruz!" dedi. Yağız onun arkasını dönerek şimdiki odasına girdiğini görünce garip bir his belirmişti içine. "Teşekkür ederim ağabey." içinden yükselen minnet duygusuyla odasına geçen genç adam, Yaren'in kaldığı yerden devam ederek kıyafetleri valize dolduruşunu izliyordu.

"Ağabey?"

Songül onların gecikmesini merak ederek odanın kapısını tıklatmıştı. Yaren, Yağız'a bakarak "Songül de geliyor değil mi?" diye sordu. Yağız onaylarken genç kız gülümsemişti. "Anlaşılan babam onu bana zimmetleyecek yine!"

"Sana yardım etmesini istiyor. Şey..."

"Can konusunda. Babam bana söylemiyor ama onun bana yük olduğunu düşündüğüne eminim. O benim oğlum. Bunu kimse inkâr edemez. Hem yasal olarak benim hem de duygusal olarak. Onu doğurmamış olabilirim ama o benim oğlum. O asla bana yük olmaz!"

Yağız gülümseyerek genç kıza sarılmıştı. Bu sırada Songül odaya girdiğinde onları sarılmış bir şekilde görünce utanarak "Affedersiniz, ben çok özür dilerim!" dedi. Songül odadan çıkacaktı ki Yaren gülümseyerek onun odadan çıkmasını engellemişti.

"Gel buraya Songül utanması gereken sen değil biz olmalıyız, değil mi Yağız?"

"Neden karıma sarıldığım için utanacakmışım ki?"

Yaren genç adama dirsek atarken Songül kıkırdayarak onlara bakmıştı.

"Haklı yenge, burası sizin odanız. Ben içeriden ses gelmesini beklemeliydim!"

İkili gülümserken artık gitme vaktinin geldiğini düşünen Yağız valizleri arabaya yerleştirmek için odadan çıkmıştı. Cemal Bey bahçede her zamanki yerinde oturmuş onların evden çıkmasını beklerken konaktan çıkan Yağız ile Yaren'e daha dikkatli bir şekilde bakmaya başlamıştı. Oğlunun gerçeği öğrendiğinde nasıl tepki vereceğini bilmek istese de ona soramayacak kadar iyi tanıyordu oğlunu. O mektubu okumadığını bile düşünüyordu. Bu en küçük oğlunun belirgin bir özelliğiydi. Asla kendisine ait olmayana elini uzatmazdı. Yaren ona nasıl olsa gerçeği söyleyecek, diye düşünen Cemal Bey gülümseyerek üç çocuğunu yolcu etmek için yerinden kalkmıştı. Onları uzun bir yola yolcu ederken içi artık rahattı. Şimdi onların mutlu olduklarını görmek istiyordu. Bu onun en büyük arzusuydu!

29. BÖLÜM

Karanlık çökmeye başladığında genç adam arabasının hızını düşürmeye başladı. Yolların ana yola çıkana kadar bozuk olması ilerlemelerini yavaşlatıyordu. Yanında oturan karısının dalgın bir şekilde camdan dışarıya baktığını gören Yağız merak ederek ona "Ne düşünüyorsun?" diye sordu. Yaren bakışlarını kocasına çevirerek başını sallamıştı. "Hayatımın ne yöne gittiğini? Kasabadan ayrılmak gibi bir niyetim yokken şimdi bu arabada ondan gittikçe uzaklaşıyorum. Babamı ve senin babanı düşünüyorum. Onları şimdiden çok özleyeceğimi hissediyorum!"

"Evet ama istediğin zaman gelip onları ziyaret edebilirsin!" Yaren başını tekrar dışarıya çevirerek "Aynı şey değil!" diye cevap verdi. Yağız içinde kuşkuyla "Benimle gelmeye karar verdiğine pişman mı oldun?" diye sordu. Yaren'in cevabının olumlu olması genç adamı bitirebilirdi. Genç kız başını tekrar kocasına çevirerek buruk bir şekilde gülümsemişti. "Hayır! Seninle geldiğim için asla pişman olmayacağıma eminim!" Yaren'in cevabıyla derin bir rahatlama yaşayan Yağız, uzanarak karısının elini kendi parmakları arasında hapsetmişti. Arkada Can ile birlikte oturan Songül de dalgın bir şekilde dışarıyı izliyordu. Onun da topraklarından ayrılmak istemediği her hâlinden belli oluyordu.

"Songül, hayatım neden bu kadar suskun duruyorsun?" Yaren aynadan ona baktığında merakına yenik düşerek dalgınlığının nedenini sormadan edemedi. Genç kız bakışlarını aynadan yengesiyle buluşturunca hemen kırpıştırdı gözlerini. İçindeki akmaya hazır yaşı görmesini istememişti. Ama Yaren onun çabasını fark etti ve başını arkaya çevirerek "Sen iyi misin?" diye sordu. Yağız da dikiz aynasından kardeşine bakmaya başlamıştı. "Bilmiyorum yenge, babamla ilk kez bu kadar yakınlaşmışken ondan ayrılmak zor geliyor!" dedi. Yaren ona anlayışla bakarken Yağız hafif gülümseyerek "Seni birkaç hafta sonra köye göndermeme ne dersin?" dedi. Bu şekilde babasıyla arasında fazla bir ayrılık olmayacaktı. Bu teklifle gözlerindeki yaş parlayan Songül heyecanla "Gerçekten gönderecek misin?" diye sordu. Yağız muziplik olsun diye "Benim için büyük zevk olacak. Bu şekilde başımızda nöbetçi olmadan yengenle daha fazla vakit geçirebiliriz." dediğinde Yaren utanarak bakışlarını kaçırmıştı. "Fırsatçısın diyorum da bana inanmıyorsunuz!"

Songül kıkırdarken Yağız yanındaki kıza kaçamak bir bakış atarak gülümsemişti. Onun utanması çok hoşuna gidiyordu. Utanınca yanakları kızarmaya başlıyordu ama yüzündeki peçe yüzünden o kızarıklığı göremediği için homurdanmaya başlamıştı.

"Köyde değiliz artık neden o şeyi yüzünden artık çıkarmıyorsun?"

Yaren bakışlarını yeniden kocasına çevirirken Songül de arka koltuktan yengesine "Evet yenge, şu peçe gerçekten seni rahatsız etmiyor mu?" diye sordu. Yaren ikilinin haklı bir sebepten kendisine kızdığını biliyordu ama Songül'ün yüzünü görünce ne tepki vereceğini kestiremiyordu. "Beni rahatsız etmiyor ama sizin için çıkarabilirim artık!" dedi. Yaren elini kulağının yan tarafında tutturduğu peçeyi çekiştirerek aşağıya düşürmüştü. Songül büyük bir merakla ona bakmaya çalışıyordu. Heyecanlı bir film izliyormuş gibi kalbi hızlı bir şekilde atmaya başlamıştı. Gördüğü yüzle ise şoke olmuş bir şekilde donup kalmıştı. Kekelemeye başlayan genç kız "Yen... Yenge sen... Ama senin yüzün yanmamış mıydı?" diye sorduğunda Yaren onun heyecanı karşısında gülümseyerek "Evet yanmıştı ama ciddi bir şey değildi. Zaten küçüklüğümden beri yaralarım beklenmedik bir şekilde iz bırakmadan iyileşiyor. Ama bu kalacak gibi!" dedi. Yaren parmaklarını yanağının kıyısındaki ize dokundurmuştu. Tam gamzesinin üzerinde küçük bir ben gibi duran iz daha belirgin hâle getirmişti. Songül kıkırdayarak "Bence o iz seni daha da güzelleştirdi. Allah ağabeyime sabır versin!" dedi.

Yağız kardeşine ters bir şekilde bakarak onu tehdit etmişti. "Bu şekilde bir daha sakın konuşma, yoksa köy meselesini unutabilirsin. Hem yengenle anlaştık, o sadece benim yanımda peçesini kaldıracak. Değil mi hayatım?" Yaren şaşkınlıkla kocasına bakarken onun yüzündeki imalı gülümsemeyi görünce dudaklarını sıkarak "Belki de bu anlaşmayı tek taraflı feshederim ne dersin? Bu şekilde olur olmaz yerlerde beni utandırmaktan vazgeçersin." Yağız somurtarak "Ne var bunda anlamadım ki? Sana söylediğimi hatırlıyor musun?" Songül dikkatle onları dinliyordu. Yaren ise onu fark ederek "Bunu burada konuşmasak. Neden beni utandırmak için bu kadar çabalıyorsun? Seni uyarıyorum, bu şekilde devam edersen bundan sonra senin yüzüne bakmam. Ayrıca odamızı da ayırırım!"

Son sözleriyle Yağız arabayı kenara çekerek durdurmuştu. "Anlamadım, ne yaparım dedin?" Yaren bu kez genç adama sırıtarak bakmış ama cevap vermemişti. Başını çevirerek arkada oturan Songül'e baktı. "Sen ne dersin hayatım, sence de uygun bir ceza olur mu bu?" Yağız kendisine cevap vermeyen karısına dikkatle bakmaya başladı. "Sana bir soru sordum. Bu söylediğini unutsan iyi edersin. Kesinlikle odalarımız ayrı olmayacak!"

Yaren ona yine cevap vermezken Songül kıkırdayarak "Daha çok yolumuz var mı?" dedi. Yağız dişlerini sıkarak yeniden arabayı çalıştırırken Songül evdeki çalışanların hazırladığı atıştırmalıkları saklama kaplarından çıkarmaya çalışıyordu. Eline aldığı bir parça böreği yengesine uzatarak "Bu sabah bir şey yemedin yenge, acıkmadın mı hâlâ?" diye sorarken ona eline aldığı kaptan börek uzatıyordu. Yaren böreği genç kızdan alırken karnına dokunarak gülümsemişti. "Galiba acıktım canım." Yağız ona gülümseyerek bakmıştı. Elini karnına bastıran Yaren'in böreği ağzına götürüşünü izlerken dikkatini yola vermek oldukça zor oluyordu. Gözüne küçük ışık parçacıkları takılan genç adam, yanıp sönen ışıkların geldiği yöne arabasını döndürerek daha rahat yemeleri için arabasını durdurmuştu.

Yaren arabanın durmasıyla etrafına bakınsa da ortalıkta dikkat çekecek hiçbir şey yoktu. Ama sonradan küçük bir seyir tepesinde olduklarını görünce nefesini tutmuştu. Bir çardak içinden küçük ışıkların oynaşması harika görünüyordu. Birilerinin burayı özel olarak yaptırdığı hemen belli oluyordu. Arabadan inen Yaren ve Yağız gülümseyerek birbirine bakmıştı. Songül derin bir iç geçirirken içinden, benim ne işim var burada, diye düşünmeden edememişti. "Ben gelmiyorum. Yorgunum ve uyumak için arabanın sarsılmamasını değerlendirmek istiyorum!" diyerek onların yan yana çardağa ilerlemesini izledi.

"Burası harika!" diyen genç kız Yağız'ın kendisine yaklaşmasına sesini çıkarmamıştı. Aşağıdaki manzarayı görünce nefesini tutarak Yağız'a baktı. "Bu muhteşem!" dedi içtenlikle. Yağız genç kıza bakarak aynı şeyi düşünmüştü ama aşağıdaki şehrin muhteşem manzarası için değil de genç kızın ışıklar altında parlayan gözleri için...

Yaren tekrar bakışlarını manzaraya çevirirken Yağız yüzünü asarak onu elinden tutup çardağın içine oturtmuştu. Birlikte atıştırmaya başladıklarında ise önlerindeki manzara yavaş yavaş kararmaya başladı. Yaren evlerin ışıklarının sönmeye başladığını görünce üzülmüştü. "Geç oldu galiba?" Yağız onu onaylayarak saatine baktığında şaşkınlıkla gözlerini büyütmüştü. Üç saat... Tam üç saattir orada öylece oturmuşlardı. Saat gece yarısını çoktan geçmişti. "Artık gidelim!" diyen genç adam yerinden kalkan Yaren'in ürperdiğini görünce "Üşüdün mü?" diye sordu. Yaren ona gülümseyerek "Biraz." diye cevap verirken bedenine dolanan kollara itiraz etmemişti.

Yağız arabaya gidene kadar genç kızı bırakmamıştı.

"Songül bize bakıyor!"

Yağız gülümseyerek "Evet, biliyorum!" dedi.

"Biraz daha dikkatli davranman gerekmiyor mu? Bu şekilde rahat olman beni zor durumda bırakıyor." Yağız gülümseyerek onu kendisine çevirmişti. "Neden rahatsız olmak zorundasın ki? Unutuyorsun galiba, biz evliyiz! Songül de alışsa iyi olacak!" Yaren onun sözleriyle yeniden kızarmaya başlamıştı. Genç adam tiz bir kahkaha atarak ona bakmış ve "Tamam üzgünüm…" demişti.

Derin bir nefes alarak yanaklarını şişiren genç kız uyanmamakta ısrar eden genç adama bağırmaya başladığında daha sabahın dokuzuydu. "Kalksana artık, buraları toparlamam gerek. Sen neden beni dinlemiyorsun? Sana kaç kez söyledim burada uyuma diye? Sabahları seninle uğraşmak zorunda mıyım ben?" Genç adam kulaklarına gelen çığlıklarla yastığı başının üzerine koyup sesin gelmesini engellemek için iki eliyle iyice bastırıyordu. "Yeter ama ya… Bugün pazar neden uyumama izin vermiyorsun?" diye yastığın altından boğuk bir şekilde konuşmuştu.

Onun söylenmelerine daha fazla dayanamayan genç kız üzerindeki örtüyü çekerek onun da yere düşmesini sağlamıştı. Yere sert bir şekilde düşen genç adam sinirlenerek hızla ayağa kalkmış ve genç kıza dik dik bakmaya başlamıştı. O sırada aralarındaki gerilimi bozan başka bir ses olmuştu.

"Siz yine mi kavga ediyorsunuz?" Yaren'in sesi eğlenen bir tondaydı. Songül yengesine bakarak "Senin bu kardeşin beni deli ediyor, her hafta aynı şey... Pazar günleri benim temizlik yaptığımı bile bile salonda yatmakta ısrar ediyor!" diye gürleyen sesiyle Cüneyt'in kulağına doğru bağırmıştı. Cüneyt bir adım geri çekilerek "Sen ne yaptığını sanıyorsun? Beni sağır etmek için uğraşıyorsan bunu başarmak üzeresin!"

"Yenge... Ağabeyim beni köye gönderecekti, neden bir ay olmasına rağmen ben hâlâ buradayım? Gitmek istiyorum, bu gıcık kardeşini..."

Songül son sözlerini söylemeden susmak zorunda kalmıştı. Çekindiği Cüneyt değil Yaren'di. Kardeşiyle bu şekilde konuşmak yengesini üzebilir diye düşünürken Yaren tiz bir kahkaha atarak "Gıcık olduğunu sen de anladın öyle mi?" diye sordu. "Abla!" Songül'ün sözlerine bozulan genç adam yere düşen örtüyü alarak söylene söylene odalardan birine yönelmişti. "Ben sana gıcık nasıl olur göstereceğim küçük hanım!" dedi. Songül onun sinirli bir şekilde odaya girişini izledikten sonra etrafı düzeltmeye devam etti. Yaren genç kızın elini tutarak yaptığı işi bırakmasını sağlamıştı.

"Bugün temizlik yapman yasak!" Songül anlamayan bakışlarını yengesine dikerek "Ama ben... Bugün temizlik yapmak için..."

"Songül... Bugün hava çok güzel ve senin evde tıkılıp kalmanı istemiyorum!"

Songül yutkunarak Yaren'e bakarken ne söyleyeceğini bilememişti. Yaren ise sözlerine "Bugün Cüneyt seni gezdirsin!" diye devam edince Songül hızla yerinden kalkarak "Ama yenge, ben onunla gezmek istemiyorum!" dedi. Yaren çarpık bir gülümsemeyle "Sen çıkmıyorsun, zavallı kardeşim de senin yüzünden evde tıkılı kalıyor. Şimdi gidip hazırlanıyorsun Cüneyt ile güzel bir gün geçirmek için dışarıya çıkıyorsun!" dedi emreden bir tonda. Songül ne diyeceğini bilemezken Cüneyt gözlerini ovalayarak salona geçmişti.

"Siz neden hâlâ bağırıyorsunuz?" Cüneyt ters bir şekilde onlara bakarken Yaren yanına gidip kardeşinin omuzlarına iki elini koyarak "Bugün Songül'ü dışarı çıkarmanı istiyorum!" dedi. Cüneyt şaşkın bir şekilde ablasına bakarken Songül'ün çekinik bakışlarını fark etmişti. "İyi de o dışarı çıkmak istemiyor ki?" diye söylenen genç adam Yaren'in "Ben anlamam, bugün evde ikinizi de istemiyorum. Bugün ev bana ait. Belki akşam için Yağız'a bir şeyler hazırlarım!" dediğinde Cüneyt gözlerini kısarak ablasına bakmıştı. "Ne yani kocanla vakit geçirmek için bizi postalıyor musun?" Onun sorusuyla Songül kıkırdarken Cüneyt ona bakarak "Sen nereye gitmek istersin?" diye sordu. Songül şaşırırken bu kadar kolay kabul edeceğini düşünmediği için bir süre konuşamadı.

"Abla bu gecenin bir özelliği var mı?" dedi. Yaren kardeşine gülümseyerek cevap verdi. "Bu akşam eniştenin doğum günü!"

"Ağabeyimin doğum günü mü? Ama o güne daha yok muydu?"

Yaren gülümseyerek genç kıza bakarken ağabeyinin asıl doğum gününü bilmediği için bir şey söylememişti. Yağız ile konuşmalarının birinde doğum gününün aslında bu ay olduğunu öğrenmişti. Kimlikte farklı olsa da gerçek doğum günü bu akşamdı. Yaren derin bir iç çekerek "Hadi bakalım şimdiden öğlen oldu bile, ikiniz de çıkın! Önce bir yerde yemek yersiniz sonra da gezersiniz. Ne yapmanız gerektiğini ben mi söyleyeceğim size? Burası güzel bir şehir!" dediğinde Cüneyt gülümseyerek ablasının yanağını öpmüştü.

"O zaman biz hazırlanalım da sen de istediğin gibi kocana doğum günü yap. Bu arada akşama da biraz gecikebiliriz!"

derken Cüneyt'in sesindeki ima Yaren'i şaşırtmıştı. Ayağındaki terliği çıkaran genç kız, odadan hızla çıkmaya çalışan Cüneyt'in arkasından fırlatırken bir yandan da "Seni terbiyesiz velet, ben sana sorarım bunun hesabını!" diye bağırmıştı. Cüneyt gülerek ona karşılık verirken Yaren utanarak Songül'e baktı. Songül iki kardeş arasındaki iletişime her zaman hayran kalmıştı. Songül de odasına giderek hazırlanırken aklında Cüneyt'in sözleri dönüyordu. Onunla ilk kez dışarıya çıkacağı için heyecanlanmıştı. İki hafta önce gelmesine rağmen pek fazla konuşmamışlardı. Daha çok kavga eden ikili, bu şekilde daha iyi anlaşacaklarını düşünüyordu. Yaren ve Yağız onların arasındaki ilişkiyi yakından incelerken Yağız arada karısına gülümseyerek "Sence de çok tartışmıyorlar mı?" diye sormuştu. Yaren gülümseyerek ona bakmıştı. "Evet, öyle ama daha iyi olacaklarına eminim!" diye cevap vermişti.

İki genç evden ayrılırken Yaren de önce bebeği yedirmiş sonra onu uyutarak akşama hazırlanmaya başlamıştı. Heyecanlıydı. Bir aydan fazladır buradaydılar ve Yağız ile hiç yalnız kalamamışlardı. Sürekli yanlarında Songül ve Cüneyt vardı. Bazen genç kız onun sabrı karşısında şaşırıyordu. Kendisine hâlâ elini sürmemişti. Bu Yaren'e ilginç gelse de bir şey yapacak cesareti yoktu. Onun köyden geldikten sonra kocalık haklarını kullanmak isteyeceğine emindi oysaki. Bu kendisini garip hissetmesine neden olmuştu. Bazen bunun nedenini sormak istese de utandığı için yapamıyordu. Geceleri arada uyanarak yanındaki genç adama dikkatle bakıyor ama onu uyandırmadan yeniden yerine yatıyordu. Hemen hemen her gece kendisine sarılarak uyuyan kocasının fazla ilgisiz olmaya başladığını bile düşünmüştü. Öyle ki bazı geceler geç gelince de Yağız'ın ilgisinin başka bir kadına kaydığını düşünmek nefesinin kesilmesine yetmişti. Bu düşüncelerle başını iki yana sallayarak "Saçmalama Yaren, Yağız öyle biri değil!" diye k kendisini teselli ederken içinde büyük bir korku vardı: kaybetme korkusu. Onunla normal karı koca olmak istiyordu. Bunu ne kadar istediğini anladığındaysa dehşetle ürpermişti.

Akşama kadar hazırlıklarını düzenleyen genç kız eline telefonu alarak Yağız'ı aradı. Bu akşam nöbetçi olmadığını bildiğinden eve erken gelmesini isteyecekti. Ne kadar erken gelebilirse tabii! Karşı taraftan gelen cevapla Yaren gülümseyerek "Nasılsın?" diye sorduğunda kocasının "Bir sorun mu var Yaren?" demesi karşısında duraksamıştı. Onun bu soğuk ses tonu karşısında ürperen genç kız nefesini tutarak telefonu kulağından az da olsa geri çekti. "Sorun olması mı gerekiyordu?"

"Şu anda mesaideyim, acil bir şey yoksa kapatmam gerek!"

Yaren şaşkınlıkla telefona bakmıştı. Bu konuştuğu kişi Yağız olamazdı. İlk kez kendisine bu kadar soğuk davranıyordu. Yutkunan Yaren "Akşama erken gelebilir misin diye soracaktım?" dediğinde sesindeki titremeyi Yağız'ın fark etmemesi için içinden dua etmişti. Ama yanılmıştı. Yağız karşı taraftan bunu anlasa da belli etmemişti. "Bu akşam erken gelemem, beni bekleme!" Sadece bu cümle... Bu olumsuz cümle ve adamın telefonu kapatması genç kızı derin dondurucuda kalmış gibi dondurmuştu.

Yaren elindeki telefonu sıkarak kanepeye oturduğunda nefes alması iyice zorlaşmıştı. Elini kalbine götürerek "Neler oluyor böyle?" diye sordu kendi kendisine. Yanağından süzülen yaşı fark edince hızla yerinden kalmıştı. Yerinde dönerek "Ne bekliyordun? Onun ağabeyinin karısını kendisine eş olarak seçeceğini mi? Bu kadar aptal olduğuna inanamıyorum. Ona bir çift laf etmeden buradan gitmeyeceğim!"

Dişlerini sıkan Yaren hızla odasına giderek üzerini değiştirmişti. Can hâlâ uyuyordu. Onu kucağına alarak geldiklerinden beri sadece birkaç kez gittiği hastanenin yolunu tutmuştu orada kendisini bekleyenlerden habersiz bir şekilde!

Hastane yolunda taksiyle ilerleyen Yaren içindeki sıkıntının nedenini bilmiyordu. Yağız'a bu kadar yakınken ondan fazlasıyla uzak kalmak içini yakıyordu. Derin derin soluk alan genç kız taksicinin de dikkatini çekmişti. "Bir sorun mu var abla?" diye soran taksici Yaren'in beyaza kesen yüzü karşısında arabayı daha hızlı sürmeye başlamıştı. Taksici genç kızın hasta olduğunu düşünerek arabayı hastanenin acil kapısına park edince başını kaldırıp acil yazısını gören Yaren duraksamıştı. Taksiden inerken hava iyice kararmıştı. Taksiciye parasını vererek acil kapısını geçip normal kapıdan danışmaya yöneldi. Hastanedeki birkaç kişi genç kadına hayranlıkla bakarken Yaren tanıdık bir yüz görmek için etrafına bakınıyordu. Üzerindeki bakışlardan habersiz danışmaya doğru ilerleyen genç kız karşısında yutkunan genç adama "Doktor Yağız için gelmiştim, kendisine haber verir misiniz?" diye sordu. Yirmilerin sonlarında olduğu belli olan genç adam gözlerini Yaren'in yüzünden alamıyordu. O an genç kız peçesini almayı unuttuğunu fark etmişti. Dişlerini sıkarak Yağız'a söylenirken içinden de, hep senin suçun bana kızamazsın, diye geçiriyordu.

Eskişehir'e geldiklerinden beri Yağız'ın istediği gibi dışarıda her zaman peçe takmaya özen gösteriyordu. Ama yaptıkları konuşma o kadar etkili olmuştu ki evden acele çıktığı için peçesini almamıştı. "Size bir soru sordum, Yağız Bey'e haber verebilir misiniz? Ona eşinin geldiğini söylerseniz sevinirim!"

İşte bu sözler genç adamı kendisine getirmişti. Yaren'in evli olması genç adamı rüyadan çıkarmıştı.

"Üzgünüm ama Yağız Bey çoktan çıktı!"

Yaren aldığı cevap karşısında nefes alamadığını hissetti. Kendisine geç geleceğini söylemişti ve şimdi...

"Nereye gitti?" diye sorunca adam ellerini iki yana açarak "Evine gitmiştir herhâlde, uzun zaman oldu çıkalı!" dedi.

Yaren'in kulakları uğuldamaya başlamıştı. Yüzünün ifadesi tamamen değişirken içinden, beni kandırmaz, bana ihanet etmez, diye geçiren genç kız arkasını dönerek hızlı adımlarla çıkışa yöneldi. Kapı ağzına geldiğinde kulaklarına gelen konuşmayla duraksamıştı. Hemşirelerden biri diğerine Yağız hakkında bilgi veriyordu.

"Doktor Yağız bugün sinemaya iki bilet aldırmıştı değil mi?"

"Evet, uzun süredir beklenen şu romantik film için herkes bekliyordu. Ben de gitmeyi çok istiyorum!" dediğinde Yaren başını iki yana sallamıştı. Hemşireler filmin adını söyleyince genç kız daha fazla bu sözleri dinlemeye dayanamayacağını düşünerek hızlı adımlarla oradan uzaklaşmıştı.

Yağız iki sinema bileti almıştı ve kendisine haber vermediğine göre yanında başka biri olmalıydı. İçine düşen kuşku tüm kanını emerken bayılacak gibi oldu. Buna dayanamazdı. "Belki de erkek arkadaşlarıyla gitmiştir!" dedi. Sonra iç sesi kendi kendisine cevap vererek "Aptallaşma Yaren... Romantik filme erkek arkadaşlarıyla neden gitsin?" dedi.

Aklı iyice karışan genç kız hastaneden ağır adımlarla caddeye doğru yürümeye başladı. Kucağındaki küçük çocuk homurdanmaya başlayınca, ona sıkıca sarılarak içindeki acıyı geçirmek için uğraşmıştı. Hiçbir şey bu acıyı kolay kolay geçiremezdi. Yanağından süzülen yaşları elinin tersiyle silerken küçük çocuğa hüzünlü bir şekilde gülümsemişti.

"Elimde kalan tek şey sensin Canım!"

Bir süre yürüdükten sonra eve dönmek için taksi çeviren Yaren, yüzünü kurulayarak arabaya binmişti. Kucağındaki küçük çocuk arabada iyice mayışarak gözlerini kapatmıştı. Derin bir nefes alan genç kız adresi vererek başını arabanın camına yaslayıp düşünmeye devam etti. Akıp giden yolda içindeki sızı daha da artıyordu. "Buna dayanmak zorundasın Yaren!"

Kendisini sakinleştirirken içinin daha fazla acımasına neden oluyordu. Belki de yanlış anlamıştı. Tek temennisi eve gittiğinde Songül ile Cüneyt'in evde olmamasıydı. Araba yavaşlayınca çoktan geldiğini fark etmiş ve taksi parasını vererek yanında uyuyan Can'ı kucağına alıp arabadan inmişti. Ağır adımlarla apartman kapısından içeriye girerken yanağında hâlâ yaş vardı. Dışarıdan baktığında evde ışık yanmadığını fark etmişti. Bu yüzden oldukça rahattı. Rahat rahat ağlayabilirdi.

Merdivenlerden ağır ağır çıkarken küçük çocuğu daha da sıkı sarmıştı kollarında. Gözleri ağlamaktan kan çanağına dönmüştü. Uzun zamandır bu kadar çok ağladığını hatırlamıyordu. Ama bildiği tek bir şey vardı o da genç kız ilk kez kalbinin acısını en yoğun şekilde hissederek ağlıyordu.

Kapıya geldiğini fark edince anahtarını kilit yuvasına soktuğunda gerildiğini hissetti. Sanki yabancı gibi hissediyordu. Kapı kilitlediğinden bir tur az dönünce duraksasa da buna önem vermemişti. Kapı açılır açılmaz genç kız olduğu yerde kalakalmıştı. Gördüğü karşısında hıçkırarak ağlamaya başlayan Yaren, ağır adımlarla uzun holde sıralanmış küçük mumların ışığında salona doğru ilerliyordu. Mumların aralarında yeşil yapraklarla süslenmiş küçük laleler vardı. Onların gerçek çiçek olmadığını anlaması uzun sürmese de salonda masanın kenarında ayakta ona dikkatle gülümseyerek bakan genç adamı görünce nefesinin kesildiğini hissetmişti.

Kucağında Can ile omuzları sarsılarak ağlamaya başlayınca Yağız korkarak hızlı adımlarla genç kızın yanına gitti. Yüzünü iki avucu arasına alarak yanağından süzülen yaşları silmeye çalışırken karısının ağlaması yüzünün asılmasına neden oldu.

"Ne oldu? Ağlama... Sen ağla diye yapmadım. Bak sen ağladıkça ben ne yapacağımı bilmiyorum!" O konuştukça Yaren sesini daha da yükselterek çocuk gibi ağlamaya devam etti. Arada burnunu çekerek hıçkırıyordu. Kucağında Can olmasa sıkı bir şekilde Yağız'ın boynuna sarılırdı. "Ben. Ben... Ben sandım ki? Sen... Sen başka biri..." Kesik kesik konuşmaya çalışan genç kız ağlamasını bir türlü durduramıyordu. Yağız gözlerini büyüterek ona bakmıştı. "Sakın bana başka bir kadın olduğunu düşündüğünü söyleme?" dediğinde Yaren ağlamasını daha da arttırarak başını aşağıya eğmişti. "Çok korktum. Ben, sanırım başka bir kadın olmasına dayanamazdım." Yağız çarpık bir şekilde gülümseyerek kucağında uyuyan çocuğu almıştı. Onu kanepeye yatırarak tekrar genç kızın yanına yaklaşan Yağız, genç kızın beklemediği bir anda onu kendisine çekerek sıkıca sarılmıştı.

"Bu düşünceye nasıl kapıldın bilmiyorum ama öyle bir şey yok, asla da olmayacak. Hâlâ seni ne kadar çok sevdiğimi fark edemiyor musun?" Yaren yutkunarak kollarını Yağız'ın beline dolarken bir yandan da "Ya sinema bileti... İki tane... Hem de romantik filmmiş!"

Yağız küçük bir kahkaha atarak "O bileti bulmak ne kadar zor oldu biliyor musun? Bu hafta vizyona girmiş. Cüneyt ve Songül'ü evden göndermem gerekiyordu!" dediğinde Yaren geri çekilerek şaşkın bir şekilde kocasına bakmıştı. "Sen... Sen o biletleri..."

"Evet, bizimkiler için aldım ama eve geldiğimde asıl sürpriz beni bekliyormuş. Mutfakta harika bir pasta var!"

Yaren az önceki ağlamasına inat kıkırdayarak "Doğum günün içindi. Geç geleceğini söylediğinde... Bana çok soğuk davranmaya başlamıştın... Ben... Ben hastaneye gittim. Gelmeseydin bile seni zorla eve getirecektim!"

Onun sözleriyle genç adam tekrar gülmüştü. "Bana zor kullanacaktın öyle mi?" Bu sırada kolları genç kızın beline dolanmış bir şekilde alnını Yaren'in alnına dayamıştı. Yaren heyecanlıydı. Kalbinin ortasında olan o kocaman ağırlık kalkmıştı. Bedeni kuş gibi uçmak istiyordu. Bakışlarını onun yüzünden kaçırarak masaya çevirmişti. Yüzü yanıyordu. Ondan utandığına inanamasa da bu elinde değildi. Allah'tan ortam loştu da yüzünün kızarıklığı fazla belli olmuyordu. Yağız onu bırakarak kolunu beline dolayıp masaya doğru ilerletmişti. İki kişilik harika bir masa ayarlayan genç adam genç kızın sandalyesini çekerek onu başköşeye oturttu.

Yaren gözlerini masanın üzerindekilere gezdirirken kendi yaptıklarının haricinde birkaç değişik aperatifin olduğunu da fark etmişti. Her şey önceden düşünülerek hazırlanmıştı. Kaşlarını kaldırarak "Sen bunları ne zaman hazırladın?" diye sordu. "Evden ayrılacağımı nasıl tahmin ettin?" diye devam eden genç kız Yağız'ın önünde diz çökmesiyle şaşırmıştı. "Sen... Sen ne yapıyorsun?" Heyecanlanan Yaren, Yağız'ın ellerinin içindeki eline bakarken onun dudaklarını teninin üzerinde hissetmesi bir olmuştu. Hafif bir dokunuş bile genç kızın kalbinin deli gibi atmasına neden olabiliyordu. Yutkunmadan edemeyen genç kız kocasının "Şişşt!" diyerek kendisini susturmasına izin vermişti. Genç adam onun gözlerine bakarak ceketinin cebinden çıkardığı küçük kutuyu açıp ona doğru uzattığında Yaren o an nefesini tutmuştu. Yağız da oldukça heyecanlıydı.

Küçük bir boğaz temizlemesinden sonra, "Bunu uzun zamandır düşünüyorum ama zamanının gelip gelmediğini bir türlü kestiremiyordum. Artık senden ayrı kalmak istemiyorum... Seni istiyorum... Seni seviyorum ve benimle yeniden, bu kez hiç kimsenin baskısı olmadan evlenmeni istiyorum... Hayatıma ışık katmaya devam ederek eşim olup beni dünyanın en mutlu ve şanslı adamı yapar mısın? Yaren... Seni o kadar çok seviyorum ki bazen nefes almakta zorlanıyorum. Gözlerine bakmak bile nefesimi kesmeye yetiyor... Benimle evlenerek çocuklarımın güzel annesi olur musun?"

Yaren'in gözleri yeniden sulanmıştı. Nefes almak bu kadar zor muydu? Heyecandan elleri titremeye başlayan genç kız cevap vermek yerine sıkıca genç adamın boynuna sarılmıştı. İki yürek de kuş gibi çırpınıyordu.

"Seni seviyorum..."

30. BÖLÜM

*H*ayat hiç beklemediğimiz bir anda son durağa ulaşmak için ilerleyeceğimiz yol haritasını önceden çizer. Farkında olmadığımız bu yol üzerinde ilerlerken siz sadece doğru ve yanlış olan yola karar vermekle yükümlüsünüzdür. Onların yolunu da önceden çizen kudreti sorgulanmayacak bir güç vardı. Bu güç öyle büyüktü ki olmaz dediklerimizi olduran, asla yapmam dediklerimizi yaptıran, bizim için en hayırlısına karar verendi.

Bir zamanlar kendilerine yasak meyve gibi bakan iki âşık bu loş ortamda yemeklerini yerken Yaren arada parmağındaki yüzüğüne bakıyordu. Bu harika bir histi. Genç adama yeniden baktığında onun da kendisine gülümsediğini görmüştü. "Neden bana öyle gülümsüyorsun?" Yağız başını iki yana sallayarak "Basit bir yüzüğe bu kadar hayran bakman çok şaşırtıcı. Senin sadeliğin çok hoşuma gidiyor!" dedi. Yaren kocasının sözleriyle utanarak bakışlarını kaçırmıştı. "Çünkü onu bana sen verdin!" dediğinde Yağız'ın gözleri bir anda parlamıştı. Tam kalkıp karısını öpecekti ki kapıdan gelen tıkırtıyla eve dolan tartışma sesi onları şaşkına çevirmişti.

"Sana söyledim değil mi o filmi ben seçmedim, her şey ağabeyinin işi. Ne düşünüyordu ki bizi o filme göndererek!"

Cüneyt ile Songül eve tartışarak girerken holdeki mumlarla etrafa saçılmış yapay çiçekler ikisini de şaşırmıştı. Songül gülümsemesini bastırmaya çalışırken Cüneyt yine patavatsızlık yaparak "Vay be eniştem amma da romantikmiş!" diyerek salona girmişti.

Genç adamın kaşları çatılı bir şekilde salona gelen ikiliye bakması Cüneyt'in yutkunmasına neden olsa da Yaren gülmemek için kendisini zor tutuyordu. Ne olduğu umurunda değildi. Şu anda yanında olan kocası onu seviyordu. Kısa da olsa harika bir gece yaşamıştı ve bu akşam onun en mutlu akşamıydı. "Hiç öyle bakma enişte, eve erken gelmemiz senin suçun!" diye üste çıkan genç adam Songül'ün kızarmasına neden olmuştu.

"Benim suçum mu? Siz sinemada olmayacak mıydınız? Size eve biraz geç gelmenizi söylemiştim! Delirmemek elde değil!"

O sırada Yaren kocasının kolunu kavrayarak onu sakinleştirmek isterken genç adam bakışlarını karısına çevirmişti. Yaren gülümseyerek başını iki yana sallarken Cüneyt de eniştesine "Senin gönderdiğin sinema yüzünden kardeşin beni sapık sandı!"

Yağız ve Songül şaşırarak ona bakarken Songül hemen atılarak "Ben öyle bir şey demedim!" diye kendisini savununca Cüneyt ona ters bir şekilde bakarak "Demedin ama ima ettin. Film o kadar romantikti ki oyuncular yataktan çıkmıyordu. Bilmem farkında mısınız ama biz daha reşit bile değiliz..."

Bunları söylerken içinden de "Kız resmen utancından kıpkırmızı oldu ve benim durumum da... Ayşşş..." diye geçirip son sözünü dışından söyleyince Yaren kendisini tutamayarak kahkaha atmaya başlamıştı.

Cüneyt ablasına bakarak "Abla sen neye gülüyorsun? Bu akşam öyle bir filme gönderdi ki bizi eniştem eminim o filme evliler bile benim kadar utanırdı! Kafayı yedireceksiniz bana!" diyerek saçlarını karıştıran genç adam hızla salondan çıkarak odasına yönelmişti. O sırada Songül'ün de kızardığını gören Yağız kardeşini utandırdığını anlayarak "Özür dilerim hayatım. Gerçekten o şekilde bir film olduğunu bilsem seni şu küçük sapıkla yollar mıydım ben oraya!" dediğinde Cüneyt içeriden "Enişte!" diye bağırmıştı. Yaren kıkırdayarak kardeşinin haklı sinirine gülse de "Bence asıl sapık sensin? Hangi erkek kardeşini bir erkekle romantik filme gönderir?" Yağız elini saçlarına geçirerek "Ne yapacaktım? İkisini de evden çıkarmam gerekiyordu. Cüneyt sinemaya gitmek için benden izin almak istemiş ve beni aramıştı. Ne yapabilirdim ki? O anda arkadaşın hediyesi olan bu film biletleri bendeydi. Ben de onlara verdim!" dedi.

Yaren yüzünü sinsi bir şekilde ona yaklaştırarak "Demek arkadaşın sana bu tarz bir filmin biletini verdi öyle mi?" diye sordu ve hemen toparlanarak Yağız'ın şaşkın bakışları arasında "Madem geldiniz şu doğum gününü kutlayalım değil mi?" dedi. Songül yengesine gülümseyerek bakmıştı. Cüneyt odasına kilitlendiği için Yaren onu çıkarmaya gitmiş ve bir süre uğraştıktan sonra odadan çıkarmayı başarmıştı. Hep birlikte Yağız'ın doğum gününü kutladıktan sonra bir süre daha oturarak herkes odasına çekilmişti.

Yaren heyecanlıydı. Yağız ile ilk kez aynı odada kalmıyordu elbette ama bu gece onun için daha bir özeldi ve genç kızın kalbi deli gibi çarpıyordu. Kuş gibi çırpınan kalbi heyecandan duracak gibiydi. Odaya çekildiklerinde Yağız da en az onun kadar heyecanlıydı. Odaya girdiğinde Yaren'in pencerenin kenarından dışarıyı izlediğini görünce hafif gülümseyerek yanına gidip karısının sırtını göğsüne yaslayarak saçlarına masum bir öpücük kondurmuştu. "Ne düşünüyorsun?" diye soran Yağız, Yaren'in "Bu gece olanları!" cevabı karşısında şaşırmıştı. "Bu geceyi mi?" Yaren onun kollarının arsından çıkmayarak yüzünü Yağız'a dönmüştü. Bu gece yaşadığı korkuyu hatırlayınca ürperiyordu.

"Bu akşam gerçekten çok korktum. Hastaneye gidip de seni bulamamak… Bu gerçekten çok korkutucuydu. Aklımda saniyede birçok düşünce geçti. Ama en kötüsü senin bir başkasına ilgi duyduğun düşüncesiydi sanırım."

Yağız ona tekrar sarılarak genç kızın başını göğsüne yaslamıştı. "Bunu düşündüğüne inanamıyorum." Tekrar karısının saçını öperek geri çekilmişti. Karısının gözlerinin içine bakan Yağız samimi bir şekilde "Senden asla vazgeçmeyeceğimi bilmen gerekiyor. Seni kolay bulmadım ve kolay kaybetmeye de niyetim yok!" derken genç kız mutluluktan ağlamaya başladı. "Hadi ama bunu neden yapıyorsun? Senin ağlamana dayanamıyorum…"

Yaren başını iki yana sallayarak kollarını kocasının boynuna dolamıştı. Yağız karısını kendisine çekerek daha sıkı sardı. Onun bu yakınlığı genç kızın kalbini heyecanlandırsa da mutluydu ve bu mutluluğunu artık saklamak istemiyordu.

"Daha önce söyledim mi?" Yağız tek kaşını kaldırarak karısının sorusuna "Neyi?" diye cevap vermişti. "Seni ne kadar sevdiğimi?" Yaren'in itirafı genç adamı da şaşırtmıştı. İlk kez bu kadar açık bir şekilde onu sevdiğini söylüyordu. Geri çekilerek gülümseyen Yaren'e bakan Yağız hafif bir şekilde gülümseyerek ona karşılık vermişti. Gülümsemesinde hem büyük bir sevgi hem de bariz bir davet vardı. "Biliyorsun değil mi, senin istemediğin hiçbir şey olmayacak!"

Yaren onun sözlerini iyi hatırlıyordu. Bu her defasında kendisine hatırlatan kocasına aşkla bakarken bu gece ona ait olmak istediğini biliyordu. Bu gece tam anlamıyla kocasına ait olmak istiyordu!

Gecenin karanlığına inat harika bir güneş gökyüzünde parlarken Yaren gerinerek uyanmaya başlamıştı. Elinin altındaki sıcak bedenin varlığını hissedince hafif kızararak yanı başında uyuyan kocasına baktı. Ne ara sabah olmuştu, hiçbir şeyin farkında değildi. Yutkunan genç kız kalkacağı sırada Yağız'ın kolları tarafından engellenmişti. Gözlerini açmayan genç adam "Bir süre daha, kısa bir an daha..." diyerek yeniden karısını kollarının arasına hapsetti. Yaren başını genç adamın göğsüne yaslayarak tekrar uykuya daldığında huzurluydu.

Yeniden uykusundan uyanmaya başladığındaysa burnuna değişik bir koku gelmeye başlamıştı. Gözlerini aralayan genç kadın kendisine gülümseyerek bakan Yağız'la göz göze gelmişti. Yüzü hemen kızaran Yaren başını örtünün altına sokarken karısının davranışı karşısında gülümseyen Yağız da örtüyü çekerek yüzünü açmıştı. "Hadi ama bak kahvaltı hazırladım sana!" Yaren onun kahvaltı demesiyle hızla yerinden kalkmıştı. Saçlarını gözünün önünden çekerek "Saat kaç?" diye sordu. Yağız çarpık bir gülümsemeyle ona karşılık vermişti. "Dinlenebildin mi?" Yaren tekrar utandığını hissetse de tek düşündüğü kardeşi ve Songül'dü.

"Saat kaç Yağız... Ah ben nasıl bu kadar uyudum?" diye yakınırken Yağız gülümseyerek "Merak etme karıcığım, onlara biraz rahatsız olduğunu söyledim. Başta Songül seninle ilgilenmek istedi ama ben sana bakacağımı söyleyerek onunla birlikte Cüneyt'i de dışarıya gönderdim!"

"Ne yaptın? Dünkü faciadan sonra o ikisi uzun süre bir araya gelmez diye düşünüyordum!" diye itiraf eden genç kızın bakışları Yağız'ın elindeki kahvaltıya takılmıştı. Karnı gerçekten acıkmıştı. Bunu düşündükçe karnını ovalayan genç kız "Bak sen şimdi bunu mutfağa götür ben de duş alıp yanına geleyim olur mu?" derken masum bir şekilde Yağız'a baktı. Genç adam gülerek Yaren'in alnına bir öpücük kondurduğunda içinde oluşan tarifsiz hisse karşı gülümsemişti. Bu hissi seviyordu. Karısının tamamen tüm saflığıyla kendisinin olması genç adamın kalbinde büyük mutluluk oluşturuyordu. "Peki... Acele et o zaman!" diyerek odadan çıkan Yağız, mutfaktaki masayı hazırlamaya başladı. Yaren de çabuk bir şekilde işini halledip mutfağa girerken gülümsemişti. Garip bir histi onunki. Aylardır evli olmalarına rağmen ilk kez birbirine tam anlamıyla ait olduğunu hissediyordu.

"Baksana sence de ağabeyin bizi bu aralar sık sık dışarıya göndermiyor mu?"

Cüneyt haklı olarak şüpheyle yaklaşmıştı bu duruma. Songül ilk kez onun yanında kıkırdayarak konuşmuştu. "Onlar birbirini seviyor... Bunu anlamamış olamazsın değil mi? Haklı olarak yalnız kalmak istiyorlar. Yeni evliler ve biz sürekli başlarındayız!" dedi. Cüneyt ona bakmaya başlamıştı. Birden genç kızın gülümsemesine kapılarak "Biz evlendiğimizde evimde kimsenin kalmasına izin vermeyeceğim!" dediğinde Songül şaşkınlıkla ona bakmıştı. Cüneyt onun şaşkın hâline gülümseyerek başını hafif ona yaklaştırmış ve gözlerini kısarak "Neden o şekilde bakıyorsun? Yoksa benim de eniştem gibi türlü oyunlar yaparak evdekileri göndermemi mi isterdin?"

Songül yutkunarak kendisini geri çekerken bakışlarını kaçırmadan edemedi. "Bunu hiç düşünmemiştim. Hem bizim evlenmemize çok var!" diyerek hızla yanından ayrılmıştı. Genç kızın yüzü yine utançtan yanmaya başlamıştı. Cüneyt arkasından gülümseyerek bakıyordu. Gün geçtikçe Songül'e daha fazla kapıldığının farkındaydı. Hayatında onun gibi bir kızla karşılaşmadığı bir gerçekti. Genç adam sürekli onunla konuşmak için fırsat arıyor, kavga etmek için bahaneler üretiyordu. Onunla olan atışmaları genç adam için ayrı bir zevk olmuştu. Bu şekilde genç kız fark etmeden kendisini daha çok açığa çıkardığından bu durum Cüneyt'in işine geliyordu.

Yerinden kalkarak Songül'ün arkasından yürüyen genç adam sessizdi. Başta bu sözlenme işine Songül'ü korumak için girse de artık ondan vazgeçemeyeceğinin bilincinde düşüncelere dalmıştı. Songül'ü nasıl ikna edecekti? İşte bu soru günlerdir beynini kemiriyordu. Ablası ve eniştesinin arasının düzeldiğini anlamayacak kadar kör olmadığı için yakında Songül'ün konağa gönderilme olasılığı vardı. Elini cebine atarak her zaman cebinde duran söz yüzüğünü çıkarıp parmağına takmıştı. Okulda bu yüzüğü takamıyordu ama hafta sonları eve geldiğinde takmak sorun olmuyordu. Gözleri genç kızın parmağından çıkarmadığı yüzüğüne takılmıştı. Seneye onun da kendisi gibi yüzüğü sürekli çıkarıp takacak olması canını sıksa da elinden bir şey gelmezdi. Eniştesinin tayini şans eseri aynı şehrin farklı bir ilçesine çıkınca Cüneyt şansına bir kez daha inanmaya başladı. Hem ablası hem de sevdiği kız gözlerinin önünde olacaktı. Sevdiği kız… Bu farkındalık onu korkutsa da mutlu etmekten de alamıyordu.

"Biraz yavaş yürüsene…" Dalgınlaştığı için Songül'ün ne kadar uzaklaşmış olduğunu fark edememişti. Genç kız geride kalan Cüneyt'e bakarken kendisine doğru ağır adımlarla ilerlemesini sabırla beklemişti. "Sen de çok yavaşsın, yengem hasta eve gidelim artık." Cüneyt onun saflığına gerçekten hayrandı. "Sence gerçekten hasta mı? Ağabeyin bizi yine evden postaladı farkında değil misin? Birlikte zaman geçirmek istiyorlar. Eve gidersek bu sefer bizi kesin öldürür."

Onun sözleriyle akşam olanları hatırlayan genç kız kıkırdamadan edemedi. "Ama akşam tam da zamanında baskın yaptık..." Cüneyt onun sözleriyle şaşırırken Songül yeniden arkasını dönerek yürümeye başlamıştı. "Eve gitmeyeceksek nereye gideceğiz." Cüneyt adımlarını hızlandırarak genç kıza yetişti. "Sen nereye istersen oraya gidelim, hazır fırsat bulmuşken." Songül gülümseyerek yürümeye devam etti. Sessiz bir şekilde yan yana ilerleyen ikili nereye gideceklerine karar vermeye çalışıyordu. Gün onlar için oldukça uzun geçecek gibiydi.

Sabahın ilk ışıkları odaya vurduğunda garip bir mide bulantısıyla gözlerini açan genç kadın koşarak lavaboya gitmişti. Elini karnına bastırarak midesinde olan ya da olmayan ne varsa zorlukla çıkarırken iyice şüphelenmeye başladı. Yatağına geri döndüğünde uyuyan kocasını kısa bir süre izledikten sonra kalktığı yatağına yeniden uzanıp gözlerini kapatmıştı. Yaklaşık birkaç saat sonra Sedat uyuyan karısına şaşkın bir şekilde bakarken son zamanlarda onun yüzünün solduğunu fark etmişti. İşte o anda Asude uyanıp koşarak banyoya gitmişti.

"Sen iyi misin? Bu çok sık olmaya başladı!" diye soran kocasına gülümseyen genç kadın ona endişelenmemesini söylemişti. İyi olduğunu elbette ki biliyordu. Hatta çok iyiydi. Yıllar sonra yeniden aynı duyguları hissedeceğini asla tahmin edemezdi. Kendisine endişeyle bakan kocasına gülümseyerek "Merak etme, ben iyiyim... Hem sen işe gitmeyecek misin?" diye sorarken Sedat yüzünü asarak Asude'ye bakmıştı. "Bugün işe gitmeyeceğim. Hatta hemen hazırlan hastaneye gidiyoruz!" dediğinde Asude duraksayarak ona bakmıştı "Buna gerek yok. Ben çok iyiyim. Sadece midem bulanıyor!"

"İçimin rahat etmesi için hemen hastaneye gitmemiz gerek. Hazırlan... Hemen..." Asude banyodan çıkan kocasının arkasından gülümseyerek bakmıştı. Seher'i gönderdiklerinden beri evlerinde garip bir şekilde huzur vardı. Derin bir iç çekerek onun arkasından bakarken son zamanlarda Sedat'ın hiç olmadığı kadar üzerine titremesine izin veriyordu. Eski Sedat sanki kaybolmuş, iyi kalpli kocası geri dönmüştü. Kızına ve kendisine olan sevgisini asla gizlemiyordu.

Yaklaşık yarım saat sonra hastanede olan ikili oldukça endişeliydi. Aslında endişeli olan tek kişi Sedat'tı. Asude kendisinden emindi. Bu duyguyu çok iyi hatırlıyordu. Gülümseyerek bakınca Sedat kolunu onun omzuna atıp karısını kendisine çekmişti. Alnını öperken Asude istem dışı gözlerini kapatmıştı. Sanki bu şekilde daha çok hissedecekti onun yakınlığını. Genç adam tedirgindi. Asude'ye bir şey olabileceği düşüncesi tüm kanının çekilmesine neden oluyordu. Yanındaki kadına biraz daha sıkı sarılırken zaman geçmek bilmiyordu. Etrafta koşuşturan doktorlar ve hemşireler iyice canını sıkmaya başlamıştı. "Ne zaman çıkacak bu sonuçlar?" Asude onun endişesi karşısında gülümsemeden edememişti. "Ben iyiyim!" dedi. "Evet ama bunu doktordan duymak istiyorum!" Sedat yeniden dudaklarını karısının alnına dokundururken doktorun kendilerini çağırmasıyla odaya girmişlerdi. Asude tedirgin bir şekilde doktorun konuşmasını bekleyen kocasına bakıyordu.

Onlar hastanede sonuç beklerken aynı sonucu Eskişehir'de diğer çift de bekliyordu. Yaklaşık iki aydır tam anlamıyla karı koca olmalarına rağmen Yaren'in ani bastıran bulantısı Yağız'ı şüphelendirmişti. Heyecanla onu hastaneye götürürken Yaren sürekli itiraz ediyordu. Henüz erken olduğunu düşünürken diğer yandan da, ya doğruysa, diye düşünmeden edemiyordu. Bu kendisi için harika bir haber olacaktı. Yağız yanında dönüp dururken Yaren derin bir iç çekerek "Bu kadar yeter başımı döndürüyorsun!" dedi. Yağız onun ayaklarının dibine çökerek ellerini sıkıca tutmuştu. Yaren onun heyecanı karşısında şaşkındı. Yağız'ın bu kadar erken baba olmak istemesi gerçekten genç kızı şaşırtmıştı.

"Düşünsene hayatım, ikimizin çocuğu olacak... Bu harika... Şimdiden kendimi baba gibi hissediyorum!" derken Yaren başını iki yana sallamıştı. "Sana inanmıyorum, bu kadar erken havaya girmen çok şaşırtıcı!" dediği sırada genç çift doktor tarafından çağrılmıştı.

Yağız daha kapıdan girmeden "Sonuç ne?" diye sorunca arkadaşı gülmeden edememişti. "Heyecanlıyız anlaşılan? O zaman bu güzel haberi ben vermeden senden bir şeyler mi istesem acaba?" Yağız kaşlarını çatarak arkadaşına bakmıştı. "Söyle artık yoksa uzun bir süre hasta bakamayacak duruma gelirsin." Adam kahkaha atarak arkadaşını daha da kızdırmıştı. Yaren de en az kocası kadar sonucu merak ediyordu. Sonunda doktor insafa gelerek "Tebrikler..." derken Yağız olduğu yerde donup kalmıştı. Yaren onun şok geçirdiğini düşünerek kolunu dürterken bir yandan da doktora "Yani sonuç ne?" diye sordu. Doktor da arkadaşının ani şok geçirişi karşısında yanına gidip onu normale çevirmeye çalışırken cevap vermişti. "Altı haftalık hamilesiniz..." dediğinde Yağız kendisine gelerek Yaren'e sıkıca sarılmıştı. Ağzından sadece "Baba oluyorum... Seni seviyorum..." kelimeleri çıkarken aniden konuşmayı kesen genç adam Yaren'in şaşkın bakışları arasında olduğu yerde baygınlık geçirmişti.

Onlar Yağız'ı ayıltmakla uğraşırken diğer taraftan Asude tedirgin bir şekilde doktorun konuşmasını bekleyen kocasına bakıyordu.

"Sedat Bey... Karınızın büyük bir sorunu var?" diyen doktor, Asude'nin de korkmasına neden olmuştu. Kekeleyerek "So... Sorun mu?" diye sorarken ciddi görünen doktorun yüzü bir anda aydınlanmıştı. Yıllardır tanıdığı bu çifte güzel bir haber vermenin mutluluğunu yaşayarak "Evet... Dokuz ay sürecek bir sorun bu. Tabii sonrasında onun büyümesi de var..." derken Sedat hâlâ doktora anlamamış bir şekilde bakıyordu. "Sedat Bey... Tebrik ederim! Karınız iki aylık hamile!" Sedat yutkunarak önce Asude'ye sonra da doktora bakmıştı. "Anlamadım... Ne dediniz?" Asude onun geç anlayışına kıkırdayarak kulağına eğilmişti. "Sana söyledim ben çok iyiyim diye... Yakında ikinci bir çocuğun olacak!" dediğinde Sedat birden ayağa kalkmıştı. Elini alnına koyarak odada dönüp duruyordu. Duyduklarına inanamıyordu. İlk çocuklarında yıllarca beklediklerini hatırlamıştı. Bu ona Allah'tan gelen ikinci bir şans gibiydi. Asude ona şaşkın bir şekilde bakarken genç adam hızlı birkaç adımla karısının yanına gelerek ona sıkıca sarılmıştı. "Teşekkür ederim... Çok teşekkür ederim. Bana harika bir hediye veriyorsun... Seni seviyorum!"

Bu son sözleri ilk kez tam olarak açık bir şekilde söyleyen genç adam kalbinden taşan aşkını sevdiği kadına haykırıyordu. Asude nefes almayı kesmişti. Kocasının sözlerini dinlerken mutluluk sarhoşu bir şekilde gözünden yaş akıtarak itiraf etmişti.

SON SÖZ

*A*raba yavaş bir şekilde trafikte akarken genç adam sürekli sırıtıyordu. Kocasının yüzündeki sırıtmayı gören genç kadın kaşlarını çatarak "Sen neye sırıtıyorsun yine?" diye sordu. Yağız yanında oturan karısının elini tutarak dudaklarına götürmüştü.

"Baba oluyorum neden mutlu olmayayım ki?"

"Doğduğunda uykusuz kalınca görürüm ben seni…" Yaren kocasına laf sokmaya çalışırken Yağız onun iğnelemesine aldırmamıştı bile. Şu anda deli gibi kahkaha atmak herkese bu haberi duyurmak istiyordu. Aklına babası gelince arabayı yolun kenarına çekerek telefonunu eline aldı. Yaren onun ne yaptığını anlamaya çalışırken genç adamın "Babama bu güzel haberi vermek istiyorum." dediğini duydu. Genç kadın hızlı davranarak kocasının elinden telefonu alıp onun aramasına engel olmuştu. "Ne yapıyorsun Yaren?" Onun sorusuyla iyice kızan genç kadın "Ne mi yapıyorum, bu şekilde haber vermen doğru mu sence? Hem benim babama da haber vermemiz gerekiyor. İkisi de ilk haberi duymak isteyen olacak ve ben ikisini de kırmak istemiyorum."

"Ee o zaman ne yapacağız?"

Yaren iki aydır gitmediği köyüne dönmek için muhteşem

bir fırsat olarak gördüğü bu haberi kullanmaya karar verdi. "Köye gidelim. Bu hafta sonu köye gidip herkese aynı anda söyleyelim..." Yağız karısının parlayan gözleri karşısında gülümsemişti. "Uyanık karım benim, bu olayı kullanmaya çalışıyorsun değil mi?" dedi. Genç kadın yüzünü asarak "Ama Yağız ne zamandır gitmiyoruz. Hem konaktakileri çok özledim ben. Lütfen..." Gözlerini kırpan Yaren, Yağız'ın kahkaha atmasına neden olmuştu. "Senin hormonlar şimdiden bozulmaya başladı anlaşılan." Onun sözlerine bu kez gerçekten üzülen Yaren bakışlarını kaçırarak başını diğer tarafa çevirmişti. Elindeki telefonu ona uzatarak "Al hadi ara babanı..." dedi. Yağız karısının kırıldığını anlayarak koltuğunu geri çekip karısını kollarının arasına alıp sıkıca sarıldı. "Sen nasıl istersen öyle olsun, hafta sonu konağa gidince söyleriz."

"Gerçekten mi?" Yaren'in çocuk gibi heyecanlanması Yağız'ın içini burkmuştu. Karısını mutlu etmek bu kadar kolayken onu üzdüğü için kendisine kızıyordu. "Ama bir şartım var..." Yaren şart kelimesini duyunca dudaklarını sarkıtmıştı. "Şart mı, ne şartı?" Yağız kollarını ondan ayırarak gülümsemişti.

"Zamanı gelince sana söyleyeceğim ve sen de kabul edeceksin."

"Ama ne isteyeceğini bilmeden nasıl kabul edeyim?"

"Ben anlamam, kabul edeceksin o kadar..."

Yaren inatçı kocasının geri adım atmayacağını bildiğinden başını sallamakla yetindi. "O zaman Songül ve Cüneyt de konaktakilerle öğrensin."

Yağız karısının bu isteğine karşı çıkmak istese de kazanan taraf Yaren olmuştu. İkili geri kalan yolu sessizce alırken düşünceliydi. Sonunda eve geldiklerinde Songül'ün endişeli bir şekilde kendilerini beklediğini görmüştü. "Yenge iyi misin?" Yağız tam heyecanla gerçeği söyleyecekti ki Yaren araya girerek "İyiyim hayatım." dedi. Hemen ardından da ekleme yaparak "Hazırlan, yarın akşam köye gideceğiz." diye konuşmasına devam etti. Songül yengesinin sözleri karşısında hızla genç kadının boynuna sarılırken geriye sendeleyen Yaren gülümsemişti. Yağız ise kardeşinin ani hareketine kaşlarını çatarak karısını onun kollarından geriye çekti. Songül şaşkınlıkla ağabeyine bakarken Yağız "Daha dikkatli davransana Songül, yengeni düşüreceksin..." dedi. Yaren kocasına uyarıcı bir şekilde bakarken Songül "Ben özür dilerim sadece mutlu olmuştum." dedi.

"Sen ona bakma hayatım, saçmalıyor..."

"Saçmalayan sensin Yaren ya bebeğe bir şey olursa..."

"Bebek mi?"

Yaren kocasının patavatsızlığı karşısında kızgın bir şekilde ona bakmıştı. "Aferin sana Yağız... Hani söylemeyecektin?"

Yağız mahcup bir şekilde genç kadına bakarken "Ama hayatım ne yapabilirim ki? Bu haberi saklamak düşündüğümden daha zor..." Songül şaşkınlıkla bir ağabeyine bir yengesine bakıyordu. "Yenge sen hamile misin?" Songül'ün sorusu karşısında yanakları kızaran genç kadın sadece başını sallayarak ona cevap vermişti.

"Ahhh bu harika, yeniden hala olacağım. Babam bu habere çıldıracak. Tebrik ederim yenge, Allah analı babalı büyütsün."

Yağız kardeşinin heyecanlı bir şekilde konuşup hem kendisine hem karısına sarılarak öpmesini gülümseyerek karşılamıştı. O da en az kardeşi kadar heyecanlıydı. "Ama bunu kimse bilmesin Songül, Cüneyt'e söyleme sakın."

"Ama yenge..."

"Biliyorsun ki öğrendiğinde hemen babamı arayacaktır. Ama biz Cemal babama da kendi babama da bu haberi aynı anda vermek istiyoruz." Songül anlayışla yengesini karşılarken dayanamayarak yeniden genç kadına sıkıca sarılmıştı. Kıskanan Yağız homurdanırken Yaren kahkaha atarak ona baktı.

Songül ve Yağız o gün genç kadının iş yapmasına izin vermemişti. Canı sıkılan genç kadın gün boyu Can ile oynamak zorunda kaldı. Küçük çocuk aksi gibi o gün hiç uyumamış Yaren'i iyice yormuştu. Salonda uyuyakalan genç kadın bedeninin havalandığını hissetse de gözlerini açmadı. Yağız karısını kollarının arasına alarak odasına taşırken içi içine sığmıyordu. Sevdiği kadından bir bebeği olacaktı. Yaren gibi bir kız... Ama hemen bu düşünceyi aklından çıkarmıştı. Yaren gibi kızı olursa başı beladan kurtulmazdı. Kendisi gibi oğlu olsun... Kaşları yeniden çatılan genç adam ne istediğine bir türlü karar veremiyordu. Sonunda "Allahım sen hayırlısını ver!" diye dua etti.

"Her şeyi aldın mı Songül?"

Genç kadın arabanın ön koltuğuna yerleşirken arka koltukta oturan genç kıza sorular soruyordu. "Abla bu kadar endişelenmen çok garip, alt tarafı iki gün orada kalacağız." Cüneyt hafta sonu olduğu için eve gelmişti ve köye gideceklerini duyunca yüzünü asmıştı. Bu hafta sonu Songül'ü gezmeye çıkarmak isterken şimdi köyde onun yüzünü doğru düzgün göremeyecek olması canını sıktı.

"Hem nereden çıktı bu köy meselesi?"

"Babamı özledim, sen özlemedin mi?"

"Evet ama başka zaman gidebilirdik..."

"Başka zaman olmaz, bu hafta sonu gideceğiz." Cüneyt şüpheli bakışlarla ablasına ve yanındaki Songül'e bakarken bir şeyler döndüğüne yemin edebilirdi. Durup dururken köye gitmek istemeleri çok şaşırtıcı gelmişti. Üstelik ani kararla.

Yağız direksiyona geçerken her şeyin tamam olup olmadığını yeniden kontrol etti. Sonunda yola çıktıklarında arabada kısa süren sessizlik arada iki genç adamın atışmasıyla bozuluyordu. Yağız, Cüneyt'e takılırken Cüneyt de ondan aşağıda kalmayarak anında eniştesine cevap yetiştiriyordu.

Dört saatlik bir yolculuğun ardından büyük konağın bahçesinden içeriye girdiklerinde Cemal Bey şaşkınlıkla onları karşılamıştı. Songül arabadan inerek babasına doğru hızlı adım atarken Cemal Bey şaşkınlıkla "Bir sorun mu var çocuklar, haber vermeden gelmezdiniz?" diye sordu. Yağız onun sorusuna cevap vereceği sırada Yaren araya girerek "Ne sorunu olacak babacığım, sizi özledik geldik." dedi. Songül babasının elini öptükten sonra ona sarılırken Cemal Bey duygulanarak kızına bakmıştı. Ne çok özlemişti karısının emanetini. Diğerleri de Cemal Bey'in elini öperken konaktan içeriye ikinci bir araba girince herkes şaşırmıştı. Asım Bey oğlundan kızının konağa geleceğini öğrendiğinde dayanamayarak yola düşmüştü. Üstelik konağa gelme kararları Yaren'in hastaneye gitmesinden sonra verilmesi orta yaşlı adamı endişelendirmişti.

Arabadan endişeli bir şekilde inen Asım Bey hiç duraksamadan kendisine şaşkın bir şekilde bakan Yaren'in yanına gitmişti. "Kızım iyi misin?" diye soran adam herkesin dikkatini çekti. Cemal Bey araya girerek "Yaren'e bir şey mi oldu oğlum, Asım neden bu kadar endişeli?" diye sordu.

Yaren kardeşine ters bir bakış atarak "Babama sen mi haber verdin?" diye sordu. Cüneyt mahcup bir şekilde ablasına bakarken ortamın gergin havasını konağın merdivenlerinden aşağıya inen Asude ile Sedat bozmuştu. Sedat kardeşinden hafta sonu geleceklerini öğrendiğinde güzel haberi onların gelişine saklamıştı.

"Neden bu kadar endişelisiniz?"

Sedat'ın keyifli çıkan sesi herkesi şaşırtsa da bu durumu

yanındaki karısına yormuşlardı. Cemal Bey daha fazla dayanamayarak "Yağız neler oluyor oğlum?" dediğinde Sedat araya girerek "Baba bizim size söylememiz gereken önemli bir mesele var." dedi. Cemal Bey büyük oğluna bakarken Yağız da ağabeyi gibi aynı sözleri tekrarlamıştı. Cemal Bey ve Asım Bey iyice endişelenirken iki kardeş sözleşmiş gibi aynı anda haberi vermişti.

"Asude hamile!"

"Yaren hamile!"

İki adamın aynı anda verdiği haber herkesi şoka uğratırken iki elti birbirine şaşkın bir şekilde bakıyordu. Yaren mutlulukla Asude'nin yanına giderken genç kadına sıkıca sarılmıştı. "Çok sevindim abla, Allah analı babalı büyütsün."

Asude de en az Yaren kadar aldığı habere sevinmişti. Gözyaşlarına hâkim olamayarak ağlayan genç kadın herkesi şaşkına uğrattı. "Siz ne dediniz?" Cemal Bey aldığı iki güzel haberle yerinde sarsılırken Asım Bey şoke olmuş bir şekilde kızına bakıyordu.

Aynı ifade Cüneyt'te de vardı. Ablası hamileydi. Dayı olacaktı... Dayı... Birden kahkaha atmaya başlayan genç adam herkesin odak noktası olmayı başarmıştı. Hızlı birkaç adımda ablasına ulaşarak onu kollarının arasına alıp etrafında döndürmeye başladı. Başı dönen genç kadın Cüneyt'e gülümsese de ani bastıran bulantısına engel olamıyordu. "Cüneyt midem bulanıyor..." Yağız kaşlarını çatarak karısını Cüneyt'in kollarından kurtarırken "Biraz yavaş aslanım, şimdi üzerine kusacak." Cüneyt de aynı şekilde kaşlarını çatarak Yağız'a bakmıştı. "Bu güzel habere dua et enişte yoksa bu kadar kolay..."

Sözlerini tamamlayamayan Cüneyt ablasının hızlı bir şekilde eve koşuşuna şaşkınlıkla bakmıştı. Yağız tek kaşını kaldırarak "Ben sana demiştim!" dedikten sonra karısının peşinden o da konağa girmişti.

Beyin iki oğlunun da çocuğu olacaktı! Bu haber köyde yayılırken herkes şaşkınlıkla Yaren'in kısır olmayışı hakkında konuşmaya başlamıştı. Ayrıca başka bir haber de beyin ikinci oğlunun karısına düğün yapmak istemesi olmuştu. Köy halkı şaşkındı. Yaren ne kadar itiraz etse de genç adam onu dinlememişti. Karısını beyazlar içinde görmek istiyordu ve kimse onu bu kararından vazgeçiremezdi.

Yaren utandığı için odasından dışarıya adım atmazken Cemal Bey şaşkınlıkla oğlunun hareketlerini izliyordu. Yağız laf dinleyecek gibi olmadığından kararı hakkında tek söz etmemişti. Üstelik onun bu kararı Sedat tarafından da destekleniyordu. İki kardeş birlik olup köyde çalkalanan dedikoduların önünü kesmeyi başarmıştı.

Yaren ikinci kez düğün yapacaktı ve bu genç kadının canını sıkıyordu. Suat ile evlendiğinde zaten gelinlik giymişti. Şimdi ise hamile bir kadın olarak saflığı simgeleyen o gelinliği giymeyi kendisine yakıştıramazdı. Asude genç kadının odasına girdiğinde gülümsüyordu. "Seninki her şeyi hazırladı…" Yaren utanarak Asude'ye bakarken "Babamın yüzüne nasıl bakacağım. Abla sen konuşsan Yağız ile bu saçmalıktan vazgeçse…" dediği sırada sözleri odaya giren Yağız tarafından kesilmişti.

"Olmaz, ben düğün yapmak istiyorum…"

"Ama bu çok saçma Yağız…"

"Neden saçma olsun karıcığım, benim hakkım değil mi telli duvaklı gelin almak!"

Yaren ona kaşlarını çatarak bakarken Yağız onun gönlünü almayı hemen başarmıştı. Sonunda pes eden genç kadın akşama yapılacak olan düğün için hazırlanması gerektiğini söyleyerek Yağız'ı odadan kovdu.

Ama asıl sürpriz akşam ortaya çıkmıştı. Yağız'ın düğün yapmak istemesi tamamen bahaneden ibaretti. Üstelik bu fikir Sedat'tan çıkmıştı. Genç adam annesinin cenazesinin gölgesinde kalan düğününü on beş yıl sonra gerçekleştirmek için kardeşiyle anlaşarak herkesi oyuna getirmişti. Nitekim

Yağız'ın düğününe sırf Yaren'in ikinci kez gelinlik giyip giymeyeceğini merak edip gelen köylüler karşılarında iki gelin bulunca şaşkına dönmüştü.

Cemal Bey anlayışla büyük oğluna bakarken küçük oğluna şüpheli bir bakış atmıştı. Düğün başladıktan yarım saat sonra konağa gelen belediye nikâh memuruysa gecenin en büyük sürprizi olmuştu. Sedat, Seher'den boşandıktan sonra Asude'ye en kısa sürede nikâh kıyabilmek için elinden gelebilecek her şeyi yapmıştı. Yağız ve Yaren'in nikâhı göstermelik kıyılırken Asude ve Sedat'ın resmi nikâhları herkesin şaşkın bakışı altında kıyılmıştı. Şaşırmalarının nedeni erkek oğlu olmadığı hâlde karısına nikâh kıyan Sedat'ın davranışları olmuştu. Asude beklenmedik bu sürpriz karşısında duygulanırken gözlerinin içine bakan kocasına teşekkür etmişti. İki çift tebrikleri aldıktan sonra kendileri için hazırlanan masaya geçerken mutlulukları düşman çatlatacak cinstendi.

Büyük konağın bahçesinde çalan davul ve zurnalar misafirleri coştururken Sedat karısına dönerek gülümsemişti. Melek, anne ve babasının yanına geldiğinde genç adam onu kucağına alarak "Annen çok güzel olmuş değil mi hayatım?" diye sordu. Melek kıkırdayarak babasına bakarken "Evet baba, annem çok güzel oldu." dedi. Onları izleyen Yağız karısının elini tutarak "Şunlara baksana, yakında biz de onlar gibi olacağız." dediğinde Yaren duygulanarak ağlamaya başlamıştı. Onun ani gelen bu tepkisi karşısında genç adam ne yapacağını şaşırırken karısının kulağına yaklaşarak "Ağlama, kızımızı üzeceksin." dedi. Yaren geri çekilerek kocasına bakarken şaşkınlıkla "Kızımız?" derken Yağız ağzından öylesine çıkan bu kelime karşısında gülümsemişti. "Allah söyletti, kızımız olacak anlaşılan." Yaren ıslaklıkla iyice parlayan yosun yeşili gözlerini kocasına dikerek içindeki aşkla dudaklarını kıpırdatmıştı.

"Seni seviyorum…"

Yağız karısının sessiz sözleri karşısında gülümseyerek aynı sözleri büyük bir mutlulukla tekrarladı.

"Ben daha çok seviyorum..."

Aynı anda birbirine bağlı dört kalp aşklarını haykırırken yeni bir hayatın başlangıcını yapmışlardı. Asude ve Sedat birçok olay atlatmış ve sonunda yeniden bir araya gelmişti.

Yağız ile Yaren ise imkânsız gibi görüneni başararak yeni bir hayata adım atmaya cesaret edebilmiş ve mutluluklarına mutluluk katacak yeni üyelerini beklemeye başlamıştı...

~~~~ *SON* ~~~~